HEYNE BÜCHER

StarTrek
Mission in Raum und Zeit

Della van Hise *Zeit zu töten*

David Dvorkin *Die Zeitfalle*

Zwei Abenteuer der Enterprise in Zukunft und Vergangenheit

WILHELM HEYNE VERLAG
MÜNCHEN

HEYNE ALLGEMEINE REIHE
Nr. 01/10044

Umwelthinweis:
Das Buch wurde auf
chlor- und säurefreiem Papier gedruckt.

Printed in Germany 1997
Quellennachweis: s. Anhang
Umschlagillustration: Boris Vallejo/Pocket Books, New York
Umschlaggestaltung: Atelier Ingrid Schütz, München
Gesamtherstellung: Ebner Ulm

ISBN 3-453-11641-0

DELLA VAN HISE

ZEIT ZU TÖTEN

Für Jim,
Wendy und Diane

KAPITEL 1

In der dritten Nacht hintereinander schreckte Captain James T. Kirk aus dem Schlaf und spürte, wie ihm vage Furcht die Kehle zuschnürte. Er zwinkerte kurz, kroch unter der Decke hervor, lehnte sich an die Kopfleiste des Bettes und starrte durchs dunkle Zimmer. Allmählich fand er in die Wirklichkeit zurück, und schließlich fiel sein Blick auf das Chronometer. Kurz nach drei Uhr morgens, Standard-Bordzeit. Zwar blieben Kirk noch drei Stunden bis zum Erklingen des Wecksignals, aber er war hellwach und wußte, daß er jetzt keine Ruhe mehr finden konnte.

Zischend ließ er den angehaltenen Atem entweichen, dachte an den seltsamen, immer wiederkehrenden Traum und fragte sich, warum ihn die sonderbaren Visionen so sehr beunruhigten.

Er fand keine logische Erklärung für die Ursache der mentalen Bilder und ihre bemerkenswert intensive Wirkung auf ihn, seufzte und zuckte mit den Schultern. Vielleicht hing es damit zusammen, daß die *Enterprise* schon seit knapp zwei Monaten im Bereich der Neutralen Zone patrouillierte – es handelte sich um eine ausgesprochen langweilige Routinemission. Die Aktivität der romulanischen Flotte hatte aus keinem ersichtlichen Grund zugenommen, und deshalb hielt er ein wenig Nervosität für durchaus normal.

Kirk holte tief Luft, strich sich eine Strähne des zerzausten Haars aus der Stirn und sank wieder aufs warme Kissen zurück. Er schloß die Augen, doch seine Befürchtungen erfüllten sich: Er verbrachte fast drei schlaflose Stunden, bis um sechs der Wecker summte und ihn an seine Pflicht erinnerte.

Kirk gähnte hinter vorgehaltener Hand, betrat den Turbolift auf Deck 5 und stellte fest, daß ihn der Erste Offizier mit hochgezogener Braue musterte.

»Guten Morgen, Spock«, sagte Jim und lächelte schief. Er bedauerte es nun, auf eine Tasse Kaffee verzichtet zu haben, bevor er sich der Öffentlichkeit präsentierte.

Der Vulkanier neigte kurz den Kopf. »Captain«, sagte er förmlich. Die beiden Türhälften glitten zu, und unmittelbar darauf begann die vertraute horizontale Bewegung der Transportkapsel. Spocks Blick galt weiterhin dem Kommandanten der *Enterprise.* »Ist alles in Ordnung, Captain?« erkundigte er sich nach einigen Sekunden.

»Oh, sicher, Mister Spock«, erwiderte Kirk. »Warum fragen Sie?« Nur zu deutlich erinnerte er sich an seine geröteten Augen im Spiegel.

Die geschwungenen Brauen unter der dunklen Ponyfrisur kletterten höher. »Sie wirken ... irgendwie beunruhigt«, antwortete der Erste Offizier nach kurzem Zögern.

Vor Spock kann man nur schwer etwas verbergen, dachte Jim. *Seiner Aufmerksamkeit entgeht praktisch nichts.* »Würden Sie mir glauben, wenn ich Ihnen sagte, daß der so unerschütterliche Captain Kirk an Schlaflosigkeit leidet?« meinte er und lächelte erneut.

»Faszinierend«, murmelte der Vulkanier mehr zu sich selbst. Normalerweise war Kirk eher zurückhaltend, doch in seinen nußbraunen Augen glühte nun eine eigentümliche Mischung aus Verlegenheit und Übermut. Spock ließ unerwähnt, daß auch er selbst seit nunmehr einer Woche an bizarren Träumen litt. »Vermutlich haben Sie sich noch nicht an Dr. McCoy gewandt, oder?«

Kirk schüttelte den Kopf. »Wegen einiger schlafloser Stunden?« Das humorvolle Glitzern verschwand aus den Pupillen, und dünne Falten bildeten sich in der Stirn. »Eigentlich ist es mir ein Rätsel, warum ich deswegen ... besorgt bin«, fügte er hinzu und gab dem Bedürfnis nach, sein Empfinden zu erklären. Vor seinem inneren Auge bildeten sich schleierhafte Erinnerungskonturen, und er versuchte, ihnen keine Beachtung zu schenken. »Nun, machen Sie sich nichts draus, Spock. Es war nur ein ... Traum.« Er wechselte das Thema, und ein neuerliches Lächeln erhellte Jims Züge. »Eine weitere menschliche Schwäche, nicht wahr?«

Der übertrieben beiläufige Tonfall weckte den Argwohn des Vulkaniers. »Wären Sie bereit, diese Angelegenheit ausführlicher zu diskutieren?« fragte er und überlegte kurz, warum *er* an diesem Punkt festhielt, obgleich Kirk ganz offensichtlich keinen Wert auf eine eingehendere Erörterung legte. Dann begriff er, daß die Vorbehalte des Captains in Hinsicht auf sein Privatleben nicht auch ihm galten. Umgekehrt verhielt es sich ebenso.

Eine Zeitlang starrte Kirk auf seine Stiefel herab, hob schließlich den Kopf und fühlte, daß die längst vertraute mentale Pforte zwischen ihm und dem Vulkanier aufschwang. Die Verbindung war im Verlauf vieler Jahre entstanden, hatte ihre Freundschaft gefestigt und ihnen beiden oft das Leben gerettet. Ja, er *wollte* über sein Problem sprechen, aber nur mit Spock.

Der Erste Offizier wies häufig mit ätzender Ironie darauf hin, daß McCoy kaum mehr als einige Pillen und gut gemeinte Ratschläge anbieten konnte, und in diesem besonderen Fall mußte ihm Jim zustimmen. Zwar sah er auch in dem Bordarzt einen guten Freund und achtete seine über jeden Zweifel erhabene Kompetenz, doch als Kirk an einige umfassende und zeitaufwendige Psychotests dachte, mit denen die Ursachen des wiederkehrenden Traums festgestellt werden sollten, regte sich dumpfes Unbehagen in ihm. Er warf dem Vulkanier einen flüchtigen Blick zu und entwickelte einen Plan.

»Ich habe noch nicht gefrühstückt«, begann er und fand damit den benötigten Vorwand. »Und ich nehme an, *Sie* haben Ihr Quartier nicht mit leerem Magen verlassen, oder?« Sein Lächeln wuchs in die Breite. »Vulkanier lassen das Frühstück *nie* aus, oder? Treibstoff fürs Gehirn, Öl für die zahllosen Zahnräder des Gedankenapparats, nicht wahr? Das mentale Getriebe muß ordentlich geschmiert werden.« Kirk betrachtete die hagere Gestalt des Ersten Offiziers. »Und Sie nehmen nie ein Gramm zu!« Er schnitt eine Grimasse, als er sich an McCoys Rat entsann, dann und wann zugunsten von Salat auf Fleisch und Kartoffeln zu verzichten.

Spocks Brauen kamen wieder herab, als er verstand, worauf der Captain hinauswollte. »Heute morgen habe ich keine Nahrung zu mir genommen«, sagte er ebenso steif wie deutlich. Seine klare Antwort stand in einem auffallenden Kontrast zu Kirks indirekter Ausdrucksweise. »Und ich würde Ihnen gern Gesellschaft leisten.« In den dunklen Augen des Vulkaniers funkelte es kurz, als er sah, mit welcher Mühe Kirk den Bauch einzog. »Außerdem braucht McCoy nichts von der Art Ihrer Mahlzeit zu erfahren.«

Kirk atmete tief durch, grinste und stellte sich der Erkenntnis, daß nur Spock imstande war, ihn so schnell von der Anspannung zu befreien.

»Ich überlasse Scotty das Kommando, bis wir die Brükke erreichen«, sagte er und nahm damit den Vorschlag des Vulkaniers an. Warum auch nicht? dachte er. Immerhin bestand die Aufgabe der *Enterprise* nur darin, am Rand der Neutralen Zone zu patrouillieren – eine ereignislose Routine, die wohl kaum die Anwesenheit des Captains *und* des Ersten Offiziers im Kontrollraum erforderte.

Lieutenant Jeremy Richardson ließ sich langsam in den Sessel des Navigators sinken und betrachtete das Sternmuster auf dem Wandschirm. Die Konstellationen wirkten unveränderlich und schienen sich bereits in seine Netzhaut eingebrannt zu haben. Er dachte an Chekov, der schon seit zwei Wochen seinen Urlaub genoß, und einmal mehr bedauerte er es, ihn ausgerechnet bei dieser Mission zu vertreten. Richardson nickte in Richtung des Projektionsfeldes und sah Sulu an.

»Wie lange sitzen wir hier noch fest?« fragte er und rieb sich die Augen. »Ist Kirk irgendeinem Admiral auf den

Schlips getreten oder hat er nur den kürzeren gezogen, als es um diesen Auftrag ging?«

Sulu lächelte freundlich und lehnte sich im Sitz des Steuermanns zurück. »Mann, Richie«, sagte er und gab dem Mann an seiner Seite einen Stoß in die Rippen, »Sie sollten nachts *schlafen,* anstatt nach dem Luftschacht zu suchen, der in Unteroffizier Barretts Kabine führt. Dann fiele es Ihnen morgens leichter, aus dem Bett zu kriechen.«

Jeremy zuckte mit den Schultern, überprüfte ganz automatisch die Sensoren und stellte fest, daß alle Werte der Norm entsprachen. Was ihn nicht weiter überraschte: Er hatte das ausgesprochen unangenehme Gefühl, daß schon seit hundert Tagen absolut *nichts* geschah. Kurz darauf schürzte er die Lippen und strich sich kastanienfarbenes Haar aus der Stirn. Die Züge seines attraktiven, gebräunten Gesichts wirkten verschmitzt, als er antwortete: »Das magische Wort heißt Ausdauer. Irgendwann wird Barrett meine geheimen Qualitäten entdecken und mich zum Essen einladen. Anschließend ein paar Drinks, und dann ... wer weiß?«

Uhura saß auf der anderen Seite der Brücke und drehte sich um. »Sollte es nicht genau umgekehrt sein, Jerry?« fragte sie. »Sie trauern doch immer der ›guten alten Zeit‹ nach, in der ein Mann nur seine Muskeln zu zeigen brauchte, um eine Frau zu erobern.« In ihren gurrenden, melodischen Tonfall mischte sich leiser Spott, und sie gab sich gleichgültig, während sie den jungen Mann musterte. »Wenn ich mich recht entsinne, betonen Sie doch ständig, es gebühre dem starken Geschlecht, das ach so zarte und schwache Weib zum Tanz auszuführen?«

Richardson neigte den Kopf zur Seite. »Ich *habe* sie gefragt«, erwiderte er übermäßig zerknirscht, lehnte sich im Sessel zurück, hob die Hand und gähnte hingebungsvoll.

Sulu wandte sich an Uhura, und sein Zeigefinger glitt wie eine Messerklinge über die Kehle. »Sie hat ihm einen Korb gegeben«, sagte er und lachte leise. »Eins muß man Barrett lassen: Sie ist nicht dumm. Einen vielversprechenden Mann erkennt sie auf den ersten Blick. Offenbar hat sie bisher noch niemanden gesehen, der ihren Ansprüchen genügt.«

Jeremy richtete seine Aufmerksamkeit wieder auf den Wandschirm und bestätigte den vom Computer ermittelten Kurs, obwohl er die Daten erst vor einer knappen Minute kontrolliert hatte. »Ich gebe ihr noch eine Chance«, verkündete er großzügig. »Und wenn sie nicht innerhalb der nächsten Woche begreift, daß ich ihr Traumprinz bin ... Dann beglücke ich Lieutenant Masters oder Schwester Drew mit meinem männlichen Interesse.« Er zögerte. »Vielleicht auch Unteroffizier S'Parva.«

Sulu rollte mit den Augen und ächzte leise. »S'Parva ist nicht gerade Ihr Typ, Jerry, stimmt's? Hinzu kommt: Sie hat *vier* Beine.«

Richardson seufzte verträumt. »Regeln sind dazu da, um gebrochen zu werden, mein Freund. Und außerdem ... Ich dachte nur, wir könnten Kumpel werden, gute Bekannte, irgend etwas in der Art.« Mit gut gespielter Theatralik preßte er sich die Hand aufs Herz und hob den Kopf. »Oh, noch nie zuvor bin ich einer Frau wie S'Parva begegnet«, fuhr er fort, streckte die Arme und malte imaginäre Sanduhr-Konturen in die Luft. »Der Körper einer Göttin — und das Gesicht einer Dogge!«

Sulu kicherte. »Der beste Freund des Menschen?«

Jerry nickte eifrig und duckte sich gerade noch rechtzeitig, um dem Stift zu entgehen, den Uhura nach ihm warf.

»Habt ihr eine Ahnung, wie S'Parva reagieren würde, wenn sie das gehört hätte?« fragte sie und bemühte sich, ernst zu bleiben. Das schallende Gelächter ertönte nur in ihrem Innern. »Wahrscheinlich würde sie euch *beide* ans nächste Schott schleudern und euch Respekt einprügeln. Und noch etwas Jerry: Sie könnten *wirklich* von Glück sagen, wenn Sie nur mit ein paar Knochenbrüchen und tiefen Kratzern im Hals davonkämen!«

Richardson schloß genießerisch die Augen. »Mhmmm«, murmelte er. »Klingt nicht übel. Sulu beschäftigt sich diese

Woche mit Botanik — und ich erkunde die Gefilde des Schmerzes.« Er zwinkerte dem Kommunikationsoffizier zu. »Jeder braucht ein Hobby. Der Befehl stammt vom Captain höchstpersönlich.«

Uhura schüttelte den Kopf und drehte sich wieder zu ihrer Station um. »Ich weiß, daß sich unter Ihrer Chauvi-Maske weder sexueller Fanatismus noch xenophobische Tendenzen verbergen«, sagte sie. »Vielleicht verrate ich S'Parva nichts, wenn Sie endlich damit aufhören, in der Nacht wie ein liebestoller Kater umherzuschleichen.«

Jerry warf Sulu einen verschwörerischen Blick zu, erhob sich mit einer fließenden Bewegung auf und trat an das Kommunikationspult heran. Uhura sah erwartungsvoll zu ihm auf »Miau?« machte der junge Mann und rieb die Wange an der Rückenlehne des Sessels.

Die dunkelhäutige Frau beobachtete ihn weiterhin, als sie eine Taste betätigte.

»Hier McCoy«, drang die gedämpfte Stimme des Bordarztes aus dem Lautsprecher.

»Dr. McCoy«, begann Uhura und behielt Richardson weiterhin im Auge, »offenbar gibt es in der *Enterprise* ein Problem mit Tieren. Wir haben hier einen ziemlich großen Kater auf der Brücke, und er bettelt geradezu darum, kastriert zu werden. Ich schlage vor, Sie schicken jemanden aus der zoologischen Abteilung, um ihn einzufangen.«

Jeremy hob die Brauen und starrte in die braunen Augen, in denen es mindestens so verschmitzt glitzerte wie in seinen eigenen. Die Lippen des jungen Mannes formten ein stummes »Miau?«, und er schüttelte hastig den Kopf, als er auf Zehenspitzen zu seinem Platz zurückkehrte.

»Was soll das heißen, Uhura?« fragte McCoy nach einigen Sekunden des Schweigens. »Sind Sie sicher, daß die Brückencrew nicht an einem besonders schlimmen Raumkoller leidet?« Der Bordarzt versuchte, seiner Stimme einen schroffen Klang zu verleihen, aber ein amüsierter Unterton war unüberhörbar.

Uhura bedachte Richardson mit einem wissenden Lächeln. »Schon gut, Doktor«, sagte sie. »Ich glaube, derzeit haben wir das Problem unter Kontrolle. Wir melden uns erneut, wenn wir Ihre Hilfe brauchen.«

»In Ordnung«, brummte McCoy und unterbrach die Verbindung. Unmittelbar darauf knackte es erneut im Lautsprecher. »Schlaft da oben bloß nicht ein!« fügte der Arzt hinzu.

In Uhuras Mundwinkeln zuckte es. »Es wird uns bestimmt sehr schwerfallen, diese Anweisung zu befolgen, Leonard«, sagte sie, schaltete ab und beobachtete, wie Richardson einmal mehr gähnte. »Träum süß, Romeo«, spottete sie.

Jerry schauderte unwillkürlich. Träume ...

Kirk nahm die Gabel zur Hand und stocherte damit in den Spiegeleiern auf dem Teller. Spock konnte deutlich sehen, daß der Captain nicht das geringste Interesse an seinem Frühstück hatte.

»Ich weiß nicht genau, wer ich war, aber ... Nun, ich bin irgend jemand *anders* gewesen.« Jim legte die Gabel beiseite und trank einen Schluck synthetischen Orangensaft. »Nein, das stimmt nicht ganz«, fuhr er fort und mied den Blick des Vulkaniers. »Ich war nach wie vor James Kirk — der James Kirk, der ich immer gewesen bin —, doch ich befand mich nicht am richtigen ... *Platz.*« Verwirrt schüttelte er den Kopf. »Es läßt sich kaum erklären.«

Spock musterte seinen Freund aufmerksam. »Entfremdungsträume sind nicht ungewöhnlich«, bemerkte er. »Unter den Bedingungen, die an Bord eines Raumschiffes herrschen, kommen sie sogar recht häufig vor.« Er nippte an seinem heißen Kräutertee und schob den Teller beiseite, ohne den Salat angerührt zu haben. Die Worte des Captains erinnerten ihn mit fast schmerzhafter Deutlichkeit daran, daß auch er seit fast einer solaren Woche von Träumen heimgesucht wurde, die ihn mit Entfremdungs- und Transpositionsphänomenen konfrontierten. Irgend etwas hielt ihn davon ab, sie zu erwähnen. »Was Ihre ... Visionen betrifft«, sagte er vorsichtig. »Erlebten Sie sich dabei auf eine Weise, die Ihnen ... unvertraut erschien?«

Kirk runzelte nachdenklich die Stirn, hob ruckartig den Kopf und schlug mit der flachen Hand auf den Tisch. »Genau das ist es!« entfuhr es ihm. Er senkte seine Stimme, als er eine junge Frau bemerkte, die einige Meter entfernt saß und ihm einen verwunderten Blick zuwarf. Jim beugte sich zu dem Vulkanier vor und empfand Verlegenheit aufgrund seiner heftigen Reaktion. Gleichzeitig hatte er das Gefühl, einer Lösung etwas näher zu sein. »Ich befand mich an Bord der *Enterprise*, aber sie unterschied sich von dem Schiff, das wir beide kennen.« Er zögerte kurz. »Ich meine, es war nicht die *Enterprise*, an die *ich* gewöhnt bin.« Erneut schwieg er, hob schließlich den Kopf und begegnete dem Blick des Ersten Offiziers. »Und ... Ich habe Sie gesehen. Ich bin mir nicht ganz sicher, aber ich glaube, Sie bekleideten den Rang des Captains.«

Er schauderte innerlich, als die quälenden emotionalen Schatten der visionären Bilder in seinen mentalen Fokus zurückkehrten. Aus den Augenwinkeln beobachtete er, wie die junge Frau am Nebentisch lächelte, aufstand und den Speisesaal verließ. Er nahm ihre Verwunderung über sein Verhalten mit einem kurzen Achselzucken zur Kenntnis; wenigstens hatte er ihre Langeweile verscheucht. »In den Träumen rätsle ich dauernd über meine Identität«, sagte er leise. »Offenbar bin ich darin eine Art Fähnrich, denn ich überlege ständig, wie ich mich an Sie wenden, wie ich Ihnen klarmachen soll, daß irgend etwas nicht mit rechten Dingen zugeht.«

Kirk senkte den Kopf wieder, lächelte schief und setzte das Glas an die Lippen. Zum erstenmal nahm er den Geschmack der gelben Flüssigkeit wahr — und beschloß, einen offiziellen Antrag an Admiral Nogura zu richten und die Versorgung mit *frischem* Orangensaft zu verlangen. »Darüber hinaus befürchte ich immerzu, daß Sie mir nicht glauben«, fuhr er fort, und sein Lächeln wurde zu einem jungenhaften Grinsen. »Schließlich sind Sie der Kommandant des Raumschiffes — ein Vulkanier! Was hielten Sie wohl von einem einfachen Fähnrich, der behauptet, ihm stehe die Uniform des Captains zu?« Kirk lachte laut und spürte, wie sich ein Teil der Anspannung verflüchtigte. Es verschaffte ihm Erleichterung, sich Spock anzuvertrauen und ihm die absurden Aspekte des Traums zu schildern.

Der Vulkanier nickte langsam und musterte den Mann auf der anderen Seite des Tisches. »Jim«, murmelte er in einem düsteren, unheilverkündenden Tonfall, »ich habe ebenfalls geträumt.«

In Kirks Hals entstand ein dicker Kloß, und kalte Nervosität erfaßte ihn. Er brachte keinen Laut hervor, starrte seinen Ersten Offizier nur stumm an. Nach einigen Sekunden fiel ihm die junge Frau ein, und er sah sich argwöhnisch um. Niemand lauschte. *Es ist schon schlimm genug, daß der Captain in seinen Träumen an Größenwahn leidet*, dachte er. *Aber wenn auch Spock ausrastet* ... Er unterbrach den Gedankengang.

Der Vulkanier preßte die Fingerspitzen aneinander. »Zuerst führte ich die Visionen auf die Ereignislosigkeit unserer gegenwärtigen Mission zurück. Doch inzwischen bin ich nicht mehr von der Stichhaltigkeit einer solchen Erklärung überzeugt.«

Kirks Blick klebte an den Zügen seines vulkanischen Freundes fest und suchte in ihnen nach irgendwelchen Anzeichen, die sich deuten ließen. »Was haben Sie gesehen, Spock?« fragte er und trachtete danach, neutral und sachlich zu klingen. Er brauchte die Antwort gar nicht zu hören. Sie leuchtete in den dunklen Augen, stand deutlich im kantigen Gesicht geschrieben, fand ihren Niederschlag im ruhigen Ernst des Ersten Offiziers.

Spock wölbte eine Braue, und fast schien es, er wollte einer typisch menschlichen Versuchung nachgeben und mit den Schultern zucken. Doch er beherrschte sich. »Ich glaube, die Sache ist es nicht wert, an Sie herangetragen zu werden, Captain«, sagte er und versuchte damit, die Bedeutung seiner letzten Worte herunterzuspielen. Laut ausgesprochen klang der Satz nicht mehr annähernd so logisch, wie er zunächst gehofft hatte. »Wir wissen aus Erfahrung, daß zwischen unserer beider Bewußtsein eine telepathische Brücke existiert. Vielleicht empfinde ich nur fragmentarische Traumszenen von Ihnen, die ... «

»Spock«, warf Kirk ein und seufzte schwer. Er streckte die Hand aus, und seine Fingerkuppen berührten sanft den Arm des Vulkaniers. »Ich weiß, daß die mentale Verbindung mit einem Menschen nicht ganz Ihrer vulkanischen Logik entspricht. Trotzdem bitte ich Sie, offen zu sein.« Die scharfe Stimme täuschte nicht über Jims wachsende Verzweiflung hinweg.

Spock zögerte, nickte kaum merklich und holte tief Luft. »Ich sah Sie als Fähnrich«, sagte er. »Und mich als ... Captain der *Enterprise.*«

Kirk lehnte sich zurück, und hinter seiner Stirn herrschte plötzliches Chaos. Der Kloß in seinem Hals wuchs, wurde dicker.

»Vielleicht sollten wir uns an Dr. McCoy wenden«, schlug Spock vor. »Normalerweise träumen Vulkanier überhaupt nicht, und da sich unsere Visionen so sehr ähneln ...« Er sprach nicht weiter.

Kirk warf einen kurzen Blick auf das Wandchronometer. »Wahrscheinlich haben Sie recht«, erwiderte er. »Wir dürfen keine Möglichkeit außer acht lassen, und daher sollte Pille Bescheid wissen. Aber ... « Er hob die Hände zu den Schläfen und spürte einen dumpfen Kopfschmerz. »Behalten Sie es erst einmal für sich, Spock. Wenigstens bis heute abend. Ich möchte mit einigen Leuten sprechen; vielleicht ergibt sich dabei etwas.«

Der Erste Offizier vollführte eine zustimmende Geste und erhob sich ebenfalls, als Kirk aufstand. Stumm folgte er ihm zum Turbolift.

In der Transportkapsel atmete Jim mehrmals tief durch, um sich von seinem Unbehagen zu befreien. Er hatte nur wenig Erfolg damit. Doch als sich kurz darauf die Doppeltür öffnete und er die vertraute Umgebung der Brücke sah, trat er zurück und belächelte die Verwirrung des Vulkaniers. »Nach Ihnen, *Captain* Spock«, sagte er und deutete eine Verbeugung an.

Der Erste Offizier drehte sich um, und beide Brauen kletterten in die Höhe. »Das ist unlogisch«, stellte er fest, bevor er die Liftkabine verließ und den Kontrollraum betrat. »Ich brauche wohl nicht extra zu betonen, wie irrational es wäre, Rangzuweisungen auf der Grundlage von Träumen vorzunehmen — obgleich ich zweifellos einen guten Kommandanten abgäbe.«

Kirk grinste und musterte den hochgewachsenen Mann eingehend. »Vielleicht«, entgegnete er, näherte sich dem Befehlsstand und schlüpfte wieder in die Rolle des selbstbewußten Captains. Einen letzten Seitenhieb konnte er sich nicht verkneifen. »Aber denken Sie daran: Ich wäre ein verdammt lausiger Fähnrich, Spock.«

Der Vulkanier blieb stehen, und in seinen Augen schien fast so etwas wie Humor zu funkeln, als er Jim ansah. »Daran habe ich nicht den geringsten Zweifel«, sagte er trocken.

Kühles Blau umhüllte Kirk, und er glaubte sich vom irdischen Himmel verschlungen, dachte an das wolkenlose Firmament über einer ganz bestimmten Farm in Iowa. Die Kälte des Winters, die kristallklare Luft. Im Sommer der Duft von Kornfeldern und trockenem Heu. Böiger Herbstwind, der an seiner Kleidung zerrte, ihm das Haar zerzauste. Gewitterwolken, die sich am Horizont zusammenballten ...

Mühelos rollte er sich um die eigene Achse, glitt durchs Wasser, durchstieß die Oberfläche und schwamm in der Rückenlage zur Leiter. Er verglich die gewölbte Kunststoffdecke der Halle mit dem Himmel seiner Erinnerungen und glaubte, einen seltsamen, ätherischen Ruf zu hören, der ihn in die Jugend zurücklockte, in die fröhliche Unbefangenheit des Knaben namens James Kirk. Er hielt sich am Rand des Beckens fest; eine Zeitlang entspannte er sich einfach und ließ die Gedanken treiben. Doch allmählich setzte sich das Gefühl für die Realität durch, und er ließ die Ereignisse des Tages Revue passieren.

Er hatte mit fünf Offizieren gesprochen, und vier von ihnen gestanden ihre Träume. *Daraus können noch keine eindeutigen Schlußfolgerungen gezogen werden,* dachte Kirk. *Jeder leidet irgendwann an unangenehmen Träumen. Ist ganz normal. So etwas hat überhaupt nichts zu bedeuten. Himmel, Jim: Hör endlich auf, Phantomen nachzujagen und überall Gespenster zu sehen.* Er stieß sich ab und genoß das Gefühl, vom Wasser getragen zu werden. *Wenn du dir wirklich solche Sorgen machst, solltest du Pille besuchen, einen Brandy mit ihm trinken und ...*

Ihm blieb keine Zeit mehr, diesen Gedankengang zu beenden. Das vertraute Pfeifen des Interkoms weckte seine Aufmerksamkeit.

Ich kann mich nicht einmal langweilen, ohne dabei gestört zu werden, fuhr es Kirk durch den Sinn. Verärgert schüttelte er den Kopf, schwamm mit kräftigen Zügen zur Leiter, kletterte hoch und trat an das Wandgerät heran.

»Hier Kirk«, sagte er. »Wenn's nicht gerade um eine Situation geht, die Alarmstufe Rot erfordert, Spock ... Ich muß mich hier um hunderttausend Gallonen Wasser kümmern.«

Der Vulkanier räusperte sich. »Leider kann ich Ihnen derzeit nichts anbieten, das auch nur annähernd so ... faszinierend wäre.«

Zwar erstreckten sich drei Decks zwischen ihnen, aber Kirk glaubte dennoch, das Gesicht des Ersten Offiziers zu sehen, die subtilen Hinweise auf eine Erheiterung, die nur wenige Menschen in dem maskenhaft starren Gesicht des Vulkaniers erkennen konnten. »Was ist los?« fragte er und schmunzelte.

»Lieutenant Uhura hat gerade eine Prioritätsnachricht der Klasse A von Starfleet Command erhalten«, antwortete der Erste Offizier. Er zögerte kurz, bevor er hinzufügte: »Die Meldung ist manuell codiert. Ich glaube, Sie sollten die Kommunikationskammer aufsuchen.«

Als Kirk die letzten Worte hörte, wurde aus seinem Schmunzeln ein Lächeln. Er ahnte, was der Vulkanier in diesen Sekunden dachte, und vielleicht hegte er die gleichen Hoffnungen wie die übrigen Offiziere auf der Brücke. Eine Botschaft vom Oberkommando – möglicherweise bedeutete sie das ersehnte Ende der eintönigen Patrouillenmission. Dann erinnerte sich Jim an den Hinweis auf die außergewöhnliche Verschlüsselungsmethode, und in seiner Magengrube entstand ein flaues Gefühl. Manuelle Codierungen waren mehr als nur außergewöhnlich. Manuelle Codierungen erforderten stundenlanges und mühsames Dechiffrieren. Manuelle Codierungen kündigten Unheil an und ...

Jim verdrängte diese Gedanken rasch. Nichts konnte schlimmer sein als andauernde Langeweile. Trotzdem seufzte er, als er den Blick auf das Schwimmbecken richtete. »Ich nehme die Botschaft in der Kom-Kammer entgegen, Spock«, sagte er und beobachtete das noch immer zitternde Sprungbrett. Er hatte es nur ein einziges Mal benutzt.

»Bestätigung, Captain«, erwiderte der Vulkanier. »Spock Ende.«

Einige Sekunden lang beobachtete Kirk den Sprungturm und das himmelblaue Wasser im Becken. Erneut dachte er an seine Heimat auf der Erde, doch das allgegenwärtige Summen des Raumschiffs erinnerte ihn daran, daß die *Enterprise* sein wahres Zuhause war. Zufrieden über diese Erkenntnis drehte er sich um und betätigte den Schalter, der das Heißluftgebläse in der Wand aktivierte. Eine kleine mobile Nische glitt von der Decke herab und gewährte ihm eine Privatsphäre, die er gar nicht benötigte. Kirk griff nach einem vorgewärmten Handtuch, rieb sich das Haar ab, streifte die goldfarbene Kommandantenuniform über und machte sich auf den Weg.

Vier Stunden später, als der Dienst endete und die Offiziere der Hauptwache abgelöst wurden, saß Kirk noch immer in der Kommunikationskammer und starrte auf ein Blatt herab. Mehrere krakelige und eigentlich kaum lesbare Worte stellten den Klartext der Nachricht dar. Es handelte sich um eine schlichte Botschaft, die keine falschen Interpretationen zuließ, und Jim fragte sich erneut, warum sie manuell codiert worden war.

Müde rieb er sich die Augen, löschte alle Entschlüsselungsdaten aus dem Speicher des Computers und schaltete das Terminal ab. Dann stand er auf, streckte sich, griff nach dem Blatt und faltete es zusammen.

»Verdammter Mist!« fluchte er leise, verließ das kleine Zimmer und wanderte durch einen leeren Korridor.

KAPITEL 2

Unteroffizier S'Parva stellte das Tablett ab, setzte sich auf einen Stuhl, der ihrem massigen Körper kaum genug Platz bot, und starrte skeptisch auf die Mahlzeit. Behutsam griff sie nach einer kleinen Teigrolle und sah dabei aus den Augenwinkeln, wie sich einige andere Personen im Speisesaal nach ihr umdrehten. Die meisten waren männlichen Geschlechts, wie sie bemerkte. Die mit gedämpften Stimmen geführten Gespräche klangen für sie viel zu laut, und mehrmals hörte sie, wie ihr Name fiel. S'Parva wandte sich von den übrigen Besatzungsmitgliedern ab und fühlte Unsicherheit, obwohl sich noch andere Nicht-Terraner an Bord befanden. Ihre psychischen Sinne registrierten verschiedene Emanationen von einem Denevaner, einem Andorianer, zwei Rigelianern und einer Deltanerin. Jene Frau hätte eigentlich im Zentrum der maskulinen Aufmerksamkeit stehen sollen. S'Parva erinnerte sich in diesem Zusammenhang an ihre mentalen Studien in bezug auf die speziellen erotischen Ausstrahlungen von Deltanerinnen, die einen Zölibateid ablegen mußten, bevor sie der Crew eines Raumschiffs zugewiesen werden konnten. *Aber wenigstens sind sie humanoid,* fügte S'Parva in Gedanken hinzu.

Zögernd probierte sie die Speisen und fragte sich dabei, welche neuen Gerüchte über ihre Versetzung zur *Enterprise* kursierten. Zwar dienten Katellaner schon seit einigen Jahren bei Starfleet, aber S'Parva dachte nicht ohne Stolz daran, daß sie die erste Repräsentantin ihres Volkes war, die an Bord eines Raumschiffes arbeitete. Sie lächelte stumm vor sich hin und leckte geistesabwesend nach einer kleinen Krevette, die aus der Teigrolle rutschte und auf ihre linke Pfote fiel. Sie erschrak, als sie sich dessen bewußt wurde, nahm sich vor, in Zukunft vorsichtiger zu sein. *Alte Angewohnheiten halten sich lange,* überlegte sie. Nach einigen weiteren Bissen legte sie das Teigstück beiseite und griff nach Messer und Gabel. Der Umgang mit solchen Instrumenten behagte ihr nicht, aber sie begriff ihre Notwendigkeit. Die Menschen, deren neugierige Blicke sie weiterhin spürte, mußten sich erst noch an ihr hundeartiges Erscheinungsbild gewöhnen. Andererseits: Eigentlich unterschieden sich Katellaner gar nicht *so sehr* von Terranern. S'Parva hatte sich bereits eine aufrechte Gangart zu eigen gemacht und festgestellt, daß sich daraus einige Vorteile ergaben. Ihr Anpassungsprozeß machte gute Fortschritte. Innerhalb der nächsten Woche konnten die Kontrolleinrichtungen und das Mobiliar in ihrer Abteilung ausgetauscht werden, so daß die Einrichtung auch den Bedürfnissen von Zweibeinern gerecht wurde. Sie blickte auf ihre Hände herab, auf die Gabel, die sie schon recht gut zu benutzen verstand. Drei lange Finger und ein Daumen, der sich nur durch den weichen Pelz darauf vom menschlichen Gegenstück unterschied. Ja, es dauerte sicher nicht mehr lange, bis sie sich ganz in die Bordgemeinschaft integriert haben würde.

»Hallo«, erklang eine Stimme, als auf dem Nebentisch ganz plötzlich ein dampfendes Tablett erschien. »Wie läuft's in der psychologischen Sektion?«

S'Parva zuckte unwillkürlich zusammen, faßte sich jedoch sofort wieder und war dankbar dafür, daß die Gesichtsbehaarung ihre Verlegenheit verbarg. Der rote Schimmer auf den Wangen blieb unter dem Fell verborgen. Sie hob den Kopf und erkannte Jerry Richardson, der sein Tablett näher schob und ihr gegenüber Platz nahm. Ein jungenhaftes Grinsen umspielte seine Lippen, und in den dunkelbraunen Augen glitzerte es freundlich.

»Ich wollte Sie nicht erschrecken«, entschuldigte er sich, griff nach einer Teigrolle und stopfte sie sich ungeniert in den Mund. »Sie wirkten so einsam, und ich dachte mir, Sie könnten ein wenig Gesellschaft gebrauchen.«

S'Parva überwand ihre Überraschung, entspannte sich

und lächelte schief. »Danke, Jerry«, erwiderte sie leise. »Ich glaube, heute abend bin ich ein bißchen nervös.«

Richardson zuckte mit den Schultern, nahm einen zweiten Bissen und griff nach einem Becher mit heißem Kakao. »Dafür gibt es nicht den geringsten Grund«, sagte er und trank. »Die Abteilungsberichte deuten darauf hin, daß Sie gut zurechtkommen.«

S' Parva beugte sich ein wenig zu ihm vor und flüsterte: »Es geht nicht um die Arbeit, Jerry ...« Sie zögerte und suchte nach den richtigen Worten. »Ich ... nun ...« Die Katellanerin seufzte, und breite, muskulöse Schultern hoben und senkten sich unter dem blauen Uniformpulli, der extra für sie angefertigt worden war. *Selbst in dieser Hinsicht bin ich anders,* dachte sie betrübt. Aber Jerry schien das gar nicht zu bemerken. Er warf nur einen kurzen Blick auf ihren tiefen V-Ausschnitt und aß ungerührt weiter, ignorierte den Umstand, daß S'Parva rund dreißig Zentimeter größer war und ihm mit einem einzigen Schlag das Genick brechen konnte. Seine unschuldige Aura faszinierte sie irgendwie und weckte Assoziationen an einen *K'tauma:* einen Freund, Gefährten, Lehrer und kleinen Bruder. »Mich bedrückt etwas, das ...« Erneut brach sie ab. Es gab keine katellanischen oder terranischen Ausdrükke, mit denen sich ihr Empfinden beschreiben ließ.

Nach einigen Sekunden hob Richardson den Kopf, runzelte argwöhnisch die Stirn und stellte den Kakaobecher beiseite. »Sie machen sich Sorgen über die Umgestaltung Ihrer Arbeitsräume, stimmt's?«

S'Parva zuckte erneut mit den Achseln, und ihre Brauen mit den langen Tasthaaren zogen sich ein wenig zusammen. »Ich weiß es nicht«, erwiderte sie und lächelte, einmal mehr verunsichert. »Die neue Einrichtung hat einigen Leuten ziemlich viele Mühe gemacht. Wissen Sie, ich möchte niemandem zur Last fallen.«

Jerry lachte kurz, griff nach der Salatgabel, spießte eine gebackene Krevette auf und ließ sie im Mund verschwinden. »So dürfen Sie das nicht sehen«, sagte er leichthin.

»Außer den Katellanern gibt es noch andere vierbeinige Angehörige von Starfleet, und die Renovierung der Psychosektion war längst überfällig.« Er lächelte breit, kaute auf einer Proteinbohne und fügte ihr ein Objekt hinzu, das wie eine kleine gebratene Kartoffel aussah. »Ganz abgesehen davon: Wenn die Veränderungen tatsächlich nur wegen Ihnen vorgenommen wurden, so dürfen Sie das als eine Auszeichnung betrachten. Starfleet genehmigt derartige ambientale Adaptionen nur dann, wenn die betreffende Person als würdig erachtet wird. Mit anderen Worten: Ihre Dienste sind hoch geschätzt.«

S'Parva dachte darüber nach und spürte, wie Gelassenheit in sie zurückkehrte. »Danke, Jerry«, sagte sie nach einer Weile. »Manchmal brauche ich jemanden, der mich an solche Dinge erinnert.« Sie griff wieder nach der Gabel und hielt sie wie beiläufig in der einen Hand. Das Instrument fühlte sich noch immer sehr ungewohnt an, hatte jetzt aber einen Teil seiner Fremdartigkeit verloren. Die Katellanerin wählte eine Muschel und kostete geistesabwesend ihren Geschmack, während sie Richardson musterte.

Für einen Menschen sah er gar nicht schlecht aus, fand sie. Hinzu kam die besondere Beziehung zwischen ihnen. Vielleicht lag es nur daran, daß er zu den wenigen Männern an Bord gehörte, die sich ohne Befangenheit mit ihr unterhalten konnten. In ihrer Gegenwart offenbarte Jeremy keine Anzeichen von Nervosität, und er erweckte auch nicht den Anschein, ständig auf der Hut zu sein. Er mied den Fehler, ganz bewußt über die Unterschiede zwischen ihnen hinwegzusehen, und dadurch wirkte er nicht annähernd so verkrampft wie viele andere Terraner. Er akzeptierte ihre Andersartigkeit, so wie S'Parva seine, und das zwanglose Gebaren des Menschen dämpfte die Unruhe in ihr. Sie schmunzelte – und spürte plötzlich den durchdringenden Blick des jungen Lieutenant. Er lächelte geheimnisvoll.

»Es beruht auf Gegenseitigkeit«, sagte er herzlich.

S'Parvas Brauen zuckten, und sie fragte sich, ob er dieses katellanische Zeichen des Ärgers zu deuten verstand. »Was meinen Sie damit?« fragte sie unschuldig.

Richardson zuckte mit den Achseln. »Die Telepathie«, erwiderte er. Es klang, als spreche er über etwas so Banales wie die Schaltkreise eines Lebensmittelsynthetisierers. »*Sie* wissen, was *ich* denke, und ich ...« Er sprach den Satz nicht zu Ende.

Einige Sekunden lang war S'Parva vollkommen verblüfft. Menschen konnten so erstaunlich offen sein, fürchteten dabei nicht, sich eine Blöße zu geben. Schließlich lachte sie, nickte zustimmend und kniff die Augen zusammen. »Sie sehen ziemlich erschöpft aus«, stellte sie fest. Erst jetzt bemerkte sie die Ringe unter den Augen, die hängenden Schultern. »Behaupten Sie jetzt nur nicht, der Captain läßt Sie die Brücke schrubben, damit es Ihnen nicht zu langweilig wird.«

Richardson wich zurück, und seine Lippen bildeten plötzlich eine dünne Linie. »Nein«, erwiderte er scharf. »Es ist nur ...« Er schüttelte den Kopf. »Nichts weiter.«

S'Parva fragte sich, ob sie den jungen Mann irgendwie beleidigt hatte; ganz deutlich spürte sie, wie die Distanz zwischen ihnen wuchs. Sie folgte einem jähen Reflex, beugte sich vor und berührte Jeremys Hand. »Tut mir leid. Ich wollte Ihnen nicht zu nahe ...«

Erneut schüttelte der Lieutenant den Kopf und unterbrach sie mit einem freundlichen Lächeln. Ein rötlicher Schimmer glänzte auf seinen Wangen. »Nein, nein«, sagte er hastig. »Seien Sie unbesorgt: Sie haben kein menschliches Stammestabu verletzt. Der Grund ist ... Nun, während der letzten Nächte konnte ich nicht richtig schlafen.« Er schnitt eine Grimasse. »Und was den Captain betrifft: Er hat kein Erbarmen mit uns, beansprucht die Reinigungsarbeiten für sich allein. Er sorgt nicht nur auf der Brücke für Ordnung, sondern auch in der Offiziersmesse und in den Sportsälen. Wie gerüchteweise verlautete, ist er fest entschlossen, das Hangardeck mit einer altmodischen Zahnbürste zu säubern. Das dürfte ihn eine Zeitlang beschäftigen, während wir weiterhin von Langeweile geplagt werden.«

S'Parva atmete innerlich auf, erleichtert darüber, daß Jeremy es ihr so leicht machte. Die Tür zwischen ihnen öffnete sich wieder und knarrte nicht einmal. »Ein beeindruckender Mann«, sagte sie.

Richardson nickte und holte tief Luft. »Unser Captain verdient die Bezeichnung ›einzigartig‹«, sagte er. »Ich bin an Bord von drei verschiedenen Raumschiffen gewesen, und Kirk ist der mit Abstand beste Kommandant.«

S'Parva dachte darüber nach. Jeremys Bemerkung bestätigte ihre eigene Einschätzung. »Wie ich hörte, gibt es eine lange Warteliste, was Versetzungen zur *Enterprise* angeht.«

Jeremy schob seinen leeren Teller beiseite. »Stand Ihr Name ebenfalls darauf?«

Die Katellanerin schüttelte den Kopf. »Ich wurde sofort diesem Schiff zugewiesen«, entgegnete sie und fühlte, wie tief in ihrem Innern Stolz zu vibrieren begann. Stolz auf etwas, das sie erst jetzt verstand. *Zugewiesen – dem besten Raumschiff der Flotte.* Irgendein Druck in ihr ließ nach, so als gleiche sich ein mentales Gewicht aus, das lange Zeit vergeblich nach einer Balance gesucht hatte. Sie senkte den Kopf und merkte überrascht, daß sie ihre Mahlzeit beendet hatte – ohne die Unsicherheit, die sie schon seit einem Monat begleitete. Noch einmal atmete sie tief durch, lehnte sich zurück und schüttelte verwundert den Kopf.

»Sie sind bemerkenswert, Jerry«, meinte sie und lachte. »Ja, für einen Menschen sind Sie wirklich bemerkenswert.«

Richardson zuckte mit den Schultern – offenbar eine seiner bevorzugten Gesten – und grinste von einem Ohr zum anderen. »Wer hat Ihnen das verraten?« fragte er – und gähnte.

S'Parva hob eine Braue und bedachte den Lieutenant mit einem mahnenden Blick. »Sie sollten einmal in die psychologische Abteilung kommen, Jerry«, schlug sie vor. »Wenn es in den anderen Sektionen nichts zu tun gibt, herrscht bei uns Hochbetrieb. Die Besatzung langweilt sich, und daraus ergeben sich die verschiedensten Symptome, zum Beispiel ... Schlaflosigkeit?«

Jeremy sah sich im Speisesaal um, und S'Parva bemerkte eine gewisse Nervosität. Hatte sie schon wieder etwas Falsches gesagt?

»Auch Träume?« fragte Richardson schließlich.

Die Katellanerin riß unwillkürlich die Augen auf: der vierzehnte Fall an diesem Tag.

Kirk starrte auf die drei Schachebenen, ohne die Konstellation der Figuren zu erfassen. Geistesabwesend setzte er die weiße Dame ein Feld höher.

Spock wölbte die Brauen und lehnte sich zurück. »Ein ausgesprochen unkluger Zug, Captain«, sagte er. Der für Kirk eher untypische Mangel an Konzentration entging ihm nicht — dadurch hatte er bereits drei Partien hintereinander gewonnen.

Jim seufzte, schüttelte den Kopf, erinnerte sich an die entschlüsselte Nachricht und seine Träume. »Ich schätze, ich bin nicht richtig bei der Sache«, sagte er, hob den Kopf und rang sich ein Lächeln ab. Er stützte den Rücken gegen die Sessellehne, faltete die Hände hinterm Kopf und streckte sich. »Es liegt mir fern, den Teufel an die Wand zu malen«, murmelte er, »aber was ich inzwischen über die Sache mit den Träumen herausgefunden habe ... Dabei könnte man glatt Muffensausen kriegen.«

Der Vulkanier musterte den Captain mit ausdrucksloser Miene. »Ich sehe keinen logischen Grund dafür, die Wände der *Enterprise* mit Bildnissen aus der irdischen Religionsmythologie zu zieren«, sagte er — vielleicht ein Versuch, Kirk von seiner düsteren Stimmung zu befreien. Im Verlauf des Nachmittags war er immer schweigsamer und nachdenklicher geworden. Irgend etwas bedrückte ihn. »Und was meinen Sie mit ›Muffensausen‹?«

Kirk gestikulierte vage. »Grausen. Zähneklappern. Bammel. Schiß. Das große Zittern.«

Langsam kamen Spocks Brauen wieder herab. »Oh, natürlich, Captain«, sagte er, als sei nun alles klar.

Kirk zuckte kurz mit den Achseln, stand auf und begab sich in die Schlafkammer seines Quartiers. Dort starrte er einige Sekunden lang auf den Kleiderschrank, griff in eine Schublade und holte ein kariertes Flanellhemd hervor. Mit energischen Bewegungen streifte er den goldfarbenen Uniformpulli ab, warf ihn in den Sammelbehälter des Wäschereinigers, zog das Hemd an und knöpfte es zu. Er mußte sich eine Zeitlang symbolisch von der Verantwortung des Captains befreien und wollte nicht ständig von den Ärmelabzeichen an seine Pflicht erinnert werden.

»Kommen Sie, Spock«, sagte er, kehrte ins Wohnzimmer zurück und ging zur Tür. Unterwegs kippte er den weißen König um. »Vertreten wir uns ein wenig die Beine. Ich glaube, ich brauche ein bißchen Abstand zu allem.«

Der Vulkanier neigte neugierig den Kopf. Der Patrouillenflug der *Enterprise* war reine Routine, und deshalb überraschte es ihn nicht sonderlich, daß der Captain nach Ablenkungen suchte. Kirk brauchte ständig eine Herausforderung, erhoffte sich immerzu Abenteuer, die manchmal zu sehr gefährlichen Situationen führten. Spock dachte gründlich darüber nach und gestand sich seine Unlogik ein, als er die Vernunft der Admiräle von Starfleet Command in Frage stellte: Es erschien ihm absurd, daß sie ausgerechnet Jim beauftragt hatten, an der Neutralen Zone zu patrouillieren. Er hielt es für weitaus angebrachter, solche Anweisungen einer Scout-Einheit zu geben — immerhin war die *Enterprise* das beste Schiff in der ganzen Flotte. Ein gewisser Argwohn regte sich in dem Vulkanier, und er überlegte, ob es vielleicht noch andere Gründe für die Mission gab. Hinzu kam die manuell codierte Botschaft ... Spock erhob sich ebenfalls und folgte seinem Freund. Als er am 3-D-Schach vorbeikam, streckte er die Hand aus und richtete den weißen König auf.

»Was ist los mit Ihnen?« fragte Kirk. Er wartete an der Tür, und in seinen Augen funkelte der Schalk. »Fürchten Sie, ich könnte Sie wegen Insubordination vors Kriegsgericht bringen — nur weil ich eine neue Niederlage einstekken mußte?«

Der Vulkanier schüttelte den Kopf, verließ die Kabine und ging neben Kirk durch den Korridor. »Nein«, sagte er. »Ich glaube nur, es ist noch zu früh, die Partie aufzugeben. Vermutlich ergibt sich später ein Sinn aus Ihren eher ungewöhnlichen Zügen, und dann entdecken Sie sicher eine ebenso überraschende wie unlogische Möglichkeit, mich zu schlagen.« Er straffte die breiten Schultern, als sie sich dem Turbolift näherten. »Ich biete Ihnen eine solche Chance.«

Kirk lächelte. »Mit anderen Worten: Sie geben mir eine letzte Gelegenheit, mich zu demütigen.«

»Captain!« erwiderte Spock indigniert.

Kirk lachte leise, verharrte vor der Tür und betätigte die Ruftaste. »Wissen Sie, Spock: Manchmal stimmen Sie mich nachdenklich. Manchmal glaube ich, Sie sind der Schutzengel in diesem Schiff. Aber ab und zu könnte man Sie für einen getarnten Teufel halten.«

Das Gesicht des Vulkaniers blieb ausdruckslos, und er blickte starr geradeaus. »Mythologie ist nicht immer nur frei erfunden, Captain«, entgegnete er geheimnisvoll.

Lange Zeit wanderten die beiden Männer schweigend durch die Gänge und besuchten abgelegene Sektionen des Schiffes, die in keinem direkten Zusammenhang mit den Kommandoaufgaben des Captains standen. Schließlich blieb Kirk vor einer großen Tür stehen, rang sich zu einer Entscheidung durch und entriegelte das elektronische Schloß. Der Vulkanier zögerte.

»Kommen Sie«, drängte Jim und grinste flüchtig. »Seien Sie keine Katze, die Angst hat, sich nasse Pfoten zu holen.«

Aber Spock rührte sich nicht von der Stelle. »Captain«,

wandte er ein, »es ist eine biologische Tatsache, daß Vulkanier besonders empfindlich auf hohe Luftfeuchtigkeit reagieren. Der Bordpark ... «

Er unterbrach sich, als Kirk nach seinem Arm griff und ihn mitzog. »Entspannen Sie sich, Spock«, sagte Jim. »Das ist ein Befehl.«

Der Vulkanier seufzte und folgte dem Captain langsam in den großen Raum. Seltsames Unbehagen erfaßte ihn, so als verbinde sein Unterbewußtsein Vorstellungen von Gefahr mit diesem Bereich des Schiffes. Er hob beide Brauen, als ihm die mangelnde Logik eines solchen Gedankengangs auffiel, doch das sonderbare Empfinden haftete in ihm fest. Er fühlte sich auf Schritt und Tritt beobachtet. Mit einem Hauch von Ärger besann er sich auf seine mentale Disziplin und versuchte, die Unruhe unter Kontrolle zu bringen. Sie war unlogisch und gebührte niemandem, in dessen Adern vulkanisches Blut floß. Dennoch: Die Realität erschien wechselhaft und destabil. Spocks Brauen kletterten noch höher. Kirk bemerkte ganz offensichtlich nichts von den subtilen Veränderungen, aber der Erste Offizier konnte ihre Existenz nicht länger leugnen. Er spürte, wie sie auch ihn selbst berührten, wie sie ihn von Körper und Geist entfremdeten. Trotzdem setzte er einen Fuß vor den anderen und erinnerte sich daran, daß Jims Instinkte sein Vertrauen verdienten.

Im Grün der großen Parkanlage verflüchtigte sich ein Teil des Gewichts, das auf Kirks Seele lastete. Für einen Sekundenbruchteil glaubte er, in Spocks Gebaren so etwas wie Unsicherheit zu erkennen, aber als er einen Blick über die Schulter warf, stand der Vulkanier direkt hinter ihm und wirkte so gelassen wie immer. Jim führte den eigentümlichen Eindruck auf die eigene Desorientierung zurück, verdrängte ihn und richtete seine Aufmerksamkeit statt dessen auf die ›Welt‹, die sich vor ihm erstreckte.

Mehrere Pfade und kleine Wege reichten durch das Pflanzenlabyrinth und gaben dem Wald eine scheinbare Tiefe von mehr als sieben Kilometern. Kirk wußte natürlich, daß es sich nur um eine sorgfältig geplante Illusion handelte, die den Besatzungsmitgliedern der *Enterprise* ein Gefühl von ›Heimat‹ vermitteln sollte. In Wirklichkeit durchmaß der Raum nur hundert Meter und war etwa fünfundsiebzig Meter breit. Tausende von Pflanzen wuchsen darin: Blumen, Büsche, Sträucher und Bäume von vielen hundert Planeten. Es herrschte ewiger Frühling, und die frische Luft roch würzig. Das lokale Klimasystem sorgte sogar für eine sanfte Brise, die leise im Blätterdach seufzte. Darüber wölbte sich ein klarer blauer Himmel, an dem hier und dort schleierartige Wolkenfetzen schwebten. Die Simulationsprogramme berücksichtigten sogar das bunte Schimmern von Regenbögen. Wenn die Bordnacht begann, ging eine Pseudosonne unter, und dann erglühte das Firmament in purpurnen, orangefarbenen und rosaroten Tönen. Unter solchen Umständen konnte man schnell vergessen, daß man sich an Bord eines Raumschiffes befand, mindestens fünf Lichtjahre vom nächsten bewohnten Sonnensystem entfernt.

Kirk zwang sich dazu, den Rest der in ihm verbliebenen Anspannung zu ignorieren, genoß die Nachbildung der irdischen Natur und folgte dem Verlauf des zentralen Weges, der eine Wanderung durch den ganzen Park ermöglichte. Er musterte den Vulkanier an seiner Seite und stellte fest, daß der Wald auch auf Spock nicht ohne Folgen blieb. Er wirkte gelöster – wenn auch noch immer ein wenig geistesabwesend. Einige Sekunden lang stellte sich Jim seinen Ersten Offizier in der Rolle Tarzans vor: Er hatte sich schon einmal wie ein Affe von Ast zu Ast geschwungen, unter der Wirkung von Sporen, die ihm seine vulkanische Selbstbeherrschung raubten. Kirk empfand dieses imaginäre Bild als recht erheiternd, obwohl ihm natürlich die Absurdität solcher Überlegungen klar war. Aus irgendeinem Grund dachte er daran, was während der nächsten zwanzig Jahre aus ihnen beiden werden mochte. Was ihn selbst betraf ... Wahrscheinlich fand er nach wie vor Gelegenheit, seine Abenteuerlust zu befriedigen und in den dunklen Weiten von Raum und Zeit nach Rätseln zu suchen, die es zu lösen galt. Aber Spock ... Kirk wagte eine gedankliche Reise in die Vergangenheit, dachte an Vulkan, an den Tag, als Vorbereitungen für Spocks Heirat getroffen wurden – woraus sich eine Katastrophe ergeben hatte. Ohne die Partnerschaftsbindung glich Spock jemandem, der ständig auf dem schmalen Grat zwischen Leben und Tod balancierte. Ihm fehlte die mentale Brücke, die durch eine solche Beziehung entstand, und deshalb drohte ihm ein fatales Ende, wenn das emotionale Fieber des *Pon farr* begann.

Zwar war es recht warm im Park, aber Kirk schauderte trotzdem, ging ein wenig schneller und lenkte seine Schritte in Richtung des zentralen Saalbereichs. Er versuchte sich davon zu überzeugen, daß Spock bestimmt nicht sterben würde. Irgendwann mochte er eine Partnerin finden, mit der er sich binden konnte – eine Gefährtin, die ihm all das gab, was er brauchte. Auch Liebe.

Kirk hielt eine ganze Weile an diesen Überlegungen fest und fragte sich, ob der Vulkanier wußte, was ihm durch den Kopf ging. Nun, eigentlich spielte es gar keine Rolle. Er hatte solche Gedanken schon oft laut ausgesprochen und wäre auch jetzt dazu bereit gewesen. Jim lächelte stumm vor sich hin. Zwischen Spock und ihm gab es keine Geheimnisse, und ihre Freundschaft basierte auf einer unerschütterlich festen Grundlage. Er schloß die Augen und trachtete danach, die gestaltlose Furcht vor der Zukunft aus sich zu verbannen. Die damit zusammenhängenden Probleme ließen sich gewiß lösen. Irgendwie.

In der Mitte des Waldes blieb Kirk stehen und sah sich um. Sechs große Bäume, die Trauerweiden ähnelten, bildeten einen rund dreißig Meter durchmessenden Kreis. Die langen Zweige reichten bis zum Boden herab, strichen wie dünne Arme übers Gras.

Jim betrat den Kreis, atmete die würzige Luft in tiefen Zügen und näherte sich einer alten Steinbank, die bereits Schimmelflecken aufwies. Langsam nahm er Platz, lehnte sich zurück und spürte kurze Zeit später, wie die kühle Feuchtigkeit das Hemd durchdrang und seine Schulterblätter berührte. Sie fühlte sich auf eine sonderbare Weise gut an und weckte angenehme Kindheitserinnerungen in ihm. Er sah sich selbst, einen kleinen Jungen, der an einem warmen Nachmittag im Mai die Schule schwänzte und durch den nahen Park tollte. Wieder schloß er die Augen und gab sich den Reminiszenzen hin, jenen Illusionen, die nur in der Vergangenheit existierten. Als er kurz darauf die Lider hob, sah er Spock, der nach wie vor neben ihm stand. Die markanten Züge brachten eine stumme Frage zum Ausdruck, und in den dunklen Augen erkannte Jim Besorgnis.

Kirk hielt dem durchdringenden Blick des Vulkaniers mehrere Sekunden stand und lächelte unwillkürlich, als er beobachtete, wie sich das Gesicht des Ersten Offiziers glättete. »Entspannen Sie sich«, wiederholte er und deutete auf eine zweite Sitzbank. »Die Pflanzen beißen nicht. Haben Sie sich als Kind nie einen Spaß daraus gemacht, durchs Gras zu rollen?«

Der Vulkanier hob die Brauen — ein deutlicher Hinweis auf seine Erfahrungen als Heranwachsender.

»Nein«, sagte Kirk. »Vermutlich nicht.« Er zog die Beine an und fühlte, wie Nervosität und Niedergeschlagenheit zurückkehrten. Er versuchte, sich nichts davon anmerken zu lassen, aber Spock durchschaute ihn sicher. »Nehmen Sie Platz«, sagte er leise. »Ich brauche jemanden, der mir die Beichte abnimmt.«

Der Vulkanier wollte mit freundschaftlichem Spott antworten, überlegte es sich aber anders, als er den Ernst des Captains bemerkte. Vielleicht hatte Jim doch den seltsamen, unbestimmbaren Wandel in ihrer Umgebung gespürt. Er entschied, zunächst einen neutralen Standpunkt einzunehmen. »Unsere gegenwärtige Mission wird bestimmt nicht mehr lange dauern.« Neuerliches Unbehagen regte sich in ihm, und er wußte nicht so recht, wie er auf Kirks depressive Stimmung reagieren sollte. Wie konnte er ihn aufmuntern, wenn er nicht den Grund für sein emotionales Tief verstand? »In knapp einem Monat erwartet uns der nächste Landurlaub.« Spock zögerte und lauschte dem Echo seiner eigenen Stimme. Inadäquat und unangemessen, dachte er. Gelinder Spott — vielleicht das einzige wirksame Rezept bei diesem speziellen Menschen. »Und soweit ich weiß, hat Ihnen Altair immer gut gefallen, nicht wahr?«

Kirk schüttelte den Kopf, und in seiner Magengrube krampfte sich etwas zusammen. »Altair ...«, sagte er gedehnt. Er musterte den Vulkanier, gab sich einen inneren Ruck, griff in die Hemdtasche und zog einen zerknitterten Zettel daraus hervor. Mit umständlichen Bewegungen entfaltete er das Blatt und reichte es dem Vulkanier. »Die entschlüsselte Nachricht«, erklärte er knapp. »Der Urlaub ist auf unbestimmte Zeit verschoben.«

Spock nahm das Papier ruhig entgegen, las die einzelnen Worte und prägte sie sich ein.

KIRK: SETZEN SIE IHRE GEGENWÄRTIGE MISSION BIS AUF WEITERES FORT. DREI ADLER, DIE AN DER GRENZE LANDEN, BENÖTIGEN EVENTUELL FLUGINFORMATIONEN. EIN WICHTIGER HINWEIS FÜR DIE *ENTERPRISE:* ADLER FLIEGEN IN DER NACHT.

Spock sah auf und gab den Zettel zurück. »Romulanische Aktivität«, schloß er.

Der Captain nickte. »In der Tat, Mister Spock.« Verärgert schüttelte er den Kopf, erhob sich ruckartig und ging vor den weideartigen Bäumen auf und ab. »Die Wortwahl deutet darauf hin, daß einige Lamettaträger überaus besorgt sind, doch niemand scheint zu wissen, was die Romulaner *diesmal* planen.« Er zuckte mit den Schultern. »Offenbar geht Starfleet Command von der Annahme aus, daß den Föderationsplaneten in unmittelbarer Nähe der Neutralen Zone ein Angriff droht, aber ...« Er blieb lange genug stehen, um sich die Stirn zu reiben, hinter der es erneut zu pochen begann. »Nun, so etwas geschähe nicht zum erstenmal«, sagte er und setzte seine unruhige Wanderung fort. »Aber das ist die Aufgabe von Schlachtkreuzern. Die *Enterprise* dient vor allen Dingen dazu, unbekannte Raumsektoren zu erforschen und Erstkontakte mit fremden Intelligenzen herzustellen. Kampfeinheiten haben die Aufgabe, Gefechte zu führen und Feinde abzuwehren.« Kirk rang sich ein schiefes Lächeln ab. »Das ist noch nicht alles: Wie ich hörte, sind drei zusätzliche Schiffe hierher unterwegs – angeblich eine reine Vorsichtsmaßnahme. Meiner Ansicht nach kann das nur eins bedeuten: Irgend jemandem wird der Boden unter den Füßen verdammt heiß.« Er holte tief Luft. »Leider achten die Admiräle eine alte Tradition und geizen mit ihren Informationen.«

Spock schwieg eine Zeitlang. »Weiß man bei Starfleet Command wirklich nicht, welche Absichten die Romulaner verfolgen?«

Kirk hob kurz die Arme, ließ sie wieder sinken und setzte sich neben den Vulkanier. »Es ist nur eins klar: Einige romulanische Raumschiffe haben die Neutrale Zone angeflogen – und warten dort. Unsere Geheimagenten im Reich bekamen Wind von einer Art Zeitreise-Experiment, für das offenbar die kritische Phase begonnen hat. In seiner letzten Meldung erwähnte Admiral Komack allerdings, daß der Kontakt zu den Einsatzgruppen abbrach, bevor sie Einzelheiten übermitteln konnten.« Er schnitt eine Grimasse. »Er dürfte klar sein, was mit den betreffenden Leuten geschehen ist.«

Spock wandte den Blick ab und bestätigte damit Kirks Befürchtungen. Nach einer kurzen Pause fragte der Vulkanier: »Glauben Sie, die Träume stehen in irgendeinem Zusammenhang mit den Ereignissen im romulanischen Reich?«

Kirk begann innerlich zu zittern.

»Einige Romulaner verfügen über telepathische Fähigkeiten«, fuhr Spock fort. »Wäre es denkbar, daß unsere

Traumvisionen durch eine vorübergehende mentale Verbindung mit entsprechenden Personen entstanden?«

Jim runzelte die Stirn. Eine Möglichkeit, ja. Aber sie blieb spekulativ, und es erstaunte ihn, daß ausgerechnet Spock so etwas in Erwägung zog. »Ich weiß es nicht«, sagte er. »Himmel, vielleicht werde ich langsam paranoid.« Er lachte leise und versuchte, das kalte, schwarze Etwas zu verscheuchen, das dicht hinter ihm lauerte. Es starrte ihn aus seinen eigenen Augen an, besaß sein Gesicht, dachte seine Gedanken. Und doch war es völlig fremd.

Der Vulkanier schien zu spüren, was ihn bewegte. Sanft legte er ihm die Hand auf die Schulter. Nur Kirk gegenüber konnte er ganz offen sein, und er schätzte diese Freiheit. »Wenn es eine externe Ursache für unser ... Problem gibt, so finden wir sie bestimmt, Jim«, murmelte er und beobachtete den Captain aufmerksam. »Aber ich glaube, das kann bis morgen warten. Sie wirken sehr ... erschöpft.«

Kirk seufzte und griff nach der Hand seines Freundes. Männer wie Spock waren sehr selten. »Danke«, erwiderte er. »Ohne Sie wäre ich wirklich aufgeschmissen.« Er stemmte sich in die Höhe und deutete zum Weg.

Der Vulkanier stand ebenfalls auf und dachte an die besondere Beziehung zwischen ihm und dem Kommandanten der *Enterprise*. »Auf unsere Schachpartien trifft das sicher nicht zu, Captain«, sagte er und folgte Kirk zum Schott des Parkdecks.

Jim lachte und sah zum dunkler werdenden Himmel hoch – die Abenddämmerung hatte begonnen. Die glühenden Farben verblaßten allmählich, und eine angenehme Kühle wehte heran. Kirk saugte die aromatische Luft tief in die Lungen und hielt einige Sekunden lang den Atem an.

»Hier ist es fast wie zu Hause, Spock«, hauchte er schließlich. »Die Romulaner existieren nur in den phantasievoll ausgeschmückten Geschichten meines Vaters, und die einzigen Alpträume beschränken sich auf Mathematikprüfungen in der Schule ...« Kirk gab sich diesen verlockenden Vorstellungen hin, schlug die Augen jedoch wieder auf, als er die Gefahr von Heimweh und Melancholie erkannte. »Wissen Sie, mein Vater sagte oft, die Kindheit sei die einzige mögliche Heimat für einen Mann.« Er lachte noch einmal — es klang ein wenig nervös — und beobachtete die Wolkenfetzen. Kindliche Vorstellungskraft verwandelte sie in Drachen, Einhörner und anderen Phantasiewesen.

Auch Spock senkte die Lider. »Er verdiente sicher höchsten Respekt, Captain«, sagte er nach einer Weile. Sein eigener Vater hatte nur selten über solche Dinge gesprochen — und nie über die Sterne. Er wollte noch etwas hinzufügen, unterbrach sich aber sofort, als Kirk den Kopf schüttelte.

»Schon gut, Spock. Ich weiß, was Sie meinen.« Einmal mehr sah Jim hoch. Die Dunkelheit der künstlichen Nacht verdrängte das letzte Licht des Tages, und hinter der transparenten Decke leuchteten die ersten Sterne.

Kirk wandte sich der Tür zu, dazu entschlossen, die Melancholie im Park zurückzulassen. »Ich bedaure *nichts* davon«, sagte er. »Und wer weiß? Vielleicht lachen wir schon bald über diese Angelegenheit — in irgendeiner Bar auf Altair.« Die beiden Schotthälften glitten auseinander, und aus den Augenwinkeln sah Kirk das wieder völlig ausdruckslose, maskenhafte Gesicht des Vulkaniers. »Nun, wenigstens lache *ich* darüber.«

Spock hob eine Braue, trat in den Korridor und schlüpfte erneut in die Rolle des Ersten Offiziers.

»Ich hätte nichts dagegen, einige Tage auf Altair zu verbringen, Captain«, sagte er plötzlich. »Die Museen und Bibliotheken jenes Planeten genießen einen ausgezeichneten Ruf.«

Kirk schmunzelte und blieb vor der Tür des Turbolifts stehen. »Bisher wußte ich nicht einmal, daß es dort solche Einrichtungen gibt, Mister Spock!«

»Nun, Jim ... «, sagte McCoy gedehnt. »Eine genaue Diagnose wäre erst nach der umfassenden Untersuchung aller betroffenen Personen möglich.« Er machte es sich in seinem hochlehnigen Sessel bequem und legte die Füße auf den Schreibtisch, der das übliche Chaos offenbarte. »Du weißt sicher, daß Träume nur dazu dienen, mentalen Dampf abzulassen.« Der Blick seiner blauen Augen blieb die ganze Zeit über auf Kirk gerichtet. »Rein theoretisch ist das Bewußtsein viel zu zivilisiert, um gewisse Dinge zu denken. Es schreckt geradezu davor zurück. Verdrängung nennt man so etwas. Verdrängte Gedankenfetzen verschwinden allerdings nicht einfach so, sondern finden ihren Niederschlag in Träumen.« Der Bordarzt lächelte nachsichtig. »Wahrscheinlich ist es nur Zufall, daß die Personen, mit denen du gesprochen hast, an seltsamen ... Visionen litten.«

Kirk schüttelte den Kopf. »Das glaube ich nicht, Pille«, widersprach er, füllte zwei Cognacschwenker und reichte McCoy ein Glas. »Alle von mir befragten Besatzungsmitglieder beklagten die gleiche *Art* von Träumen.«

McCoy sah träge auf. Kirks Hinweise hatten durchaus etwas für sich, doch langjährige Erfahrungen und professionelle Prinzipien warnten ihn davor, voreilige Schlußfolgerungen zu ziehen. *In dieser Hinsicht würde mir selbst Spock zustimmen,* dachte er. Bestimmt war auch Jim bereit, jene Grundsätze zu respektieren. Es bereitete nicht die geringsten Probleme, einige Vid-Abtastungen vorzunehmen, doch ohne konkrete *Fakten* hielt er derartige Maßnahmen für unangemessen.

»Ich schlage vor, du erzählst mir noch einmal von deinen Träumen, Jim«, fügte McCoy hinzu und nippte an seinem Brandy.

Kirk seufzte resigniert und wiederholte die Schilderungen. »Vielleicht hast du recht«, schloß er. »Vielleicht nehme ich das alles wirklich zu wichtig.« Er zögerte, starrte auf den Schreibtisch und benutzte ihn als Fokus für seine Gedanken. »Zum Teufel auch, Pille, ich habe mir oft vorgestellt, eines Tages die *Enterprise* zu verlieren, und ich weiß auch, daß sich so etwas gar nicht vermeiden läßt.

Niemand bleibt ewig jung.« Er lächelte fast scheu. »Damit habe ich mich längst abgefunden. Außerdem: Ich vertraue Spock und hege keineswegs den Verdacht, daß er meinen Posten anstrebt. Er wäre gar nicht fähig, gegen mich zu intrigieren.« Er lachte — und brach plötzlich ab. »Oder?«

McCoy bedachte ihn mit einem durchdringenden Blick. »Wahrscheinlich handelt es sich um eine ganz gewöhnliche Was-wäre-wenn-Situation«, meinte er. »Du fragst dich unbewußt, was geschähe, wenn ein sturer, gefühlskalter Vulkanier das Kommando führte und dir Befehle erteilte. Vielleicht graut es einem Aspekt deines Ichs davor, Anweisungen von Spock entgegennehmen zu müssen, und deshalb versuchst du, mit dieser Furcht im Traum fertig zu werden.« Der Arzt beugte sich vor und stützte die Ellenbogen auf den Schreibtisch. »Um ganz ehrlich zu sein, Jim: Es würde mich überhaupt nicht überraschen, wenn die halbe Besatzung an einer solchen Phobie leidet. Aber da du der einzige an Bord bist, der einen höheren Rang bekleidet als Spock, empfindest du solche Vorstellung als besonders unangenehm und störend.« Er zuckte mit den Achseln. »Mach dir deswegen keine Sorgen, Jim. Unter der Maske des selbstbewußten Captains verbirgt sich nur Neugier, weiter nichts. Und das finde ich durchaus verständlich. Die Entscheidungen eines vulkanischen Kommandanten basierten allein auf Logik ...«

»Soll das etwa heißen, meinen Beschlüssen fehlt es an Rationalität?« warf Kirk ein.

McCoy schmunzelte. »Ganz und gar nicht, Jim«, erwiderte er leise. »Ich will auf folgendes hinaus: Spock hat etwas ... Rätselhaftes an sich, und daher neigen gewisse Leute dazu, sich ihn in der Rolle des Captains vorzustellen. In ihrer Phantasie verändern sie einen Teil der gewohnten Realität — um zu sehen, was sich darauf ergibt. So etwas ist normal. Und in Hinsicht auf Spock auch völlig sicher. Er legt keinen Wert darauf, Kommandant zu werden. Ein derartiger Ehrgeiz ist ihm fremd. Hinzu kommt: Ihr beide habt euch mehrfach gegenseitig das Leben gerettet. Dein

Unterbewußtsein kann also ganz beruhigt sein. Selbst wenn Spock eine Gelegenheit bekäme, das Kommando über die *Enterprise* für sich zu beanspruchen: Er nähme sie bestimmt nicht wahr. Ich schätze, er wäre nicht einmal *fähig*, dir irgend etwas zu befehlen.«

Bevor Kirk antworten konnte, griff McCoy nach der Flasche und schenkte nach. »Ich persönlich bezweifle, ob es irgend jemanden in Starfleet gibt, von dem du dich herumkommandieren ließest. Selbst die Anweisungen des Admiralstabs hast du häufig recht ... großzügig interpretiert. Wie dem auch sei: Manchmal wirst du es leid, dauernd ›Captain Kirk‹ zu sein. Tief in deinem Innern gibt es einen Selbstfaktor, der sich nach einem Vorbild sehnt – und ich muß eingestehen, daß der Erste Offizier dieses Schiffes entsprechende Qualitäten besitzt. Für den kleinen Jungen in dir ist Spock so etwas wie ein großer Bruder, zu dem man aufsehen kann.«

Kirk dachte darüber nach und spürte, wie seine Besorgnis nachließ. McCoys Ausführungen klangen vernünftig und ergaben einen Sinn. »Na schön«, brummte er. »Wie ich vorhin schon sagte: Vielleicht hast du recht. Andererseits: Bei deinen Erklärungen übersiehst du einen wichtigen Punkt.«

Der Arzt wartete.

»Spock«, fügte Jim hinzu und ließ damit die Bombe platzen.

McCoy starrte Kirk eine Zeitlang stumm an und hob fragend die Brauen. »Was ist mit ihm?«

»Er hatte genau den gleichen Traum wie ich. Er war der Captain und ich Fähnrich an Bord einer *Enterprise*, die sich auf irgendeine seltsame Art von dem uns vertrauten Raumschiff unterschied.«

McCoy streckte ruckartig die Hand nach einigen Speichermodulen aus, die an der einen Ecke des Schreibtischs einen gefährlich wackeligen Stapel bildeten. »Warum hast du mir das nicht gleich zu Anfang gesagt?« preßte er hervor und grinste. »Dann hätte ich mir den Vortrag über die Psychologie des Unterbewußtseins sparen können.«

Kirk erwiderte das Lächeln. »Ich glaube, ich brauchte eine Aufmunterung, Pille. Darüber hinaus hast du mir damit die Möglichkeit gegeben, meinen abendlichen Schreibarbeiten zu entfliehen und deinen Brandy zu probieren. Es ist nicht übel, eine Stunde auf so angenehme Weise zu verbringen.«

»Irgend jemand behauptete einmal, Raumschiffkommandanten suchten ständig nach direkten und unmittelbaren Lösungen für Probleme. Offenbar hatte der Betreffende nicht das Vergnügen, dich kennenzulernen.« McCoy stand auf und ging ins Vorzimmer seines Büros. »Ich möchte eine Liste aller Personen, mit denen du gesprochen hast!« rief er durch die offene Tür. »In der Zwischenzeit beauftrage ich einige meiner Assistenten mit ersten Untersuchungen. Ich werde mit allen Besatzungsmitgliedern reden, um die prozentuale Verbreitung der Symptome festzustellen. Wenn es nur einzelne isolierte Fälle sind, gibt es vermutlich psychologische Gründe: Streß, Langeweile, was auch immer.« McCoy kehrte mit mehreren elektronischen Notizblöcken zurück. »Aber wenn mehr als ein Viertel der Crew an solchen Träumen leidet ...« Er zögerte kurz. »Wenn es *mehr* sind, Jim, müssen wir sofort Startfleet Command verständigen und eine Starbase anfliegen.«

Kirk nickte. »Irgendeine Ahnung, Pille?« fragte er hoffnungsvoll.

»Ich bin Arzt«, sagte McCoy. Eins der kleinen Instrumente rutschte ihm aus der Hand und fiel zu Boden. »Kein Traumdeuter.« Er legte die restlichen Computerplatten auf den Tisch und schaltete das Interkom ein. »Schwester Chapel, schicken Sie sechs Labortechniker zu mir, und zwar auf der Stelle. Ich erwarte sie in genau einer Sekunde.«

Kirk belächelte den Arbeitseifer seines Freundes. »*Noch* bist du kein Traumdeuter — aber ich schätze, du wirst bald einer.« Er begriff, daß McCoy nun keine Zeit mehr für ihn erübrigen konnte, winkte zum Abschied und ging.

Als er durch den Korridor wanderte, um in sein Quartier zurückzukehren, verspürte er ein sonderbares Prikkeln. Er konnte nicht der Versuchung widerstehen, einen Blick über die Schulter zu werfen. Irgend etwas fühlte sich ... falsch an. Kirk schluckte, und vage Furcht kroch in ihm empor. Blieb ihnen noch genug Zeit, das Rätsel der verwirrenden Träume zu lösen?

Lieutenant Jeremy Richardson starrte auf das Bett herab und schauderte. Er justierte den Temperaturregler an der Wand, löschte das Licht, kroch unter die Decke und lauschte dem leisen Zischen seines Atems. Für einige Sekunden glaubte er, einen Schatten zu sehen, ein dunkles, schemenhaftes Etwas, das in Richtung Liege glitt und dabei allmählich Gestalt gewann. Richardson schloß die Augen, aber das Phantom blieb, schlüpfte hinter die Lider.

Es lächelte – mit seinen Lippen.

Und es winkte – mit seinen eigenen Händen.

KAPITEL 3

Captain James T. Kirk erwachte mitten in der Nacht und starrte durch eine Finsternis, die ihm schwärzer und dichter erschien als sonst. Ein durch die zarten Gespinste der Erinnerung hallender Schrei hatte ihn geweckt, und das Echo erzitterte noch immer in seinem Innern, erschütterte ihn bis zur Grundfeste des Ichs. Er versuchte, die Augen aufzuschlagen, aber die Lider waren schwer wie Blei, Arme und Beine gelähmt.

Die Bilder des Traums glitten wie bizarre Wesenheiten durch die Gewölbe des Bewußtseins, gespenstische Zuschauer in einer rein gedanklichen Welt. Ein rationaler Rest in der Selbstsphäre namens Kirk verglich sie mit Computerdaten, die sich der Aufbereitung durch ein neu eingespeistes Programm widersetzten. Der Mann kämpfte gegen die Benommenheit an, wand sich unter den zerknitterten Laken hin und her, bis Schweißtropfen auf seiner Stirn perlten.

Er wußte, daß er wach war, doch die alptraumhaften Visionen lösten sich nicht auf, hinderten ihn mit sturer Beharrlichkeit daran, in die ihm vertraute Welt zurückzukehren.

Das Denken wurde ihm entrissen und von unsichtbaren Händen wie Knetmasse modelliert, woraufhin es eine völlig neue Form gewann, die Struktur eines ihm fremden Individuums. Kirks Muskeln blieben so gespannt wie die Segel eines Schiffes, dessen Rumpf planetare Meere durchpflügte. Entsetzen fesselte ihn: Er erstarrte, wagte nicht einmal zu atmen. Erinnerungen rasten von ihm fort, als seine Vergangenheit durch einen langen, pechschwarzen Tunnel stürzte. Andere Reminiszenzen fluteten ihm entgegen und bereiteten emotionalen Schmerz. Frauen, die er geliebt hatte. Ein Schiff — *seins.* Alles verloren.

»S-Spock?« Ein Name, der durch das gequälte Bewußtsein tönte, sich jedoch nur als heiseres, rauhes Flüstern von den Lippen löste. Er brauchte die Hilfe des Vulkaniers – und begriff gleichzeitig, daß er sich zuviel erhoffte. Die psychische Verbindung zwischen ihnen erschien ihm dünn und faserig, als verflüchtige sie sich langsam.

Für einen kurzen schrecklichen Augenblick war Spock tot, und der Mensch wußte, daß ihn nurmehr Phantome umgaben. Bisher hatte er sich nie vor Einsamkeit gefürchtet, doch jetzt erfüllte das Grauen des Alleinseins jeden Winkel in ihm und preßte einen peinerfüllten Schrei aus der wie zugeschnürten Kehle. Die Gedanken des Mannes tasteten nach Spocks Bewußtsein ...

Nein, er war nicht tot. Nicht ganz. Er berührte den silbernen Faden, der sich zwischen seinem Geist und dem des Vulkaniers spannte, spürte die Kraft und den mentalen Beistand, trachtete danach, sich daran festzuklammern ... Aber das dünne Band gab nach und zerriß.

Die Zeit krümmte und verzerrte sich.

Der temporale Strom wich zurück, bildete eine hohe Stauwelle und gischtete wieder nach vorn.

Irgendwo unter den Schichten des bewußten Ichs warf sich der Mann vor, die Beherrschung verloren zu haben und einer primordialen Angst erlegen zu sein. Ein Captain mußte unter allen Umständen standfest bleiben, durfte nie aus der Rolle fallen. Doch als es ihm endlich gelang, die Lider zu heben, begriff er, daß es sich nur um einen Traum innerhalb eines Traums handelte.

Er schnappte unwillkürlich nach Luft und gab sich alle Mühe, in die Wirklichkeit zurückzufinden. Fast verzweifelt suchte er nach Antworten auf die Fragen, wo er sich befand und warum ihm soviel daran lag, mit seinen Gedanken jemanden zu erreichen, den er nie persönlich kennengelernt hatte. Noch rätselhafter erschien es ihm, weshalb er den vulkanischen Captain der *ShiKahr* für einen Freund hielt.

Er befreite sich aus den Dunstschwaden der Verwirrung,

atmete mehrmals tief durch und sank langsam auf das seltsame Bett zurück, als der Traum eine Metamorphose erlebte und zur Realität wurde.

Er warf einen raschen Blick zur anderen Liege und stellte fest, daß sein Stubengenosse — der ihm vor vierundzwanzig Stunden als Paul Donner vorgestellt worden war — noch immer schlief. Fest und traumlos.

Mühsam stand Kirk auf, wankte in die kleine Hygienezelle und spritzte sich kaltes Wasser ins Gesicht, bis die letzten Reste der Benommenheit von ihm wichen. Gleichzeitig brodelte wieder Zorn in seinem Innern. Wut darüber, daß er *nicht* der Captain eines Raumschiffes war, daß nicht einmal die Aussicht bestand, jemals ein eigenes Kommando zu übernehmen ... Die Träume erinnerten ihn nur an das finsterste Kapitel in seiner Vergangenheit, an die Talos-Maschine.

Aber selbst jene sonst so klaren und deutlichen Bilder in seinem Gedächtnis wirkten nun trüb und fern, kaum mehr als eine Vision, die nicht aus ihm selbst zu stammen schien. Kirk wußte, daß ihn Desorientierung und Bitterkeit noch eine Zeitlang begleiten würden. Starfleet hatte ihn vor sechs Monaten rekrutiert, und er hielt sich erst seit gestern an Bord der VSS *ShiKahr* auf. Argwöhnisch ließ er den Blick durch die Kabine schweifen, ignorierte das leise Schnarchen Donners und versuchte, in der unvertrauten Umgebung das Gefühl der Entfremdung abzuschütteln. Nichts schien an seinem gewohnten Platz zu sein — hatte er etwas anderes erwarten dürfen?

Nein. Und auch das Empfinden, irgend etwas ginge nicht mit rechten Dingen zu ... Er kannte es bereits vom Verfahren her.

Kirk sah noch einmal auf Donner herab und vergewisserte sich, daß er weiterhin schlief. Dann ging er auf leisen Sohlen durch den kleinen Raum und verharrte vor seinen persönlichen Sachen, die er achtlos in eine Ecke geworfen hatte. Vorsichtig griff er nach einem verkratzten Koffer, trug ihn zum Bett, klappte den Deckel auf und holte zwei kleine Gegenstände hervor. Mit zitternden Händen hob er den Injektor ins Licht, das durch die offene Tür der Hygienezelle fiel, füllte ihn mit den letzten Tropfen aus der Ampulle und schob den Ärmel der dünnen Schlafjacke hoch. Kirk zögerte kurz, als eine mahnende Stimme in ihm flüsterte und darauf hinwies, daß eine drogeninduzierte Hinnahme des Schicksals keine Probleme löste. Nach einigen Sekunden verklang das warnende Raunen und wich Traumbildern, die ihm einmal mehr vor Augen führten, was er verloren, was er nie besessen hatte.

Eine weiße Göttin, die mit erhabener Eleganz durchs All glitt ...

In Gedanken streckte Kirk die Hand danach aus, aber das visionäre Locken verschwand, und die Niedergeschlagenheit kehrte zurück.

Mit einem entschlossenen Ruck preßte er den Injektor ans bloße Handgelenk und zuckte kurz zusammen, als sich die Hochdruckkapsel mit einem leisen, schlangenartigen Zischen entlud. Kalte Flüssigkeit drang ihm in den Blutkreislauf.

Donner drehte den Kopf auf die andere Seite und hob kurz die Hand, als wollte er ein lästiges Insekt verscheuchen. Mit einem dumpfen Brummen rollte er sich auf den Bauch, schlang die Arme ums Kissen und schnarchte lauter.

Die Droge begann schon nach wenigen Sekunden zu wirken. Rasch verstaute Kirk Injektor und Ampulle, schob den Koffer zur Seite und kroch unter die Decke. Eine andere Art von Benommenheit erfaßte ihn, dämpfte die Gefühle, verdrängte die Verbitterung und ließ Platz für Ruhe. Ihm fiel ein, daß er gerade die letzte Lidazin-Dosis genommen hatte. Auf der Erde war diese Substanz praktisch überall erhältlich, aber an Bord eines Raumschiffes ... Wie sollte er sich demnächst mit Nachschub versorgen?

Langsam fielen ihm die Augen zu, und Kirk biß sich auf die Lippe, bis Schmerz alle Sorgen überragte. *Schlaf. In deinen Träumen begegnest du der Göttin.* Aber eben *nur* dort.

Fähnrich Kirk seufzte schwer und gab sich den Wirkungen der Droge hin. Sie gestaltete die Realität erträglicher für ihn, eine Welt, deren Bevölkerung aus Geistern und Phantomen bestand. Er war nicht mehr der Mann, den ihm die Träume zeigten. Oh, er hieß noch immer James T. Kirk, aber er befehligte kein Raumschiff, hatte sich ebenfalls in ein schattenhaftes Wesen verwandelt, das in den Gefilden einer surrealen Wirklichkeit wandelte. Der andere Kirk — ein Produkt seiner Phantasie, ein Fremder, der den Fähnrich im Schlaf heimsuchte und einen Rang verlangte, den ihm niemand geben konnte, zumindest nicht in diesem Universum.

Captain James T. Kirk existierte nicht mehr, als rund zwanzig Lichtjahre entfernt das romulanische Flaggschiff den Hyperraum verließ und die Zentralwelt des Reiches ansteuerte.

Captain Spock wanderte durch die ›nächtlichen‹ Korridore und beendete die Routineinspektion mit der für ihn typischen Sorgfalt. Alles war in bester Ordnung. Das Feuerkontrollsystem auf den Decks 4 bis 11 wies keine Defekte auf. Strahlung filterte durch ein Leck im Schacht des Maschinenraums, aber ihre Intensität blieb auf einem tolerierbaren Niveau. Chefingenieur Scott hatte die Materie-Antimaterie-Wandler höchstpersönlich überprüft und volle Energie für das Warptriebwerk bestätigt. Die derzeitige Geschwindigkeit der *ShiKahr* betrug Warp eins — normale Patrouille am Rand der Neutralen Zone.

Der Vulkanier hob den elektronischen Notizblock, sah auf die einzelnen Punkte seiner Checkliste, nickte zufrieden und kehrte in die Richtung zurück, aus der er gekommen war. Er ging durch einen langen, leeren Korridor, und plötzlich fühlte er eine seltsame Kühle. Schwindel erfaßte ihn, und die Schwerkraft verdoppelte sich jäh — das Deck schien seinem Kopf näher zu sein als den Füßen. Spock atmete tief durch, taumelte und runzelte verwirrt die Stirn; er litt zum erstenmal an solchen Gleichgewichtsstörungen.

Rasch streckte er den Arm aus, stützte sich an der Wand ab und hörte, wie die Computertafel mit einem viel zu lauten Krachen zu Boden fiel.

Die Realität zitterte wie ein unzufriedenes Kind, das einen Wutanfall bekam, und für den Hauch eines Augenblicks war der Korridor irgendwie ... *anders.* Helles Licht strahlte, und die Wände formten eine deutliche Wölbung, als erstrecke sich die Passage dicht unter der Diskuskuppel. An den Türen zeigten sich keine vulkanischen Schriftzeichen, sondern Buchstaben aus dem terranischen Alphabet. Englische Hinweise tanzten vor Spocks Augen.

Er versuchte, die absurden Eindrücke mit einem Zwinkern zu vertreiben, erinnerte sich an die Maßnahmen, mit denen man einen Schwindelanfall überwinden konnte. Er sank auf die Knie, preßte die Stirn an kühlen Stahl und atmete in tiefen, gleichmäßigen Zügen. Die Luft war nicht annähernd so dünn wie auf Vulkan, entsprach irdischem Standard.

Allein. Von jetzt an wirst du allein sein, Spock. Du bist nicht mehr mein Sohn.

Heftig schüttelte er den Kopf, um sich von den Worten zu befreien, die aus der Vergangenheit stammten und manchmal in sein Bewußtsein zurückkrochen. Worte, die sein Vater an ihn gerichtet hatte, als er zum Captain der *ShiKahr* wurde. Aus einem instinktiven Reflex heraus leugnete er ihre Bedeutung, doch gleich darauf mußte er sich eingestehen, daß Sarek mit ihnen eine tiefe Wahrheit zum Ausdruck brachte. Spocks Erwartungen erfüllten sich nicht: Während seiner langen Reisen durchs All fand er keine Freunde. Andererseits ... Die Erinnerungen, die er mit Vulkan und seinem dortigen Leben verband, wirkten vage und ähnelten eher den Bildern eines Vid-Schirms. Nun, vielleicht sollte er dafür dankbar sein — ein automatischer Mechanismus der Natur, der die Anpassung ans Hier und Jetzt erleichterte.

Die Übelkeit führte zu kurzen Magenkrämpfen, und Spock schmeckte das metallene Aroma eines Wahnsinns, den er schon seit Jahren nicht mehr gespürt hatte. Vulkan. T'Pring. Heim, Frau, Familie, Zukunft. Alles verloren. Was blieb ihm? Die Sterne — in diesem Punkt wäre T'Pring nie zu einem Zugeständnis bereit gewesen. Der Weltraum — Freiheit. Und die Aufgaben eines Kommandanten — ein ganz neues Zuhause.

Spock holte noch einmal tief Luft und versuchte aufzustehen. Aber bevor er Gelegenheit bekam, sich in die Höhe zu stemmen, erschien vor seinem inneren Auge ein Gesicht: scharfe Züge, gebräunte Haut, ausdrucksstarke nußbraune Augen, ein gewinnendes Lächeln. Eine Strähne des bronzefarbenen Haars reichte an der hohen Stirn herab. Ein Fremder, ja. Ein Mann, der ihm in Träumen begegnete.

T'hy'la? Der Vulkanier überlegte, ob jener Mensch ein Gefährte sein konnte, der ersehnte Freund, ein Bruder ... Nein. Eindrücke, die er während einer vorübergehenden Einschränkung der körperlichen oder geistigen Funktionalität empfing, waren sicher nicht genau genug.

Spock schloß die Augen, kämpfte gegen die Übelkeit an und richtete sich langsam auf. Schon nach wenigen Sekunden hielt er wieder inne, als die Knie nachzugeben drohten.

Stimmen wehten durch einen langen Tunnel, der weder einen Anfang noch ein Ende zu haben schien. Der Vulkanier lauschte eine Zeitlang und hob die Lider.

»Captain?«

Eine Hand berührte seine Schulter — fest, stark, menschlich.

»Ist alles in Ordnung mit Ihnen, Captain? Kommen Sie, setzen Sie sich. Ich gebe der Krankenstation Bescheid.«

Die Hand übte vorsichtigen Druck aus und wollte ihm dabei helfen, auf dem Deck Platz zu nehmen, aber Spock schüttelte den Kopf. Er zwinkerte erneut und konzentrierte sich auf die Konturen der unmittelbaren Umgebung. Chefingenieur Scott musterte ihn, während der imaginäre Tunnel schrumpfte und schließlich verschwand. Der Vulkanier atmete tief durch und spürte, wie die Realität stabiler wurde.

»Das ist nicht nötig, Mister Scott«, sagte er und trat aus einem Reflex heraus zurück, so daß der Mensch die Hand sinken ließ. Irgendein noch diffuser Teil seines Selbst begriff, daß ihn Scott zurückgeholt hatte — zurück von *wo?* Ein Hauch unlogischen Bedauerns regte sich in ihm. »Jetzt geht es mir ... wieder gut.«

Der Chefingenieur blieb skeptisch. »Sind Sie ganz sicher, Captain?« fragte er besorgt. »Nehmen Sie's mir bitte nicht übel, aber man könnte meinen, Sie seien gerade mit maximaler Warpgeschwindigkeit durch die Galaxis geflogen. Und zwar ohne Raumanzug!«

Der Vulkanier schüttelte einmal mehr den Kopf und strich geistesabwesend seine kastanienbraune Uniform glatt. Der seidige Stoff fühlte sich seltsam kalt an. Kalt und fremd und fehl am Platz. Er ließ seinen Blick durch den Korridor wandern. Alles normal. Die richtige Wölbung der Wände. Vulkanische Schriftzeichen. Das Licht für die Bordnacht getrübt. Alles so, wie es sein sollte.

»Ich möchte mich jetzt in ... mein Quartier zurückziehen, Mister Scott«, sagte er in einem Tonfall, der jedem Einwand vorbeugte. »Sie können nun wieder Ihren Pflichten nachgehen.«

Der Mensch starrte ihn verblüfft an. »Mit allem gebührenden Respekt, Captain: Es ist drei Uhr morgens. Meine Schicht ging schon vor vier Stunden zu Ende.« Er streckte die Hand aus, um den vulkanischen Kommandanten zu stützen, aber der Arm sank herab, als Spock fortwich und es vermied, noch einmal berührt zu werden. »Geben Sie mir wenigstens die Möglichkeit, Sie zu Ihrer Kabine zu begleiten«, sagte er.

Spock überlegte kurz und nickte. »Na schön, Mister Scott.« *Es hat keinen Sinn, ihm zu widersprechen,* dachte er und erinnerte sich an die manchmal so verwirrende Anteilnahme der Menschen. Er beobachtete den Techniker unauffällig, als sie sich in Bewegung setzten und eher langsam zum Turbolift gingen. Dort blieb Spock stehen und wandte sich um. Das Gesicht des Chefingenieurs brachte

Mitgefühl und freundschaftliche Wärme zum Ausdruck – aber die Züge unterschieden sich von denen, die er in der sonderbaren Vision gesehen hatte.

»Es geht mir gut, Mister Scott«, betonte er noch einmal und sehnte sich plötzlich danach, allein zu sein. »Sie brauchen sich keine Sorgen mehr um mich zu machen.«

Scott schwieg eine Zeitlang, nickte dann und trat widerstrebend beiseite. Er wußte, wie sinnlos es war, die Sturheit des vulkanischen Captains verstehen zu wollen.

Fähnrich Jim Kirk befand sich erst seit zwei Tagen an Bord der VSS *ShiKahr*, als es zur ersten Auseinandersetzung kam. Er starrte den jungen eingebildeten Streithahn an, mit dem er die Kabine teilen mußte, und der jäh in ihm brodelnde Zorn ließ dunkle Flecken auf seinen Wangen entstehen.

»Hör mal, Kirk«, knurrte der arrogante Bursche, grinste spöttisch und preßte Jim mit seinem Gewicht an die Wand. »Ich lege ebensowenig Wert auf deine Gesellschaft wie du auf meine. Und deshalb wirst du dich gefälligst an meine Anweisungen halten.«

Jim wand sich vergeblich hin und her. Donner war mindestens fünfzehn Kilo schwerer und fast fünfzehn Zentimeter größer; und er wirkte weitaus aggressiver, als es Kirk jemals sein konnte. Verschiedende Dinge hatten ihm seinen charakteristischen Kampfinstinkt geraubt: die Dunkle Epoche auf der Erde, die Wiedereinführung des Wehrdienstes, die romulanischen Streitkräfte, die erneut das stellare Territorium der Allianz bedrohten. Aber als er die unverhohlene Verachtung in Donners rundem Babygesicht sah, kehrte zumindest ein Teil der Hitze des alten Feuers in ihn zurück.

»Warum rutscht du mir nicht einfach den Buckel runter, Donner?« fragte er kühl, hob das Knie – und stöhnte schmerzerfüllt, als sich die Hand des stämmigen Mannes fester um seine Kehle schloß. »Du solltest dich besser an mich gewöhnen, wenn wir hier zusammen wohnen müssen«, brachte er dumpf hervor.

Donner lockerte den Griff etwas und beugte sich näher heran.

»Ich war zuerst hier, Rekrutenarsch!« brummte er höhnisch.

Kirk lachte und ignorierte den Schmerz im Hals, in Armen und Beinen. Seine Stimme klang trügerisch sanft, als er antwortete: »Das trifft auch auf die Neandertaler zu, Donner. Vergiß nicht, Soldat: Starfleet ist mir völlig schnuppe. Ich kann die Allianz nicht ausstehen, und mit deinem verdammten Überlegenheitskomplex fällst du mir gehörig auf den Wecker! Irgendwann haue ich ab – selbst wenn ich dadurch uns *beide* umbringe.« Ein hintergründiges Lächeln zitterte in seinen Mundwinkeln. »Andererseits: Vielleicht verschwindest du einfach – wie deine prähistorischen Vorfahren!«

Donner lachte laut und gab Jim einen Stoß, der ihn an die Stahlwand schleuderte. Er schüttelte die Hände, als wolle er Schmutz von ihnen abstreifen.

»Für einen *kleinen* Hurensohn riskierst du eine ziemlich *dicke* Lippe.« Donners Finger tasteten nach dem Kragen von Kirks Uniformpulli, und in seinen schiefergrauen Augen funkelte es. »Hör gut zu, du Winzling: Deine persönlichen Hintergründe sind praktisch allen Besatzungsmitgliedern an Bord dieses Schiffes bekannt. Offenbar gab man dir die Möglichkeit, zwischen Starfleet und dem Kittchen zu wählen. Und aus irgendeinem unerfindlichen Grund hast du dich für die Flotte entschieden. Du mußt also die Konsequenzen tragen, Mistkerl. Andernfalls wird es mir ein Vergnügen sein, dich regelmäßig durch die Mangel zu drehen, klar?«

Kirk erwiderte den Blick des anderen Fähnrichs mit brennendem Haß. Warum mußte er seine Unterkunft ausgerechnet mit Donner teilen? »Hast du die Nachfolge Gottes angetreten?« fragte er mit beißender Ironie.

Der größere Mann zuckte nur mit den Schultern und grinste hämisch. »Es hat seine Vorteile, zur Sicherheitsabteilung zu gehören, Kirk«, erwiderte er unschuldig. »Du kannst von Glück sagen, daß Vulkan bei der irdischen Regierung intervenierte. Sonst hätte man dir bestimmt keine Wahl gelassen und dich an den nächsten Hochspannungskabeln aufgehängt! Aber da du nun einmal hier bist und wir uns für die Dauer deines ach so netten Besuchs mit dir abfinden müssen, solltest du dir verdammt schnell über eines klarwerden: Von jetzt an bist du mein ganz persönlicher Sklave. Verstanden, Winzling? Du ißt nur dann, wenn ich es dir erlaube. Du wirst mich auf Knien bitten, unter die Decke kriechen und an der Matratze horchen zu dürfen. Ich verlange absoluten Gehorsam von dir!«

Aus den Augenwinkeln beobachtete Kirk, wie einige andere Crewmitglieder neugierig näher kamen. Scham rötete ihm die Wangen, doch unmittelbar darauf wogte eine seltsame Benommenheit heran. Schwindel und Übelkeit erfaßten ihn, als die Konturen der Umgebung einer plötzlichen Veränderung unterzogen wurden, als sich zwei verschiedene Wirklichkeiten überlagerten. Für einige Sekunden verschmolzen Traum und Realität miteinander, und Jim starrte Donner nur stumm an, bis der Zorn erneut in ihm eruptierte. Er senkte den Kopf und biß sich auf die Lippe, um das Feuer der Wut einzudämmen — ein Kampf, den er nicht gewinnen konnte.

»Ich verstehe, was du meinst, Donner«, sagte er in einem eigentümlich klagenden, fast wimmernden Tonfall. »Ich weiß jetzt, daß du bis zu deinem zwanzigsten Geburtstag mit Puppen gespielt und Lippenstifte benutzt hast. He, warum trittst du nicht als Artist auf? Niemand außer dir ist so ungeheuer gelenkig, den Hintern mit dem Kopf zu vertauschen!«

Wie aus weiter Ferne hörte Kirk das anerkennende Lachen der übrigen Männer.

Das war seine letzte bewußte Wahrnehmung, bevor ihn Donners Fäuste in eine längst vertraut gewordene Alptraumschwärze schleuderten. Aber selbst in der Niederlage schmeckte Jim das süße Aroma des Sieges.

Er ließ sich nicht herumkommandieren, gehörte niemandem.

In jener Woche kam es zu drei weiteren Konfrontationen. Als Fähnrich James Kirk am vierten aufeinanderfolgenden Tag nicht zum Dienst erschien, erhielt er die schriftliche Aufforderung, sich im Quartier des Captains zu melden. Dort sollte er erfahren, welche disziplinarische Maßnahmen man gegen ihn erwog.

Kirk ignorierte den Befehl.

KAPITEL 4

Lieutenant Commander Montgomery Scott nahm eine sorgfältige Überprüfung der Materie-Antimaterie-Wandler vor. Zwar zeigte das kleine Meßinstrument keine energetischen Fluktuationen an, aber trotzdem richteten sich seine Nackenhaare auf. Verwundert schüttelte er den Kopf und ließ seinen Blick durch den Maschinenraum schweifen. Es hatte bereits die Nachtschicht begonnen, und drei Techniker saßen an ihren Pulten. Einer von ihnen wirkte irgendwie nervös. Scott runzelte die Stirn, kontrollierte erneut die so wichtige Balance zwischen gewöhnlicher Materie und den Antipartikeln und erhielt genau die gleichen Werte.

Doch die sonderbare Unruhe blieb in ihm. Er kannte die *ShiKahr,* und irgend etwas fühlte sich ... falsch an, geradezu *gespenstisch.* Erneut sah er in Richtung Techniker und überlegte, ob sie sich überhaupt seiner Präsenz bewußt waren. Donnelly und Anderson erweckten den Eindruck, als seien sie völlig unbesorgt; vielleicht langweilten sie sich sogar. Aber Reichert ... Er rutschte ständig auf seinem Sitz hin und her.

Scott trat hinter ein Schott und beobachtete den betreffenden Mann eine Zeitlang. Sein Wissen über den Fähnrich beschränkte sich darauf, daß er seit rund sechs Monaten zur Besatzung gehörte — ein ruhiger, ausgeglichener Mann, der überdurchschnittlich gute Arbeit leistete. Er kam nie zu spät, wurde nie krank ... Und er teilte die Vorliebe des Chefingenieurs für guten Scotch.

Scotty lächelte stumm, wurde jedoch sofort wieder ernst, als er sah, wie Reichert zwinkerte und unsicher aufstand. Mit der einen Hand hielt er sich an einer Schalttafel fest, die in Brusthöhe aus der Wand vor ihm ragte. Die anderen Techniker saßen ein wenig abseits und schenkten ihrem Kollegen keine Beachtung. Nur Scott bemerkte das sonderbare Verhalten und erinnerte sich in diesem Zusammenhang an seine Begegnung mit Spock in der vergangenen Nacht. Bevor er den Spähposten am Schott verlassen konnte, straffte Reichert seine Gestalt und sah sich schuldbewußt um. Einige Sekunden lang setzte er seine Arbeit fort, als sei überhaupt nichts geschehen. Dann wandte er sich ruckartig von der Konsole ab, und Scott glaubte schon, der junge Fähnrich habe ihn entdeckt.

Aber Reichert ging wortlos an seinem Versteck vorbei, trat an die beiden anderen Techniker heran und klopfte Donnelly auf die Schultern. »He, Jungs, ich brauch' was zum Beißen«, sagte er lässig. »Behaltet bitte die Anzeigen meines Pultes im Auge.«

Donnelly lächelte. »In Ordnung, Carl.« Er stand auf, ging zur entsprechenden Konsole und rief: »Bring mir eine Tasse Kaffee und einen Pfannkuchen mit!«

Reichert verharrte kurz an der Tür und deutete eine Verbeugung an. »Sehr wohl, Admiral«, erwiderte er und verschwand im Korridor.

Scott setzte sich wieder in Bewegung und spürte eine gewisse Verlegenheit, als er über Donnellys Schulter starrte. Einige Sekunden lang beobachtete er die kleinen Monitore, deren grafische Darstellungen den Energiefluß der Wandler beschrieben – und plötzlich umklammerte eisige Kälte sein Herz.

»Lieber Himmel, *sehen* Sie das denn nicht?« platzte es aus ihm heraus. »Irgend etwas blockiert den verdammten Energieaustausch!«

Donnelly kniff die Augen zusammen und betrachtete die digitalen Anzeigen. »Reichert meinte, es sei eine Fehlfunktion des Pultes«, entgegnete er und musterte den Chefingenieur neugierig. »Er sagte, Sie wüßten darüber Bescheid, und Anderson und ich sollten die Finger davon lassen.« Er erblaßte, als er begriff, welche Gefahr drohte.

Entsetzen schnürte Scottys Kehle zu. Er wirbelte um die

eigene Achse, stürmte durch den Raum zum Interkom. »Scott an Brücke! Captain Spock, bitte melden!«

»Hier Spock«, lautete die ruhige Antwort.

»Captain!« fauchte der Chefingenieur ins Mikrofon. »Desaktivieren Sie sofort alle primären und sekundären Anlagen!« Er drehte kurz den Kopf und sah Connellys bleiches Gesicht, das Grauen in seinen Augen. »Schalten Sie alles ab, bis auf die Lebenserhaltungssysteme!«

Er brauchte keine Erklärung hinzuzufügen, hörte erleichtert, wie der Kommandant die Anweisungen weitergab. Es erfüllte ihn mit Stolz, daß Spock – ein auf Logik, Rationalität und Gewissenhaftigkeit eingeschworener Vulkanier – ihm sofort vertraute, obgleich ihm wichtige Informationen fehlten.

»Wir haben hier unten ein Problem«, fuhr Scott fort und spürte fast körperlich, wie für das große Raumschiff ein energetischer Schlaf begann. »Und zwar ein ziemlich ernstes, Captain.«

»Könnten Sie mir bitte Einzelheiten nennen, Mister Scott?« drang Spocks nach wie vor völlig gelassen klingende Stimme aus dem Lautsprecher.

Der Chefingenieur schluckte und fühlte, wie ihm kalter Schweiß von der Stirn tropfte. »Das Ventil für den Energiefluß in den Materie-Antimaterie-Wandlern ist geöffnet geblieben. Wir müssen das energetische Niveau der Bordsysteme auf ein Minimum beschränken und den Warpflug unterbrechen, bis ich feststellen kann, welcher Schaden angerichtet wurde.«

Eine kurze Stille folgte, als Spock nachdachte. »Wenn ich mich recht entsinne, wird der Materie-Antimaterie-Fluß ständig von Computern überwacht. Irgendwelche Abweichungen von der Norm hätten bei jeder routinemäßigen Kontrolle auffallen müssen.«

Scott wechselte einen raschen Blick mit Donnelly und sah die Besorgnis des jungen Fähnrichs. In seinem Innern verkrampfte sich etwas. »Aye, Captain. Sie haben völlig recht. Genau darum geht es ja. Ich befürchte, es steckt bewußte Sabotage dahinter!« Er schüttelte den Kopf und suchte nach den richtigen Worten. Die Schlußfolgerungen konfrontierten ihn mit neuerlichem Schrecken. »Wer auch immer für die technische Manipulation verantwortlich ist — er sorgte dafür, daß sich bei einer Überprüfung mit Tricordern nur normale Werte ergaben.« Er senkte unbewußt die Stimme und begriff den Ernst seines Vorwurfs. »Es grenzt an ein verdammtes Wunder, daß wir nicht alle in die Luft geflogen sind! Wenn ich nur zehn Minuten später Verdacht geschöpft hätte ...« Er brach ab.

Spock antwortete nicht sofort. »Nun, gut, Mister Scott«, sagte er schließlich. »Alle nicht unbedingt erforderlichen Systeme sind desaktiviert, und der Warptransit ist unterbrochen. Wir fliegen wieder mit Impulskraft.« Der Captain zögerte und sprach ebenfalls leiser, als er hinzufügte: »Darüber hinaus schlage ich vor, Sie versiegeln den Maschinenraum bis zur Identifizierung des Verantwortlichen.«

Ein dicker Kloß entstand in Scotts Hals. »Äh ... Captain ...«, stammelte er. »Der Hauptverdächtige hat unsere Sektion gerade verlassen. Er meinte, er wolle den Speisesaal aufsuchen und etwas essen.«

»Ich verstehe«, sagte der Vulkanier, und Scott stellte sich vor, wie er die geschwungenen Brauen wölbte. »Ich lasse ihn dort verhaften. Bitte benachrichtigen Sie mich, sobald die Reparaturarbeiten beendet sind, Mister Scott. Suchen Sie nach der Lösung des gegenwärtigen Problems die Krankenstation auf. Ich möchte den Zwischenfall mit Ihnen und Ihren Mitarbeitern besprechen.«

Der Chefingenieur holte tief Luft — es hätte schlimmer kommen können. »Aye, Captain. Scott Ende.« Er sah Donnelly an, dessen Gesicht noch immer kalkweiß war, rang sich ein Lächeln ab und trat an das Pult zur Überwachung des Energieflusses heran. »Seien Sie unbesorgt, Junge«, sagte er freundlich. »Der Captain beißt nicht, und gerade er dürfte in der Lage sein, dieser Sache auf den Grund zu gehen.«

Donnelly blieb skeptisch, nickte aber und starrte auf die Datenkolonnen der sogenannten *Fehlfunktion.* »Warum sollte Reichert so etwas anstellen, Sir?« brachte er verwirrt hervor.

Erneut lief es Scott kalt über den Rücken. »*Diese* Frage überlassen wir am besten den Spezialisten in der psychologischen Abteilung. Ich habe nicht die geringste Ahnung, warum jemandem daran gelegen sein sollte, das Schiff — und damit auch sich selbst — in atomare Schlacke zu verwandeln.« Er lächelte schief, entspannte sich ein wenig und trat in den nur matt erhellten Korridor, der zur Jeffries-Röhre führte. Dort begann er mit der Suche nach technischen Schäden und deutete auf einen Gürtel mit komplizierten Instrumenten. »Reichen Sie mir die Erg-Sensoren, Junge«, brummte er, kletterte auf den schmalen Laufsteg und nahm die kleinen Werkzeuge entgegen. Die Hände des jungen Fähnrichs zitterten wie Espenlaub. »Und nun ... Gehen Sie zum Pult und geben Sie mir sofort Bescheid, wenn sich die Anzeigen ändern.«

Donnelly kam der Aufforderung sofort nach und wechselte einen raschen Blick mit Anderson, als er durch den Hauptraum eilte.

»Wie knapp war's, Dave?« fragte der andere Ingenieur und starrte in die kleine Passage, in der Scott erste Untersuchungen vornahm.

Donnelly zuckte mit den Schultern und gab sich gleichgültig. »Knapp genug«, antwortete er und beobachtete die Konsole. Schon nach kurzer Zeit kehrten die Werte in den normalen Bereich zurück. »Jetzt ist wieder alles in Ordnung, Mister Scott«, sagte er ins Interkom-Mikrofon.

Wenige Minuten später erschien der Chefingenieur im Zugang des Wartungsschachtes, und in seinem markanten Gesicht stand deutliche Erleichterung geschrieben. Er blieb neben Donnelly stehen und klopfte ihm auf die Schulter. »Tja, mein Bester, jetzt können wir alle aufatmen«, knurrte er. »Glücklicherweise mangelte es unserem Freund an Erfahrung. Um ganz ehrlich zu sein: Eigentlich stellte er sich bei der Sabotage sogar ausgesprochen dumm an. Wir sind noch einmal mit dem sprichwörtlichen blauen Auge davongekommen.«

Trotzdem behielt Scott die Datenfolgen auf den kleinen Monitoren im Auge – nur um ganz sicher zu sein.

Captain Spock stand auf, verließ den Befehlsstand der Brücke, trat an die wissenschaftliche Station heran und sah über die Schulter des Ersten Offiziers Chekov. Aus irgendeinem Grund spürte er eine gewisse Faszination, die von den Computeranlagen ausging und eine überraschend starke emotionale Reaktion in ihm hervorrief. Das leise Summen der Schaltkreise erschien ihm weitaus verlockender und *realer* als die Pflichten des Kommandanten. Spock verdrängte dieses unlogische Empfinden sofort. Schon seit fast sieben Jahren nahm er in der Allianz den Rang eines Captains ein, und unter den gegenwärtigen Umständen hielt er es für unangebracht, wichtige Veränderungen in seiner beruflichen Laufbahn zu erwägen.

»Nach den Sensoren zu urteilen umgibt uns nur leerer Raum, Captain«, meldete Chekov aus einem Reflex heraus. »Es befinden sich keine romulanischen Schiffe in der Nähe der Neutralen Zone.«

Spock nickte. »Wie steht es mit Mister Scotts Reparaturarbeiten?«

Chekov betätigte einige Tasten, stellte eine Verbindung zu den Kontrollen im Maschinenraum her und verglich die angezeigten Werte mit der programmierten Norm. »Der Materie-Antimaterie-Fluß ist nun wieder stabil, Sir«, stellte der Erste Offizier fest. »Der Chefingenieur teilt mit, die Reparaturen seien abgeschlossen. Er fügte hinzu, er wolle jetzt die Krankenstation aufsuchen – wie von Ihnen befohlen.«

»In Ordnung, Commander Chekov«, sagte Spock. »Verständigen Sie Doktor McCoy. Ich mache mich jetzt ebenfalls auf den Weg.« Er drehte sich um und schritt zur Tür. Doch bevor er den Turbolift erreichte, vernahm er ein leises Surren, das auf eine eintreffende Nachricht hinwies. Er sah zum Kommunikationspult und beobachtete, wie Uhura das Decodierungsmodul zum Ohr hob und eine Subraum-Botschaft entgegennahm. Der Captain wartete geduldig. Bisher hatten sie keine besonderen Meldungen empfangen; wenn FleetCom ausgerechnet jetzt einen Kontakt herstellte ...

Nach wenigen Sekunden wandte sich Uhura von ihrem Pult ab und schob das Modul in den Aufzeichnungsschlitz der Hauptkonsole. Der Bordcomputer fragte die ermittelten Daten ab und speicherte sie.

»Lieutenant?« fragte Spock, als Uhura weiterhin schwieg. Sie zwinkerte verwirrt, und in ihren Augen glomm vage Furcht.

Sie begegnete dem Blick des Captains, runzelte die Stirn und deutete unsicher auf die Decodierungseinheit. »Ich ... ich weiß nicht recht, Sir«, brachte sie schließlich hervor. »Die Botschaft ... Vielleicht kam es zu einem Übermittlungsfehler.«

Der Vulkanier näherte sich der Kom-Station. Einmal mehr glaubte er zu spüren, daß irgend etwas nicht mit rechten Dingen zuging. Kurzer Schwindel erschütterte seinen Gleichgewichtssinn, und mit reiner Willenskraft unterdrückte er die in ihm keimende Übelkeit. »Wie lautet die Nachricht, Lieutenant?« erkundigte er sich, verärgert darüber, daß er die Frage wiederholen mußte.

Uhura schüttelte den Kopf, und ihr Blick wanderte kurz über die Brücke. Niemand drehte sich zu ihr um; alles schien in bester Ordnung zu sein. »Es handelt sich um einen Prioritätscode, Captain«, sagte sie leise. »Ich schlage vor, Sie entschlüsseln die Meldung selbst.« Sie musterte den Vulkanier, und ihre dunklen Augen brachten einen stummen Hinweis zum Ausdruck. »*Allein*, Sir.«

Spock wölbte eine Braue. »Ich verstehe.« Er zögerte nicht, seinem Kommunikationsoffizier zu vertrauen. »Nun gut, Lieutenant. Ich nehme die Botschaft in Doktor McCoys Büro entgegen. Bitte teilen Sie Mister Scott mit, daß ich ihn später in meinem Quartier erwarte.« Er wandte den Blick nicht sofort von Uhura ab und überlegte, was ihr einen solchen Schrecken eingejagt haben mochte. Aber die junge Frau blieb stumm, und daraufhin betrat Spock den Turbolift.

Wahrscheinlich bekam er schon sehr bald eine Antwort auf seine Frage.

In der Krankenstation herrschte bereits das Halbdunkel der Bordnacht. Zehn Patienten schliefen auf ihren Diagnoseliegen, und abgesehen vom leisen Summen des Medo-Computers war alles still. Captain Spock ging an den Betten vorbei und musterte dabei die im Schlaf entspannten Gesichter. Einige erkannte er sofort, andere erschienen ihm fremd. Dennoch fühlte er eine tiefe Verbundenheit zu den namenlosen Männern und Frauen. Eine junge Rigelianerin lag reglos auf der Seite, und einige Sekunden lang fragte sich Spock, wie sie trotz ihrer Jugend einen Posten an Bord der *ShiKahr* bekommen hatte: Sie konnte kaum neunzehn rigelianische Jahre alt sein. Er richtete einen neugierigen Blick auf die Kontrollfläche über dem Bett und interpretierte die Daten der Lebensindikatoren. Die Symptome deuteten auf eine schwache Form von Hämoatrophie hin. Nicht weiter schlimm: Die Patientin würde sich schon bald erholen, und diese Erkenntnis erfüllte den Captain mit einer gewissen Erleichterung. Trotz der Lehren Sareks empfand er ein Mitgefühl, bei dem es in erster Linie um sein Schiff ging, die Crew, all jene Lebensformen, die er als ›Freunde‹ erachtete. Wenn ihn andere Vulkanier aufgrund dieser Verletzung logischer Prinzipien für *T'kaul'ama* hielten, so war er bereit, sich damit abzufinden.

Er blieb noch einige Sekunden lang am Bett der Rigelianerin stehen und setzte dann den Weg zu McCoys Büro fort. Als ihn nur noch wenige Meter von der Tür trennten, glitt das Schott auf, und Lieutenant Christine Chapel trat ihm entgegen. Spock wich zur Seite.

»Oh!« entfuhr es der Krankenschwester überrascht, und

sie zwinkerte im farblosen Zwielicht. Sofort senkte sie die Stimme. »Captain Spock«.

Der Vulkanier neigte den Kopf. »Schwester Chapel ...«, erwiderte er förmlich. »Ich hoffe, es geht Ihnen gut.«

Die junge Frau lächelte freundlich. »Ja, Captain, vielen Dank.« Sie hob eine Computertafel. »Doktor McCoy hat Fähnrich Reichert ein Sedativ gegeben. Er war ziemlich ... unruhig, als er eingeliefert wurde.«

Spock nickte und betrachtete die Anzeigen des kleinen Schirms. Sie beschrieben den Zustand des Patienten folgendermaßen: Paranoia, Selbstmordtendenzen, Halluzinationen. Der Captain runzelte die Stirn und erinnerte sich an seine desorientierenden, visionären Erlebnisse. »Gibt es noch weitere Fälle von ... Halluzinationen?« fragte er.

Chapel musterte ihn verwirrt und dachte nach. »Nein«, entgegnete sie. »Zumindest keine klinischen.« Sie nickte in Richtung einer Diagnoseliege. »Unteroffizier Devoran leidet an ähnlichen Symptomen. Sie kam heute nachmittag und klagte über Migräne und Schwindelanfälle.« Chapel lachte – es klang ein wenig nervös. »Sie behauptete, sonderbare Dinge zu sehen. Geister und dergleichen ...«

»Geister?«

Die Schwester zuckte mit den Achseln. »Sie bat mich, mit niemandem darüber zu sprechen, aber ... Nun, Reichert hat uns alle in große Gefahr gebracht, und deshalb sollten Sie Bescheid wissen.«

Spock nickte und beobachtete die schlafende Devoran. Er hatte sie nur einmal kurz gesehen und erinnerte sich daran, daß sie zur Sicherheitsabteilung gehörte. »Hat sie die ... Geister beschrieben, Schwester?«

Chapel schüttelte den Kopf, und über ihren Brauen bildeten sich dünne Falten. »Nein, sie nannte keine Einzelheiten.« Sie zögerte und warf einen kurzen Blick auf den Diagnoser über Devorans Liege. »Doktor McCoy hat sie gründlich untersucht und konnte keine physische oder psychische Ursache für die Anomalie finden. Er verabreichte ihr ein leichtes Beruhigungsmittel und meinte, er wolle sie eine Zeitlang unter Beobachtung halten. Soweit ich weiß, ist morgen früh ein umfassender Psychotest vorgesehen.«

Der Vulkanier dachte darüber nach und entschied sich erneut dagegen, von seinen Erfahrungen zu berichten. Wenn FleetCom erfuhr, daß ein Raumschiffkommandant an Halluzinationen litt ... Der menschliche Teil seines Wesens hatte ihm bereits genug Probleme mit dem Hohen Rat beschert, und wenn jene Vorurteile neue Nahrung fanden, bestand die zwangsläufige Folge aus einer weiteren Verschlechterung seiner Situation.

Er nickte knapp. »Danke, Schwester. Sie können gehen.«

Chapel verließ die Krankenstation, und Spock bedachte Unteroffizier Devoran mit einem besorgten Blick, bevor er McCoys Büro betrat.

Die Realität erzitterte, doch der Vulkanier formulierte einen mentalen Bann und verscheuchte die *Geister.* Seine Logik setzte sich durch.

Zum hundertsten Mal sah Doktor Leonard McCoy auf die Anzeigetafel über Reicherts Kopf und konnte noch immer nicht fassen, was die medizinischen Untersuchungen so deutlich bestätigten: zwei Enzephalogramme. Zwei völlig verschiedene Gehirnwellenmuster. McCoy hatte noch nie zuvor etwas derart Absurdes und Bizarres festgestellt, nicht einmal bei besonders ausgeprägten Fällen akuter Schizophrenie. Reicherts Gehirn schien auf zwei unterschiedlichen und voneinander unabhängigen Ebenen zu arbeiten.

Die Brauen des Bordarztes formten ein nachdenkliches V, und er kniff die Augen zusammen, als er das Gesicht des jungen Mannes beobachtete. In den geweiteten Pupillen des Technikers irrlichterte Zorn und brannte der Wunsch, zu zerstören und zu töten. Trotz des starken Sedativs bildeten die einst glatten und sanften Züge eine fratzenhafte Grimasse, die sowohl Mitleid erweckte als auch furchterweckend wirkte.

McCoy lächelte aufmunternd und ignorierte die gespenstische Kühle, die ihm über den Rücken rann. »Fühlen Sie sich jetzt besser, Carl?«

Reichert starrte nur stumm zu ihm auf, und in seinen grünen Augen glitzerte Haß.

Geistesabwesend streckte der Arzt die Hand aus und klopfte dem Fähnrich beruhigend auf den Arm. »Seien Sie unbesorgt«, brummte er. »Sicher stellt sich bald heraus, was Ihnen fehlt. Vermutlich können Sie schon in einigen Tagen entlassen werden.« Noch während er diese Worte sprach, regte sich Zweifel in ihm. In der ganzen Geschichte der Allianz hatte nie jemand versucht, ein Raumschiff zu zerstören. McCoy überlegte voller Unbehagen, welche Konsequenzen sich aus Reicherts Sabotageakt für die Menschen an Bord von interstellaren Kreuzern ergeben mochten. Der vulkanische Hohe Rat hatte sich nur widerstrebend bereit erklärt, menschliche Besatzungsmitglieder zu akzeptieren, und der Anschlag des jungen Fähnrichs konnte in diesem Zusammenhang nicht ohne Folgen bleiben ...

Er unterbrach seinen Gedankengang, als er ein leises Läuten vernahm. Es stammte vom elektronischen Melder an der verriegelten Tür des Sicherheitsbüros.

»Hier McCoy«, sagte er sofort. »Sind Sie das, Spock?«

»Bestätigung, Doktor«, erklang die gedämpfte Stimme des Vulkaniers.

Der Bordarzt wandte sich der kleinen Kontrollfläche an der Wand zu und gab den Code ein, der das Schott öffnete. Er lächelte, als der Captain eintrat. Zwar befand er sich fast ebensolange an Bord wie Spock, aber ihre Begegnungen fanden noch immer in einer ganz speziellen psychologischen Arena statt. Anspielungen, Sticheleien, Spott und hintergründige Ironie — so lauteten die Spielregeln für ihr Verhalten. Einige Sekunden lang musterte er den Vulkanier, sah den beigefarbenen Glanz des Kommandopullis, das sanfte Schimmern der veloursartigen Hose, die kniehohen schwarzen Stiefel. Plötzlich wirkten diese Dinge fehl am Platze, und er glaubte Spock für eine Art Kostümball verkleidet. Amüsiert stellte er sich ihn als einen Karnevalspiraten vor und dachte: *Es fehlen nur noch die Ohrringe.* Einige Augenblicke später verdrängte er diese imaginären Bilder und deutete auf einen Sessel. Mit einem leisen Zischen glitt das Schott wieder zu.

»Bevor wir beginnen, Doktor ...« Der Vulkanier nahm Platz und saß kerzengerade. »Ich muß eine Nachricht von FleetCom entgegennehmen.«

McCoy nickte und hörte einen scharfen Unterton in der Stimme. Es überraschte ihn, daß sich Spock überhaupt damit aufhielt, ihm eine solche Mitteilung zu machen. Mit einer übertrieben großzügigen Geste deutete er auf den Kommunikationsanschluß. »Tun Sie sich keinen Zwang an. Übrigens: Wie wär's mit einem Brandy?« fragte er, öffnete den ›Arzneischrank‹ und griff nach einer staubigen Flasche.

Der Vulkanier hob die Brauen und betätigte einige Tasten. Die Lässigkeit, mit der McCoy selbst auf sehr schwierige Situationen reagierte, erstaunte ihn immer wieder. Er war bemerkenswert anpassungsfähig. In den vergangenen vierundzwanzig Stunden hatte der Arzt mindestens fünfzehn Patienten behandelt — es ging dabei überwiegend um blaue Flecken und Hautabschürfungen infolge des Taekwondo-Wettkampfes in der Sporthalle; für die Bordsysteme der *ShiKahr* stand nach wie vor nur Minimalenergie zur Verfügung; und kaum sechs Meter entfernt, im Sicherheitsbereich der Krankenstation, lag ein Fähnrich, dem es fast gelungen wäre, das Raumschiff zu sprengen und alle Besatzungsmitglieder zu töten. Trotzdem verhielt sich McCoy so, als sei überhaupt nichts geschehen.

Spock versuchte, bei seinen Überlegungen auch die emotionalen Aspekte der gegenwärtigen Lage zu berücksichtigen, und schließlich sanken seine Brauen wieder herab. »Ja, vielen Dank, Doktor«, sagte er. »Ein Brandy könnte jetzt gewiß nicht schaden.«

McCoy starrte den Vulkanier verdutzt an und blickte dann auf die Flasche herab. Allmählich wich seine Verwirrung einem neuerlichen Lächeln. Er kehrte zum Schrank zurück, griff nach zwei großen Cognacschwenkern — und zögerte, bevor er die Flasche ins Regal stellte und eine andere hervorholte, die noch weitaus staubiger wirkte.

»Wenn *Sie* sich einen Drink erlauben, ist das Beste gerade gut genug«, brummte er und füllte die beiden Gläser. »Zwanzig Jahre alte antarische Spitzenqualität«, prahlte er. »Das Zeug rollt einem garantiert die Fußnägel auf!«

Spock musterte sein Gegenüber neugierig. »Warum sollte man Wert darauf legen, eine Substanz zu sich zu nehmen, die zu derart drastischen Veränderungen in der individuellen physiologischen Struktur führt, Doktor?« fragte er, streckte jedoch die Hand aus, als ihm McCoy das Glas reichte.

Der Arzt zuckte mit den Schultern. »Eine menschliche Schwäche, Mister Spock«, erwiderte er — und merkte gar nicht, daß er eine dem Captain unangemessene Form der Anrede benutzte. »Nun, worum ging's in der Mitteilung? Die bisherigen Meldungen von FleetCom waren eher langweilig ...«

Der Vulkanier neigte den Kopf zur Seite. »Was auf diese ganz sicher nicht zutrifft.« Seine langen, dünnen Finger glitten über die Tastatur des Computerterminals. »Sie ist sogar außerordentlich bedeutungsvoll.« Zwei grüne Kontroll-Lampen und ein leises Summen signalisierten Bereitschaft. Der Bildschirm blieb dunkel, als eine typisch vulkanische Stimme aus dem Lautsprecher drang. Sie klang fast mechanisch neutral.

»Admiral S't'kal an das Allianzschiff *ShiKahr*. Mit der aktuellen Sternzeit wird allen Raumschiffen der Allianz volle Gefechtsbereitschaft befohlen.

Nach einer sorgfältigen Situationsanalyse durch den Hohen Rat Vulkans und die Terranische Planetenliga wurde beschlossen, den Gefahren einer fremden Invasion vorzubeugen. Die *ShiKahr* erhält deshalb den Auftrag, die Patrouille im Bereich der Neutralen Zone fortzusetzen und auf das Eintreffen von zwei Schwesterschiffen zu warten.

Darüber hinaus soll sie sich bereithalten, um als Flaggschiff ins stellare Territorium der Romulaner vorzustoßen. Captain Spock, Sie werden hiermit bevollmächtigt, den Angriff zu beginnen. Die anderen Raumschiffkommandanten der Allianz unterstehen Ihrem Befehl. Taktische und strategische Details folgen.«

Die Stimme verklang, und gleichzeitig erhellte sich der Monitor auf McCoys Schreibtisch. Grafische Symbole und Gittermuster wanderten über die Darstellungsfläche, beschrieben einen komplexen Schlachtplan. Er basierte auf bewußten Verletzungen der romulanischen Grenzen, wie sie vor fast hundert Jahren in einer zwischen Vulkan und Romulus getroffenen Vereinbarung festgelegt worden waren.

Die Linien und Kurven veränderten sich in rascher Folge, und am unteren Bildschirmrand wurden scheinbar sinnlose Datenfolgen eingeblendet, die Spock nur zum Teil verstand. Nach der Entschlüsselung ergaben sich daraus die von Admiral S't'kal erwähnten Einzelheiten — detaillierte Anweisungen für den bevorstehenden Krieg.

Der Vulkanier sah auf und begegnete dem Blick McCoys, in dessen Augen Entsetzen glühte.

Einige Meter entfernt krampfte sich Reicherts Leib auf der Diagnoseliege zusammen, und der Mann gab seltsame, ächzende Laute von sich. Spock beobachtete ihn mehrere Sekunden lang und begriff plötzlich, daß der Fähnrich lachte.

KAPITEL 5

Unteroffizier S'Parva prallte auf die Matte, rollte sich ab und sprang sofort wieder hoch. Die Muskelstränge ihrer dicken Hinterbeine traten deutlich hervor, als sie sich zu ihrer vollen Größe von fast zwei Metern aufrichtete. Die goldene Spange, die ihre Ohren an eine löwenartige Haarmähne preßte, flog davon und fiel dicht vor der Wand zu Boden. Die Katellanerin achtete gar nicht darauf. Der Blick ihrer pechschwarzen Augen blieb auf die Gegnerin gerichtet, als die Lippen in einem breiten Grinsen zurückwichen. Bei einer menschlichen Frau hätte es vielleicht freundlich oder sogar verführerisch gewirkt, doch Terraner verbanden den Anblick langer, scharfer Zähne mit dem Gefühl unmittelbarer Gefahr.

»Haben Sie genug, Chris?« fragte S'Parva und blieb instinktiv in der Abwehrhaltung, obwohl ihr Gegenüber einen erschöpften und geschwächten Eindruck erweckte.

Christine Chapel keuchte, schüttelte den Kopf und umschlich die Katellanerin. Ganz plötzlich warf sie sich nach vorn und versuchte, S'Parvas linkes Bein zu packen, aber die Psychotherapeutin wich geschickt aus. Das grelle weiße Licht verlieh ihrem braunen Fell einen silbrigen Glanz.

»Anweisung des Doktors«, sagte Chapel und griff erneut an. Ihre Hände berührten nur leere Luft. »Sie wissen ja, was Leonard Ihnen für den nächsten Monat verschrieben hat: jeden Tag zwei Stunden *anstrengende* körperliche Übungen.« Ihr Schnaufen bildete einen auffallenden Kontrast zum ruhigen Atem der Katellanerin, und sie mußte sich der unangenehmen Erkenntnis stellen, daß ihre eigenen Kräfte weitaus schneller zur Neige gingen. Sie bewegte sich flinker, entschlossen dazu, den Vorteil ihrer geringeren Masse zu nutzen. Chapel täuschte eine neuerliche Attakke vor, beobachtete S'Parva aufmerksam und hielt vergeblich nach einer Gelegenheit Ausschau, sie zu Fall zu bringen. »Zwei Stunden täglich«, brachte sie mühsam hervor. »Bis Sie sich an eine Schwerkraft von zwei G gewöhnt haben.« Sie schnappte nach Luft und stellte erstaunt fest, mit welcher Mühelosigkeit die Katellanerin das Zerren der hohen Gravitation hinnahm. »Befehl des Doktors«, wiederholte sie. Ihre Brust hob und senkte sich in kurzen Abständen.

Von einem Augenblick zum anderen hechtete S'Parva der Krankenschwester entgegen, duckte sich unter Chapels Armen hinweg und raubte ihr das Gleichgewicht. Sie lachte, und es fiel ihr nicht weiter schwer, die menschliche Frau auf die Matte zu pressen. Ihr Sieg schien bereits festzustehen, aber Christine gab nicht auf und erinnerte sich an einen besonderen Trick. Ruckartig glitt sie zur Seite, befreite sich aus S'Parvas Griff und kam wieder auf die Beine, um zum Gegenangriff anzusetzen. Die Katellanerin ließ ihr keine Chance, sauste einem lebenden Geschoß gleich heran, drehte sich und stieß sie erneut zu Boden.

Mit einem leisen *Ploff* landete Chapel auf dem Allerwertesten. S'Parva lachte, als sie im Gesicht der Schwester Verwirrung und auch einen Hauch von Verlegenheit sah.

»Auf Katella herrscht eine Schwerkraft von drei G, Christine«, sagte S'Parva und half Chapel auf.

Die menschliche Frau starrte ihre Sportgegnerin wortlos an, bemerkte dicke Muskeln, die sich unter dem Pelz wölbten — und beschloß, ein ernstes Wort mit McCoy zu reden. In körperlicher Hinsicht konnte es niemand an Bord der *ShiKahr* mit S'Parva aufnehmen. Mit anderen Worten: Die Übungen waren überhaupt nicht für sie bestimmt. Chapel schüttelte den Kopf, gestand mit einem Wink ihre Niederlage ein und ließ sich von einer breiten, fellbedeckten Hand hochziehen.

»Um eine alte irdische Redensart zu benutzen: Ich glaube, man hat mich gründlich reingelegt.« Die Krankenschwester lächelte schief.

S'Parva zuckte mit den Achseln, schlug eine Pause vor und ging mit Christine zur Sitzbank an der einen Wand. Dort griff sie nach der großen Spange, brachte ihre Ohren damit in eine angemessenere Position und betätigte eine Taste auf der kleinen Instrumententafel neben dem Schott. Allmählich reduzierte sich die Gravitation auf den normalen Wert von einem G.

»Fühlen Sie sich jetzt besser, Chris?« fragte sie, nahm ein Handtuch und schlang es sich um den Hals. Das zweite reichte sie Chapel und setzte sich neben sie.

Die junge Frau seufzte leise und verdrängte ihre Verlegenheit. Wenn sie nicht ganz in Form war, so trug sie selbst die Verantwortung dafür. Hinzu kam: Sie wußte aus Erfahrung, daß McCoy indirekte Methoden bevorzugte. Ungläubig schüttelte sie den Kopf und lehnte sich mit dem Rücken an die Wand.

»Ich schätze, es hätte schlimmer sein können«, sagte sie nach einer Weile.

S'Parvas buschige Brauen kletterten in die Höhe. »Ach, tatsächlich?« erwiderte sie und massierte die verkrampften Nackenmuskeln der Terranerin.

Christine nickte und bemerkte die Verwunderung in den Zügen der Katellanerin. Sie genoß es, von ihren warmen und sehr geschickten Händen berührt zu werden. »Allerdings«, bestätigte sie und schmunzelte. »Wenn es tatsächlich McCoys Absicht gewesen wäre, mir eine unvergeßliche Lektion zu erteilen ... Er hätte mir unter irgendeinem Vorwand Spock als Übungspartner zuteilen können.«

S'Parva neigte den Kopf neugierig zur Seite – eine Geste, die ihr hundeartiges Erscheinungsbild unterstrich. »Halten Sie so etwas für möglich?« fragte sie erstaunt.

Christine dachte eine Zeitlang nach und betrachtete die schemenhaft bleibenden Vorstellungsbilder vor ihrem inneren Auge. »Nein ...«, antwortete sie schließlich und verspürte dabei eine Melancholie, die sie seit Jahren überwunden glaubte. Ein dünnes, verträumtes Lächeln umspielte ihre Lippen. Wenigstens fühlte sie jetzt keinen seelischen Schmerz mehr. Wenn sie einst etwas für den Vulkanier empfunden hatte, was die Bezeichnung ›Liebe‹ verdiente, so war es inzwischen Respekt gewichen — und dem Wissen, daß die damit verbundenen Wunschträume ebenso unlogisch wie unerfüllbar sein mußten.

»Nein«, wiederholte sie unbewußt und reckte den Hals, als S'Parvas Finger auch die Schultermuskeln kneteten. Nach der langen 2G-Phase wirkte die geringere Normschwerkraft irgendwie irreal und ätherisch. Chapel gab sich dem angenehmen Gefühl hin, fast gewichtslos zu schweben. »Als ich damals zum erstenmal unserem Captain begegnete ...«, begann sie und suchte nach den richtigen Worten. »Nun, ich mußte erst noch einige wichtige Dinge über ihn lernen.«

S'Parva setzte die Massage fort, und ein heiteres Lächeln erhellte ihr Gesicht. »Ich weiß, was Sie meinen«, sagte sie leise. »Ich kenne Captain Spock nicht persönlich, aber ...« Sie brach ab und senkte den Blick.

Christine musterte sie. »Aber was?« fragte sie und beobachtete, wie der Schalk in S'Parvas Augen funkelte. Die Präsenz der Katellanerin erfüllte sie mit tiefem Wohlbehagen, und Chapels Bewußtsein öffnete sich bereitwillig den subtilen telepathischen Emanationen, die von S'Parva ausgingen.

»Sie ... Sie haben ihn *gemocht*, nicht wahr?« fragte die Psychotherapeutin. Der sanfte Klang ihrer Stimme verblüffte geradezu, wenn man ihn mit S'Parvas Erscheinungsbild verglich.

Christine wandte den Blick ab. Zwar waren ihre Gefühle für den Captain nicht unbedingt ein Geheimnis, aber sie fragte sich jetzt, welche emotionalen Ausstrahlungen S'Parva von ihr empfing.

»Das alles liegt schon Jahre zurück«, entgegnete sie widerstrebend. »Als ich den Dienst an Bord der *ShiKahr* antrat, hielt ich Spock für ... einsam.« Ein unsicheres Lachen folgte. »Und vielleicht war ich naiv genug, mich für das Heilmittel zu halten.« Sie zuckte mit den Achseln und starrte nach wie vor zu Boden. »Als ich schließlich begriff, was es *bedeutet*, Vulkanier zu sein ... Nun, ich rang mich zu der Erkenntnis durch, daß Spock es sich gar nicht erlauben kann, mehr als nur beiläufige Beziehungen zu irgend jemandem herzustellen.«

Stumm fragte sie sich, ob diese Worte die ganze Wahrheit zum Ausdruck brachten. Gelegentlich war der Vulkanier betont freundlich, sogar fast zärtlich gewesen, und mit diesen Erinnerungen verband sich eine andere, angenehmere Art von Melancholie. Inzwischen fühlte sich Christine reifer, und sie verbannte jene Reminiszenzen in ein abgeschlossenes Kapitel der Vergangenheit. Irgendwann hatte sie den Mut aufgebracht, sich Doktor McCoy anzuvertrauen, ihm ihre Gefühle zu schildern und um die Versetzung zu einem anderen Raumschiff zu bitten. Glücklicherweise gelang es Leonard, sie umzustimmen. Er half ihr dabei, die Sehnsucht zu überwinden und zu einem neuen emotionalen Gleichgewicht zu finden.

»Ich weiß nicht, was — oder *wen* Spock sucht«, fuhr Chapel fort, nachdem sie eine Zeitlang dem allgegenwärtigen Summen der *ShiKahr* gelauscht hatte. »Aber ich hoffe, daß er es — oder *sie* — eines Tages findet.« Sie lächelte, hob den Kopf und begegnete S'Parvas Blick. Sie las Mitgefühl in ihren Augen. Und feminines Verständnis. Doch als sie weiterhin in die schwarzen Pupillen starrte, wich plötzlich ein Teil ihres Ichs fort, und sie spürte eine sonderbare, verwirrende Distanz zu ihrem eigenen Selbst. Unwillkürlich schnappte sie nach Luft und hielt sich krampfhaft am Rand der Sitzbank fest.

S'Parva reagierte zunächst nicht, musterte die menschliche Frau stumm und zog dann die Hände zurück. Wie in Zeitlupe beugte sie den Kopf und keuchte ebenfalls. »Haben Sie es etwa auch?« hauchte sie.

Telepathische Interaktion.

Chapel schüttelte den Kopf und leugnete etwas, das sie schon zum zweitenmal an diesem Tag erlebte. Ihre Lippen zitterten, als sie tief durchatmete und gegen den Schwindelanfall kämpfte. »Es ... es geht mir gut.« Doch sie wußte, daß S'Parva ihre Behauptung als Lüge durchschaute.

»Begreifen Sie denn nicht, Chris?« stieß die Katellanerin hervor. »Als ich Ihren Nacken massierte ... Wir haben es *beide* gespürt. Und ich glaube, ich weiß nun, was es ist!« Sie gestikulierte hilflos und biß sich auf die Lippen. »Nun, die *Ursache* bleibt rätselhaft, aber ...«

»Es ist nichts!« platzte es aus Chapel heraus, und sie lauschte überrascht dem scharfen Klang ihrer Stimme. Hitze stieg in ihr hoch, erreichte den Hals, das Gesicht, und plötzlich kam sie sich wie eine Närrin vor. Sie *wußte* doch, daß S'Parva nicht nur Empfindungen wahrnehmen konnte, sondern auch über kontakttelepathische Fähigkeiten verfügte.

»Da irren Sie sich, Christine«, widersprach die Katellanerin. »Ich habe *genau* das gleiche gefühlt — inzwischen schon dreimal. So als ...« Sie schauderte, obgleich es in der Sporthalle recht warm war. »So als ... entfernte ich mich von mir selbst.« Sie senkte die Stimme. »Als sauge irgend etwas die klare Vernunft aus mir heraus und ersetze sie durch blanken Wahnsinn!« S'Parva stand ruckartig auf, griff nach Chapels Arm und zog sie in Richtung Tür. »Begleiten Sie mich zur psychologischen Abteilung. Ich *weiß*, daß wir ... Bilder empfangen, aber sie sind zu flüchtig, um bewußt erfaßt zu werden. Wenn es uns gelingt, sie aufzuzeichnen und auf einem Vid-Schirm sichtbar zu machen ... Vielleicht finden wir dann mehr heraus!«

Christine zögerte skeptisch und wandte sich ab. Vid-Schirm-Sitzungen mochten durchaus einen praktischen und medizinischen Zweck erfüllen, aber sie stellten trotzdem eine sehr demütigende Erfahrung dar. S'Parvas Vorschlag hatte sicher etwas für sich, doch andererseits ... Bei der Vorstellung, sich einer Psychoanalyse zu unterziehen, während vier Ärzte *und* der Captain zugegen waren, lief es ihr kalt über den Rücken. *Oh, niemand zweifelt an deiner geistigen Gesundheit,* dachte sie. *Aber trotzdem ist so etwas verdammt peinlich.* Bilder, ja. Was zeigten Sie? Den *Ersten Offizier* Spock? Chapel schauderte. *Die Erklärung liegt natürlich auf der Hand: Nimm ihm den hohen Rang — dadurch bekommst du leichter Zugang zu ihm.* Das heiße Brennen kroch höher, erfaßte auch die Wangen. Es hatte keinen Sinn, unerreichbaren ›Gespenstern‹ nachzujagen.

Die Benommenheit flutete zurück, ließ sich aber nicht abstreifen. Die Krankenschwester lächelte stumm vor sich hin. Der Erste Offizier Spock ... Dieses Geheimnis wollte sie hüten.

»Verstehen Sie denn nicht, Chris?« drängte S'Parva. »Wir könnten auf einen wichtigen Hinweis gestoßen sein.«

Chapel schüttelte langsam den Kopf und ergriff die warme Hand der Katellanerin. »Oder auch *nicht*«, erwiderte sie. Doch dann zögerte sie zwischen S'Parvas Besorgnis und ihrem Bedürfnis nach emotionaler Sicherheit. Irgendeine innere Stimme riet ihr, sich einem Psychotest zu unterziehen, und ein anderer Selbstfaktor rebellierte dagegen. »Geben Sie mir ... ein paar Tage Zeit, um darüber nachzudenken. Wenn sich die ... Visionen dann wiederholen ...«

S'Parva nickte und wußte um Chapels besondere gefühlsmäßige Situation. Sie streckte die Hand aus und berührte die menschliche Frau behutsam an der Schulter. »Wie Sie meinen, Chris«, sagte sie. »Vielleicht können wir unsere ... Erfahrungen miteinander vergleichen. Was halten Sie davon? Ich beschreibe Ihnen meine ... Bilder, und Sie schildern mir Ihre.«

Chapel erklärte sich einverstanden — obgleich sie wußte, daß sie dieses Versprechen nicht halten würde. S'Parva arbeitete in der psychologischen Sektion und war somit eine potentielle Gefahr. Und wenn die Katellanerin selbst ein Auge auf Spock geworfen hatte ... Zorn entflammte in ihr, aber sie ließ sich nichts davon anmerken, als sie aufstand. »Morgen um die gleiche Zeit?«

»Ja, gern«, bestätigte S'Parva. Eine Sekunde später flog

sie durch die Luft und landete schwer auf der Matte. Überrascht und ungläubig riß sie die Augen auf.

Christine lachte und schlang die Beine um den Torso ihrer Gegnerin. »Falls Sie es vergessen haben sollten: Es dauert noch fünfzehn Minuten, bis unsere heutige Übungszeit zu Ende geht.« Sie preßte die eine Schulter an das dichte Fell und hinderte S'Parva daran, sich in die Höhe zu stemmen. Ein neuerlicher Schwindelanfall zersplitterte das Gefüge ihrer Gedanken und wirbelte Bewußtseinsfragmente durcheinander, bevor wieder mentale Ruhe einkehrte. Gleich darauf wich der innere Frieden der Glut eines sonderbaren Ärgers. Chapel kostete den bitteren Geschmack der Wut, sah in der Katellanerin plötzlich eine Rivalin. Einige wenige Sekunden lang erschienen ihr diese Empfindungen absurd — immerhin war sie schon vor Jahren mit den Gefühlen für Spock fertig geworden. Doch jetzt kehrten sie verstärkt zurück und lockten mit einer süßen Verheißung. Irgend jemand, den es gar nicht gab, versicherte ihr, daß sie die Liebe des Vulkaniers erringen konnte — wenn sie schwieg, wenn sie niemandem etwas verriet.

»*Nun,* Spock?« fragte McCoy, starrte den Captain an und schlug mit der flachen Hand auf den Schreibtisch. Der Vulkanier saß schon seit Stunden vor dem Computerterminal und startete ein Programm nach dem anderen. Reichert rührte sich inzwischen nicht mehr und schlief.

Nach einer Weile hob Spock den Kopf. »Die Nachricht ist echt, Doktor«, sagte er, und McCoy glaubte fast zu hören, wie er seufzte. »Die Stimmstruktur entspricht genau den gespeicherten verbalen Mustern von Admiral S't'kal.« Er lehnte sich zurück und begegnete dem fragenden, durchdringenden Blick des Arztes.

McCoy schwieg eine Zeitlang, und sein Gesicht war eine starre Maske der Sorge. Ein eigentümliches, inneres Prickeln erfaßte ihn, und er diagnostizierte Furcht. »Was ist mit einer Bestätigung?« fragte er, obwohl er wußte, daß es eigentlich keine Hoffnung mehr gab. »Niemand, der noch alle seine Sinne beisammen hat, gibt einen solchen Befehl!«

Unruhig marschierte er auf und ab, fragte sich dabei, wie Spock so ruhig bleiben konnte. »Verdammt, die Anweisungen *müssen* ein schlechter Scherz sein, Spock! Es gibt keine andere Erklärung.«

Der Vulkanier erhob sich langsam und strich seinen Uniformpulli glatt. Wie zögernd griff er nach der goldenen Schärpe, die auf dem zweiten Stuhl lag, und nachdenklich schlang er sie um die dünne Taille. Dann wölbte er plötzlich die Brauen und sah McCoy an.

»Würden Sie bitte Ihre Bemerkung von vorhin wiederholen, Doktor?« fragte er.

Der Bordarzt drehte sich um. »Was meinen Sie? Das mit dem schlechten Scherz?«

Spock schüttelte den Kopf. »Sie haben eine Hypothese formuliert«, stellte er fest. »Und sie könnte uns durchaus einige Anhaltspunkte für die Ursachen der gegenwärtigen Ereigniskette geben.«

McCoy überlegte und wünschte sich ein besseres Kurzzeitgedächtnis. Aber nach einer schlaflosen Nacht und der Konfrontation mit selbstmörderischen Ordern fand er es erstaunlich, daß er sich überhaupt noch an seinen Namen erinnerte. Schließlich fielen ihm die Worte wieder ein, und er lächelte unwillkürlich. »Ich sagte: Niemand, der noch alle seine Sinne beisammen hat, gibt einen solchen Befehl«, verkündete er stolz und kam sich vor wie ein junger Schüler, der seinen Lehrer gerade mit einem Gedicht erfreute. Er warf einen kurzen Blick zur Diagnoseliege und stellte erleichtert fest, daß Reichert nach wie vor schlief. »Das würde eine Menge erklären, nicht wahr, Spock?« Er deutete auf den Patienten.

Der Vulkanier nickte. »In der Tat, Doktor«, bestätigte er. »Wenn wir annehmen, daß Fähnrich Reichert kein Einzelfall ist, erscheint ein direkter Zusammenhang zwischen den beiden Geschehnissen nicht unwahrscheinlich.«

McCoy runzelte die Stirn. »Glauben Sie etwa, Admiral

S't'kal hat Reichert *befohlen,* die *ShiKahr* zu zerstören?« Er schüttelte den Kopf. »Das ist doch ...«

»Eine solche Vermutung liegt mir fern, Doktor«, warf der Vulkanier ein und verschränkte die Arme. Er wirkte gelassen und selbstsicher. »Andererseits: Wenn wir davon ausgehen, welches Ergebnis mit beiden Zwischenfällen bewirkt werden sollte, so läßt sich eine frappierende Übereinstimmung kaum leugnen.«

McCoy dachte darüber nach, dankbar dafür, daß er sich für eine berufliche Laufbahn im medizinischen Korps entschieden hatte. Die verdrehte Denkweise von Geheimagenten behagte ihm nicht. »Mit anderen Worten: Reichert und S't'kal wollten das gleiche Resultat erzielen.«

Spock nickte erneut. »Leider ist Admiral S't'kal in einer besseren Situation, um das zu vollbringen, woran Fähnrich Reichert scheiterte.«

McCoys Pupillen weiteten sich. »Sie haben doch wohl nicht die Absicht, sich an die Anweisungen zu halten, oder?« fragte er.

»Es dürfte nicht gerade leicht sein, eine Order von FleetCom einfach zu mißachten, Doktor«, entgegnete der Vulkanier. »Gleichzeitig wäre es ausgesprochen unverantwortlich zuzulassen, daß Streitkräfte der Allianz die Grenzen der Neutralen Zone verletzen. Daraus ergäbe sich unweigerlich ein interstellarer Krieg, der für tausend Jahre alle Hoffnungen auf Frieden zerstörte.«

»Was ist mit den anderen Raumschiffen, Spock?« erkundigte sich McCoy. »Wenn *Sie* sich weigern, den Angriffsbefehl auszuführen, stellt man Sie vor ein Kriegsgericht, und dann bekommt jemand anders das Kommando über die *ShiKahr.*«

Eine Braue kletterte empor. »Die übrigen Schiffe brauchen mindestens sechs vulkanische Standardtage, um uns zu erreichen«, antwortete Spock. »Bis dahin müssen wir feststellen, was die seltsamen Veränderungen hervorruft. Es gilt, den auslösenden Faktor zu finden und sein Wirkungspotential zu neutralisieren.«

McCoy ging zum Schreibtisch und ließ sich ächzend in den Sessel sinken. Spock verlangte nicht zum erstenmal ein Wunder von ihm — und hoffentlich auch nicht zum letztenmal. Stumm beobachtete er Reichert, richtete seine Aufmerksamkeit dann wieder auf den Vulkanier. Einer plötzlichen Eingebung folgend, schaltete er das Interkom ein. »Schwester Drew, schicken Sie vier Labortechniker zu mir, ausgerüstet mit Hirnscannern und dem übrigen Brimborium. Ich erwarte sie in fünfzehn Minuten im Besprechungszimmer.«

»Bestätigung, Doktor«, drang die Antwort aus dem Lautsprecher.

McCoy unterbrach die Verbindung und wandte sich an den Captain. »Da wäre noch ein anderer Punkt zu klären, bevor ich mich ganz offiziell mit dieser Sache beschäftige«, sagte er, stand auf und trat um den Schreibtisch herum.

Spock wartete.

»Was ist mit *Ihnen*?« fragte McCoy spitz. »Diesmal können Sie sich nicht mit einem Hinweis auf Ihre spezielle Physiologie herausreden. S't'kal ist so vulkanisch, wie man nur sein kann — und ganz offensichtlich hat er den Verstand verloren.«

Spock mied den neugierigen Blick der hellblauen Augen. »Ich bin in der Lage, die bisher deutlich gewordenen ... Symptome zu kontrollieren, Doktor«, erwiderte er betont sachlich. »Meiner Ansicht nach besteht Ihre Pflicht in erster Linie darin, den anomalen Faktor bei all jenen Personen zu isolieren, die besonders stark betroffen sind.« Er ging zur Tür und wich der Hand aus, die nach seinem Arm griff. »Wenn Sie mich bitte entschuldigen würden ... Ich werde auf der Brücke erwartet.«

McCoy versperrte ihm den Weg. »Sie sind mir gegenüber nicht ganz ehrlich gewesen, oder?« Es klang mehr wie eine Feststellung. »Könnten Sie mir bitte erklären, was für Symptome Sie eben meinten?«

Der Vulkanier hielt den Kopf ein wenig gesenkt, als er zur Seite trat, aber vor dem geschlossenen Schott zögerte er kurz. »Doktor«, sagte er, und ein Hauch von Ärger kroch in seine Stimme, »Sie haben Ihre Befehle und ich meine. Während ich einen Weg finden muß, meine Order zu ignorieren, sind Sie verpflichtet, Ihre zu achten. Ich hoffe, wir haben uns verstanden.«

McCoy musterte ihn stumm und wippte ärgerlich auf den Zehen. Noch nie zuvor war er so förmlich dazu aufgefordert worden, sich gefälligst um seine eigenen Angelegenheiten zu kümmern. Bevor ihm eine passende Antwort einfiel, verließ Spock das Zimmer und verschwand im Korridor — typisch für ihn.

Der Bordarzt ließ den angehaltenen Atem entweichen, wandte sich um und sah, wie Reichert plötzlich die Lider hob. Der junge Fähnrich starrte McCoy eisig an, und ein hintergründiges, spöttisches Lächeln zuckte in seinen Mundwinkeln.

»Der Wahnsinn greift bereits nach ihm, und bald wird er alle erfassen. Die ganze Galaxis verwandelt sich in ein Tollhaus ...«

Reichert lachte schrill und McCoy fröstelte, spürte, wie sich in seinem Innern etwas zusammenkrampfte.

KAPITEL 6

Commander Tazol warf sich zornig aufs Bett und ballte die Fäuste, als er sich an die Ereignisse der vergangenen Woche erinnerte. Eine glorreiche Mission — aber für wen? Die ganze romulanische Flotte unter seinem Befehl ... Und doch lief nichts so, wie es die Pläne des Prätors vorsahen. Er rollte sich auf den Rücken, und ein unhörbarer Schrei verkrampfte die Kehlmuskeln. Der Tod wäre ihm weitaus lieber gewesen als ein Scheitern des Unternehmens. Tazol schloß die Augen, und zum wiederholten Mal bildeten sich Erinnerungsszenen vor seinem inneren Auge. Mit quälender, verspottender Langsamkeit gewannen sie Konturen und konfrontierten ihn erneut mit den Geschehnissen der letzten Tage ...

Tazol starrte auf den Ausdruck der Befehle, und ein teuflisches Lächeln umspielte seine Lippen. Er drehte sich im Kommandosessel des romulanischen Flaggschiffs *Ravon* um und winkte den Ersten Offizier mit einer knappen Bewegung heran. »Der Prätor übermittelt uns seine Grüße«, sagte er. »Und er verlangt einen vollen Erfolg der Mission.«

Die junge Romulanerin warf einen kurzen Blick auf das Dokument, das ihr der hochmütige Tazol in die Hand drückte. »Ist das Unternehmen durchführbar, Commander?« fragte sie skeptisch.

»Es hat bereits begonnen, Sarela«, antwortete Tazol, lehnte sich in dem schwarzen Sessel zurück und ließ das eine Bein über die Armlehne baumeln. »Unsere Agenten beim Feind haben dem Prätor inzwischen die Informationen geliefert, die nötig sind, um eine grundlegende Veränderung in der Föderationsgeschichte herbeizuführen.«

Das Lächeln wurde zu einem triumphierenden Grinsen. »Und dadurch gibt es eine völlig andere *Zukunft* für das romulanische Reich.«

Sarela sah den Commander — ihren Ehepartner — an und schürzte verächtlich die Lippen. Als Kommandant war Tazol schlicht und einfach ein Witz. Und als Ehemann ...

Sie verdrängte den Gedanken daran. Eigentlich stand die *Ravon* ihr zu, aber statt dessen hatten ihre Eltern eine ›Partnerschaft‹ mit dem Krieger arrangiert! Das entsprach einem Brauch, den sie selbst viel zu lange respektiert hatte und der sie nach sechs Wochen als offizielle Gattin mit tiefem Abscheu erfüllte. Es kostete sie nicht unerhebliche Mühe, die persönlichen Aspekte zu vergessen und sich einzig und allein auf ihre Pflicht zu konzentrieren.

»Welche Vorgehensweise wurde beschlossen, Commander?« fragte sie und sprach den untersetzten Captain mit seinem Rang an, anstatt den Ehetitel zu benutzen — ein deutlicher Hinweis auf ihre Einstellung ihm gegenüber.

Tazol achtete nicht darauf, und seine Züge glätteten sich ein wenig, als er die schlanke Gestalt der Frau musterte. »Der Prätor hat zwei der besten Reichsagenten auf diesen Fall angesetzt«, erklärte er. »Sie überbrücken die Zeitkluft, reisen in die irdische Vergangenheit und bringen die närrischen Pazifisten um, die maßgeblich zur Gründung der verdammten *Föderation* beitrugen!« Die letzten Worte zischte er wütend. »Sobald sie ihre Aufgabe erfüllt haben, ändert sich die geschichtliche Struktur der ganzen Galaxis. Wodurch unser Reich in der Lage ist, Anspruch auf all die Welten und Ressourcen zu erheben, die uns rechtmäßig zustehen.«

Sarela blätterte in den Unterlagen und überflog die Computerberechnungen. »Mit anderen Worten: Wenn es unseren Agenten gelingt, drei hilflose alte Männer zu ermorden, hat die Föderation nie existiert?« Erneut hörte sie Zweifel in ihrer Stimme und fragte sich, ob es Tazol ebenfalls bemerkte. Seit neun Jahren diente Sarela als Offizier in der romulanischen Flotte und hatte dabei die Erfahrung gemacht, daß die Dinge nie so einfach waren, wie man zunächst glauben mochte. Aus den Augenwinkeln beobachtete sie ihren Ehepartner und überlegte, ob er intelligent genug war, um sich zu einer derartigen Erkenntnis durchzuringen. Neuerlicher Zorn brodelte in ihr, als sie daran dachte, daß er seinen Kommandoposten in erster Linie ihrem Vater und keinen eigenen Verdiensten verdankte.

»Wenn die Agenten ihren Auftrag erfüllt haben«, brummte Tazol, »ist das Universum reif für die romulanische Herrschaft. Indem wir die hirnlosen Idioten töten, die von der Föderation träumten – von einem Planetenbündnis, das angeblich allein friedlichen Zwecken dient –, modifizieren wir die militärpolitische Lage in der ganzen Galaxis. Unsere Gegner werden schwächer, während wir erstarken.«

Er richtete seine Aufmerksamkeit auf den Wandschirm, der drei Viertel der bugwärtigen Brückenwand beanspruchte. Eine unsichtbare Linie trennte die Neutrale Zone vom stellaren Territorium der Föderation. »Dann ist unser Volk nicht mehr gezwungen, sich mit einem so lächerlich kleinen Raumgebiet zu begnügen.«

Sein Blick reichte in die Ferne, und die Stimme klang kühl, fast eisig. Sarela schauderte unwillkürlich. Seit Jahrzehnten führte das Reich keine Kriege mehr, aber Männer wie Tazol brannten darauf, die Phase des Friedens so rasch wie möglich zu beenden.

»Das Problem ist keineswegs die Größe der uns zur Verfügung stehenden Raumsektoren«, sagte sie. »Im Reich gibt es genügend bewohnbare Welten.« Sie zögerte kurz und verbannte die Bitterkeit aus ihrem Tonfall. »Es kommt nur darauf an, wie man die Ressourcen verwendet.«

Tazol schnitt eine Grimasse und kniff die Augen zusammen. »Einst waren wir *Eroberer* – und diese Tradition setzen wir fort, wenn die Föderation für immer und ewig aus dem galaktischen Gedächtnis getilgt wird. Nur Narren geben sich damit zufrieden, Bauern und Schäfer zu sein. Es gebührt keinem Krieger, sich mit derart banalen Dingen zu belasten.« Der Commander knurrte wütend. »Ein Krieger *nimmt* sich, was er braucht — und er sät Furcht und Schrecken. Wenn es die Föderation und Starfleet nicht mehr gibt, kann uns niemand aufhalten. Dann sind wir wieder das, was das Schicksal für uns vorgesehen hat.«

Sarela ließ sich von diesen Worten nicht beeindrucken. »Wenigstens deine Rhetorik läßt kaum etwas zu wünschen übrig, Tazol«, meinte sie und lächelte humorlos. »Aber was ist, wenn sich auch das Reich verändert?« fragte sie und erinnerte ihren Ehepartner damit an bereits stattgefundene Zeitexperimente. »Wenn unsere Agenten einen so drastischen Wandel in der Förderation herbeiführen können — wer garantiert, daß sich die Modifikationen nicht auch im Reich auswirken?« Sarela wartete keine Antwort ab. »Die Föderation ist nur ein Sandkorn am Strand der Galaxis. Und ein wissenschaftliches Gesetz lautet: Wenn man ein Sandkorn berührt, so bewegen sich auch die anderen. In diesem Fall heißt das: Es kommt zu temporalen Interaktionen mit unvorhersehbaren Folgen.«

Einige Sekunden lang starrte Tazol die Frau stumm an, wischte ihren Einwand mit einer abrupten Geste beiseite und schnaufte. »Du unterschätzt die Intelligenz des Prätors, Dame Sarela«, sagte er. »Wir ziehen unsere ganze Flotte in diesem Raumbereich zusammen, in unmittelbarer Nähe der Neutralen Zone.« Einmal mehr beobachtete er die Darstellungen des Wandschirms, und seine Stimme klang fester, als er hinzufügte: »Sobald der Prätor den Befehl gibt, nutzen die Einsatzagenten den Katapulteffekt, der sie in die Vergangenheit schleudert. Und die Flotte leitet den Transit ein, um im Hyperraum die Resultate abzuwarten.«

Tazol zögerte und betätigte eine Taste auf der Armlehne des Sessels. Die Sternkonstellationen verschwanden, und der Wandschirm zeigte ein Computerdiagramm der Reichsgrenzen. Sieben kleine Punkte glühten und näherten sich langsam der *Ravon*.

»Wenn unsere Flotte die Lichtgeschwindigkeit erreicht,

droht uns nicht mehr die geringste Gefahr. Dann sind wir sicher, in einem Raum, der überhaupt kein Raum ist. Nun, bestimmt weißt du das längst, meine Liebe«, schnurrte Tazol herablassend. »Aufgrund deiner Schönheit vergesse ich manchmal, daß du auch Wissenschaftlerin bist.« Ruckartig schlang er den Arm um die Taille der Frau und zog sie zu sich heran. »In der Geborgenheit des Hyperraums sind die Raumschiffe sowie ihre Besatzungen vor unmittelbaren Auswirkungen durch die Zeitmanipulation geschützt. Und da unsere elektronischen Archive die historischen Aufzeichnungen des ganzen Reiches enthalten, können geringfügige Veränderungen der Geschichte nach unserer Rückkehr ins normale Kontinuum korrigiert werden.«

Sarela entwand sich dem muskulösen Arm ihres Ehepartners. »Fehler geschähen nicht zum erstenmal«, sagte sie scharf und achtete nicht auf die Brückenoffiziere, die sie mit verstohlenen Blicken bedachten. »Es gibt keine Garantie, Tazol. Nicht die geringste.«

Der Commander lehnte sich im Sessel zurück, rieb sich den dünnen Bart und schüttelte bedauernd den Kopf. »Du bist Wissenschaftlerin, und deshalb halte ich es für logisch, daß du solche Dinge in Frage stellst, Dame Sarela«, antwortete er. »Aber als Untergebene des Prätors solltest du sein Genie bei der Vorbereitung unserer galaktischen Herrschaft berücksichtigen. Die besten Wissenschaftler des Reiches haben über Jahre hinweg an diesem Plan gearbeitet. Diesmal sind Fehler ausgeschlossen!«

Sarelas Augen weiteten sich, und sie riskierte einen kurzen Blick in Richtung des jungen Navigators der *Ravon* — sie hätte jenen Mann als Lebenspartner gewählt, wenn sie in der Lage gewesen wäre, eine eigene Entscheidung zu treffen. Haß glitzerte in Rolashs Augen — Haß auf Tazol, auf das Reich, selbst auf den Prätor. Sarela senkte den Kopf. Nein, sie durfte nicht mehr hoffen; sie hatte Rolash verloren, für immer. Die junge Romulanerin richtete ihre Aufmerksamkeit wieder auf den Commander, den Krieger — einen Mann, den sie verachtete.

»Selbst unser Prätor ist nicht unfehlbar«, erinnerte sie den Fremden, mit dem sie verheiratet worden war. »Und seine Wissenschaftler beherrschen in erster Linie die Kunst der Spekulation — insbesondere dann, wenn der Prätor eine Bestätigung seiner Ideen verlangt und gut dafür bezahlt.« Sie sprach seltsam ruhig, und ihre kühle Stimme kam einer Herausforderung gleich. »Und vergiß nicht: Individuelles Leben hat für den Prätor keine annähernd so große Bedeutung wie für dich, Tazol. Er ist Romulaner, und das erklärt alles. Wie dem auch sei: *Ich* verspüre nicht den Wunsch, einer falschen Hypothese zum Opfer zu fallen. Auch in meinen Adern fließt romulanisches Blut, aber ich glaube nicht unbedingt an die Werte der Alten Zeit. Irgendwann muß sich selbst das mächtigste Volk der Erkenntnis stellen, daß es in der Schlacht besiegt wurde. Ein derartiges Eingeständnis ist nicht unehrenhaft, Tazol. Es entspricht schlicht und einfach einer Tatsache. Die Epoche der Eroberungen ist vorbei. Es wird Zeit zu *bauen*, anstatt zu vernichten. Und wir sollten uns dabei auf die Ressourcen des Reiches besinnen.«

Ein knurrendes, abfälliges Lachen entrang sich Tazols Kehle, als er mit einer überraschend elegant anmutenden Bewegung aufstand. »Dein pazifistisches Gerede widert mich an, meine feurige kleine Katze!« fauchte er. »Außerdem läßt du einen wichtigen Aspekt unberücksichtigt: Der Prätor befindet sich an Bord dieses Schiffes, wenn wir in den Hyperraum eintreten! Als Herrscher aller Romulaner setzt er mit uns zusammen sein Leben aufs Spiel. Er fürchtet sich nicht vor dem Tod, Sarela. Er ist bereit, für die Traditionen des Reiches zu sterben! Sein Kreuzer hat Romulus bereits verlassen und wird innerhalb eines Tages eintreffen.« Tazol beugte sich näher heran, und in seinen dunklen Augen entstand ein drohender Glanz. »Du solltest deine Einstellung ändern, bevor wir ihn empfangen. Oder erinnerst du dich nicht mehr daran, welches Schicksal jene erlitten, die deine törichten Ansichten teilten? Der Prätor toleriert weder persönliche Schwächen noch deinen Versuch, die Loyalität der Mannschaft an Bord dieses Raumschiffes zu erschüttern!«

Sarelas Züge verhärteten sich, als sie einen Schritt auf ihren Ehepartner zutrat. »Und wer *ist* der Prätor?« fragte sie spitz. »Wie heißt der Mann, der sich unter dem Kapuzenumhang verbirgt? Gibt es irgend jemanden, der sein Gesicht gesehen hat?« Sie wartete keine Antwort ab und fuhr fort: »Und jene wenigen Personen, die ihn tatsächlich kennen, seine Sklaven und Berater ... Sie sind bis zu ihrem Tod dazu verurteilt, in seinen Diensten zu stehen. Wenn sie die Flucht wagen, so ereilt sie der Tod noch innerhalb des Palastes. Du hast eben gesagt, das *Schiff* des Prätors sei hierher unterwegs. Nun, daran zweifle ich nicht. Aber kannst du auch ganz sicher sein, daß sich *wirklich* unser Herrscher an Bord befindet? Vielleicht handelt es sich nur um einen Schergen, der beauftragt ist, die *Ravon* in eine selbstmörderische Mission zu locken. Wer gibt dir Gewißheit, Tazol? Wenn der Prätor wirklich so klug ist, wie du behauptest, so würde er sein Leben wohl kaum auf Grundlage einiger zweifelhafter Computerberechnungen riskieren!«

Ein dunkler Schatten des Zorns fiel auf Tazols Wangen, und sein Gesicht verzerrte sich zu einer wütenden Grimasse. »Sei endlich still!« befahl er. »Ich werde keine Ketzerei gegen das Reich dulden!«

Sarela lachte leise, fast ermahnend. »O doch, das wirst du«, berichtigte sie ihren Mann. »Denn du hast nicht den Mut, mich zum Schweigen zu bringen!« Sie hielt dem stechenden Blick des Commanders stand und versuchte, sich ein Bild von der Festigkeit seiner Überzeugungsbasis zu machen. »Der Prätor wäre nicht so dumm, an Bord dieses Schiffes zu kommen, um sich vor den Folgen eines Zeitparadoxons zu schützen. Er bliebe in der Sicherheit des Palastes und überließe es der Flotte, sich den Gefahren auszusetzen. Er träte erst wieder auf die Bühne des Reiches, wenn die Mission zu einem Erfolg geführt hat — um ihre Früchte zu ernten.« Ein dünnes, spöttisches Lächeln zitterte in Sarelas Mundwinkeln. »Aber wenn das Unternehmen scheitert ... Dann hebt der Prätor einen anklagenden Finger, gibt uns die Schuld und behauptet, wir hätten einen Plan entwickelt, um ihn zu stürzen und seine Macht zu beanspruchen.« Sie schüttelte den Kopf und preßte kurz die Lippen zusammen. »Die Konsequenzen sind klar: Man verhaftet uns alle, *jedes* Besatzungsmitglied der *Ravon*, bezichtigt uns des Hochverrats und inszeniert einen Schauprozeß, auf den Hinrichtung folgt. Nein, Tazol, in einem solchen Fall gäbe es nicht die geringste Hoffnung für uns. Dein Prätor ließe es bestimmt nicht zu, daß wir lange genug leben, um den Fehlschlag eines weiteren Diesmal-kann-nichts-schiefgehen-Plans zu verkünden.«

Diffuses Entsetzen kroch durch den Kontrollraum und berührte auch Tazols Mimik. Inzwischen hatten sich alle Offiziere umgedreht, und ihre Blicke klebten an den plötzlich grauen Zügen des Commanders fest, der zu ahnen begann, daß seine temperamentvolle Frau tatsächlich *recht* haben konnte. Noch etwas anderes kam hinzu: Irgendeine warnende Stimme in ihm flüsterte, daß er nicht die Unterstützung der Crew genoß, wenn sich in bezug auf Sarela eine kritische Situation ergab. Sie gehörte schon zu lange zur Besatzung, hatte viele Freunde gewonnen. Tazol fühlte sich innerlich hin und her gerissen, kostete den bitteren Geschmack von Furcht und Unentschlossenheit. »Du wirst dich an meine Befehle halten, Sarela!« stieß er schließlich hervor. »Ich diene dem Prätor! Und allein der Umstand, daß du meine Frau bist, entbindet dich nicht von deinen Treuepflichten.«

Sarela spürte, wie die Flamme der Rebellion höher in ihr emporleckte, und sie gab sich keine Mühe, das zornige Glühen aus den Augen zu verbannen. »Aber das Band der Ehe zwingt mich nicht dazu, eine Närrin zu sein, Tazol«, hielt sie ihrem Mann entgegen. »Mein Vater entschied die Partnerschaft, um seine eigene Position zu verbessern!« Sie warf die Computerausdrucke in den leeren Kommandosessel. »Diese Spekulationen sind völlig bedeutungslos«, zischte sie. »Es handelt sich nur um Hypothesen, die von einem *theoretischen* Erfolg unserer Einsatzagenten in der irdischen Vergangenheit ausgehen. Mögliche Fehler werden in dem Szenario überhaupt nicht berücksichtigt. Es gibt auch keine Alternativpläne für den Fall, daß die Agenten versagen, daß es ihnen nicht gelingt, die projektierten Veränderungen in der Geschichte Terras herbeizuführen. Darüber hinaus wurde nicht mit ausreichender Sicherheit bestimmt, auf *welche Weise* die allgemeine historische Struktur betroffen wird. Du bist selbst Wissenschaftler, Tazol, und deshalb solltest du wissen, daß es bei Zeitmanipulationen viele unbekannte Variablen gibt, die keine genaue Erfassung *aller* möglichen Folgen erlauben. Mit anderen Worten: Wir haben es mit einer breiten Unsicherheitsspanne zu tun, für die *überhaupt keine* Vorbereitungen getroffen wurden. So etwas ist nicht nur unwissenschaftlich, sondern auch unverantwortlich. Damit fordert man eine Katastrophe geradezu heraus!«

Sarela trat an die zentrale Computerkonsole heran und betätigte einige Tasten, woraufhin die Darstellungen auf dem großen Wandschirm wechselten. »Dies sind einige Beispiele für die Fehler, die deinem Prätor bei anderen Missionen unterliefen, Tazol. Sieh sie dir genau an — du kannst sie nicht leugnen.

Vor sechs Perioden haben wir versucht, die Geschichte eines einzelnen Planeten zu ändern. Dadurch sollte eine neue Regierung entstehen, die es dem Prätor erleichterte, seine Macht auf die betreffende Welt zu erweitern. Das Ergebnis der temporalen Manipulation bestand darin, daß sich der Planet in eine Wüste verwandelte. Die Einwohner starben, und es gingen alle natürlichen Schätze verloren. Die Seelen der Toten entziehen sich weltlicher Herrschaft, Tazol«, fügte Sarela mit beißender Ironie hinzu. »Als unsere Agenten Einfluß auf das Verwaltungssystem in der planetaren Vergangenheit nahmen, übersahen sie einen wichtigen Punkt: Die *neue* Regierung war allein darauf bedacht, sich selbst abzusichern. Unterdrückung und Tyrannei waren die Folge, und daraus wiederum ergaben sich Aufstände, die zu verheerenden Kriegen führten. Die Resultate: Ruinenstädte, verbrannte Wälder, radioaktive Asche dort, wo sich einst fruchtbares Land erstreckte.« Sarela deutete auf den oberen Teil des Schirms, und in ihren Augen irrlichterten zornige Anklagen.

»Und als wir danach trachteten, unsere eigene Physiologie zu verändern, um stärkere, widerstandsfähigere Individuen zu schaffen, manipulierten wir sogar die Gene unserer Vorfahren!« Die junge Romulanerin ächzte leise und gestikulierte vage. »Auch in diesem Fall ergaben sich völlig unerwartete Folgen, Tazol. Die Hälfte der Bevölkerung von Romulus starb. Nun, der Prätor konnte natürlich behaupten, daß sein Plan zu einem Erfolg führte: Die überlebenden Krieger besaßen tatsächlich eine robustere Physis. Aber im großen und ganzen war das Experiment dennoch ein katastrophaler Fehlschlag. Unseren so überaus kompetenten und fähigen Wissenschaftlern gelang es zwar, die Gene der Vorfahren zu verändern, aber leider ließen sie dabei verschiedene Krankheiten außer acht, für die unsere Spezies bereits Antikörper entwickelt hatte. Nach der Modifikation des genetischen Codes existierte die Immunität nicht mehr.« Sarela lachte bitter und warf das lange schwarze Haar zurück. »Nun, Tazol: Wer mit der Zeit spielt, muß auf unangenehme Überraschungen gefaßt sein. Solange es unmöglich ist, *alle* eventuellen Auswirkungen in die Berechnungen einzubeziehen, sind Fehler nicht auszuschließen.«

Der Commander starrte mit maskenhaft leerem Gesicht auf den Schirm und versuchte, sich das in ihm zitternde Grauen nicht anmerken zu lassen. Sarelas Ausführungen hatten durchaus etwas für sich, und die Konsequenzen erschreckten ihn. »Diesmal geht alles glatt!« beharrte er stur. Eine bessere Antwort fiel ihm nicht ein. »Die Mission *muß* mit einem Erfolg enden! Wir haben aus unseren Fehlern gelernt ...«

»Bist du so dumm, daß sich die selbstmörderischen Tendenzen unseres Volkes deinem Verständnis entziehen?« unterbrach ihn Sarela. »Vorhin hast du gesagt, wir seien Eroberer. In der Tat!« pflichtete sie ihm bei, nickte in Richtung der großen Anzeigefläche und näherte sich dem Commander, der nun betäubt wirkte. »Unsere ersten Kriege liegen schon so lange zurück, daß sich niemand mehr an sie erinnert, obgleich unsere Traditionen auf ihnen basieren. Aber laß dich von den entsprechenden Bräuchen nicht täuschen, Tazol. Man kann sie mit einem einzigen Wort beschreiben: Gier. Die Motive für jedes Volk aus Eroberern heißen Hab- und Machtgier. Und in diesem Zusammenhang ist der Prätor allen anderen Romulanern überlegen – niemand kann es mit seiner Gier aufnehmen. Wie oft hat er Krieger aus einer Laune heraus in den sicheren Tod geschickt? Wie oft opferte er Tausende, nur um die Wände seines Palastes mit neuem Schmuck zu zieren?«

Tazols Miene verdunkelte sich, als mehrere Brückenoffiziere zustimmend murmelten. »Deine blasphemischen Bemerkungen über das Reich werden nicht ungestraft bleiben, Sarela«, knurrte er – und fragte sich, ob er dieses Versprechen einlösen konnte. »Ich halte mich an meine Anweisungen und achte die Pflicht – selbst wenn sie meinen Tod bedeutet.«

Doch die junge Frau lachte nur. »Ein wahrer Diener des Prätors«, kommentierte sie mit triefendem Sarkasmus. »Aber denk daran, daß ich nicht die einzige Person an Bord dieses Schiffes bin, die keine Absicht hat, ihr Leben für eine fragwürdige Herrschaft über die Galaxis zu opfern. Die Geschichte ist auf *meiner* Seite, Tazol – nicht auf der des Prätors. Wann auch immer wir versuchten, die historische Struktur zu unseren Gunsten zu verändern – es ergaben sich nie die erhofften Ergebnisse. Schüchtert dich der Gedanke an den Prätor so ein, daß du bereit bist, allein zu seinem Wohlgefallen zu sterben? Würdest du dir das Schwert in den Leib rammen, wenn er es von dir verlangt?

Furcht schafft keinen guten Kommandanten, Tazol«,

fuhr Sarela fort. »Der Commander muß sich von der eigenen Angst befreien, sonst läuft er Gefahr, logische Alternativen zu übersehen. Oh, es fällt niemandem schwer, als Held des Reiches zu sterben. Weitaus schwieriger ist es, als jemand zu leben, der gegen die Ansichten des Prätors opponiert. Nun, mach nur weiter so«, sagte die Romulanerin und deutete auf den Schirm. »Wähl den einfachen Weg und werd zu einem Helden. Füg deinen Namen einer langen Liste von Fehlschlägen hinzu. Du *wirst* als Held sterben – aber in tausend Jahren erinnert sich niemand mehr an dich. Dann spielt das alles keine Rolle mehr.« Sie zögerte kurz, und ihre Stimme klang fast sanft, als sie hinzufügte: »Rechne nicht damit, daß der Prätor oder deine Frau um dich trauern, Tazol. Nach deinem Tod bist du nur eine flüchtige, banale Erinnerung in den Atomen der Galaxis.«

Es brodelte in Tazol, als er sich Sarela näherte, um sie zu packen. Sie stellte tatsächlich eine Bedrohung für ihn dar – nicht für Rang und Leben, aber für seinen Stolz. In einer typischen Kriegergeste hob er die Hand hoch über den Kopf, erstarrte jedoch, als sich Rolash zu ihm umwandte.

»Das Raumschiff des Prätors hat unseren Sektor erreicht, Commander«, sagte der Navigator kühl. »Die Besatzung erbittet Anflugkoordinaten.«

Tazol schwankte, starrte auf seine zart gebaute Frau herab, musterte Rolash und blickte dann auf den Wandschirm. Er zögerte einige Sekunden lang, bevor er Sarela grob zur Seite stieß und beschloß, sich später um sie zu kümmern.

»Teilen Sie dem Prätor unsere Position mit und bereiten Sie alles für seine Ankunft vor«, sagte er schroff und drehte sich ruckartig zu Sarela um. Ihre ruhige Gelassenheit verblüffte ihn geradezu. Empfand sie nicht die geringste Furcht? *Wer ist der Prätor?* erinnerte er sich an ihre Frage.

»Transporter *T'Favaron* nähert sich und beginnt mit Andockmanöver«, meldete Rolash nach einem kurzen Wortwechsel mit dem Navigator des anderen Raumschiffes. Er sah Tazol aus hellbraunen Augen an. »Der Prätor kommt in genau zwanzig Minuten an Bord.«

Der Commander ließ den Blick über die Brücke schweifen. Meutereien waren im Reich nicht gerade selten. »Wer außerhalb des Kontrollraums über diesen Zwischenfall spricht, muß mit einer harten Strafe rechnen«, brummte er, musterte die Gesichter der Fremden, aus denen seine Crew bestand, und dachte an andere, spurlos verschwundene Kommandanten, Krieger-Commander wie er, die sich einfach in Luft aufgelöst hatten. Er mußte die Würde wahren und durfte seine Unsicherheit nicht zeigen.

Nacheinander wandten sich die Offiziere wieder ihren Konsolen zu, und Sarela wich von ihrem Ehepartner fort. »Dann bist du ebenso schuldig wie ich«, sagte sie und lächelte hintergründig. »Indem du mich für meine ›Ketzerei‹ nicht nach der Krieger-Tradition zur Rechenschaft ziehst, wirst auch du zum Verräter!« Sarela warf ihm einen trotzigen, herausfordernden Blick zu, als sie zu ihrer Station ging. »Ich hatte gehofft, du brächtest genug Mut auf, mich auf der Stelle zu töten, Tazol. Aber nicht einmal dazu bist du fähig. Du hast keine Macht über mich, und deine Kommandoautorität in diesem Raumschiff ist nur eine Illusion!«

»Schweig!« entfuhr es Tazol, und sein haßerfüllter Blick durchbohrte die junge Romulanerin. »Ich will nichts mehr davon hören! Willst du etwa den Zorn des Prätors auf uns lenken?«

Sarela blieb völlig unbeeindruckt, und ein wissendes Lächeln umspielte ihre Lippen. »Vielleicht«, erwiderte sie und musterte Tazol eingehend. »Das Entsetzen in deinen Zügen spricht Bände. Ich bin noch immer an die Ehe gebunden und damit eine Gefangene; aber ich habe einen Eindruck von dir gewonnen, den du nicht mehr rückgängig machen kannst. Nun, du kannst von Glück sagen, daß der Prätor in wenigen Minuten eintrifft, denn ich würde nicht zögern, *dich* umzubringen, Tazol.« Sie hielt nachdenklich inne, und ihr Lächeln wuchs in die Breite. »Selbst deine Krieger könnten die Brücke nicht rechtzeitig erreichen, um dein wertloses Leben zu retten.«

Stille herrschte im Kontrollraum, als der Commander auf die Tür zuschritt und im Korridor verschwand. Eine seltsame Erleichterung erfaßte ihn in der leeren Passage, und gleichzeitig begann tief in seinem Innern etwas zu vibrieren. Was mochte geschehen, wenn Sarela wirklich recht hatte, wenn auch diese Mission in einem Fehlschlag endete? *Wer ist der Prätor?* Tazol schauderte heftig.

Mühsam verdrängte er diese Überlegungen aus einem Bewußtsein, das immer mehr von Chaos heimgesucht wurde. Er trat in den Lift und seufzte, als die Entfernung zur Brücke wuchs, zu Sarela, zu einer fast körperlich spürbaren Gefahr. Pflicht und Tradition verliehen seinem Denken und Empfinden wieder eine stabile Basis, und kurze Zeit später, auf dem Hangardeck, grinste er sogar. Diesmal ging alles gut. Bestimmt.

Allmählich verblaßten die Erinnerungsbilder, und Tazol preßte das Gesicht aufs Kissen. Jahre schienen vergangen zu sein, Jahrhunderte ...

Und noch immer wußte er nicht, wer der Prätor war.

KAPITEL 7

Fähnrich Kirk starrte zu Boden und versuchte, seine Nervosität zu verbergen. Er hatte mehrmals versucht, eine Konfrontation mit dem Captain der *ShiKahr* zu vermeiden, aber jetzt saß er in der Falle – was er in erster Linie Donner verdankte. Sein Stubengenosse hatten großen Gefallen daran gefunden, ihn in den Lift zu zerren und zum Quartier des Kommandanten zu bringen. Und dort wartete Kirk nun. Es waren ihm viele Dinge über Captain Spock zu Ohren gekommen – einige klangen gut, andere schlecht. In einem Punkt allerdings konnte kein Zweifel bestehen: Die Strenge des Vulkaniers galt schon als sprichwörtlich. Kirk bezweifelte, ob er Gelegenheit bekam, seine persönliche Situation zu erklären.

Aus den Bordlagern gestohlene Medo-Creme bedeckte die dunklen Striemen in Jims Gesicht, doch das linke Auge brannte noch immer, und in den verkrampften Muskeln pochte dumpfer Schmerz.

Kirk hielt den Blick weiterhin auf die Stiefel gerichtet, und aus den Augenwinkeln sah er, wie Spock in einigen Unterlagen blätterte und verschiedene Speichermodule ordnete. Er erinnerte sich an Gerüchte über sonderbare Befehle, und es überraschte ihn, daß der vulkanische Kommandant als geheim klassifiziertes Material ganz offen auf dem Schreibtisch deponierte. Er musterte den Captain aufmerksamer und verglich die Konturen des Gesichts mit den Traumsequenzen in der vergangenen Nacht ... Irgend etwas – irgend *jemand* – in ihm erzitterte.

»Fähnrich Kirk?« erklang Spocks ruhige Stimme nach einer halben Ewigkeit. Nach wie vor hielt er den Kopf gesenkt.

»Melde mich wie befohlen zur Stelle ... Captain«, erwiderte Jim und zwang sich dazu, eine unterwürfige Haltung einzunehmen. Seelische Pein gesellte sich dem körperlichen Unbehagen hinzu. Es erschien ihm absurd und unangemessen, Spock auf diese Weise zu begegnen. Die meisten Ausbilder an der Akademie waren Vulkanier, aber von dem Captain ging etwas aus, das sich gewöhnlichen Erklärungen entzog. Vor dem Zwischenfall, der sein Leben drastisch veränderte und alle Hoffnungen auf eine Offizierslaufbahn zerstörte, hatte sich Kirk an die unerschütterliche vulkanische Gelassenheit gewöhnt, und auch daran, nicht einmal dann ein Lob zu bekommen, wenn man außergewöhnlich gute Arbeit geleistet hatte. Aber dieser besondere Vulkanier schien anders zu sein; unter der Patina aus kühler, rationaler Logik brannte ein seltsames Feuer. In einer plötzlichen Vision sah Kirk, wie sich ihre Rollen umkehrten: Er selbst saß auf der anderen Seite des Schreibtisches und trug den beigefarbenen Kommandopulli ... Nein, selbst dieser Eindruck wirkte fremd. Vor seinem inneren Auge glänzten Gold und Blau, verschmolzen miteinander und bildeten eine untrennbare Einheit, ein perfekt ausbalanciertes Gleichgewicht, wie es in Raumschiffen erforderlich war.

Langsam kehrte die Realität zurück. Eine solche Ausgewogenheit existierte nicht, dachte Kirk, zwinkerte und verdrängte die verlockenden Imaginationen aus dem Kern seines Ichs.

Stumm wartete er.

Schließlich hob der Vulkanier den Kopf, richtete seine Aufmerksamkeit auf Kirk und ... Überrascht wölbte er die Brauen. *T'lema. Der Mann aus den Träumen.* Er fing Kirks Blick ein, hielt ihn eine Zeitlang fest und spürte, wie sich der Eindruck verstärkte. Deckungsgleiche Konturen, bis in alle Einzelheiten: der Glanz in den nußbraunen Augen, das fast trotzig vorgeschobene Kinn, der muskulöse Körper, eine widerspenstige Strähne, die an der Stirn herabreichte. Doch Kirks Gesicht blieb eigentümlich leer, zeigte kein Erkennen. Langsam senkte Spock die Brauen und besann sich wieder auf die Logik. Vielleicht hatte er in den Versetzungsdokumenten ein Hologramm des Fähnrichs gesehen. Oder in den Sendungen FleetComs war ein Bild von ihm übertragen worden. Nach dem Zwischenfall an der Akademie genoß Kirk einen gewissen Ruf ...

Trotzdem: Irgend etwas *Vertrautes* blieb und widerstand den Verdrängungsversuchen der Logik. Jim Kirk wurde der *ShiKahr* zugewiesen, als alle anderen Disziplinarmaßnahmen zu keinem Erfolg führten. Zwar hielt Spock nicht viel von der Talos-Maschine — ganz offensichtlich hatte sie die Probleme des menschlichen Fähnrichs noch verschlimmert —, aber ebensowenig angemessen erschien ihm die zwangsweise Rekrutierung. Manchmal hing die Sicherheit eines Raumschiffes vom Verantwortungsbewußtsein jedes einzelnen Besatzungsmitglieds ab. Kirk lag nichts am Dienst in der *ShiKahr,* und deshalb gab es für seine Versetzung einzig und allein bürokratische Gründe — die ihrer Natur gemäß unlogisch sein mußten.

Für Spock spielte es keine Rolle, daß der junge Mann eine Offiziersausbildung begonnen hatte, sie jedoch beenden mußte und auch das Interesse daran verlor, als eine eher eigentümliche Folge von Ereignissen den Finger der Anklage auf ihn richtete. Kirk wurde für den Tod des Unterweisers Sorek verantwortlich gemacht. Auf die Verurteilung folgten eine einjährige Inhaftierung — und auch die Talos-Maschine, mit der die Gründe für das Verbrechen ermittelt werden sollten. Doch der Fähnrich erinnerte sich nicht an den betreffenden Abend — oder verfügte über eine derart feste mentale Disziplin, daß er die Wahrheit nicht einmal bei den Psychosondierungen verriet. Einige Wochen später wurde er rekrutiert — offenbar hielt Starfleet ihn trotz allem für wertvoll genug, um nicht auf ihn zu verzichten.

Der Vulkanier lehnte sich zurück und ließ den Menschen nicht aus den Augen. Kirks Haltung brachte hochmütige Arroganz zum Ausdruck, und die Niedergeschlagenheit in seinen Zügen stand in einem auffallenden Gegensatz dazu.

»Fähnrich Kirk«, sagte Spock, »Sie sollten sich am Montagmorgen um acht Uhr und zur gleichen Zeit an den drei aufeinanderfolgenden Tagen bei mir melden. Würden Sie mir bitte erklären, warum Sie es nicht für notwendig hielten, diesem Befehl zu folgen?«

Jim preßte kurz die Lippen zusammen. »Ihnen dürfte klar sein, daß der Dienst an Bord dieses Raumschiffes nicht meinem Wunsch entspricht, Captain Spock«, erwiderte er kühl. »Die Besatzung lehnt es ab, mich in ihre Gemeinschaft aufzunehmen, und das ist mir nur recht. Ich wurde gegen meinen Willen rekrutiert, und deshalb darf niemand Begeisterung von mir erwarten.« Er hob den Blick und konzentrierte sich auf einen Fokus über dem Kopf des Vulkaniers. »Ich bitte hiermit in aller Form um meine Entlassung – ob unehrenhaft oder nicht, ist mir völlig gleichgültig.«

Spock vernahm die resignierte Entschlossenheit in der Stimme des Menschen – und auch noch etwas anderes, das er nicht genau zu bestimmen vermochte. »Ich brauche Sie wohl kaum darauf hinzuweisen, daß Sie nur deshalb zwangsrekrutiert wurden, weil die auf der Erde gebräuchlichen konventionelleren Formen der Disziplinierung versagten. Darüber hinaus hatten Sie an der Akademie mit einer Offiziersausbildung begonnen.« Er legte eine kurze Pause ein. »Wenn ich Sie jetzt entließe – was unter den gegenwärtigen Umständen nicht in Frage kommt –, müßten Sie damit rechnen, den Rest Ihres Lebens in einem orionischen Rehabilitierungslager zu verbringen. Ich darf Ihnen versichern, daß der dortige Aufenthalt weitaus demütigender und erniedrigender für Sie wäre als eventuelle Vorurteile und Ablehnung an Bord dieses Schiffes.«

Kirk zuckte gleichgültig mit den Schultern. »Da bin ich mir nicht so sicher«, sagte er scharf und widerstand der Versuchung, sich dem Mitgefühl in der so seltsam vertraut klingenden Stimme des Vulkaniers hinzugeben.

Spock antwortete nicht darauf, erhob sich und ging in der Kabine auf und ab. Nach einigen Sekunden blieb er stehen, beobachtete den Fähnrich nachdenklich, kehrte hinter den Schreibtisch zurück und nahm wieder Platz. Erneut musterte er den Menschen und glaubte, eine dünne Schicht Medo-Creme auf den Wangen zu sehen. Er achtete nicht darauf – vielleicht lag es nur am indirekten Licht.

Nach einer Weile räusperte sich der Captain. »Ich möchte ganz offen sein und Ihnen eine Gelgenheit geben, die Situation zu verstehen – bevor Sie eine irrationale Entscheidung treffen, die Sie später bereuen.« Er zögerte und runzelte die Stirn. Die Realität erbebte und stabilisierte sich wieder – eine Veränderung, die unmittelbar darauf der gewohnten Wirklichkeit wich. Aber Spock spürte ein dünnes Beziehungsband, das sich zwischen ihm und dem Menschen spannte. Aus irgendeinem Grund war er sicher, Kirk vertrauen zu können. Ein unlogischer Eindruck, ja – aber so intensiv, daß er daran festhielt und ihn akzeptierte. »Vor Ihnen sind andere Menschen der *ShiKahr* zugewiesen worden, Männer und Frauen, die ebensowenig Wert darauf legten wie Sie, Fähnrich Kirk; aber sie haben sich angepaßt, jeder auf seine eigene Art und Weise. Nun, während Ihrer Zeit an der Akademie strebten Sie höhere Ziele an und ...«

»Inzwischen sind sechs Jahre vergangen«, warf der junge Mann ein und mied Spocks Blick. »Damals sah ich die Dinge aus einer ... anderen Perspektive. Damals war *ich* anders.« *Damals war ich anders.* Diese Worte klangen überraschend wahr. In Kirk entstand plötzlich das Gefühl, als höre er einem Fremden zu – einem Fremden, der ihm einst vertraut war, mit dem er sich identifiziert hatte und der nun die Qualität eines Vorbilds gewann ... Rasch verdrängte er diese Überlegungen. Sicher handelte es sich nur um die Nachwirkungen des Gedankensondierers, um die Folgen des teuflischen Apparats, den man Talos-Maschine nannte.

Der Vulkanier deutete auf einen freien Stuhl. »Bitte setzen Sie sich, Fähnrich«, sagte er. Das Gespräch würde länger dauern, als er zunächst erwartet hatte. Zwar mußte er sich um weitaus wichtigere Dinge kümmern, aber er sah sich außerstande, den Menschen namens Kirk einfach fortzuschicken.

Der junge Mann schüttelte den Kopf. »Ich stehe lieber, Sir.« Stolz hob er den Kopf und straffte die breiten Schultern.

Spock nickte langsam. »Wie Sie wünschen. Nun, vermutlich haben Sie gerüchteweise von unseren neuen Befehlen erfahren, nicht wahr?«

Kirk warf dem Captain einen erstaunten Blick zu. Wie sollte er auf diese Frage reagieren? Wenn er bestätigte, gab er zu, am Bordklatsch interessiert zu sein und über Informationen zu verfügen, die eigentlich geheim sein sollten. Wenn er verneinte, war die Lüge offensichtlich. Wollte ihn Spock auf die Probe stellen?

Kirk lächelte dünn.

»Wenn mir zu Ohren gekommen wäre, daß die ganze Flotte beauftragt wurde, denebianische Schleimwürmer zur Erde zu transportieren, damit die dortigen Spitzenrestaurants ihren Speisekarten eine neue kulinarische Delikatesse hinzufügen können — unter solchen Umständen hätte man allen Grund, sich einen gesunden Zweifel zu bewahren. Mit allem gebührenden Respekt, Sir: Gerüchte sind nur so vertrauenswürdig wie die Leute, von denen sie stammen.«

Der Vulkanier beugte sich vor, stützte die Ellenbogen auf den Tisch und preßte die Fingerkuppen aneinander. Seine Augen schienen etwas dunkler zu werden. Offenbar kostete es ziemlich viel Zeit, bei diesem speziellen Menschen die Barriere des Trotzes und der Sturheit zu durchdringen — und die Zeit wurde immer mehr zu einem kritischen Faktor. In fünf Tagen erreichten zwei zusätzliche Raumschiffe die Neutrale Zone. Die Details in Admiral S't'kals Plan deuteten darauf hin, daß der Vorstoß ins romulanische Reich nach zwei weiteren Tagen erfolgen sollte. Spock beschloß, ohne Umschweife zur Sache zu kommen.

»Fähnrich Kirk, Sie brauchen nicht zu versuchen, mir auszuweichen. Ich habe keineswegs die Absicht, über Sie zu urteilen. Um ganz ehrlich zu sein: Vielleicht beschränkt sich unsere Lebenserwartung auf nur noch eine Woche — es sei denn, Doktor McCoy und ich finden eine Möglichkeit, einen bisher noch unbekannten ... Einfluß zu neutralisieren, der die Allianz in einen verheerenden Krieg mit den Romulanern treibt.« Erneut hielt er Kirks Blick fest, zwang ihn allein mit Willenskraft dazu, nicht zur Seite zu sehen. Es fiel ihm nicht leicht.

Der junge Mann verlagerte unruhig das Gewicht von einem Bein aufs andere. »Warum sagen Sie *mir* das?« fragte er.

Spock stand auf und beugte sich über den Schreibtisch, stellte dabei erstaunt fest, daß der Mensch nicht zurückwich. »Weil ich davon überzeugt bin, daß Sie in diesem Zusammenhang irgendeine ... Rolle spielen.« Er schloß die Augen und bedauerte seine mangelnden Kenntnisse in der terranischen Sprache. Seine letzte Bemerkung klang mehr wie ein Vorwurf und nicht wie die mögliche Lösung für ein ernstes Problem. »Anders ausgedrückt: Vielleicht können Sie Doktor McCoy und mir wertvolle Hilfe leisten.«

Das weckte Kirks Neugier. »Wieso?« fragte er.

Der Vulkanier nahm wieder Platz und deutete einmal mehr auf den freien Stuhl. Er verbarg sein Erstaunen, als Kirk der stummen Aufforderung nachkam und sich tatsächlich setzte.

»Ich kenne Ihren persönlichen Hintergrund, Fähnrich«, erklärte Spock. »Die Verwendung der Talos-Maschine bei Verhören wurde inzwischen verboten, wie Sie sicher wissen. In diesem Zusammenhang haben Sie also nichts mehr zu befürchten.« Er unterbrach sich und fühlte eine sonderbare Empathie mit dem Menschen. »Andererseits kann jener Apparat auch zum *Nutzen* der Allianz eingesetzt werden; in unserer gegenwärtigen Situation bietet sich so etwas geradezu an.«

Kirk zwinkerte verwirrt und runzelte argwöhnisch die Stirn. »Worauf wollen Sie hinaus, Captain?«

Spock stützte die Arme auf die Sessellehnen. »Ich brauche Ihre Unterstützung, aber ich kann Ihnen keinen direkten Befehl geben. Doktor McCoy hat festgestellt, daß der ... Wahn, der sich in der ganzen Allianz auszubreiten scheint, irgendwo dem individuellen Bewußtsein entspringt. Um mehr über das Phänomen zu erfahren, suchen wir nach Freiwilligen, die zu einer umfassenden Vid-Untersuchung bereit sind.«

Kirk spürte, wie er innerlich erstarrte. Er drehte den Kopf, wandte den Blick vom fast flehentlichen Glanz in den dunklen Augen ab. »Ausgeschlossen«, murmelte er und unterdrückte ein Schaudern. »Ich mußte schon mehr als genug solcher Tests hinnehmen.« Bei diesen Worten vibrierte so etwas wie Reue in ihm. Er lehnte nicht nur das Anliegen des Vulkaniers ab, sondern enttäuschte auch einen guten Freund.

Spock schwieg eine Zeitlang. »Nun gut. Die Entscheidung steht allein Ihnen zu. Wie ich eben schon sagte: Ich zwinge Sie zu nichts.« Er zögerte und sprach erst weiter, als der Fähnrich keine Anstalten machte, selbst das Wort zu ergreifen.

»Es ist allgemein bekannt, daß ich gegen die Talos-Maschine bin. Trotz ihrer angeblichen Wirksamkeit halte ich sie für höchst gefährlich.« Der Captain rief sich ins Gedächtnis zurück, daß er bereits mit wesentlich schwierigeren Männern als Kirk fertig geworden war. Wenn er den richtigen Ansatzpunkt fand, konnte er sicher eine Lücke in der eisigen Reserviertheit des Fähnrichs schaffen, eine Bresche, die Verständnis ermöglichte. Zuerst aber ging es darum, Kirks Furcht zu besiegen. Auf Güte reagierte jemand wie er sofort mit Mißtrauen; daran änderte auch alle Logik nichts. »Wenn Sie noch immer an Alpträumen leiden, die auf Ihre ... Behandlungen mit der Talos-Maschine zurückzuführen sind, so kann ich Doktor McCoy anweisen ...«

»Es geht mir gut!« log Kirk, und seine Stimme klang fast schrill. Verwundert fragte er sich, warum er Verlegenheit empfinden sollte, wenn Spock ihn durchschaute, doch er konnte die Scham nicht verdrängen. »Ich kann es nur nicht ausstehen, daß fremde Leute in meinem Bewußtsein herumspazieren!«

Der Vulkanier beugte sich vor und versuchte es mit einer anderen Taktik. Der Zeitfaktor übte einen deutlich spürbaren Druck aus. »Ganz zu Anfang beteuerten Sie Ihre Unschuld und betonten immer wieder, Sie hätten Sorek nicht ermordet. Doch später, bei der Verhandlung, plädierten Sie auf schuldig. Warum?«

Kirk gab keinen Ton von sich, und Spock beobachtete, wie der Trotz im schmalen Gesicht des Fähnrichs neuerlicher Verschlossenheit wich.

»Lehnen Sie die Versetzung zur *ShiKahr* ab, weil Sie *unschuldig* sind? Weil Sie meinen, ein Recht darauf zu haben, jetzt einen Offiziersrang zu bekleiden?« Spock wußte, daß er die Gefühle des Menschen nicht schonen konnte, wenn er zum Kern des Problems vorstoßen wollte, aber diese Erkenntnis schützte kaum vor eigenem Schmerz. Tief unter den zahllosen Schichten vulkanischer Disziplin erbebte etwas, das er als emotionale Pein interpretierte. Er schloß kurz die Augen und trachtete vergeblich danach, das erheblich gestörte logische Gleichgewicht wiederherzustellen. »Spielt das jetzt noch eine Rolle, Captain?« fragte Kirk leise. »Und machte es irgendeinen Unterschied? Ich bin verurteilt worden, und nur darauf kommt es an.« Er hatte sich damit abgefunden – obwohl er sich gar nicht an die Nacht erinnerte, in der Sorek den Tod fand. Er war so sehr von Finnegans Whisky-Punsch betrunken gewesen, daß er sich nicht einmal an die Rückkehr nach Hause entsann, geschweige denn an die Ermordung des vulkanischen Unterweisers.

»Ja, Sie wurden verurteilt«, bestätigte der Captain.

»Aber so etwas ist nicht unbedingt gleichbedeutend mit Schuld.« Kirk hatte bereits eine Strafe verbüßt, die viele andere Menschen nicht ertragen hätten. Als Raumschiffkommandant wußte Spock um die Talos-Maschine, und als Wissenschaftler auf Vulkan war er dumm genug gewesen, sie an sich selbst auszuprobieren. Das daraus resultierende psychische Grauen entsetzte ihn derart, daß er beim Hohen Rat ein Verbot des Instruments im stellaren Territorium der Allianz beantragte. Nach einer langen Debatte erließ das Konzil ein entsprechendes Dekret, allerdings nicht rechtzeitig genug, um zu verhindern, daß Kirk an den Apparat angeschlossen wurde. In diesem Zusammenhang empfand Spock einen irrationalen Hauch von Schuld. Wenn er rechtzeitig genug eingegriffen hätte ... Bei diesem Gedanken stieg eine Braue in die Höhe, und er zwang sich zur Rückkehr in die Realität.

»Des weiteren wurde ich informiert, daß Ihr Geist sowohl weganischen Mentalsonden als auch bewußtseinswirksamen Seren widerstand, die normalerweise Wahrheit von Lüge trennen.« Erneut brach Spock ab und stellte fest, daß Kirk aufmerksam zuhörte. Ein wichtiger Schritt nach vorn, dachte er. »Die zuständigen Psychiater konnten nicht erklären, warum jene Ermittlungsmethoden bei Ihnen ohne Erfolg blieben. Nun, wenn ich mich recht entsinne, gründete sich Ihre Verurteilung zum größten Teil auf Indizien.«

Kirk zuckte mit den Achseln und gab sich unbeeindruckt, obwohl die Erwähnung der Talos-Maschine sicher gräßliche Erinnerungen in ihm weckte. »Man töte alles, was man nicht versteht. So lautet ein wichtiges Gesetz der Natur, stimmt's?« In seinen Wangen zuckte es.

»Nein, Fähnrich, da irren Sie sich«, widersprach Spock sanft. »Es ist ein Gesetz, das leider bei vielen primitiven Kulturen herrscht – aber von einem Axiom der Natur kann keine Rede sein.« Er stand auf und musterte das Gesicht des Fähnrichs eingehend. »Außerdem: An Bord der *ShiKahr* lasse ich so etwas nicht zu.«

Er trat einen Schritt näher und neigte den Kopf zur Seite, als er den vagen Geruch von Creme wahrnahm. Aus einem Reflex heraus hob er die Hand, um das Gesicht des Menschen zu berühren, ließ sie jedoch wieder sinken, als Kirk erschrocken die Augen aufriß. Spock nickte langsam — die Reaktion des Fähnrichs genügte als Beweis.

»Wer ist dafür verantwortlich?« fragte der Vulkanier scharf.

Kirk senkt den Kopf. »Niemand«, log er. Verlegensröte verdrängte die Blässe aus seiner Miene. »Ich ... ich habe mich in meiner Kabine vollaufen lassen und bin gestürzt.« Die Worte klangen hohl und nicht überzeugend. Kirk warf einen kurzen Blick zur Tür und dachte daran, einfach loszulaufen und zu fliehen.

Spock schien Verdacht zu schöpfen und versperrte ihm den Weg zum Schott. »Vielleicht sollte ich Sie besser einem Kabinengenossen zuweisen, der nicht dem Alkohol verfallen ist«, sagte er wie beiläufig. Mehrere Sekunden lang glaubte er, überfordert zu sein, weil er nicht genug von der menschlichen Psychologie verstand. Im terranischen Bewußtsein herrschte eine überaus empfindsame Balance: zwischen Stolz und Kompromiß, zwischen Ärger und Mitgefühl, zwischen Offenheit und Täuschung — zwischen Liebe und Haß.

»Donner ist mir schon häufig unangenehm aufgefallen«, fuhr der Vulkanier leise fort. »Zwar leistet er gute Arbeit, aber ich habe bereits mehrfach erwogen, ihn zu einer planetaren Station zu versetzen.« Er sah Kirk an und bedauerte es, daß der Fähnrich noch immer seinen Blick mied. »Es hätte mir klar sein müssen, daß ein derart aggressives Wesen früher oder später zu weiteren Problemen führt.« Sonderbarerweise hielt er es für seine Pflicht, diesen besonderen Menschen zu schützen.

»Donner hat damit nichts zu tun, verdammt!« platzte es aus Kirk heraus. Er fühlte, wie Zorn hinter seinen Augen zu brennen begann — eine Wut, die ihn auf schmutzigen irdischen Gefängnishöfen in Schlägereien verwickelt hatte.

Eine Wut, die ihn immer zum denkbar ungünstigsten Zeitpunkt heimsuchte.

»Es war meine eigene Ungeschicklichkeit. Ich will keinen neuen Stubengenossen, Captain! Ich möchte endlich aus dem Dienst bei Starfleet entlassen werden.« Er hob den Kopf, und das feurige Gleißen in seinen Pupillen überstrahlte die Furcht. »Muß ich *noch* jemanden umbringen, bevor man mich aus diesem fliegenden Kerker wirft? Oder sind Sie bereit, auf mein Anliegen einzugehen, bevor ich einen zweiten Mord begehe?«

Starke Emanationen begleiteten die verbale Explosion und konfrontierten Spocks Bewußtsein mit intensiven Gefühlen, auf die er nicht vorbereitet war. Unwillkürlich wich er einen Schritt zurück – und gewann einmal mehr den Eindruck, etwas Vertrautes zu spüren, als sich die beiden Gedankensphären kurz berührten. Der Captain holte tief Luft und schirmte das eigene emotionale Magma mit einem Wall aus vulkanischer Selbstbeherrschung ab. Geistesabwesend straffte er die Gestalt und kehrte hinter den Schreibtisch zurück.

»Damit wir uns richtig verstehen, Fähnrich Kirk ...«, sagte er. »Drohungen bleiben völlig wirkungslos auf mich, und ich nehme sie nicht einfach so hin.« Er bemerkte die zornige Herausforderung in den Zügen des Menschen. »Ebensowenig toleriere ich vorsätzliche Verletzungen meiner Besatzungsmitglieder«, fügte er etwas sanfter hinzu. »Ich befehle Ihnen hiermit, mir den Namen der verantwortlichen Person zu nennen.«

Kirk beharrte auf seinem Standpunkt; während der Haft hatte er gelernt, wie wichtig es war, ein Geheimnis zu hüten. »Meine Schwierigkeiten gehen nur mich etwas an«, antwortete er nach einer Weile. »Ich brauche keinen Aufpasser! Und ich kann auch auf das verdammte Mitleid eines Halbbluts verzichten, Spock!« Er ging zur Tür – und blieb schon nach wenigen Schritten stehen, als er das Klicken des automatischen Verriegelungssystems hörte.

Der Vulkanier trat langsam auf ihn zu. *Halbblut.* Eine

eigentümliche Bezeichnung, die nicht in *diese* Realität zu passen schien.

»Na schön«, murmelte er. »Ich begnüge mich erst einmal mit dieser Antwort. Allerdings werde ich den Quartiermeister anweisen, Ihnen eine andere Kabine zu geben. Und zwar sofort.«

Kirk erbleichte, als er die Endgültigkeit in der plötzlich unheilvoll klingenden Stimme des Captains hörte. Voller Verbitterung begriff er, daß er zu weit gegangen war. Donner sah bereits einen feigen Schwächling und Drogensüchtigen in ihm. Wenn er jetzt auch noch eine andere Unterkunft bekam, zu seinem eigenen Schutz ... Er hörte schon den Spott des großen und kräftig gebauten Mannes, fühlte den Schlag einer breiten Hand, die noch mehr Demütigung brachte ...

Er sah auf, und Verzweiflung glitzerte in seinen Augen. Mühsam versuchte er, wenigstens dieses eine Mal Stolz und Würde zu vergessen.

»Ich ... Captain Spock, ich ... Ich möchte mich für mein respektloses Verhalten entschuldigen.« Die Worte schmerzten weitaus mehr, als es eigentlich der Fall sein sollte. »Wenn Sie mich nicht aus dem Dienst entlassen wollen, möchte ich in meinem jetzigen Quartier bleiben.« Er wartete und lauschte dem rasenden Pochen seines Herzens.

Der Vulkanier musterte ihn kühl. »Ihren Entlassungsantrag habe ich bereits zurückgewiesen, Fähnrich«, erinnerte er Kirk. »Und da Sie mir nicht sagen wollen, wer Sie verletzt hat, bleibt mir gar keine andere Wahl, als Sie woanders unterzubringen und gleichzeitig Ihre Arbeitseinteilung zu revidieren. Ganz gleich, was Sie über den Dienst in Starfleet oder mich persönlich ...« *Halbblut!* »... gehört haben: Sie werden feststellen, daß Ihr Aufenthalt an Bord durchaus seine Vorteile haben kann.« *Vorausgesetzt natürlich, in den nächsten sieben Tagen bleibt eine Apokalypse aus* ... Er wartete und erhielt keine Antwort. Der junge Mann vor ihm ließ nur die Schultern hängen. Einige unlogische Sekunden lang stellte sich Spock eine gemeinsame Zukunft vor, mit Kirk an seiner Seite ... Irgendwie, so sagte er sich, würde er eine Möglichkeit finden, den drohenden Krieg mit dem romulanischen Reich abzuwenden und sie alle vor dem Tod zu bewahren. Die Kunst des Überlebens — darauf kam es jetzt an. »Ganz abgesehen davon: Suchen Sie die Krankenstation auf: lassen Sie sich dort gründlich untersuchen und behandeln.«

Kirk schüttelte andeutungsweise den Kopf, und seine Züge verhärteten sich wieder. »Lieber nicht, Sir«, sagte er in einem Tonfall, der zugleich trotzig und bittend klang.

»Ich habe Ihnen keinen Rat gegeben, sondern eine direkte Anweisung, Fähnrich«, erwiderte Spock und berief sich dabei auf eine Autorität, die ihm fremd und unnatürlich erschien. Er drehte sich um. »Wegtreten!«

Eine ganze Zeitlang blieb es still. Stunden schienen zu vergehen, bevor der Vulkanier das Geräusch von Schritten hörte, die sich der Tür näherten. Aus den Augenwinkeln beobachtete Spock, wie der Fähnrich in den Korridor trat und davonging. Ein traumartiger Gedanke stahl sich in sein Bewußtsein und flüsterte:

Ich wäre ein verdammt lausiger Fähnrich, Spock.

Der Captain hatte Kirk gerade erst persönlich kennengelernt, aber in einem Punkt war er ganz sicher: Die Stimme hinter seiner Stimme klang genauso wie die des Mannes, der nun durch den Gang davonstapfte.

Spock sah aufs Chronometer. Irgendwann würde der Mensch wieder zu sich finden. Hoffentlich war es bis dahin nicht zu spät ...

Leonard McCoy befand sich in der psychologischen Abteilung, wippte ungeduldig auf den Zehen und wartete auf die Ergebnisse des letzten Vid-Tests. Er kannte den jungen Mann auf der Liege nicht persönlich, aber trotzdem fühlte er sich ihm verbunden. Die Videoerfassung des Unterbewußtseins bereitete keine Schmerzen, doch es handelte sich um eine sehr persönliche Angelegenheit. McCoy vertrat die Ansicht, daß jedes Individuum ein Recht auf Geheimnisse hatte, und deshalb fiel es ihm schwer, mit seinem Gewissen ins reine zu kommen. Andererseits: Unter den gegenwärtigen Umständen, die in galaxisweitem Chaos kumulieren mochten, begrüßte er die Verwendung einer Technik, von der böse Zungen behaupteten, sie gehöre zum Instrumentarium einer psychiatrischen Folterkammer.

Der kleine Bildschirm über dem Kopf des Patienten zeigte deutliche Bilder, die von einem angeschlossenen Speichermodul aufgezeichnet wurden. Ein Neurowandler empfing die bioelektrischen Impulse des Gehirns und interpretierte ihre Bedeutung: vage Gedankenfragmente, Erinnerungen, Wunschvorstellungen, Hoffnungen und Sehnsucht, Ängste und Beklemmungen. Alles nahm auf dem Monitor konkrete Gestalt an. McCoy hatte bereits zweihundert Freiwillige untersucht, die über seltsame Bewußtseinsstörungen klagten, und daher erkannte er die speziellen Muster schon auf den ersten Blick. Er seufzte erschöpft, erleichtert darüber, daß die Tests nun zu Ende gingen. Nach der Untersuchung von Lieutenant Christensen begann die Auswertung. Die bisher gewonnenen Daten sollten eigentlich genügen, um eine einigermaßen sichere Hypothese zu formulieren.

Der zentrale Medo-Computer enthielt Vid-Abtastungen, die als Vergleichsgrundlage dienen konnten — Fleet-Com verlangte solche Analysen bei allen Besatzungsmitgliedern, die mindestens im Rang eines Unteroffiziers standen. McCoy lächelte stumm vor sich hin. In der ›guten alten Zeit‹ hatten sich *alle* Angehörigen der Crew dieser obligatorischen Prozedur unterziehen müssen — damals, bevor Menschen an Bord von Raumschiffen wie der *Shi-Kahr* zugelassen wurden. Der Arzt war dankbar dafür, daß diese Tradition zumindest auf einer freiwilligen Basis fortgesetzt wurde. Die alten Aufzeichnungen bekamen jetzt eine ganz besondere Bedeutung, zumindest als Kontrollfaktor für das Experiment. Mit ihrer Hilfe ließen sich Abweichungen sofort feststellen.

McCoy musterte den Mann auf der Liege. »Nun, Christensen«, sagte er und lächelte, »die *bewußten* Bilder sind für einen Perversen in Ihrem Alter völlig normal.« Er zwinkerte, als der Lieutenant nervös lachte.

»Ich hoffe, Ihr Schamgefühl wird nicht zu sehr verletzt, Doc«, erwiderte Christensen, holte tief Luft und entspannte sich.

McCoy schüttelte den Kopf und drehte den Schirm noch etwas weiter zur Seite, so daß der Patient die Darstellungen nicht sehen konnte. Er würde keine Einwände erheben, falls sich der Lieutenant später mit den Aufzeichnungen beschäftigen wollte. Aber wenn die zu untersuchende Person während der Vid-Erfassung Gelegenheit bekam, die vom eigenen Bewußtseinskomplex projizierten Bilder zu betrachten, kam es häufig zu recht störenden Rückkoppelungseffekten. Wer im Bett lag und eine Frau liebte, die dem Geschehen eines Holofilms folgte, durfte sich nicht wundern, wenn der angestrebte sexuelle Genuß ausblieb; es gab einfach zu viele Ablenkungen, um die erhofften Resultate zu erzielen.

McCoy trat an die Diagnosefläche heran und legte dem Mann beruhigend die Hand auf die Schulter. »Ich gebe Ihnen jetzt eine Dosis Coenthal, Dane«, sagte er. »Dadurch schlafen Sie ein, und während der Alpha-Phase bekommen wir Einblick in die tiefer gelegenen Schichten Ihres Geistes. Einverstanden?«

Christensen zuckte mit den Achseln. »Sie sind der Doktor«, brummte er. »Ich weiß nur eins: Wenn ihr Medo-Fritzen nicht bald ein Heilmittel für Melancholie findet, bin ich zu allem fähig.« Er schauderte übertrieben heftig. »Ich lasse mich lieber erschießen, als noch einmal so etwas zu erleben wie gestern.« Die braunen Augen des Lieutenants wurden trüb, als er sich erinnerte. »Es war, als ... fiele man aus der gewohnten Realität in ein ganz anderes, völlig fremdes Universum. Himmel, ich kam mir vor wie Alice im Wunderland, die dem weißen Kaninchen folgte und durch einen tiefen Schacht stürzte.« Er erzitterte noch einmal. »Dunkelheit erwartete mich, schwarze Finsternis ...«

McCoy lächelte aufmunternd und lud den Injektor. »Nach dem, was ich gehört habe, müßten Sie in einer langen Schlange warten, um vor das Hinrichtungskommando zu gelangen.« *So ist es richtig,* dachte der Arzt. *Sprich ihm Mut zu. Wenn Christensen und die anderen wissen, daß sie nicht allein sind, ertragen sie es besser. Gemeinschaft bedeutet Sicherheit ...* Vielleicht gelang es auf diese Weise, die Ausbreitung des Wahns zumindest zu verlangsamen. Es war eine der wenigen Hoffnungen, die McCoy noch blieben.

Nach einigen Sekunden preßte er die Injektionskapsel an Christensens Arm und wartete darauf, daß die Substanz wirkte.

Eine knappe halbe Minute später schlossen sich die Augen des Mannes, und auf dem nahen Monitor wurden die dargestellten Hirnstromkurven flacher. McCoy drehte sich zu S'Parva um und nickte. »Beginnen Sie mit der Abtastung. Und geben Sie mir Bescheid, wenn sich die mentalen Impulse weiter abschwächen. In einem solchen Fall müssen wir den Lieutenant sofort wecken.«

Die Katellanerin nickte und befolgte die Anweisungen des Arztes. Eine Zeitlang zeigte der Vid-Schirm über dem Kopf des Patienten nur diffuse Schlieren — offenbar wehrte sich das Bewußtsein gegen die drogeninduzierte Ruhe. Vom Unterbewußtsein projizierte Gestalten erschienen, symbolisierten Christensen und den Schlaf: zwei Kontrahenten, die sich auf einem nebelumwogten Schlachtfeld gegenübertraten. Der Schlaf war ein geschlechtsloser Krieger ohne Gesicht und trug eine pechschwarze Robe. Er führte ein blutbesudeltes Schwert bei sich und schwang es mit sicherem Geschick. Christensen stellte sich dem Gegner nackt und unbewaffnet. Er hatte nicht die geringste Chance und sank schon bald zu Boden.

Dunkelheit wogte heran und tilgte alle Farben vom Schirm.

»Doktor McCoy?« fragte S'Parva. Sie betätigte einige Tasten, fächerte den Erfassungsfokus und wählte die höchste Abtastungsstufe.

Der Arzt hörte die Besorgnis in ihrer Stimme und drehte sich um. »Wieder negativ?« fragte er gepreßt.

Die Katellanerin nickte und beobachtete weiterhin die leere Projektionsfläche. »Ich bekomme überhaupt keine Anzeigen mehr, Doktor«, erwidertc sie. »Ich habe mögliche Störungen berücksichtigt und den Verstärker hinzugeschaltet, aber trotzdem läßt sich nichts feststellen.«

McCoy musterte den schlafenden Christensen und schüttelte kummervoll den Kopf. Von insgesamt zweihundert Freiwilligen zeigten dreizehn Patienten keine Vid-Reaktion, wenn man ihnen Coenthal verabreichte. Bei den anderen ergaben sich unterschiedliche Bilder von einer ... anderen *ShiKahr*. Die unterbewußten Vorstellungen der Getesteten galten einem irgendwie veränderten Flottenkommando, das nicht mehr FleetCom, sondern Starfleet Command hieß, und in ihren Träumen sahen sie einen blonden, blauäugigen Captain. Zwar gab es Dutzende von subtilen individuellen Differenzen, doch sie konnten nicht über eine frappierende Ähnlichkeit der Visionen hinwegtäuschen. Nun, es blieb natürlich eine Frage der Interpretation, aber eigentlich lagen die Schlußfolgerungen auf der Hand. McCoy bedachte Christensen mit einem letzten Blick und injizierte ihm ein Mittel, das die Coenthal-Reste in seinem Stoffwechselsystem neutralisierte.

Vage Gedanken verschmolzen zu einer Theorie, als sich der Arzt an S'Parva wandte. »Schicken Sie ihn in sein Quartier, sobald er aufgewacht ist und sich erholt hat. Ich spreche unterdessen mit dem Captain.« Er bemerkte die Erschöpfung in den Zügen der Katellanerin. »Wie lange arbeiten Sie schon an den Tests?«

S'Parva zuckte mit den muskulösen Schultern, desaktivierte den Vid-Schirm und trat an die Diagnoseliege heran. Der Lieutenant bewegte sich bereits. »Ich weiß nicht genau«, antwortete sie schließlich und lächelte gezwungen. »Wie dem auch sei: Ich möchte diese Sache zu Ende bringen.«

McCoy wippte auf den Zehen. Ein sturer Vulkanier war schon schlimm genug, doch in mancher Hinsicht konnte es S'Parva durchaus mit dem Captain aufnehmen. »Nun, brechen Sie mir nicht einfach zusammen«, brummte er. »Ich brauche Ihre Hilfe, wenn sich bei der Datenauswertung eine Hypothese ergibt.«

»Haben Sie irgendeine Idee, Leonhard?« fragte die Katellanerin.

McCoy schürzte die Lippen und sah erneut auf Christensen herab. »Vielleicht«, erwiderte er ausweichend und griff nach einem Speichermodul. »Aber wir müssen es vermeiden, vorzeitige Schlüsse zu ziehen.« Er drehte den Kopf und richtete den Blick auf S'Parva. »Ich schlage vor, Sie schalten hier alles ab und horchen einige Stunden lang an der Matratze. Morgen früh machen wir frisch und ausgeruht weiter.«

Christensen ... Es lief McCoy kalt über den Rücken, als er den jungen Mann musterte. Ihm war plötzlich, als sähe er den Tod. *Nein, keine Panik,* rief er sich selbst zur Ordnung. *Noch gibt es keine eindeutigen Beweise* ...

Er verließ die psychologische Sektion und stapfte durch den Korridor. Schon nach einigen Metern begann er zu laufen und sprang in den nächsten Turbolift.

KAPITEL 8

Commander Tazol war nicht besonders geduldig.

Als das Flaggschiff *Ravon* aus dem Hyperraum glitt und sich dem zentralen Reichskommando auf Romulus näherte, wurde das Prickeln der Nervosität stärker, die er schon seit dem Beginn der Mission spürte. Ein flaues Gefühl breitete sich in seiner Magengrube aus. Besorgt überlegte er, was sie entdecken mochten, wenn sie die Aufzeichnungen der Ersten Geschichte — des historischen Komplexes *vor* der Manipulation der irdischen Vergangenheit — mit den Fakten der modifizierten Zweiten Geschichte verglichen.

Eine besondere Furcht vibrierte in ihm, und er versuchte sich vorzustellen, was sie erwartete, wenn Sarela recht hatte — wenn es im Reich zu ebenso drastischen Veränderungen gekommen war wie in der Föderation. Falls ihre Vermutungen in bezug auf unbestimmbare Variablen bei Zeitmanipulationen stimmten, wenn nachteilige Nebenwirkungen auf die politisch-militärische Struktur im Reich tatsächlich nicht ausgeschlossen werden konnten ... Tazol schluckte unwillkürlich, als er an die bevorstehende Untersuchung der historischen Daten in den Computern von Station Eins dachte. Die Basis hatte sich natürlich nicht in den Hyperraum transferieren können, um dort geschützt zu sein, und deshalb war für die dortigen Archive einzig und allein die Zweite Geschichte real.

Die *Ravon* schwenkte in eine Umlaufbahn, und Tazol seufzte erleichtert. Nach den gräßlichen Beschreibungen seiner Ehepartnerin rechnete er fest damit, daß es überhaupt kein romulanisches Reich mehr gab. Doch die vertraute monotone Stimme des Zentralkommandos übermittelte ihnen Orbitalkoordinaten und hieß das Flaggschiff des Prätors willkommen. Zumindest in dieser Hinsicht hatte sich nichts geändert. Tazol richtete ein stummes Gebet an die romulanischen Götter und wünschte sich nichts sehnlicher als einen Irrtum Sarelas.

In diesem Zusammenhang fiel ihm noch etwas anderes ein: *Wer ist der Prätor?* Dumpfes Unbehagen erfaßte Tazol, als er die Ereignisse der sechs vergangenen Tage Revue passieren ließ. Er hatte nur einen kurzen, flüchtigen Blick auf die lebende Legende, den Herrscher des Reiches, werfen können, sah dabei nichts weiter als eine Gestalt, die einen langen Kapuzenmantel trug. Wer verbarg sich darunter? *Wirklich* der Prätor – oder jemand anders, ein Diener oder Scherge, wie Sarela behauptete? Es gab keine Möglichkeit, Gewißheit zu erlangen. Sklaven und Berater begleiteten den ... Fremden, ließen niemanden an ihn heran. Tazol schnitt eine Grimasse und begriff, daß ihnen nun eine längere Wartezeit bevorstand: Vermutlich dauerte es Wochen, bis alle Einzelheiten der Ersten Geschichte mit denen der Zweiten verglichen werden konnten, und der Angriff auf die ehemalige Föderation begann sicher erst nach einer umfassenden Analyse der neuen Situation. Normalerweise sollte die Zeitmanipulation ganz automatisch zu einer Ausweitung des romulanischen Machtbereichs führen, aber die Wissenschaftler des Prätors wiesen darauf hin, daß temporale Paradoxa nur ein Möglichkeitspotential schufen. Mit anderen Worten: Die Eroberer mußten in den Krieg ziehen, um ihre Ansprüche geltend zu machen. Tazol brummte unwillig, rieb sich den Bart und verfluchte die kaum überschaubare Komplexität des Problems.

Warten. Er haßte es, die Hände in den Schoß zu legen.

Der Commander versuchte, sich damit abzufinden, seufzte leise und sah den jungen Navigator an. »Rolash, teilen Sie Stations Eins mit, daß wir eine direkte Verbindung mit ihrem Hauptcomputer wünschen«, sagte er. Die Langeweile verleih seiner Stimme eine gewisse Schärfe, und in Tazols schwarzen Augen funkelte es. Banale wissenschaftliche Pflichten überließ man am besten banalen

Wissenschaftlern, fuhr es ihm durch den Sinn. Einige Sekunden lang überlegte er, wo sich Sarela befinden mochte. »Aber weisen Sie nicht auf unseren Aufenthalt im Hyperraum hin«, fügte er hinzu. »Unsere Mission muß streng geheim bleiben, bis die Untersuchung der historischen Daten abgeschlossen ist.«

Er zögerte kurz und starrte nachdenklich ins Leere. »Wenn sich dabei wichtige Veränderungen im Reich herausstellen, gehen wir nach der üblichen Standardprozedur vor.« Ein grimmiges Lächeln umspielte seine Lippen. »Die Krieger brauchen eine Ablenkung. Ich denke dabei an die Bordelle von Tamsor.«

Das Gesicht des Navigators brachte fast so etwas wie Abscheu und Verachtung zum Ausdruck. »Ihre Anweisungen werden übermittelt«, bestätigte er, beugte sich zur Konsole vor und stellte eine Verbindung zum zentralen Computersystem auf Romulus her. Wenige Sekunden später glitt das Brückenschott auf, und Sarela trat ein.

Sie ignorierte Tazol, nahm an der wissenschaftlichen Station Platz, hob den Decoder zum Ohr und betrachtete die Anzeigen.

»Die Agenten erzielten einen Erfolg, Commander«, sagte Sarela kurze Zeit später, doch in ihren großen Augen schimmerte Besorgnis. »Allerdings wirkten sich die geschichtlichen Veränderungen auch auf das Reich aus.«

Tazol glaubte zu spüren, wie ihm etwas die Kehle zuschnürte. Er bewegte sich betont langsam, als er aufstand, an die Seite seiner Frau trat und auf die Kontrollen herabstarrte. Aus dem flauen Gefühl in der Magengrube wurden regelrechte Krämpfe.

»Nun?« fragte er.

»Offenbar ergaben sich aus dem Einsatz der Agenten nicht die erhofften Konsequenzen. Starfleet existiert nach wie vor, wenn auch in veränderter Form.« Sarelas Fingerkuppen tasteten über mehrere Sensorpunkte; Zahlen- und Buchstabenkolonnen wanderten über die kleinen Monitore. Die junge Romulanerin nahm nur die wichtigsten Informationen auf — die Wissenschaftler des Prätors hatten später noch genug Zeit, eine genaue Analyse vorzunehmen.

»Vor hundert Jahren nach romulanischer Zeit griffen unsere Raumschiffe eine Welt im Eridani-System an: Vulkan. Nun, allem Anschein nach wurden in der Zweiten Geschichte einige Fehler der Ersten wiederholt. Ich meine damit mangelnde Vorbereitungen, überstürztes Handeln und trügerische Siegesgewißheit. Die Strategen und Taktiker übersahen die Tatsache, daß die Verteidiger des Planeten ebenfalls ein Volk von Eroberern gewesen sind.

Die aggressiven Neigungen der Vulkanier wurden mit Hilfe von Logik und emotionaler Kühle überwunden, aber die Überlebensinstinkte blieben davon unbetroffen. Sie waren die erste Spezies in *diesem* Universum, der es gelang, dem romulanischen Reich die Stirn zu bieten. Zum Zeitpunkt des Angriffs hatte ihre Wissenschaft bereits einen außerordentlich hohen Entwicklungsstand erreicht. Die Kämpfe dauerten sechs Monate, und schließlich gelang es den Vulkaniern, unsere Streitkräfte zu infiltrieren und mehrere Überwachungsschiffe unter ihre Kontrolle zu bringen.« Sarela zögerte und sah zu Tazol hoch.

Der Commander riß ungläubig die Augen auf und weigerte sich unwillkürlich, die Auskünfte seiner Ehepartnerin zu akzeptieren. Doch ein anderer Selbstfaktor in ihm stellte sich der bitteren Erkenntnis, daß sie die Wahrheit sprach, historische Ereignisse schilderte, die sich seiner bewußten Erfahrung entzogen. Ihre Worte schilderten die *Zweite* Geschichte.

»Und?« zischte er entsetzt und fiel damit aus der Rolle des skeptischen Zuhörers.

Sarela richtete ihre Aufmerksamkeit wieder auf die Sichtschirme. »Die Schiffe der Verteidiger waren größer als unsere, aber sie dienten nur der interplanetaren Raumfahrt. An Bord der erbeuteten Kreuzer stießen die Vulkanier auf das Geheimnis des romulanischen ÜL-Triebwerks, machten sich die Warptechnik zu eigen und stellten Kontakte zu bewohnten Planeten in den benachbarten Sonnensystemen her. Schon bald entstand ein Verteidigungsbündnis, das eine Abwehrfront uns gegenüber schuf.«

Sarela unterbrach sich erneut und berührte eine Taste, woraufhin die projizierten Darstellungen erstarrten. »Eine Fußnote in diesem Dokument der Zweiten Geschichte deutet auf folgendes hin: Der Prätor traf *nicht* die notwendige Entscheidung, alle Angriffe auf Vulkan und die entsprechenden Bündnispartner zu beenden und in andere Quadranten vorzustoßen. Statt dessen gab er dem Druck der Krieger nach, die Rache verlangten. Er machte den schweren Fehler, eine Fortsetzung der Offensive anzuordnen. Die Vulkanier galten als eine ernste Bedrohung: Nur sie konnten es mit unserem unerbittlichen Kampfgeschick aufnehmen.«

Aus den Augenwinkeln beobachtete die junge Frau, wie sich Tazols Wangen verfärbten. »Sie lockten drei unserer Kreuzer in den vulkanischen Orbit – mit einem gefälschten Notsignal, das angeblich von einer romulanischen Einheit stammte. Es folgte ein Überfall, und die Krieger an Bord mußten kapitulieren.« In Sarelas Mundwinkeln zuckte Spott. »Woraufhin die ach so ruhmreiche Reichsflotte den Rückzug antrat. Sie hatte sieben Schiffe an den Feind verloren, und fünf weitere wiesen schwere Beschädigungen auf.«

Tazol gab sich einige Sekunden lang der Illusion hin, damit sei das dunkle Kapitel in der Zweiten Geschichte seines Volkes abgeschlossen, aber die Datenkolonnen auf den Schirmen zerstörten diese Hoffnung. Er fragte sich kurz, ob sich die Götter von ihm abgewandt hatten – oder ob sie den Strudeln der Zeit zum Opfer gefallen waren, zusammen mit der Ehre des Reiches. Ruckartig drehte er sich um, und Zorn verdrängte die Bestürzung aus ihm. Aus Furcht wurde Verzweiflung. Ganz gleich, welches historisches Gefüge die Dominanz gewann: Das Schicksal schien den Romulanern einen endgültigen Triumph zu verwehren.

Nach einigen Sekunden fuhr Sarela fort: »Als unsere Schiffe ins Reich zurückkehrten, gab es keine Regierung auf galaktischer Ebene. Doch kurz nach dem Angriff auf Vulkan gründete der Hohe Rat die sogenannte Interstellare Allianz der Planeten. Darüber hinaus ließ er sieben große Kampfschiffe bauen und gründete somit Starfleet.« Sie zögerte und überflog das elektronische Dokument. »Im Anschluß daran gibt es nur noch wenige Informationen über die Vorgänge in der Allianz. Unsere Agenten im stellaren Territorium des Gegners werden jetzt weitaus schneller entlarvt, und daher können sie nicht viel in Erfahrung bringen.«

Tazol hätte sich am liebsten die Ohren zugehalten, marschierte mit langen Schritten übers Deck und ließ sich in den Kommandosessel sinken. Nur zu deutlich spürte er die Blicke der Brückenoffiziere. »Ich nehme an, du findest das alles recht amüsant, nicht wahr, Sarela?« fauchte er hitzig. Das feurige Brennen in ihm verlangte nach einer Entladung, aber es gab niemanden, dem er die Schuld geben, den er für alles verantwortlich machen konnte. Innerhalb weniger Sekunden kühlte die Glut in seinem Innern ab, und betäubende Kälte breitete sich aus. Einmal mehr zitterte Furcht in Tazols Gedanken, und er trachtete danach, sie in einen entfernten Winkel seines Ichs zu verbannen. Ein wahrer Krieger hatte keine Angst.

Sarela musterte ihren Ehepartner verächtlich. »Ich bin nach wie vor Romulanerin«, erwiderte sie. »Die Vergangenheit der Zweiten Geschichte und ihre Folgen beunruhigen mich, denn sie beschränken unseren Entscheidungsspielraum.« Sie lächelte hintergründig. »Andererseits habe ich so etwas erwartet, Commander. Und dein verehrter Prätor hätte ebenfalls mit solchen Konsequenzen rechnen müssen.«

Ihr Blick glitt wieder zur wissenschaftlichen Station. »Die Zeitmanipulation verhinderte tatsächlich, daß die Erde zur Initiatorin der Föderation wurde, aber die Agenten konnten bei ihrem Eingreifen nicht die Situation auf anderen Planeten berücksichtigen, zum Beispiel auf Vulkan oder Organia. Es handelte sich um eine geschichtliche *Notwendigkeit,* daß jene Welten auch ohne den terranischen Einfluß eine galaktische Regierung schufen.« Sarela machte keinen Hehl aus ihrem Sarkasmus, als sie hinzufügte: »Es gibt Gesetzmäßigkeiten, die selbst der Prätor achten muß, Commander. Nun, Starfleet ist jetzt nur noch etwa halb so groß wie in der Ersten Geschichte, doch die Raumschiffe werden von Vulkaniern befehligt. Und du wirst mir sicher zustimmen, Tazol, wenn ich sage, daß uns die Vulkanier in *beiden* historischen Komplexen praktisch ebenbürtig sind.«

Der romulanische Kommandant befreite sich von der Furcht und fühlte, wie die Kälte auch seine Augen erfaßte. »Die Vulkanier sind nichts weiter als gutmütige Narren!« knurrte er und hieb mit der Faust auf die Armlehne des Sessels. »Sie verloren ihren Kampfgeist, als sie sich für Frieden und Logik entschieden! Oh, sie hätten an unserer Seite über die Schwachen herrschen können – aber statt dessen wählten sie ihre eigene Schwäche und begnügten sich mit ihren Computern, mit dem, was sie als *Kultur* bezeichnen.« Tazol lachte voller Hohn und verzerrte das Gesicht zu einer Fratze des Hasses. »Sie gaben die Kriegertradition zugunsten von Langeweile und Müßiggang auf.«

»Vielleicht hast du recht«, pflichtete ihm Sarela bei. »Doch vermutlich verblieb ein Rest von Aggressivität in ihnen, obgleich sie den Weg des Friedens einschlugen. Sie wahrten einen Teil ihrer alten kämpferischen Natur – tief unter der Patina aus Rationalität und Selbstdisziplin. Die von uns durchgeführte Zeitmanipulation weckte den Wolf im Schafspelz, um eine irdische Redensart zu benutzen. Im Hier und Jetzt sind die Vulkanier keine pazifistischen Wissenschaftler und Philosophen mehr, Tazol.« Die Romulanerin deutete auf die Anzeigen ihrer Konsole. »Nein, sie sind jetzt gefährlichere Feinde als jemals zuvor, und sie wissen um unsere Natur, verstehen sie vielleicht sogar besser als wir selbst.« Die Computerverbindung bestand nach wie vor, und weitere historische Daten krochen über die Schirme. Das Reich der Zweiten Geschichte unterschied sich kaum von dem, das Sarela aus der Ersten kannte. »Unsere Machtsphäre ist jetzt ein wenig größer als vor dem Beginn der Mission, aber es *gibt* noch immer Grenzen. Von der Herrschaft über die Galaxis sind wir ebensoweit entfernt wie zuvor.«

Enttäuscht schüttelte sie den Kopf und strich das lange Haar zurück. »Starfleet besteht jetzt nicht mehr aus zwölf, sondern nur noch aus sieben Raumschiffen, aber das spielt eigentlich gar keine Rolle. Die gegnerische Flotte ist und bleibt so gut wie unbesiegbar.«

Betroffen hielt Tazol nach dem sprichwörtlichen Hoffnungsschimmer Ausschau, den man ihm auch in diesem Universum vorenthielt. »Ruf die Informationen aus den Geheimdienstarchiven ab«, wies er seine Ehepartnerin an. »Wie groß ist das militärische Potential der Allianzschiffe?«

Sarelas Hände huschten über die Kontrollen, und nach einigen Sekunden lagen die angeforderten Daten vor. »Sieben Kreuzer, die sich nur wenig von den Föderationsschiffen der Ersten Geschichte unterscheiden. Die wichtigste Energiequelle ist Dilithium. Maximale kritische Geschwindigkeit: Warp zehn. Maximale Sicherheitsgeschwindigkeit: Warp sieben.« Die junge Frau verglich diese Angaben mit ihren Erinnerungen und führte einige rasche Schaltungen durch. Auf den Monitoren leuchteten Strukturdiagramme von Raumschiffen aus beiden Geschichtskomplexen auf. Sie waren fast identisch.

»Phaser- und Photonentorpedo-Kapazität praktisch ebensogroß wie vorher. Hinweis: In Abhängigkeit von der jeweiligen Situation werden gewaltlose Sicherheitsmaßnahmen bevorzugt. Allerdings zögern die Vulkanier der Zweiten Geschichte nicht, intelligentes Leben zu vernichten, um die Welten der Allianz zu schützen. Seit über siebzig Jahren dringen immer wieder romulanische Einsatzgruppen in den Machtbereich des Gegners vor, aber sie erzielen dort nur geringe Erfolge. Eine weitere Anmerkung: Unsere Grenzen sind seit vier Jahrzehnten unverändert. Vor einigen Monaten haben die Allianz und das Reich eine Vereinbarung getroffen, mit der die Neutrale Zone zu einem für beide Seiten verbotenen Sektor erklärt wurde.« Sarela nickte langsam und drehte den Kopf. »Im großen und ganzen hat sich unsere Lage überhaupt nicht verändert. Mit einem wichtigen Unterschied: Wir haben es nun in erster Linie mit Vulkaniern zu tun — die weitaus heimtückischer sein *können,* als es die Menschen der Ersten Geschichte für möglich hielten.«

Tazol ächzte leise und fragte sich, wie der Prätor darauf reagieren mochte. Riß er ihm nur das Abzeichen des Captains von der Schulter? Oder ordnete er seine Hinrichtung an? Ihn persönlich traf keine Schuld, aber der romulanische Herrscher nahm Fehlschläge und Niederlagen nicht einfach hin. »Und die Erde?« brachte er hervor und suchte verzweifelt nach irgendeinem positiven Aspekt, an dem er sich festklammern konnte. *Der Prätor ließe es bestimmt nicht zu, daß wir lange genug leben, um den Fehlschlag eines weiteren Diesmal-kann-nichts-schiefgehen-Plans zu verkünden.* Tazol verdrängte diesen Gedanken.

»Die wichtigsten Veränderungen auf der Erde folgten unmittelbar der Ermordung von Doktor Palmer und seiner beiden Kollegen, die den Grundstein für die Bildung der Föderation gelegt hätten«, antwortete Sarela. »Auf den Tod jener drei Personen folgte ein drastischer Wandel. Die Fraktion, die sich für eine Erforschung des Weltraums aussprach, verlor einen großen Teil ihres Einflusses, als Palmer ›verschwand‹. Einige wichtige Politiker glaubten, er und seine Mitarbeiter seien geflohen, um ›peinlichen Vorwürfen‹ in Hinsicht auf angebliche Kontakte mit außerirdischen Zivilisationen zu entgehen. Dieses Gerücht wurde natürlich von unseren Einsatzagenten in Umlauf gebracht — und Palmers politische Gegner nutzten es, um ihre Ziele einer ›Rückbesinnung auf die Erde‹ durchzusetzen.« Sarela blätterte durch die Bildschirmseiten des historischen Dokuments. »Nach einigen Jahren gingen die natürlichen Ressourcen der Erde zur Neige. Es kam zu Kriegen, auf die eine verheerende Umweltkatastrophe folgte.

Vulkanische Erkundungsschiffe erreichten Terra vor fünfundsechzig Jahren – die Zeitangaben beziehen sich auf die Zweite Geschichte –, und fünf Jahre später wurde die Erde Vollmitglied der Allianz. Die Vulkanier halfen dabei, das Problem der irdischen Überbevölkerung zu lösen und stellten den Menschen mehrere Klasse-M-Planeten als Kolonien zur Verfügung.« Die romulanische Wissenschaftlerin zögerte. »Als Gegenleistung verlangte die Allianz terranische Rekruten für Starfleet. Zwar offenbarten die Menschen eine bemerkenswerte Anpassungsfähigkeit in bezug auf die Bedingungen im All, aber zunächst wurden die Rekrutierungsmaßnahmen nur eingesetzt, um assoziale Individuen loszuwerden. Nun, wie dem auch sei: Heute dienen viele Terraner freiwillig an Bord von Starfleet-Schiffen, und einige bekleiden recht hohe Ränge.«

Sarela schaltete den Schirm ab und wandte sich zu Tazol um. »Die Agenten des Prätors haben ihren Auftrag erfolgreich durchgeführt«, stellte sie fest. »Sie ermordeten die Menschen, durch deren Wirken in der Ersten Geschichte die Föderation geschaffen wurde. Aber in der Zweiten bildete sich trotzdem ein Bündnis vieler Planeten: die Allianz. Die Erde war an ihrer Entstehung unbeteiligt, doch darauf kommt es auch gar nicht an. Wichtig ist nur, daß die Allianz existiert, Tazol.«

Der Commander starrte ins Leere, und seine Gedanken verloren sich in einem verwirrenden Paradoxon. »Anders ausgedrückt. Wir sind erneut besiegt«, hauchte er.

Sarela dachte einige Sekunden lang über diese Worte nach. »Die Philosophen auf Romulus weisen darauf hin, man könne die Geschichte nicht durch eine bewußt herbeigeführte Korrektur verändern, sobald sie einmal stattgefunden hat. Das Werkzeug der Zeitmanipulation läßt sich nur in Hinblick auf eher triviale Ereignisse verwenden. Die Erde ist eine Welt unter Millionen, und sie spielt keine

Rolle, wenn man galaktische Maßstäbe anlegt. Unsere Agenten konnten zwar die irdische *Funktion* in der Föderation eliminieren, was jedoch nichts an dem Konzept an sich änderte. Der Planetenbund war und ist weitaus bedeutender, gehört längst zur atomaren Erinnerungsmatrix des Universums.«

Tazol rollte mit den Augen und blickte wie hilfesuchend an die Decke der Brücke. »Spar dir deine poetischen Erklärungen für den Prätor auf«, stieß er schroff hervor und musterte die anderen Offiziere im Kontrollraum. Sie wirkten müde und abgespannt. »Ich muß Seine Erhabenheit jetzt vom gegenwärtigen Status des Reichs unterrichten — und ich fürchte, die Informationen werden ihm nicht sonderlich gefallen.« Er lehnte sich im Kommandosessel zurück und überlegte bedrückt, was ihn persönlich erwartete. Degradierung? Stinkende Kerkerzellen? Eine Exekution? »Aber ich bin sicher, er hält an seinem ursprünglichen Plan fest. Vermutlich will er strategische Vorbereitungen treffen, bevor der Angriff auf die Allianz beginnt.« Es war eine nur schwache Hoffnung.

»Angriff auf die Allianz?« wiederholte Sarela.

»Das *ist* die romulanische Tradition«, zischte Tazol. Gleichzeitig regte sich Zweifel in ihm: Lebte er lange genug, um an der neuen Offensive teilzunehmen? Wer schlechte Nachrichten überbrachte, fand oft einen raschen Tod. Plötzlich wünschte sich Tazol, nie vom Reich und der *Ravon* gehört zu haben, gar nicht zu wissen, was es bedeutete, ein romulanischer Krieger zu sein. Von einem Augenblick zum anderen erschien ihm die beschauliche Existenz von Bauern und Schäfern als höchst erstrebenswert.

Er zwang sich zur Ruhe, stand auf und überquerte das Deck. Auf dem Weg zum Lift dachte er an die süße Verheißung der Macht, und daraufhin erfaßte ihn eine andere Art der Unruhe. In einem Anflug von alles verdrängender Arroganz erinnerte er sich an die übrigen Krieger in der *Ravon*, an seinen Clan auf Romulus, der ihm bestimmt treu blieb — selbst wenn sich Sarela, ihre Freunde und sogar der Prätor von ihm abwandten. Ein dünnes Lächeln erhellte das rundliche Gesicht des Commanders, doch er wischte es pflichtbewußt fort.

»Da wäre noch etwas, Tazol«, erklang Sarelas Stimme, als er den Lift erreichte. »Wir sind von der neuen Wirklichkeit getrennt, die in der Galaxis herrscht, vielleicht den ganzen Kosmos erfaßt hat. Nur die Besatzungen unserer Kreuzer haben sich Erinnerungen an die Erste Geschichte bewahrt. Wir müssen uns vom Ballast der alten Einstellungen befreien und zu einem anderen Selbstverständnis finden. Wir müssen *lernen*, Tazol, uns mit Dingen vertraut machen, die nicht Teil unseres bisherigen Wesens sind.«

Der Commander drehte sich um und musterte Sarela aus müden, geröteten Augen. »Worauf willst du hinaus, Frau?« fragte er. »Deine blasphemische Pseudo-Philosophie hält mich nur davon ab, dem Prätor Bericht zu erstatten. Drück dich gefälligst klarer aus. Und faß dich kurz.«

Sarela straffte die Schultern und ließ ihren Blick durch den Kontrollraum wandern. »Wir sind nicht mehr die Personen, die den Hyperraum aufsuchten, während unsere Agenten mit dem Einsatz auf der Erde begannen. Wir haben uns verändert, sind jetzt Phantome, Tazol — Geister aus einem wahrhaft anderen Universum, lebende Relikte eines Reiches, das nicht mehr existiert.« Traurige Niedergeschlagenheit klang in ihrer Stimme, leuchtete in den großen braunen Augen.

Tazol nickte nur und begriff allmählich das ganze Ausmaß der Wahrheit. Während der subjektiv nicht meßbaren Zeitspanne in der dunklen Umarmung des Hyperraums war sein Selbst einer schmerzlosen und subtilen Metamorphose unterzogen worden. Wozu das alles? Um neue Eroberungen zu ermöglichen, um über die Galaxis zu triumphieren? Es erschien ihm irgendwie lächerlich — deutliches Zeichen dafür, *daß* er sich verändert hatte. Plötzlich zweifelte er am Sinn der Mission — und fragte sich, wann die letzten Reste der Realität zerbröckelten.

Trotzdem: Er *war* ein Krieger, dem Gesang des Schwertes treu ergeben. Bestimmt trauerte er der verlorenen Vergangenheit nicht lange nach. Hinter seiner Stirn bildeten sich bereits die ersten Konturen eines Plans.

Commander Tazol ging unruhig vor dem Quartier des Prätors auf und ab, überlegte dabei, wann — oder *ob* — er Gelegenheit bekam, dem romulanischen Prätor persönlich zu begegnen. Er war nicht einmal sicher, ob ihm wirklich etwas daran lag. Die geheimnisvolle Gestalt kam an Bord *seines* Schiffes, beanspruchte ein ganzes Krieger-Deck — und blieb im Verborgenen. Die verschiedenen Nachrichten und Meldungen wurden von den Beratern und Dienern entgegengenommen, ebenso eine komplette Dokumentation der Zweiten Geschichte. Schon seit Stunden beschäftigte sich der Prätor mit den Unterlagen — und ließ dem Commander mitteilen, er solle warten. Als Krieger hatte Tazol die fortgesetzte Untätigkeit satt, und als Romulaner verärgerte es ihn immer mehr, dem Willen eines *Fremden* unterworfen zu sein.

Eine weitere Stunde verstrich, bevor endlich die breite Doppeltür aufschwang. Zwei Berater traten Tazol entgegen. Sie trugen Umhänge aus kostbarer Seide, und hinter den Gürtelschärpen steckten edelsteinbesetzte Zeremoniendolche. In den Stiefelhalftern glänzten die Kolben kleiner Intervaller. Beim Anblick der beiden Männer gingen Tazol drei verschiedene Gedanken durch den Kopf.

Erstens: Es erschien ihm unlogisch, daß der Prätor immer wieder auf die Armut in den romulanischen Sonnensystemen hinwies und seine Bediensteten gleichzeitig mit derartigen Kostbarkeiten ausstattete. Darüber hinaus ging die Rede, daß im Palast ein geradezu unvorstellbarer Luxus herrschte. Menschen hätten in diesem Zusammenhang vielleicht von einem ›Schlaraffenland‹ gesprochen.

Zweitens: Tarzol erinnerte sich an das übliche Gerede über die Sklaven des Prätors, reizende junge Frauen, die ihm tagsüber am Thron Gesellschaft leisteten — und des Nachts sein Bett wärmten. Doch während sich der Prätor an Bord der *Ravon* aufhielt, sah Tazol nur *männliche* Berater und Diener; sie alle waren jung und ausgesprochen attraktiv.

Drittens: Bisher ging man im Reich davon aus, daß der gegenwärtige Prätor noch keinen Nachkommen gezeugt hatte, der irgendwann seinen Platz einnehmen konnte. Für den Fall, daß es keinen Sohn gab, gebot die Tradition einen rituellen Wettkampf: Neues Oberhaupt des romulanischen Reiches wurde der Krieger, der alle anderen im Kampf besiegte.

Ein verschlagenes Lächeln umspielte Tazols Lippen, und er glaubte nun zu wissen, was die Zukunft für ihn bereithielt.

Der Commander unterbrach seine Überlegungen, als sich einer der Berater demonstrativ räusperte. Er offenbarte einen Hochmut, der unwillkürlichen Zorn in Tazol weckte.

»Der Prätor ist bereit, Ihrem wissenschaftlichen Offizier eine Audienz zu gewähren«, begann der athletisch gebaute Mann ohne Einleitung. Sein Tonfall machte deutlich, mit welchem Verdruß der Herrscher auf die historischen Unterlagen reagiert hatte. »Bringen Sie ihn sofort hierher, Commander.«

Tazol spürte eine Mischung aus Ärger, Furcht und Verlegenheit. Der Auftrag gebührte einem Laufburschen — und außerdem wurde ausgerechnet Sarela eine Ehre zuteil, die man ihm seit Tagen verweigerte. Er setzte zu einer scharfen Erwiderung an, überlegte es sich dann aber anders und preßte die Lippen zusammen. Ein Protest mußte nicht nur vergeblich bleiben, sondern konnte auch sehr unangenehme Konsequenzen nach sich ziehen.

Er neigte bestätigend den Kopf. »Der wissenschaftliche Offizier an Bord dieses Schiffes ist auch mein Stellvertreter — und meine Ehepartnerin.«

»Ihre persönlichen Angelegenheiten interessieren den Prätor nicht«, sagte der muskulöse Mann. »Die entsprechende Frau soll sich unverzüglich melden!«

Die Schatten der Niederlage verdunkelten Tazols markige Züge, und er mußte sich zu einer angemessenen förmlichen Antwort zwingen. »Es wird geschehen, Herr«, preßte er hervor und verschwand im nächsten Lift, bevor die in ihm brodelnde Wut ein Ventil finden konnte. Er schnitt eine Grimasse, als er sich Sarelas spöttischen Blick vorstellte, wenn er ihr den Befehl des Prätors übermittelte.

In einem bereits vertraut gewordenen Anflug von Verzweiflung tastete Tazol nach seinem Schwert – und fragte sich, wie der allmächtige Prätor reagieren mochte, wenn er vom Selbstmord des Commanders erfuhr.

Aber er streifte das romantische Empfinden ab, bevor es zu intensiv wurde, betätigte eine Taste und fühlte, wie sich die Transportkapsel in Bewegung setzte, ihn zur Brücke zurücktrug. Nur eine Genugtuung blieb Tazol: Wenn Köpfe rollen sollten, weil der Plan des Prätors nicht zur angestrebten Herrschaft über die Galaxis führte, so traf das metaphorische Beil des Henkers vielleicht nicht seinen Hals, sondern den Sarelas.

KAPITEL 9

Captain Spock saß allein in seiner Kabine, als der Türmelder summte. Er seufzte leise und fühlte unerklärlichen Ärger über die Störung. Der Vulkanier hatte sich zurückgezogen und mit der Meditation begonnen, obgleich seine offizielle Dienstzeit erst in zwanzig Minuten zu Ende ging.

»Herein«, sagte er, hob den Kopf und erkannte den Bordarzt. Spock stand auf und bot McCoy einen Sessel an.

»Nun«, begann sein Besucher ohne Einleitung, »eigentlich sollten die neuen Daten sofort dem wissenschaftlichen Offizier für eine Analyse zugeleitet werden, aber unter den gegenwärtigen Umständen hielt ich es für angebracht, mich direkt an den Thron zu wenden.« McCoy lächelte müde und nahm Platz.

»Ihre Neigung, die Autorität des Captains zu übertreiben, ist manchmal eher störend, Doktor«, erwiderte Spock und nahm ein Speichermodul von McCoy entgegen. »Ich nehme an, Sie haben inzwischen die Vid-Untersuchungen der Freiwilligen beendet, nicht wahr?«

Der Arzt nickte. »Die Kassette enthält alle Ergebnisse«, sagte er und runzelte die Stirn, als der Vulkanier das Modul ins Lesegerät schob. »Es fehlt noch eine genaue Auswertung, aber ...« Er brach ab.

»Haben Sie eine Theorie?« fragte Spock.

McCoy zuckte mit den Schultern. »Keine Ahnung«, brummte er schließlich. »Vielleicht werde ich selbst langsam verrückt ...« Er gestikulierte vage. »Es ist alles so verdammt verwirrend.«

Der Vulkanier musterte den Bordarzt aufmerksam und kehrte hinter den Schreibtisch zurück. »Bitte kommen Sie endlich zur Sache, Doktor«, drängte er, und seine Stimme klang schärfer als sonst. »Wir haben nur wenig Zeit.«

McCoy schluckte und beschloß, kein Blatt vor den Mund zu nehmen. »Alles deutet darauf hin, daß es weder wissenschaftliche noch medizinische Lösungen für das Problem gibt.« Nachdenklich rieb er sich das Kinn und spürte Spocks durchdringenden Blick auf sich ruhen. »Himmel, wenn ich es nicht besser wüßte ... Man könnte meinen, es steckt irgendeine Anomalie der Raum-Zeit dahinter! — Ja, ich weiß, wie absurd das klingt, aber wir haben es schon mit ähnlichen Dingen zu tun bekommen. Ich erinnere in diesem Zusammenhang nur an die Tholianer. Und an die Halkaner.« Er seufzte. »Das Paralleluniversum, entsinnen Sie sich?«

»Wollen Sie etwa behaupten, wir rutschen langsam in eine andere Dimension?« fragte Spock und betätigte die Stop-Taste des Lesegeräts.

McCoy hob ruckartig den Kopf. »Es wäre durchaus denkbar. Doch in diesem besonderen Fall erklärt ein solches Phänomen nicht *alles,* Captain. Es ist eher so, als gehörten *wir* nicht in *dieses* Universum, als bliebe der gegenwärtige Kosmos dem Bewußtsein ... fremd.« Er lachte unsicher und nervös. »Was die Tholianer angeht: Damals wechselte die *ShiKahr* in einen anderen Weltraum — in ein Prä-Universum, in dem eigene, verifizierbare Gesetzmäßigkeiten herrschten. Und dann die Halkan-Mission: Sie, Uhura, Scotty und ich — wir *tauschten* unseren Platz mit den Selbstentsprechungen des parallelen Kosmos. Aber jetzt ...« Er sprach nicht weiter.

Der Vulkanier lehnte sich zurück, stützte die Ellenbogen auf die Armlehnen des Sessels und preßte die Fingerspitzen aneinander. »Aber jetzt gibt es keine Ich-Äquivalente mehr«, beendete er den Satz. »Die betreffenden Lebensformen zeichnen sich durch eine Art Prä-Existenz aus, und das aktuelle Universum hat sich in etwas verwandelt, das die Bezeichnung Mikrokosmos verdient.«

McCoy musterte den Vulkanier überrascht. »Genau!« entfuhr es ihm. Er fragte sich, wie Spock seinem Gedankengang folgen konnte, obwohl er ihn selbst nicht ganz verstand. »Absolut richtig! Doch der Haken dabei ist ... Nun, die bisherigen Vid-Tests lassen die Annahme zu, daß unsere Selbstentsprechungen — das Gegenstück zu unserem Universum — tatsächlich *existierten.*« Er suchte nach den richtigen Worten. »Vielleicht sind *wir* Phantome und Abbilder der wahren Realität, Spock«, fügte er schaudernd hinzu. »Und es kommt noch schlimmer: Aufgrund der bisherigen Beobachtungen müssen wir davon ausgehen, daß der ... Wahn nicht nur auf uns beschränkt ist, sondern sich überall in der Galaxis ausbreitet.«

Spock dachte darüber nach. »Ich stimme Ihnen zu«, entgegnete er nach einer Weile. »Nun, selbst wenn Ihre Annahmen richtig sind: Es dürfte alles andere als einfach sein, das Vor-Universum neu zu erschaffen.« Er zögerte. »Darüber hinaus bin ich mir nicht sicher, ob so etwas wahrhaft erstrebenswert wäre. Ich fürchte, so etwas stößt auf allgemeinen Widerstand, besonders beim menschlichen Bewußtsein.«

»Was meinen Sie damit, Spock?« fragte McCoy verdutzt.

»Der Verstand verarbeitet nur das, was ihm plausibel erscheint, Doktor«, erklärte der Vulkanier. »Die Parallelwelten-Theorie wird inzwischen zwar anerkannt, doch dem individuellen Bewußtsein fällt die Erkenntnis schwer, daß keine Lebensform einzigartig ist. Bei der Halkan-Mission begegneten wir Duplikaten — Doppelgängern, wenn sie so wollen —, die subtile Unterschiede zu uns aufwiesen. Ich bezweifle, ob sich FleetCom oder der Hohe Rat von der Destabilität *dieses* Universums überzeugen ließe. Jedes vernunftbegabte Wesen sieht sich im Zentrum seines Denkens, Doktor. Sein Überlebensrecht ist ehern und in jeder Hinsicht unleugbar, und daraus folgt das Bedürfnis nach Einzigartigkeit.«

»Aber wenn wir nichts unternehmen«, wandte McCoy ein, »kommt ein Prozeß in Gang, der sich schließlich nicht mehr unterbrechen läßt — darauf wette ich einen Jahressold. Das kosmische Bewegungsmoment wächst, Spock, und wenn es ein bestimmtes Niveau erreicht, ist das Chaos unabwendbar. Individuelle Erwägungen spielen in diesem Zusammenhang überhaupt keine Rolle. Denken Sie nur an S't'kals Befehle! Oh, sicher, wir ignorieren die Angriffsorder, schenken ihr einfach keine Beachtung. Was jedoch nichts an dem eigentlichen Problem ändert. Die Anweisungen des Admirals sind nur der Anfang, die Spitze vom Eisberg. Die Gefahr droht nicht allein uns. Meine Güte, angesichts der modernen Waffentechnologie könnte die Galaxis im Verlauf der nächsten Monate zu einem riesigen Friedhof werden! An Bord dieses Schiffes kam es bereits zu einigen Schlägereien – und Reichert hätte uns fast alle ins Jenseits geschickt.«

»Ja, in der Tat«, sagte der Vulkanier. »Nun, trotzdem möchte ich Ihnen diese Frage stellen: Sind Sie als subjektiv einmaliges Individuum bereit, Ihr Leben für das *Konzept* eines stabilen Universums zu opfern?«

McCoy schluckte erneut, obgleich es seiner Ansicht nach nur eine mögliche Antwort gab. »Ich gebe zu, daß mir dieser Gedanke nicht sehr gefällt, Spock«, sagte er dumpf. »Aber mir *graut* bei der Vorstellung, was passiert, wenn wir recht haben und einfach abwarten. In einem solchen Fall bekämen wir es für den Rest unseres Lebens – wie lange es auch noch dauern mag – mit all den Dingen zu tun, die wir überwunden glaubten: Krieg, Seuchen, Hunger, das Gesetz des Stärkeren ...« Er schüttelte betroffen den Kopf. »Nein, Spock, ich bin kein Selbstmörder. Und ich hoffe, ich bin auch nicht so *egoistisch*, mein eigenes Leben höher zu schätzen als die Zukunft eines ganzen Universums.«

Spocks Lippen deuteten ein dünnes Lächeln an. »Vielleicht habe ich Sie unterschätzt, Doktor«, erwiderte er und wurde sofort wieder ernst. »Nun, wir müssen noch einen anderen Punkt klären ...«

McCoy wartete.

»Wissen Sie, warum nur gewisse Personen für den Wahn anfällig sind?« erkundigte sich der Vulkanier ruhig.

Der Bordarzt schnitt eine Grimasse. »Ich *weiß* es nicht, aber ich vermute etwas. Wenn die Theorie von einem dualen Universum stimmt, so erscheint es mir logisch, daß einige Dinge in beiden Kosmen gleich sind.« Er zuckte mit den Schultern. »Eine weitere Analogie zu den Erfahrungen, die wir während der Halkan-Mission sammelten: bestimmte Personen, die in beiden ... Dimensionen leben, übereinstimmende Grundregeln. Nur die jeweiligen Umstände unterscheiden sich.

Ich schätze, daß die *nicht* betroffenen Männer und Frauen in *diesem* Universum die gleiche Rolle spielen wie ... wie in der Welt, zu der sie eigentlich gehören.« Hilflos schüttelte er den Kopf. »Zum Teufel auch, Spock: Ich bin Arzt, kein Wissenschaftler, der über Theorien brütet. Dennoch glaube ich, die allgemeine Situation zumindest in groben Zügen zu verstehen. Nehmen Sie mich als Beispiel: Mit mir ist deshalb alles in bester Ordnung, weil ich in beiden Existenzebenen als Medo-Offizier arbeite. Reichert hingegen ...« McCoy zögerte kurz. »In *diesem* Kosmos brachte ihn sein Lebensweg dazu, Ingenieur zu werden. Doch in einem *anderen,* vielleicht dem *richtigen* Universum könnte er Geschäftsmann oder gar Zuhälter auf Rigel sein. Die Liste der Möglichkeiten ist ziemlich lang. Nur eins ist wichtig: Die jeweiligen Tätigkeitsbereiche unterscheiden sich erheblich.« Erneut legte er eine kurze Pause ein. »Andererseits: Die Funktionsweise eines Bewußtseins wird zu einem nicht unerheblichen Teil von Molekülen determiniert, die wiederum im genetischen Code verschlüsselt sind. Wenn der Code in zwei verschiedenen Universen gleich ist und eine differente *Umwelt* zu grundsätzlich verschiedenen Stimuli führt ...dann rastet der Verstand einfach aus. Die entsprechende Egosphäre kann sich den Veränderungen nicht anpassen, und die Folge ist Irrsinn. Wenn Sie diese Angelegenheit aus der psychiatrischen Perspektive betrachten wollen: Manche Patienten versuchen bei Zuordnungstests, Dreiecke oder Quadrate in runde Aussparungen zu stecken. Ich brauche wohl nicht extra zu betonen, daß sie dabei keinen Erfolg haben. Irgendwann geben die Betreffenden auf, werden einfach nicht mit der Realität fertig.«

Der Vulkanier schwieg eine Zeitlang, zog dann die oberste Schublade des Schreibtischs auf und holte eine zweite Datenkassette hervor. »Ihre Ausführungen bestätigen im wesentlichen meine eigene Theorie — und auch die Elaborationen des Bordcomputers. Ich habe außerdem versucht, mit einer temporalen Verhältniskurve den Zeitfaktor zu bestimmen, um herauszufinden, wann der Strukturwandel irreversibel wird.«

McCoys Pupillen weiteten sich, als er die Bedeutung von Spocks Worten begriff. Er starrte auf das Speichermodul und schnappte unwillkürlich nach Luft. »Lieber Himmel, warum sagen Sie mir das erst jetzt?« stieß er hervor und fragte sich, warum der Vulkanier so lange mit dieser wichtigen Mitteilung gewartet hatte.

Spock stand auf und wanderte wortlos umher. Schließlich blieb er stehen, und seine Stimme klang angespannt, als er erwiderte: »Ich bin ... selbst von den Veränderungen betroffen, was meine Objektivität beeinträchtigen könnte. Ich wollte feststellen, ob Sie und ich mit ... verschiedenen Methoden zu den gleichen ... Schlußfolgerungen gelangen.«

Sofort spürte McCoy, wie der Zorn in ihm nachließ. Spock gab nur sehr selten irgendwelche Zweifel oder gar Schwächen zu. »Ich fürchte, es ergibt sich ein weiteres Problem, nicht wahr?«

Der Vulkanier schloß die Augen, und für einige wenige Sekunden ließ sich in seinen Zügen fast so etwas wie Schmerz erkennen. Er gab keine direkte Antwort auf die Frage, sagte statt dessen: »Nach meinen Berechnungen bleiben uns noch genau fünfzehn vulkanische Standardtage, bevor wir jede Chance verlieren, die Ursachen des sich ausbreitenden Wahns zu neutralisieren.« Mit einem knappen Nicken deutete er auf die Kassette. »In dieser Zeit müssen wir ...«

»Müssen wir *was*?« Hoffnungslosigkeit und Niedergeschlagenheit gesellten sich McCoys Verzweiflung hinzu. »Wollen Sie in nur fünfzehn Tagen ein Universum schaffen, dessen Existenz nicht einmal bewiesen werden kann?« Er lachte ungläubig. »Meine Güte, die christliche Legende berichtet, die Erde sei innerhalb von sieben Tagen entstanden! Und jetzt verlangen Sie, daß wir beide – ein Vulkanier und ein Normalsterblicher – ein ganzes Universum konstruieren. In zwei Wochen!« Mit beißender Ironie fügte er hinzu: »Kein Problem. Sie kümmern sich um die Schwarzen Löcher und Quasare. Ich übernehme die banaleren Dinge: Sonnen, Planeten und all die Myriaden Lebensformen.«

Spock hob tadelnd die Brauen. »Ich wäre Ihnen äußerst dankbar, wenn Sie eine Alternative vorschlagen könnten.«

McCoy stand auf und setzte zu einer Erwiderung an. Aber er klappte den Mund wieder zu, ohne einen Ton von sich gegeben zu haben. Stumm wippte er auf den Zehen.

»Falls nicht, sollten Sie sich sofort mit den Daten meiner Kassette befassen, Doktor«, fuhr der Vulkanier fort. »Sie werden eine bemerkenswerte Übereinstimmung mit Ihren eigenen Theorien feststellen.«

McCoy biß sich verärgert auf die Lippe und versuchte, den Sarkasmus zu überhören. »In Ordnung«, brummte er mit erzwungener Ruhe. »Nehmen Sie sich unterdessen die Ergebnisse der Vid-Untersuchungen vor.« Er ging zur Tür, blieb jedoch stehen, als ihm plötzlich etwas einfiel. »Übrigens: Bei dreizehn von insgesamt hundertachtundneunzig Testpersonen ergaben sich negative Resultate unter der Wirkung von Coenthal.«

Spock furchte die Stirn. »Und die Erklärung dafür?«

Es lief McCoy kalt über den Rücken. »Nun, es ist natürlich nur Spekulation, aber ... Ich glaube, die Betreffenden sind in dem anderen Universum – wenn es eins gibt – gestorben.« Er dachte kurz nach. »Wodurch sich eine nicht unwichtige moralische Frage ergibt: Haben wir das Recht, dreizehn in diesem Kosmos Wiederauferstandene zum Tode zu verurteilen?«

Der Vulkanier schwieg zunächst. »Vielleicht wäre eine andere Formulierung der Frage angebracht. Haben wir das Recht, ihnen ein zweites Leben zu ermöglichen, obwohl einem ganzen Universum der Untergang droht?«

McCoy holte tief Luft. »Wie dem auch sei: Alles hat seinen Preis.« Er winkte ab, versetzte sich in die Lage des Captains und war froh, in seiner eigenen Haut zu stecken und nicht in der Spocks. »Ich weiß, daß es keine einfache Lösung gibt. Sie brauchen sich also nicht verpflichtet zu fühlen, eine zu finden. Es ist nur ... Einige Aspekte unserer Situation gehen mir wirklich gegen den Strich.«

Der Vulkanier verstand offenbar, was damit gemeint war. Er neigte bestätigend den Kopf, sah aufs Chronometer und nahm wieder hinter dem Schreibtisch Platz. »Gibt es sonst noch etwas, Doktor?«

»Nein. Das heißt – doch.« Er setzte sich. »Was den jungen Fähnrich namens Kirk betrifft ...«

Spock bedachte McCoy mit einem scharfen Blick.

»Nun ...«, fuhr der Arzt fort, dankbar dafür, das Thema wechseln zu können. »Ich habe gestern mit seinem neuen Stubengenossen Jeremy Richardson gesprochen. Er sagte mir, er habe Kirk nicht gesehen, seit ihm der Quartiermeister die Kabine zuwies.« McCoy zuckte mit den Achseln. »Vielleicht hat das nichts weiter zu bedeuten. Aber wenn Sie die Resultate der Vid-Tests kennen, verstehen Sie sicher meine Besorgnis.«

»Bitte werden Sie etwas deutlicher«, sagte Spock und beugte sich vor.

»Möglicherweise ist es nur ein Zufall: Kirk weist eine erstaunliche Ähnlichkeit mit gewissen Gestalten auf, die im Bewußtsein der Untersuchten herumspuken«, erläuterte der Arzt. »Außerdem habe ich erfahren, daß Sie ihm befahlen, sich *gestern abend* bei mir in der Krankenstation zu melden.«

»Eine Anweisung, die er offenbar ignorierte«, sagte der Vulkanier. Es klang nicht sehr überrascht.

»Ja«, sagte McCoy. »Wie dem auch sei: Ich schlage vor,

Sie sprechen ihn nicht darauf an. Vermutlich würde er nur antworten, die Mißachtung eines direkten Befehls sei Grund genug für eine Entlassung aus dem aktiven Dienst. Ich habe den Eindruck, er kann es gar nicht abwarten, einen Tritt zu bekommen. Nun, er kam *heute morgen* zu mir. Und er erweckte den Eindruck, als sei er gerade von einem denebianischen Wandermagen ausgewürgt worden. Zuerst druckste er ein wenig herum und wollte niemanden an sich heranlassen, aber schließlich ließ er die Katze aus dem Sack und bat um Lidazin.«

»Lidazin?« wiederholte Spock leise. »Warum braucht Kirk ...« Er brach ab und nickte langsam. Lidazin war ein starkes Sedativ, unter dessen Einfluß Menschen nicht mehr träumten. Es betäubte bestimmte Nervenbahnen im Gehirn und machte die bewußte Konfrontation mit den Realitätswechseln erträglicher. Kein Heilmittel — aber wenigstens ein Refugium, das vorübergehenden Schutz bot.

Der Vulkanier sah McCoy an.

»Ich kann mir schon denken, was Sie mich jetzt fragen wollen«, brummte der Arzt. »Nein, ich habe ihm nichts gegeben. Als ich ihm sagte, er solle sich auf der Diagnoseliege ausstrecken, schnappte er regelrecht über. Nur mit Hilfe von vier Assistenten gelang es mir, ihn zu bändigen, und ich mußte ihm zwei Coenthal-Injektionen geben, bevor ich mit der Untersuchung beginnen konnte. Dabei stellte sich sofort heraus, daß Kirk einige Probleme hat, von denen wir bisher nichts wußten.« McCoy schüttelte den Kopf. »Es wäre mir ein *Vergnügen*, eine Vid-Untersuchung an ihm vorzunehmen. Ich fürchte jedoch, Kirk würde lieber über glühende Kohlen gehen, als mir eine Möglichkeit zu geben, in sein Unterbewußtsein zu blicken.«

In Spock versteifte sich etwas. McCoys Vermutungen in Hinsicht auf den jungen Fähnrich bestätigten seine eigenen Annahmen. Aus irgendeinem Grund spielte Kirk in der derzeitigen Ereigniskette eine zentrale Rolle. »Um was für Probleme handelt es sich, Doktor?« fragte er und versuchte, seiner Stimme einen neutralen Tonfall zu verleihen.

McCoys Gesichtsausdruck veränderte sich langsam, und Sorgenfalten gruben sich in seine Stirn. »Zuerst einmal: Er ist süchtig, nimmt schon seit einer ganzen Weile Lidazin — und damit meine ich nicht etwa das Medikament, das ich in der Krankenstation verwende. Ich habe keine Ahnung, woher er den Stoff bekommt, aber eins steht fest: Seit mindestens sechs Monaten injiziert er sich eine neunzigprozentige Lösung. Bei allen Raumgeistern, Spock: Es ist kein Wunder, daß er die meiste Zeit über wie ein Zombie herumläuft.«

Der Vulkanier blieb einige Sekunden lang still. »Es gelingt Ihnen sicher, Kirk von seiner Drogenabhängigkeit zu befreien.«

McCoy nickte. »Ja, daran zweifle ich nicht. Doch die Behandlung dauert eine Weile. Abstinenz ist der wichtigste Punkt — und ich schätze, dabei kann ich wohl kaum auf die Kooperation des Fähnrichs zählen. Ganz abgesehen davon: Ich halte natürlich nichts davon, daß jemand Drogen nimmt, um der Wirklichkeit zu entfliehen — aber die neurochirurgische Gehirnklempnerei in den orionischen Rehabilitierungslagern widert mich noch weitaus mehr an. Und dort *wird* Kirk landen, wenn außer uns jemand erfährt, was mit ihm los ist. Mit anderen Worten ...«

»Ich verstehe«, murmelte der Vulkanier und bedauerte es zutiefst, daß in Kirks Leben ein solches Chaos herrschte. Der junge Mann faszinierte ihn, und Spock spürte eine seltsame Verbundenheit mit einem Ich, das ihm eigentlich fremd sein sollte. Darüber hinaus schien Kirk ein Fokus für die Geschehnisse in *beiden* Universen zu sein ...

Der Captain hob eine Braue und dachte stumm nach. Konnten sie mit der Hilfe des Fähnrichs eine Lösung finden, um den allgemeinen Wahn zu besiegen, um eine neue Stabilität zwischen dem atomaren Gedächtnis des Kosmos und der Realität zu schaffen?

»Ich halte es für unabdingbar, daß wir diese Sache geheimhalten«, fuhr McCoy fort und unterbrach damit die Gedankengänge des Vulkaniers. »Gerade zu Leuten wie

Donner darf nichts durchsickern. Wenn Kirk wirklich solchen Wert darauf legt, aus Starfleet entlassen zu werden ... Möglicherweise kommt er auf die Idee, seine Drogenabhängigkeit hinauszuposaunen, um den erhofften Tritt zu bekommen.«

Spock sah auf. »Das glaube ich nicht. Zu dieser Taktik hätte er bereits an der Akademie greifen können, als er darauf wartete, einem Raumschiff zugewiesen zu werden.« Er schüttelte den Kopf. »Nein. Fähnrich Kirk möchte bei uns bleiben — vielleicht steckt sogar mehr dahinter als nur ein unterbewußter Wunsch.«

McCoy nickte langsam. »Sie meinen, er will es darauf ankommen lassen? Um festzustellen, wie weit er bei Ihnen gehen kann?«

»Ich bin mir nicht ganz sicher«, erwiderte der Vulkanier. »In dieser Hinsicht ist mir die menschliche Psychologie nach wie vor ein Rätsel. Terraner neigen oft dazu, das Gegenteil von dem zu behaupten, was sie eigentlich anstreben.«

McCoy lächelte breit. »Wie die hübsche Jungfrau, die sich kühl und unnahbar gibt, obwohl sie in Wirklichkeit ...«

Beide Brauen des Vulkaniers wölbten sich. »Ich bezweifle, ob diese Metapher auf Kirk zutrifft. Es sei denn natürlich, er leidet an einer sexuellen Desorientierung, die ...«

McCoy lachte und winkte ab. »Machen Sie sich keine Sorgen um Ihre Unschuld, Spock«, gluckste er und wurde wieder ernst. »Nun, es geht zunächst einmal darum, ein angemessenes Behandlungsprogramm zu entwickeln.«

»Fangen Sie sofort an, Doktor«, sagte der Captain. Tief in seinem Innern warnte ihn die Erkenntnis, daß er auf der Grundlage eines vagen *Gefühls* nicht nur seine Karriere aufs Spiel setzte, sondern auch die Sicherheit der *ShiKahr*. Andererseits: Er sah keinen Sinn daran, Kirk ausgerechnet jetzt aus dem aktiven Dienst zu entlassen. *Ich wäre ein verdammt lausiger Fähnrich, Spock.* Erneut erklangen diese

Worte inmitten seiner Gedanken, und die Stimme erschien ihm vertraut.

McCoy nickte einmal mehr und bemerkte den geistesabwesenden Blick des Vulkaniers. »Tja, ich weiß nicht«, sagte er leise. »Vielleicht greife ich nur nach dem sprichwörtlichen Strohhalm, aber ich glaube, irgend etwas in Kirk ist es wert, gerettet zu werden.«

»Welche Verletzungen haben Sie festgestellt?« fragte Spock.

McCoy schnaufte. »Er hat eine Menge hinter sich. In den irdischen Gefängnissen verbrachte er nicht gerade einen angenehmen Urlaub. Nun, einige Knochenbrüche — inzwischen alle verheilt. Verschwieltes Gewebe im linken Lungenflügel; offenbar litt er an einer mittelschweren Bronchopneumonie, bevor man ihn zu uns schickte. Was mich angesichts der Zustände in den terranischen Kerkern nicht weiter überrascht. Hinzu kommen einige Quetschungen und Fleischwunden.« Das Gesicht des Arztes verdüsterte sich. »Neueren Datums, wie ich betonen möchte. Aber die physischen Dinge sind nicht annähernd so bedeutend wie die psychischen.«

»Sie meinen die Talos-Maschine«, sagte Spock und konnte die Verachtung nicht ganz aus seiner Stimme verbannen.

»In der Tat«, bestätigte McCoy. »In Kirks Fall wurde der verdammte Apparat gleich mehrmals eingesetzt. Was die Erklärung dafür sein dürfte, warum ihm so sehr vor einer Vid-Untersuchung graut.« Erneut schüttelte er den Kopf. »Ich schätze, *deshalb* bat er mich um Lidazin. Wahrscheinlich leidet er durch die Konfrontation mit der Talos-Maschine noch immer an Alpträumen, neben denen ein klingonisches Konzentrationslager wie der siebte Himmel erscheint. Nun, ich habe ihm Benzaprin-Tabletten verschrieben, um die Entzugserscheinungen zu lindern.« Sorge schimmerte in den Augen des Arztes. »Allerdings muß Kirk jeden Abend die Krankenstation aufsuchen, um die Pillen zu bekommen. Ich wage es nicht, ihm ein ganzes

Fläschchen zu geben — er würde den Inhalt auf einmal schlucken und damit eine Überdosis nehmen.«

»Überlassen Sie die Tabletten mir«, schlug Spock vor. Dadurch hatte er wenigstens einen Vorwand, um den Fähnrich zu sich zu bestellen und mit ihm zu reden. »Jemand könnte Verdacht schöpfen, wenn Kirk immer wieder Ihre Abteilung aufsucht, Doktor. Selbst ein Mann wie Donner, der sicher nicht mit übermäßiger Intelligenz gesegnet ist, müßte früher oder später die Wahrheit erahnen.«

McCoy musterte den Vulkanier skeptisch, doch nach einigen Sekunden nickte er zustimmend. »Ich bringe Ihnen die Arznei, sobald ich Zeit dazu finde«, sagte er und stand auf. »Sonst noch etwas?«

Spock dachte kurz nach. »Negativ, Doktor.«

»Na schön.« McCoy schritt zur Tür und hob die Kassette, die er vom Captain erhalten hatte. »Die hier drin gespeicherten Daten müssen erst noch ausgewertet werden, und deshalb sollte ich besser in die Hütte des Medizinmannes zurückkehren ...« Bei den letzten Worten zuckte er innerlich zusammen. Sie klangen erstaunlich ... normal — und stammten doch aus einem Traum. Bilder gesellten sich hinzu: Spock, der ihn als Schamanen bezeichnete — während jemand anders abseits stand und ein Lächeln unterdrückte. McCoy schauderte. Jemand anders ... Die dritte Seite des Dreiecks. Ein Mann mit blonden Haaren und blauen Augen.

Es blieb ihm keine Zeit mehr, sich auf die visionäre Szene zu konzentrieren. Spock erhob sich, um ihn in den Korridor zu begleiten.

Der Vulkanier musterte den Arzt eingehend. »Ich habe schon oft vermutet, daß Ihre medizinischen Methoden kein stabiles wissenschaftliches Fundament besitzen«, sagte er. Aber auch in ihm entstand der Eindruck eines gespenstischen Déjà vu, als er dem mentalen Echo von McCoys sonderbarer Bemerkung lauschte. Bezog sich das *vertraute* Empfinden in erster Linie auf den Doktor? Diese

Frage fand nur teilweise Bestätigung. Ja, McCoy war jemand, den er auch im anderen Universum kannte. Vor Spocks innerem Auge glühten blaue und goldfarbene Schlieren. Blau und Gold — Wärme und Freundschaft. Gestohlene Sekunden, die ihm Gelegenheit gaben, die Maske der vulkanischen Emotionslosigkeit abzustreifen.

Irgendwie mußte es ihm gelingen, jene Realität wiederzufinden — oder sie ganz neu zu schaffen.

Der Vulkanier trat zusammen mit McCoy in den Gang, und als er kurz darauf in sein Quartier zurückkehrte, summte das Interkom. Er näherte sich dem Gerät, und eine seltsame Anspannung erfaßte ihn.

»Hier Spock«, sagte er.

»Captain«, drang Uhuras Stimme aus dem kleinen Lautsprecher, »wir haben gerade eine Nachricht von FleetCom empfangen.« Sie klang besorgt und verwirrt. »Admiral S't'kal gibt uns die Order, sofort das canusische Sonnensystem anzufliegen.« Uhura zögerte kurz und fügte dann hinzu: »Wir werden angewiesen, den canusischen Botschafter abzuholen, um mit ihm einen möglichen Anschluß von Canus Vier an die Allianz zu erörtern.«

Spock setzte sich und runzelte die Stirn. Verhandlungen über eine Mitgliedschaft in der Allianz — obwohl in einer knappen Woche der Angriff auf das romulanische Reich beginnen sollte? Er hob die Brauen. »Wie weit ist das canusische System entfernt, Lieutenant?« fragte er schließlich.

»Mister Chekov hat die Distanz bereits ermittelt«, antwortete Uhura. »Sie beträgt nur zwölf Lichtjahre.«

Eine Stunde schien zu vergehen, obwohl der Vulkanier nur fünfzehn Sekunden lang über die neue Situation nachdachte. In der canusischen Mission sah er nur ein weiteres Beispiel für den Wahn Admiral S't'kals. Und doch ... Vielleicht bekamen sie dadurch Gelegenheit, Zeit zu gewinnen — vorausgesetzt natürlich, Spock nutzte den neuen Befehl zu seinem Vorteil. Möglicherweise konnte er den Admiral dazu bewegen, mit einem Hinweis auf die Verhandlungen den geplanten Vorstoß in die Neutrale Zone zu verschieben.

»Nun gut, Lieutenant«, sagte er nach einer Weile. »Der Navigator soll sofort Kurs auf Canus Vier nehmen. Geschwindigkeit: Warp sechs. Verständigen Sie mich, sobald das Schiff in eine Umlaufbahn schwenkt.«

Kurze Stille folgte, und als erneut Uhuras Stimme erklang, war ihre Nervosität unüberhörbar. »Was ist mit den ... den *anderen* Befehlen, Sir?« fragte sie unsicher.

Spock verstand die Besorgnis des Kommunikationsoffiziers. »Offenbar vertritt Admiral S't'kal den Standpunkt, daß Friedensverhandlungen mit einer Welt wichtiger sind als der Krieg gegen ein ganzes Reich. Und ich glaube, in diesem besonderen Fall hat er recht.«

Uhura lachte leise. »Logisch, Captain«, entgegnete sie.

»Spock Ende.« Der Vulkanier unterbrach die Verbindung, nahm in seinem Sessel Platz und atmete tief durch. Von Logik konnte in diesem Zusammenhang keine Rede sein. Ganz im Gegenteil. S't'kal wurde immer unberechenbarer — und es erging nicht nur ihm allein so.

Es hatte längst die Bordnacht begonnen, als der Türmelder des Kommandantenquartiers summte. Spock schlief nicht, aber er empfand das Geräusch trotzdem als störend. Er schwang die Beine über den Rand der Liege, stand auf — und spürte die Benommenheitsreste einer Meditation, die zur Vorbereitung auf die Begegnung mit dem canusischen Botschafter diente. Er griff nach seiner Uniform und sah dabei aufs Chronometer. Zwei Uhr. Noch bevor er Gelegenheit bekam, den Pulli überzustreifen, summte es erneut, beharrlicher. Ein Hauch von Ärger regte sich in dem Vulkanier.

»Herein«, sagte er, überrascht von der Schärfe in seiner Stimme.

Die beiden Schotthälften glitten auseinander, und Kirk stand auf der Schwelle, zwinkerte nervös und versuchte, das Halbdunkel in der Kabine mit seinen Blicken zu durchdringen. Für den Bruchteil einer Sekunde fragte sich Spock, was den Fähnrich ausgerechnet um diese Zeit zu ihm führte, doch dann fielen ihm die Tabletten ein, die McCoy einige Stunden zuvor gebracht hatte. Wortlos griff er in die zweite Schublade des Schreibtischs, holte das Benzaprin-Fläschchen hervor und entnahm ihm zwei kleine Kapseln. Die Präsenz des Menschen erfüllte ihn mit einer sonderbaren Unruhe, als er die Hand mit den beiden Pillen ausstreckte. Kirk senkte den Kopf.

»Ich nehme an, McCoy hat Ihnen von meinem kleinen ... Problem berichtet«, sagte er leise und wie zu sich selbst. »Aber seit wann werden Medikamente im Quartier des Captains verteilt?« Voller Ärger dachte er daran, daß ihn der Bordarzt durchschaut und den vulkanischen Kommandanten informiert hatte, aber gleichzeitig fühlte er auch eine gewisse Verlegenheit. Die feste Entschlossenheit wich aus ihm und machte einem eigenartigen mentalen Vibrieren Platz. Langsam sah er auf und begegnete Spocks Blick. Mit nacktem Oberkörper und zerzaustem Haar wirkte der legendäre Captain der *ShiKahr* fast hilflos und verwundbar. Kirk gewann den seltsamen Eindruck, daß die Distanz zu ihm schrumpfte.

»Doktor McCoy hat mich davon unterrichtet, daß Sie lidazinsüchtig sind«, bestätigte der Vulkanier. Kirk war ihm nach wie vor ein Rätsel. Es fiel ihm schwer zu bestimmen, wann der junge Mann mit Zorn oder Verlegenheit reagierte, wann er die psychischen Schilde senkte, um hinter den Mauern sturer Verschlossenheit Zuflucht zu suchen. Er hatte erst einmal mit dem Fähnrich gesprochen, und das genügte nicht, um einen Ansatzpunkt zu finden. »Was Ihre zweite Frage betrifft: Ich hielt es für besser, daß Sie nicht gezwungen sind, die Krankenstation aufzusuchen.« Spock zögerte kurz und beschloß, ein Risiko einzugehen. »Vermutlich möchten Sie nicht, daß Ihre ... Schwierigkeiten allgemein bekannt werden. Und ich bezweifle, ob Ihnen wirklich etwas an einer Entlassung aus dem Dienst an Bord dieses Schiffes liegt.« Der Eröffnungszug einer ganz besonderen Schachpartie, dachte er und verbesserte sich sofort: *Nein, das stimmt nicht ganz. Es ist eher Poker. Ich hoffe nur, daß ich gut genug zu bluffen verstehe.*

Kirk wollte widersprechen, überlegte es sich aber anders und nahm seufzend in einem Sessel Platz. »Haben Sie was dagegen, wenn ich mich setze?« murmelte er ironisch.

Spock wölbte eine Braue, als er sich ebenfalls auf einen Stuhl sinken ließ. Der zweite Zug, die zweite Karte. Er wartete.

»Warum geben Sie sich solche Mühe mit mir?« fragte Kirk nach einer Weile und sah den Vulkanier an.

Der Blick des Menschen verdrängte einen Teil der Kühle aus Spock, und instinktiv neigte er den Kopf zur Seite, um dem Glanz der nußbraunen Augen zu entgehen. Er durfte sein inneres Gleichgewicht nicht in Gefahr bringen; zuviel stand auf dem Spiel. *Der Einsatz ist zu hoch,* dachte er und blieb damit bei der Metapher. »Ich habe Ihren Fall mit Doktor McCoy besprochen«, begann er, ohne recht zu wissen, wie er den Satz beenden sollte, »und wir sind dabei zu dem Schluß gelangt, daß Sie ein ... kritischer Faktor für den Fortbestand dieses Universums sind.« Die Worte klangen viel zu dramatisch, fand Spock.

Kirk lachte. »Wenn Sie mich mit einem ausgeprägten Schuldbewußtsein zur Räson bringen wollen, fahren Sie ziemlich großes Geschütz auf, Captain«, sagte er spitz. »Ich weiß, daß die *ShiKahr* seltsame Befehle erhalten hat, aber mich als einen kritischen Faktor für die Zukunft des *ganzen Universums* zu bezeichnen ... Damit übertreibt der Psychiater ein wenig, meinen Sie nicht auch?«

Der Vulkanier fröstelte unwillkürlich, starrte durchs Zimmer, sah den Uniformpulli und schüttelte andeutungsweise den Kopf. Nein, mit Kleidung konnte er nichts gegen seine psychische Nacktheit ausrichten. Eine einzige Frage Kirks genügte, um ihn bis auf die Knochen zu entblößen. »Leider bin ich außerstande, Ihnen eine logische Erklärung anzubieten«, entgegnete er nachdenklich. »Es handelt sich eher um einen ... emotionalen Eindruck.« Er zwang sich dazu, seine Aufmerksamkeit wieder auf Kirk zu richten, spürte dabei neuerliche Unsicherheit. Ihre Rollen schienen sich plötzlich umzukehren. Kirks Aura wurde dominant, und aus irgendeinem Grund erschien Spock das völlig normal. »Ich habe Sie bereits darauf hingewiesen, daß wir die kommende Woche vielleicht nicht überleben. Derzeit bleibt uns noch eine zusätzliche Gnadenfrist, um einen menschlichen Ausdruck zu verwenden. Im Vertrauen gesagt: Ich weiß nicht genau, was für Gefahren wir uns gegenübersehen und welcher ... Schaden inzwischen angerichtet wurde.« Er brach ab und überlegte, ob er die richtige Entscheidung getroffen hatte. Aber wenn er sich nun zurückhielt, wenn er nicht ganz offen war, scheiterte sein Versuch, das Vertrauen des Menschen zu gewinnen. Und daraus mochten sich fatale Konsequenzen ergeben. Er schluckte und dachte daran, was dem Fähnrich jetzt durch den Kopf ging. »Wie dem auch sei: Wir sind nach Canus Vier unterwegs, und Sie gehören zur Landegruppe, die den canusischen Botschafter abholen soll.«

Kirks Pupillen weiteten sich. »Warum?« fragte er schlicht.

Der Vulkanier zögerte, preßte die Fingerkuppen aneinander und hoffte inständig, daß ihn der Mensch verstand. »Das während Ihrer Ausbildung an der Akademie angefertigte Psychoprofil deutet darauf hin, daß Sie gute diplomatische Fähigkeiten besitzen, Fähnrich«, erwiderte er förmlich. »Und da im Augenblick einige Crewmitglieder nicht ... einsatzfähig sind, halte ich es für angebracht, Ihre Dienste in Anspruch zu nehmen.«

Kirk musterte den Vulkanier und lächelte dünn. »Und wenn ich mich weigere?«

Spocks Brauen kletterten in die Höhe. »Dann bin ich gezwungen, Sie wegen Gehorsamsverweigerung unehrenhaft aus der Flotte zu entlassen.« *Poker*, dachte er. »Man brächte Sie zum Raumhafen auf Canus Vier — und von dort aus zu einer orionischen Kolonie«, bluffte er, beugte sich vor und stützte die Ellenbogen auf den Tisch. »Die Entscheidung liegt bei Ihnen, Jim.«

Kirk stand auf und schüttelte ungläubig den Kopf. Er wandte sich von dem Vulkanier ab und fühlte das Brodeln vertrauten Zorns. Doch kurz darauf wich die Hitze jener Art von Respekt, die dem Kommandanten gebührte. »Warum glauben Sie, ich würde eine solche Chance nutzen?« fragte er leise.

»Sie sind kein Narr, Fähnrich«, antwortete Spock. »Ich glaube ...« Er unterbrach sich, als sonderbar intensive Emotionen sein rationales Denken überlagerten. »Ich glaube, Ihre gegenwärtige Rolle wird Ihnen nicht gerecht.« Er zögerte erneut. Die nächsten Worte fielen ihm besonders schwer; jahrzehntelange vulkanische Disziplin und Logik versuchten, die Oberhand zu gewinnen. »Darüber hinaus hoffe ich, daß Sie die ... die Kraft finden ... uns bei dieser Angelegenheit zu helfen.«

Einmal mehr schüttelte Kirk den Kopf, sah Spock an und fragte sich, ob er es wagen konnte, dem Vulkanier zu vertrauen. Er setzte zu einer Erwiderung an, klappte den Mund zu und schluckte die Antwort herunter. Tief in ihm erzitterte etwas — Wärme, die mentales Eis zu schmelzen begann. Er holte tief Luft. »Na schön«, sagte er und stellte verblüfft fest, daß sein Einverständnis keine Wunden in Stolz und Würde riß. »Ich weiß zwar nicht, was Sie sich davon versprechen, aber ich bin bereit, mich der Landegruppe anzuschließen.«

Der Vulkanier nickte zufrieden. »Vielen Dank«, murmelte er und begriff die Irrationalität dieser wenigen Silben. Trotzdem war es ihm ein Bedürfnis, sie auszusprechen. »Wir fliegen mit Warp sechs und erreichen Canus Vier morgen früh. Bitte melden Sie sich um acht Uhr im Transporterraum.«

»In Ordnung«, brummte Kirk und bemerkte voller Unbehagen die beiden Benzaprin-Tabletten auf dem Schreibtisch. Er wandte sich der Tür zu.

»Fähnrich?«

Der junge Mann blieb stehen, drehte sich jedoch nicht um.

»Möchten Sie ...?« begann Spock.

Kirk schüttelte den Kopf. »Sagen Sie McCoy, ich hätte seine Medikamente die Toilette runtergespült«, murmelte er und verließ das Quartier, bevor der Vulkanier Antwort geben konnte.

Im Korridor lehnte er sich an die Wand und schloß die Augen. Irgend jemand anders hatte seinen Mund benutzt, und selbst die Gedanken stammten nicht von ihm selbst. Geistesabwesend drehte er den goldenen Akademiering an der linken Hand hin und her, sank langsam zu Boden und bebte am ganzen Leib. Jemand anders ... *Ich glaube, Ihre gegenwärtige Rolle wird Ihnen nicht gerecht.*

Er atmete tief durch und strich mit den Fingerkuppen über den stählernen Körper des Raumschiffes. *Eine weiße Göttin, die mit erhabener Eleganz durchs All glitt* ... Es wurde Zeit für eine Veränderung ...

Nach einer Weile stemmte sich Kirk in die Höhe und lauschte dem dumpfen Brummen der Triebwerke. Die Realität sang, und ihre Melodie klang nicht mehr ganz so disharmonisch.

Leise betrat Kirk seine neue Kabine und sah sich um, als er den Pulli auszog und aufs Bett sank. Er senkte die Lider, aber trotz der Wanderung durch den botanischen Garten an Bord des Schiffes fand er keine Ruhe. Er hatte inzwischen Abstand zu dem Gespräch mit Spock gewonnen, und als er daran zurückdachte, fühlte er Verwirrung. Es fiel ihm nicht leicht, wieder Vertrauen zu fassen. Zu deutlich erinnerte er sich an die Ereignisse nach der Ermordung des Unterweisers Sorek. Seine Freunde wandten sich von ihm ab, ließen ihn im Stich. »Jeder für sich allein« — so lautete das Motto an der Akademie. Aber es bereitete nicht auf einsame Hilflosigkeit vor. Verbitterung fraß sich in Kirk fest, schlug tiefe Wurzeln in seinem Wesen. Doch jetzt ... Ein Mann, der ihm eigentlich völlig *fremd* sein sollte — der *Captain* des Raumschiffes —, machte sich große Mühe, um seine Freundschaft zu gewinnen. Und was den Fähnrich noch mehr verwunderte: Irgend etwas — irgend *jemand* — in ihm sehnte sich danach, die dargebotene symbolische Hand zu ergreifen.

Kirk seufzte, stand auf und stellte mit einem kurzen Blick aufs Chronometer fest, daß man ihn in einer knappen Stunde im Transporterraum erwartete. Als er die Hygienezelle betreten wollte, um dort zu duschen, glitt die Tür auf, und sein neuer Stubengenosse trat ein.

Richardson grinste, als er hereinkam. »Hat sie dir endlich den Laufpaß gegeben?« fragte er neugierig.

Kirk blieb stehen und runzelte die Stirn. Das ›Du‹ Jeremys erschien ihm irgendwie sonderbar. »*Wer* soll mir den Laufpaß gegeben haben?«

Richardson zuckte mit den Schultern und nahm auf der Kante seines Bettes Platz. »Die Frau, bei der du die beiden letzten Nächte verbracht hast«, sagte er, zog die Dienststiefel aus und warf sie in eine Ecke. »Hier hast du dich nicht blicken lassen, und daher nahm ich an ...« Er zwinkerte verschwörerisch.

Trotz des dreisten, fast dünkelhaften Gebarens des Mannes spürte Kirk, wie er sich entspannte. Offenbar war Richardson völlig anders als Donner. »Nein«, brummte er. »Von einer ›Sie‹ kann keine Rede sein.« Er blieb im Zugang der Hygienezelle stehen und drehte sich erneut um. »Ich habe nur den Pflanzen Gesellschaft geleistet.«

Richardson nickte geistesabwesend, als er die Uniform beiseite legte, sich auf der Liege ausstreckte und seine Zehen beobachtete. »Ja, kann ich gut verstehen. Nach meiner Versetzung zur *ShiKahr* bin ich oft unten im Park gewesen. Die romantische Atmosphäre erleichtert es, hübsche junge Damen in ... Stimmung zu bringen. Und außerdem vergißt man dort, daß wir auf der größten Bombe in der ganzen Galaxis hocken.« Er schauderte übertrieben. »Lieber Himmel, wenn unser Chefingenieur nicht rechtzeitig Verdacht geschöpft hätte, wären unsere Atome jetzt bis zum tholianischen Imperium verstreut!«

Kirk lächelte schief. »Dann ... ist es also nicht nur ein Gerücht?« fragte er und setzte sich ebenfalls. Richardson schien ein angenehmer Gesprächspartner zu sein, und er nervte nicht mit peinlichen Fragen.

Der andere Fähnrich zuckte mit den Achseln. »Keine Ahnung«, brummte er. »Die Typen in der psychologischen Abteilung halten sich bedeckt, aber ...« Er zwinkerte erneut. »Neuigkeiten sprechen sich schnell herum.«

Kirk nickte. »Du arbeitest in der Psychosektion?« erkundigte er sich wie beiläufig.

»Ja«, bestätigte Richardson. »Leider.«

Jim furchte die Stirn. »Das klingt nicht gerade begeistert.«

»Tja ...« Jeremy gähnte hingebungsvoll. »Derzeit sind wir mit einem großen Vid-Projekt beschäftigt. Rund zweihundert Besatzungsmitglieder wurden bereits untersucht. Doc McCoy läßt nichts verlauten, aber eins steht fest: Es geht um ein ziemlich dickes Ding. Meine Güte, wenn die Vid-Scanner Tag und Nacht im Einsatz sind, muß es einen triftigen Grund dafür geben.«

»Hast du irgendeine Idee, was dahintersteckt?« fragte Kirk.

»Nun, bei uns geben sich Dutzende von Leuten die Klinke in die Hand, und ich würde sie gern für Mitglieder meines persönlichen Fanclubs halten — soweit es das weibliche Geschlecht betrifft —, doch offenbar handelt es sich um eine Paranoia-Epidemie oder etwas in der Art.« Er seufzte. »Die Jungs aus der Sicherheitsabteilung haben sich bereits mit Schmetterlingsnetzen und Steigeisen ausgerüstet — wir brauchen uns also keine Sorgen zu machen.«

Kirk lachte herzhaft — zum erstenmal seit Monaten. »Was ist mit dir?«

Richardson drehte den Kopf zur Seite, und Jim sah gerade noch, wie ein Schatten auf die Wangen seines Stubengenossen fiel. Bestürzt fragte er sich, ob er zu weit gegangen war, aber Jeremy holte nur tief Luft. Er wirkte ein wenig zerknirscht, als er antwortete:

»Ich weiß nicht genau. Nun, allem Anschein nach bin ich ebenfalls betroffen.«

Kirk lächelte aufmunternd. »Was meinst du damit?«

Der andere Fähnrich starrte ins Leere, erinnerte sich und schmunzelte. »Neulich habe ich die Brücke aufgesucht und mich dort ... komisch verhalten.«

Kirk wartete.

Nach einer Weile fuhr Richardson fort: »Himmel, ich fühlte mich dort wie zu Hause.«

»Was ist daran so seltsam?« Jim hatte das eigenartige Gefühl, daß Richardson zur Brückencrew gehörte. Ersatzmannschaft. Ablösung. Nachtschicht.

»An sich nichts«, murmelte Jeremy. »Alle Besatzungsmitglieder kennen den Weg zur Brücke — selbst diejenigen, die dort überhaupt nichts zu suchen haben.« Er schüttelte den Kopf, als wollte er auf diese Weise seine Gedanken ordnen. »Aber es ist doch recht seltsam, daß ich im Sessel des Navigators Platz nahm und mit Sulu scherzte, als sei das die normalste Sache der Welt. Glücklicherweise fand gerade ein Schichtwechsel statt — Captain Spock war also nicht zugegen. Die übrigen Anwesenden dachten sicher, ich wollte irgend jemandem einen Streich spielen. Vielleicht glaubten sie auch, ich sei betrunken. Doch sie irrten sich.«

Kirk entsann sich an seine eigenen Reaktionen in Spocks Kabine, und plötzlich lief es ihm kalt über den Rücken. »Du hieltest alles für völlig selbstverständlich«, sagte er.

»Ja«, bestätigte Richardson und hüstelte verlegen. »Nun, das ist noch nicht alles. Ich blickte auf die Konsole — und wußte sofort, was die Kontrollen bedeuteten. Ich kannte alle Manöver, zu denen die *ShiKahr* fähig ist — obwohl ich *nie* eine Navigationsausbildung genossen habe. Mein Interesse gilt in erster Linie der Psychologie. Technik, Kampfstrategie und dergleichen ließen mich immer völlig kalt. Trotzdem wußte ich über all diese Dinge Bescheid. Im Ernst, Jim! Ich hätte das Schiff ebenso sicher fliegen können wie Sulu und vielleicht auch Spock!«

»Was stellte sich beim Vid-Test heraus?« fragte Kirk neugierig.

Richardson zuckte mit den Schultern. »Ich ... ich habe die Untersuchung abgelehnt«, entgegnete er nach einigen Sekunden und lachte. Es klang nervös. »Frag mich jetzt bloß nicht, was mich zu einer solchen Entscheidung bewog, Jim ... Als ich mir vorstellte, daß der verdammte Apparat alle meine Geheimnisse enthüllt, während S'Parva zugegen ist ...« Er brach ab und grinste.

Kirk nickte langsam. »Ich weiß, was du meinst.« Die stumme Sehnsucht in Richardsons Gesicht machte deutlich, was er für die Katellanerin empfand. Jim dachte nach. »Wie wär's, wenn du S'Parva bittest, eine telepathische Verbindung zu dir herzustellen? Natürlich einzig und allein im Namen der Wissenschaft. Die psychischen Fähigkeiten der Katellaner sind allgemein bekannt. Wenn du die Hilfe deiner Freundin in Anspruch nimmst, findest du sicher ebensoviel über dich heraus wie bei einer Vid-Analyse.«

Richardson beäugte ihn eine Zeitlang. »Das meinst du ernst, nicht wahr?«

Kirk lächelte. »Na klar. Sag S'Parva einfach, die Sache diene als Kontrollfaktor für die laufenden Experimente. Sprich von einer ›humanistischen‹ Methode, die ein Gegengewicht zur kalten Scannertechnik schaffen soll.«

Jeremy strahlte. »He, das könnte tatsächlich klappen.« Er stemmte sich hoch und sah aufs Chronometer. »In einer Dreiviertelstunde beginnt S'Parvas Schicht«, fügte er hinzu, stand auf und streckte sich. »Himmel, Jim, das mit dem Kontrollfaktor ist eine echt tolle Idee.«

Diesmal zwinkerte Kirk. »Halt mich auf dem laufenden«, brummte er und trat unter die Ultraschalldusche. »Ich würde ja gern bleiben und dir die Hand halten, Jerry, aber ich werde gleich im Transporterraum erwartet.«

Richardson runzelte die Stirn. »Im Transporterraum?«

»Ja!« rief Kirk aus der Hygienezelle, stellte die Duschkontrollen ein und genoß das Prickeln, das seinen ganzen Körper erfaßte und verkrampfte Muskeln lockerte. Einige Minuten später verließ er die kleine Kabine, kehrte nackt in den Wohnraum zurück, öffnete den Schrank und griff nach einer roten Uniform.

Richardson trat rasch an seine Seite, riß ihm Pulli und Hose aus der Hand und warf sie beiseite. »Hier«, sagte er und holte blaue Kleidung hervor. »Ich schlage vor, du ziehst diese Sachen an, Jim. Wenn dir etwas an deiner Zukunft liegt.«

Kirk hob fragend die Brauen.

Jeremy zuckte mit den Achseln. »An Bord der *ShiKahr* solltest du besser keinen roten Uniformpulli tragen, wenn du an einem Landeunternehmen teilnimmst.«

Kirk schüttelte verwirrt den Kopf, lachte leise und zog sich an.

Die fünf Personen der Landegruppe rematerialisierten an dem Koordinatenpunkt, den der Computer bestimmt hatte. Die Umgebung stellte eine ziemliche Überraschung dar. Eine sumpfige Landschaft erstreckte sich vor ihnen, und große, zypressenartige Bäume ragten empor. Es brodelte und blubberte in trüben Tümpeln, und stinkende Dämpfe stiegen hoch, vereinten sich mit dem Grau des Himmels. Am fernen Horizont grollte es unheilverkündend; dann und wann zuckten Blitze von den schieferfarbenen Wolken herab.

Captain Spock sah sich verwundert um und richtete den Blick dann auf seine Gefährten. McCoy und Kirk standen auf der einen Seite. Donner — ein eher unerwünschter Ersatzmann für Alvarez — und Botschafter Selon von Vulkan warteten auf der anderen. Nur die Logik hinderte Spock daran zu glauben, er litte unter einem Alpdruck. Er roch modrige Luft, und schmutziges Wasser durchdrang das Leder seiner Stiefel. Der Captain ließ sich zu einer typisch menschlichen Reaktion hinreißen und seufzte.

Der Alptraum gewann weitaus realere Aspekte, als Spock fremde Blicke spürte. Selbst Botschafter Selon, der schon seit drei Jahren zur Crew der *ShiKahr* gehörte, wirkte nervös.

Spock trat einen Schritt vor. »Tricorderanzeigen, Fähnrich Kirk?«

Jim sah auf das kleine Gerät herab und gesellte sich an die Seite des Captains. »Irgendwelche Interferenzen«, erwiderte er. »Unmittelbar nach unserem Retransfer habe ich Lebensformen in einer Entfernung von drei- oder vierhundert Metern geortet, aber jetzt bekomme ich plötzlich wesentlich höhere Werte. Vermutlich liegt es am Gewitter.«

Der Vulkanier nickte, aber bevor er zur Sicherheit den Phaser ziehen konnte, rasten aus allen Richtungen Speere und Pfeile heran. Er reagierte sofort und befahl der Gruppe auszuschwärmen. Gleichzeitig hörte er Donner, der den Kommunikator hervorriß und den Transporterraum der *ShiKahr* anwies, ihn und seine Begleiter unverzüglich zurückzubeamen.

Als McCoy und Botschafter Selon im funkelnden Schimmern des Energiefeldes verschwanden, bohrte sich dem Captain etwas mit erstaunlicher Wucht in den Rükken. Er unterdrückte den stechenden Schmerz und fragte sich besorgt, ob die Interferenzen auch den Transporterfokus beeinträchtigten. Wenn Donner, Kirk und er selbst nicht sofort an Bord des Raumschiffes zurückkehren konnten, mußten sie damit rechnen, von den kriegerischen canusischen Wilden überwältigt zu werden. Argwöhnische Verwirrung verband sich mit diesem Gedanken: Der Angriff schien geplant und gut vorbereitet zu sein – obgleich die Eingeborenen gar nicht wissen konnten, *wo* die Landegruppe auf ihrer Welt erschien. Dafür gab es nur eine Erklärung ...

Spock verlor das Gleichgewicht, und während er fiel, nahm er den Phaser zur Hand. Er mußte die Gegner lange genug abwehren, um den Transportertechnikern Gelegenheit zu geben, die Transfersysteme neu zu justieren.

Heiße Pein wallte in ihm empor, und durch die dunstigen Schleier vor den Augen beobachtete er, wie sich einige Angreifer näherten. Es waren insgesamt sechs. Drei richteten ihre Speere auf Donner, und die übrigen holten mit stachelbesetzten Keulen aus, um Kirk zu erschlagen.

Der Vulkanier handelte, ohne einen bewußten Gedanken an das Warum zu verschwenden. Mit dem Daumen drehte er den Emissionsregler auf tödliche Energieabstrahlung, rollte sich zur Seite, zielte sorgfältig und schickte drei Eingeborene ins Jenseits.

»Jim!« rief er, als er Kirks entschlossenen Gesichtsausdruck sah. Er bemerkte nicht, daß der Mensch ebenfalls die Waffe gezogen hatte. »Jim!« Ein neuerlicher Phaserblitz, begleitet von einem zornigen Zischen.

Weitere Speere fielen, wie ein tödlicher Regen.

Dunkelheit wogte heran und verschlang Spocks Bewußtsein.

KAPITEL 10

Zwei Wächter begleiteten Sarela, als sie das dunkle Quartier des Prätors betrat. Sie näherte sich dem hochlehnigen Sessel von der Rückseite und überlegte gespannt, wie der Herrscher des romulanischen Reiches aussehen, was sie von den Lippen eines Mannes erfahren mochte, der noch mehr verehrt wurde als die alten Götter. Sarela erinnerte sich an ihre Genugtuung über den offensichtlichen Zorn Tazols, als er ihr den Befehl des Prätors übermittelte. Ganz gleich, was sie jetzt auch erwartete: Zweifellos war es die Verachtung und den Haß in den Augen ihres Ehepartners wert.

»Der wissenschaftliche Offizier des Schiffes, Euer Heiligkeit«, murmelte einer der beiden Wächter, als sie nach einigen Schritten stehenblieben. Der Sessel wirkte schlicht, wies kaum Ähnlichkeit mit dem Thron im Palast auf. »Eine Frau namens Sarela.«

Der breite und hohe Stuhl drehte sich langsam, und schließlich sah die junge Romulanerin das Profil der lebenden Legende. Doch als die Gestalt vor ihr aufstand, schnappte Sarela unwillkürlich nach Luft. Der Prätor war nur wenig größer als sie selbst, und die zurückgeschlagene Kapuze offenbarte weiche, feminine Züge. Sie zwinkerte verblüfft, fand aber schnell genug die Fassung wieder, um respektvoll den Blick zu senken und sich aus der Hüfte heraus zu verbeugen — eine Tradition, die ihr nichts mehr bedeutete, nur noch eine Angewohnheit war.

»Ich bin geehrt, Herrin«, murmelte sie. Der Schock verblüffte sie so sehr, daß sie völlig ihre Verachtung für den Prätor vergaß.

»Geehrt?« wiederholte die Frau und lächelte dünn. »Sie scheinen eher überrascht zu sein.« Sie winkte ab. »Obwohl es dafür eigentlich gar keinen Grund gibt«, fügte sie etwas ernster hinzu und schickte die Wächter mit einem knappen Nicken fort. Sie richtete einige knappe Worte an einen Sklaven, bestellte Getränke für sich und Sarela, die sie als Gast bezeichnete.

Anschließend wandte sie sich wieder der romulanischen Wissenschaftlerin zu und musterte sie eingehend. Ein muskulöser Mann näherte sich, reichte ihr zwei Gläser mit blauem Wein. Eins gab sie Sarela.

Die stellvertretende Kommandantin der *Ravon* nahm es zögernd entgegen, schwieg eine Zeitlang und versuchte, mit ihrer Unsicherheit fertig zu werden. »Bitte verzeihen Sie mir, Herrin«, brachte sie schließlich hervor und trank einen Schluck. »Ich wußte nicht, daß ...«

»Daß der Prätor eine Frau ist?« Die Herrscherin lächelte erneut und blickte einige Sekunden lang in ihr Glas, bevor sie es an die Lippen setzte. »Mein Vater zeugte keine Söhne. Aber seien Sie gewiß: Ich bin sorgfältig und in aller Form auf mein Amt vorbereitet worden.« Sie deutete auf einen freien Stuhl. »Nehmen Sie Platz. Wir haben eine Menge zu besprechen.«

Sarela kam der Aufforderung sofort nach, dankbar dafür, daß ihr irgend etwas festen Halt gab. Ein früherer Verdacht kroch in ihre Gedanken zurück, doch sie verscheuchte ihn aus den bewußten Überlegungen. Wenn der Prätor jemanden schickte, der seine Rolle spielen sollte, so entschied er sich bestimmt nicht für eine Frau, sondern für einen athletischen Krieger – einen Mann, der etwas intelligenter war als der Durchschnitt, damit er nicht sofort auffiel. Diese Logik befreite Sarela von einem Zweifel, doch viele andere verharrten in ihr.

Die Prätorin stellte das Glas auf einen nahen Tisch und legte den dicken, langen Umhang ab. Darunter kam ein schlanker, gut geformter Körper zum Vorschein. Eine knappe Flottenuniform betonte die geschmeidige, katzenartige Muskulatur der Beine, und das ärmellose Obergewand zeigte den Leib einer Frau, die nicht nur an Müßiggang und den verweichlichenden Luxus im Palast gewöhnt war. Sarela sah ein schmales, kantiges Gesicht, das dennoch attraktiv wirkte. Die großen dunklen Augen blickten wissend, und auf den Lidern funkelte Silberstaub. Die Herrscherin schien etwa fünfunddreißig Perioden alt zu sein, und langes, braunes Haar umrahmte ihre Züge, fiel in sanften Wellen über die Schultern und reichte weit den Rücken herab. Die anmutige Wölbung der Lippen und die Lachfalten in den Mundwinkeln deuteten auf einen ausgeprägten Sinn für Humor hin. Sarela empfand die Aura der Weiblichkeit als fast greifbar.

»Ich möchte sofort zur Sache kommen«, begann die Prätorin, lehnte sich in ihrem Sessel zurück und schlug die Beine übereinander. »Ihre Ansichten über die Regierung des Reiches sind mir nicht unbekannt.«

Die Blicke der beiden Frauen begegneten sich, und in Sarela zitterte Furcht: Kein Reichsbürger stellte die romulanische Politik ungestraft in Frage. Doch das besorgte Vibrieren in ihr ließ sofort wieder nach. Sie sah die Dinge plötzlich aus einer anderen Perspektive: Ihr stand ein Leben an der Seite Tazols bevor, jenes armen Narren, der sie um das Kommando über die *Ravon* gebracht hatte; hinzu kam die Realitätsverschiebung aufgrund der Zeitmanipulation, eine vage Orientierungslosigkeit, von der sich ihr Bewußtsein nie ganz befreien konnte. Was hatte sie schon zu verlieren?

»Ich bedaure meinen Standpunkt nicht, Herrin«, sagte sie und schob das Kinn vor.

Die Prätorin musterte sie mit bemerkenswerter Neugier. »Was ich begrüße«, erwiderte sie, schloß die Augen und atmete tief durch. Ehrlichkeit verdient Respekt, dachte sie, hob die Lider wieder und lächelte. »Unsere Worte bleiben unter allen Umständen auf dieses Zimmer beschränkt. Und noch etwas: Ich muß wissen, ob ich Ihnen trauen kann.«

Sarela nickte langsam und verbarg ihr Erstaunen. Sie hatte mit einem Todesurteil gerechnet. »Ich versichere Ihnen meine Diskretion«, entgegnete sie vorsichtig.

»Was ist mit Ihrem Vertrauen?« Die Prätorin hob die Brauen.

Sarela senkte den Kopf und fühlte sich nicht zu einer Lüge imstande. Sie hob den Blick wieder, nahm ihren ganzen Mut zusammen und fragte sich, ob die Exekution nur aufgeschoben war. »Vertrauen muß verdient werden. So ist es Brauch in unserem Volk — eine Tradition, die nach wie vor gilt.«

Seltsamerweise blitzte kein Zorn in den Augen der anderen Frau. Statt dessen griff sie nach ihrem Glas und nippte an dem Wein.

»Ihre Antwort stellt mich zufrieden«, sagte sie. »Wer zu schnell vertraut, läuft Gefahr, einen raschen Tod zu sterben.« Sie lächelte erneut. »Sie dürfen mich hier mit ›Thea‹ ansprechen — so lautet mein Geburtsname. Doch außerhalb dieses Raums darf er nie erwähnt werden.«

Sarela ließ den angehaltenen Atem entweichen und vollführte eine zustimmende Geste. »Ich achte Ihre Anonymität«, versicherte sie und entspannte sich trotz ihrer Vorurteile gegenüber dem Prätor. Thea entsprach ganz und gar nicht ihren Erwartungen, unterschied sich kraß von den Tyrannen, die in Gerüchten und Legenden beschrieben wurden. Sie wirkte außerordentlich vital und dynamisch, und an ihrer Autorität konnte kein Zweifel bestehen.

Die Prätorin nickte in Richtung des Tisches, auf dem die Unterlagen der Zweiten Geschichte lagen. »Jene Informationen überraschen mich nicht. Es wäre dumm gewesen, mit etwas anderem zu rechnen.«

Dünne Falten bildeten sich in Sarelas Stirn, und sie entsann sich daran, ähnliche Worte an Tazol gerichtet zu haben. Als sie den Kopf drehte, sah sie zwei Sklaven, die einige Meter entfernt an einem Spielbrett saßen. Sie versuchte, ihnen keine Beachtung zu schenken, aber ihr Blick kehrte immer wieder zu den beiden Männern zurück.

»Zeitmanipulationen *können* ein nützliches Werkzeug sein«, erwiderte sie nach einer Weile und sprach betont neutral. »Vielleicht lassen sich die gewünschten Erfolge erzielen, wenn die damit verbundenen Probleme besser verstanden werden und genauere Berechnungen möglich sind.«

Thea schüttelte den Kopf und bemerkte Sarelas Interesse an den Sklaven. Sie lächelte und hob die Hand. »Tasme, Sekor!« rief sie liebevoll. »Setzt euch zu uns.«

Die beiden Männer gehorchten sofort, und daraufhin wandte sich Thea wieder an die junge Frau ihr gegenüber. »Die Krieger mögen behaupten, was sie wollen: Ich behandle meine persönlichen Bediensteten alles andere als schlecht. Einige von ihnen ... genießen es sogar, mir zu Willen zu sein.« Geistesabwesend streckte sie die Hand nach dem langen Haar des Mannes direkt neben ihr aus und strich zärtlich über die schwarzen Locken, die sich bis auf die Schultern herabkräuselten. Mit einem wortlosen Nicken forderte sie den anderen Sklaven auf, neben Sarela Platz zu nehmen, und sie schmunzelte amüsiert, als sie die Verlegenheit in den Zügen der Wissenschaftlerin erkannte. »Seien Sie unbesorgt. Wie ich eben schon sagte: Was in diesem Raum geschieht, bleibt unter uns. Außerdem dürfte Ihnen inzwischen klar sein, daß Gerüchte oft nur Lügen sind. In Hinsicht auf Tazol haben Sie nichts zu befürchten.«

Sarela wußte nicht so recht, wie sie darauf reagieren sollte, und deshalb blieb sie stumm und musterte den Mann namens Sekor, der nun neben ihrem Stuhl hockte und verträumt zu ihr aufsah. Sie bereute es, so offensichtliches Interesse an seiner maskulinen Attraktivität gezeigt zu haben. »Nun gut ...«, sagte sie sachlich und nüchtern. »Wir wissen nicht genau, welche Folgen sich ergeben, wenn wir die Allianz angreifen, Herrin. Die gegnerische Flotte ist jetzt zwar kleiner, aber die Raumschiffe sind unseren Kampfkreuzern noch immer überlegen — und werden von Vulkaniern befehligt.«

Thea wölbte kastanienfarbene Brauen. »Es müssen viele Punkte geklärt und beachtet werden, Sarela«, erwiderte sie und seufzte leise. »Um Sie zu beruhigen: Ich habe keineswegs die Absicht, einen Krieg gegen die Allianz zu beginnen.« Sie griff nach einigen Blättern und Speichermodulen, reichte sie Sarela. »Es war die Idee meines Vaters, Agenten in die Vergangenheit zu schicken, um die irdische Geschichte zu verändern. Er starb vor zwei Perioden, noch bevor die Mission begann.« Sie starrte auf die Dokumente in Sarelas Händen. »Nun, die Macht des Prätors ist groß — doch er oder sie kann nicht allein Entscheidungen treffen, die das ganze Reich betreffen. Wenn niemand sonst etwas von diesem Vorhaben geahnt hätte, als ich die Nachfolge meines Vaters antrat, wäre ich sofort bereit gewesen, Abstand davon zu nehmen. Leider wußten bereits zu viele Krieger Bescheid, und sie hielten es bestimmt nicht für ›würdevoll‹, auf ein Unternehmen zu verzichten, von dem sie sich eine Vergrößerung ihrer Macht erhofften.« Thea zögerte kurz und blickte ins Leere. »Manipulationen der Zeit haben noch nie das angestrebte Ergebnis gebracht. Auch diesmal sind wir mit einem Fehlschlag konfrontiert — aber wir müssen trotzdem versuchen, das Beste daraus zu machen.«

Sarela starrte die Prätorin verwirrt an. »Ich verstehe nicht, Herrin.« Theas Unterlagen bestanden zum größten Teil aus handschriftlichen Notizen, und einige Worte entstammten einer ihr unbekannten Sprache.

»Manchmal ist es unvermeidlich, daß sich ein ganzes Volk ändert«, sagte Thea. »Nun, wir Romulaner sind immer Eroberer gewesen, und bisher hat niemand den Versuch unternommen, diese traurige Wahrheit durch eine neue Realität zu ersetzen. Die Papiere, die ich Ihnen eben gegeben habe, gehören zu den vulkanischen Lehrsätzen der Disziplin und sind so alt wie Surak.«

Sarelas Pupillen weiteten sich. »Ich habe davon gehört, aber ich wußte nicht, daß diese Schriften tatsächlich existieren«, murmelte sie. »Ich dachte immer, es handele sich nur um eine Legende.«

Thea lächelte dünn. »Dafür gibt es einen guten Grund: Der Vater meines Vaters zeigte die Dokumente niemandem, nicht einmal seinen engsten Beratern.« Die Prätorin dachte einige Sekunden lang nach. »Wissen Sie, Sarela: Die Romulaner und Vulkanier kannten sich auch in der Ersten Geschichte. Es deutet sogar einiges darauf hin, daß unsere beiden Völker miteinander verwandt sind. Nach dem Tode meines Vaters entdeckte ich einige wichtige Aufzeichnungen. Darin heißt es, die Lehrsätze der Disziplin wurden den Vulkaniern zu Suraks Lebzeiten gestohlen — von einigen unserer Vorfahren, die sich offenbar durch besondere Tollkühnheit auszeichneten.« Sie zuckte mit den Achseln. »Nach Tausenden von Perioden fällt es schwer, Wahrheit von Sage zu trennen, aber jene Überlieferungen erscheinen mir plausibel. Wie dem auch sei: Die Zweite Geschichte gibt uns endlich die Möglichkeit, einen längst fälligen Wandel zu vollziehen. Die Veränderungen im Reich betreffen in erster Linie unsere Vergangenheit, die von einem Konflikt mit der Allianz bestimmt wird. Vor hundert Perioden griffen wir Vulkan an — und mußten eine empfindliche Niederlage einstecken. Im Anschluß daran waren wir sogar gezwungen, für einen kurzen Zeitraum vulkanische Hilfe in Anspruch zu nehmen. Meine Mitarbeiter haben die Zweite Geschichte gründlich analysiert, und sie faßten die Ergebnisse folgendermaßen zusammen: Im Hier und Jetzt — in einem alternativen Universum, das durch unser direktes Einwirken die Dominanz gewann — ist unser Volk weitaus friedfertiger als jemals zuvor. Daraus ergibt sich eine einzigartige Chance für uns, Sarela, für all jene Romulaner, die Krieg, Leid und Elend überwinden wollen.«

Sarela musterte die Prätorin aufmerksam. »Ist eine solche Veränderung tatsächlich möglich?« fragte sie skeptisch und gleichzeitig voller Hoffnung. »Die historischen Daten, mit denen ich mich noch auf der Brücke beschäftigte, zeigen eine Zweite Geschichte, in der praktisch ebensoviel Gewalt herrscht wie in der Ersten. Außerdem bleibt es mir ein Rätsel, was Sie sich von diesen Dokumenten versprechen. Worte genügen nicht, um eine ganze Zivilisation neu zu prägen.«

Thea neigte den Kopf zur Seite, rutschte ein wenig tiefer in den Sessel und stützte die Füße auf den nahen Tisch. »Die Lehrsätze der Disziplin bilden einen krassen Gegensatz zu den Anschauungen der Krieger«, sagte sie ruhig. »Dennoch sind sie von enormer Bedeutung für unser Überleben. Surak war in beiden Universen seiner Zeit weit voraus. Sein geistiger Horizont reichte über Kriege und Kämpfe hinweg. Er gelangte zu einer Erkenntnis, die auch wir beide teilen: Auf dem Schlachtfeld erworbener Ruhm währt nicht lange. Nun, zunächst wußte nicht einmal Surak, welcher Weg in die Zukunft eingeschlagen werden sollte, aber schließlich wurde seine Philosophie immer deutlicher. Und die Vulkanier hörten ihm zu, begriffen, daß seine Lehren die einzige Chance für den Fortbestand ihres Volkes darstellten.«

Sarela nickte. »Vor langer Zeit waren die Bewohner Vulkans ebenso kriegerisch wie wir.«

»Doch dann lauschten sie der Stimme der Vernunft«, stellte Thea fest. »Was wir Romulaner erst noch lernen müssen.«

Sarela versuchte, den Zweifel aus sich zu verdrängen. Sie dachte an eine Zeit, als die Krieger gegen den Prätor revoltierten — damals hatte das Reich seit zwanzig Perioden keinen Krieg geführt, und Männer wie Tazol brannten darauf, Tod und Vernichtung zu säen. Ein Krieger ohne die Hoffnung, in die Schlacht ziehen zu können, war außerordentlich gefährlich. »Das romulanische Reich ist groß, Herrin«, erwiderte sie vorsichtig. »Und manchmal werden selbst die Befehle des Prätors in Frage gestellt. Die Garde des Palastes ist Ihnen treu ergeben. Aber wenn sich Flotte und Krieger gegen Sie wenden ...« Sie sprach nicht weiter.

»Irgendwann muß sich selbst die Flotte unserem Willen fügen, Sarela«, sagte Thea ausweichend und blickte auf den Sklaven neben ihrem Sessel herab. »Wenn jener Tag kommt, bin ich vielleicht bereit, dem Thron einen Erben zu geben — vorher nicht.« Sie seufzte schwermütig. »Unsere Kinder werden im Umgang mit dem Schwert unterwiesen, bevor sie schreiben und lesen lernen. Ich möchte keinen Sohn zur Welt bringen, um später zu erleben, wie er als Narr stirbt.«

Sarela lauschte dem melancholischen Klang dieser Bemerkungen. »Dann haben Sie die Agenten aus ... persönlichen Gründen in den Einsatz geschickt?« fragte sie. »Hofften Sie, die historische Struktur des Reiches soweit verändern zu können, um Frieden in unserem Volk und auch mit der Allianz zu ermöglichen?«

Thea nickte und hob kurz die Hände. »Doch zuerst müssen wir die Allianz *zwingen*, uns zuzuhören. Und den Kriegern darf gar keine andere Wahl bleiben, als den Worten zu lauschen, die den Vulkaniern eine neue Zukunft schenkten. Was bestimmt nicht einfach sein wird. Männer wie Tazol und die übrigen Krieger streben keine Veränderungen an; sie sind mit der gegenwärtigen Lage zufrieden. Oh, es bleibt ihnen nichts anderes übrig, als sich mit den Erklärungen des Prätors auseinanderzusetzen, aber wenn sie erfahren, daß sich unter dem schwarzen Kapuzenmantel eine Frau verbirgt ... Wie Sie eben schon sagten, Sarela: Manchmal werden selbst die Befehle des romulanischen Herrschers in Frage gestellt. Und wie Sie aus Ihrer eigenen Erfahrung wissen, gibt man den Kriegern häufig Vorrang gegenüber den Konstrukteuren der Gesellschaft.«

Sarelas Gesicht verdunkelte sich. »Dennoch war und ist es Tradition in unserem Volk, daß Frauen die gleichen Rechte genießen wie Männer. Tatsächlich sind viele Frauen Krieger gewesen und haben als Raumschiffkommandanten in der Flotte gedient.«

Thea musterte Sarela eingehend. »Aber noch nie zuvor hat eine Frau auf dem Thron des Prätors gesessen — zumindest nicht lange genug, um maßgeblichen Einfluß auf das Reich zu nehmen. Die Krieger sind Narren, Sarela. Oh, wenn sie in die Schlacht ziehen, erklären sie sich großzügigerweise bereit, auch an der Seite von Frauen zu kämpfen — doch insgeheim graut ihnen vor dem Wissen um unsere geistige Überlegenheit.«

»Das halte ich für eine Untertreibung, Herrin«, sagte Sarela und lächelte.

Thea lachte, und es klang sinnlich. »Zumindest in diesem Zusammenhang erzielten unsere Vorfahren einen Erfolg: Als sie die Gene der Ahnen veränderten, schufen sie zwar körperlich stärkere und widerstandsfähigere Krieger, aber glücklicherweise übersahen sie dabei gewisse Chromosomen, die eine wichtige Rolle für die Intelligenz spielen. Kein Wunder, daß die meisten Kommandeure in der Flotte Frauen sind. Die Krieger können durchaus behaupten, uns in physiologischer Hinsicht überlegen zu sein, doch die meisten von ihnen scheitern, wenn es um komplexe logistische Aufgaben geht.«

Sarela nickte langsam und spürte, wie es ihr kalt über den Rücken rann. »Genau darin liegt das Problem, Herrin. Die Männer *sind* stärker als wir, und sie würden nicht zögern zu töten, um ihre Ziele zu erreichen. Bestimmt schreckten sie nicht einmal davor zurück, gegen den Prätor Stellung zu beziehen; wenn er sich eine Blöße gäbe, unternähmen sie sofort etwas gegen ›ihn‹.«

Thea vollführte eine zustimmende Geste. »Eine Möglichkeit«, gestand sie ein. »Meine Wächter werden uns schützen, aber selbst die gesamte Palastgarde könnte der Flotte nur vorübergehenden Widerstand leisten. Die Spaltung zwischen den Kriegern und dem Rest unseres Volkes ist zu groß, und gerade aus diesem Grund muß meine Anonymität unbedingt gewahrt bleiben. Mein Vater war vorsichtig, und dafür bin ich ihm sehr dankbar. Er ließ im Palast keinen Zweifel daran, daß mir nach seinem Tod die volle Macht des Prätors gebühre, und die Berater und Bediensteten respektieren meine Autorität. Nun, ich habe ihnen auch keinen Grund gegeben, an mir zu zweifeln. Außerdem befehligte ich damals ein Raumschiff und hatte somit Gelegenheit, Kommandoerfahrungen zu sammeln.« Sie zögerte kurz und blickte nachdenklich in die Ferne. »Vielleicht wollte mich mein Vater auf die Probe stellen, und möglicherweise habe ich den Test nicht einmal bestanden. Aber der frühere Prätor hütete das Geheimnis namens Thea. Er verkündete, es gebe einen Thronerben, doch er verschwieg mein Geschlecht. Und die Krieger gingen natürlich von einem Sohn aus.«

»Dann muß Ihrem Vater klar gewesen sein, daß Sie irgendwann versuchen würden, das Reich zu reformieren«, warf Sarela ein.

Thea runzelte die Stirn. »Das wäre denkbar. Und vielleicht straft er mich noch aus dem Grab.«

Sarela maß die Frau ihr gegenüber mit einem fragenden Blick.

»Er war ziemlich verbittert, als ich geboren wurde«, erklärte Thea. »Er konnte keine anderen Kinder zeugen, und er hatte sich einen Sohn erhofft. Vielleicht glaubte er, am Tag der Machtübernahme sei ich töricht genug, meine wahre Identität zu offenbaren. Als er mir den Befehl über das Flaggschiff der Flotte gab, hoffte er wahrscheinlich, ich kehrte nie zurück. Trotzdem muß ich irgendwie seinen Erwartungen gerecht geworden sein, denn er gewährte mir den Schutz, den ich brauchte. Selbst wenn den Kriegern bekannt gewesen wäre, daß ich eine Frau bin: Vermutlich hätten sie nichts gegen mich unternommen, solange ich ihre Wünsche erfüllte. Inzwischen vertrete ich einen Standpunkt, den man nicht unbedingt als traditionell bezeichnen kann — was ich keineswegs bedauere. Ich stehe zu meinen Ansichten, und ich bin fest entschlossen, ihnen Geltung zu verschaffen. Aber es wäre ein Fehler, die damit verbundenen Gefahren zu ignorieren.«

»Dann müssen Sie äußerste Vorsicht walten lassen, wenn Sie die vulkanischen Lehrsätze der Disziplin dem Reich präsentieren«, riet Sarela. »Vorerst darf niemand erfahren, daß der Prätor eine *Prätorin* ist.« Sie erinnerte sich daran, wem sie es zu verdanken hatte, daß sie nicht mehr das Kommando über die *Ravon* führte: ihrem Vater. Er wählte Tazol als Ehepartner seiner Tochter — und nahm diese Entscheidung als Vorwand, um ihm einen hohen Posten in der Flotte zu geben. Zorn brodelte in Sarela, als sie ihre früheren Annahmen bestätigt fand: Tazols geistige Fähigkeiten genügten nicht einmal, um einen Müllwagen zu fahren — ganz zu schweigen von der Befehlsgewalt über ein Raumschiff. Er war nur eine Marionette ihres Vaters, eine großzügige Geste, die den Kriegern galt — und vielleicht eine symbolische Ohrfeige für die Tochter. Sarela begriff plötzlich, wieviel sie mit Thea gemeinsam hatte.

»Für einen Krieger sind Eroberungen der einzige Lebenszweck«, stellte die Prätorin kummervoll fest. Sie schüttelte den Kopf. »Stellen Sie sich einmal vor, wir wollten Tazol von der Notwendigkeit überzeugen, Frieden mit der Allianz zu schließen. Wenn *er* an Frieden denkt, meint er die Leichen getöteter Feinde. Etwas anderes käme ihm gar nicht in den Sinn — und das trifft auch auf die übrigen Krieger zu.«

Sarela lehnte sich zurück und nippte geistesabwesend an ihrem Wein. »Da wäre noch etwas«, sagte sie gedehnt.

Thea hob fragend den Blick.

»Wenn die Vulkanier so klug und aufmerksam sind, wie wir glauben ...« Sarela kniff die Augen zusammen und dachte nach. »Bestimmt bemerken sie schon recht bald, daß ein alternatives Universum real geworden ist.« Sie brach ab und erinnerte sich an die Erste Geschichte. »Ihre Traditionen der Würde und des Verantwortungsbewußtseins lassen es wohl kaum zu, sich mit der Zweiten Geschichte abzufinden. Sie werden alles versuchen, um jene Vergangenheit zu retten, wie sie vor dem Einsatz unserer Agenten existierte.«

Thea stand ruckartig auf und marschierte eine Zeitlang in dem großen Zimmer umher, bevor sie abrupt stehenblieb. »Diese Möglichkeit ist mir nicht entgangen«, erwiderte sie. »Gerade deshalb müssen wir so schnell wie möglich einen Kontakt zur Allianz herstellen. Die bisherigen Analysen der Zweiten Geschichte deuten darauf hin, daß die Vulkanier noch nicht die Technik der Zeitreise beherrschen. Sie beschränkt sich bei ihnen weitgehend auf theoretische Überlegungen. Bei entsprechenden Tests und Experimenten kam es zu einigen Paradoxa, doch sie entziehen sich ihrer Kontrolle. Noch.« Sie rieb sich nachdenklich das schmale Kinn. »Nun, der Gegner darf auf keinen Fall die *Ursache* der Realitätsverschiebung herausfinden, bevor wir Gelegenheit bekommen, uns mit ihm zu treffen.«

Sie trat näher und sah auf Sarela herab. »Meine wissenschaftlichen Berater gehen davon aus, daß es der Allianz früher oder später gelingt, die Erste Geschichte wiederherzustellen. Aber sie meinen, selbst dann blieben gewisse Auswirkungen des zweiten historischen Komplexes erhalten.«

Die Bedeutung dieser Worte entzog sich Sarelas Verständnis. »Die Wechselwirkungen und interagierenden Konsequenzen von Zeitmanipulationen sind höchst verwirrend«, entgegnete sie vage.

»In der Tat«, bestätigte Thea. »Nun, im Prinzip existiert die Erste Geschichte nach wie vor — im molekularen Gedächtnis dieses Universums. Sie ist — oder *war* — eine physische Realität, die kosmosweite Stabilität besaß, bevor die Agenten in die irdische Vergangenheit reisten. Ganz gleich, welche Erfolge sie dort erzielten: Die Erste Geschichte läßt sich nicht vollständig aus dem allgemeinen Wirklichkeitsgefüge tilgen. Irgendwann wird jemand in der Allianz entdecken, was geschehen ist — und versuchen, die temporale Manipulation rückgängig zu machen. Ich weiß nicht, ob so etwas realisierbar ist, aber unter den gegenwärtigen Umständen spielt das auch gar keine Rolle. Es kommt in erster Linie darauf an, unverzüglich zu handeln. Das Bewußtsein kann die physischen Grenzen eines *jeden* Universums überwinden, und daher müssen wir uns mit der Allianz in Verbindung setzen, bevor man dort herausfindet, daß wir für die Veränderungen verantwortlich sind. Gewisse Individuen leben in beiden Kosmen, ebenso in vielen anderen denkbaren Parallelwelten und alternativen Dimensionen. Die *Zweite* Geschichte wurde *geschaffen* und ist somit nicht weniger real als die Erste — auch sie bleibt für immer im strukturellen Gedächtnis des Universums gespeichert.«

In Theas Stirn bildeten sich dünne Falten, als sie nach den richtigen Worten suchte.

Sarela räusperte sich. »Anders ausgedrückt: Wir müssen Frieden mit der Allianz schließen – mit gewissen Personen auf der anderen Seite der Neutralen Zone. Und wir können dabei nur hoffen, daß der Frieden erhalten bleibt, auch wenn die Zweite Geschichte wieder zur Ersten wird.«

Thea nickte. »Das ist zwar nicht ganz exakt, aber genau genug. Ich weiß nicht, ob ein Frieden – ganz gleich, unter welchen Bedingungen – dem Test der Zeit standhält. Unsere Chancen vergrößern sich, wenn die Vulkanier *nicht* herausfinden, daß eine Zeitmanipulation erfolgte. Ich fürchte jedoch, daß wir damit zuviel Glück verlangen. Es bleiben also die Auskünfte meiner Berater, die behaupten, in beiden Geschichten existierende Personen könnten sich wenigstens teilweise an die Ereignisse in den verschiedenen Historien erinnern. In diesem Zusammenhang genießen wir einen wichtigen Vorteil: Unsere Raumschiffe befanden sich im Hyperraum, als die Veränderung der temporalen Struktur erfolgte; *wir* erinnern uns in allen Einzelheiten an die Erste Geschichte – und die Fakten der Zweiten stehen uns in Form von detaillierten Aufzeichnungen zur Verfügung. Niemand außer uns verfügt über ein solches Wissen. Andererseits: Wenn die Allianz den Zeitstrom korrigiert, bewahren sich die unmittelbar daran beteiligten Personen Reminiszenzen an beide Universen, weil sie physisch und psychisch zu ihnen gehörten.«

»Ich verstehe«, murmelte Sarela. »Was soll zuerst geschehen? Möchten Sie die Lehrsätze der Disziplin präsentieren, *bevor* Sie einen Kontakt zur Allianz herstellen – in der Hoffnung, daß die Krieger Reformen zustimmen? Ich bezweifle, ob Leute wie Tazol bereit sind, auf Sie zu hören. Und wenn wir uns zunächst mit Repräsentanten der Allianz in Verbindung setzen – ohne daß unser Volk die Worte des Friedens hört –, wird man uns vorwerfen, das Reich zu verraten.«

Thea lächelte, nahm wieder in ihrem Sessel Platz und

berührte das Haar des Sklaven. »Ich habe nicht *alle* meine romulanischen Instinkte aufgegeben«, entgegnete sie geheimnisvoll. »Einige Raumschiffe und Offiziere der Allianz sind mir gut bekannt, und man muß häufig zu einer List greifen, wenn man bestimmte Ziele erreichen möchte.«

Sarela beobachtete, wie die Hand der Prätorin über den Kopf des Mannes strich — eine sanfte, zärtliche Geste, die in einem seltsamen Kontrast zu den verschlagenen Worten stand. »Wie kann ich Ihnen dabei helfen, Herrin?« fragte sie, überwand alle Zweifel und tastete nach der Schulter des ›Bediensteten‹, der neben ihrem Stuhl hockte.

Thea lachte gurrend und machte es sich in dem großen Sessel bequem. »Zuerst wenden wir uns an die Allianz. Der Rest ergibt sich von ganz allein. Tazol ist nicht dumm genug, um mein Transportschiff daran zu hindern, den Hangar der *Ravon* zu verlassen. Wir geben ihm keine Auskunft über das Flugziel, und er wird wohl kaum versuchen, seine Frau aufzuhalten, wenn sie den Prätor begleitet!«

Sarela lachte ebenfalls, und ihr Interesse wuchs. Tazol und sein Argwohn waren ihr völlig gleich.

»Wie ich hörte, wurde die VSS *ShiKahr* unweit der Neutralen Zone geortet«, fuhr Thea fort. »Jenes Schiff fliegen wir an. In der Ersten Geschichte hieß es *Enterprise*, und an Bord befinden sich zwei Personen, denen es gelang, einer romulanischen Kommandantin das Geheimnis unserer Tarnvorrichtung abzuringen.« Sie ließ unerwähnt, daß diese Kommandantin ihren eigenen Namen trug. »In einem Punkt haben Sie vollkommen recht: Allein die Worte einer Romulanerin genügen sicher nicht, um die Allianz von unseren guten Absichten zu überzeugen. Aber vielleicht können wir die beiden eben erwähnten Offiziere auf eine andere Art und Weise dazu bringen, uns zu helfen.« Thea lächelte hintergründig. »Man muß nur an der richtigen Stelle den richtigen Druck ausüben.«

Sarela erwiderte das Lächeln. Sie wußte um den Zwischenfall mit der Tarnvorrichtung und hatte auch von den beiden betreffenden Starfleet-Offizieren gehört. »Wie gehen wir vor, Herrin?«

»Wir brauchen nur einen von ihnen zu entführen«, antwortete die Prätorin sofort. »Dann wird der andere alles daransetzen, seinen Freund zu befreien – er dürfte sogar dazu bereit sein, mit uns zu verhandeln. Nun, im Gegensatz zu uns schenkt die Allianz ihren hochrangigen Offizieren großes Vertrauen. Wenn ein Captain einen vernünftigen Friedensvertrag unterschreibt, so ist er für den gesamten Planetenbund gültig.«

Sarela dachte darüber nach. »Ein wahrhaft enormes Vertrauen«, murmelte sie.

Thea nickte. »Wenn ich das schon damals gewußt hätte ...« Sie verdrängte diesen Gedanken. »Wie dem auch sei: Ein gewisser Vulkanier könnte uns von Nutzen sein.«

Sarela begrüßte die Schlichtheit des Plans und kam zu dem Schluß, daß er sich tatsächlich durchführen ließ. Trotzdem hob sie fragend die Brauen. »Und wenn wir angegriffen werden, sobald wir auf den Ortungsschirmen der *ShiKahr* erscheinen?«

»Die Vulkanier haben ihre Prinzipien«, entgegnete Thea. »Sie feuern die Phaser oder Photonentorpedos auf kein Schiff ab, das in Not ist – selbst wenn es sich um einen romulanischen Kreuzer handelt. Und sobald wir an Bord der *ShiKahr* sind ... Es dürfte nicht zu schwer sein, die Aufmerksamkeit des Vulkaniers lange genug auf uns zu lenken, um mit offiziellen Verhandlungen zu beginnen.«

Sarela streichelte die Schulter des Sklaven an ihrer Seite. »Tazol wird vor Wut ganz außer sich sein, wenn er davon erfährt«, sagte sie leise und verband angenehme Schadenfreude mit dieser Vorstellung. »Und wenn wir *wirklich* einen dauerhaften Frieden zwischen dem Reich und der Allianz vereinbaren, wagt er es bestimmt nicht, mit seinen Kriegern den Palast anzugreifen. Die Allianz würde Romulus ebenso bereitwillig verteidigen wie eine ihrer eigenen Welten.« Ein spöttisches Lächeln zuckte in ihren Mundwinkeln. »Nein, Tazol kann überhaupt nichts unternehmen – soll er an seiner eigenen Hilflosigkeit ersticken!«

»Narren wie Tazol lassen sich leicht ersetzen«, sagte die Prätorin und beobachtete den jungen Mann zu Sarelas Füßen. »Dennoch müssen wir vorsichtig sein: Er darf von unserem Plan erst erfahren, wenn es für eine Intervention der Krieger zu spät ist.« Ernst fügte sie hinzu: »Habe ich jetzt Ihr Vertrauen?«

In Sarelas Augen funkelte es stolz. »Ich stimme Ihnen in allen Punkten zu, Herrin. Und es wäre mir eine große Ehre, Sie bei diesem Unternehmen zu unterstützen.«

Thea erhob sich, trat auf die andere Frau zu und lächelte. »Wie ich hörte, halten Sie nicht viel von der Ehewahl, die Ihr Vater für Sie traf ...«

»Tazol ist ein ebenso schwachsinniger wie arroganter Idiot«, stellte Sarela fest. »Was jedoch nichts daran ändert, daß ich an ihn gebunden bin.« Sie fragte sich verwundert, warum Thea solches Interesse an ihrem Privatleben zeigte – und plötzlich fiel ihr etwas ein. *Und jene wenigen Personen, die den Prätor tatsächlich kennen, seine Sklaven und Berater ... Sie sind bis zu ihrem Tod dazu verurteilt, in seinen Diensten zu stehen.* Thea würde sicher nicht zulassen, daß sie in ihr früheres Leben zurückkehrte – Sarela wußte bereits zuviel. Sie schauderte innerlich und versuchte, nicht an die Konsequenzen zu denken.

Thea musterte die Frau ihr gegenüber eine Zeitlang. Schließlich bückte sie sich, griff nach der Hand des jungen Mannes und zog ihn auf die Beine. »Als eine Geste der Freundschaft und Zeichen *meines* Vertrauens«, sagte sie und ließ einen anerkennenden Blick über den Leib des Sklaven gleiten. »Ich gebe Ihnen Sekor – bis Sie eine endgültige Entscheidung über Ihren zukünftigen Ehepartner treffen.«

Sarela riß unwillkürlich die Augen auf. »Nur dem Prätor ist es erlaubt, in dieser Hinsicht frei zu wählen!« stieß sie ungläubig hervor und starrte auf die ausgestreckte Hand des Mannes.

Ein amüsiertes Kichern entrang sich Theas Kehle. »Ich dachte, wir seien uns darüber einig, wie wichtig Veränderungen für das Reich sind. Ich lasse Tazol gern hinrichten, wenn es Ihnen dadurch leichter fällt, mein Geschenk anzunehmen.« Sie unterbrach sich und ahnte, warum Sarela zögerte. »Denken Sie nur daran, wie oft *Frauen* von *Männern* verschenkt wurden. Für die Gleichberechtigung darf es keine Schranken geben. Sekor gehört Ihnen — wenn Sie ihn möchten.«

Sarela fiel zunächst keine passende Antwort ein, und nach einigen Sekunden lachte sie glucksend. »Ich nehme ihn an — als eine Gabe der Freundschaft und des Vertrauens«, sagte sie und wiederholte die Worte der Prätorin.

Langsam griff sie nach der dargebotenen Hand und stellte überrascht fest, wie entspannt der Mann wirkte. Es schien ihm überhaupt nichts auszumachen, wie ein Objekt den Besitzer — die Besitzerin — zu wechseln. Das Schimmern in seinen Augen deutete sogar darauf hin, daß er Gefallen daran fand. Freute er sich auf eine Abwechslung, darauf, ihr seine erotischen Künste beweisen zu können? Sarela holte tief Luft, und in ihrem Innern prickelte es erwartungsvoll.

»Aber ich halte es nicht für nötig, Tazol zu töten«, fügte sie hinzu und begriff, daß sie endlich von ihm befreit war. Eine schwere Bürde schien von ihren Schultern zu weichen. »Eigentlich ist er nur ein dummes Kind, das man kaum für sein törichtes Verhalten verantwortlich machen kann. Lassen Sie ihn leben — wenn Sie möchten.«

Thea runzelte andeutungsweise die Stirn. »Gnade?« spottete sie. »Als Romulanerin kennen Sie die Tradition der Rache. Und trotzdem begegnen Sie einem Mann, den Sie verachten, mit Gnade?«

Sarela lächelte hintergründig. »Von Gnade kann keine Rede sein, Herrin«, erwiderte sie. »Eher von Mitleid.«

KAPITEL 11

Der Vulkanier erwachte und stellte sachlich fest, daß der Schmerz im Rücken seinen ganzen Körper gelähmt hatte. Vergeblich versuchte er, die Lider zu heben. Vertraute Gerüche wehten ihm entgegen, und er holte tief Luft. Desinfektionsmittel. Sauberkeit. Das Geräusch leiser Schritte.

»Bleiben Sie ganz ruhig, Spock«, erklang eine Stimme, die er kannte.

Die Gedanken des Captains verloren sich im Delirium, und Schwärze verzerrte die Realität.

»J-Jim?« brachte er hervor, die Stimme kaum mehr als ein peinerfülltes Keuchen. Das Atmen fiel ihm sonderbar schwer. Nach einigen Sekunden, die ihm wie eine Ewigkeit erschienen, kehrte die gewohnte Wirklichkeit zurück, und verwirrt fragte er sich, wieso er den jungen Fähnrich mit dem Vornamen ansprechen, warum ausgerechnet Kirk zugegen sein sollte, wenn er erwachte. Trotzdem erschien ihm so etwas völlig normal, als sei es schon oft geschehen.

»Ich bin's, McCoy«, sagte die Stimme. »Schonen Sie Ihre Kräfte, Spock. Strengen Sie sich nicht an.«

Der Vulkanier trachtete danach, sich zu entspannen, und Enttäuschung vermischte sich mit Verwirrung. »Die Landegruppe ...«, ächzte er und kämpfte gegen den Schmerz an. »Was ist mit ... meinen Begleitern?« Schließlich gelang es ihm, die Augen zu öffnen; helles Licht blendete ihn.

»Seien Sie unbesorgt«, erwiderte McCoy. Er klang weitaus ernster als sonst. »Alle sind in Sicherheit. Bis auf Donner.« Er hielt es für sinnlos, dem Captain etwas vorzumachen. »Er war bereits tot, als er an Bord gebeamt wurde.« Er sprach betont sanft, wußte jedoch, daß er Spock damit nicht von seinem Schuldbewußtsein befreien konnte.

»Donner liegt jetzt in der kryogenischen Kammer. Ich bin nicht in der Lage, ihn ins Leben zurückzurufen, aber in Starbase Zehn gibt es weitaus leistungsfähigere medizinische Anlagen. Vielleicht finden die dortigen Spezialisten eine Möglichkeit, ihm zu helfen.«

Spocks Lider senkten sich wieder. Er lehnte die Aggressivität und Verschlagenheit des Fähnrichs ab, doch es lag ihm nichts an seinem Tod. Er fragte sich, ob er die richtige Entscheidung getroffen hatte, als er Alvarez durch Donner ersetzte. Andererseits: Ihm blieb überhaupt keine Wahl. Zu viele Besatzungsmitglieder, die dem Wahn zum Opfer gefallen waren, der immer intensiver werdenden Realitätsverschiebung ... Der Tod wurde zu einem ständigen Begleiter.

»Und die anderen?« fragte er. Die Zunge in seinem Mund verwandelte sich in einen Fremdkörper.

»Selon bekam einen Pfeil in den Hintern, als er sich umdrehte und zu fliehen versuchte.« McCoys Antwort hallte durch einen dunklen Tunnel. »Er muß eine Zeitlang auf dem Bauch schlafen, aber ansonsten geht es ihm ganz gut. Dr. M'Benga flickt ihn gerade zusammen.«

Spock nickte und stemmte sich auf einem Ellenbogen in die Höhe. Der Bordarzt drückte ihn behutsam zurück.

»Und Kirk?« stöhnte er, spürte dabei, wie ihn vages Entsetzen erfaßte. Der letzte bewußte Gedanke ... Kirk ... »Was ist mit ... Jim?« Der Schmerz zerrte ihn langsam in die Finsternis.

»Hat nicht einmal einen Kratzer«, raunte McCoys beruhigende Stimme wie aus weiter Ferne.

Unmittelbar darauf zischte ein Injektor und preßte Coenthal in den vulkanischen Blutkreislauf. Kälte kroch durch die Schulter, und Spock widersetzte sich ihr nicht. McCoys Worte verdrängten das Grauen aus ihm. Dem menschlichen Paradoxon drohte keine Gefahr – entgegen aller Wahrscheinlichkeit war Kirk mit dem Leben davongekommen.

Der Captain gab sich der Schwärze hin, die ihn von der Qual erlöste.

KAPITEL 12

Thea wanderte unruhig in ihrem Quartier umher. »Die *Ravon* verläßt bald den Orbit von Romulus und kehrt zur Neutralen Zone zurück«, sagte sie leise. »Wir müssen also schnell handeln.«

Die andere Frau nickte. Sie hatten den Plan bereits mehrmals besprochen, aber Sarela zweifelte noch immer daran, ob sich ihre Absichten so einfach verwirklichen ließen, wie es die Prätorin hoffte.

»Um es noch einmal zusammenzufassen, Herrin ... Der vulkanische Kommandant des Allianzschiffes soll an Ihrer Stelle die Lehrsätze der Disziplin präsentieren?«

»Ja«, bestätigte Thea. »Meine Berater haben die Analyse der Zweiten Geschichte beendet und festgestellt, daß Spock tatsächlich Captain der *ShiKahr* ist. Weitere Vorbereitungen brauchen nicht getroffen zu werden. Nun, die Identität des Prätors ist unbekannt, und da sich Vulkanier und Romulaner äußerlich sehr ähneln, wird niemand Verdacht schöpfen, wenn Spock in meine Rolle schlüpft und vor die Gouverneure und Krieger-Repräsentanten von Romulus tritt.« Ein dünnes Lächeln umspielte ihre Lippen. »Die Krieger werden es bestimmt nicht wagen, sofort mit dem Herausforderungsritual zu beginnen. Vermutlich wählen sie erst den Mann, der für sie kämpfen soll — und beraten sich mit den einzelnen Clanoberhäuptern. Das gibt uns die Zeit, die wir brauchen.«

»Wir zwingen Spock dazu, als Prätor aufzutreten«, sagte Sarela nachdenklich. »Und *außerdem* wollen Sie ihn dazu bringen, Friedensverhandlungen mit dem Reich zu führen?«

»In der Tat.« Thea nickte. »Wenn der Vulkanier aus freiem Willen unser stellares Territorium aufsucht, macht er sich in den Augen von Fleet Command des Verrats schuldig. Und um sich von diesem Vorwurf zu befreien, bleibt ihm gar nichts anderes übrig, als auf unsere Forderungen einzugehen. Falls er mit leeren Händen zur Allianz zurückkehrt, muß er damit rechnen, wegen Spionage verhaftet und verurteilt zu werden. Aber wenn er einen vernünftigen Friedensvertrag und *faire Handelsvereinbarungen* vorweisen kann – die in der Zweiten Geschichte fehlen –, entgeht er einem Verfahren und wird sogar zu einem Helden. Und gleichzeitig gelangen wir ans Ziel unserer Wünsche. Niemand kommt zu Schaden. Ganz im Gegenteil: Beide Seiten profitieren von dem Vertrag.«

Sarela legte ihren Schreibstift beiseite. »Und wenn sich Spock weigert?«

Thea lächelte wissend. »Er *wird* mit uns kooperieren. Der Vulkanier hat in jedem Universum gewisse ... Schwächen.« Sie nahm auf einem nahen Stuhl Platz. »Die wichtigste heißt James Kirk. Wenn wir Kirk entführen und lange genug als Geisel nehmen, läßt Spock nichts unversucht, um seine Freilassung durchzusetzen.

Hinzu kommt: Meine Kommunikationsspezialisten haben kürzlich eine Routinemeldung der *ShiKahr* aufgefangen. Die Nachricht galt Fleet Command und berichtete von einer Mission im canusischen Sonnensystem – einem Unternehmen, das offenbar nicht ganz nach Plan lief. Es wurden nur wenige Einzelheiten genannt, doch sie deuten darauf hin, daß Spock und seinen Leuten eine Falle gestellt wurde. Eine seltsame Angelegenheit ...« Die Prätorin legte eine kurze Pause ein. »Wie dem auch sei. Offenbar wurde der ruhmreiche Captain der *ShiKahr* bei einem Abstecher auf die Oberfläche von Canus Vier verletzt – und James Kirk leistet ihm selbst in diesem veränderten Universum Gesellschaft.« Sie blickte ins Leere. »Allem Anschein nach gibt es in jeder Realität Konstanten, Zufallselemente des Schicksals, die gewisse ... Beziehungen diktieren, ungeachtet der jeweiligen Umstände.«

Sarela schürzte die Lippen. »Anders ausgedrückt: Mit

der Entführung Kirks wollen Sie Druck auf Spock ausüben und ihn dazu veranlassen, nicht nur die Lehrsätze der Disziplin vorzulegen, sondern sich auch dem Krieger zu stellen, der das Herausforderungsritual beginnt.«

»Ja«, sagte Thea. »Wir wissen beide, daß die Männer unseres Volkes stärker sind als die Frauen. Zwar fürchte ich mich nicht davor, gegen einen Krieger zu kämpfen, aber ich muß zugeben, daß ich dabei kaum Aussicht hätte, den Sieg zu erringen. Der Vulkanier hingegen dürfte keine Schwierigkeiten haben, den ausgewählten Kämpfer zu schlagen.« Ein typisch romulanisches Lächeln erhellte die Züge der Prätorin. »Ganz gleich, *wie* das Duell ausgeht: Ich habe noch eine Rechnung mit Spock zu begleichen. Sein Handeln an Bord eines Reichskreuzers in der Ersten Geschichte brachte ihm ein verdientes Todesurteil ein. Aber ich werde ihn auf eine Weise bestrafen, die er als noch viel schlimmer empfindet. Er verliert das, was ihm in beiden Universen besonders teuer ist. Und ich ringe ihm Zugeständnisse in bezug auf Handelsrouten für romulanische Frachter ab. Auf unseren Welten wird kein Elend mehr herrschen; wir überwinden die Armut. Und trotz der Demütigungen bleibt Spock gar keine andere Wahl, als sich meinem Willen zu fügen.«

Sarela hob eine geschwungene Braue. »Sie haben also nicht die Absicht, ihm eine Rückkehr zur Allianz zu ermöglichen?«

Ein rauhes Lachen entrang sich Theas Kehle.

KAPITEL 13

Schmerz begleitete Spocks Erwachen; irgend jemand versetzte ihm schallende Ohrfeigen, harte Schläge, denen er nicht ausweichen konnte.

Die Gedanken des Vulkaniers glitten in die Schwärze zurück, in die Schatten, die alle Qual verschlangen.

Doch der unbekannte Peiniger gab nicht auf. Er schlug erneut zu, immer wieder.

Spock hob die Lider, sah jedoch nur konturlose Schemen. Ganz plötzlich entflammte Zorn in seiner Brust. Ruckartig hob er die Hand, spürte den *Fremden* und stieß ihn grob beiseite. Allmählich verflüchtigten sich die wabernden Schleier, und die Umwelt nahm Gestalt an.

»Lieber Himmel, Spock ...«, brummte McCoy und stand wieder auf. »Wird auch verdammt Zeit, daß Sie die Heiltrance beenden! Ich dachte schon, ich müßte auch Sie in einer kryogenischen Kapsel unterbringen!«

Der Vulkanier zwinkerte, richtete sich auf und stellte fest, daß er nicht auf einer Diagnoseliege lag, sondern in einem weichen, hochlehnigen Ruhesessel saß, der zur Ausstattung der Krankenabteilung gehörte. Jenseits der klaren Trennwand gingen Schwestern und Pfleger ihrer Arbeit nach. Niemand von ihnen schenkte ihm Beachtung, und dafür war Spock dankbar. Er atmete tief durch, überrascht davon, daß er überhaupt noch lebte. Mit hochgezogenen Brauen musterte er den Arzt.

»Bitte verzeihen Sie mir, Doktor«, murmelte er. »Ich wußte nicht ...«

McCoy lächelte und rieb sich das Handgelenk. »Was bedeutet schon ein gebrochener Arm, wenn Sie uns erhalten bleiben?« Doch innerhalb weniger Sekunden kehrte der Ernst in seine Züge zurück.

»Wie ist der gegenwärtige Status des Raumschiffes?« fragte Spock. Erst jetzt merkte er, daß er von der Gürtellinie aufwärts nackt war. Er trug eine enge Pyjamahose, die von einem Sportanzug zu stammen schien, und direkt unter dem Brustbein sah er einen breiten Verband. Er stand auf und kämpfte gegen den Schwindel an, der ihm das Gleichgewicht zu rauben drohte. »Wie lange hat die Heiltrance gedauert, Doktor?«

McCoy gesellte sich an die Seite des Vulkaniers und stützte ihn vorsichtig. »Seit dem Retransfer sind rund achtzehn Stunden vergangen — Sie waren also nicht übermäßig lange weggetreten.« Er beobachtete, wie Spock schwankte. »Der Speer traf Ihren linken Lungenflügel, aber glücklicherweise konnte ich die Wunde rechtzeitig behandeln. Meine Besorgnis galt in erster Linie dem Umstand, daß Sie gar nicht die *Absicht* zu haben schienen, aus der Heiltrance zu erwachen.« Er zuckte mit den Schultern. »Nun, eigentlich kann ich Ihnen deswegen kaum Vorwürfe machen. Wenn man bedenkt, was los ist ...«

Der Captain wich einen Schritt zurück, straffte die Gestalt und bedachte McCoy mit einem durchdringenden Blick. »Was meinen Sie damit?«

»Die canusische Mission war eine *Falle*«, erwiderte der Arzt und seufzte. »Wie ich von Chekov hörte, gibt es gar keinen canusischen Botschafter — zumindest nicht in unserem Sinne. Irgend jemand wollte, daß es Ihnen an den Kragen geht, Spock — und wir vermuten, daß Admiral S't'kal höchstpersönlich dahintersteckt. Heute morgen hat sich Chekov mit FleetCom in Verbindung gesetzt und von dem Zwischenfall berichtet. S't'kal leugnete die ganze Sache und meinte, die *ShiKahr* habe nie den Befehl erhalten, Canus Vier anzufliegen. Zuerst die Order, das romulanische Reich anzugreifen — und jetzt das. Ich glaube, wir brauchen keine weiteren Bestätigungen für unseren Verdacht. S't'kal ist total ausgerastet, Spock. Und jetzt stellt sich die Frage, wie man ihn seines Kommandos entheben kann, bevor er ganz Starfleet vernichtet!«

Der Vulkanier schwieg und dachte über McCoys Ausführungen nach. »Hat Mister Chekov den Admiral darauf hingewiesen, daß seine Anweisungen aufgezeichnet wurden und im Speicher des Bordcomputers enthalten sind?«

McCoy gestikulierte fahrig. »Ich bin Arzt und keine Brieftaube. Nun, Sie kennen Chekov ja. Ich schätze, er hat sich von S't'kal keinen Sand in die Augen streuen lassen. Unser Erster Offizier gibt nicht einfach klein bei, wenn er sich im Recht glaubt.«

»Und unsere gegenwärtige Situation?« fragte Spock und griff nach der Uniform, die auf dem Fußende des Bettes lag.

»Wir sind wieder da, wo alles begonnen hat«, entgegnete McCoy. »Im wahrsten Sinne des Wortes. Was Canus Vier angeht, muß bei S't'kal tatsächlich eine Sicherung durchgebrannt sein. Er wies uns an, mit maximaler Warpgeschwindigkeit zur Neutralen Zone zurückzukehren. Tja, jetzt patrouillieren wir wieder.«

Der Vulkanier nickte und spürte McCoys aufmerksamen Blick auf sich ruhen, als er zum Interkom ging. Rasch streifte er den Pulli über, bevor er eine Taste berührte.

»Chekov.«

»Hier spricht Captain Spock. Statusbericht.«

»Wir sind drei Komma zwei Lichtjahre von der Neutralen Zone entfernt«, meldete der Erste Offizier. »Unsere Geschwindigkeit beträgt Warp eins. Wir warten auf die VSS *T'Ruda* und ihr Schwesterschiff – wie von Admiral S't'kal befohlen.«

Der Captain atmete tief durch und dachte an die Zeitkurve, die den um sich greifenden Wahn betraf. Die Berechnungen hatten folgendes ergeben: Die Realitätsverschiebung nahm überproportional zu, solange die *Ursache* nicht neutralisiert werden konnte. Nach genau fünfzehn Komma zwei fünf Tagen erfaßte der Irrsinn die Hälfte der gesamten Allianzbevölkerung – und dann ließ sich das Chaos nicht mehr verhindern. Wenn bis dahin keine Lösung für das Problem gefunden wurde ... Spock seufzte lautlos, als er die Irrationalität dieser Überlegungen begriff. Die Menschen nannten so etwas *den Teufel an die Wand malen.* Drei Tage waren bereits ungenutzt verstrichen: zwei im Verlauf der canusischen Mission, ein weiterer in der Krankenstation. Und selbst wenn die *ShiKahr* mit Höchstgeschwindigkeit flog — es dauerte vierzehn Tage, um Starbase Zehn zu erreichen, von wo aus Admiral S't'kal seine irrwitzigen Befehle erteilte. Spock wölbte die Brauen, als ihm eine Idee kam.

»Mister Chekov«, sagte er ins Interkommikrofon, »stellen Sie die letzte Position der *T'Ruda* fest. Wie lange braucht sie von dort aus, um zur Starbase Zehn zurückzukehren?«

Aus den Augenwinkeln sah Spock, wie McCoy an ihn herantrat. Er drehte sich um und bemerkte die Verwirrung im Gesicht des Bordarztes.

»Was haben Sie vor?« fragte der Doktor. »Himmel, wenn ich *richtig* tippe ...«

»In diesem besonderen Fall gibt es keine Alternativen«, erwiderte der Vulkanier, griff nach der schwarzen Uniformhose, zog sie an und ignorierte dabei den stechenden Schmerz in Brust und Rücken. »Sie haben selbst darauf hingewiesen: Wir müssen Admiral S't'kal daran hindern, einen Krieg zu beginnen, bevor wir darangehen können, das Problem der Realitätsverschiebung aus der Welt zu schaffen.«

McCoy wippte verärgert auf den Zehen. »Verdammt, es *gibt* keine Lösung dafür!« platzte es aus ihm heraus. »Geht es denn nicht in Ihren dicken Schädel, daß wir es mit einem Phänomen entartender Raum-Zeit zu tun haben? Wir sind keine Götter, die nach Belieben ein Universum ändern ...«

»Captain«, drang Chekovs Stimme aus dem Lautsprecher des Interkom.

Spocks Blick blieb auf McCoy gerichtet. Zorn blitzte in den blauen Augen des Arztes.

»Nach den jüngsten Anpeilungsdaten ist die VSS *T'Ruda*

vier Standard-Flugtage von unserem derzeitigen Standort entfernt«, sagte der Erste Offizier. »Wenn sie sofort umkehrt, wäre sie in der Lage, Starbase Zehn in rund neun Tagen zu erreichen.«

»Das *kann* doch nicht Ihr Ernst sein, Spock!« entfuhr es McCoy, und er streckte wie beschwörend den Arm aus.

Der Vulkanier starrte auf die Hand des Doktors und wich ein wenig zur Seite. »Mister Chekov, weisen Sie Lieutenant Uhura an, einen Kontakt mit dem befehlshabenden Offizier der *T'Ruda* herzustellen.«

Er unterbrach die Verbindung und preßte die dünnen Lippen zusammen, als er sich umwandte. McCoy versperrte ihm den Weg zur Tür.

»Bitte, Doktor«, sagte Spock. »Lassen Sie sich nicht auf eine Konfrontation mit mir ein. Jede Sekunde, die wir ungenutzt verstreichen lassen, verschlimmert die Lage und reduziert unsere Erfolgsaussichten.«

Eine Zeitlang starrte McCoy den hochgewachsenen Vulkanier stumm an, und das Feuer der Wut in seinem Innern brannte heißer. »Sie sind ebenso übergeschnappt wie S't'kal!« knurrte er und winkte hilflos.

Spock erwiderte den vorwurfsvollen Blick mit unerschütterlicher Gelassenheit. »Vielleicht stimmt das sogar«, murmelte er mehr zu sich selbst. Er stieg in die Stiefel und machte Anstalten, das Zimmer zu verlassen. »Wenn Sie mich jetzt bitte entschuldigen würden, Doktor ... Ich werde auf der Brücke erwartet.«

Jeremy Richardson entspannte sich widerstrebend und ließ den Kopf auf das breite Kissen sinken. Neben ihm streckte sich Unteroffizier S'Parva auf dem Bett, und in ihrem hundeartigen Gesicht strahlte ein fröhliches Lächeln.

»Was ist los, Jerry?« fragte sie. »Haben Sie Angst, ich könnte Sie beißen?«

Richardson war nicht auf eine humorvolle Bemerkung vorbereitet und lachte unsicher. Nervös ließ er seinen Blick durch die Laborkammer schweifen und gelangte zu dem

Schluß, daß sich eine solche Umgebung nicht für Romanzen eignete. Auf der anderen Seite des Wandschirms saßen zwei Techniker und überprüften Puls, Blutdruck, Atmung, Hirnstromaktivität und verschiedene andere wichtige Körperfunktionen — die telepathische Verbindung mußte sofort unterbrochen werden, wenn es zu biopsychischen Komplikationen kam. Der Fähnrich spürte, wie er bis zu den Fußnägeln errötete, und kam sich deshalb sofort wie ein Narr vor — normalerweise war ihm eine solche Verlegenheit fremd. Er kannte das Gerücht über ein duales Universum, und er wußte auch, daß dieses Experiment dazu beitragen mochte, ein außerordentlich komplexes Phänomen besser zu verstehen, aber trotzdem fiel es ihm schwer, ruhig zu bleiben.

»Vermutlich habe ich unterbewußt angenommen, daß Sie sich *nie* zu einem solchen Test bereit erklären«, antwortete er schließlich.

S'Parvas muskulöse Schultern hoben und senkten sich kurz. »Wir Katellaner unterscheiden uns von den Vulkaniern«, erinnerte sie den Fähnrich. »In meiner Heimat ist Telepathie eine der wichtigsten Kommunikationsformen. Und sie wird keineswegs als unangenehm empfunden.«

Richardson schluckte. *Genau das habe ich befürchtet!* fuhr es ihm durch den Sinn. Er rang sich ein Lächeln ab. »Müssen wir vorher noch irgend etwas erledigen?« fragte er. »Den Müll raustragen, mit dem Hund Gassi gehen — das Aufgebot bestellen?«

S'Parva grinste und schüttelte den Kopf. »Öffnen Sie nur Ihr Bewußtsein für mich«, erwiderte sie. »Der Rest ist ganz einfach.« Sie stützte sich auf einen Ellenbogen und begegnete dem erwartungsvollen Blick des Mannes. »Wenn sich eine Asynchronität ergibt, so sollte sie für die höheren mentalen Ebenen eigentlich keine Rolle spielen. Meine Funktion besteht nur darin, Ihre Gedanken ... zu lenken, Ihnen dabei zu helfen, den Bildern zu folgen.« Sie deutete nach oben auf den Vid-Schirm. »Es wird alles automatisch aufgezeichnet.«

Richardson runzelte nachdenklich die Stirn. »Rein theoretisch kehre ich geistig in mein ... natürliches Universum zurück.« Er wußte nicht, ob er lachen oder weinen sollte, suchte nach einer Möglichkeit, sich von der Anspannung zu befreien. »Himmel, vielleicht verdiene ich mir *drüben* meinen Lebensunterhalt, indem ich Männertoiletten schrubbe.«

Die Katellanerin zwinkerte. »Oder Sie sind orionischer Sklavenhändler.« Sie malte ein imaginäres Werbeschild in die Luft. »An- und Verkauf hübscher Jungfrauen.«

Jeremy seufzte hingebungsvoll, dankbar dafür, daß sich S'Parva die Zeit genommen hatte, ihm die Hintergründe zu erklären. Doch die Vorstellung von einem völlig anderen Universum, in dem es eine Entsprechung seines Selbst gab ... Er schauderte. »Na schön«, brummte er. »Im Namen der Wissenschaft — fangen wir an.« *Im Namen der Wissenschaft.* Richardson beschloß, Jim Kirk bei der nächsten sich bietenden Gelegenheit zu erwürgen.

Nach einigen Sekunden nickte S'Parva einem Techniker zu, der neben dem Wandschirm wartete. Der junge Lieutenant ging fort, und kurze Zeit später wurde es fast völlig dunkel im Zimmer.

Richardson atmete schwer und spürte, wie sich die weichen, pelzbesetzten Finger der Katellanerin um seine Hand schlossen. Wie aus weiter Ferne hörte er das Summen der medizinischen Kontrollinstrumente, und eine seltsame psychische Wärme durchflutete ihn. Er lächelte stumm ...

Zwei Bewußtseinssphären berührten sich, und die Realität wirbelte davon.

Gewölbte Korridore, die vertraut und doch irgendwie ... anders wirkten. Er wanderte durch eine hell erleuchtete Passage, blieb vor einer ihm gut bekannten Tür stehen und sah auf das Namensschild.

LIEUTENANT JEREMY J. RICHARDSON

Irgend etwas in ihm stutzte. *Lieutenant?*

Betreten Sie das Zimmer, Jerry, drängte S'Parvas mentale Stimme.

Er starrte auf das Schott und fragte sich, was ihn dahinter erwartete. Sein anderes Selbst?

Gehen Sie nur, hauchte die Katellanerin. *Sie begegnen bestimmt keinem Ungeheuer ...*

Er holte tief Luft und hörte ein Echo seines zischenden Atems. Für den Bruchteil einer Sekunde berührte ihn etwas, durchdrang Körper und Seele. Der Geist des *Lieutenant* Richardson? Er schauderte, fühlte sich völlig fehl am Platz. Eine Phantomhand tastete nach der Tür, berührte festen Stahl, feste Realität.

Als er die Kabine betreten wollte, hörte er Schritte und drehte sich überrascht um. Im gleichen Augenblick gewann die Illusion einen ganz neuen Wirklichkeitsaspekt und erschien ihm nicht mehr annähernd so diffus wie ein Traum. Plötzlich wirkte alles normal.

»Hallo, Captain«, sagte er, bevor ihn sein bewußter Verstand, der noch immer in einem alternativen Kosmos weilte, daran hindern konnte. »Die Jungs von der Nachtschicht haben eine kleine Pokerparty auf der Brücke veranstaltet. Achten Sie einfach nicht auf das abgestandene Bier und die Erdnüsse in Ihrem Sessel.«

Es funkelte amüsiert in nußfarbenen Augen, und der Captain zwinkerte, strich seinen goldfarbenen Uniformpulli glatt. »In Ordnung, Jerry. Tja, ich habe für Sie eine Verabredung mit Lieutenant Masters arrangiert. Die Dame wird ziemlich enttäuscht sein, wenn sie hört, daß Sie unbedingt in die Arrestzelle umziehen wollten. Immerhin sind dort keine nächtlichen Besucher zugelassen.«

Richardson lachte und streckte sich. »Nacht, Sir«, brummte er. »Besser gesagt: guten Morgen.«

Der Captain ging durch den Korridor weiter, und Richardson schlurfte ohne zu zögern in die Kabine, als das Schott vor ihm aufglitt. Er zog sich aus, nahm müde auf dem Stuhl Platz und streifte die schwarzen Stiefel ab.

Es war recht angenehm, fand er — ohne zu wissen, auf was sich dieses Empfinden bezog.

Er kroch unter die Decke und schloß die Augen. Ja, angenehm.

So sollte es bleiben.

»Jerry?«

Kaltes Wasser spritzte auf sein Gesicht herab.

»Wachen Sie auf, Jerry! Um Himmels willen, öffnen Sie die Augen!«

Er rückte enttäuscht zur Seite. Das Zimmer hatte sich verändert, und das Bett war nicht mehr so weich wie vorher.

»Laßt mich in Ruhe«, brummte er.

Jemand zog ihn hoch, in eine sitzende Position, berührte ihn an Nacken und Schultern. Eine weibliche Stimme lockte ihn in die Realität.

Es schmerzte.

Lieutenant ... Mitglied der Brückencrew ... das beste Raumschiff in der ganzen Flotte.

»Laßt mich in Ruhe!« wiederholte er. Schärfer, ärgerlicher.

»Jerry, ich stelle einen neuerlichen telepathischen Kontakt zu Ihrem Bewußtsein her«, teilte ihm S'Parva in einem Tonfall mit, der keinen Widerspruch duldete. »Ich hole Sie zurück.«

Nein ... »Nein!«

Irgend etwas glitt warm in seinen Geist, hüllte ihn in eine sanfte mentale Umarmung. Er wich nicht fort. Im Gegenteil: Er gab sich dem zärtlichen psychischen Streicheln hin, fühlte Geborgenheit. Einige Sekunden lang schmeckte er das köstliche Aroma des Friedens. *Dies ist mein Heim; hier bin ich zu Hause ...*

Aber kurz darauf zerrte man ihn aus dem Universum der Ruhe, in eine harte, bittere Wirklichkeit, die ihn mit tiefem Kummer erfüllte.

Kämpfen Sie nicht dagegen an, Jerry, flüsterte eine

freundliche Stimme. *Sie können nicht auf der anderen Seite bleiben, zumindest nicht jetzt. Ihr Körper befindet sich gleichzeitig in zwei verschiedenen Dimensionen, und ohne das Bewußtsein droht ihm der Tod. Sie* müssen *zurückkehren.*

Er fühlte, wie er atmete — und fragte sich, warum es ihm unnatürlich erschien. *Heim? Zuhause ...?*

Ja, antwortete S'Parva. *Sie dürfen nicht in der Dunkelheit bleiben, Jerry. Wir brauchen Sie hier. Folgen Sie mir ins Licht ...*

Er seufzte und wich von dem schlafenden Mann fort. Wie Levitation, dachte er. Wie bei einer astralen Reise ... Er mußte Lieutenant Richardson verlassen, wenigstens für eine Weile.

Er hob die Lider an Bord der *ShiKahr.*

»Jim«, murmelte er. »Captain Kirk.«

Die Polster des Kommandosessels nahmen die schlanke Gestalt des Vulkaniers auf und vermittelten ihm ein intensives Gefühl von Verantwortung und Pflicht. Spock hob eine Braue. Ein unlogischer Eindruck, fand er. Doch gleichzeitig spürte er, wie die Zeit einen immer größeren Druck ausübte. Er verglich sie mit einem Schwert, dessen Klinge sich langsam auf sie alle herabsenkte ...

»Statusbericht, Mister Sulu.«

»Derzeit sind keine ungewöhnlichen Ereignisse zu melden, Captain«, erwiderte der Steuermann. »Vor einer Weile empfingen die Sensoren etwas, aber inzwischen sind die Ortungsschirme wieder leer.« Er warf Chekov einen kurzen Blick zu.

»Derzeit haben wir es nur mit den üblichen Instrumentenfluktuationen zu tun, Captain«, sagte der Erste Offizier. »Vermutlich handelte es sich um eine ... ungewöhnliche Fehlfunktion der Sensoren. Wir überprüfen die Sache natürlich, doch bisher konnten keine Fehljustierungen der Scanner festgestellt werden.«

Spock nickte knapp. »Raumabtastung?«

»Normal«, erwiderte Chekov. Doch seine Miene zeigte gelinde Verwirrung, als er auf den großen Wandschirm sah. »Die Romulaner würden es wohl kaum wagen, die Grenzen der Neutralen Zone zu verletzen, solange wir in der Nähe sind. Bestimmt haben sie die *ShiKahr* längst geortet, Sir.«

Spock beugte sich vor und betrachtete die vertrauten Sternkonstellationen. »Die Romulaner stehen nicht gerade in dem Ruf, besonders logisch oder vernünftig zu sein, Mister Chekov«, sagte er. »Und mit Hilfe der Tarnvorrichtung könnte ein kleines Schiff weit ins stellare Territorium der Allianz vorstoßen, bevor es entdeckt wird.« Er warf Uhura einen kurzen Blick zu. »Wir müssen erst herausfinden, was es mit dem kurzen Ortungsreflex auf sich hat«, entschied er. »Stellen Sie eine Verbindung zur *T'Ruda* her und weisen Sie den Kommandanten an, bis auf weiteres die gegenwärtige Position zu halten.«

»Aye, Captain«, bestätigte Uhura.

Spock verließ den Befehlsstand und trat an die wissenschaftliche Station heran. »Mister Chekov, nehmen Sie eine umfassende Funktionskontrolle *aller* Bordsensoren vor — um ganz sicher zu gehen. Und wenn sich dabei negative Werte ergeben ... In dem Fall beginnen Sie mit einer umfassenden Sonarabtastung; erfassen Sie in einem Umkreis von fünf Lichtjahren alle raumschiffgroßen Objekte.«

Der Erste Offizier starrte den Captain erschrocken an. »Eine Sonarabtastung, Sir?« wiederholte er ungläubig. »So etwas dauert Tage!«

»Wenn Sie sofort anfangen, werden Sie schneller fertig, Commander«, erwiderte der Vulkanier kühl. »Darüber hinaus verkürzt sich die Zeitspanne erheblich, wenn Sie auf die Unterstützung des dienstfreien Personals der Hilfsbrücke zurückgreifen. Ich schätze, die Erfassung dürfte in achtundvierzig Stunden abgeschlossen sein.« Tief in seinem Innern verkrampfte sich etwas. Zwei Tage ...

Der Captain wandte sich um und ging zum Turbolift.

Doch bevor er ihn erreichte, vernahm er ein rhythmisches Summen vom Kommunikationspult.

»Uhura?« erklang McCoys Stimme. »Ist Spock auf der Brücke?«

Der Vulkanier näherte sich der Konsole. »Um was geht es?«

»Sie sollten sofort zur Krankenstation kommen, Spock. Fähnrich Richardson und Unteroffizier S'Parva haben mir gerade die Ergebnisse eines ... privaten Experiments mitgeteilt, und die sind äußerst interessant, betreffen auch Fähnrich Kirk. Leider hat der Quartiermeister bisher vergeblich nach ihm gesucht. Er befindet sich nicht in der ihm zugewiesenen Kabine und hat es versäumt, seinen Dienst anzutreten. Hinzu kommt: Seit dem canusischen Zwischenfall nahm er keine Mahlzeit mehr zu sich – der Bordcomputer hätte die Benutzung des entsprechenden ID-Chips registriert.«

Eine sonderbare Kälte erfaßte Spock, als ihm plötzlich einfiel, daß seine letzte Begegnung mit Kirk mehr als einen Tag zurücklag. Damit verband sich zunächst keine Sorge: Die eigentümliche mentale Brücke bestand nach wie vor, und er spürte nichts.

Aber genau das war der kritische Punkt: Er empfing *nichts.*

Der Captain hob die Brauen, und ein gestaltloses Phantom berührte ihn – ein anderer Spock.

»Ich mache mich selbst auf die Suche nach Fähnrich Kirk, Doktor«, sagte er. »Wenn ich ihn finde, treffen wir uns heute abend in Ihrem Büro.«

»Nun, nehmen Sie sich nicht zuviel Zeit, Spock«, entgegnete der Bordarzt nach kurzem Zögern. »Wenn Kirk nach zwei Stunden noch immer verschwunden bleibt, sollten Sie trotzdem zu mir kommen.«

Verärgerung kroch in Spock empor und gewann das emotionale Potential von Zorn. »Wie Sie meinen, *Captain* McCoy«, brummte er, ging zum Lift und bemerkte nicht die erstaunten Blicke der Offiziere.

KAPITEL 14

Die Bordnacht begann, und Spock wanderte durch den langen Korridor, der zum botanischen Garten des Raumschiffes führte. Vor der Doppeltür verharrte er. Jäher Schwindel erfaßte ihn, raubte ihm die Orientierung, und in seinen Schläfen rauschte es. Der Vulkanier holte tief Luft. Irgend etwas zog ihn an diesen Ort — menschliche Emanationen? Einige Sekunden lang stützte er sich an der Wand ab, und als die Ruhe in ihn zurückkehrte, betätigte er eine Taste auf der kleinen Kontrollfläche. Mit einem leisen Zischen glitten die beiden Schotthälften auseinander.

Auch im Park herrschte künstlicher Abend, und die Farben des artifiziellen Sonnenuntergangs verliehen den vielen Bäumen, Ranken und Blumen einen ätherischen Glanz. Die Illusion des Waldes war perfekt. Spock betrat eine Welt der Stille, sah sich um und verspürte unlogische Enttäuschung: Der Raum schien leer zu sein.

Er erinnerte sich an die Verabredung mit McCoy und wollte die Kammer verlassen, als er einige Meter entfernt ein leises Rascheln vernahm. Der Captain blickte zur Tür, zwischen dem Druck der Zeit und den Erfordernissen der Pflicht hin und her gerissen. Schließlich richtete er seine Aufmerksamkeit wieder auf die zentralen Bereiche des Gartens. Manchmal neigten sentimentale Menschen dazu, nach dem Landurlaub kleine Tiere an Bord zu schmuggeln, und er wußte von anderen Schiffen mit einer mehr oder weniger umfangreichen animalischen Population. Hatten irgendwelche Nagetiere oder Katzen in der *ShiKahr* eine neue Heimat gefunden?

Spock folgte dem Verlauf eines Pfades, der sich in die Richtung erstreckte, aus der die seltsamen Geräusche kamen. Lautlos trat er an dichten Büschen und Sträuchern vorbei, erreichte kurz darauf die Mitte des Parks. Sechs große Bäume bildeten dort einen Kreis, und ihre langen Zweige hingen wie Trauerschleier bis zum Boden herab – ein Anblick, der Spock aus irgendeinem Grund Unbehagen bereitete. Er roch den Duft von Blumen und frischer Erde, atmete ihn tief ein und fragte sich, wann er zum letztenmal den inneren Frieden genossen hatte, der früher ein integraler Bestandteil seines Selbst gewesen war.

Er verbannte die Melancholie aus den bewußten Sphären des Ichs, verharrte, ignorierte das metaphorische Tikken der Zeit und beobachtete, wie allmählich das letzte Licht verblaßte. Nach einer Weile blieb nur ein dunkelblaues, violettes Glühen, das ihn in die Kindheit auf Vulkan zurückführte. Vor dem inneren Auge sah er eine rote Sonne, die unter den fernen Horizont sank, und er glaubte zu spüren, wie goldfarbener Sand unter seinen nackten Füßen abkühlte.

Vulkan! Spock verdrängte das Bild aus sich. Starfleet war tatsächlich die einzige Lösung. Abgesehen von gelegentlichen Erinnerungen schien es ihm gelungen zu sein, sich von seiner Vergangenheit zu trennen. Aber vielleicht ging er keine emotionalen Risiken ein, wenn er sich an diesem Ort – allein in einem Wald, der endlos wirkte und doch nur eine kleine Enklave der Natürlichkeit darstellte – an das entsann, was er zurückgelassen hatte. Die nervliche Anspannung der vergangenen Tage erforderte ihren Preis, und mehrere Minuten der Besinnung konnten bestimmt nicht schaden.

Spock begriff, daß ihm einige wichtige Aspekte des wahren vulkanischen Wesens fehlten. Das kulturelle Erbe büßte er schon vor Jahren ein, als die Ehe mit T'Pring in katastrophaler Disharmonie endete.

Memoriale Verlegenheit projizierte einen dunklen Schatten auf die Züge des Captains, obwohl er inzwischen Abstand gewonnen hatte. Die Gene seiner menschlichen Mutter schliefen nicht, und das in den Chromosomen programmierte Gefühl verurteilte ihn dazu, ein Einzelgänger zu sein, ein Ausgestoßener. Die Logik gebot, daß Amanda dafür keine Schuld trug; aber selbst Sarek schien die Trennung von seinem Sohn zu begrüßen.

Zumindest brauchte er sich nicht mehr mit T'Pring zu belasten – einer untreuen Frau, die dem *Hybriden* Spock und seinen menschlichen Emotionen mit Verachtung begegnete.

T'kona – verlaß diesen Ort allein. Das hatte ihm T'Pau befohlen, als T'Pring in aller Form ein Ende der Partnerschaftsbindung verlangte. *Verlaß Vulkan. Kehr nicht zurück. T'kona, Spock ...*

Kein vollwertiger Vulkanier – und mehr als ein Mensch. Es blieb ihm nichts anderes übrig, als T'Pau zu gehorchen.

Seine Heimat war für immer verloren.

Spock unterbrach diese schwermütigen Gedankengänge, als er erneut ein Geräusch hörte – das gedämpfte Rascheln von Blättern, kaum sechs Meter entfernt. Er wölbte die Brauen, näherte sich dem Kreis der Bäume und strich vorsichtig die Zweige beiseite. Sein Blick galt kühler, lavendelfarbener Dunkelheit. Zwar konnte er besser sehen als ein Mensch, aber seine Augen brauchten trotzdem einige Sekunden, um sich an die Finsternis zu gewöhnen; erst daraufhin erkannte er eine reglose Gestalt am Boden. Die logische Sektion des vulkanisch-menschlichen Ichs erwog mehrere Möglichkeiten. War jemand verletzt worden? Hatte jemand aufgrund der hohen Luftfeuchtigkeit das Bewußtsein verloren? Erst dann begriff er, um wen es sich handelte: Kirk.

Rasch trat er an den Mann heran und sank neben ihm auf die Knie.

Der Fähnrich trug zivile Kleidung und nahm die typische Fötushaltung ein: der Rücken gekrümmt, die Beine angezogen. Die Brust hob und senkte sich in regelmäßigen Abständen. Spock vermutete, daß Kirk im warmen Schein der Nachmittags-›Sonne‹ eingeschlafen war. Dennoch wirkte er angespannt und verkrampft, und Spock spürte physisch-psychische Erschöpfung.

Der Vulkanier versuchte sich davon zu überzeugen, nur rein sachliches Interesse für den Menschen zu empfinden, als er auf ihn herabsah. Das Hemd war geöffnet und offenbarte mehrere Narben auf der Brust — Verletzungen, die vermutlich auf Donners Aggressivität und den canusischen Zwischenfall zurückgingen. Doch während Spock sie betrachtete, kam es zu einer neuerlichen Realitätsverschiebung: Plötzlich stand er an einer Diagnoseliege in der Krankenstation und musterte den Patienten Kirk, wie viele Male zuvor. Jim war bei einem Landeunternehmen verwundet worden — schon wieder —, und McCoy setzte — einmal mehr — alles daran, ihm das Leben zu retten. Und Spock ... Er wollte zugegen sein, wenn Kirk erwachte — *falls* er jemals wieder zu sich kam.

Der Captain schob ein Erinnerungsbild fort, das überhaupt nicht aus seinem Gedächtnis stammte, setzte sich auf den Boden und betrachtete Kirk neugierig. Der Fähnrich erschien ihm sonderbar vertraut, und für einen Sekundenbruchteil erschienen ihm die phantomhaften Reminiszenzen so konkret, daß er den Eindruck gewann, er brauche nur die Hand auszustrecken, um sie zu berühren und festzuhalten. In seinem Innern erzitterte etwas, als der Mensch leise stöhnte, und von einem Augenblick zum anderen wurde ihm klar, daß nicht nur ausgestoßene Vulkanier einsam und allein waren. Zwar gab sich Kirk trotzig und selbstbewußt, aber auch er irrte durch ein Universum, das entschlossen zu sein schien, ihn um den Verstand zu bringen.

Spock wagte es nicht, sein eigenes Verhalten zu analysieren, als er die Hand ausstreckte — und zögerte, während die Fingerkuppen dicht über Kirks Gesicht schwebten. Vielleicht hüllte ihn der Wahn bereits in ein unzerreißbares Gespinst: Welches Recht hatte er, in den mentalen Kosmos des Menschen zu spähen — selbst wenn er nur beabsichtigte, ihm zu *helfen?* Sein Vorstoß in die geistige Privatsphäre des Mannes basierte nur auf der prinzipiell unlogischen Annahme, Kirks Bewußtsein sei schon mehrfach für ihn offen gewesen.

Die Hand zitterte, verharrte über den Zügen des Schlafenden.

Seltsamerweise fühlte Spock die Gewißheit, Jims Gedanken schon häufig gesehen zu haben. Einzelne Erinnerungsfragmente huschten an seinem inneren Auge vorbei — eine sanfte, vorsichtige Reise durch die vielen Schichten der menschlichen Selbstschale. Gemeinsame Geheimnisse. Die Heilung von Verletzungen. Freundschaft. Pflicht. Persönliche und wechselseitige Neugier. Profunde Erfahrungen in Hinsicht auf die Mentalverschmelzung. Irgendwo — irgendwann. Und doch ... Eine unerbetene Gedankeneinheit widersprach allen vulkanischen Lehrsätzen. Ganz gleich, welche Absichten damit verfolgt wurden: Die Herstellung eines gemeinsamen Psychofokus ohne das ausdrückliche Einverständnis eines Beteiligten verletzte eherne Individualrechte.

Während Spock auf Kirk herabblickte — und sich trotz der Präsenz des Menschen allein fühlte —, sah er die Dinge plötzlich aus einer anderen Perspektive. Eben gerade war er zu dem Schluß gelangt, nicht mehr zur vulkanischen Kultur zu gehören. Die Vorstellung, daß ihn die uralten Grundsätze und Tabus seiner Heimat daran hinderten, dem jungen Fähnrich zu helfen, zerfaserte den letzten Verbindungsstrang zu seiner alten Heimat. Mit einer Mentalverschmelzung konnte er Kirk nicht nur von den Auswirkungen der Alpträume befreien, sondern auch vom Schmerz, den die Talos-Maschine in ihm hinterlassen hatte. Es ging darum, Leere mit Sinn und Zweck zu füllen.

Und vielleicht ergaben sich auch Antworten auf überaus wichtige und bedeutsame Fragen. Der Geist kannte keine Grenzen. Ein ganzes Universum konnte in einem einzigen Gedanken Platz finden.

T'lema ... der in Träumen wandelt.

Nein, Kirk war seinem Denken nicht fremd.

Benommenheit zersplitterte Spocks Überlegungen. Die Logik setzte sich zur Wehr – und verlor den Kampf. Er gab den nach wie vor skeptischen Aspekten seines Selbst keine Gelegenheit, die getroffene Entscheidung anzufechten, senkte die Hand und berührte die Nervenpunkte im Gesicht des Mannes.

Kirk schlief weiter, aber er versteifte sich aus einem Reflex heraus, spürte sowohl den physischen Kontakt als auch das sanfte Flüstern an den peripheren Bereichen seines Ichs. Einige Sekunden lang driftete er der vertrauten Wärme entgegen und gestattete es dem eigenen Selbst, ein bereits bekanntes mentales Terrain zu erkunden. Doch dann erinnerte er sich an die bittere Wirklichkeit, schlug abrupt die Augen auf und schnappte überrascht nach Luft, als er den vulkanischen Kommandanten sah.

Zunächst blieb Spock wie erstarrt und vertiefte die Mentalverschmelzung nicht, obwohl seine Fingerkuppen nach wie vor das Gesicht des Menschen berührten. In der Dunkelheit begegneten sich ihre Blicke, und der Vulkanier glaubte, in Kirks Augen den Schimmer eines Erkennens zu sehen, das er teilte. Der Fähnrich entspannte sich zunächst und empfing Spocks Gedanken mit erfreuter Bereitwilligkeit. Die Realität erfuhr eine kurzfristige Veränderung, akzeptierte die beiden so unterschiedlichen Personen als Einheit. Doch dann kehrte die Distanz zurück.

Der Captain hob eine Braue.

Kirk rührte sich nicht von der Stelle und schnaufte leise. »Was hat das zu bedeuten?« fragte er verblüfft. Seine Stimme klang weder vorwurfsvoll noch ermutigend.

Der Vulkanier ließ den angehaltenen Atem entweichen und zog den fragilen Ausläufer seines Bewußtseins behutsam zurück. Er wußte keine logische Antwort auf die Frage des Menschen, aber gleichzeitig fand er eine Vermutung bestätigt: Er *kannte* Kirk – oder würde ihn in irgendeiner fernen Zukunft kennenlernen, in einer anderen Welt. Im mentalen Kosmos besaß die Göttin der Zeit keine Macht, und der Realitätsbewahrer mußte sich anderen

Gesetzen fügen. Allein Jims Reaktion bewies *etwas.* Der *Fähnrich* namens Kirk hätte eigentlich empört sein sollen, aber statt dessen offenbarte er eine geradezu unnatürliche Ruhe.

»Ich spürte, daß Sie von ... Träumen gequält werden«, erwiderte Spock. Er sprach betont neutral und zog die Hand fort. »Bitte verzeihen Sie mir. Ich wollte keineswegs Ihre Privatsphäre verletzen.« Die Worte klangen falsch und unangemessen.

Der rätselhafte Mensch streckte sich nur, und Spock bemerkte ein herabgefallenes Blatt im zerzausten blonden Haar. Nach einer Weile seufzte Kirk und sah zum Captain auf. »Die meisten Leute an Bord dieses Schiffes halten mich bereits für verrückt, doch bisher hat mich niemand nach meiner Meinung gefragt.« Er lächelte schief und wunderte sich darüber, daß überhaupt kein Ärger in ihm vibrierte. »Vielleicht sollte ich die Gelegenheit nutzen, meinen eigenen Standpunkt darzulegen. Anschließend können Sie mich meinetwegen in die Krankenstation verfrachten und mir dort eine der Jacken verpassen, die hinten zusammengeschnürt werden.«

Spock runzelte andeutungsweise die Stirn. Soweit er sich erinnerte, geschah es zum erstenmal, daß der Fähnrich einen Sinn für Humor zeigte. »Ich höre.«

Kirk setzte sich auf und betastete nervös den goldenen Ring an der linken Hand. Er sah zur jetzt transparenten Decke hoch, beobachtete eine Zeitlang die Sterne, richtete seine Aufmerksamkeit dann auf die diffusen Dunstschwaden, die durchs Unterholz glitten und auf den Zweigen winzige Tautropfen zurückließen.

»Derzeit komme ich mir ebenso irreal vor wie der projizierte Sonnenuntergang von vorhin«, begann er. Seltsamerweise fiel es ihm ganz leicht, sich dem Vulkanier anzuvertrauen, und er überlegte, ob das Gefühl der Sicherheit auf die Mentalverschmelzung zurückging. Nein — etwas anderes verband ihn mit Spock. »Ich bin mir selbst fremd«, fügte Kirk hinzu. »Und als Ausgleich dafür empfinde ich Ihre Präsenz als immer vertrauter.« Er drehte sich um und musterte das kantige Gesicht des Kommandanten, sah dünne Lippen, dunkle Augen und Muskeln, die sich unter dem Uniformpulli abzeichneten.

Die Züge des Vulkaniers glätteten sich, als er dem Blick des jungen Fähnrichs begegnete. »Würden Sie mich für verrückt halten, wenn ich Ihnen sagte, daß mir ähnliche Gedanken durch den Kopf gingen?«

Kirk stemmte sich auf dem Ellenbogen in die Höhe und sah Spock wie gleichgültig an. Nach einer Weile seufzte er. »Ich habe mit einigen Leuten in der psychologischen Sektion gesprochen. Es kursiert das Gerücht, die *ShiKahr* sei in eine Art Paralleluniversum versetzt worden.«

Der Vulkanier schwieg eine Zeitlang und beobachtete, wie Kirk seinen goldenen Ring befingerte. »Es handelt sich nur um eine Theorie«, erwiderte er und fragte sich, worauf Kirk hinauswollte.

Jim starrte den Captain schweigend an, und während die Sekunden verstrichen, verwandelte sich die Neugier in seiner Miene allmählich in Verbitterung.

»Warum haben Sie auf Canus Vier mich gerettet und nicht Donner?« Er verfluchte sich für den plötzlichen Zorn, der in ihm emporwallte, konnte jedoch nichts dagegen unternehmen. Der emotionale Sturm erinnerte ihn einmal mehr an die Talos-Maschine. »Oder war es nur ein Zufall, daß Sie jene Eingeborenen töteten, die es auf *mich* abgesehen hatten?« Er wartete keine Antwort ab. »Donners Angreifer standen direkt in Ihrer Schußlinie, Captain. Trotzdem ließen Sie es zu, daß sie ihn umbrachten. Warum?«

Der Vulkanier zwinkerte, überrascht von der chamäleonhaften Veränderung des Menschen. Er neigte den Kopf zur Seite und verspürte plötzliches Unbehagen. Seit dem Zwischenfall hatte er sich diese Frage selbst schon mehrmals gestellt – ohne eine logische Antwort darauf zu finden. »Ich nahm an, es gäbe genug Zeit, auch die zweite Gruppe zu eliminieren«, sagte er. »Donner verfügte über größere Erfahrungen in Hinsicht auf Landemissionen.«

Lügner! fauchte es in seinem Innern. *Du verrätst die vulkanischen Prinzipien der Wahrheit. Wo bleibt deine Verantwortung als Kommandant? Lügner!* »Unglücklicherweise irrte ich mich.« Er versuchte vergeblich, zu seiner Disziplin zurückzufinden, wollte schweigen. Lippen und Zunge bewegten sich wie von allein. »Ich mußte mich innerhalb eines Sekundenbruchteils entscheiden. Menschen bezeichnen so etwas als ... Schicksal.« Bei den letzten Worten kehrten Benommenheit und das Gefühl der Desorientierung zurück.

»Quatsch«, brummte Kirk, hob den Kopf und sah in Spocks Augen. »Es wäre *logisch* gewesen, Donner zu retten. Er gehörte hierher. Er ... *wollte* dieses Leben.« Dunkelheit kroch über seine Züge.

Der Vulkanier wölbte eine Braue und trachtete danach, seine Unsicherheit mit kühler Distanz zu überwinden. »Und Ihnen liegt nichts an Ihrem?« Er begriff, daß er sich damit auf metaphorisches Glatteis wagte.

Kirk zuckte mit den Schultern. »Das spielt keine Rolle«, antwortete er schroff und wandte sich von einem durchdringenden Blick ab, der bis ins Zentrum seines Ichs zu reichen schien. »Ich weiß nur, daß Donner mehr als ich ein ... ein *Recht* auf sein Leben in dieser Welt hatte.« Er biß sich auf die Lippe. »Hören Sie, Captain: Eigentlich ist es völlig unwichtig, ob Sie mich durch Zufall retteten oder ob mehr dahintersteckt.« Er zögerte und haßte den Teil seines Ichs, der nun Besonnenheit und Zurückhaltung verdrängte. »Aber eins steht fest: Es wäre für uns beide besser gewesen, wenn Sie Donner anstatt mich vor dem Tod bewahrt hätten. Daß ich noch lebe ... Es ist einfach nicht *richtig.* Ich ... ich habe das Gefühl, als seien wir alle etwas *Fremdem* unterworfen, das unser Verhalten bestimmt ...«

Der Vulkanier schauderte unwillkürlich, fast entsetzt darüber, daß dem Fähnrich so wenig an seiner eigenen Existenz lag. Sein Leben *war* wichtig – wenn nicht für ihn selbst, so zumindest für Spock. Einige Sekunden lang verspürte er eine seltsame Hitze, unlogische, irrationale Wut darüber, zurückgewiesen zu werden. Kirk brauchte Hilfe, hatte die Mentalverschmelzung geradezu herausgefordert. Und jetzt begegnete er dem vulkanischen Captain mit Feindseligkeit, mit einer Mischung aus Spott und Ärger, stieß ein Messer in emotionale Wunden. Es kostete Spock nicht unerhebliche Mühe, sich wieder unter Kontrolle zu bringen. Er wartete eine Zeitlang, entschied sich dann zu einer weniger persönlichen Taktik.

»Wenn Sie die Theorie von einem dualen Universum kennen ...«, begann er und spürte dabei, wie sich etwas in ihm versteifte. »Dann sollte Ihnen auch klar sein, daß Ihre Annahmen vielleicht nicht annähernd so absurd sind, wie man zunächst glauben mag. Es besteht die Möglichkeit, daß Ihr Leben in der Parallelwelt in krassem Gegensatz zu den hiesigen Erfahrungen steht. Und wenn es uns gelingt, der *anderen* Wirklichkeit Dominanz zu ...«

»Hören Sie endlich auf!« entfuhr es Kirk, und er kämpfte umsonst gegen das Brodeln in ihm an. Emotionales Magma kochte in seinem Innern, und gerade die Eruptionen der Hoffnung empfand er als besonders schlimm. *Wenn ich zu hoffen beginne, erwarten mich nur weitere Enttäuschungen.* »Sie haben alles, was Sie wollen, *Captain* Spock. Sie sind am Ziel Ihrer Wünsche. Warum sollten Sie Wert darauf legen, *irgend etwas* zu verändern? Das Raumschiff, Ihre verdammte Logik und intellektuelle Überlegenheit – werden Sie glücklich damit! Mir bleibt nur mein Leben, mehr nicht! Nehmen Sie es. Ja, verflucht, ich schenke es Ihnen!« Er konnte den Zorn nicht länger unterdrücken, sprang mit einem Satz auf. »Zum Teufel mit Ihnen, Spock! Ich ...«

Er bekam keine Gelegenheit mehr, den Satz zu beenden. Von einem Augenblick zum anderen lag er wieder auf dem Boden, spürte das Gewicht des Vulkaniers, kräftige Hände, die ihn festhielten. Er versuchte, sich zu befreien, rutschte von einer Seite zur anderen – ohne Erfolg.

Spocks Hände schlossen sich wie stählerne Klammern um die Unterarme des Fähnrichs, zwangen Kirk dazu, reglos liegenzubleiben.

»Eins scheinen Sie noch nicht begriffen zu haben, Mensch«, stieß der Vulkanier rauh hervor. »An Bord dieses Schiffes *gehört* Ihr Leben mir! Und wenn ich beschließe, es zu bewahren, so sind Sie an eine solche Entscheidung gebunden!« Für einen Sekundenbruchteil sah er ungläubige Furcht in den aufgerissenen nußbraunen Augen, aber er achtete nicht darauf. Er gab dem gefühlsmäßigen Zerren nach, spürte heiße Wut, die seine Kräfte verdoppelte. »Ich habe Ihr Selbstmitleid satt, Kirk. Und in *diesem* Universum bleibt Ihnen wahrscheinlich nicht genug Zeit, sich von Ihrer kindlich-naiven Bitterkeit zu befreien!«

Ein leises Flüstern in Spock — die Stimme vulkanischer Vernunft — verlangte nach einer Antwort auf die Frage, warum ein derart intensiver Zorn in ihm entstand und weshalb er nicht einmal versuchte, solche Empfindungen zu unterdrücken. Doch das Kreischen des Wahns übertönte dieses warnende Raunen. In sieben Jahren als Kommandant der *ShiKahr* war er noch nie einem Menschen begegnet, der solchen Ärger in ihm wecken konnte. Ein Wort von Kirk genügte, um die emotionalen Aspekte seines Ichs auf eine Weise zu stimulieren, die sich der bewußten Kontrolle entzog.

Der Fähnrich wand sich noch immer hin und her, und sein stolzes Gesicht brachte Haß zum Ausdruck. »Warum entlassen Sie mich nicht endlich? Warum schicken Sie mich nicht einfach in eine orionische Strafkolonie? Dann wären Sie mich los, für immer.« Einmal mehr spannte Kirk die Muskeln, doch der Vulkanier war wesentlich stärker, ließ ihm keine Chance.

Spock schüttelte den Kopf, und irgend etwas in ihm befreite sich von mentalen Fesseln.

T'kona ... Was blieb ihm sonst noch? Nichts. Die vulkanischen Regeln und Grundsätze waren für ihn ohne Bedeutung. Durfte er sich auf eine Kultur beziehen, die ihn ablehnte, die ihn als *fremd* erachtete?

Vulkan — eine Heimat, die ihm weder Wärme noch Geborgenheit schenkte, nur das ewige Exil als einzige Alternative ließ.

Ein dünnes Lächeln stahl sich auf die Lippen des Captains.

»Nein«, sagte er leise und beobachtete, wie ein neuer Schatten der Furcht auf die Züge des Fähnrichs fiel. »Nein, so einfach mache ich es Ihnen nicht, Kirk.« Er schüttelte den Kopf, und ein unheilvolles Lachen entrang sich seiner Kehle. »Sie müssen lernen, sich Ihren Problemen zu stellen. Es hat keinen Sinn mehr, ständig fortzulaufen!«

Spock schloß die Finger um beide Handgelenke des Menschen, spannte die Muskeln der Beine und sorgte dafür, daß sich Kirk nicht mehr von der Stelle rühren konnte. Der Blick schwarzer Augen stach in nußbraunes Glänzen und verlangte Bereitschaft. Schließlich hob er die freie Hand und tastete nach den Nervenpunkten, die eine neuerliche Mentalverschmelzung ermöglichten.

Kirk starrte erschrocken zu ihm auf, und sein Leib erschlaffte. »Das *wagen* Sie nicht«, hauchte er, während es in den Mundwinkeln zuckte. »Was ist mit der vulkanischen Achtung für die Privatsphäre?« Gleichzeitig überlegte er, ob er das Schicksal zu oft herausgefordert hatte.

Spock schüttelte nur den Kopf und berührte die Haut des Menschen. »In *diesem* Universum unterliege ich keinen solchen Beschränkungen, James Kirk!«

Er zögerte nicht länger und schob eine gedankliche Sonde in die schutzlose Geistessphäre des Fähnrichs.

Kirk erzitterte, als Benommenheit seine Gedanken lähmte und die Realität trübte. Eine seltsame Distanz trennte ihn von seinem eigenen Körper, und er spürte vage, wie es in Armen und Beinen zuckte – ein letzter erfolgloser Versuch, sich von dem Vulkanier zu befreien. Wenige Sekunden später gab er auf, denn der Widerstand erschien ihm plötzlich sinnlos und ... nicht erforderlich. Er schloß die Augen, merkte nicht, daß ihm der Akademiering vom Finger rutschte und in den Sand fiel. Ein anderer Teil der Vergangenheit, den er von sich abstreifte.

Er holte tief Luft, des Kämpfens müde, nahm bereitwillig den angenehmen Schwindel hin, der die Mentalverschmelzung begleitete. Irgendwo begann ein vulkanischer Fremder-Freund damit, die Schichten aus Furcht und Unbehagen fortzuschälen, und für einige Sekunden empfand Kirk so etwas wie Bedauern — Bedauern über sein eigenes Verhalten, das den Captain in eine emotionale Zwangslage brachte. Die Beziehung zwischen ihnen hätte *anders* sein sollen. Gleich darauf verflog dieser Eindruck, als Spock den seelischen Schmerz linderte — die Pein der Vergangenheit, die Qual von Erinnerungen, denen ein surreales Aroma anhaftete, ein Geschmack der Unwichtigkeit.

Schließlich öffnete Kirk das innere Auge und sah vertrautes Terrain. Tief in der primordialen Finsternis des Geistes erblickte er jemanden, der auf ihn wartete, einen Mann, der ebenfalls den Namen Kirk trug ...

Edith — ein anmutiges Gesicht, sanft blickende Augen.

Augen, deren Glanz Liebe bedeutete. Er umarmte die Frau — und wußte, daß er sich von ihr verabschiedete.

Mentaler Nebel wallte, verhüllte die Konturen einer psychischen Landschaft.

Eine schmutzige Stadt, wie ein Krebsgeschwür auf dem Leib der Erde. Er beobachtete den dunstigen Nachthimmel. Edith oder die Sterne. Edith oder die Enterprise. *Die Entscheidung eines Captains, eines Kommandanten. Und sie schmerzte. Wieder.* Sie. *Eine weiße Göttin, die mit erhabener Eleganz durchs All glitt.* Sie. *Es blieb ihm gar keine andere Wahl. Sein Schicksal stand bereits fest, als das Universum entstanden war.*

Ediths Phantom glitt aus der Umarmung und hinterließ Leere.

Miramanee — Priesterin eines uralten, längst untergegangenen Volkes. Miramanee — Frau und Gefährtin. Ein Synonym für Frieden, ungeachtet der Träume, die ihn mit vielen Gesichtern konfrontierten. Eins von ihnen dunkel und kantig. Ein anderes mit blauen, neugierig blickenden

Augen. Er musterte die Züge der Priesterin. Voller Anmut und Eleganz. Der Körper weich und geschmeidig. Gestaltgewordene Schönheit. Aber nicht für immer. Nur für kurze Zeit. Das Gefühl von Schuld wehte heran, erinnerte ihn an Betrug und Täuschung, an dunkle Flecken auf dem Weiß der Reinheit. Miramanee. Er konnte sich ihr nicht ganz *hingeben.* Sie *verlangte mehr von ihm, sein ganzes Denken und Fühlen.* Sie *verlangte sein Ich.*

Miramanee trat zur Seite.

Weitere Gesichter — einige verschwommen, andere klar und deutlich. Deela, Ruth, Rayna. (Vergessen Sie den Schmerz, Jim. Vergessen Sie ihn.)

Er drehte sich um, erlebte die Erfüllung seiner Träume.

»Herzlichen Glückwunsch, Captain Kirk«, sagte Admiral Komack und schüttelte ihm väterlich die Hand. »Für die nächste Fünf-Jahres-Mission gehört sie Ihnen. Geben Sie gut auf sie acht.« Der Admiral lachte. »Behandeln Sie sie wie eine Frau — nur besser.«

Kirk zitterte und nickte. Sie. *Ein Leib aus silbrig schimmerndem Stahl. Das zärtliche Raunen des Warptriebwerks.* Sie. *Die* Enterprise. *Eine Liebesaffäre, die man nicht auf die leichte Schulter nehmen durfte. Eine Beziehung, die große Verantwortung bedeutete.*

Dunkle Augen bahnten sich einen Weg in die mentale Realität, und er spürte eine beruhigende fremde Hand, die keinem Fremden gehörte.

Spock?

Die eine Silbe hallte in den geistigen Gewölben wider. Ein Blutsbruder im All. Die dritte Hälfte des Ganzen. Der fehlende Teil einer perfekten Trinität. Die einzige andere Person, die sie *in seinem Leben duldete.*

Ja, Jim, *bestätigte die telepathische Stimme erschüttert.* Ich ... ich glaube, wir haben die Antworten auf einige wichtige Fragen gefunden ...

Kirk schluckte. Aber ist das alles ... real?

Eigentlich benötigte er gar keine Bestätigung. Es handelt sich um die einzige *echte* Wirklichkeit, Jim.

Doch die neue — die einzige? — Realität wies Kirk ab, schickte ihn durch einen langen Tunnel, in dem rabenschwarze Dunkelheit herrschte. Der befürchtete Schmerz blieb aus. *Ich kann zurückkehren,* dachte er und klammerte sich an dieser Hoffnung fest. *Ich* werde *zu ihr zurückkehren.*

Irgendwo, in einer fernen, fremden Wirklichkeit, hörte er seinen zischenden Atem. Vorstellungen von der Geburt in einer düsteren, enttäuschenden Welt fluteten ihm entgegen.

James Kirk schlug die Augen an Bord der *ShiKahr* auf und sah den Vulkanier, der ihn mit ausdruckslosem Gesicht musterte. Für einen Sekundenbruchteil war der *einstige* Kirk versucht, die Hand auszustrecken und den Kommandanten zu berühren, sich seiner tatsächlichen Existenz zu vergewissern. Aber die bleierne Schwere der Erschöpfung hinderte ihn daran. Langsam wich Spock von ihm fort, blieb vor dem Menschen sitzen.

Der Vulkanier hob eine Braue und schüttelte den Kopf, über sein eigenes Verhalten verwundert.

»Ich ...«, begann er, stand abrupt auf, wandte sich ab und stapfte davon.

»Halt, warten Sie!« rief ihm Kirk nach.

Spock blieb stehen, drehte sich jedoch nicht um.

Jim kam langsam in die Höhe und furchte die Stirn, als er die Anspannung sah, die in der Haltung des Vulkaniers zum Ausdruck kam. Einige Sekunden lang fehlten ihm die Worte. Er beschwor die Erinnerungen an die gedankliche Einheit, zwang sich dazu, dem Kommandanten zu vertrauen. *Fähnrich* Kirk neigte respektvoll den Kopf.

»Spock?«

»Bitte verzeihen Sie mir«, sagte der Captain leise. »Ich ... ich habe die Kontrolle über mich verloren. Ein solcher ... Zwischenfall darf sich nicht wiederholen.« Eine erzwungene Mentalverschmelzung — ganz gleich aus welchen Gründen — war durch nichts zu rechtfertigen. Spock setzte sich wieder in Bewegung und wankte über den Pfad, begriff dabei, daß ihn der Wahn erfaßt hatte. Heißes Blut rauschte in seinen Schläfen.

Kirk lachte nur, trat näher und legte ihm sanft die Hand auf die Schulter.

Der Vulkanier zuckte zusammen.

»Warum?« fragte der Mensch und hielt den Captain behutsam fest. »Aus welchem Grund bedauern Sie es, mir etwas gezeigt zu haben, durch das mir mein Leben wieder lebenswert erscheint? Wenn das andere Universum *real* ist, so bin ich Ihnen sehr dankbar dafür, mich zu einer gedanklichen Einheit gezwungen zu haben.« Er zwinkerte verschwörerisch und spürte, wie etwas — *jemand* — in ihm erwachte. Die Wirklichkeit vibrierte, widersetzte sich der Metamorphose, widerstand dem Veränderungsdruck und nutzte den gesenkten Blick des Vulkaniers als Stabilitätsbasis.

Spock schüttelte den Kopf. »Es droht Gefahr.«

Kirk hielt unwillkürlich den Atem an. »Wie meinen Sie das?«

Der Vulkanier zögerte, bevor er aufsah. Er verstand jetzt die Verbitterung des Fähnrichs, wußte nun, was Kirk verloren hatte. Im Vergleich dazu erschien ihm sein eigener Verlust banal.

»Es besteht die Gefahr, daß wir nicht zurückkehren können«, sagte er schließlich. »Daß wir für immer in *diesem* Universum gefangen bleiben.« Er schloß brennende Augen, als erneut emotionale Hitze in ihm keimte, als er an die Katastrophe dachte, die sich in ihm selbst anbahnte. Fast verwirrt lauschte er dem seltsam heiseren Klang seiner Stimme, als er hinzufügte: »Und wenn das geschieht, findet sich unser Bewußtsein nicht mit der gegenwärtigen Realität ab.«

Kirk schluckte krampfhaft. Noch vor wenigen Sekunden hatte er den Eindruck gewonnen, endlich alle seine Probleme lösen zu können, und jetzt ... »Wieviel Zeit bleibt uns?«

Der Vulkanier wandte den Blick ab. »Kaum elf Tage.

Und derzeit liegen uns nicht genug Daten vor, um festzustellen, wo mit dem Neutralisierungsprozeß begonnen werden muß.«

Kirk dachte darüber nach und überlegte, welche Folgen sich daraus ergaben. Wenn sie keine Möglichkeit fanden, die falsche Wirklichkeit durch die *richtige* zu ersetzen, gab es nicht mehr die geringste Hoffnung. Er verdrängte diesen Gedanken, bevor Spock darauf aufmerksam werden konnte. Irgendein Teil seines Selbst lehnte es ab, einfach aufzugeben. Irgend etwas, das stärker war als Fähnrich Kirk, verlangte eine Chance, beanspruchte das Recht, ein ihm gebührendes Leben zu führen.

»Wir finden einen Weg«, sagte er und fragte sich, woher er die Sicherheit nahm. Woher stammte die Anmaßung, das Universum seinem Willen zu unterwerfen?

Der Vulkanier nickte stumm und spürte die verzweifelte Entschlossenheit im Captain-Fähnrich. »Der Bordcomputer prüft mehrere Theorien«, entgegnete er. »Und wenn sich die notwendigen Hinweise ergeben, bevor unsere Frist zu Ende geht ...«

Er sprach nicht weiter, und Kirk glaubte zu sehen, wie der Captain erzitterte. Für den Hauch eines Augenblicks fühlte er wieder die alte Hoffnungslosigkeit, aber er kämpfte sofort dagegen an. »Wir haben schon Schlimmeres überstanden, Spock«, stellte er fest – verwundert darüber, was ihn zu einer solchen Bemerkung veranlaßte, auf welche Ereignisse er sich bezog. »Irgendwie lösen wir auch dieses Problem.«

Der Vulkanier schüttelte den Kopf und setzte zu einer Antwort an, unterbrach sich aber sofort, als ein verborgenes Interkom summte. Überrascht und auch verärgert zuckte er zusammen.

»Captain?« drang Uhuras Stimme aus dem Lautsprecher.

Spock reagierte nicht sofort, blieb stehen und begegnete Kirks Blick.

Nach einigen Sekunden lächelte der Mensch, nahm eine

stumme Botschaft in Empfang und holte tief Luft. »Die Pflicht ruft ... Captain«, sagte er und schmunzelte.

Der Vulkanier nickte wie in Zeitlupe. »In der Tat ... Captain.«

Er nahm auf einer nahen Bank Platz und aktivierte das in den Stein eingefügte Gerät. »Hier Spock.«

»Die VSS *T'Ruda* hat sich mit uns in Verbindung gesetzt, Captain«, meldete Uhura. »Ich schlage vor, Sie kehren zur Brücke zurück.«

Spock sah Kirk an – und atmete tief durch, ohne ein Wort an ihn zu richten. Es gab noch immer unbeantwortete Fragen, doch derzeit mußte er sich um wichtigere Dinge kümmern. Er dachte an die Veränderungen, die sein Denken und Empfinden erfaßten. Wenn es ihm gelang, dem Wahn lange genug zu widerstehen ...

Er räusperte sich. »Ich bin unterwegs, Lieutenant«, sagte er, bevor er das Interkom abschaltete und sich wieder dem Menschen zuwandte. Als er aufstand, zitterten ihm die Knie.

»Wenn ich Ihnen irgendwie helfen kann ...«, bot sich Kirk an.

Spock ging einige Schritte, blieb abrupt stehen und nickte. »Ja, ich schätze, das können Sie, Fähnrich«, sagte er leise. »Soweit ich weiß, erwartet uns Doktor McCoy in der Krankenstation. Es geht dabei um neue Informationen in bezug auf die Theorie vom dualen Universum. Wie wär's, wenn Sie die Verabredung mit unserem Bordarzt wahrnehmen, während ich mit dem Kommandanten der *T'Ruda* spreche?« Auf diese Weise blieben ihm noch einige Minuten, bevor er sich dem Doktor stellen mußte.

Kirk grinste und salutierte. Es lief ihm kalt über den Rücken, als er an die Konsequenzen eines Fehlschlags dachte. Wenn es ihnen nicht gelang, die erforderlichen Veränderungen herbeizuführen, um dem *anderen* Universum vorrangige Realität zu verleihen ... Er fühlte bereits das Zerren des Wahns, der schlimmer war als der Tod – eines Irrsinns, der auch auf Spock nicht ohne Wirkung bleiben konnte. Der Vulkanier wirkte müde und erschöpft, und in seinen Zügen zeigte sich ein Schatten von Furcht.

Er verbannte die Besorgnis aus seinen bewußten Überlegungen. Bisher hatte sich ihm das Universum immer gefügt. Und die Zeit ... Sie war wie eine alte Bekannte, die ihm auch diesmal keinen Streich spielen konnte.

KAPITEL 15

Captain Spock nahm im Sessel des Befehlsstands Platz und blickte auf den großen Wandschirm. Die Sterne des romulanischen Reiches bildeten ein goldenes Band im Weltraum, aber der Vulkanier konnte diesem Anblick keine ästhetischen Aspekte abgewinnen. Statt dessen spürte er, wie das innere Zittern stärker wurde, wie der Wahn an der Stabilität des Bewußtseins nagte. Er nannte seinen Namen, lockte ihn mit Verheißungen, die unerfüllt bleiben mußten. Das Blut wisperte und raunte ihm in den Ohren, ein Sirenengesang, der ihn an den heißen roten Sand auf Vulkan erinnerte. Irgend etwas in ihm vibrierte im Rhythmus dieses fatalen Liedes, umhüllte ihn mit einem Gespinst aus Sehnsucht — Sehnsucht nach einer Heimat, die in beiden Universen fehlte.

»Der Kontakt ist hergestellt, Captain«, sagte Uhura und unterbrach die Gedankengänge des Vulkaniers. »Ich schalte um auf audiovisuelle Übertragung.«

Spock lehnte sich zurück und trommelte geistesabwesend mit den Fingern auf die Armlehnen des Sessels. Er ließ seinen Blick durch den Kontrollraum wandern, sah die erwartungsvollen Gesichter der Offiziere. Sie wußten über die aktuelle Situation Bescheid, aber begriffen sie wirklich den Ernst der Lage? Die Zeit an sich wurde zu einer eigenständigen, bedrohenden Entität, übte zunehmenden Druck aus und verlangte absolute Priorität. Der Vulkanier holte tief Luft und versuchte, mit der wachsenden Ungeduld fertig zu werden. Als die Darstellung auf dem Wandschirm wechselte, entspannte er sich ein wenig.

»Captain Spock«, sagte der Kommandant der *T'Ruda* freundlich. »Wir haben uns lange nicht gesehen.«

Spock neigte grüßend den Kopf. »In der Tat«, murmelte er überrascht. »*Captain* Pike?«

Der Mensch nickte und lächelte. »Ihre Empfehlungen spielten bei meiner Beförderung eine maßgebliche Rolle«, erwiderte Pike. »Nun, bei unserer nächsten persönlichen Begegnung werde ich mich in aller Form dafür bedanken.« Er zögerte kurz und klang nicht mehr annähernd so fröhlich, als er hinzufügte: »Ich nehme an, Sie haben ebenfalls eine Nachricht von FleetCom erhalten.«

»Ja«, entgegnete Spock schlicht und nahm nicht ohne eine gewisse Genugtuung zur Kenntnis, daß sein Freund und früherer Erster Offizier die *T'Ruda* befehligte. Vielleicht erleichterte das seine Aufgabe. »Nach einer ausführlichen Erörterung mit den Senior-Offizieren der *ShiKahr* bin ich zu dem Schluß gelangt, daß Admiral S't'kals Anweisungen zumindest ein wenig ... seltsam sind.«

Pike nickte. »Kann man wohl sagen«, brummte er und seufzte tief. »Zuerst hielten wir die Order für einen schlechten Scherz. Aber sie wurde bestätigt. Nun, die Vorstellung, einen Krieg mit unabsehbaren Folgen zu beginnen, behagt mir nicht sonderlich, aber ... Vermutlich gibt es einen guten Grund dafür. Möglicherweise weiß FleetCom über Dinge Bescheid, die uns Normalsterblichen unbekannt sind.« Er zögerte kurz. »Da wäre noch etwas, Spock. Gibt es bei Ihnen irgendwelche ... Probleme? Ich meine, sind an Bord Ihres Schiffes Leute durch ... sonderbares Verhalten aufgefallen?«

Der Vulkanier hob die Brauen. »Wie meinen Sie das?« fragte er — fehlerhafte Interpretationen mußten ausgeschlossen werden.

»Nun«, brummte Pike, »bei uns kam es zu mehreren Zwischenfällen. Besatzungsmitglieder, die plötzlich irgendwelche verrückten Dinge anstellten. Lieber Himmel, einer meiner Leute ließ sogar ein Shuttle vom Hangardeck verschwinden. Wir bemerkten das erst, als es schon zu spät war, als wir keinen Traktorstrahl mehr einsetzen konnten. Zum Glück befanden wir uns zu jenem Zeitpunkt in der Nähe von Starbase Zehn. Wie ich später erfuhr, wurde der übergeschnappte Typ aufgefischt und direkt ins Hauptquartier gebracht. Doch das ist nur ein Beispiel von vielen, die Spitze des Eisbergs, wenn Sie so wollen. Unser Bordarzt meint, wir hätten es mit epidemischer Schizophrenie zu tun. Bisher war er nicht in der Lage, die Ursache festzustellen.« Pike schnaufte leise. »Nun, ich kann mich nur noch auf wenige Besatzungsmitglieder verlassen, Spock. Wenn wir in die Neutrale Zone vorstoßen – ohne Genehmigung der Romulaner, um ganz genau zu sein –, gehen wir ein verdammtes Risiko ein. Ich habe S't'kal von unserer Situation informiert. Seine Reaktion bestand nur darin, die frühere Anweisung zu wiederholen. Offenbar begreift der Admiral nicht, daß mir sogar Männer fehlen, um die Phasergeschütze zu bedienen.«

Der Vulkanier atmete tief durch. »Commander Pike ...«, begann er und unterbrach sich wieder.

Der Mensch runzelte die Stirn. »Ich höre.«

Spock schwieg einige Sekunden lang. Meuterei war ein sehr ernstes Vergehen – und hinzu kam der noch ungeklärte Ortungsreflex. Er betätigte eine Taste der in die Armlehne des Sessels integrierten Schalteinheit, aktivierte damit den elektronischen Codierer. Die verschlüsselten Kom-Signale wurden im Empfänger der *T'Ruda* automatisch dechiffriert.

»Captain Pike, was ich Ihnen jetzt sagen möchte, erfordert nicht nur rein berufliche, sondern auch persönliche Erwägungen. Es handelt sich um ein recht schwieriges Problem.«

Pike nickte. »Ich bin ganz Ohr«, sagte er. »Wenn es darum geht, die gegenwärtige Situation zu verbessern, bin ich zu allem bereit.«

Spock holte tief Luft. »Kehren Sie sofort zur Starbase Zehn zurück, Captain. Wir haben einen eindeutigen Beweis dafür, daß Admiral S't'kal nicht mehr zurechnungsfähig ist. Er muß unbedingt daran gehindert werden, weitere Befehle zu erteilen.« Er unterbrach sich und musterte seinen früheren Ersten Offizier. »Haben Sie selbst irgend etwas ... Seltsames gespürt?«

Pike schüttelte den Kopf. »Nein, mit mir ist soweit alles in Ordnung, Spock«, antwortete er. »Mann, begreifen Sie eigentlich, was Sie mir nahelegen? Ich kann doch nicht einfach in das Büro des Admirals marschieren und S't'kal seines Postens entheben.«

»Bitte, Chris«, warf der Vulkanier ein und fühlte wieder den Druck der Zeit. »Hören Sie mich an. Die eigentümlichen Vorfälle, von denen Sie eben berichteten, sind Teil weitaus umfassenderer Veränderungen. Sie bleiben nicht auf einzelne Raumschiffe oder militärische Stützpunkte beschränkt. Ich befürchte, sie breiten sich überall in der Galaxis aus, erfassen vielleicht sogar den ganzen Kosmos.«

»Was soll das heißen, Spock?« fragte Pike gedehnt. »Damit wir uns nicht falsch verstehen: Die Wissenschaftler an Bord meines Schiffes haben einige Theorien entwikkelt – genau darüber wollte ich mit Ihnen sprechen –, aber die meisten von ihnen erscheinen mir schlicht und einfach absurd. Verfügen Sie über genauere Informationen?«

Zwei starre, durchdringende Blicke rasten durch den Subraumäther, überbrückten innerhalb weniger Sekundenbruchteile Hunderte von Lichtjahren. »Uns bleiben noch knapp elf Standardtage, um eine ... Funktionsstörung in diesem Universum zu beheben«, sagte der Vulkanier. »Derzeit sehe ich mich außerstande, Ihnen eine einigermaßen plausible Erklärung in bezug auf die Gründe der Realitätsverschiebung anzubieten. Doch was die Symptome und letztendlichen Konsequenzen angeht, ist kein Zweifel möglich. Unsere bisherigen Forschungen und Untersuchungen lassen den eindeutigen Schluß zu, daß wir dieses Universum als Zerrbild eines anderen erachten müssen. Und was noch wichtiger ist: Für unsere Existenz gibt es nur im *anderen* Kosmos einen realen Ursprung.« Spock zögerte und gab Uhura ein Zeichen. »Ich lasse Ihnen alle entsprechenden Daten übermitteln. Wenn Ihr wissenschaftlicher Offizier die Unterlagen analysiert hat und Sie die Lage anschließend anders einschätzen als ich, bin ich bereit, das Kommando über die *ShiKahr* unverzüglich an den Ersten Offizier Chekov abzutreten.«

Erneut zögerte er und beobachtete, wie Uhura einige Tasten betätigte, den Inhalt des elektronischen Bordarchivs kopierte und sendete.

»Nur einige bestimmte Personen leiden an dem Wahn, und ganz offensichtlich gehört auch S't'kal zu ihnen«, fuhr Spock fort. »Daher halte ich es für unbedingt notwendig, daß jemand wie Sie den Admiral ersetzt. Dadurch werden zwar nicht alle unsere Probleme gelöst, aber wenigstens können wir damit rechnen, daß sich weitere Zwischenfälle auf ein unvermeidbares Minimum reduzieren, während wir versuchen, die Realitätsverschiebung rückgängig zu machen.«

Pike blieb stumm und musterte den Vulkanier eine Zeitlang. Spock befürchtete schon, der Mensch könne die Verbindung einfach unterbrechen, doch schließlich lächelte der Kommandant der *T'Ruda.*

»Eine andere Dimension, Spock?« fragte er und nickte langsam. »Eine fremde Existenzebene? Nun, ich habe von der Halkan-Mission gehört, die vor ein paar Jahren stattfand. Wir verwendeten die damals gewonnenen Daten als Grundlage für unsere eigenen Forschungsarbeiten. Ich weiß nicht, ob wir Ihre Elaborationen irgendwie erweitern können, aber in einem Punkt bin ich ziemlich sicher: Bestimmt teilen wir Ihre Schlußfolgerungen.«

Erleichterung durchströmte den Vulkanier. »Was ist mit der Kommandantin der *S'Tasmeen?«* fragte er. »Was hält Captain Benedict von der augenblicklichen Situation?«

»Die *S'Tasmeen* ist einen Tag hinter uns, Spock«, erwiderte Pike. »Und machen Sie sich über Benedict keine Sorgen. Sie hatte ebenso viele Schwierigkeiten wie wir an Bord der *T'Ruda.* Ich bin davon überzeugt, sie würde jede Möglichkeit nutzen, Admiral S't'kal eine Zwangsjacke anzulegen. Um ganz ehrlich zu sein: Wir haben gemeinsam an der Theorie des dualen Universums gearbeitet. Leider scheint es keine direkten Antworten auf unsere Fragen zu geben. Ich kann Ihren Ausführungen nur folgendes hinzufügen: Captain Benedicts Analysen deuten darauf hin, daß die ... Veränderungen von einem genau definierbaren Ereignis bewirkt wurden. Und dabei handelt es sich *nicht* um ein natürliches Phänomen.«

»Mit anderen Worten: Es steckt bewußte Manipulation dahinter.« Der Vulkanier überlegte kurz. »Jemand, der eine ganz bestimmte Absicht verfolgt.«

»Darauf läuft alles hinaus«, bestätigte Pike. »Keine Ahnung, ob uns das weiterbringt – aber wir sollten diesen Aspekt in jedem Fall berücksichtigen. Nun, Benedicts Hypothese geht davon aus, daß die Manipulation in der Vergangenheit eines spezifischen Planeten erfolgte. Leider beherrschen wir keineswegs die Technik der Zeitreise, und daher haben wir nicht die Möglichkeit, den Veränderungsfaktor zu isolieren. Was mag die Ursache sein? Nehmen wir nur den Niedergang des römischen Reiches. Aus heutiger Sicht läßt sich leicht feststellen, wo und wann den Römern entscheidende Fehler unterlaufen sind. Doch es wäre alles andere als einfach, den Zeitstrom zurückzuschwimmen und die Geschichte zu korrigieren.«

»Da haben Sie recht«, sagte Spock – und dachte daran, daß es einige Völker gab, die zu Zeitreisen in der Lage waren. Vielleicht wußte S't'kal *tatsächlich* mehr, als er zugab. Andererseits: Die Lösung bestand sicher nicht darin, einen Krieg gegen das romulanische Reich zu führen. »Wenn Sie mich jetzt bitte entschuldigen würden, Captain Pike ... Ich möchte die Forschungsarbeiten fortsetzen. Bitte geben Sie mir Bescheid, wenn Sie in Hinsicht auf unsere ... präventiven Maßnahmen eine Entscheidung getroffen haben.«

Pike lachte kurz. »Dazu brauche ich keine Bedenkzeit, Spock. Und ich weiß, daß ich in diesem Zusammenhang auch für Captain Benedict sprechen kann. S't'kal muß sofort von seinem Thron gestoßen werden – und nur wir sind in der Lage, diese Aufgabe wahrzunehmen. Außerdem können wir zur Starbase Zehn zurückkehren, ohne dadurch Verdacht zu erregen. Wir behaupten einfach, die Fluktuationen in den Wandlern für die Warptriebwerke seien zu groß. Dadurch gewinnen wir etwas Zeit. Hinzu kommt: Man munkelt von einigen unabhängigen Welten im stellaren Territorium der Allianz, die sich über S't'kal beklagten.« Er lächelte. »Gerüchte machen schnell die Runde — erst recht dann, wenn sie als streng geheim klassifizierte Informationen betreffen. Was unternehmen Sie in der Zwischenzeit?«

»Ich habe gewisse Vermutungen in Hinblick auf die Ursachen der Veränderung«, antwortete Spock. »Außerdem *ist* es denkbar, mit dem energetischen Potential eines Schiffes im Gefüge des Raums Strukturrisse zu schaffen, die einen Zeitsprung ermöglichen. Allerdings wurde diese Theorie nie in der Praxis überprüft. Und selbst wenn sie uns ein nützliches Instrument in die Hand gibt: Wir wissen nicht, wo und wann die historische Manipulation erfolgte. Trotzdem — wenn meine Annahmen zutreffen, reduziert sich der Faktor Zufall auf ein tolerierbares Niveau.«

Pike nickte. »Nun, da der zeitliche Aspekt eine immer größere Bedeutung gewinnt, will ich Sie nicht länger aufhalten.« Er beugte sich ein wenig vor, und seine blauen Augen offenbarten Sorge. »Geben Sie gut auf sich acht. Pike Ende.«

Das Bild verblaßte, doch Spock wandte nicht sofort den Blick vom Wandschirm ab. Nach wenigen Sekunden kehrten die Sterne zurück. Fremde Konstellationen. Kalt. Das Herrschaftsgebiet des Feindes. Er dachte an den seltsamen Ortungsreflex und schauderte, obgleich ihn Hitze durchwogte.

Sein Blut sang.

Fähnrich James Kirk betrat die Krankenstation und sah Jerry, der in einem Rekonvaleszenzsessel hockte. Das Kinn ruhte auf der Brust, und der junge Mann schnarchte leise. S'Parva lag auf dem Boden von McCoys Büro, den Kopf auf braune Pfoten gestützt. Der Bordarzt saß an seinem Schreibtisch, und die Füße ruhten in einer Lücke zwischen zwei hohen Aktenstapeln.

»Wurde auch höchste Zeit, daß Sie sich blicken lassen«, brummte McCoy, warf einen kurzen Blick aufs Chronometer und sah dann an Kirk vorbei. »Der Captain hat Sie nicht begleitet?«

Jim schüttelte den Kopf, wartete keine Aufforderung ab und zog sich einen freien Stuhl heran. Er zwinkerte freundlich, als Richardson schlaftrunkene Augen öffnete.

»Captain Spock wurde zur Brücke gerufen«, meinte er. »Er hat mich gebeten, ihm alle wichtigen Informationen zu übermitteln, die Sie anzubieten haben.« Plötzlich kehrte die alte Selbstsicherheit zurück. »Um gleich zur Sache zu kommen: Worum geht's, Doc? Lassen Sie die Katze aus dem Sack.«

McCoy starrte den Fähnrich verwundert an, schob die Füße unter den Schreibtisch und klopfte auf die Armlehne des Sessels. »Spock hat Sie zum Kurier ernannt? Offenbar ist es schlimmer, als ich dachte.« Er musterte Kirk neugierig. »Und Sie wirken erstaunlich munter. Ein medizinisch-psychologisches Rätsel. Ich wäre Ihnen außerordentlich dankbar, wenn Sie mir Ihren erstaunlichen Wandel erklären könnten.«

Jim zuckte unschuldig mit den Achseln und lächelte. »Ich habe allen Grund, fröhlich und zuversichtlich zu sein«, erwiderte er ausweichend.

Richardson stöhnte leise. »Das glaube ich gern«, brummte er, streckte sich, hob die Arme über den Kopf und gähnte herzhaft. »Ich kenne niemanden, der eine so steile Karriere hinter sich hat!« seufzte er.

Kirk runzelte die Stirn. »Was meinst du damit, Jerry?« fragte er und spürte, wie es ihm kalt über den Rücken lief.

Richardson zuckte mit den Schultern und nickte in Richtung McCoy. »Frag den Doktor. Erinnerst du dich an deinen Vorschlag, ich sollte mich an S'Parva wenden?«

Jim nickte. »Ja«, sagte er und beobachtete die erwachende Katellanerin, die ihren langen Rücken krümmte und ebenfalls gähnte. Dann richtete er seine Aufmerksamkeit wieder auf Richardson. »Was ist damit?«.

»Nun«, murmelte McCoy, »was wir aufgrund der telepathischen Verbindung zwischen Jerry und S'Parva herausfinden konnten, deutet auf einige erhebliche Veränderungen im Hier und Jetzt hin.« Er griff nach einem Speichermodul, schob es ins Lesegerät, justierte die Kontrollen und lehnte sich zurück. »Ich weiß nicht, was wir mit den neuen Informationen anfangen sollen, aber es kann sicher nicht schaden, wenn Sie sich die Aufzeichnungen ansehen. *Anschließend* sind Sie vielleicht zu einer Vid-Untersuchung bereit.«

Kirk zuckte mit den Achseln. Die Vorstellung, dem Arzt einen Blick in sein Unterbewußtsein zu gewähren, schreckte ihn nicht mehr. *Sie* war wieder bei ihm. »Vielleicht«, erwiderte er und wechselte einen Blick mit Richardson, der plötzlich ziemlich nervös zu sein schien. »Jerry?«

»Oh, nimm keine Rücksicht auf mich, Jim«, sagte der andere Fähnrich und lächelte schief. »Betrachte die Bilder als ein Geschenk für deine Beförderung.«

Zwanzig Minuten später lehnte sich Kirk nachdenklich zurück. Zwar hatte er während der Mentalverschmelzung mit Spock ähnliche Szenen erlebt, doch er empfand es als recht verwirrend, ihnen in holografischer Form zu begegnen. Er hielt die Bilder für eine Bestätigung, was seine Stimmung beträchtlich hob.

Jim bedachte McCoy mit einem erwartungsvollen Blick.

»Bitten Sie mich jetzt bloß nicht um einen Kommentar, Kirk«, brummte der Arzt leise. »Ich bin Doktor, kein Filmkritiker.« Er zögerte und musterte den Fähnrich. »Haben Sie irgend etwas dazu zu sagen?«

Kirk holte tief Luft. »Nun, es fühlt sich ... richtig an«, erwiderte er und entspannte sich langsam. In gewisser Hinsicht erschien ihm McCoy ebenso vertraut wie Spock — er vermißte nur das übliche Glas Brandy. Erneut dachte er an die gedankliche Einheit mit dem Vulkanier, ließ sie jedoch unerwähnt. Einige Aspekte jener seltsamen Erfahrung – insbesondere Spocks Gebaren, als sie den botanischen Garten verließen – gehörten allein in die Sphäre des Privaten.

Jim stand auf und griff aus einem Reflex heraus nach der Aufzeichnungskassette. »Ich bringe sie dem Captain«, bot er sich an.

McCoy hielt ihn am Handgelenk fest. »Nicht so eilig«, sagte er und erhob sich ebenfalls. »Wenn ich Sie so gut kenne, wie ich glaube, kommt es einem Wunder gleich, daß Sie hier bei mir in der Krankenstation sind. Solche Gelegenheiten muß man nutzen. Wie wär's nun mit einer Vid-Untersuchung?«

Kirk sah nervös auf die Uhr und schlüpfte in die Rolle des mit allen Wassern gewaschenen Raumschiffkommandanten. Er zog das Speichermodul aus dem Lesegerät und entwand sich mühelos dem Griff McCoys. »Der Captain hat betont, daß er *unverzüglich* informiert werden möchte«, sagte er und zwinkerte. »Was ist los mit Ihnen, Doc? Vertrauen Sie mir nicht?«

Der Arzt wippte auf den Zehen. »Nein«, erwiderte er offen. Aber er lächelte trotzdem und holte tief Luft, als Kirk die Kassette in einer Tasche seines Flanellhemds verstaute. McCoy bemerkte den Schmutz und einige Blattreste an der Kleidung des Fähnrichs, sprach ihn jedoch nicht darauf an und machte sich nur eine gedankliche Notiz. Kirk winkte knapp, bevor er das Büro verließ.

»Nun ...«, murmelte Richardson und gähnte hingebungsvoll. »Ich schätze, ich muß mir einen anderen Stubengenossen suchen. Die Quartiere der Lamettaträger befinden sich auf dem Offiziersdeck.« Er sah S'Parva an. »Haben Sie heute abend schon was vor, Schätzchen?«

Die Katellanerin zuckte mit breiten, muskulösen Schultern. »Nein«, erwiderte sie und zwinkerte McCoy zu. »Wozu möchten Sie mich einladen, Romeo?«

Richardson schluckte. *Sie läßt sich nicht ins Bockshorn jagen,* dachte er zerknirscht.

McCoy schüttelte stumm den Kopf.

Captain Spock lag auf dem Bett, doch der Meditationsfrieden blieb aus. Er wußte nun mit absoluter Sicherheit, daß der Zeitfaktor für ihn eine ganz persönliche Rolle spielte. *Pon farr.* Ein weiteres Symptom des kosmischen Wahns, dachte er. Gleichzeitig ein Irrsinn, der nur ihn betraf — und dem er nicht entkommen konnte. Logik allein nützte ihm nichts.

Er drehte den Kopf und sah zum Nachtschränkchen, betrachtete die Kassette, die ihm Kirk vor einer Stunde gebracht hatte. Antworten, ja. Sogar Wahrheit. Aber ... zu welchem Zweck? Ohne eine Möglichkeit, in die Vergangenheit zu reisen und dort jene Manipulation zu verhindern, die zur Realitätsverschiebung führte, saßen sie alle in der Falle. *Das ist eine andere Wahrheit, der wir uns stellen müssen,* dachte der Vulkanier.

Für ihn selbst gab es praktisch keine Hoffnung mehr. Ohne eine Bindungspartnerin mußte er dem Blutfieber innerhalb einer Woche erliegen. Spock hob die Brauen. Die Zeit legte ihm zusätzliche Fesseln an. Selbst wenn er nach Vulkan zurückkehren konnte ... Dort gab es keine Frau, die bereit sein mochte, sich auch nur vorübergehend mit ihm zu binden, ihn von einem fatalen emotionalen Aufruhr zu befreien. Und die Vorstellung, in diesem Zusammenhang die Hilfe eines Seelenheilers in Anspruch zu nehmen, erfüllte ihn mit seltsamer Kühle. Nein: Vulkan konnte sein Problem nicht lösen.

Das Summen des Interkoms verlangte Spocks Aufmerksamkeit und befreite ihn von seinen düsteren Überlegungen. Er atmete scharf ein: Das Rufsignal erschien ihm lauter und störender als jemals zuvor. Er stemmte sich auf einem Ellenbogen in die Höhe und betätigte die Antworttaste.

»Spock«, sagte er müde.

»Aye, Captain«, tönte es aus dem kleinen Lautsprecher.

»Hier spricht Scott von der Brücke.« Der Chefingenieur zögerte kurz, und im Hintergrund vernahm Spock nervöse Stimmen. »Ich glaube, Sie sollten hierherkommen, Sir. Es tanzt schon wieder ein Ortungsreflex über unsere Schirme, und die Sonarabtastung hat eindeutig ergeben, daß es sich um ein fremdes Raumschiff handelt. Wahrscheinlich irgendeinen Transporter. Noch fehlen genauere Daten.«

Der Vulkanier war bereits auf den Beinen und griff nach dem frischen Pulli, den er zuvor bereitgelegt hatte. »Ich bin unterwegs, Mister Scott«, erwiderte er, strich die Uniform glatt und trat in den Korridor.

Als er zum Turbolift ging, gewann er den sonderbaren Eindruck, daß ein Begleiter fehlte, jemand, der ihm Gesellschaft leistete — in einer anderen Welt, in einer anderen Zeit. Ein Mann, der den Rang des Captains bekleidete und James Kirk hieß.

Er kämpfte gegen dieses Empfinden an und versuchte, nicht daran zu denken, was er im Bewußtsein des Menschen gesehen hatte. Wenn der Ortungsreflex von einem romulanischen Kampfkreuzer stammte, verloren solche Dinge ihre Bedeutung. Er erinnerte sich an Captain Pikes Worte: Gerüchte machten tatsächlich schnell die Runde, nicht nur in der Allianz, sondern auch bei den Romulanern. Falls der Gegner von Admiral S't'kals Anweisungen wußte ... Spock verbannte solche Gedanken aus seinem bewußten Ich und hoffte, daß er mit der gleichen Schläue handeln konnte, die im Paralleluniversum den menschlichen Kommandanten auszeichnete.

Der Vulkanier ließ sich in den Sessel des Befehlsstands sinken und trachtete danach, seine innere Unruhe zu ignorieren. Der rasende Puls dröhnte ihm in den Ohren, und ein gestaltloses Phantom flüsterte dicht hinter seiner Stirn. Er verbannte es hinter eine mentale Tür.

»Statusbericht, Mister Chekov«, sagte er schärfer als beabsichtigt.

»Der letzte Sensorkontakt liegt inzwischen sieben Minuten zurück, Captain«, antwortete der Erste Offizier und blickte in die abgeschirmte Scanneroptik. »Wir konnten dabei feststellen, daß der Ortungsreflex von einem Raumschiff hervorgerufen wurde. Das Objekt ist zu klein für einen Kampfkreuzer, aber ganz entschieden zu groß für einen normalen Meteoriten. Darüber hinaus registrierten wir energetische Emissionen, konnten sie jedoch nicht anpeilen.« Chekov sah auf. »Wer auch immer dort draußen ist, Captain – er spielt mit uns.«

Spock beugte sich vor und beobachtete den Wandschirm, obgleich sich dort keine Spur von dem fremden Schiff zeigte. »Raumabtastung?«

»Läuft seit dem ersten Ortungskontakt, Captain«, erwiderte Chekov. »Das kleine Raumschiff ist schnell – schnell genug, um nicht von unseren Sensoren erfaßt zu werden.«

Spock widerstand der Versuchung, verärgert zu seufzen, stand auf und wandte sich ruckartig der Kommunikationsstation zu. »Lieutenant Uhura, öffnen Sie die Grußfrequenzen. Vielleicht möchten sich die Fremden mit uns in Verbindung setzen.«

»Aye, Sir«, bestätigte Uhura, drückte einige Tasten und sendete universelle Freundschaftssignale. »Negativ, Captain«, sagte sie kurz darauf. »Offenbar legen die Unbekannten keinen Wert auf eine Verständigung mit uns.«

»Versuchen Sie es weiter, Lieutenant«, ordnete Spock an, kehrte zum Befehlsstand zurück und nahm Platz, als er jähe Übelkeit verspürte. Der Vulkanier erbleichte – und hoffte, daß die Brückencrew seine Blässe übersah. »Wenn es sich um Romulaner handelt, sind sie sicher aus einem bestimmten Grund hier und müssen früher oder später Kontakt mit uns aufnehmen.«

»Ja, Sir«, entgegnete Uhura und hob das Kommunikationsmodul zum Ohr. »Captain? *Jetzt* empfange ich etwas auf unserem T-Kanal.«

»Audioübertragung, Lieutenant«, sagte Spock.

Einige Sekunden später drang eine aufgezeichnete Stimme aus den Lautsprechern, untermalt vom Knistern der Statik. »Hier ist das Erkundungsschiff *T'Favaron*«, sagte eine Frau. »Wir sind vom Mutterschiff *Ravon* getrennt und allem Anschein nach ins stellare Territorium der Allianz abgetrieben. Die Sensoren liefern keine klaren Werte, und unsere Energiereserven gehen zur Neige. An alle romulanischen Einheiten, die diese Sendung empfangen: Bitte stellen Sie eine direkte Computerverbindung her.«

Spock lauschte der Nachricht aufmerksam und hörte verärgert, daß zwischen den Worten der Romulanerin und der automatischen Übersetzung eine zeitliche Lücke von drei langen Sekunden klaffte – so lange brauchte die Transkriptionselektronik, um den komplexen Code zu entschlüsseln.

»Wir benutzen die Tarnvorrichtung, um nicht von Allianzschiffen entdeckt zu werden ...« Das statische Prasseln wurde lauter. »Aber das energetische Niveau sinkt rasch. Funktion der Lebenserhaltungssysteme bereits beeinträchtigt. Treibstofftanks so gut wie leer. Wir bitten um Antwort ...«

Spock überlegte. Es *konnte* ein Trick sein, mahnte er sich selbst. Andererseits jedoch ... Vielleicht bot ihm die *T'Favaron* eine Chance, das Problem der Realitätsverschiebung zu lösen.

»Wir haben das Schiff angepeilt, Captain«, sagte Chekov. »Eine romulanische Transporteinheit der Erkundungsklasse, Sir. Die Anzeigen deuten auf eine nur leichte Bewaffnung hin.«

Der Vulkanier zögerte noch eine Sekunde länger, bevor er eine Entscheidung traf. »Richten Sie einen Traktorstrahl auf die *T'Favaron*, Mister Scott. Holen Sie das Schiff in den Hangar.« Er betätigte eine Taste in der Armlehne des Sessels. »Sicherheitsabteilung: Schirmen Sie das Hangardeck ab. Alarmstufe Gelb.«

KAPITEL 16

Das leise Surren der Pumpen verklang, und kurze Zeit später wies das grüne Licht am Schott darauf hin, daß auf dem Hangardeck wieder normaler Luftdruck herrschte. Captain Spock nickte den sechs vulkanischen Wächtern zu, die ihn in die große Kammer begleiten sollten.

»Seien Sie sehr vorsichtig, Segon«, wandte er sich an den leitenden Sicherheitsoffizier. »Den Romulanern darf auf keinen Fall etwas geschehen. Entwaffnen Sie unsere ›Gäste‹, falls sie nicht mit leeren Händen kommen, aber nehmen Sie ihnen gegenüber keine feindselige Haltung ein. Es liegt mir fern, Admiral S't'kals Sache zu unterstützen. Immerhin besteht tatsächlich die Möglichkeit, daß die Erkundungseinheit durch Zufall ins Raumgebiet der Allianz abgetrieben wurde.«

Doch tief in seinem Innern ahnte Spock, daß Absicht dahintersteckte. Er erinnerte sich an seine eigenen Worte. *Ich befürchte, die seltsamen Vorfälle breiten sich überall in der Galaxis aus, erfassen vielleicht sogar den ganzen Kosmos.* Es konnte kein Zweifel daran bestehen, daß sich die Lage zumindest in der Allianz zuspitzte. Und das Erscheinen des romulanischen Schiffes konnte zu einer weiteren Krise führen.

Die beiden Hälften des großen Hangarschotts glitten langsam auseinander, und der Vulkanier kniff die Augen zusammen. Er beobachtete die *T'Favaron*, die erstaunliche Ähnlichkeit mit einem Allianzshuttle aufwies. Die auffälligsten Unterschiede bestanden in den bunten Raubvogelemblemen und der kuppelartigen Wölbung an der Oberseite des kleinen Schiffes, das auf zwei kufenartigen Landestützen ruhte. Nach einigen Sekunden schwang die Luke auf, und eine Rampe neigte sich dem Boden entgegen.

Spock und die Angehörigen der Sicherheitsabteilung betraten das Hangardeck, als zwei Romulanerinnen in der typischen Flottenuniform des Reiches ausstiegen. Die Insignien der einen Frau deuteten darauf hin, daß ihr Rang dem eines Allianz-Lieutenants entsprach. Ihre Begleiterin war ein Subcommander — das romulanische Äquivalent eines Ersten Offiziers. Spock hob die Brauen und blieb dicht vor der Rampe stehen.

In einem förmlichen Gruß neigte er den Kopf, musterte die beiden Frauen und spürte etwas seltsam Vertrautes, als er dem Blick des Lieutenants begegnete. Die scharfgeschnittenen Züge erschienen ihm keineswegs fremd, berührten etwas in ihm ... Ein Gesicht wie aus einem Traum. Spock verdrängte dieses Empfinden.

»Ich bin Captain Spock«, sagte er und stellte fest, daß die beiden Romulanerinnen keine Waffen trugen. »Sie befinden sich an Bord der VSS *ShiKahr.*«

Der Subcommander sah sich neugierig im Hangar um. »Mein Name lautet Sarela«, erwiderte sie nach kurzem Zögern. »Ich bin stellvertretende Kommandantin des romulanischen Flaggschiffs *Ravon.*« Sie zweifelte noch immer daran, ob es klug war, ihre richtigen Namen zu nennen und nur zu verschweigen, daß Thea als Prätorin über das romulanische Reich herrschte. »Das ist Thea«, fügte sie hinzu. »Der wissenschaftliche Offizier unseres Schiffes.«

Die Wächter bildeten einen Kreis um die Gruppe, die aus Spock und den beiden Frauen bestand. »Morgen früh werden Sie ganz offiziell vernommen«, kündigte der Vulkanier an. »Aber ich muß Ihnen schon jetzt einige Fragen stellen.« Als die Romulanerinnen still blieben, fuhr er fort: »Mit welcher Mission waren Sie beauftragt, als Sie den Kontakt zur *Ravon* verloren?« Er setzte sich wieder in Bewegung und vollführte eine umfassende Geste. »Warum stieß Ihr Erkundungsschiff so weit ins stellare Territorium der Allianz vor? Mit Hilfe Ihrer Sensoren mußten Sie doch eine Standortbestimmung vornehmen können.«

Sarela trat mit katzenhafter Geschmeidigkeit an die

Seite des Vulkaniers. »Was haben Sie mit uns vor?« erkundigte sie sich und ignorierte Spocks Fragen. »Wir wissen, wie man in der Allianz mit Gefangenen verfährt. Seien Sie gewiß: Mit Folter oder dem Einsatz von mentalen Sonden erfahren Sie nichts von uns.« Sie wurde ihrer Rolle gerecht und schob herausfordernd das Kinn vor.

Spock verharrte, musterte die beiden Frauen eingehend und merkte dabei, daß Thea seinen Blick mied. »Was auch immer Sie über die Methoden der Allianz gehört haben — ich bin sicher, die entsprechenden Berichte sind übertrieben. Man wird Ihnen kein Leid zufügen; in diesem Zusammenhang ist es unwichtig, aus welchen Gründen Sie die Grenzen der Neutralen Zone verletzten und zu uns kamen. Ich bringe Sie zur nächsten Starbase, und dort wird man entscheiden, was mit Ihnen geschehen soll. Wahrscheinlich schließt sich ein Verhör an — ohne daß Sie gefoltert werden —, und später können Sie ins Reich zurückkehren.«

Sarela setzte wieder einen Fuß vor den anderen und wechselte einen kurzen Blick mit Thea, als sie den Vulkanier zum Schott begleitete. »Na schön«, sagte sie. »Zwar haben Sie mich noch nicht von Ihrer Ehrlichkeit überzeugt, aber ich bin bereit, Ihnen Auskunft zu geben.«

Sie straffte die Schultern, als sie durch den Korridor zum Turbolift gingen. Offenbar verstanden Theas Berater ihre Arbeit: Spock verhielt sich genauso, wie sie es von ihm erwartete.

»Die Mission der *T'Favaron* bestand darin, den Planeten Kavol zu erforschen — eine Welt des romulanischen Reiches«, erklärte Thea und ergriff damit zum erstenmal das Wort. »Zu unserer Gruppe gehörten insgesamt sieben Personen«, fügte sie hinzu und sah starr geradeaus, »doch schließlich blieben nur zwei übrig, Sarela und ich.«

Spock hörte schweigend zu — die Ausführungen bestätigten das, was er über die Standardprozeduren bei romulanischen Forschungsunternehmen wußte. »Und die anderen?« fragte er, als er die beiden Frauen in den Lift führte. Drei Wächter folgten.

»Wir haben keine Ahnung, was ihnen zustieß«, sagte Thea nachdenklich. »Sie sollten zwei Tage lang die Oberfläche des Planeten kartographisch erfassen, Rohstoffvorkommen verzeichnen und Bodenproben nehmen — die üblichen Vorbereitungen für eine Kolonisierung. Als der dritte Tag verstrich, ohne daß sie zurückkehrten, begannen Sarela und ich mit einer Suche nach unseren Gefährten.« Sie legte eine kurze Pause ein und betrachtete geistesabwesend das seltsame Abzeichen auf dem Uniformpulli des Vulkaniers. »Zu jenem Zeitpunkt hätten wir uns längst mit der *Ravon* treffen sollen. Nun, wir wußten nicht, daß unser Mutterschiff durch einen Ionensturm vom Kurs abkam. Als es eintraf, um das Shuttle an Bord zu nehmen, glaubte der Kommandant vermutlich, wir seien den Strahlungswirbeln zum Opfer gefallen. Die Ionenpartikel führten zu energetischen Entladungen in Kavols Atmosphäre, und dadurch fielen vorübergehend die Triebwerke der *T'Favaron* aus. Leider waren wir nicht in der Lage, zu starten oder unsere Kommunikationsanlagen zu reparieren, bevor die *Ravon* den Flug fortsetzte.«

Die Transportkapsel des Turbolifts hielt in Höhe von Deck Drei an, und Spock dachte über die Schilderungen nach. Vielleicht entsprachen sie tatsächlich der Wahrheit. Er entsann sich daran, daß die Instrumente der *ShiKahr* vor einigen Tagen einen Ionensturm im romulanischen Raumgebiet registriert hatten. Wenn Thea log, so ließ sich das kaum feststellen. Er fühlte ihre Aufmerksamkeit auf sich ruhen, und plötzlich gewann er den Eindruck, daß sie sich schon einmal begegnet waren. Es gelang ihm nicht, Erinnerungsbilder zu beschwören — sein Gedächtnis ließ ihn im Stich.

Sie wanderten durch eine lange Passage, und kurze Zeit später blieb Spock vor einer Doppeltür stehen. »Bitte begnügen Sie sich mit diesem Quartier, bis Ihnen eine angemessene Unterkunft zur Verfügung gestellt werden kann«, wandte er sich an die Romulanerin, mit der ihn irgend etwas zu verbinden schien. Er ließ unerwähnt, daß er nicht beabsichtigte, die beiden Frauen zu trennen. Er hielt es für besser, sie in einer Kabine unterzubringen – das erleichterte die notwendigen Sicherheitsmaßnahmen. »Ich möchte darauf hinweisen, daß wir Sie ständig überwachen. Sie dürfen Ihr Zimmer nur verlassen, wenn Sie von mir oder meinem Ersten Offizier begleitet werden.«

Thea lachte, betrat die dunkle Kammer und tastete demonstrativ nach dem Lichtschalter. Er befand sich genau dort, wo er sein sollte – wo er in den Diagrammen der Zweiten Geschichte verzeichnet war. Die Prätorin entspannte sich und spürte, wie die letzten Reste von Unsicherheit von ihr wichen.

»Haben Sie Angst vor uns?« fragte sie voller Spott. »Ein vulkanischer Captain, der beim Anblick von zwei romulanischen Frauen vor Furcht zittert?«

»Davon kann keine Rede sein«, entgegnete Spock kühl. »Ihr Volk hat mehrfach Verschlagenheit und Heimtücke bewiesen, und ich bin nicht geneigt, irgendein Risiko einzugehen. Sie stehen hier unter Arrest, bis FleetCom über Sie befindet.« Zwar wirkten Thea und Sarela recht harmlos, aber der Vulkanier teilte ein typisch menschliches Empfinden: Er spürte ein flaues Gefühl in der Magengrube. Einmal mehr dachte er an den zunehmenden Druck der Entität namens Zeit, an die Strudel einer falschen, fatalen Realität. Agenten der Allianz hatten bestätigt, daß die Romulaner die Technik der Zeitreise beherrschten. Und wenn es irgendeine Möglichkeit gab, über die Art der temporalen Manipulation Aufschluß zu gewinnen ...

»Wir sehen uns morgen früh wieder«, sagte er und kehrte damit in seine eigene Wirklichkeit zurück. »Wenn Sie in der Zwischenzeit etwas essen oder trinken möchten ... Zögern Sie nicht, Ihre Anliegen an uns heranzutragen.« Er deutete auf den Interkom-Anschluß an der einen Kabinenwand.

»Offenbar legen Sie tatsächlich Wert auf unser Wohlbefinden«, kommentierte Sarela. Sie sah sich anerkennend in dem großen Raum um. »Warten wir ab, was es mit der angeblichen Ehrenhaftigkeit der Allianz auf sich hat, wenn wir die von Ihnen erwähnte Starbase erreichen.«

Spock gab keine Antwort darauf und trat in den Korridor. Sein Unbehagen nahm zu, als ihm die Blicke dunkler Augen folgten. Er drehte sich um, runzelte die Stirn und musterte Thea. Für den Bruchteil einer Sekunde bemerkte er ein sonderbares Funkeln in ihren Pupillen, einen schimmernden Glanz, der einer wortlosen Botschaft gleichkam.

Der Vulkanier ließ sich seine Verwirrung nicht anmerken, wölbte nur die Brauen, wich zurück und beobachtete, wie das Schott zuglitt. »Ich bin bis morgen früh in meinem Quartier, Lieutenant Segon«, sagte er in einem scharf klingenden vulkanischen Dialekt. »Wenn unsere Gäste irgendwelche Wünsche äußern, so benachrichtigen Sie Mister Chekov.«

Segon nickte und blieb direkt vor der Tür stehen.

Als Spock durch den Korridor schritt, verflüchtigte sich allmählich seine Anspannung, und ein Hauch unlogischer Zuversicht erfaßte ihn. Vielleicht stellten die beiden Romulanerinnen gar keinen Risikofaktor dar. Vielleicht boten sie ihm sogar einen Ausweg an.

Jim Kirk erwachte durch ein beharrliches Summen, das von einem riesigen Insekt zu stammen schien. Er öffnete die Augen, verdrängte eine bereits vertraut gewordene Benommenheit durch die Realitätsverschiebung und begriff die eher banale Ursache des Geräusches. Mit einem leisen Ächzen stand er auf und warf seinem Stubengenossen einen kurzen Blick zu. Richardson konnte das Brummen des Türmelders gar nicht hören — sein Kopf verbarg sich unter einem dicken Kissen.

Kirk seufzte und bedauerte es, daß er nicht ebenso friedlich schlief wie Jerry. Wortlos verfluchte er den Unbekannten, der es wagte, ihm mitten in der Nacht einen Besuch abzustatten. Schlaftrunken wankte er zur Tür, betätigte eine Taste und entriegelte damit das elektronische Schloß.

»Herein.«

Die beiden Schotthälften schoben sich mit einem leisen Zischen auseinander, und Jims Blick fiel auf zwei in rote Uniformen gekleidete vulkanische Sicherheitsbeamte. »Der Captain wünscht, daß Sie beide unverzüglich das Konferenzzimmer aufsuchen«, sagte der größere Mann, trat zusammen mit seinem Begleiter über die Schwelle und schaltete das Licht ein.

Die plötzliche Helligkeit blendete Kirk. Er zwinkerte und starrte die beiden Wächter verwundert an. Argwohn rang mit Hoffnung – hatte Spock irgend etwas entdeckt, das es ihnen erlaubte, die noch existierenden Lücken in der Theorie vom dualen Universum zu schließen? Er versuchte, seine Gedanken von den klebrigen Gespinsten des Schlafes zu befreien, blieb stumm und nickte.

»Ja, in Ordnung«, brachte er schließlich hervor, streckte sich und gähnte. Intuitives Mißtrauen kroch kühl über seinen Rücken und richtete die Nackenhaare auf. »Sagen Sie Spock, daß wir in einigen Minuten zur Stelle sind. Wir müssen uns erst anziehen.«

Die beiden Wächter wechselten einen Blick und verharrten an Ort und Stelle. »Wir sind beauftragt, Sie zu ... eskortieren«, erwiderte der zweite Mann.

Kirk zuckte mit den Schultern. »Wie Sie wollen«, meinte er im Plauderton, während seine Gedanken rasten. Er wandte sich Richardsons Bett zu und stieß den Schlafenden an. »Wach auf, Jerry«, sagte er wie gequält. »Das Militär macht von seinem heiligen Recht Gebrauch, uns um drei Uhr in der Nacht aus dem Bett zu holen.«

Richardson rührte sich nicht.

»Steh auf.« Kirk rüttelte seinen Stubengenossen an der Schulter.

Jeremy stöhnte leise und rollte sich auf den Rücken, als Kirk das Kissen fortzog. Mit einem muskulösen Arm schirmte er die Augen ab. »Mhm? Was ist denn los, verdammt?« Müde hob er den Kopf und sah die beiden Angehörigen der Sicherheitsabteilung. »Was wollt ihr denn hier?« stieß er hervor und sprang überraschend flink aus dem Bett. »Wurde Gefechtsbereitschaft angeordnet oder was?« Vage erinnerte er sich an die Alarmstufe Gelb, die jedoch schon vor Stunden wieder aufgehoben worden war. Außerdem erschienen ihm die beiden Wächter irgendwie seltsam – sie sahen nicht so aus wie die anderen Typen aus Segons Sektion. Richardson machte sich nichts draus – wer kannte schon alle Rothemden an Bord?

»Ist irgend etwas passiert?« fragte er, stakte durchs Zimmer und griff nach achtlos beiseite geworfener Kleidung.

Kirk lächelte, hielt den Blick jedoch weiterhin auf die namenlosen Männer gerichtet, während er Pulli und Hose überstreifte. »Angeblich erwartet uns Captain Spock im Konferenzzimmer.« Zwar wäre es wesentlich einfacher gewesen, die beiden Fähnriche per Interkom zu verständigen, aber der Kommandant eines Raumschiffes hatte gewisse Privilegien. Zu ihnen gehörte das Recht, es jemand anders zu überlassen, den Schlaf seiner Besatzungsmitglieder zu stören – und dafür verflucht zu werden.

Jerry versuchte vergeblich, die Falten seiner Uniform zu glätten. »Worum geht's, Jungs?« fragte er und bückte sich, um den Reißverschluß des linken Stiefels zuzuziehen. Fast hätte er dabei das Gleichgewicht verloren. Nur Kirks Hand bewahrte ihn vor einem Sturz.

»Unser Befehl lautet, Sie ins Konferenzzimmer zu bringen«, erwiderte einer der beiden Wächter. »Ich kann Ihnen keine weiteren Informationen anbieten.«

Jerry seufzte und bemerkte Kirks Wachsamkeit. »Lieber Himmel, jetzt stellt Spock sogar schon eine Eskorte für uns ab«, brummte er und stellte fest, daß sich Jim ebenfalls Zeit ließ. Ahnte auch er, daß irgend etwas nicht mit rechten Dingen zuging? Die Ereignisse des vergangenen Tages hatten Betroffenheit in Richardson geweckt und seinem Denken einen paranoiden Aspekt verliehen. Mißtrauen stahl sich in seine unbekümmerte Fröhlichkeit ... Normalerweise hielt es Spock nicht für erforderlich, Angehörige seiner Crew von Wächtern begleiten zu lassen. Immerhin ging es nur darum, daß zwei einfache Fähnriche an einer Besprechung teilnehmen sollten.

Ein unauffälliges Zeichen Jims bestätigte Jeremys Überlegungen.

Langsam näherte sich Kirk der Tür, musterte die Sicherheitsbeamten argwöhnisch und bedachte Richardson mit einem warnenden Blick.

»Oh!« machte er, schnippte mit den Fingern und gab sich den Anschein, als fiele ihm plötzlich etwas ein. »Ich möchte Sie keineswegs beleidigen – schließlich bekleiden Sie zweifellos einen weitaus höheren Rang als ich –, aber der Captain hat besondere Vorsichtsmaßnahmen angeordnet. Was man ihm angesichts des canusischen Zwischenfalls und der vielen neuen Leute an Bord wohl kaum verdenken kann.« Aus den Augenwinkeln sah er Jerrys Gesicht, das eine Mischung aus Verwirrung und wachsamer Aufmerksamkeit zum Ausdruck brachte. Kirk lächelte strahlend – und das plötzliche Erschrecken in den Zügen des einen Mannes entging ihm nicht. »Wären Sie so freundlich, mir den aktuellen Tagescode zu nennen?« Er breitete entschuldigend die Arme aus. »Tut mir leid, Jungs. Ich halte mich nur an Spocks Anweisungen.«

Die beiden Wächter zwinkerten überrascht. »Ich ...«, begann der eine und räusperte sich. »Ich fürchte, ich habe das Kennwort vergessen. Erinnerst du dich daran, Tasme?«

Der zweite Mann schüttelte den Kopf. »Mein Dienst hat erst vor einer knappen Stunde begonnen«, erklärte er unsicher. Er starrte Kirk an und fügte etwas schärfer hinzu: »Aber das spielt keine Rolle, Fähnrich!« zischte er und klang nun ganz und gar nicht mehr wie ein ruhiger, disziplinierter Vulkanier. »Sie werden uns jetzt auf der Stelle begleiten. Captain Spock wartet nicht gern.« Er griff nach dem Arm des Menschen und zerrte ihn in Richtung Tür – ein Verhalten, das Jims letzte Zweifel ausräumte.

Kirk spannte die Muskeln und beobachtete, daß sich der andere Wächter Richardson zuwandte. »Vielleicht haben

Sie recht«, erwiderte er in aller Seelenruhe — und rammte dem Mann den Ellenbogen in die Seite. »Aber bestimmt gefallen ihm Romulaner an Bord der *ShiKahr* noch weitaus weniger!«

Der ›Sicherheitsbeamte‹ krümmte sich zusammen. Jim befreite sich aus dem Griff, ballte die Faust und traf das Kinn seines Gegners. Jeremy stürzte sich auf den zweiten Mann, und innerhalb weniger Sekunden entstand ein wildes Durcheinander. Schon nach kurzer Zeit begriff Kirk, daß sie praktisch keine Chance hatten, zwei körperlich weitaus stärkere Romulaner zu besiegen, die zudem auf eine Auseinandersetzung vorbereitet waren. Dennoch blieb er entschlossen, nicht einfach aufzugeben.

Mit ganzer Kraft trat er nach der Kniescheibe des Wächters vor ihm und brachte ihn dadurch zu Fall. Gleichzeitig sah er, wie der zweite Mann Richardsons rechten Arm packte und ihn grob auf den Rücken drehte. Irgend etwas in Jim krampfte sich zusammen, als er ein dumpfes Knakken hörte, gefolgt vom schmerzerfüllten Keuchen seines Stubengenossen.

Unmittelbar darauf zog Tasme einen romulanischen Intervaller hinter seinem Instrumentengürtel hervor, und Kirk riß unwillkürlich die Augen auf. Ein fast schrilles Sirren erklang, und ein greller blauer Blitz löschte Jims Erinnerungen. Finsternis umfing ihn.

»Wir müssen sie beide mitnehmen!« klagte Tasme, warf sich den Bewußtlosen über die Schulter und spähte durch den leeren, halbdunklen Korridor.

»Nein«, widersprach Sekor leise. »Die Prätorin hat uns angewiesen, Kirk zu holen.«

»Sei kein Narr, Freund«, erwiderte Tasme. »Der andere Mensch kann uns leicht identifizieren. Und wenn wir keine Möglichkeit erhalten, dieses Schiff zu verlassen ... Er würde uns sofort wiedererkennen.«

Sekor seufzte, neigte den Kopf und fügte sich. »Manchmal begreife ich unsere Herrin nicht«, sagte er, hob Richardson an und folgte Tasme, der in Richtung Transporterraum eilte.

Sein Gefährte lachte. »Ich nehme an, du bist trotzdem mit deinem gegenwärtigen Leben zufrieden, nicht wahr?«

Sekor nickte und lächelte. »Es bereitet mir großes Vergnügen, unserer Herrin zu dienen«, murmelte er, als sie das Ende der Passage erreichten. »Dadurch ergeben sich weitaus mehr Vor- als Nachteile — selbst wenn man dabei Situationen wie diese berücksichtigt.«

Tasme grinste, wurde aber sofort wieder ernst, als er vor einer Tür stehenblieb und eine Taste drückte. »Wir müssen sofort zur *Ravon* zurück«, sagte er. »Von dort aus soll Kirk zu einer unbewohnten Welt im Reich gebracht werden ...« Er sprach nicht weiter und duckte sich unwillkürlich, als das Schott aufglitt. Gleich darauf seufzte er erleichtert: Der Transporterraum war leer.

Thea beugte sich in dem hochlehnigen Sessel vor und stützte die Ellenbogen auf den Tisch im Konferenzzimmer. Der Blick ihrer dunklen Augen richtete sich erst auf Sarela, wanderte dann zu McCoy, Scott und dem Vulkanier Spock.

»Inzwischen dürfte Ihnen klar sein, daß Ihnen kaum etwas anderes übrigbleibt, Captain«, sagte sie leise. »Wenn Sie Kirk und Richardson wiedersehen möchten, *müssen* Sie auf meine Forderungen eingehen.«

Spocks Züge verhärteten sich, obgleich er keinen Zorn empfand. Der rationale Teil seines Selbst gebot Respekt — Thea hatte alles gut geplant. »Sie wissen sicher, daß wir die Möglichkeit haben, an Ihnen und Ihrer Begleiterin eine umfassende Vid-Untersuchung vorzunehmen.« *Ein Bluff,* dachte er. *Und vermutlich komme ich damit nicht weiter.* »Bitte geben Sie sich nicht der Illusion hin zu glauben, daß Sie bei einer entsprechenden Analyse irgendwelche Informationen für sich behalten könnten.«

Thea lachte amüsiert. »Sie unterschätzen die romulanische Intelligenz, Spock. Weder Sarela noch ich *wissen,* wo die beiden Fähnriche gefangengehalten werden.« Sie schüttelte den Kopf, und langes Haar strich über ihre Schultern. »Sie haben die Wahl, Captain. Akzeptieren Sie meine Auskünfte als eine Wahrheit, der Sie sich zu stellen haben. Akzeptieren Sie *mich* als eine Prätorin, die Kampf und Stagnation satt hat. Wenn Sie sich dazu durchringen, werden Sie angemessen ... belohnt.« Sie zögerte und kniff die Augen zusammen. »Aber wenn Sie sich weigern, mit mir zu kooperieren ... In dem Fall sehen Sie James Kirk nie wieder.«

Spocks Hände schlossen sich fest um die Armlehnen des Sessels, und Ärger stieg in ihm empor. Benommenheit und Schwindel folgten, konfrontierten ihn mit Übelkeit und emotionaler Hitze. Er holte tief Luft, schloß die Augen für einige Sekunden und versuchte, sich wieder zu fassen. Seine vulkanische Natur – ein Fluch, eine Ironie des Schicksals. Biologischer Wahnsinn, für den es kein wissenschaftliches Heilmittel gab. Als er die Lider wieder hob und Thea ansah, offenbarte sich ihm eine schlichte Wahrheit. Die Prätorin war seine einzige Chance – ein Passierschein ins romulanische Reich, zur Technik der Zeitreise.

»Ich brauche ein wenig Bedenkzeit, um mich mit meinen Offizieren zu beraten«, sagte er, musterte erst McCoy und dann auch Scott. »Ich lasse Sie jetzt wieder in Ihr Quartier bringen. Innerhalb von zwei Stunden erfahren Sie von meiner Entscheidung.«

Thea neigte bestätigend den Kopf. »Wie Sie meinen. Wenn Sie bereit sind, mich zu begleiten und unseren Gouverneuren die Lehrsätze der Disziplin zu präsentieren, sollten wir so schnell wie möglich aufbrechen. In knapp einer Woche treffen sich auf Romulus alle Clan-Oberhäupter, und diese Gelegenheit müssen wir nutzen.«

Der Vulkanier dachte darüber nach. Für ihn selbst war eine Woche viel zu lang – wenn er keine Lösung für sein persönliches Problem fand, würde er dem Blutfieber schon nach wenigen Tagen erliegen. Doch für das Universum ... Falls er bei den Romulanern eine Gelegenheit fand, in die

Vergangenheit zu reisen und die historische Manipulation rückgängig zu machen, fiel die gegenwärtige Realität vielleicht keinem Irrsinns-Chaos zum Opfer. Er erinnerte sich an die Zeitkurve: Es blieben noch rund zehn Tage. Wenn diese Frist verstrich, ohne daß die Ursache des allgemeinen Wahns beseitigt werden konnte, gab es keine Hoffnung mehr.

Spock nickte den Wächtern zu und stand auf, als Sarela und Thea aus dem Zimmer geführt wurden. Er atmete tief durch und wandte sich an die Senior-Offiziere der *Shi-Kahr.*

»Irgendwelche Vorschläge, meine Herren?«

McCoy marschierte unruhig in seinem Büro auf und ab. In den blauen Augen des Arztes blitzte es, als er den Vulkanier ansah. »Verdammt, es ist mir völlig gleich, was Ihnen die Romulaner versprochen haben, Spock!« stieß er wütend hervor. »Wenn Sie sich auf einen Ausflug ins romulanische Reich einlassen, so kostet Sie das Kopf und Kragen! Glauben Sie etwa, Sie kämen ungeschoren davon? Himmel, wenn Sie zurückkehren, werden Sie sofort vor ein Kriegsgericht der Allianz gestellt. *Falls* Sie zurückkehren. Ich halte es für wahrscheinlicher, daß Sie in irgendeinem romulanischen Kerker verschmachten!«

Der Captain lehnte sich in seinem Sessel zurück. »Ich sehe keine Alternative, Doktor«, erwiderte er ruhig. »Wir haben es bereits im Konferenzzimmer besprochen: Die Romulaner sind das einzige uns bekannte Volk, das die Zeitreise beherrscht. Und wenn mein Verdacht zutrifft, ist das Reich für die historische Manipulation verantwortlich, die zur derzeitigen Realitätsverschiebung führte.«

McCoy blieb vor Spock stehen und wippte auf den Zehen. »Können Sie sich vorstellen, was S't'kal von Ihrem Plan hielte?« fragte er hitzig.

»Sie haben selbst bestätigt, daß der Admiral nicht mehr bei Sinnen ist. Daher spielt seine Meinung für mich keine Rolle.«

McCoy hieb mit der flachen Hand auf den Schreibtisch. Es krachte laut. »Zum Teufel mit Ihrer Logik, Spock!« knurrte er. »Glauben Sie im *Ernst*, Thea sei die Prätorin, Alleinherrscherin über das romulanische Reich?«

Spock hörte dem Bordarzt mit einer Geduld zu, die ihn selbst überraschte. »Ich muß Sie erneut an Ihre eigenen Worte erinnern, Doktor. Nach der Besprechung wiesen Sie auf die Anzeigen der medizinischen Tricorder hin und bestätigten, daß Thea und Sarela die Wahrheit sagten.« Er zögerte und begegnete dem durchdringenden Blick des Arztes. »Wenn Sie weiterhin behaupten, daß die Romulanerinnen lügen, so muß ich davon ausgehen, daß es sich dabei um eine ausschließlich von Emotionen bestimmte Theorie handelt, die einen entsprechend geringen Wert hat.«

Der Zorn bildete dunkle Flecken auf McCoys Wangen. »Unsere ›Gäste‹ erpressen Sie, Spock!« platzte es aus ihm heraus. »Meine Güte, was passiert wohl, wenn Sie Thea begleiten und den Kriegern pazifistische Dokumente vorlegen? Ebensogut könnten Sie ein rotes Tuch nehmen und damit einer ganzen Herde wilder Stiere entgegentreten!«

Der Vulkanier hob die Brauen. »Doktor, ich gewinne immer mehr den Eindruck, daß Sie während der Besprechung nicht richtig zugehört haben. Sowohl Mister Chekov als auch Mister Scott gelangten zu dem Schluß, daß Theas Absichten vielleicht auch *uns* zum Vorteil gereichen. Darüber hinaus handelt es sich bei meinem Einverständnis zunächst nur um eine Absichtserklärung, die nicht mit meinem tatsächlichen Verhalten im romulanischen Reich übereinzustimmen braucht.«

McCoy schüttelte den Kopf, setzte zu einer Antwort an, überlegte es sich dann anders und runzelte die Stirn. »Was soll das heißen?« Er schob die eigene Frage beiseite. »Wenn ich Sie richtig verstehe ... Sie wollen sich dem Feind ausliefern – und haben gleichzeitig irgendeinen ebenso komplexen wie verrückten Plan entwickelt, um Thea zu überlisten!« Er rang wie verzweifelt mit den Händen. »Himmel, Spock, ich kenne Sie zu gut, um an Ihrem Verstand zu zweifeln. Andererseits wissen wir beide, welche Gefahr der allgemeine Wahn darstellt, und vielleicht ist nicht einmal vulkanische Sturheit dagegen gefeit. Spock, wer mit dem Feuer spielt, verbrennt sich leicht.«

Der Captain atmete tief durch. »Ich wäre Ihnen sehr dankbar, wenn Sie mir Alternativen aufzeigen könnten, Doktor.«

McCoy senkte den Kopf und schnaufte. »Da muß ich leider passen«, sagte er nach einer Weile. »Aber ich habe einige Fragen, Spock – Fragen, die Sie sich selbst stellen sollten! So unwichtig es unter den gegenwärtigen Umständen auch sein mag: Wie hat es Thea fertiggebracht, Kirk und Richardson zu verschleppen? Soweit ich weiß, wurde die *T'Favaron* mit den Sensoren überprüft, und die Lebensindikatoren zeigten nur zwei Personen an Bord.«

»Ja, das stimmt«, bestätigte der Vulkanier. In den dikken Mauern seiner Gelassenheit bildeten sich erste Risse. »Ich nehme an, die Bediensteten der Prätorin befanden sich in einem Zustand drogeninduzierter Hibernation, der ihre metabolischen Funktionen auf ein notwendiges Minimum reduzierte. Dadurch zeigten unsere Instrumente nur die Präsenz der beiden romulanischen Frauen an. Als wir das Erkundungsschiff aufnahmen, blieb Thea noch Zeit genug, ihren Sklaven das Gegenmittel zu verabreichen. Kurz darauf verließen unsere Wächter das Hangardeck, und dadurch bekamen die Entführer volle Handlungsfreiheit. Es überrascht mich nicht, daß ihnen Uniformen zur Verfügung standen, wie sie von den Angehörigen der Sicherheitsabteilung benutzt werden. Die Geheimagenten des Reiches sind alles andere als inkompetent, und Thea hat sich gut vorbereitet. Als der Zwischenfall bekannt wurde, waren Kirk und Richardson bereits verschwunden – man hat sie mit unserem eigenen Transporter zum romulanischen Mutterschiff gebracht.«

McCoy schnitt eine Grimasse und mußte sich eingestehen, daß den Vulkanier keine Schuld traf. Eine solche

Möglichkeit hatte nicht einmal Spock berücksichtigen können. Der Arzt sah darin einen typischen — und durchaus verständlichen — menschlichen Einschätzungsfehler. »Nun gut«, brummte er. »Was haben Sie jetzt vor?«

Der Captain stand auf und wanderte umher. »Das hängt ganz von Thea ab«, sagte er leise. »Wenn ich ihrer Aufmerksamkeit zumindest zeitweise entgehen kann, gelingt es mir vielleicht, das romulanische Computersystem anzuzapfen und herauszufinden, wann, wo und wie die historische Manipulation erfolgte. Anschließend geht es nur noch darum, eine Möglichkeit zu finden, die ursprüngliche geschichtliche Struktur wiederherzustellen.«

McCoy riß die Augen auf. »›Nur‹?« wiederholte er ungläubig. »So einfach ist das, nicht wahr? Thea erlaubt Ihnen Zugang zu den elektronischen Archiven des Reiches, und dann lösen Sie im Alleingang alle Probleme des Universums.« Er ächzte leise. »Was für ein Unsinn! Wissen Sie, was *wirklich* passieren wird? Sie finden irgendwo und irgendwann den Tod. Wahrscheinlich drehen Ihnen die romulanischen Krieger schlicht und einfach den Hals um. Oder Sie ertrinken im Zeitstrom, wenn Sie mir diese Metapher gestatten.«

Der Vulkanier schüttelte den Kopf. »Der Umstand, daß es Thea in erster Linie auf Fähnrich Kirk abgesehen hatte, läßt sich als ein Indiz für ihre Schuld interpretieren«, überlegte er laut. »Sie mußten sich inzwischen mit der Erkenntnis abfinden, daß Kirk eine wichtige Verbindung zwischen diesem Universum und dem anderen, parallelen Kosmos darstellt, der die Grundlage unserer Existenz bildet. Allem Anschein nach weiß auch Thea darüber Bescheid — und zieht daraus einen Vorteil.« Er zögerte. »Aber offenbar ahnt sie nicht, daß wir uns der Realitätsverschiebung und ihrer Ursachen bewußt sind.«

McCoy schwieg eine Zeitlang, ließ sich auf einen Stuhl sinken und lehnte den Kopf an die Wand. »Das alles sind nur Vermutungen und Annahmen. Und auf einer solchen Grundlage wollen Sie ein enormes Risiko eingehen, Spock.

Sicher, ich gebe zu, daß Kirk bei dieser ganzen Angelegenheit eine besondere Rolle spielt, daß er irgendwie ... vertraut wirkt. Trotzdem fällt es mir schwer zu glauben, zwischen seiner Entführung und dem romulanischen Plan, die Geschichte der ganzen Galaxis zu ändern, bestehe ein direkter Zusammenhang. Das scheint mir ziemlich weit hergeholt zu sein.«

»Mag sein, Doktor«, antwortete der Vulkanier. »Da meine eigenen ... Erfahrungen rein subjektiver Natur sind, gibt es keine letztendliche Gewißheit. Nun, die Übereinstimmungen sind dennoch außerordentlich faszinierend. Und wie wir bereits festgestellt haben, bleibt uns keine Wahl.« Er musterte McCoy einige Sekunden lang und begriff, daß er die Einzelheiten nicht länger für sich behalten durfte. »Doktor, in jenem anderen Universum ist James Kirk Kommandant eines Raumschiffes, das der *ShiKahr* ähnelt. Aber damit noch nicht genug: Als ich Thea im Hangar sah, glaubte ich, sie wiederzuerkennen. Vielleicht ist ihr meine Selbstentsprechung in der parallelen Welt schon einmal begegnet. Mit anderen Worten: Möglicherweise versetzt sie uns in die Lage, eine Tür zu öffnen, die uns Zugang zu beiden Kosmen gestattet.«

McCoy schüttelte den Kopf und klopfte auf die Armlehnen des Stuhls. »Hypothesen, weiter nichts, Spock«, knurrte er. »Sie setzen sich einer erheblichen Gefahr aus. Aber das hat bei Ihnen ja schon Tradition, nicht wahr?« Er lehnte sich so weit zurück, daß der Stuhl auf zwei Beinen balancierte. »Die bedeutsamste Frage lautet: Können Sie in der Zeit, die uns noch bleibt, irgend etwas unternehmen, um den Wahn einzudämmen, um die Katastrophe zu verhüten?«

Der Vulkanier überlegte. »Die Ergebnisse der bisherigen Forschungsarbeiten deuten auf folgendes hin: Wenn wir nicht schnell handeln, verändert sich die molekulare Struktur *dieses* Universums, um sich den Folgen der Zeitmanipulation anzupassen. Vergleichen Sie den Vorgang mit einer Transplantation. Wenn ein fremdes Organ in den

Körper eingefügt wird, so kommt es unter gewissen Umständen zu einer Abstoßungsreaktion. Bei Modifikationen historischer Gefüge verhält es sich ähnlich. Allerdings gibt es einen wichtigen Unterschied: Die Konsequenzen betreffen nicht nur den einzelnen Organismus, sondern gehen weit darüber hinaus. Stellen Sie sich dieses Universum als den Körper und uns als die fremden Organe vor – dann verstehen Sie sicher, was ich meine. In diesem besonderen Fall hat die Abstoßungsreaktion schon eingesetzt.«

McCoy blieb skeptisch. »Bis hierher konnte ich Ihnen folgen«, sagte er langsam. »Fahren Sie fort.«

»In gewisser Weise beanspruchen wir physischen Platz, dessen molekulare Struktur unserem Bewußtsein fremd ist«, erklärte Spock. »Doch die Abstoßung – um im Bild zu bleiben – erfolgt nicht auf die von Ihnen gewohnte Art und Weise. Das Organ, unser physisch-psychisches Sein, lehnt es ab, sich in den Körper zu integrieren. Der Zersetzungsprozeß erfaßt beide Entitäten, die unabhängig voneinander existieren. Und wenn die Zeit-Wunde zu heilen beginnt, sind wir nicht mehr in der Lage, die alte, stabile Realität wiederherzustellen. Die beiden Einheiten – Organ und Körper – verwandeln sich dann in ein riesiges, krankes Etwas, das weder genesen noch überleben kann.«

McCoy rieb sich nachdenklich das Kinn. »Ich verstehe, worauf Sie hinauswollen, Spock. Aber es ist und bleibt ein verdammtes Risiko.« Er wechselte das Thema. »Hinzu kommt, daß Ihre schauspielerischen Fähigkeiten nicht gerade überragend sind. Wie wollen Sie die romulanischen Krieger und Gouverneure davon überzeugen, der Prätor zu sein, wenn Sie nicht einmal *mir* etwas vormachen können?«

Der Vulkanier wandte den Blick ab. »Was soll das heißen, Doktor?« fragte er vorsichtig und versuchte, sich nichts anmerken zu lassen.

»Nun ...«, begann McCoy und beobachtete Spock aufmerksam. »Man braucht kein Spezialist in vulkanischer Medizin zu sein, um festzustellen, daß Sie seit einer Woche so griesgrämig sind wie ein alter Bär, den man aus dem Winterschlaf geweckt hat. Schon seit Tagen nehmen Sie keine Nahrung mehr zu sich, und ich frage mich, wann Sie zum letztenmal geschlafen haben. Des weiteren weisen Ihre metabolischen Werte seit dem canusischen Zwischenfall starke Veränderungen auf ...« Er wartete einige Sekunden lang, bevor er den auf der Hand liegenden Schluß zog. »Wenn ich zu Argwohn neigte — und wir beide wissen, *wie* mißtrauisch ich sein kann —, lautete meine Diagnose folgendermaßen: Entweder leiden Sie an irgendeiner geheimnisvollen Krankheit, die Ihr Stoffwechselsystem stört, oder Sie befinden sich im ersten Stadium des *Pon farr.*«

Der Vulkanier schloß die Augen und fühlte stechenden Schmerz. Die zunehmende Destabilisierung durch eine historische Manipulation, wachsende Desorientierung aufgrund der Unterschiede zwischen dem objektiven Sein und der subjektiven Existenz ... Auch bei Spock hatte die Abstoßungsreaktion eingesetzt. Seine Einheit aus Körper und Geist lehnte das neue Universum auf eine für ihn besonders fatale Weise ab.

»Das wäre möglich«, gestand er leise ein. »Trotzdem habe ich noch Zeit genug, um im romulanischen Reich alle notwendigen Informationen zu sammeln, bevor mein Zustand ... akut wird.« Er starrte blind zu Boden.

McCoy griff nach einem kleinen medizinischen Tricorder, richtete ihn auf Spock und stellte überrascht fest, daß der Vulkanier keine Einwände erhob. »Und was geschieht, wenn die kritische Phase beginnt?« fragte er. Neuer Zorn quoll in ihm empor, als er sich daran erinnerte, daß Spock keine Bindungspartnerschaft eingegangen war.

Der Captain straffte die Schultern. »Wenn es mir gelingt, der früheren, *richtigen* Realität neuerliche Dominanz zu verleihen, löst sich dieses Problem vermutlich von ganz allein. Da es auf der Physiologie meiner *derzeitigen* Existenz basiert und nicht von einer speziellen Situation im anderen, *korrekten* historischen Gefüge hervorgerufen wird, spricht eine hohe Wahrscheinlichkeit ...«

»Spock!« warf McCoy verärgert ein. »Sie gehen dauernd von einem Wenn, Falls und Vielleicht aus. Nun, hier ist ein weiterer rhetorischer Leckerbissen für Sie: *Vielleicht* irren Sie sich! Was dann?«

Der Vulkanier hob den Kopf und begegnete dem Blick des Arztes. Seine Züge blieben steinern, doch in den dunklen Augen flackerte es. »In dem Fall werde ich sterben«, sagte er kühl. Er ging zur Tür und blieb erst stehen, als sich plötzlich McCoys Hand um seinen Arm schloß und ihn herumzwang. Er hatte nicht einmal gesehen, daß der Arzt aufgestanden war ...

»Jetzt hören Sie mir mal gut zu, Sie sturer, dickköpfiger Vulkanier«, fauchte McCoy wütend. »Ob es Ihnen nun gefällt oder nicht: Ich *bin* Doktor. Himmel, ich habe keine Ahnung, welche physiologischen Prozesse vom *Pon farr* ausgelöst werden, aber ich kann zumindest die Symptome behandeln! Und außerdem werde ich es auf keinen Fall zulassen, daß Sie *ohne* mich einen Streifzug durch die Neutrale Zone machen! Wenn Sie versuchen, mich hier zurückzulassen, erleben Sie Ihr blaues Wunder, Freund Spitzohr! Wenn der Erste Medo-Offizier der *ShiKahr* — Sie sehen ihn vor sich — den Captain für dienstuntauglich erklärt, können Sie nicht einmal mehr auf die Unterstützung der Sicherheitsgorillas hoffen.«

Spock starrte auf die Hand herab, die noch immer seinen Arm festhielt. »Falls Sie ganz offiziell darum ersuchen, mich zu den Romulanern zu begleiten, Doktor ...«, brachte er hervor und unterdrückte eigenen Zorn. »Ich bin gern bereit, Ihrem Antrag zu entsprechen.« Vielleicht war der hartnäckige Mensch wirklich in der Lage, ihn vor den schlimmsten Auswirkungen des Blutfiebers zu bewahren; dadurch gewannen sie etwas mehr Zeit.

McCoy starrte Spock verwirrt an, und nach einer Weile deuteten seine Lippen ein dünnes Lächeln an. »Himmel, warum haben Sie das nicht sofort gesagt?« Zufrieden wippte er auf den Zehen — und wurde schlagartig ernst, als ihm etwas einfiel. »Wie erklären Sie meine Präsenz den

Romulanern, sobald wir im Reich sind? Blaue Augen und lockiges Haar entsprechen nicht gerade den Beschreibungen eines Kriegers.«

Der Vulkanier musterte ihn neugierig. »Auf den romulanischen Welten leben auch Menschen«, erinnerte er den Arzt. »Ich stelle Sie als meinen ... persönlichen Bediensteten vor.« Mit einer Ironie, die ihm nicht gerade leichtfiel, fügte er hinzu: »Allerdings haben die Romulaner eine andere Bezeichnung dafür.«

McCoy errötete, war jedoch viel zu erleichtert, um seinem Stolz Priorität zu gewähren. Spock nahm ihn mit, und nur darauf kam es an. Er würde es irgendwie ertragen, Sklave genannt zu werden.

Der Vulkanier nickte knapp und verließ das Zimmer.

McCoy blieb allein zurück, zuckte mit den Schultern und spürte kurze Benommenheit, als er durchs leere Zimmer starrte. Eine destabile Realität, die von Körper und Geist abgelehnt wurde ... Er stellte sich den Captain der *ShiKahr* als Sklavenherrn vor, und die Falten fraßen sich tiefer in seine Stirn. »Später rechnen wir miteinander ab, *Master* Spock«, murmelte er. *Ich hoffe nur, daß ich ihn lange genug am Leben erhalten kann, um mir über Würde und ähnliche Dinge Sorgen zu machen. Du verdammter sturer, dickschädliger, irrer und unlogischer Vulkanier! Stirb mir bloß nicht einfach so weg. Erst möchte ich erleben, was aus Kirk und dir wird, welche Beziehung in der* wirklichen *Realität zwischen euch besteht. Himmel, Spock, klammere dich am Leben fest ...*

Spock lag auf dem Bett in seiner Kabine und fand keine Ruhe. Irgendwo wanderte ein Fremder, den er als sich selbst erkannte, durch leere Korridore. Allein – und doch nicht einsam. Er dachte an Kirk und streckte eine mentale Hand nach ihm aus, um sich zu vergewissern, ob ...

Ob was?

Eine Braue kletterte in die Höhe. *Jim?*

Für den Bruchteil einer Sekunde glaubte er, das ferne

Echo einer Antwort zu hören, doch das Flüstern verklang sofort wieder. Spock holte tief Luft und ließ den Atem seufzend entweichen. Wenigstens wußte er jetzt, daß der Fähnrich noch lebte. Soviel stand fest. Die Metamorphose des Universums hatte das telepathische Band zwischen ihnen nicht zerrissen. Eine eher bittere Erkenntnis schloß sich an: Auch Thea wußte um Kirks Bedeutung.

Der Vulkanier überlegte kurz, wie FleetCom und die Behörden der Allianz reagieren mochten, wenn bekannt wurde, daß er sich auf eine Kooperation mit der Prätorin einließ. Selbst wenn sich daraus ein Friedensvertrag und Handelsvereinbarungen ergaben — so etwas spielte keine Rolle. Die Wiederherstellung der ursprünglichen, originalen Geschichtsstruktur tilgte alle Folgen der Zeitmanipulation und auch das Wissen um sie. In einem solchen Fall hatten Admiral S't'kal und FleetCom gar keinen Grund, gegen ihn vorzugehen. Vielleicht existierten sie nicht einmal. Und noch etwas: Wenn es die Allianz nicht mehr gab, brauchte er keine Genehmigung von ihr.

Spock begriff, daß diese Überlegungen einige logische Lücken aufwiesen, aber er achtete nicht darauf und schloß die Augen. Irgendwann schlief er ein.

Und träumte.

Dumpfer Trommelschlag hallte durch visionäre Gewölbe, und der Wahnsinn — ein gesichtsloses Etwas, umhüllt von einem roten, unheilvollen Glanz — tanzte vor flakkernden Flammen und verlangte menschliche Opfer.

Das Blutfieber brannte in Spock, umarmte ihn mit glühender Hitze.

KAPITEL 17

Kirk öffnete die Augen, als ihm kaltes Naß auf die Wangen tropfte. Gedankenfragmente wuchsen zusammen und kehrten in den Fokus des Bewußtseins zurück. Er hob die Hand zur Stirn und kämpfte gegen Schwindel und Übelkeit an, als er sich zu bewegen versuchte. Die bunten Schleier vor seinen Augen wogten und wallten.

»Spock?«

»Hallo, Julia«, ertönte eine andere Stimme, und kurz darauf spürte Kirk, wie ihn jemand an der Schulter berührte. »Tut mir leid, dich enttäuschen zu müssen, Jim«, sagte Richardson wie aus weiter Ferne. »Ich bin's nur, der Prinz ohne sein Aschenputtel. Ich fürchte, auf diesem verdammten Felsbrocken gibt's nicht einmal eine böse Stiefschwester.«

Kirk griff nach Jerrys Hand, setzte sich auf, nahm ein nasses Tuch entgegen und betupfte damit sein Gesicht. Nach einigen Sekunden klärte sich sein Blick, und er stöhnte leise, als er eine öde Landschaft sah.

Auf allen Seiten erstreckten sich schroffe Felsen bis zu einem blassen, gelben Horizont. Hier und dort wuchsen verkrüppelt wirkende Bäume mit schwarzen Zweigen. Der Boden war relativ weich, bestand aus braunem Sand und kleinen, kristallartigen Steinen, die wie Diamanten schimmerten. Überall glitzerte und funkelte das Geröll im Licht einer untergehenden blauen Sonne, und dadurch entstand die Illusion eines Meeres aus geborstenem Glas. Hinter Kirk reichte ein stellenweise recht steiler Hang in die Höhe, und irgendwo weiter oben gurgelte das Wasser einer verborgenen Quelle.

Jim drehte den Kopf. »Himmel, ich fühle mich wie ein Saufbruder, der nach seinem ersten Delirium tremens eine

Flasche mit Methylalkohol erwischt hat«, brummte er und verfluchte die Benommenheit, die wie ein zäher, klebriger Nebel an der Rückseite seiner Stirn haftete. »Zum Teufel auch, was ist eigentlich passiert?«

Richardson zuckte mit den Achseln und erzitterte, als Schmerz den einen Arm durchzuckte. »Die Kerle haben aus unmittelbarer Nähe ihre Intervaller auf uns abgefeuert. Übrigens: Dein Trick in der Kabine war nicht übel. Schade nur, daß es uns trotzdem erwischt hat.«

Kirk dachte nach, erinnerte sich an die jüngsten Ereignisse und atmete tief durch. »Solche Burschen hätte Segon nie in seiner Abteilung geduldet.«

Richardson murmelte etwas Unverständliches, lehnte sich an einen Felsvorsprung und schirmte die Augen ab. »Wenigstens haben unsere Freunde eine Überlebensausrüstung zurückgelassen«, sagte er und deutete auf einige grüne Kanevasbündel am Fuß des Hanges. »Leider bin ich in der Schule bei den Prüfungen im Zeltbau durchgefallen, und deshalb hielt ich es für besser zu warten, bis du erwachst.« Er zögerte kurz. »Ich hoffe, du kannst romulanische Kochbücher lesen, Jim.«

Kirk lächelte schief und sah sich um. »Ich nehme an, Tasme und sein Begleiter wollten nicht zum Essen bleiben, oder?«

Richardson schüttelte den Kopf. »Sie entschuldigten sich in aller Form und meinten, sie müßten noch einen wichtigen Termin wahrnehmen.« Allmählich wurde er wieder ernst. »Ich war noch halb weggetreten, Jim, aber ich hörte, wie sich einer der beiden Typen mit einem romulanischen Kreuzer in Verbindung setzte und verlangte, an Bord gebeamt zu werden. Daraus schließe ich, daß wir uns nicht mehr in der Allianz befinden. Eigentlich komisch. Wenn sie uns aus dem Weg räumen wollten, hätten sie sich kaum soviel Mühe zu machen brauchen. Statt dessen haben die Romies diesen hübschen Planeten für uns ausgewählt und sogar einige Sachen hinterlassen.«

Kirk nickte langsam. »Tote Geiseln nützen ihnen nicht

viel«, erwiderte er leise, musterte Richardson und runzelte die Stirn. »Ich schätze, wir sollten uns zuerst um deinen Arm kümmern.«

Er zog den Uniformpulli aus, zerrte an den Ärmeln und brummte, als der Stoff zerriß. Dann hob er den Kopf und hielt nach etwas Ausschau, das sich als improvisierte Schiene verwenden ließ. Er bemerkte einen Baum mit niedrigem Geäst und stand auf – ein wenig zu schnell, wie er gleich darauf feststellte. Das Bild vor seinen Augen verschwamm, und der Boden unter ihm schien zu erzittern. Kirk holte tief Luft, winkte Richardson beiseite und wankte zu der Pflanze, die schief aus dem steinigen Boden ragte. Dort verharrte er eine Zeitlang, hob das rechte Bein, zielte sorgfältig und trat kräftig zu.

Ein Ast splitterte und löste sich vom Stamm. Jim brach ein geeignetes Stück ab, kehrte zurück und sah, daß Jerrys Gesicht eine Mischung aus Verwirrung und Sorge zeigte. Er umfaßte das Handgelenk seines Gefährten, streckte den Arm behutsam und schnitt eine Grimasse, als er ein leises Knirschen hörte.

Richardson keuchte und erblaßte.

»Endlich kann ich mich dafür rächen, daß du deine schmutzige Unterwäsche immer auf mein Bett gelegt hast«, sagte Jim und versuchte, seinen Kameraden auf diese Weise abzulenken.

Jeremy zuckte zusammen. »Der Knochen ist heil geblieben. Aber er *wird* brechen, wenn du nicht vorsichtiger bist.«

Kirk lachte und ließ seinen Blick erneut über die fremde Landschaft schweifen. »Hast du irgendeine Ahnung, wo wir sind?«

Richardson gab sich nachdenklich. »Nun, ich glaube, wir befinden uns *nicht* in Oz.« Er stöhnte leise, als Kirk die Schiene anlegte und mit abgerissenen Stoffstreifen am Arm befestigte. »Aber wenn du aus dem Fenster auf der linken Seite siehst – autsch! –, wirst du feststellen, daß wir gerade die Golden Gate Bridge überfliegen. Rechts glänzt der

Pazifik. Der kleine Fleck dort unten ist ein Rettungsboot, in dem der Captain und die Offiziere der Brückencrew hocken. Außerdem dürfte deiner Aufmerksamkeit kaum entgehen, daß die — au, verdammt! — linke Tragfläche brennt.« Jerry grinste von einem Ohr bis zum anderen. »Laß deiner Phantasie freien Lauf. Und widersteh der Versuchung, die Stewardeß in ihren hübschen Po zu zwikken.«

Kirk schmunzelte und verknotete die letzten Stoffetzen. »Wie fühlst du dich jetzt?«

Richardson verzog das Gesicht. »Einfach super, Herr Doktor. Ich werde dich McCoy empfehlen, wenn wir wieder zurück sind. He, was hältst du jetzt von einem Abstecher zur Bar?«

Kirk klopfte sich Sand von der Hose. »Wenn du die Überlebensausrüstung meinst ... Sehen wir mal nach, was heute abend auf dem Speisezettel steht.« Er trat an den Fuß des Hanges heran und zerrte die beiden größten Boxen zu seinem Gefährten. Wie sich kurz darauf herausstellte, enthielten sie Konzentratriegel — die Verpackung wies romulanische Schriftzeichen auf, die sie nicht entziffern konnten —, Instrumente, die zum Schneiden und Graben dienten (offenbar für die Nahrungssuche bestimmt), und einen von der Allianz stammenden Standard-Medo-Kasten.

»Eins muß man den Kerlen lassen — sie haben nichts vergessen«, sagte Richardson und betrachtete die verschiedenen Gegenstände.

Kirk gab keine Antwort. Eine Zeitlang starrte er wie gebannt auf den Inhalt des kleinen Medo-Behälters und die beiden Lidazin-Ampullen darin. Schließlich holte er tief Luft und beobachtete Jerry aus den Augenwinkeln.

»Tut der Arm sehr weh, Jerry?« Er bemerkte auch verdünntes Coenthal und ein anderes schmerzstillendes Mittel, das mit dem Symbol für Morphin gekennzeichnet war.

»Es ist zu ertragen«, sagte Richardson. »Ich schlage vor, wir sparen uns das Zeug für später auf.« Er furchte die

Stirn und sah Kirk an. »Äh ... hast du während deiner Bewußtlosigkeit irgend etwas geträumt?«

Es lief Kirk kalt über den Rücken. »Nein. Warum?«

»Nun, als du wieder zu dir kamst, nanntest du Spocks Namen.« Jeremy lächelte. »Eigentlich braucht uns das gar nicht zu überraschen. Schließlich ist er der *Captain:* ein furchtloser und kühner Anführer, ein Gott unter uns Normalsterblichen und so weiter und so fort. Nein, mich wundert etwas anderes.« Er lachte unsicher, als er Kirks Wachsamkeit bemerkte. »Ich weiß nicht recht, ob es etwas bedeutet. Du hast Spock nach der *Enterprise* gefragt, dich danach erkundigt, ob die *Enterprise* in Sicherheit sei.«

In Kirks Selbst veränderte sich etwas, und er erlebte einige Sekunden der Irrealität und Begeisterung. Unmittelbar darauf verflüchtigten sich diese Empfindungen, wichen Bitterkeit und dem Gefühl eines großen Verlustes. »Ich ... Die *Enterprise* ...« Er lauschte dem Klang des letzten Wortes, verglich ihn mit dem Bedeutungsinhalt des emotionalen Vibrierens. Ein akustisches Äquivalent für Wärme, Sicherheit und Heimat.

Dann kehrte *Fähnrich* Kirk zurück. Eine silberne Göttin, die er nie berühren durfte, die ihm für immer verwehrt blieb. »Keine Ahnung«, erwiderte er mürrisch. »Nur ein Traum, weiter nichts.« Er überlegte, warum er sich wieder in die Defensive gedrängt glaubte, weshalb er sich so hilflos und allein fühlte. Das Lidazin im Medokasten lockte, und er wandte den Blick ab, bevor er der Versuchung erliegen konnte. »Vergiß die Sache, Jerry. Sie spielt keine Rolle.«

Richardson musterte ihn eine Zeitlang. »Bist du *ganz* sicher, Jim?« fragte er schließlich, rutschte ein wenig zur Seite und lehnte sich an einen aufragenden Felsen. »Und selbst *wenn* du es bist – ich kann dir nicht zustimmen. Während der telepathischen Verbindung habe ich das Bild auch in S'Parvas Bewußtsein gesehen, und deshalb bin ich davon überzeugt, daß es sich um einen wichtigen Hinweis handelt. Himmel, Jim, denk nach!«

Kirk stand auf und wollte fortlaufen, einfach fliehen. Doch etwas hielt ihn fest, und nach einigen Sekunden nahm er wieder Platz. *Enterprise* ... Nur ein Wort. Drei Silben. Ein bedeutungsloser Name. Aber gleichzeitig begriff er, daß er sich selbst etwas vormachte. Mit einer bewußten Anstrengung drängte er Enttäuschung und Verbitterung des Fähnrich-Ichs beiseite und besann sich statt dessen auf weitere Details, die er bei der Mentalverschmelzung mit Spock gesehen hatte. *Sie.* Die *Enterprise* ... Die einzelnen Mosaiksteine fügten sich zusammen und bildeten eine einheitliche Struktur. Kirk holte tief Luft.

»Es ist ein ... Raumschiff«, brachte er hervor.

Richardson schwieg eine Weile und beobachtete seinen Gefährten nachdenklich. »*Dein* Schiff«, sagte er, streckte den unverletzten Arm aus und legte Jim beruhigend die Hand auf die Schulter. »S'Parva und ich haben es ebenfalls gesehen. Wir wußten nur nicht, wie es hieß.«

Fähnrich Kirk setzte sich zur Wehr, hämmerte an die dicken Mauern, die *Captain* Kirk um sich herum errichtet hatte. Aber das andere Selbst konnte diesen Kampf nicht gewinnen. Jim schloß die Augen. »Bin ich ein Narr, an so etwas zu glauben?« fragte er sich und den Rest der Welt. »Oder ist es ... wirklich möglich?«

Richardson schauderte, als kühler Wind über den Hang strich, den Sopran der gurgelnden Quelle mit einem melodischen Alt untermalte. »Ich kann dir darauf nur mit dem antworten, was ich fühle«, entgegnete er. »Und ich *spüre,* daß wir in jene andere Realität gehören. Der Rest ist Illusion, Jim.«

Kirk drehte langsam den Kopf, beobachtete den Himmel des späten Nachmittags und wagte es nicht, mit einer mentalen Hand nach dem Bild in seinem inneren Fokus zu greifen. »Wie dem auch sei: Es hat keinen Sinn, noch länger herumzusitzen und darauf zu warten, daß ein Wunder geschieht.« Er stand auf, öffnete das zweite Bündel und fand darin ein kleines, für zwei Personen bestimmtes Zelt.

»Brauchst du Hilfe?« fragte Richardson.

»Ich kümmere mich um das Zelt«, sagte Kirk, breitete die Planen aus und griff nach den Stangen. »Such du nach etwas Eßbarem.«

Richardson nahm im Schneidersitz Platz. »Als Koch tauge ich nicht viel. Außerdem geht es mir in erster Linie um das Problem, wie wir von hier verschwinden können. Damals auf der Erde ... Nun, wenn ich eine elende Woche lang im College festsaß, durfte ich wenigstens darauf hoffen, am Samstag von meinen Eltern abgeholt und befreit zu werden. Ich fürchte, unsere romulanischen Freunde haben vorerst nicht die Absicht, uns zurückzubringen.«

Kirk trieb die Stangen des Gerüsts in den Boden und wandte sich seinem Gefährten zu.

»Unsere Möglichkeiten sind eher begrenzt. Entweder wir bauen ein Raumschiff aus Steinen und Zweigen — oder wir lassen uns Flügel wachsen und fliegen.«

Er verzog das Gesicht. »Was meinst du wohl, wie unsere Chancen stehen?«

Richardson zwinkerte. »Nun, rein körperlich gesehen sind und bleiben wir an diesen Ort gebunden; aber was ist mit dem *geistigen* Aspekt?« Er starrte in die Ferne. »Die telepathische Verbindung mit S'Parva liegt erst einen Tag zurück, und ihr Bewußtsein müßte noch immer für meine mentalen Signale sensibilisiert sein. Wenn es mir gelingt, einen Kontakt zu der Katellanerin herzustellen und ihr mitzuteilen, daß wir hier sind ... was auch immer ›hier‹ bedeuten mag ...«

Kirk brummte skeptisch. »Ich baue das Zelt auf«, wiederholte er und griff nach der ersten Plane. »Such du nach irgendwelchen Nahrungsmitteln.«

»Wie du meinst«, sagte Richardson und rührte sich nicht. »An deiner Stelle würde ich versuchen, Spock zu erreichen. Wenn das, was ich während der gedanklichen Sondierung mit S'Parva sah, auch nur halbwegs den Tatsachen entspricht, müßtest du in der Lage sein, dich dem Vulkanier telepathisch mitzuteilen. Als *Lieutenant* Richardson hatte ich den Eindruck, daß es im anderen Universum eine besondere Beziehung zwischen dir und Spock gibt.« Jerry grinste schief. »Was hast du schon zu verlieren – abgesehen von deinem Verstand?«

Kirk ließ sich von Jeremys Galgenhumor anstecken, als er die Plane über das Gerüst spannte. »Kann ein Irrer überschnappen?« Er warf einen Blick über die Schulter und sah die Botschaft der kühlen Brise bestätigt: Die Dunkelheit der Nacht glitt heran. »Na schön. Sobald wir hiermit fertig sind, versuche ich, eine mentale Brücke zu bauen, die lichtjahrweit durchs All reicht. Es hat wohl kaum einen Sinn, irgendwelche Nachrichten zu übermitteln und anschließend zu erfrieren, oder?«

Richardson blieb liegen, und in seinen Augen funkelte der Schalk, als Kirk die zweite Plane festzurrte. »Mit dem Zelt scheint soweit alles in Ordnung zu sein«, stellte er gönnerhaft fest. »Du darfst mir jetzt die Speisekarte bringen, Julia.«

Kirk starrte auf seinen Kameraden herab und kniff die Augen zusammen. »Willst du unbedingt, daß ich dir den anderen Arm breche?«

Jeremy seufzte, erhob sich und öffnete das dritte Bündel der Überlebensausrüstung. »Tja«, murmelte er nach einer Weile, »wir dürfen zwischen *T'krouma* und *S'latami* wählen.« Er zuckte mit den Achseln. »Leider haben sich unsere romulanischen Gastgeber nicht die Mühe gemacht, ihre Konserven mit Bildern zu versehen. Wir wissen also nicht, *was* wir essen.«

Kirk lachte leise, brachte das Zelt in die richtige Position und betrachtete sein Werk. Eine blaue Blase zitterte in der fremden Landschaft, wirkte wie ein exotisches Tier. Jim holte zwei gefütterte Schlafsäcke hervor und kroch mit ihnen in den Unterstand.

»Ich habe gerade beschlossen, daß du die erste Wache übernimmst«, sagte er, als Richardson ihm folgte und den Reißverschluß des Eingangs zuzog.

Jeremy schnitt eine Grimasse. »Offenbar hast du dir tatsächlich einen Rest von Verstand bewahrt«, brummte er, streckte sich in seinem Schlafsack aus und schloß die Augen. »Warum wach bleiben?« murmelte er. »Bestimmt gibt es hier keine hübschen jungen Damen, die uns einen nächtlichen Besuch abstatten.« Nach einer kurzen Pause fügte er hinzu: »Versuchst du's?«

Kirk beobachtete den anderen Fähnrich, dessen Gestalt sich in der Dunkelheit nur als vager Schemen abzeichnete. Vor seinem inneren Auge formten sich erste Konturen. »Ja«, hauchte er und spürte, wie die Realität erbebte. Er nahm bereits eine separate Präsenz wahr, senkte die Lider und gab sich vertrauter Wärme hin. *Trinität ... Sie. Die* Enterprise ...

Die Züge eines kantigen Gesichts schälten sich aus mentalen Schlieren, und Jim konzentrierte seinen inneren Blick darauf.

Neutrale Zone, dachte er. *Öde Welt ... blaue Sonne ...*

KAPITEL 18

McCoy musterte den Vulkanier neugierig. In dem langen schwarzen Umhang mit der Kapuze wirkte Spock keineswegs so fremdartig, wie er zunächst angenommen hatte. Der Arzt unterdrückte ein Lächeln, während sie übers Hangardeck schritten und die *T'Favaron* betraten. Als er an die medizinische Untersuchung des Captains der *Shi-Kahr* dachte, verflüchtigte sich seine Heiterkeit und wich neuer Sorge. Erhöhter Blutdruck. Glanduläre Hyperaktivität. Emotionaler Streß. Zwar hatte McCoy den Vulkanier mit einigen Arzneien behandelt, doch er wußte nicht, wie lange Spock durchhalten konnte.

In dem kleinen Raumschiff nahmen sie in Wandsesseln Platz, und McCoy wechselte einen kurzen Blick mit S'Parva. Die Katellanerin traute den Romulanern ebensowenig wie er selbst, und Thea erklärte sich erst nach beharrlichem Drängen bereit, die Psychotherapeutin mitzunehmen. Spocks Hinweis darauf, S'Prava gehöre zu seinem persönlichen Gefolge und sei unverzichtbar für ihn, gab schließlich den Ausschlag. McCoy befürchtete allerdings, daß die Prätorin diese Behauptungen als Lüge durchschaute.

Seufzend setzte er sich und stellte überrascht fest, daß die innere Struktur der *T'Favaron* erstaunliche Ähnlichkeit mit der eines Allianzshuttles aufwies. An der einen Wand sah er sechs Passagiersessel, an der anderen ein zusammenklappbares Bett und verschiedene medizinische Ausrüstungsgegenstände. Wenn nicht die unverständlichen romulanischen Schriftzeichen gewesen wären, hätte McCoy fast glauben können, er trete einen lang ersehnten Landurlaub an.

Theas Stimme unterbrach seinen Gedankengang.

»Wenn wir die *Ravon* erreichen, werden Sie sofort auf meinem Quartierdeck untergebracht. Da niemand von der wahren Identität des Prätors weiß, rechne ich nicht mit Schwierigkeiten.« Sie setzte sich vor die Kontrollen, musterte Spock und lächelte hintergründig. »Sehen Sie nicht so verdrießlich drein, Captain«, fuhr sie fort, betätigte einige Tasten und aktivierte das Triebwerk. »Wenn wir Erfolg haben, kehren Sie in die Allianz zurück und sehen mich nie wieder.«

Unter den Schatten der Kapuze kletterte eine Braue in die Höhe. »Es ist keineswegs Ihre Präsenz, die mich beunruhigt, Thea«, erwiderte er kühl. »Der Umstand, daß Sie die übliche Taktik Ihres Volkes verwenden, läßt mich an Ihren wahren Motiven zweifeln.« Er zögerte und zwang widerstreitende Empfindungen unter die Kontrolle des bewußten, rationalen Verstandes. »Ich werde Ihre Schläue nicht noch einmal unterschätzen.«

Thea lächelte, als die *T'Favaron* sanft abhob und dem Hangarschott zuglitt. Der Bildschirm zeigte, wie sich in der stählernen Wand eine breite Öffnung bildete, und kurz darauf schimmerten die Sterne des romulanischen Reiches.

»Sie haben mich nicht unterschätzt, Spock«, antwortete die Prätorin und gab Schub. Die *ShiKahr* blieb hinter ihnen zurück. »Sie wurden nur zu dem Eingeständnis gezwungen, daß ich alle Trümpfe in der Hand halte.«

»Wenn Sie damit Richardson und Kirk meinen ...«, entgegnete der Vulkanier. »Dann haben Sie mich unterschätzt. Ich kooperiere nicht etwa deswegen mit Ihnen, weil Sie die beiden Fähnriche entführten.« Er ignorierte den warnenden Blick McCoys.

Thea nickte geistesabwesend und behielt die Instrumentenanzeigen im Auge. Die Entfernung zur *ShiKahr* wuchs rasch, und aus dem Heckbereich des kleinen Schiffes ertönte ein dumpfes Brummen. »Es scheint ein Mythos zu sein, daß Vulkanier nicht lügen«, sagte sie zu Sarela. »Wie dem auch sei: Tasme und Sekor haben mir mitgeteilt, daß die beiden Geiseln auf einem unbewohnten Planeten des

Reiches abgesetzt wurden, einer Welt, auf der es genug Nahrung und Wasser gibt, um sie so lange am Leben zu erhalten, wie es nötig ist.«

Spock reagierte nicht und beobachtete, wie Thea Kursdaten in den Navigationscomputer eingab. Wenige Sekunden später wurde aus dem Brummen ein fast schrilles Sirren, und auf dem zentralen Bildschirm glühten bunte Streifen.

Ganz offensichtlich verfügte die *T'Favaron* über ein Warptriebwerk — ein wichtiger Unterschied zu den Shuttles der Allianz. Als sich Spock daran erinnerte, wem dieses Schiff gehörte, war er nicht überrascht. Thea standen nahezu unbegrenzte Ressourcen zur Verfügung — allein seine Anwesenheit bewies ihre Macht.

Der Flug dauerte zwei Stunden, und die beiden Romulanerinnen nutzten diese Zeit, um dem Vulkanier noch einmal ihren Plan zu erläutern. Sobald die *Ravon* Romulus erreichte, sollte der Pseudo-Prätor den Palast aufsuchen, um dort über Bedeutung und Exzentrizität jedes einzelnen romulanischen Gouverneurs informiert und auf die Zusammenkunft der Clan-Oberhäupter vorbereitet zu werden. »Bei der Konferenz lesen Sie die Lehrsätze der Disziplin vor und erklären ihre Bedeutung«, fügte Thea hinzu. »Beantworten Sie die Fragen, die man Ihnen stellt — und rechnen Sie mit Einwänden der beiden Krieger-Repräsentanten. Später kehrt der Prätor in die Anonymität zurück. Die Lehrsätze bleiben den Gouverneuren überlassen und werden von ihnen auf jeder einzelnen Welt des Reiches erläutert ...«

Spock hörte schweigend zu und erkundigte sich nur selten nach Einzelheiten. Er wirkte konzentriert und aufmerksam, aber seine Gedanken beschäftigten sich mit ganz anderen Dingen. Er beobachtete Thea, schätzte ihre Stärken und Schwächen ein. Wenn es ihm gelang, Aufschluß über die Art der Zeitmanipulation zu gewinnen, fand er vielleicht eine Möglichkeit, die alte historische Struktur wiederherzustellen. Aber er mußte dabei äußerste Vorsicht walten lassen, durfte auf keinen Fall das Mißtrauen der Prätorin wecken.

Ganz plötzlich erschien die *Ravon* auf dem Schirm. Das große Raumschiff senkte den Schild der Tarnvorrichtung, als sich die *T'Favaron* näherte. Hier und dort zeigten sich dunkle Stellen an der Außenhülle – von Gefechten stammende Brandwunden auf der stählernen Haut –, aber der Kreuzer bot dennoch einen imposanten Anblick, während er antriebslos in unmittelbarer Nähe der Neutralen Zone trieb.

Thea steuerte das Erkundungsschiff in Richtung eines geöffneten Hangarschotts, überließ dem Computer die Einzelheiten des Manövers und drehte sich um. »Behagt es Ihnen nicht, sich nun im stellaren Territorium des Feindes zu befinden, Captain Spock?« fragte sie spöttisch. »Oder geben Sie zu, angesichts der bevorstehenden Ereignisse so etwas wie Aufregung zu empfinden?«

Spock musterte Thea eingehend und kam zu dem Schluß, daß sie ihn zu einer emotionalen Konfrontation herausforderte. »Ich bin Vulkanier«, erwiderte er steif. »Aufregung ist mir fremd.«

»Sie haben völlig recht, Herrin«, warf Sarela ein und lächelte dünn. »Es *ist* ein Mythos. Er lügt ebensogut wie ein Romulaner!«

Thea hielt dem Blick der dunklen Augen stand, und die distanzierte Kühle in ihr wich einem Hauch von Wärme. Ihre erste Begegnung fand unter umgekehrten Vorzeichen statt. Jetzt brachte *sie* ihm fast so etwas wie Mitleid entgegen, sah mehr in ihm als nur ein nützliches Werkzeug. Rasch verdrängte sie diesen Gedanken.

»Kommen Sie«, murmelte Thea, als die *T'Favaron* aufsetzte und sich das Schott der Luftschleuse öffnete. Draußen erstreckte sich das Hangardeck der *Ravon*. »Ich möchte dem Prätor sein Flaggschiff zeigen.«

»Nun, Spock?« knurrte McCoy ungeduldig und trat an die Seite des Vulkaniers. Thea und Sarela waren schon vor einer Stunde gegangen – unter dem Vorwand, einige persönliche Dinge aus Sarelas Quartier zu holen. Der Arzt erwartete jedoch, daß sie bald zurückkehrten.

Spock wandte sich von dem Computerterminal in ihrer Unterkunft ab. »Es sind tatsächlich Informationen über die Zeitmanipulation gespeichert«, sagte er. »Offenbar haben die Romulaner schon mehrfach derartige Unternehmen durchgeführt. Leider habe ich mit diesem Terminal nicht auf alle Daten Zugriff. Thea geht sicher davon aus, daß wir den Computer benutzen, und deshalb hat sie vermutlich einige Vorsichtsmaßnahmen getroffen: Codeschranken und dergleichen.«

McCoy wippte ärgerlich auf den Zehen und wechselte einen kurzen Blick mit S'Parva. »Ist es möglich, die Paßwort-Barrieren irgendwie zu umgehen? Sie meinten doch, das hiesige Computersystem unterscheide sich kaum von unseren Anlagen an Bord der *ShiKahr*.«

Die Katellanerin wankte näher. Wenn sie sich aufrecht hielt, mangelte es ihren Bewegungen an Anmut und Eleganz. Trotzdem verzichtete sie darauf, ihre natürliche Haltung einzunehmen. »Im Prinzip wäre es ganz einfach, alle elektronischen Sperren zu durchdringen, Leonard. Doch dazu müssen wir wissen, wo sich der Zentralcomputer befindet und wie man Zugang zu ihm erhält. Bei diesem Gerät handelt es sich nur um ein einfaches Abfrageinstrument und kein intelligentes Terminal, das eigene Programmierungen zuläßt. Wir müssen bestimmte Programme aufrufen, um an die gewünschten Daten zu gelangen – und für die entsprechenden Aktivierungen sind Dateinamen erforderlich, die wir nicht kennen. Ich sehe keine unmittelbare Lösung für dieses Problem. Es sei denn, wir könnten einen Nebenanschluß des Bordcomputers benutzen.«

S'Parva beugte sich vor, blickte über die Schulter des Vulkaniers und betrachtete die Anzeige des kleinen Monitors. Ein Ohr löste sich aus der Haltespange und strich über den Hals des Captains. Die Katellanerin merkte es erst, als sich Spock zurücklehnte und zu ihr aufsah.

S'Parva lächelte, zuckte mit den breiten Schultern und strich das Ohr wieder zurück. »Entschuldigen Sie bitte«, murmelte sie.

Der Vulkanier hob eine Braue und sah auf die Uhr. »In einer Stunde soll ich als Prätor mit einer Routineinspektion der *Ravon* beginnen. Commander Tazol genießt bei den Kriegern hohes Ansehen, und daher hält es Thea für angeraten, daß ich schon hier in meine neue Rolle schlüpfe. Zweifellos wird sie mich zusammen mit Sarela begleiten, während Sie hier unter Bewachung zurückbleiben.« Er entwickelte eine Idee und wandte sich an S'Parva. »Die Wächter im Korridor wissen, wer wir sind, denn sie dienen der Prätorin persönlich. Aber wenn wir die Runde durchs Schiff beginnen, bleibt Thea gar nichts anderes übrig, als meine Autorität zu akzeptieren. Sie tritt dabei als eine Beraterin auf und kann meine Anweisungen nicht in Frage stellen, ohne Verdacht zu erregen. Nun, der Prätor ist häufig in Gesellschaft seiner Sklaven und Bediensteten unterwegs, und daher erscheint es sicher nicht ungewöhnlich, wenn ich während der Inspektion nach Doktor McCoy schicken lasse.«

S'Parva lächelte und zeigte dabei lange, spitze Zähne. »Wenn die Wächter das Schott öffnen, um Leonard zu holen, dürfte uns die Flucht nicht besonders schwerfallen.« Nachdenklich strich sie die Schnurrhaare glatt. »Ich setze meine telepathischen Fähigkeiten ein und suggeriere den Romulanern, daß wir sie begleiten — dadurch bekommen wir Zeit genug. Sie werden *glauben*, daß wir beide bei ihnen sind, obgleich sie nur Leonard eskortieren. Ich nutze die Gelegenheit, eine Nebenstelle des Zentralcomputers zu suchen und von dort aus alle notwendigen Informationen abzurufen. Anschließend kehre ich sofort hierher zurück, um zur Stelle zu sein, wenn Sie mit Thea eintreffen, Captain.«

Der Vulkanier nickte. »Thea hat das ganze Deck zu ihrem persönlichen Bereich erklärt, und dadurch haben Sie genug Bewegungsfreiheit. Die meisten Berater und Sklaven nehmen an dem Rundgang teil und sind somit beschäftigt.« Er reaktivierte das kleine Terminal und sah auf den Schirm. »Nach diesen Diagrammen zu urteilen ist der nächste Computeranschluß nur etwa hundert Meter von unserem jetzigen Aufenthaltsort entfernt.«

S'Parva atmete tief durch. »Sechzig Minuten, mehr brauche ich nicht«, erklärte sie zuversichtlich. »In dieser Zeit lüfte ich alle romulanischen Geheimnisse.«

Spock fühlte, wie die Anspannung aus ihm wich, und für einige Sekunden schloß er die Augen. Dann erinnerte er sich an den fast schmerzlichen Druck der Realitätsverschiebung, an die schrumpfende Frist, die ihnen noch blieb, bis der Veränderungsprozeß unumkehrbar wurde. Hinzu kam sein eigener, sich verschlimmernder Zustand. Er spürte bereits die ersten Anzeichen mentaler Lethargie — und gerade jetzt brauchte er seine ganze konzentrative Kraft. Ein einziger Fehler konnte alle ihre Hoffnungen zerstören.

Er schlug die Augen wieder auf, als er das Zischen eines Injektors hörte. Kühle erfaßte den rechten Oberarm. Ruckartig drehte er den Kopf. McCoy trat sicherheitshalber einen Schritt zurück und verstaute sein Instrument in der Medo-Tasche.

»Was haben Sie mir gegeben, Doktor?« fragte Spock kühl.

McCoy gestikulierte nervös. »Ein Mittel, das Sie während der Tour durchs Schiff auf den Beinen halten soll«, erwiderte er überraschend sanft. »Ob Sie's mir glauben oder nicht: Sie stehen kurz vor einem Zusammenbruch!«

Der Vulkanier senkte die Lider und kämpfte gegen die Hitze des Blutfiebers an. »Ich versichere Ihnen, daß mir derzeit nichts fehlt.«

McCoy holte einen Tricorder hervor und richtete ihn auf Spock. Das kleine Instrument zirpte leise. »Überlassen Sie die Diagnose mir.« Er schob trotzig das Kinn vor und bemerkte aus den Augenwinkeln, daß sich S'Parva am Fußende des Bettes zusammengerollt hatte. Sie schien zu schlafen. »Wenn wir nicht bald *irgend etwas* unternehmen, ist es aus mit Ihnen, Spock«, sagte er leise. »Himmel, wir wissen beide, was Sie brauchen, und abgesehen davon muß ich passen! Die Arzneien helfen Ihnen nur für einen begrenzten Zeitraum; damit kann ich nichts gegen Ihren verdammten vulkanischen Metabolismus ausrichten!«

Unter dem Tisch ballte Spock die Fäuste. »Das ist mir durchaus klar, Doktor«, sagte er düster. Es klang fast drohend. »Ich schlage vor, Sie machen von Ihren eigenen schauspielerischen Fähigkeiten Gebrauch und mischen sich nicht in meine Angelegenheiten!«

McCoy trat zurück, schüttelte ungläubig und fassungslos den Kopf. »Ich habe noch nie jemanden gesehen, der sich mit derartiger Hartnäckigkeit gegen etwas sträubt, das man normalerweise als *Vergnügen* empfindet. Wollen Sie etwa behaupten, daß es an Bord der *ShiKahr* keine Frau gibt, die ...« Er brach ab und errötete. »Zum Teufel auch, schon seit Jahren versuchen Dutzende von verliebten Damen, den Öffnungscode für das elektronische Schloß Ihrer Kabinentür in Erfahrung zu bringen!« Zorn brodelte in ihm – Wut auf den sturen Stolz des Vulkaniers. »Verdammt, Spock! Was ist denn so schrecklich *falsch* daran, sich von jemandem helfen zu lassen? Oder geht es Ihnen nur darum, den Märtyrer zu spielen?«

Spock sprang jäh auf, packte McCoy an den Schultern und stieß ihn zur Seite. Ein seltsames Feuer brannte in den dunklen Augen.

»Ihre Neugier in bezug auf meine persönlichen Dinge geht mir langsam auf die Nerven, Doktor!« zischte er und trat auf McCoy zu. Der Arzt hatte das Gleichgewicht verloren und stemmte sich gerade wieder in die Höhe. »Wenn Sie nicht umhin können, auch außerhalb der Krankenstation den Inquisitor zu spielen, sehe ich mich vielleicht dazu gezwungen, Ihre Nützlichkeit in Frage zu stellen.«

McCoy zwinkerte verblüfft und starrte in die Pupillen eines wilden Tiers. Einige Sekunden lang spielte er mit dem Gedanken, eine spöttische Antwort zu geben, doch er überlegte es sich anders und verschluckte die ironischen Worte. Er lächelte unsicher und begriff, daß auch die vulkanische Geduld Grenzen hatte.

»Tut mir leid, Spock«, murmelte er und wahrte eine vorsichtige Distanz zum Captain. »Ich glaube, ich hab's ein wenig ... übertrieben.«

Der Vulkanier antwortete nicht, drehte sich um und verschwand in einer anderen Kammer des Quartiers. Vermutlich hätte er die Tür hinter sich zugeschlagen, doch das automatisch zugleitende Schott gab ihm keine Gelegenheit dazu.

McCoy spürte den durchdringenden Blick S'Parvas auf sich ruhen.

»Sein Zustand verschlechtert sich rapide«, sagte die Katellanerin. »Machen Sie sich keine Vorwürfe, weil Sie versucht haben, ihn zur Vernunft zu bringen.«

McCoy hieb mit der Faust auf den Tisch. »Von Vernunft kann in diesem Zusammenhang überhaupt keine Rede sein«, knurrte er. »Der Kerl war noch nie ganz dicht, aber jetzt ist er dem Wahn näher als jemals zuvor.« Er starrte nachdenklich ins Leere. »Vielleicht besteht unsere einzige Chance darin, ihn endgültig in den Irrsinn zu treiben ...«

Der Rundgang durchs Schiff schien eine Ewigkeit zu dauern. Als der ›Prätor‹ die Inspektion von Brücke, Maschinenraum und Hangardeck beendete, nahm seine Ungeduld immer mehr zu. Spock sah Thea an – und wandte den Blick sofort wieder ab.

»Ich möchte, daß mein persönlicher Sklave T'Lennard hierherkommt«, verkündete er in akzentfreiem Romulanisch und sah den Kommandanten der *Ravon* an – einen aufgeblasenen Speichellecker, der schon seit einer guten Stunde versuchte, die Gunst des Prätors zu erringen.

»Ich bringe ihn persönlich zu Ihnen, Herr«, erwiderte Tazol und verneigte sich aus der Hüfte heraus.

Der Vulkanier schüttelte den Kopf und ärgerte sich dabei einmal mehr über die Kapuze, die sein Blickfeld begrenzte und die Glut in seinem Nacken heißer brennen ließ. »Negativ. Setzen Sie sich mit meinem Quartier in Verbindung und lassen Sie T'Lennard von den Wächtern eskortieren.«

Tazol verbeugte sich erneut. »Sehr wohl, Herr«, sagte er steif und senkte respektvoll den Blick, als er sich einem Kommunikationsanschluß näherte.

Thea trat einen Schritt vor und kniff argwöhnisch die Augen zusammen. Unmittelbar darauf erinnerte sie sich an ihre Rolle als einfache Beraterin und vollführte eine demütige Geste. »Wenn der Prätor müde ist, sollten wir die Fortsetzung der Inspektion vielleicht auf einen späteren Zeitpunkt verschieben.«

Spock wartete, bis Tazol außer Hörweite war, begegnete dann Theas stechendem Blick. »Wenn die Prätorin kein Vertrauen zu ihrer Marionette hat«, sagte er leise, »sollte sie eine andere wählen.« Er zögerte und fügte fast gequält hinzu: »Ich brauche ... medizinische Hilfe.«

Ein Schatten fiel auf das Gesicht der Romulanerin, aber sie faßte sich sofort wieder. »Wenn Sie lügen, nützen Ihnen Arzneien bald nichts mehr«, hauchte sie – und lächelte, als Tazol kurz darauf zurückkehrte.

»Die Wächter bringen T'Lennard unverzüglich zu Ihnen, Herr«, verkündete der Kommandant und nahm Haltung an. »Hat der Prätor noch einen Wunsch, bevor wir das Kriegerdeck aufsuchen?«

Spock schüttelte den Kopf, schritt durch den Korridor und blieb stehen, als er das Summen eines romulanischen Kommunikators hörte. Tazol entschuldigte sich wortgewaltig, verharrte an dem Gerät und sprach eine Zeitlang mit gedämpfter Stimme. Schließlich wandte er sich wieder der Gruppe zu.

»Ich bitte um Entschuldigung, Herr«, sagte er und wirkte sehr ernst, als er zum vermeintlichen Prätor aufsah. »Offenbar ist es auf Romulus zu Unruhen gekommen. Es sind noch keine Einzelheiten bekannt. Allem Anschein nach hat der dortige Gouverneur ... den Verstand verloren.« Er verneigte sich einmal mehr. »T'Rouln versuchte ohne eine Vorladung des prätorialen Statthalters, sich Zugang zum Palast zu verschaffen. Einige ... Krieger begleiteten ihn, Herr. Es kam zu einem Kampf.«

Der Vulkanier bemerkte ein entsetztes Aufblitzen in Theas Augen, gefolgt von ungläubiger Verwirrung. Und er gewann eine wichtige Erkenntnis: Offenbar wußte sie noch nichts von dem allgemeinen Wahn, der sich in der Galaxis ausbreitete. Eine Braue kletterte in die Höhe.

»Hat T'Rouln irgendeinen Grund für seinen Vorstoß in den Palast genannt?« fragte Spock.

»Commander Tavor meinte, der Gouverneur habe behauptet, einem Ruf der ... Alten zu gehorchen«, murmelte Tazol und kommentierte diese absurde Erklärung mit einem nervösen Lachen. »Angeblich bestand seine Mission darin, die Palastmauern einzureißen, die Reichtümer in den Schatzkammern zu verteilen und den Willen des Volkes zum ehernen Gebot für das ganze Reich zu machen.« Er legte eine kurze Pause ein und starrte auf seine Stiefelspitzen. »Commander Tavor übermittelt Ihnen sein Bedauern, Herr. Und läßt mitteilen, daß Gouverneur T'Rouln bei der Auseinandersetzung ums Leben kam.«

Thea hob die Brauen und sah den Vulkanier an. »Herr, als Ihre Beraterin möchte ich vorschlagen, daß wir sofort zum Palast zurückkehren. Es ist wichtig, so schnell wie möglich einen neuen Gouverneur zu ernennen.«

Spock nickte und warf einen kurzen, unverdächtigen Blick auf sein Armbandchronometer. »Lassen Sie uns die Inspektion rasch beenden, Captain Tazol. Weisen Sie die Offiziere der Brücke an, mit Höchstgeschwindigkeit Kurs auf Romulus zu nehmen.«

Tazol verneigte sich tief. »Ja, Herr«, bestätigte er und schaltete den Wandkommunikator ein.

»Gut gemacht, Euer Exzellenz«, flüsterte Thea spöttisch, während sie Tazol beobachtete, der ihr den Rücken zuwandte. »Sie haben sogar mich beeindruckt.« Sie winkte

Sarela näher heran. »Nutzen Sie die abgeschirmten Kanäle, um Kontakt mit Romulus aufzunehmen«, wies sie die andere Frau an. »Zwar ist Tazol wohl kaum intelligent genug, um sich eine solche Lüge einfallen zu lassen, aber ich halte es für besser, auf Nummer Sicher zu gehen.«

Sarela ging fort, und Spocks Blick blieb auf Thea gerichtet. Es überraschte ihn, daß die Prätorin nicht schon längst von dem Wahn wußte. Einige Sekunden lang fühlte er sich versucht, ganz offen zu sein, ihr den Ernst der Lage in allen Einzelheiten zu erklären, von den Computerberechnungen an Bord der *ShiKahr* zu berichten und Theas Rationalität zu vertrauen. Doch er entschied sich dagegen. Wenn er verschwieg, was sie bereits über die Zeitmanipulation herausgefunden hatten, ließen sich die möglichen Reaktionsmuster der Romulanerin nur schwer einschätzen. Vielleicht beschloß sie gar, ihm die Wahrheit mit Gewalt zu entreißen. Die vom *Pon farr* bewirkten psychisch-physischen Veränderungen hinderten ihn daran, bei einer Vid-Untersuchung wichtige Informationen für sich zu behalten. Spock musterte die Prätorin aufmerksam, als sie zur Seite trat und leise mit Sarela sprach.

Kurze Zeit später vernahm der Vulkanier ein leises Zischen und drehte den Kopf. Die Tür eines nahen Lifts öffnete sich, und zwei Wächter führten McCoy heran. Der Arzt trug ein romulanisches Sklavengewand und bot in dieser Aufmachung einen geradezu lächerlichen Anblick. Dicke Seide reichte mit buntem Schimmern bis zum Boden herab, und der goldene Kragen am Hals verlieh dem sonst so würdevollen Menschen ein clownhaftes Flair.

McCoys Wangen glühten, als er stehenblieb und sich verneigte. »Sie wünschen die Gesellschaft Ihres Sklaven, Herr?« fragte er in gebrochenem Romulanisch. Sein Südstaatenakzent blieb unüberhörbar.

Der Vulkanier nickte bestätigend.

»Ich brauche ... Medizin«, murmelte er. Aus einem Reflex heraus glitt sein Blick zu Thea, als sie zurückkehrte. Er bedauerte es kurz, ausgerechnet einen solchen Vorwand gewählt zu haben, fand sich jedoch mit den Konsequenzen ab.

McCoy runzelte die Stirn. »Was ist mit Tazol und den Wächtern?« raunte er und beugte sich etwas näher heran. »Ich hatte keine Zeit, meine Medotasche mitzunehmen, aber darauf kommt es auch gar nicht an. Ich kann Sie nur richtig untersuchen, wenn Sie die komische Kutte ablegen.«

Thea zog nachdenklich die Brauen zusammen. »Dann stimmt es also: Sie sind *wirklich* krank.« Eine Zeitlang musterte sie den hochgewachsenen Vulkanier und schüttelte schließlich verärgert den Kopf. »Wir beenden den Rundgang und kehren sofort zu unseren Quartieren zurück. Sarela hat mir gerade mitgeteilt, daß es tatsächlich zu einem Zwischenfall beim Palast kam. Noch fehlen Erklärungen dafür, aber eins steht fest: Wenn wir uns so verhalten, als sei überhaupt nichts geschehen, schöpft Tazol bestimmt Verdacht.«

Spock nickte müde. »Wie Sie meinen«, seufzte er, erinnerte sich an seine Rolle als Prätor und winkte den Kommandanten der *Ravon* heran. »Ich habe das Warten satt, Commander«, sagte er. »Das Flaggschiff befindet sich ganz offensichtlich in einem tadellosen Zustand, und daher halte ich es für Zeitverschwendung, die Inspektion fortzusetzen.«

Unmutsfalten bildeten sich in Tazols Stirn, aber er widersprach nicht. »Wie Sie wünschen, Herr«, murmelte er unterwürfig. »Wir haben inzwischen Kurs auf Romulus genommen und schwenken in einundzwanzig Stunden in die Umlaufbahn.«

Der Vulkanier neigte kurz den Kopf. »Sie können gehen, Commander Tazol. Kümmern Sie sich wieder um Ihre routinemäßigen Pflichten.«

Der Kommandant salutierte knapp und verschwand im nächsten Lift. Zurück blieben Spock, McCoy, Sarela, Thea und die beiden Wächter.

Spock drehte sich zur Prätorin um und bemerkte ihren fragenden Blick.

»Woran leiden Sie?« fragte Thea. »Es scheint sich um eine Krankheit zu handeln, gegen die Ihr Arzt machtlos ist.«

Der Vulkanier bekam keine Gelegenheit, eine Antwort darauf zu geben. McCoy trat vor und stolperte dabei fast über den Saum seines langen Umhangs. »Jetzt hören Sie mir mal gut zu!« brummte er. »Ich bin bereit, in diesem blöden Kostüm wie ein dreimal verfluchter Weihnachtsbaum herumzulaufen. Ich schrecke nicht einmal davor zurück, Kopf und Kragen zu riskieren, indem ich Sie in Ihr Reich begleite. Aber ich will verdammt sein, wenn ich einfach ruhig zuhöre, wie Sie meine Kompetenz als Arzt in Zweifel ziehen. Von solchen Dingen haben Sie nicht die geringste Ahnung!« Er warf dem Vulkanier einen warnenden Blick zu und fuhr fort. »Captain Spock wurde letzte Woche bei einem Landeunternehmen verletzt. Es kam zu einem Kampf, und er trug einige Wunden davon, die sich entzündeten. Ich gebe ihm Antibiotika, und wenn er seine Arznei nicht rechtzeitig erhält, bekommt er Fieber! Kümmern Sie sich gefälligst um die Dinge, von denen *Sie* etwas verstehen, Eure Königliche Erhabenheit oder wie auch immer. Überlassen Sie die medizinische Wissenschaft *mir.*«

Thea nahm den zornigen Wortschwall schmunzelnd hin. Zuerst verharrte ein Rest von Zweifel in ihr, doch dann erinnerte sie sich an eine Sendung, die sie vor einigen Tagen aufgefangen hatte. Canus Vier. Ja, vielleicht sprach McCoy wirklich die Wahrheit.

»Na schön«, sagte sie und führte die Gruppe zum Lift. Sarela hielt sich dicht an ihrer Seite. »Wenn sich der Zustand Ihres Patienten verschlechtert, weiß ich wenigstens, wen ich dafür zur Verantwortung ziehen kann, *Doktor.*«

McCoy verbiß sich eine spöttische Antwort und betrat die Transportkapsel. Als er den Vulkanier ansah, zitterte er innerlich. Das halb unter der weiten Kapuze verborgene Gesicht wirkte hohlwangig und ausgemergelt, und in den Augen funkelte die Wildheit eines in die Enge getriebenen

Tigers. Der Arzt streckte vorsichtig den Arm aus, um den Captain zu stützen – und stellte erstaunt fest, daß sich Spock an ihn lehnte.

Als Sarela und Thea schliefen, begann Spock mit einer Auswertung der von S'Parva besorgten Daten. Er überflog die Informationen – eine genaue Analyse hätte Hunderte von Stunden in Anspruch genommen –, und schon bald fand er erste Hinweise, die schließlich das erwartete Bild ergaben. Offenbar war Thea direkt an dem romulanischen Eingriff in das historische Gefüge beteiligt. Eine gezielte Veränderung der irdischen Geschichte ... Daraus ergab sich ein neues Problem. Um in die Vergangenheit zu reisen und die Reichsagenten daran zu hindern, ihren fatalen Auftrag durchzuführen, konnte er nicht einfach ein magisches Zeitportal durchschreiten. Spock brauchte ein Raumschiff – und es war sicher nicht leicht, einen romulanischen Kreuzer zu stehlen. Bestimmt würde ihn Thea auf Romulus rund um die Uhr überwachen. Der Vulkanier erinnerte sich an ihre Bemerkungen über T'Rouln und seinen Angriff auf den Palast. Allem Anschein nach sah sie noch immer keinen Zusammenhang zwischen dem Irrsinn des Gouverneurs – zwischen dem in der ganzen Galaxis akut werdenden Wahn – und der erfolgten Zeitmanipulation. Oder wußte sie weitaus mehr, als sie zugab?

Spock verdrängte diese Überlegungen und starrte wieder auf die Unterlagen. Dutzende von Datenkolonnen beschrieben die physikalischen Gesetzmäßigkeiten von Zeitsprüngen. Um die Barrieren der Raum-Zeit zu durchstoßen, mußte er das Raumschiff so dicht wie möglich an eine Sonne heransteuern – und konnte dann nur hoffen, daß die Triebwerke leistungsfähig genug waren, um dem enormen Schwerkraftsog zu widerstehen. Anschließend erfolgte eine jähe Beschleunigung bis auf Warp siebzehn. Allein diese Geschwindigkeit genügte, um ein Schiff bersten zu lassen; logischerweise war die strukturelle Belastung so gewaltig, daß ihr nicht einmal der härteste und stabilste

Stahl standhalten konnte. Aber genau an dieser Stelle kam ein besonderes Phänomen überlichtschneller Raumflüge ins Spiel: Ein Objekt, das sich mit mindestens Warp siebzehn bewegte, erlangte unendlich Masse und entging somit der Zerstörung. Anders ausgedrückt: Das entsprechende Raumschiff wurde *Teil* der Zeit und konnte nicht nur durch den physikalischen Raum reisen, sondern auch durch die Äonen. Spock sah in den Ausführungen nur eine Theorie, für die ein stichhaltiger Beweis fehlte; doch die Romulaner waren längst über dieses Stadium hinaus und hatten mit der Anwendungsphase begonnen.

Das Gravitationsfeld der Sonne wirkte wie eine Schleuder, die das Schiff fortkatapultierte und auf noch weitaus höhere Geschwindigkeiten beschleunigte – bis sich der Zeitstrom plötzlich umkehrte. Der Umstand, daß es sich nur um eine Frage der Physik handelte, überraschte Spock und enttäuschte ihn auch ein wenig. Aus irgendeinem Grund hatte er etwas weitaus Komplizierteres erwartet.

Er spürte die wachsende Spannung in seinem Leib und fragte sich, ob er überhaupt noch Gelegenheit bekam, die neuen Informationen in der Praxis zu verwenden. Das *Pon farr* ging auf die Realitätsverschiebung zurück, basierte also im *veränderten* Universum und nicht im eigentlichen Ursprungskosmos, aber trotzdem konnte er die Folgen kaum mehr unter Kontrolle halten.

Spock sah sich im Zimmer um und stellte fest, daß McCoy und S'Parva schliefen. Sie lagen auf reich verzierten romulanischen Halbbetten, die bunten Decken hochgezogen.

Der Vulkanier holte tief Luft und beobachtete seine eigene Liege. Langsam stand er auf, fühlte das Zittern in den Knien und stützte sich an die Wand, als er die schwarze Robe abstreifte und auch die Stiefel auszog. Vorsichtig ließ er sich auf die Matratze sinken, schloß die Augen und begegnete einem roten Glühen, das wie ein mysteriöser Unheilsnebel durch sein Bewußtsein wallte. Flammen flüsterten, leckten hungrig nach Logik und Rationalität. Es dauerte eine Weile, bis Spock einschlief, und die Träume ließen nicht lange auf sich warten.

Neutrale Zone ... öde Welt ... blaue Sonne.

Eine fremde Landschaft: Geröll, große Felsblöcke, hier und dort einige verkrüppelt wirkende Bäume und Sträucher, die ihre Wurzeln tief in den Boden graben mußten, um Nährstoffe zu finden. Die Schatten wuchsen in die Länge, verschmolzen mit nächtlicher Finsternis. Ein klarer Himmel spannte sich über der Steinwüste, und viele Tausend neugierige Augen zwinkerten am samtschwarzen Firmament. Sterne, die seltsame Muster und fremde, unbekannte Konstellationen bildeten ...

Mitten in der Dunkelheit erklang eine Stimme, zunächst nur als ein kaum verständliches Flüstern und Raunen. Aber allmählich wurde sie lauter und wiederholte einen Namen, der vertraut erschien. Vier Konsonanten und ein Vokal ... eine einzige Silbe mit fest umrissener Bedeutung.

Spock ... Spock?

Die Sterne strahlten heller, brannten warme Strukturen in den Geist des Vulkaniers, der aufmerksam zuhörte. Und beobachtete.

Jim ... Jim? *Er streckte eine mentale Hand aus, fühlte angenehme Wärme, näherte sich.*

Für einige Sekunden trafen sie sich im Glanz der Sterne, der die beiden Ichsphären zusammenschweißte, in eine Einheit verwandelte.

Ein Gedanke. Ein Bewußtsein.

Doch dann verblaßte das Funkeln und Schimmern allmählich, verlor sich im silbrigen Grau der Morgendämmerung auf einer fremden Welt.

Spock erwachte und rechnete fast damit, ein vertrautes Gesicht zu sehen, das mit einem schiefen Lächeln auf ihn herabsah. Doch als die Realität neue Stabilität gewann, wies rationale Logik darauf hin, daß es sich nur um einen Traum handelte.

Dennoch ... Er erinnerte sich deutlich an die Sterne. Und eine Phantomstimme flüsterte ihm immer wieder seinen Namen zu. Spock hob die Brauen, kletterte aus dem Bett und achtete darauf, weder McCoy noch S'Parva zu wecken, als er zur Computerkonsole ging.

Erneut hallte dumpfer Trommelschlag durch die Gewölbe seines Ichs – die Symphonie einer sich anbahnenden Katastrophe. Spock trachtete danach, das Dröhnen zu ignorieren, schaffte es bis zum Stuhl, nahm Platz und schaltete das Terminal ein. Nach einer Weile fand er die richtige Datenbank und starrte wie gebannt auf den Schirm. Zuerst erschienen ihm die Sternkonstellationen des romulanischen Reiches nur als bedeutungslose Ansammlungen kleiner Lichtpunkte, aber als er damit begann, sie aus der Perspektive einzelner Planeten zu betrachten, begriff er plötzlich die Botschaft des Traums. Kirk hatte ihm ein Bild übermittelt, dem die Funktion eines Wegweisers zukam; der Fähnrich versuchte, ihm einen Hinweis auf seinen Aufenthaltsort zu geben.

Immer wieder huschten die Finger des Vulkaniers über die Tasten, und daraufhin wechselten die Bildschirmdarstellungen. Er blätterte durch einen elektronisch erfaßten astronomischen Katalog, und als er als Projektionsbasis Remus wählte, den zweiten Regierungsplaneten des Reiches, verzogen sich Spocks Lippen zu einem angedeuteten Lächeln. Der Monitor zeigte genau das gleiche Muster, das er im Schlaf gesehen hatte.

Neutrale Zone ... öde Welt ... blaue Sonne ...

Spock lehnte sich zurück, dachte an die Schlichtheit der telepathischen Nachricht und spürte zum erstenmal seit langer Zeit, wie sich wieder Hoffnung in ihm regte. Als er sich umdrehte und nach dem schwarzen Umhang griff, bemerkte er S'Parva, die einmal mehr über seine Schulter blickte.

Unter anderen Umständen hätte er nur eine Braue gewölbt oder die Katellanerin fragend angesehen. Doch in seinem Innern leuchteten noch immer die Traumsequenzen, und das Blutfieber brannte heißer als das Plasma der Sterne. Hinzu kam das Wissen, daß sie bald den prätorialen Palast erreichen würden ...

Spock riß die Augen auf, und seine vulkanische Disziplin wurde so sehr erschüttert, daß er unwillkürlich nach Luft schnappte.

S'Parva starrte weiterhin auf den Schirm und schien die völlig untypische Nervosität des Captains überhaupt nicht zu bemerken. »Auch ich habe ein gedankliches Bild jener Konstellationen empfangen, Captain«, murmelte sie. »Es ist Kirk und Richardson gelungen, einen telepathischen Kontakt zu uns herzustellen, aber ... Nun, ohne ein Raumschiff gibt es keine Möglichkeit für uns, ihnen zu helfen.«

Spock vernahm S'Parvas Stimme wie durch einen langen Tunnel. Ein leises Rauschen schwoll rasch an, wurde zu einem fast ohrenbetäubenden Tosen. Tentakel aus heißer Dunkelheit tasteten nach dem Bewußtsein des Vulkaniers und rissen ihn in einen Strudel des Vergessens. Für einen Sekundenbruchteil offenbarten seine Züge Verwirrung.

Klauenartige Hände preßten sich ihm auf die Augen, ersetzten Realität durch Feuer. Spock fiel ...

KAPITEL 19

Kirk erwachte jäh und keuchte. Seine Hände zitterten, öffneten und schlossen sich krampfhaft, schienen gegen einen unsichtbaren Dämon zu kämpfen, der sich des Nachts ins Zelt geschlichen hatte, um ihn zu erdrosseln. Irgend etwas hielt ihn fest, hinderte ihn daran, sich zu bewegen. Trockene, heiße Luft brannte ihm in der Kehle, als er zu atmen versuchte.

»He, wach auf, Jim!« erklang eine Stimme aus der Ferne.

Hände schlossen sich um seine Schultern, sanft und behutsam – die Hände eines Freundes. Die Lider erschienen ihm bleischwer, als er die Augen öffnete und Richardson erkannte. In einem Anfall von Paranoia ließ er seinen Blick durchs Zelt wandern und stemmte sich in die Höhe. Sofort spürte er, wie der Druck des geschlossenen Schlafsacks in Brusthöhe zunahm, und daraufhin sank er wieder zurück.

Jerry löste den Reißverschluß, half seinem Gefährten in die Höhe und musterte ihn besorgt. »Mann, das muß wirklich ein schlimmer Traum gewesen sein, Jim«, sagte er, kroch zur ›Tür‹ und zog die Plane auf. »Ich bin nach draußen gegangen, um mich ein wenig umzusehen, und du hast so tief und fest geschlafen wie ein Murmeltier. Aber als ich eben zurückkehrte, schien der Teufel in dir zu stecken. Du lagst mit deinem eigenen Schlafsack im Clinch.« Er zog das gefütterte Bündel beiseite und beäugte es mißtrauisch, so als könnte es jeden Augenblick nach ihm schnappen.

Kirk lachte müde und wischte sich Schweiß von der Stirn. »Telepathische Übertragungen sind offenbar nicht ganz ungefährlich«, murmelte er. Seine Miene verdüsterte sich, als ihm einfiel, was er gesehen, was er während des

›Traums‹ empfunden hatte. Er tastete mit den Fingerkuppen über die Schläfen und zwang sich dazu, ruhig und gleichmäßig zu atmen. Heiße Wüstenluft drang ihm in die Lungen, brannte in der Kehle.

Unsicher stand er auf, wankte nach draußen und starrte über die öde Landschaft. Die blaue Sonne war gerade erst aufgegangen, aber über dem Geröll bildeten sich bereits Hitzewirbel. *In zwei Stunden*, dachte Kirk und fühlte, wie ihm der Schweiß ausbrach, *ist die Temperatur so hoch, daß wir bei lebendigem Leibe braten*.

Richardson trat an seine Seite. »Die Quelle ist groß genug, um uns beiden Abkühlung zu gewähren«, sagte er und schirmte sich die Augen mit dem geschienten Arm ab. »Und in dem kleinen Teich dort oben schwimmen sogar 'n paar magere Fische.« Er deutete auf einen Einschnitt im Hang, der zur Quelle emporführte. »Ich schlage vor, wir verwenden dich als Köder.« Kirk schnitt eine Grimasse, stakte zur Felswand und sah Richardsons nachdenklichen Gesichtsausdruck. »Was ist mit dir?« fragte er, noch immer halb im Gespinst des Traums gefangen. »Hast du einen Kontakt mit S'Parva herstellen können?«

Jerry zuckte mit den Schultern und blieb stehen. »Ich habe *etwas* gespürt«, antwortete er leise. »Aber ich bin mir nicht sicher ...« Er bemerkte Kirks Besorgnis. »He, wie wär's mit 'ner kleinen Kletterpartie? Oder willst du dir hier einen verdammten Hitzschlag holen?« Er bückte sich, griff nach Jims Hand und zog ihn hoch. »Wir sollten uns von überflüssiger Kleidung befreien und versuchen, am Leben zu bleiben. Wenn uns *das* gelingt, frühstücken wir ordentlich und bauen anschließend an der telepathischen Brücke weiter.« Er lächelte schief. »Ich habe keine Lust, in meinem eigenen Saft zu schmoren.«

Richardson wartete keine Antwort ab und zog den Uniformpulli aus. Kirk stellte fest, daß sich die unbedeckten Stellen an Jerrys Oberkörper bereits gerötet hatten und zu dem Weiß kontrastierten, das im wahrsten Sinne des Wortes aus einer anderen Welt stammte.

Er schloß sich seinem Kameraden an, und gemeinsam begannen sie den Aufstieg. Sie waren beide schweißgebadet, als sie kurze Zeit später eine natürliche Felskammer erreichten. Auf drei Seiten ragte rauher Granit knapp zwei Meter weit in die Höhe, und auf der vierten zeigte sich glattgeschliffenes Gestein. Wasser strömte mit einem melodischen Gluckern darüber hinweg und bildete einen schmalen Bach, dessen silbernes Band irgendwo im Dunst verschwand. Hitzewirbel fanden sich zu einem gespenstischen Tanz an den Ufern ein. Kirk kletterte auf einen Vorsprung, konnte jedoch weit und breit kein Ende der Wüste sehen. Er seufzte und richtete seine Aufmerksamkeit auf die unmittelbare Umgebung. An die vierte, glatte Felswand schloß sich ein kleiner, etwa vier Meter durchmessender Teich an, und Jim sah einige breite, terrassenartige Steine unter der schimmernden Oberfläche. Er nickte zufrieden: Falls es notwendig werden sollte, konnten sie die Hitze des Tages überstehen, indem sie sich ins kühle, kristallklare Wasser setzten.

»Na, was hab' ich dir gesagt?« Richardson grinste, zog ungeniert die schwarze Uniformhose aus und warf sie beiseite. Vorsichtig trat er über die schlüpfrigen Steine, watete in den Teich und ging in die Hocke — das Wasser reichte ihm bis zum Hals. »Es ist herrlich!«

Kirk schmunzelte, erlag der Versuchung und entkleidete sich ebenfalls. »Wenigstens dürfte es weitaus besser sein, als langsam zu garen!« Schweiß rann ihm über den Rücken.

Doch als er ins Wasser glitt, als sich das Naß über ihm schloß, begriff er plötzlich, daß die Hitze in ihm selbst entsprang — die Quelle verschaffte keine Erleichterung. Er hielt den Atem an, sank tiefer und genoß die absolute Stille. Aber die telepathische Verbindung bestand noch immer — irgend etwas war ganz entschieden nicht in Ordnung.

Er kehrte an die Oberfläche zurück und hielt sich am Felsrand fest. Das Herz schlug ihm bis zum Hals empor, und er wagte es nicht, Richardson anzusehen.

Sein Körper erzitterte in der Kühle, und hinter der Stirn glühte der feurige Odem des Todes.

KAPITEL 20

McCoy schüttelte den Kopf, durchquerte die Kabine und beobachtete den Vulkanier, der bewußtlos auf seinem Bett lag. Bleiches Gesicht, flacher Atem, der Blutdruck auf ein Minimum reduziert. Verzweifelt schlug McCoy mit der Faust an die Wand und sah S'Parva an.

»Ich kann ihm nicht mehr helfen«, murmelte der Arzt und versuchte, sich mit der Bedeutung dieser Worte abzufinden. Spock war ihm keineswegs gleichgültig – vielleicht lag ihm sogar mehr an dem spitzohrigen Mann, als er sich eingestand –, und das bittere Wissen um seine eigene Hilflosigkeit erfüllte ihn mit gestaltlosem Zorn.

»Wenn die Romulaner herausfinden, was mit Spock los ist«, sagte die Katellanerin, »dürfte ihnen bald klar werden, daß er nicht der Prätor sein kann. Ich denke dabei nur an Tazol. Wenn er Verdacht schöpft ... Zwischen Vulkaniern und Romulanern gibt es viele physiologische Parallelen, aber die männlichen Angehörigen von Theas Volk unterliegen nicht dem Bindungsdrang.«

»Tazol braucht nichts zu erfahren«, erklang die Stimme einer Frau von der Tür her.

McCoy wirbelte um die eigene Achse und bemerkte Thea, die gerade das Zimmer betreten hatte. Neuerliche Wut entflammte in ihm. »Wie lange haben Sie schon gelauscht?« fragte er hitzig.

»Lange genug, um meinen Argwohn bestätigt zu wissen, Doktor«, erwiderte die Romulanerin und begegnete dem Blick des Arztes. »Können Sie etwas für ihn tun?«

McCoy wippte auf den Zehen. »Wenn ich dazu in der Lage wäre, hätte ich längst etwas unternommen!« Er bemühte sich vergeblich, sein Temperament unter Kontrolle zu halten. »Was haben Sie jetzt vor? Wollen Sie Spock einfach über Bord werfen und sich jemand anders suchen, der in die Rolle des Prätors schlüpfen kann?« Er wartete keine Antwort ab und trat auf die Frau zu. In seinen blauen Augen blitzte es. »Wenn Sie nicht imstande sind, Ihrer eigenen Verantwortung gerecht zu werden, haben Sie überhaupt keinen *Anspruch* auf den Thron in Ihrem verdammten Palast!« Er fand endlich den Sündenbock, nach dem er schon seit Stunden suchte. »Himmel, es würde mich *freuen*, wenn die Krieger Ihrer ach so glorreichen Herrschaft ein Ende setzen und Ihnen einen Tritt geben!«

»Sie sollten daran denken, daß ich durchaus fähig bin, Ihnen mit einem einzigen Schlag das Genick zu brechen, wenn Sie mich ausreichend provozieren«, sagte Thea gefährlich ruhig. Sie hielt dem zornigen Blick des Arztes mühelos stand. »Außerdem möchte ich Sie darauf hinweisen, daß ich schon seit einer ganzen Weile ahne, was es mit der angeblichen Krankheit Ihres Captains auf sich hat.« Sie wandte sich an S'Parva und lächelte dünn. »Grundsätzlich haben Sie recht: Bei uns Romulanern gibt es kein *Pon farr*. Nun, vor einigen Millionen Jahren trennten sich die Wege unserer Evolution, aber trotzdem haben sich einige Angehörige meines Volkes telepathische Fähigkeiten bewahrt und weisen somit eine gewisse ... Sensibilisierung für die Veränderungen auf, die Spock derzeit erfassen.«

McCoy furchte die Stirn und stemmte sich den emotionalen Sturmböen in seinem Innern entgegen. Was ihn betraf ... Es war ihm gleich, ob sich Thea dazu hinreißen ließ, ihm das Genick zu brechen. Er dachte in erster Linie an Spock. »Können *Sie* ihm helfen?« fragte er scharf.

Die Prätorin wandte sich wortlos von McCoy ab und sank an dem Bett des Vulkaniers auf die Knie. Die eine Hand tastete nach den verkrampften Fingern des Bewußtlosen, und mit der anderen strich sie wie zärtlich über die heiße Stirn.

»Lassen Sie uns allein!« befahl sie. »Wir Romulaner *kennen* einige Methoden, um das Bewußtsein selbst eines so sturen Mannes zu erreichen. Aber ich werde sie nicht anwenden, um Ihre Neugier zu befriedigen.« Sie sah auf. »Gehen Sie!«

Statt dessen trat McCoy trotzig auf sie zu. »Von wegen«, brummte er. »Spock ist *mein* Patient, und es liegt mir fern, ihn der Gnade des Feindes zu überlassen.«

Theas Züge verhärteten sich, und langsam löste sie die Hand von der Stirn des Vulkaniers. Als der physische Kontakt unterbrochen wurde, erbebte Spock am ganzen Leib und suchte blind nach den Fingern, die ihn berührt hatten.

»Mit Ihrer lächerlichen Eifersucht verurteilen Sie ihn zum Tode«, sagte die Romulanerin eisig. »Oder leugnen Sie, daß Sie seinem Zustand hilflos gegenüberstehen?«

McCoy schüttelte den Kopf, weigerte sich jedoch, einfach so nachzugeben. »Hier und jetzt kann ich sein Leben nicht retten. Aber es gibt eine andere Möglichkeit: Wenn ich ihm Medikamente verabreiche, die ihn in eine drogeninduzierte Hibernation zwingen ...«

Thea unterbrach ihn. »Damit schieben Sie das Unvermeidliche nur hinaus«, stellte sie fest und schloß kurz die Augen. »Und das ... darf ich nicht zulassen. Niemand von uns kann die Zeit anhalten, Doktor. Morgen brauche ich Ihren Captain im Palast.« Sie stand auf, ging zum Schreibtisch und betätigte eine Taste des Kommunikators. Wenige Sekunden später kamen Tasme und Sekor herein. »Meine beiden Bediensteten begleiten Sie hinaus«, sagte Thea zu McCoy. »Kehren Sie erst zurück, wenn ich nach Ihnen schicken lasse. Falls Spock nach seinem Erwachen medizinische Hilfe benötigt, gebe ich Ihnen Bescheid.«

Der Arzt starrte die beiden Sklaven an. Zwar wünschte er sich nach wie vor, bei dem Vulkanier zu bleiben, aber die Prätorin hatte ihn bereits zu dem Eingeständnis gezwungen, daß er Spocks Zustand nicht verbessern konnte. Vielleicht war Thea *wirklich* in der Lage, ihm zu helfen ...

McCoy seufzte und zuckte mit den Schultern. »Kommen Sie, S'Parva«, brummte er und folgte den beiden Bediensteten. »Überlassen wir die Schamanin ihrem Tamtam.«

Thea lächelte nur, ließ sich erneut neben dem Bett auf die Knie sinken und griff nach Spocks Hand. »Manchmal finden Schamanen ein Heilmittel, das die medizinische Wissenschaft ignoriert«, murmelte sie. Als sich das Schott hinter Tasme, Sekor und ihren beiden Begleitern geschlossen hatte, sah sie auf den Vulkanier herab und musterte seine Züge.

Schmerz zeichnete sich in dem blassen Gesicht ab, das trotzdem attraktiv wirkte – ein Mann, der weibliche Instinkte in ihr weckte und in dem sie gleichzeitig ein nützliches Werkzeug sah. »Du *wirst* leben«, hauchte Thea. »Du darfst nicht sterben – sobald wir im Palast sind, verlange ich einen wichtigen Dienst von dir, und nur du bist imstande, den Anforderungen zu genügen.« Sie zögerte einige Sekunden lang, richtete dann ihre volle Aufmerksamkeit auf den Vulkanier und berührte jene Nervenpunkte in seinem Gesicht, die ihr Zugang zu Spocks Bewußtsein erlaubten.

Die Romulanerin spürte kurzen Widerstand, den sie jedoch leicht überwand.

»Du gehörst jetzt uns, Spock«, murmelte Thea und formulierte damit die Worte eines alten Rituals. »Du gehörst mir ...«

Spocks Geist öffnete sich völliger Schwärze. Eine Zeitlang trieben seine Gedanken in einem Kosmos aus Finsternis, der schließlich zu schrumpfen und einen langen Tunnel zu bilden schien, an dessen Ende mattes Licht glühte. Kurz darauf teilte sich das trübe Schimmern. Die eine Hälfte blieb blaß und ... fern, doch die andere verringerte ihre Distanz zu ihm und geriet in seinen mentalen Fokus. Er ging darauf zu, fühlte sich träge und irreal, spürte ein seltsames Gewicht, das auf seinen Schultern lastete und jede einzelne Bewegung zu einer Qual werden ließ.

Als sich die Entfernung zum zweiten Licht weiter verringerte, sah er erste Konturen. Der Glanz nahm Gestalt an, bekam einen Namen. Thea.

Hastig errichtete Spock eine Barriere. Die Romulanerin

sollte nichts erfahren — der Plan in seiner Gedankensphäre mußte ihr unter allen Umständen verborgen bleiben. Wenn sie herausfand, aus welchem Grund er ihrem Druck nachgab, warum er sich bereit erklärt hatte, mit ihr zu kooperieren, sich ihrem Willen zu fügen ...

Er sammelte seine mentalen Kräfte, und schließlich gelang es ihm, die psychische Verbindung zu unterbrechen. Spock öffnete dunkle Augen und sah zu Thea auf, die sich über ihn beugte. Er überlegte kurz, ob er schon über die Grenze zwischen Leben und Tod hinausgeglitten war, ob er nur ein flüchtiges Schattenbild sah, das zusammen mit ihm durchs Jenseits schwebte. Eine zweite Möglichkeit fiel ihm ein. Hatten sich die letzten Tore zwischen den beiden Universen für immer und ewig geschlossen? Erlebte er nun das unvermeidliche Endstadium des Wahns?

Thea.

Er versuchte zu sprechen, aber die Worte blieben ihm in der Kehle stecken. Es dauerte eine Weile, bis er begriff, was geschah. Die Romulanerin hatte aus eigener Initiative einen Kontakt zu seinem Ich hergestellt, tief in ihm die letzte Glut des Lebens gesucht, die Reste des Feuers mit ihrer eigenen mentalen Energie geschürt und ihn dadurch den kalten Armen des Todes entrissen. Ihr war nicht genug Zeit geblieben, unter die obersten Schichten des bewußten Selbst vorzustoßen, dachte der Vulkanier und entspannte sich vorsichtig. Er schloß die Augen, erleichtert darüber, daß Thea nichts von seinem Plan wußte. Durch ihr Eingreifen gewann er Zeit, einige Stunden ...

Kurze Zeit später spürte er eine Hand, die ihm sanft über die Stirn tastete und schweißfeuchtes Haar zurückstrich. Es gelang ihm nicht, sich der verlockenden Berührung zu entziehen: Als er den Arm hob, hielt ihn die Romulanerin sofort fest, zwang ihn dazu, ihrem Blick zu begegnen.

»Ohne meine Hilfe stirbst du, Spock«, sagte sie, und ihre Stimme klang dumpf, wie durch einen dicken Filter.

Spock bemühte sich, die Worte zu überhören, eine sichere Distanz zu ihnen zu schaffen, aber er war noch immer zu schwach, um sich zu bewegen. In einem Anflug von Zorn begriff er, daß Thea seinen Widerstand gebrochen hatte, daß sie dem logischen Teil seines Geistes nicht nur Hinnahme aufzwang, sondern auch fast so etwas wie ... Begehren. Die Anspannung kehrte in ihn zurück. »Sie verstehen nicht, Thea«, brachte er mühsam und heiser hervor. »Zwischen unserem ... Bewußtsein gibt es ... zu große Unterschiede. Eine Bindung ... ist nicht möglich ...« Das Sprechen fiel ihm sehr schwer, und sein Kopf zitterte auf dem Kissen von einer Seite zur anderen. »Wir können unsere Gedanken ... nicht vereinen. Es ... es bleibt nicht ... genug Zeit ...« Er brach ab, und neuerliche Dunkelheit wogte ihm entgegen. Gleichzeitig fühlte er, wie Theas Ich ihn berührte, sich weigerte, ihn der Bewußtlosigkeit zu überlassen.

»Diesmal hast du *mich* unterschätzt, tapferer Captain«, erwiderte die Romulanerin. Ihre Hände glitten zum Nakken des Vulkaniers, massierten verkrampfte Muskeln. »Aber das spielt keine Rolle. Es *existiert* bereits eine Verbindung zwischen uns. Warum gibst du nicht zu, daß du etwas empfindest?« Sie zögerte kurz und beugte sich noch tiefer zu ihm herab. »Sieh mich an und sag mir, daß ich aufhören, mich zurückziehen soll. Ich verspreche dir, deinen Wünschen zu genügen.«

Spock kniff die Augen zusammen und begriff entsetzt, daß Thea recht hatte. Es wäre närrisch gewesen, die von ihr ausgehende Verlockung zu leugnen. Im emotionalen Fieber des *Pon farr* begehrte er sie. Hilflos trachtete er danach, sich an einem Rest von Logik festzuklammern. Er schüttelte den Kopf und versuchte, das mentale Band zu zerreißen.

»Un...möglich, Thea! Es ist eine Entscheidung, die für das ganze Leben Gültigkeit hat. Ich ... ich kann nicht bei dir ... bei Ihnen bleiben!« Scham und Verzweiflung schnürten ihm die Kehle zu, und stechender Schmerz durchzuckte ihn, als er sich vom Ballast dieser Gefühle befreite. Thea war Romulanerin — ein Feind.

Und gleichzeitig bot sie ihm die einzige logische Alternative.

»Pscht«, entgegnete sie, und ihre Fingerkuppen glitten einmal mehr über Spocks heiße Stirn. »Bei uns im Reich verschwendet kaum jemand Gedanken an die Zukunft. Es gibt nur das *Jetzt* – und gegenwärtig besteht eine mentale Brücke zwischen uns. Solange du hier bei mir bist, bildet unser beider Bewußtsein zwei Aspekte einer Einheit.« Sie schob die Arme unter den Rücken des Vulkaniers und zog ihn behutsam hoch. »Als jemand, der die Lehren Suraks ehrt, mußt du einsehen, wie unlogisch dein Tod wäre. Damit erreichst du überhaupt nichts, achtest vielleicht nur deine Würde, an der dir soviel liegt.« Sie sprach damit eine bittere Wahrheit aus, doch in ihrer Stimme fehlte jeder Spott.

»Ich bewundere dich für deinen festen Standpunkt, Spock«, fuhr Thea fort und hauchte einen zärtlichen Kuß auf den steifen Nacken. Spock leistete noch immer psychischen Widerstand. »Aber nun mußt du endlich lernen, dir selbst nachzugeben.« Sie spürte, wie sich die Distanz zwischen ihnen ein wenig verringerte. Irgendwann, so wußte sie, mußte ihm klar werden, wer sie war – eine Frau aus seiner Vergangenheit, eine Gegnerin, die ihm vor Jahren einen Platz an ihrer Seite versprochen hatte. »Wir sind uns schon einmal begegnet«, fuhr sie fort und ignorierte die mentalen Schreie, die an ihre inneren Ohren hallten. Sie verklangen allmählich, wurden immer leiser ... bis schließlich Stille herrschte. »In einer anderen Zeit und an einem anderen Ort hätten wir vielleicht aus freiem Willen eine solche Erfahrung angestrebt ...«

Spock hob die bleischweren Lider, starrte durch einen roten Fiebernebel und beobachtete ein Gesicht, das nur wenige Zentimeter über ihm schwebte. Einige Sekunden lang war er geneigt, Thea zu glauben. Und er stellte sich einer wichtigen Erkenntnis: Die Romulanerin faszinierte ihn; ihre geistige Präsenz empfand er als eine intellektuelle Stimulation, und die körperliche Gegenwart der Frau blieb ebenfalls nicht ohne Folgen für ihn. Die Logik behauptete nach wie vor, daß solche Gefühle einzig und allein vom *Pon farr* verursacht wurden, doch das schien plötzlich nicht mehr wichtig zu sein.

Er holte tief Luft und gab sich dem Schmerz hin.

»Ich ... ich kenne Sie nicht«, log er.

»Dann *wirst* du mich kennenlernen«, versprach ihm Thea. »Und vielleicht kannst du mir eines Tages verzeihen, daß ich dir auf diese Weise das Leben gerettet habe.« Ihre Worte verhallten, als sie die trockenen, spröden Lippen des Vulkaniers küßte und nach den Nervenpunkten tastete. Das mentale Band wurde fester, und die Romulanerin konnte sich nicht länger mit der Rolle der Retterin in der Not begnügen. Ihre femininen Reflexe forderten sie auf, sich Spocks Bedürfnissen hinzugeben, *seinen* Wünschen und Gedanken. »Ich habe den Zwischenfall mit der Tarnvorrichtung fast vergessen«, flüsterte sie. »Möglicherweise bringst du mir irgendwann einmal eine ähnliche Großzügigkeit entgegen.«

Das Feuer in Körper und Geist verschlang Spocks Rationalität, ließ ihm gar keine andere Wahl, als in die Arme des Feindes zu sinken. Er akzeptierte diesen Umstand als seine einzige Überlebenschance. Andererseits: Selbst wenn er Thea verzieh – er hielt es für eine Schande, sich dem *Pon farr* gefügt zu haben, einem absurden emotionalen Gebot, das unbedingten Gehorsam verlangte.

Er schirmte die wichtigsten Bereiche seines Ichs ab, wehrte sich nicht länger gegen das andere Selbst und spürte, wie es ihn durchflutete. Tränen brannten in seinen Augen, rollten ihm heiß über die Wangen.

KAPITEL 21

Der Palast auf Romulus wirkte nicht weniger beeindrukkend, als es Spock erwartet hatte. Er beobachtete das gewaltige Bauwerk, und aus den Augenwinkeln sah er, daß Thea an seine Seite trat. Er reagierte noch immer mit Unruhe und Nervosität auf ihre Nähe — obgleich er wußte, daß er der Prätorin sein Leben verdankte.

Die *T'Favaron* schwebte über hohen Mauern und undurchdringlichen Kraftfeldern, während vor den großen Toren romulanische Soldaten Aufstellung bezogen und sich darauf vorbereiteten, den Herrscher des Reiches zu begrüßen.

Als die Kufen des kleinen Raumschiffes das Landefeld berührten, richtete Spock seine Aufmerksamkeit auf die verschiedenen Zugänge des weiten Platzes und hielt nach möglichen Fluchtwegen Ausschau. Alle Türen waren mit stählernen Riegeln gesichert, die unter Strom standen, doch das eigentliche Problem bestand darin, sich innerhalb des labyrinthähnlichen Anwesens zu orientieren. Hunderte von Korridoren und Passagen bildeten einen überaus komplexen Irrgarten, in dem sich nur jemand zurechtfand, der sein ganzes Leben im Palast verbracht hatte. Spock bedachte Thea mit einem kurzen, nachdenklichen Blick und begriff, daß ihm die besondere Beziehung zwischen ihnen einen gewissen Vorteil verschaffte. Die mentale Verbindung mit der Romulanerin versetzte ihn in die Lage, bestimmte Dinge in Erfahrung zu bringen. Wenn er sich konzentrierte, sah er vor seinem inneren Auge die Route, deren Verlauf sie folgen würde, wenn sie aus irgendeinem Grund fliehen mußte.

Unmittelbar nach der Landung wurde aus dem Dröhnen der Triebwerke ein leises Summen. Sarela stand auf, wandte sich vom Kommandosessel ab und kontrollierte die Instrumente. »Commander Tavor teilt uns mit, seine Truppen erwarten die Inspektion, Herrin«, sagte sie. »Außerdem versichert er, die Lage innerhalb des Palastes sei unter Kontrolle.«

Thea nickte und betrachtete das Zeremoniengewand des Vulkaniers. Neugierig neigte sie den Kopf zur Seite und sah zu dem ovalen, konturlosen Fleck hinter den Gesichtsschleiern empor.

»Beeindruckend, Spock«, sagte sie nonchalant und spürte den Widerstand, den er ihrer psychischen Präsenz entgegenbrachte. Er erhob sich und begleitete sie zur Luftschleuse. McCoy, S'Parva und die persönlichen Bediensteten folgten.

Das Schweigen des Vulkaniers überraschte Thea nicht. »Der Prätor erwirbt ständig neue Sklaven, und daher wird es die Soldaten nicht überraschen, dich in meiner und Sarelas Begleitung zu sehen. Wenn dich irgend jemand fragt, antwortest du einfach, du hättest uns der Liste deines lebenden Inventars hinzugefügt.« Sie wurde wieder ernst. »Geh einfach an den Soldaten vorbei und achte nur auf die Offiziere. Sobald wir im eigentlichen Palast sind, sorgt Tavor für deine Sicherheit.«

»Tavor?« wiederholte Spock und erinnerte sich an den Namen.

»Er ist Kommandeur der Palasttruppen«, erklärte Thea. »Er kennt meine Pläne – und er weiß auch, wer du bist. Wir haben uns noch von der *Ravon* aus mit ihm in Verbindung gesetzt, lange bevor wir an Bord der *ShiKahr* kamen. Tavor ist bereit, dich vor Männern wie Tazol zu schützen.« Die Prätorin schüttelte andeutungsweise den Kopf. »Es wäre jedoch ein Fehler zu glauben, daß er deine Anweisungen befolgt, nur weil du dieses Gewand trägst. Die Soldaten gehorchen *seinen* Befehlen. Wenn du so närrisch sein solltest zu versuchen, meine Macht zu beanspruchen ... Nun, in dem Fall bleibt dir nicht einmal genug Zeit, dich von deinen beiden Freunden zu verabschieden.«

Der Vulkanier straffte die Gestalt und schob das Kinn vor. »Wenn ich verletzt werde, können Sie Ihre Absichten nicht mehr verwirklichen«, stellte er logisch fest und lehnte es ab, Thea gegenüber die persönliche Anrede zu verwenden. »Und da ich Ihren Gedanken entnehmen kann, daß Sie keineswegs planen, mich oder die beiden Offiziere zur Allianz zurückkehren zu lassen, sehe ich kaum einen Sinn darin, mich weiterhin Ihrem Willen zu fügen.«

Thea musterte die hochgewachsene Gestalt, und in ihren Mundwinkeln zuckte es kurz. »Du übersiehst dabei einen wichtigen Punkt«, erwiderte sie leise. »Ein Teil deines Ichs hofft noch immer, das Unmögliche zu schaffen. Oder leugnest du etwa, daß du weiterhin danach trachtest, mich zu hintergehen und dein eigenes Ziel zu erreichen? Das vulkanische Erbe und deine Ehre werden dich lange genug am Leben erhalten, um zumindest zu versuchen, *deine* Pläne in die Tat umzusetzen. Diese Wahrheit bildet derzeit einen integralen Bestandteil deines Selbst.«

»He, einen Augenblick!« brummte McCoy und trat einen Schritt vor. »Sie haben versprochen, uns freizulassen, sobald Spock die Lehrsätze der Disziplin präsentiert hat.«

Thea drehte sich um und begegnete dem vorwurfsvollen Blick des Arztes. »Vertrauen Sie etwa dem Wort einer Romulanerin?« fragte sie spitz. »Ich darf nicht zulassen, daß Sie die Allianz über meine wahre Identität unterrichten. Selbst wenn es mir gelingt, den Frieden zu sichern: Bestimmt gibt es Angehörige meines Volkes, die nicht bereit sind, sich damit abzufinden. Und ganz abgesehen davon — ich brauche die Freiheit, mich im Reich zu bewegen, ohne sofort als Prätorin erkannt zu werden.«

McCoy lief rot an. »Sie haben uns von Anfang an getäuscht, nicht wahr?« platzte es aus ihm heraus. »Nun, Sie machen einen großen Fehler, *liebste* Thea. Sie stoßen ins stellare Territorium der Allianz vor, entführen zwei Raumschiffoffiziere, *verlangen* Frieden und wollen uns gleichzeitig für den Rest unseres Lebens als Geiseln behalten. Glauben Sie etwa, man ginge einfach so auf Ihre Wünsche ein? Die Allianz wird keinen Friedensvertrag unterzeichnen, solange Sie uns gefangenhalten!«

»Vielleicht nicht«, pflichtete ihm Thea bei. »Es ist ein Risiko, das ich eingehen muß. Wie dem auch sei: Wenn langwierige Verhandlungen mit der Allianz erforderlich sind, benutze ich Sie als Druckmittel. Darüber hinaus verstehen Ihre zuständigen Stellen sicher, daß der Prätor Sie gar nicht freilassen kann, wenn er dadurch eine Gefahr für sich und seine Position heraufbeschwört. Ich bin sicher, die Allianz nutzt jede Chance, um einen dauerhaften Frieden für die Galaxis zu erreichen. Drei Besatzungsmitglieder eines Raumschiffes sind ein nur geringer Preis dafür.«

Es verschlug McCoy regelrecht die Sprache. Er entsann sich daran, daß Spock einen Plan hatte und es weitaus wichtigere Dinge gab, die es anzustreben galt. Wenn es dem Vulkanier gelang, die richtige historische Struktur des veränderten Universums wiederherzustellen, spielten all jene Dinge keine Rolle mehr. Durch die Datenanalyse an Bord der *Ravon* wußten sie, daß sich eine Neutralisierung der von den Romulanern durchgeführten Zeitmanipulation tatsächlich bewerkstelligen ließ. Mit anderen Worten: Es *gab* Hoffnung.

Doch als McCoy die in einen Kapuzenmantel gehüllte Gestalt beobachtete, fragte er sich unwillkürlich, was zwischen Spock und Thea geschehen war — und ob der Vulkanier einen Pakt mit dem Teufel geschlossen hatte.

Nachdem Spock und seine Begleiter in einem separaten Quartier untergebracht worden waren, wanderte Thea durch lange Korridore, die zu Tavors privatem Büro führten. Von der hohen steinernen Decke starrten die leeren Augen monströser Granitwesen herab, und dünne Rauchfäden kräuselten aus den Nüstern drachenköpfiger Statuen an den Wänden.

Vor der Tür von General Tavors Zimmerflucht blieb die Prätorin kurz stehen, holte tief Luft und benutzte dann ihren persönlichen Codeschlüssel. Der attraktive junge Mann saß in einem üppig gepolsterten Sessel hinter seinem aus massivem Holz bestehenden Schreibtisch. Kostbare Tapisserien zierten die Mauern, reichten von der Decke bis zum Boden, und ein dicker Teppich dämpfte Theas Schritte, als sie das Zimmer durchquerte. In der einen Ecke bemerkte sie ein Sofa aus schwarzem Samt, und daneben brannte ein offenes Feuer im Kamin. Die Romulanerin wandte den Blick ab.

»Tavor«, sagte sie, neigte grüßend den Kopf und bewunderte den muskulösen Leib ihres Generals. »Die Reise war recht anstrengend. Ich bin froh, wieder zu Hause zu sein, im Palast.« Sie lächelte, trat an den Schreibtisch heran, füllte ein Glas mit erlesenem Wein und musterte Tavor. Ihre Miene erhellte sich. »Ich habe dich vermißt, Freund«, murmelte sie. »Doch sag mir ... Was ist mit T'Rouln geschehen?«

Tavor lehnte sich zurück und erwiderte das Lächeln der Prätorin nicht. Er schlug die Beine übereinander, löste den Halsverschluß seines braunen Umhangs und ließ das Cape achtlos zu Boden sinken.

»Auch Gouverneur T'Rouln verdiente einst die Bezeichnung Freund, Herrin«, erwiderte der General, und Thea hörte vagen Kummer in seiner Stimme. »Als Kinder spielten wir zusammen.« Er zögerte. »Aber der Mann, der den Palast zu stürmen versuchte, hatte keine Ähnlichkeit mit dem Krieger, den ich kannte.«

Thea nippte an dem blauen Wein und nahm auf einem nahen Stuhl Platz. »Ich bedaure seinen Tod, Tavor«, murmelte sie und beobachtete, wie sich das Licht auf dem schulterlangen schwarzen Haar des Generals widerspiegelte. »Schnappte er wirklich über? Verlor er einfach so den Verstand?«

Tavor nickte langsam. »Allem Anschein nach«, bestätigte er. »Nun, das ist noch nicht alles. Es kam auch zu anderen Zwischenfällen.« Er legte eine kurze Pause ein, und sein Gesicht zeigte plötzlichen Argwohn. »Heute nachmittag erfuhr ich von ähnlichen Vorfällen, die mehrere Welten des Reiches betreffen. Auf Karola Sechs brachen Unruhen aus, als Gouverneur S'Limou einige politische Gefangene freiließ. Wie beim Verhalten von T'Rouln gab es keine Erklärung dafür.« Tavor seufzte. »Man könnte meinen, es habe sich eine Lawine der Unberechenbarkeit in Bewegung gesetzt.«

Thea setzte ihr Glas ab. Normalerweise blieb der General immer ruhig und gelassen, zeigte nur sehr selten so etwas wie Gefühl, doch jetzt spürte sie deutlich beginnende Verzweiflung in ihm, begleitet von einer fast apathischen Müdigkeit. »Was soll das heißen?« fragte sie. Es lief ihr kalt über den Rücken, als sie sich an etwas erinnerte, das sie bei der telepathischen Verbindung in Spock gespürt hatte.

Wahnsinn ... Zwei Wochen, um ein neues Universum zu schaffen ... Oder um zu erleben, wie dieser Kosmos stirbt ...

Zuerst hielt sie diese Empfindungen für ein weiteres Symptom des *Pon farr*, für den individuellen Irrsinn, der den Vulkanier erfaßte, für die ganz persönliche Frist, die ihm noch blieb. Aber als sie an eine bestimmte Nachricht der *ShiKahr* dachte, die vor einigen Tagen entschlüsselt worden war, riß sie unwillkürlich die Augen auf. *Alles deutet darauf hin, daß Spocks Schiff unter einem Vorwand ins canusische Sonnensystem gelockt wurde. Seltsam ...*

Thea begann etwas zu ahnen, und sie kämpfte gegen Furcht und Besorgnis an. »Du hast eben von einer Lawine gesprochen, Tavor«, drängte sie. »Was meinst du damit?«

Der General seufzte. »Vor einigen Stunden mußte ich vier meiner eigenen Soldaten umbringen, Herrin«, sagte er leise. »In Vorbereitung auf Ihren Empfang entschied ich mich zu einer Routineinspektion der Truppen. Ein Mann versuchte, meinen Adjutanten umzubringen. Es kam zu einem Kampf, und dabei wurden vier Krieger getötet.« Er schüttelte den Kopf. »Die medizinischen Berater nahmen eine Autopsie vor und berichteten von erheblichen Strukturveränderungen in der Hirnrinde. Sie sprachen von ...

Kurzschlüssen in den Gehirnen der betreffenden Männer.« Tavor starrte einige Sekunden lang ins Leere. »Die Ergebnisse der Untersuchung von T'Roulns Leiche liegen mir noch nicht vor, aber ich rechne mit ähnlichen Resultaten.«

Thea erhob sich und hielt aus einem Reflex heraus auf die Tür zu. Bevor sie das Zimmer verließ, drehte sie sich noch einmal zu Tavor um. »Ich frage den Vulkanier«, kündigte sie an. »Vielleicht kann er mir Auskunft geben.«

Tavor stand ebenfalls auf und näherte sich der Prätorin. »Er ... fasziniert Sie, nicht wahr, Herrin?«

Thea gab nicht sofort Antwort. »Er ist ein nützliches Werkzeug, Freund«, sagte sie schließlich und mied den fragenden Blick des Generals.

»Und gleichzeitig berührt er etwas in Ihnen«, stellte Tavor fest.

Thea biß sich auf die Lippe und griff kurz nach dem Arm des jungen Mannes. Nach einer Weile sah sie zu ihm auf, drehte den Kopf dann rasch zur Seite. »Ja«, hauchte sie und überlegte, warum sie sich so schuldig fühlte. »Und das bedaure ich«, fügte sie hinzu und rang mit Empfindungen, die ihr fremd blieben. »Ich glaubte zunächst, Distanz zu ihm wahren zu können, doch das war ein Irrtum.« Sie hob die Hand, um nach Tavors Wangen zu tasten. Er wandte sich abrupt ab.

»Ich warte, Herrin«, brummte er. »Und ich werde den von Ihnen gewählten Gefährten mit der gleichen Hingabe schützen, die eigentlich für Sie reserviert ist.«

Eine Zeitlang starrte Thea stumm auf den Rücken des Mannes, und schließlich umfaßte sie seine Schultern, drehte ihn zu sich herum. Früher hatte sie Tavor als einen ebenso tapferen wie klugen Krieger respektiert, ihn sogar geliebt. Sie setzte zu einer Antwort an, suchte vergeblich nach den richtigen Worten. Plötzlicher emotionaler Schmerz entflammte in ihr. Sanft wanderten ihre Fingerkuppen über den Nacken des Generals.

»Um dich zu beruhigen, Tavor ...«, begann sie behutsam. »Meine Gefühle für den Vulkanier sind ... anders, als du vielleicht glaubst. Ich ... ich bin eine Frau. Ich lebe, denke und empfinde. Und mir liegt nichts daran, dauernd allein zu sein.« Scham und Kummer hielten sich in ihr die Waage. »Es wäre mir eine ... Ehre, wenn du auf mich wartest.«

Tavor holte tief Luft und nickte. »Die Zeit drängt, Herrin«, sagte er und sprach wieder im förmlichen Tonfall eines offiziellen Beraters. »Es dauert nicht mehr lange bis zur Versammlung der Gouverneure.«

Thea lächelte sanft und wandte sich von der wortlosen Sehnsucht in den dunklen Augen des Generals ab.

Spock saß im luxuriösen Quartier der Prätorin und dachte an den bevorstehenden Abend. Er warf einen kurzen Blick auf die reich verzierte Uhr: Bis zur Konferenz, dem traditionellen romulanischen ›Tribunal‹, blieben ihm noch vier Stunden. Der Vulkanier sah sich im Zimmer um und versuchte, die Unruhe abzustreifen. Seltsam: In mancher Hinsicht ähnelten Theas private Gemächer den Zimmern in Sareks Haus.

Schwarze Samtvorhänge verhüllten eine Wand, und als Spock sie beiseite zog, entdeckte er ein breites Tafelglasfenster, das den Blick auf einen kleinen Teich gestattete. Die blaue Sonne von Romulus neigte sich dem Horizont entgegen, und die Schatten im Zimmer wuchsen allmählich in die Länge. Am Rande des großen Salons stand ein schmuckvoller Schreibtisch aus Silber, und in der einen Ecke bemerkte Spock ein Sofa aus blauem Samt. Verschiedene Marmorstatuen repräsentierten die Alten von Romulus – stumme Wächter an den gemaserten Holztüren. Ein eher unauffälliger Zugang führte ins Schlafzimmer.

Der Vulkanier nahm auf dem Sofa Platz, dachte über seine Lage nach und erinnerte sich daran, daß die historische Veränderung innerhalb von acht Tagen rückgängig gemacht werden mußte. Er fühlte sich seltsam hilflos und allein. McCoy und S'Parva waren in eine andere Unterkunft gebracht worden; Dutzende von Korridoren und Passagen erstreckten sich zwischen den beiden Quartieren, und Spock wußte, daß er unmöglich den richtigen Weg finden konnte. Thea hatte darauf hingewiesen, daß die nächste Begegnung mit seinen Gefährten erst nach dem Tribunal erfolgen sollte.

Die beiden Flügel der großen Flurtür schwangen auf, und Thea kam herein. Sie trug normale romulanische Kleidung, wirkte auffallend fröhlich und zuversichtlich. Spock mußte sich einmal mehr eingestehen, daß sie wirklich außerordentlich attraktiv war.

Er verdrängte diesen Gedanken, lehnte sich zurück und kämpfte gegen das Unbehagen an, das ihn inzwischen ständig begleitete.

Die Prätorin nickte knapp, blieb vor dem Vulkanier stehen und betrachtete seinen braunen Umhang. Der schwarze Kapuzenmantel hing an der Rückenlehne eines nahen Stuhls.

»Heute abend verändern wir die Zukunft zweier Zivilisationen, Spock«, sagte die Romulanerin wie zu sich selbst und musterte den Vulkanier. »Es tut mir leid, daß ich deine Kooperation auf diese Weise erzwingen mußte«, fuhr sie fort. »Inzwischen dürfte dir klar sein, daß es keinen Sinn hat, einen Fluchtversuch zu unternehmen, und vielleicht begreifst du jetzt, daß es noch *andere* Alternativen gibt.« Sie ließ sich auf die Kante des Sofas sinken. »Bleib bei mir«, sagte sie wie beiläufig. »In wenigen Stunden akzeptieren dich die Gouverneure als Prätor, als Herrscher über das ganze romulanische Reich. Anschließend sind unsere Möglichkeiten unbeschränkt.«

Spock schloß die Augen. Thea appellierte an seine Empfindungen, aber er fragte sich trotzdem, ob sie ihn nur ködern wollte. »Sie wissen, daß ich nicht bleiben kann«, erwiderte er und stellte nervös fest, daß die Distanz zwischen ihnen wieder schrumpfte. »Um eine bei den Menschen gebräuchliche Redewendung zu benutzen: Niemand ist imstande, über seinen eigenen Schatten zu springen. Und deshalb ist eine gemeinsame Zukunft für uns undenkbar. Außerdem haben Sie selbst darauf hingewiesen, daß im

Reich nur das Hier und Jetzt gilt, die unmittelbare Gegenwart.«

Thea biß sich auf die Lippe und lachte leise, fast ironisch. »Also bleiben wir Feinde, zwei Gegner mit unterschiedlicher Verantwortung, unterschiedlichen Pflichten und Loyalitäten. Ist das tatsächlich dein Ernst?« Sie schüttelte den Kopf. »Nein, du brauchst gar nicht zu bestätigen, was für uns beide bereits die Qualität des Offensichtlichen hat. Die Antwort steht in deinen Augen geschrieben.« Sie zögerte kurz und fügte in einem neutraleren Tonfall hinzu: »Ich weiß, daß du kein Narr bist, Spock. Und es wäre töricht anzunehmen, du hättest keine Ahnung von dem, was sich in diesem Universum anbahnt.« Sie drehte den Kopf und starrte in die Ferne.

Der Vulkanier schwieg eine Zeitlang und hob eine Braue. »Die Zeitmanipulation ist mir bekannt«, gestand er ein.

Thea nickte langsam. »Ich habe die Pläne in deinen Gedanken gesehen, als du geschlafen hast«, murmelte sie und faßte Mut. »Aber angenommen, es gelingt dir nicht, ein Raumschiff zu stehlen und die historische Veränderung rückgängig zu machen? Und selbst wenn du damit Erfolg hättest: Ist dir nicht klar, daß du damit die Basis deiner eigenen Existenz zerstörst?«

»Die Konsequenzen sind mir bewußt«, entgegnete Spock ruhig. Aus irgendeinem Grund erstaunte es ihn nicht, daß Thea ihn durchschaut hatte.

»Bist du sicher?« Plötzlicher Zorn funkelte in den Augen der Prätorin. »Verstehst du *wirklich*? Wenn du in die Vergangenheit reist und die romulanischen Agenten daran hinderst, ihren Auftrag durchzuführen, bringst du dich selbst um! Du gehörst zu *diesem* Universum — so wie deine Selbstentsprechung Teil des *anderen* Kosmos ist. Und wenn die ursprüngliche temporale Struktur wiederhergestellt wird, wenn die Erste Geschichte erneut die Dominanz gewinnt, gibt es für den Spock in der Zweiten Geschichte keine Existenzgrundlage mehr!«

Wieder nickte der Vulkanier. »Ich bin bereit, mich damit abzufinden.« Aber das stimmte nicht ganz: Schon seit Tagen quälte ihn dieser Gedanke. »Wenn ich meinem Leben *hier* Vorrang gäbe, wäre ich ein Mörder. Wenn ich die Entscheidung träfe, bei Ihnen zu bleiben und keinen Versuch zu unternehmen, die Realitätsverschiebung zu neutralisieren ... Damit verurteilte ich ein ganzes Universum zum Untergang.«

Thea seufzte schwer, beugte sich zurück und lehnte den Kopf an Spocks Arm. »Du wirst sterben«, wiederholte sie und lauschte dem düsteren Klang ihrer eigenen Worte. »Wenn du dafür sorgst, daß die Mission der Einsatzagenten scheitert, verschwindest du einfach. Du löst dich im wahrsten Sinne des Wortes in Luft auf. Und in der wiederhergestellten Ersten Geschichte sind wir Gegner, die nichts miteinander verbindet.«

Spock dachte einige Sekunden lang nach. »Das ist noch nicht alles. Wenn ich heute abend den Gouverneuren die Lehrsätze der Disziplin präsentiere und später in die Vergangenheit reise, um dort eine zweite historische Korrektur vorzunehmen, hat Ihr Plan überhaupt keinen Sinn mehr. Ihren wissenschaftlichen Beratern ist ein schwerer Fehler unterlaufen, Thea. Bei den Analysen in Hinsicht auf die längerfristigen Auswirkungen der Zeitmanipulation hätten sie herausfinden müssen, daß die bewirkten Veränderungen in krassem Gegensatz zur allgemeinen Struktur des Universums stehen. Die Bewußtseinssphären derjenigen, die in der Zweiten Geschichte geboren wurden, streben bereits eine unterbewußte Rückkehr in die natürliche Umgebung an. Wenn nichts unternommen wird, um die Veränderung rückgängig zu machen, sterben wir *alle*. Wir haben es mit einer wachsenden molekularen Instabilität zu tun, für die es keinen Ausgleich gibt. Ihr Plan, die Galaxis zu erobern und zu beherrschen, bedroht das ganze Universum.«

»Es ist nicht mein Plan«, warf Thea kummervoll ein. »Die Idee stammt von meinem Vater.« Sie musterte den Vulkanier und fragte sich, ob seine Worte tatsächlich der

Wahrheit entsprachen. Als ihr Tavors Hinweise auf die verschiedenen Zwischenfälle im Reich einfielen, schauderte sie innerlich. »Wenn du recht hast, bleibt dir überhaupt keine Chance. Dann bist du in jedem Fall so gut wie tot.« Thea brach ab und fühlte eine sonderbare Verbitterung.

»Nicht unbedingt«, widersprach Spock und wählte seine nächsten Worte mit besonderer Sorgfalt. »Wir sind keineswegs einer geheimnisvollen Entität namens Schicksal ausgeliefert, sondern können selbst entscheiden, was aus uns wird. Wobei wir natürlich die speziellen Umstände berücksichtigen müssen.«

Thea begegnete dem Blick des Vulkaniers. »Worauf willst du hinaus?« Tief in ihrem Innern spürte sie, daß sie nichts unversucht lassen würde, um Spocks Leben zu schützen, ihn zu behalten.

»Schließen Sie sich mir an«, antwortete Spock sofort. »Sie entstammen der Ersten Geschichte, und daraus läßt sich der logische Schluß ziehen, daß Sie in beiden Universen überleben können.«

Die Romulanerin stand auf, ging einige Schritte und blieb stehen. »Ich soll mich auf *deine* Seite stellen?« stieß sie hervor. »Nach all der Mühe, die es mich kostete, dich hierherzubringen ... Verlangst du im Ernst von mir, an einem Plan mitzuwirken, der in deinem Tod resultieren muß?«

»Sie wissen bereits, daß die Struktur der Zweiten Geschichte keinen Bestand haben kann«, sagte der Vulkanier, erhob sich ebenfalls und trat hinter die Prätorin. »Selbst wenn Sie sich jetzt weigern, mir zu helfen – in einigen Tagen spielt das keine Rolle mehr. Fragen Sie Ihre wissenschaftlichen Berater. Weisen Sie sie an, gründliche Computerberechnungen durchzuführen. Dabei wird sich herausstellen, daß wir nur noch acht Tage Zeit haben, um etwas zu unternehmen. Anschließend ist es zu spät. Die Zeit-Wunde wird heilen – und für uns bestehen die Folgen in einem irreversiblen Wahn.«

»Nein!« entfuhr es Thea, und sie wirbelte um die eigene

Achse. »Unmöglich!« Gleichzeitig wußte sie, daß der Vulkanier recht hatte. »Wer in der Zweiten Geschichte aufwuchs, kann sich nicht an die Erste erinnern!« Sie preßte die Lippen zu einem dünnen, weißen Strich zusammen.

»Da irren Sie sich«, sagte Spock ruhig und berührte die Romulanerin am Arm. »Trotz der Fortschritte unserer Wissenschaften sind Seele und Bewußtsein nach wie vor voller Rätsel. Gedanken und Erinnerungen scheinen in der Lage zu sein, die Barrieren zwischen Dimensionen und Universen zu überwinden. Ihr Volk und die Gemeinschaft der Allianz ... Die einzelnen Ichsphären werden sich isolieren und instinktiv versuchen, erneut das ursprüngliche Ambiente zu erschaffen — auch wenn das die permanente Trennung von der derzeitigen Realität bedeutet. Was wir im Hier und Jetzt als gegeben erachten, wird sich — subjektiv — zunehmend verändern, bis alle Orientierungspunkte verschwinden und nur noch nackter, blanker Irrsinn bleibt.« Spock gab deutlich zu erkennen, wie gut er über die aktuelle Situation informiert war. Nach der Mentalverschmelzung mit Thea hatte es ohnehin keinen Sinn mehr, sein Wissen zu verhehlen.

»Welcher Vorteil ergibt sich für mich, wenn ich dir helfe?« fragte die Prätorin. »Selbst wenn ich dir glaubte: Was gewinne *ich*, wenn ich dich in die Lage versetze, die Zeitmanipulation rückgängig zu machen?«

Der Vulkanier wandte sich ab. Aus einem Reflex heraus stellte er eine Verbindung zum Ich der Romulanerin her — als wollte er den psychischen Schmerz lindern, den er in Thea spürte. »Ich kann Ihnen nichts anbieten«, sagte er und empfand dabei unlogisches Bedauern. »Andernfalls ...« Er sprach nicht weiter.

Die Prätorin schwieg eine Zeitlang. Nach einer Weile streckte sie den Arm aus und legte Spock sanft die Hand auf die Schulter. »Du bist durchaus imstande, mir etwas zu versprechen«, murmelte sie. »Und du weißt auch, was ich meine.«

Spock sah ihr in die Augen und schüttelte den Kopf.

»Wie soll ich bei Ihnen bleiben, wenn ich überhaupt nicht mehr existiere? Wie Sie vorhin schon ausführten: Wenn es mir gelingt, die romulanischen Agenten an der Durchführung ihres Auftrags zu hindern, gibt es keine Möglichkeit für mich, Ihnen als Geisel zu dienen.«

»Dann bleib im *anderen* Kosmos bei mir!« platzte es aus Thea heraus und verdammte die verlockende Ausstrahlungskraft des Vulkaniers. »Leiste mir in der Vergangenheit der Erde Gesellschaft — auf jenem Planeten, der im Frühling so wunderschön sein soll! Mich zieht nichts hierher zurück. Wenn erneut die Erste Geschichte dominant wird, bin ich ebenso schlecht dran wie vorher. Dann ist das romulanische Reich zur Stagnation verurteilt. Dann lebt mein Volk in bitterer Armut, während die Welten der Föderation in Reichtum schwelgen.«

Spock schüttelte den Kopf. »Sie wissen, daß Ihnen gar keine andere Wahl bleibt, als Ihre Pflichten wahrzunehmen«, sagte er. »Sie dürfen Ihre Heimat nicht im Stich lassen. Nach der Rückkehr in die Erste Geschichte sind nur Sie imstande, sich an beide Universen zu erinnern.«

»Hören Sie endlich auf damit!« Thea bebte am ganzen Leib. »Das ist doch absurd. Wenn ich auf dein Anliegen eingehe und dir helfe, wenn *du* in die Erste Geschichte zurückkehrst ...«

»Nach der temporalen Korrektur existiere ich nicht mehr«, warf Spock sanft ein. »Darauf wiesen Sie mich eben in aller Deutlichkeit hin. Und in diesem Punkt kann ich Ihnen nicht widersprechen.«

Thea gestikulierte fahrig und versuchte, sich auf Theorien zu konzentrieren, die ihr plötzlich viel zu komplex erschienen. »Anders ausgedrückt ... Wenn du es schaffst, die Zeitagenten aufzuhalten, willst du nicht einmal *versuchen*, hierher in die Gegenwart zurückzukehren.«

»Das ist *unmöglich*, Thea«, betonte der Vulkanier. »Falls ich wirklich Erfolg habe, existiere ich in der Zweiten Geschichte überhaupt nicht mehr.«

Thea zwang sich dazu, eine solche Möglichkeit zumindest in Erwägung zu ziehen. Fast verzweifelt griff sie nach den Händen des Mannes vor ihr. »Was wird dann aus dir?« erkundigte sie sich – und wußte die Antwort, noch während sie die Frage formulierte.

»*Wenn* ich meine Absichten verwirklichen kann, spielt alles andere keine Rolle mehr.« Spock zog die Hände nicht zurück. »Die Wiederherstellung des ursprünglichen und eigentlich realen Universums führt automatisch zu einer neuerlichen Erschaffung meines alternativen Selbst. Es ist völlig unwichtig, was mit meinem hiesigen Ich passiert, denn es hat dann nicht mehr die geringste Bedeutung.«

»Nicht mehr die geringste Bedeutung!« Thea schnappte unwillkürlich nach Luft. »Wie kannst du – ein Vulkanier – so etwas behaupten? Bist du wirklich fähig, in die Vergangenheit zu reisen – und dich dort umzubringen?«

»Es geht nicht nur um mein Leben, Thea, sondern auch um viele Milliarden andere«, entgegnete Spock. »Gehen wir noch einmal von einem Erfolg aus. Ganz gleich, wer mich in die irdische Vergangenheit begleitet – niemand kann in die Zukunft zurückkehren. Abgesehen von Ihnen. Wie ich eben schon sagte: Sie stammen aus der Ersten Geschichte. Deshalb können Ihnen die Paradoxa der Zeitreise nichts anhaben. Nun, denken Sie an all diejenigen in Ihrem Reich und auch in der Allianz, die keine solche Immunität besitzen, die dem Wahn hilflos ausgeliefert sind ... Ich darf nicht zulassen, daß meine persönlichen Wünsche in bezug auf das, was sein *muß*, Priorität genießen. Und ich bin sicher, das trifft auch auf Sie zu.«

Der Vulkanier trat einen Schritt zurück und schwieg mehrere Sekunden lang, bevor er fortfuhr: »Es besteht eine hohe Wahrscheinlichkeit dafür, daß ich einfach verschwinde, sobald die Absichten der romulanischen Agenten durchkreuzt wurden.« Er versuchte, nicht auf das Entsetzen in Theas Augen zu achten. Es wäre so einfach gewesen, sich von ihr überzeugen zu lassen, einem ›logischen‹ Wahn nachzugeben, der ihren Worten scheinbare Rationalität verlieh.

»Und wenn du dich irrst?« fragte die Prätorin schließlich. Eigentlich wollte sie gar keine Antwort darauf, winkte ab und drehte sich um. Doch kurze Zeit später richtete sie den Blick erneut auf den Vulkanier. Hoffnungslosigkeit vibrierte in ihrer Stimme, als sie hinzufügte: »Warum findest du dich nicht damit ab, daß du im Hier und Jetzt mir gegenüber eine Niederlage erlitten hast?«

»Von einer Niederlage kann erst dann die Rede sein, wenn es keine Alternativen mehr gibt«, argumentierte Spock. »Noch bleibt uns eine Wahl.« Er sah in die dunklen Augen der Romulanerin. »Warum muß diese Angelegenheit unbedingt eine Kontroverse für uns sein?« fragte er und bemühte sich, das Gefühl beiseite zu schieben, der Logik Vorrang zu gewähren. »Warum arbeiten wir nicht zusammen, wenn Sie wirklich einen dauerhaften Frieden anstreben?«

»Und du erwartest von mir, als Konsequenz einer solchen Zusammenarbeit deinen Tod zu akzeptieren?« erwiderte die Frau scharf. »Vielleicht *hat* dich der Wahn bereits erfaßt. Ist dir denn noch immer nicht klar, daß ich weitaus mehr von dir erwarte? Als ich mich für dich entschied, dachte ich nicht nur daran, daß du in meine Rolle als Prätor schlüpfen sollst!« Sie wandte sich von ihm ab, verharrte vor dem großen, silbernen Schreibtisch und hieb mit der Faust darauf. In ihren Pupillen blitzte es. »Im ganzen romulanischen Reich gibt es keinen Mann, für den ich soviel riskierte wie für dich, Spock. Allein du kannst als Gleichrangiger an meiner Seite stehen.« Sie zwang sich dazu, den Vulkanier anzusehen, den Blick der kohleschwarzen Augen zu fesseln. »Verlangst du von mir, mich selbst zu demütigen? Willst du mich zwingen, meinen Stolz als Romulanerin aufzugeben und dir zu sagen, daß ich dich auch als *Partner* gewählt habe? Wenn das tatsächlich der Fall ist, so erfülle ich hiermit deine Bedingungen — ohne Scham. Und ohne Stolz.« Tränen brannten in ihren Augen, aber sie zwinkerte sie fort. »Ich *brauche* dich. Das Reich benötigt dich ... Was ist dir wichtiger?«

»James Kirk«, erwiderte Spock sofort. »Und all die anderen, die so sind wie er, die sich nicht mit dem Leben begnügen wollen, das ihnen die Zeitmanipulation aufzwang.« Er rang mit dem menschlichen Aspekt seines Ichs. »Ich respektiere Sie als Prätorin und Romulanerin.« Er gab Thea keine Gelegenheit, diese Worte als ein Einlenken zu interpretieren und fuhr fort: »Aber ich verlöre den Respekt vor mir selbst, wenn ich mich dazu hinreißen ließe, in der aktuellen Gegenwart bei Ihnen zu bleiben. Meine Verbindung mit James Kirk geht über die Grenzen von Raum und Zeit hinaus. Für den Spock im anderen – im *richtigen* Universum – kommt an erster Stelle eine Verantwortung, die dem Raumschiff *Enterprise* gilt. Und seinem Captain namens Kirk. Das trifft auch auf mich zu.« Die *Enterprise*. Nur ein Wort, eine Ansammlung von Vokalen und Konsonanten ... Trotzdem hatten die drei Silben eine enorme Bedeutung.

»Wenn wir beide Romulaner wären ...«, sagte der Vulkanier nach einer kurzen Pause. »Dann empfände ich es als Ehre, Ihr Angebot wahrzunehmen. Aber wir beide stammen nicht einmal aus dem gleichen Universum.« Er schüttelte den Kopf, als viel zu menschliche Trauer an seiner Selbstsicherheit nagte und Niedergeschlagenheit Lücken im Panzer vulkanischer Disziplin zu schaffen drohte. »Wir gehören nicht zusammen, Thea – weder hier noch im anderen Kosmos. Begreifen Sie das doch endlich.« Die Worte klangen hart, und Spock versuchte, die Schärfe aus ihnen zu verbannen. »Wir sind Teil von zwei verschiedenen Realitäten – für immer und ewig.«

Thea musterte den Vulkanier und antwortete nicht. Ganz gleich, wie sie sich auch verhielt – sie würde Spock verlieren. Entweder verschwand er einfach, oder er fiel dem Wahn zum Opfer. Er hatte recht: Es gab keine gemeinsame Zukunft für sie. Die Prätorin sah plötzlich ein Phantom vor sich, geschaffen von der Machtgier eines alten Mannes. *Was für ein Narr mein Vater war,* dachte sie. *Und einmal mehr hat er mir Kummer vermacht.* Sie wandte sich der großen Tür zu.

»Ich muß mit meinen Beratern sprechen«, sagte Thea. Sie fand sich damit ab, daß sie Spock nicht halten konnte, und ihre Stimme klang wieder kühl und förmlich.

Der Vulkanier schüttelte einmal mehr den Kopf, trat an die Romulanerin heran und berührte sie vorsichtig am Arm. »Wenn Sie mir helfen, Thea, können Sie das Wissen um die Zweite Geschichte bewahren und es nach der historischen Korrektur praktisch anwenden.« Er sah über die Schulter der Prätorin, strich mit der Wange über ihr Haar. Noch immer bestand eine mentale Verbindung zwischen ihnen, und daher nahm er deutlich das Gefühl des Verlustes wahr. Trotz der vielen – und letztendlich unüberwindbaren – Unterschiede zwischen ihnen empfand er *etwas*, ein emotionales Zittern, weder vulkanisch noch menschlich, ein Vibrieren zwischen den beiden Aspekten seines Wesens. Wenn er schon sterben mußte, so konnte er sich bestimmt den Luxus kurzer Sentimentalität leisten.

»Es spricht einiges dafür, daß sich der Spock in der Ersten Geschichte selbst nach einer erfolgreichen Restrukturierung des Kosmos an *diese* Realität erinnert, zumindest teilweise. Die Zweite Geschichte *war* real – sie ist es derzeit; wir erleben sie in aller Deutlichkeit –, und das Bewußtsein kann einmal begonnene Ereignisketten nicht völlig ignorieren. Jedes intelligente Selbst unterhält Verbindungen zum molekularen Gedächtnis des Universums, und dort bleibt die Zweite Geschichte gespeichert, bis zum nächsten Big Bang.« Spock zögerte kurz und strich geistesabwesend über Theas Arm. »Wenn sich mein alternatives Ich erinnert, so sprechen Sie mit ihm. Und wenn es diese Welt vergessen hat ... Rufen Sie sie ihm ins Gedächtnis zurück. Sie wissen über die beiden Universen Bescheid, und außerdem verfügen Sie über telepathische Fähigkeiten, haben Ihren Geist mit dem meinen verschmolzen. Setzen Sie diese Werkzeuge ein, um in einem stabilen Kosmos Frieden zwischen unseren Völkern zu schaffen.«

Thea zitterte und nickte kaum merklich, wich dann zur Seite, so daß Spock die Hand zurückziehen mußte. »Welche Garantie gibst du mir?« fragte sie. »Was kann mir ein Phantom versprechen, das in der Zweiten Geschichte sterben will, um in der Ersten zu leben?«

Spock überlegte. »Sie haben mein Wort«, entgegnete er schließlich. »Und auch *seins*. Der andere Spock ist eine realere Entsprechung meines Selbst, und daher wird er sich Ihnen gegenüber nicht völlig verschließen. Er wird Ihnen zuhören, Ihnen Gelegenheit geben, alles zu erklären — und als Ihr Fürsprecher bei der anderen Allianz auftreten, jenem Völkerbund, den Sie als Föderation bezeichneten. Sorgen Sie dafür, daß er sich erinnert«, betonte er noch einmal. »Wir haben nur diese eine Alternative.«

Thea drehte sich um und sah den Vulkanier an. »Du bittest mich darum, mit dir durch die Zeit zu reisen, die — wenn auch zweifelhaften — Errungenschaften des Reiches zu zerstören und zu beobachten, wie als Folge davon ein ganzes Universum stirbt. Es klingt völlig verrückt — und doch bin ich außerstande, dein Anliegen abzulehnen.«

Spock setzte zu einer Erwiderung an, aber Thea winkte ab und tastete mit den Fingerkuppen über seine Brust, bis sie das Pochen des Herzens spürte. »Ich möchte dich nicht verlieren«, sagte sie leise. »Aber wenn unsere Gemeinschaft bedeutet, daß du ständig um ein Universum trauerst, das du nicht einmal kennst, nie gesehen hast ...« Sie wandte sich ab und fühlte die schwere Bürde der Verantwortung.

»Wenn meine Berater deine Ausführungen bestätigen, ziehe ich es vielleicht in Erwägung, dir zu helfen. Falls die Computerberechnungen zu anderen Ergebnissen führen ...« Sie brach ab. »Dann darfst du zur *ShiKahr* zurückkehren.« Ihre Worte klangen schroff, und einige Sekunden lang war Thea versucht, ihnen die Schärfe zu nehmen. Doch sie entschied sich dagegen, hielt es für besser, wieder auf Distanz zu gehen, erneut zur Prätorin zu werden — bis sie allein sein konnte.

Sie griff nach dem Türknauf. »Aber ganz gleich, welchen Beschluß ich fasse, was aus uns beiden wird ... Eins wirst du nie vergessen, weder in diesem noch in jedem anderen Universum. Irgendwann, in einer einsamen Nacht, erinnerst du dich an mich, an das, was unsere Beziehung hätte bedeuten können, nicht nur für mich, sondern auch für dich ...«

Der Vulkanier schloß die Augen, und der emotionale Schmerz kehrte in ihn zurück. »Ich weiß«, hauchte er betroffen. »Ich bedaure es schon jetzt ... Und vielleicht empfindet der andere Spock ebenso.« Er streckte die Hand aus, aber Thea trat rasch beiseite.

Sie verbarg ihre Weiblichkeit hinter einer Maske der Autorität und nickte knapp. »Mir ergeht es nicht anders, Spock«, murmelte sie und verließ das Zimmer.

Thea wanderte allein durch lange Korridore und Flure, blieb schließlich in einer Sackgasse des Labyrinths stehen. Vor der Mauer erhob sich eine eiserne Statue, die einen gehörnten Dämonen darstellte. In den tiefen Augenhöhlen glühte das ewige Feuer Romulus', und rötlicher Dampf quoll aus dem aufgerissenen Rachen. Das Ungeheuer grinste seit Tausenden von Perioden, und Thea glaubte, in der starren Fratze Spott und Hohn zu erkennen.

Sie folgte einer plötzlichen Eingebung, kniete auf dem kalten, steinernen Boden und berührte die stählernen Hufe des Standbildes. Als Kind hatte sie oft zu Bettatan'ru gebetet und sich von dem Dämonenherrn die Erfüllung ihrer Sehnsüchte erhofft — sie wünschte sich einen geeigneten Partner, einen attraktiven Krieger an ihrer Seite, einen starken, tapferen Mann, den sie ehren konnte und von dem sie ihrerseits Ehre erfuhr. Als sie jetzt in die glotzenden Augen blickte, entstand ein seltsamer Frost in ihr.

»Selbst du, Freund meiner Kindheit«, überlegte sie laut. »Selbst du hast uns verlassen und bist in die Sphäre des Unheils zurückgekehrt.« Thea lachte humorlos und blickte durch die leere Passage.

Scharlachfarbener Rauch wallte, und die Prätorin lachte erneut.

»Habe ich dich durch ein Sakrileg erzürnt?« fragte sie,

und ein Hauch von Bitterkeit stahl sich in ihre Stimme. »Oder bist du wirklich nicht mehr als lebloses Metall?« Sie schüttelte den Kopf und dachte an das Gespräch mit dem Vulkanier. »Es *ist* logisch, daß er eine solche Entscheidung für sich getroffen hat. Aber wenn mich die Alten im Stich lassen, Bettatan'ru ... In einem solchen Fall muß ich mich fragen, wem meine Loyalität gelten soll ...« Das dumpfe Echo ihrer Worte verklang. Thea stand langsam auf und fühlte sich dabei wieder wie das kleine Mädchen, das oft den Palast des Vaters durchstreift hatte, um den verbotenen Korridor des Dämons zu betreten.

»Töte mich auf der Stelle«, verlangte sie von dem stummen Ungeheuer und starrte in die roten Augen romulanischer Leidenschaft. »Wenn du mich verschonst, muß ich davon ausgehen, daß du überhaupt keine Macht über mich hast, daß sich all die vielen Generationen unseres Volkes vor einem falschen Gott fürchteten.«

Thea wartete.

Die Augen des Ungeheuers glühten.

Nach einigen Sekunden wandte sich die Prätorin vom Dämonenherrn ab, ging fort und wählte den Korridor, der zum zentralen Computer führte.

Sie sah nicht zurück — und Bettatan'ru schwieg weiterhin.

Stunden schienen vergangen zu sein, als sich erneut die Tür des prätorialen Quartiers öffnete und Thea eintrat. Sie trug nun wieder den schwarzen Umhang ihres Amtes, hatte jedoch die Kapuze zurückgeschlagen.

»Ich habe mit meinen Beratern gesprochen«, sagte sie und mied den erwartungsvollen Blick des Vulkaniers. »Unglücklicherweise bestätigen sie deine Behauptungen.« Sie zögerte kurz und fuhr ein wenig sanfter fort: »Im Reich und auch in der Allianz ist es zu verschiedenen ... Zwischenfällen gekommen. Außerdem deutet alles darauf hin, daß uns nur noch wenig Zeit bleibt.« Schließlich hob sie den Kopf und sah Spock an. »Warum hast du mich nicht schon an

Bord der *Ravon* auf die knappe Frist hingewiesen?« Der Vulkanier musterte die Romulanerin eingehend. »Hätten Sie mir geglaubt?«

Thea senkte den Kopf. »Die Berater wiesen mich auch noch auf etwas anderes hin. Sie halten es für äußerst unwahrscheinlich, daß die Krieger ihre Zustimmung geben, wenn sie von deinem Plan erfahren. Tazol hat bereits eine Konferenz der Clanoberhäupter einberufen.« Sie lächelte flüchtig. »Nun, das ist eigentlich nicht ungewöhnlich, aber ich glaube, unter den gegenwärtigen Umständen steckt mehr dahinter. Ich nehme an, er hat Verdacht geschöpft. Vermutlich will er die anderen Krieger von der Notwendigkeit überzeugen, den Palast anzugreifen. Mit anderen Worten: Uns bleibt nicht mehr genug Zeit, um die Lehrsätze der Disziplin zu präsentieren. Wahrscheinlich wäre das jetzt sogar ein Fehler – wir gäben Tazol damit einen Vorwand, sofort etwas gegen uns zu unternehmen.«

Spock ließ sich aufs Sofa sinken, und Thea wählte einen einige Meter abseits stehenden Stuhl. Aus irgendeinem Grund schmerzte es noch immer, die Bitterkeit in ihrer Stimme zu hören – und sich an die Zärtlichkeit zu erinnern, mit der sie ihm während des *Pon farr* begegnet war. Der Vulkanier streifte diesen emotionalen Ballast ab. »Wir müssen rasch handeln. Wie haben Sie sich entschieden?«

Thea erhob sich wieder und wanderte unruhig umher. »Ich bin bereit, dir zu helfen«, antwortete sie nach einer Weile. »Du, Sarela und ich ... Wir nehmen die *T'Favaron* und fliegen damit in die irdische Vergangenheit.« Ruhig begegnete sie Spocks Blick und blieb vor ihm stehen. »Aus den von meinen wissenschaftlichen Beratern durchgeführten Berechnungen geht auch hervor, daß deine Existenz ein unverzügliches Ende findet, wenn die Zeitagenten daran gehindert werden, ihrem Auftrag gerecht zu werden. Aus diesem Grund kann ich es gar nicht abwarten, mit der Mission zu beginnen.« Thea verwandelte das ungewohnte Gefühl der Liebe in vertrauten Zorn und ein Besinnen auf ihre Pflicht – damit kam sie weitaus besser zurecht. »Ich war eine Närrin,

Spock. Wie konnte ich nur so dumm sein zu glauben, ich sei mehr als das, was ich bin — eine Romulanerin. Ich finde mich nun damit ab und akzeptiere auch den Umstand, daß der Untergang des romulanischen Reiches aufgrund der Fehler meines Vaters verhütet werden muß.«

»Beabsichtigen Sie nicht mehr, einen Frieden zwischen dem Reich und der Allianz zu ermöglichen?« Spock konzentrierte sich auf das mentale Band, das ihn mit Thea verband. Doch es zerfaserte, als seine Gedanken daran entlangglitten, und das Bewußtsein der Prätorin war plötzlich so unerreichbar fern wie das andere Universum.

»Wir sind ein Volk der Krieger«, erwiderte die Romulanerin, und ihre Augen glänzten heller als sonst. »Vielleicht gibt es doch so etwas wie ein Gesetz des Schicksals, Spock.«

Der Vulkanier merkte, daß Thea seiner Frage auswich. »Es gibt noch jemanden, der uns begleiten sollte«, sagte er vorsichtig.

»James Kirk«, warf Thea ein, und Spock glaubte fast, so etwas wie Verachtung in ihrer Stimme zu hören. Sie beugte sich näher heran. »Als ich dich in der Ersten Geschichte kennenlernte, begriff ich sofort, daß zwischen dir und Kirk eine besondere Beziehung herrschte. Ist er es wirklich wert, für ihn deine Existenz in dieser Gegenwart aufzugeben? Kann ein Mann mehr bedeuten als ein ganzes Universum?«

Spock brauchte gar nicht erst nachzudenken. »Ja. Aber meine Gründe betreffen nicht nur ihn. Wir haben bereits ausführlich darüber gesprochen, und inzwischen liegt die Bestätigung Ihrer wissenschaftlichen Berater vor. In knapp einer Standardwoche breitet sich der Wahn nicht nur in der Allianz aus, sondern auch im romulanischen Reich. Das ist eine Tatsache, die Sie nicht leugnen können.«

Ein dünnes Lächeln umspielte die Lippen der Prätorin. »Vielleicht nicht«, gestand sie ein. »Trotzdem werde ich mich immer fragen, ob das alles ist — oder ob es dir in erster Linie um James Kirk geht. Ein Vulkanier, der derart feste Freundschaftsbande geknüpft hat, noch dazu mit einem Menschen ... Seltsam, nicht wahr?« Thea winkte ab. »Wie dem auch sei: Wir haben nicht mehr genug Zeit, um Loyalität und ähnliche Dinge zu erörtern. Wenn wir die ursprüngliche historische Struktur wiederherstellen wollen, müssen wir sofort aufbrechen — bevor Tazol und seine Krieger den Palast angreifen. Ihre Gefährten — ich meine den Arzt und die Katellanerin — bleiben in der Obhut meiner Wächter zurück.« Sie lächelte erneut. »Es wäre ziemlich dumm von mir, auf *alle* meine Trümpfe zu verzichten. Und noch etwas: Wenn du mir eine Lüge aufgetischt hast, wirst du mit dem Leben dafür bezahlen.«

In dieser Hinsicht, so wußte Spock, brauchte er sich keine Sorgen zu machen — und er war fast dankbar, daß McCoy und S'Parva der gefährliche Zeitsprung erspart blieb. Nach dem Abschluß des Unternehmens würden sie einfach in ihr ursprüngliches Ich zurückkehren.

Plötzlich fiel ihm etwas ein. »Selbst wenn wir einen Erfolg erzielen — Tazol wird sich daran erinnern, was geschehen ist. Er stammt wie Sie aus der Ersten Geschichte, und deshalb betrifft ihn die neuerliche Veränderung überhaupt nicht. Wenn er sich jetzt Ihrer Autorität widersetzt, müssen Sie auch im anderen Universum damit rechnen.«

Thea schüttelte ungläubig den Kopf. »Spielt das wirklich eine Rolle für dich? Nun, belaste dich nicht mit dem Gedanken an all die Dinge, die vielleicht geschehen, wenn wir den Palast verlassen. Ganz gleich, wie unsere Mission endet: Niemand von uns kehrt hierher zurück.«

Spock wölbte erstaunt eine Braue. »Was haben Sie vor, Thea? Wollen Sie die Macht des Prätors einfach so aufgeben?«

Die Romulanerin schmunzelte. »In der Ersten Geschichte hieß es, ein hoher Rang gewähre gewisse Vorteile. Zweifellos ist das auch in diesem Universum richtig. Zwar kann ich keinem massiven Angriff auf den Palast widerstehen, aber ich bin durchaus imstande, nach der Rückkehr aus der irdischen Vergangenheit Vergeltungsmaßnahmen zu ergreifen. Meine engsten Berater befinden sich bereits an

Bord von drei Schiffen der Flotte: Sie versprechen den Kommandooffizieren Einfluß und Reichtum für ihre Hilfe gegen Tazol und seine Leute. Sobald sich eindeutig herausgestellt hat, daß Tazol einen Staatsstreich plante, werde ich ihn vor ein Gericht stellen und zum Tode verurteilen lassen. In der Zwischenzeit ... Ich habe die Evakuierung des Palastes angeordnet. Wenn der Narr im Namen von Tradition und Ehre angreift, erobert er nur leere Räume.«

»Na schön«, murmelte Spock. »Falls Ihnen daran liegt, Frieden zwischen der Allianz und dem Reich zu ermöglichen, müssen wir James Kirk in die Vergangenheit mitnehmen. Mein alternatives Selbst wird sich zwar an einige Ereignisse in der Zweiten Geschichte erinnern, doch sein Wort allein genügt nicht. Sie brauchen auch Kirks Einfluß.«

»Den Einfluß jenes Mannes, dem ich es zu verdanken habe, daß ich dich verliere?« fragte Thea, hob die Brauen und beobachtete, wie sich der Gesichtsausdruck des Vulkaniers verhärtete. »Wie du meinst«, fügte sie kurz darauf hinzu, als Logik die Oberhand gewann. »Aber vergiß nicht, daß ich euch ständig überwache. Wenn ihr es wagt, meinen Anweisungen zuwiderzuhandeln, so bedeutet das nicht nur deinen Tod, sondern auch das Ende Kirks.«

Spock nickte knapp. Wenigstens leistete ihm jener besondere Mensch Gesellschaft, wenn sich die unausweichlichen Konsequenzen des Erfolgs ergaben — die Nichtexistenz nach der Korrektur des historischen Gefüges.

»Ich bin bereit, Thea«, sagte er und verdrängte alle anderen Gedanken — um nicht der Verlockung zu erliegen, seinen Standpunkt zu ändern. In diesem Universum *lebte* er, besaß das Kommando über ein Raumschiff und konnte sich sogar eine Zukunft an der Seite der romulanischen Prätorin vorstellen. Der andere, nebulöse Kosmos erlaubte ihm nur einige flüchtige Blicke auf sein alternatives Selbst. Der Vulkanier fragte sich, wie es sein mochte, zu jemandem zu werden, den er überhaupt nicht kannte — und wie Kirk reagierte, wenn er erfuhr, was ihm bevorstand. Niemand verwandelte sich gern in ein Phantom.

KAPITEL 22

Kirk erwachte aus einem tiefen Schlaf, als er ein dumpfes Heulen vernahm, das ihm irgendwie vertraut erschien. Stammte es von den Triebwerken eines Shuttles? Verwirrt und benommen sah er sich im Zelt um und dachte an die öde Felslandschaft, die Steinwüste, die draußen von Horizont zu Horizont reichte. Richardson saß bereits aufrecht und blickte durch das Fenstersegment einer Plane.

»Ob du's glaubst oder nicht ...«, begann er. »Entweder trifft gerade die Kavallerie ein, oder die Marsianer wollen unser kleines Paradies erobern.«

Kirk richtete sich ruckartig auf, schob eine Isolierfläche beiseite — und starrte auf das fremde Raumschiff, das in einer Höhe von rund dreißig Metern über dem Geröll schwebte. »Es gibt keine Marsianer, Jerry«, erinnerte er den anderen Fähnrich und kroch nach draußen. Richardson folgte ihm. »Allem Anschein nach handelt es sich um ein romulanisches Shuttle.«

Jeremy seufzte, stand auf und half Kirk in die Höhe. »Wer auch immer der Besucher ist: Es hat wohl keinen Sinn, sich vor ihm zu verstecken.« Er ging los, als die Raumfähre zwei Dutzend Meter entfernt landete.

Jim legte den Kopf in den Nacken, beobachtete die besondere Sternkonstellation im Zenit und spürte, wie ihn eine seltsame Aufregung erfaßte. Versuchsweise streckte er die mentale Hand aus, und sein Herz klopfte schneller, als er ein vertrautes Muster berührte. Er richtete den Blick wieder auf das kleine Raumschiff und lächelte.

»Spock holt uns ab«, murmelte er, griff nach Jerrys Arm und führte ihn zum Shuttle. »Ich glaube, der Room Service hat unsere Nachricht bekommen.«

Aus dem Heulen der Triebwerke wurde ein sanftes Brummen. Kirk blieb vor der Fähre stehen und überlegte, wieso sich der vulkanische Captain an Bord eines romulanischen Schiffes befand. Eine Desertation Spocks hielt er für ausgeschlossen — seine Loyalität war über jeden Zweifel erhaben. Jim faßte sich in Geduld und wechselte einen erwartungsvollen Blick mit Richardson.

Nach einer Weile schwang das Außenschott der Luftschleuse auf, und eine Rampe glitt zu Boden. Vor dem Licht zeichnete sich eine dunkle Silhouette ab, die Kirk sofort wiedererkannte. Verwunderung zitterte in ihm, als er den angehaltenen Atem entweichen ließ.

Spock?

Ich bin hier, Jim, antwortete eine gedankliche Stimme. Die hochgewachsene Gestalt setzte sich in Bewegung, kam die Rampe herunter und blieb vor den beiden Fähnrichen stehen. Sie trat aus dem fast blendenden Licht der Schleuse, und Kirk starrte in dunkle Augen, die das Funkeln der Sterne reflektierten. »Spock?«

»Ja, Fähnrich«, erwiderte der Vulkanier, lächelte freundlich und spürte die Erleichterung des Menschen. »Ich habe Ihre telepathische Botschaft schon vor einer ganzen Weile empfangen. Leider hatte ich nicht die Möglichkeit, sofort zu kommen.« Spocks Besorgnis löste sich auf und wich tiefer Zufriedenheit. Als er Richardson musterte und den geschienten Arm sah, hob er fragend die Brauen.

Jeremy zuckte mit den Schultern. »Würden Sie mir glauben, wenn ich Ihnen sagte, eine wunderschöne Nymphe sei in dem kleinen Teich dort oben aufgetaucht und habe mir den Arm gebrochen, als ich sie ›Julia‹ nannte?«

»Nein«, entgegnete der Vulkanier, und sein Gesicht verwandelte sich wieder in eine ausdruckslose Maske. »Ich schlage vor, wir machen uns sofort auf den Weg.« Er nickte in Richtung der *T'Favaron*. »Ich muß Ihnen einige wichtige Dinge erklären, und die Zeit drängt.«

In Kirks Magengrube krampfte sich etwas zusammen, aber er hielt die Fragen zurück. »Sagen Sie mir nur eins,

Spock: Entspricht unsere Theorie von der Zeitmanipulation den Tatsachen?«

Der Vulkanier nickte und wischte Kirks Furcht mit einer knappen Geste beiseite. »Es handelt sich nicht mehr nur um eine Theorie, Jim«, bestätigte er, und seine Stimme klang seltsam traurig und niedergeschlagen. »Ich kümmere mich an Bord des prätorialen Schiffes um Ihre Verletzungen. Wenn Sie mich jetzt bitte begleiten würden ...«

»Lieber Himmel!« entfuhr es Jeremy, und er blieb abrupt stehen. »Das Raumschiff des *Prätors*?«

»Die Herrscherin des romulanischen Reiches ist derzeit unsere Verbündete, Mister Richardson«, antwortete Spock ruhig. »Folgen Sie mir. Wie ich eben schon sagte: Wir müssen uns beeilen.«

Kirk wechselte einen fragenden Blick mit Jerry, ging über die Rampe und betrat das hell erleuchtete Innere der *T'Favaron*.

Spock erläuterte in allen Einzelheiten, weshalb er sich mit dem ehemaligen Feind verbündet hatte, und daraufhin entspannte sich Kirk ein wenig. Ihm fiel auf, daß Thea seine Nähe mied: Sie schien einen Groll gegen ihn zu hegen, dessen Gründe Jim rätselhaft blieben.

Als Jerry auf der Medo-Liege schlief und die beiden romulanischen Frauen vor den Kontrollen des kleinen Raumschiffs saßen, blieben Kirk und Spock ungestört. Jim dachte über die detaillierten Ausführungen des Vulkaniers nach und begriff, daß ihnen beiden der Tod drohte. Er erinnerte sich an die Probleme seiner persönlichen Vergangenheit, und trotzdem regte sich Furcht in ihm. Die Aussicht, im anderen Universum alle seine Wünsche zu verwirklichen, verbannte nicht das profunde Unbehagen aus ihm. Wenn sie die Folgen der romulanischen Zeitmanipulation neutralisierten, zerstörten sie ihre eigene Existenzgrundlage, und die Vorstellung, in der irdischen Vergangenheit zu sterben, einfach zu verschwinden, gefiel ihm ganz und gar nicht.

»Woher wollen Sie wissen, daß wir Sarela und Thea

vertrauen können, Spock?« flüsterte er. »Vielleicht fliegen sie irgendeinen anderen abgelegenen Planeten an, um uns dort abzusetzen und zu vergessen ...«

Der Vulkanier schüttelte den Kopf. »Das können sie sich nicht leisten, Jim«, widersprach er. »Sie *müssen* uns Gelegenheit geben, eine historische Korrektur vorzunehmen. Andernfalls verurteilten sie sich selbst zum Untergang — das ganze romulanische Reich fiele dem Wahn zum Opfer. Und der Irrsinn würde den Kriegern wohl kaum zum Vorteil gereichen.« Er zögerte kurz und begegnete Kirks Blick. »Außerdem glaube ich, Thea auch noch aus ... anderen Gründen vertrauen zu können«, murmelte er. Die Formulierung der letzten Worte fiel ihm schwerer, als er erwartet hatte.

Jim runzelte die Stirn und hob den Kopf. »Was meinen Sie damit?« fragte er argwöhnisch.

Spock starrte ins Leere. »Sie ... hat mir das Leben gerettet«, antwortete er schließlich und hoffte, daß sich der Mensch damit zufriedengab.

Kirk lächelte schief, berührte den Arm des Vulkaniers und dachte an das emotionale Fieber, das sich ihm während der telepathischen Verbindung offenbart hatte. Jetzt herrschte wieder Ruhe in Spocks Gedankensphäre — und der Grund hieß Thea. »Nun gut«, sagte er nach einigen Sekunden und projizierte mentale Wärme. »Gehen wir also davon aus, daß wir den Romulanerinnen vertrauen können. Was nun?«

»Das hängt ganz von Thea ab«, entgegnete der Vulkanier leise. »Sie hat sich nur bereit erklärt, uns in die Vergangenheit zu bringen. Alles andere liegt bei uns.«

Kirk nickte stumm und stellte sich erneut den unausweichlichen Konsequenzen ihres Unternehmens. Die Folgen bestanden aus Nichtexistenz für ihn selbst, für Jerry — und auch für Spock. Aus einem Reflex heraus biß er sich auf die Lippe. »Ich schätze, ich habe den Feigling in mir noch nicht ganz überwunden, Spock«, gestand er ein und schüttelte plötzlich den Kopf. »Nun, ich zittere nicht unbedingt vor Entsetzen, wenn ich an meinen Tod denke. Seit den Erlebnissen an der Akademie habe ich mir häufig vorgestellt, Selbstmord zu begehen. Andererseits ...«

Spock schloß die Augen und begriff, daß Kirks Überlegungen seine eigenen Gedanken widerspiegelten. »Ich weiß«, hauchte er. »Wir behaupten beide, zu unserem alternativen Selbst zurückkehren zu wollen, in ein Leben, das wir für realer halten als die gegenwärtige Wirklichkeit. Und doch sehen wir uns mit einem Paradoxon konfrontiert. Wenn die ursprüngliche historische Struktur wiederhergestellt ist, existiert unser derzeitiges Ich nicht mehr. Manchmal ... wünsche ich mir, am Hier und Jetzt festzuhalten.«

Kirk nickte langsam und rang sich ein Lächeln ab. »Ist es egoistisch, beide Leben zu wollen?« überlegte er laut. »Ich entsinne mich an einen Freund, der meinte, ich benötigte ein Vorbild.« Er lachte leise. »Fragen Sie mich jetzt bloß nicht, woher diese Erinnerung stammt — ich könnte Ihnen keine Antwort darauf geben. Nun, ungeachtet all der Schwierigkeiten, die mich an Bord der *ShiKahr* erwarteten ... Ich neige dazu, in Ihnen ein Beispiel für mein eigenes Verhalten zu sehen. Und ... ich fürchte, Sie zu verlieren.« Er zuckte mit den Achseln, als ihm die eigenen Worte absurd erschienen. Ein imaginäres Gewicht senkte sich auf seine Schultern herab. »Ich habe nicht die geringste Ahnung, welches Leben ich im alternativen Kosmos führe und ob ich dort ... glücklich und zufrieden bin. Im Augenblick fehlt mir der ... innere Halt. Ich empfinde nur noch Unsicherheit.« Er lächelte erneut. »Ein ziemliches Dilemma, nicht wahr, Spock?«

Der Vulkanier schwieg eine Zeitlang und musterte Kirk neugierig. »Sie sind in jedem beliebigen Universum so einzigartig wie jetzt. Und ich zweifle nicht daran, daß Sie Ihr ... Glück finden werden.« Er starrte zu Boden und mied den Blick der nußbraunen Augen. *Ein Vulkanier, der derart feste Freundschaftsbande geknüpft hat, noch dazu mit einem Menschen* ... Sonderbar, in der Tat.

Kirk schmunzelte ironisch. »Meine Güte, Spock: In *diesem* Universum bin ich nur ein kleiner Fähnrich, der in der Badewanne eine Flotte von kleinen Plastikschiffen befehligt. Wenn ich mir vorstelle, das Kommando über ein Raumschiff zu führen ...«

Der Vulkanier streckte wie zögernd den Arm aus, legte Jim die Hand auf die Schulter und suchte nach den richtigen Worten. Die *T'Favaron* fiel der Sonne entgegen und würde in dreißig Minuten die Höchstgeschwindigkeit erreichen — dann gab es kein Zurück mehr. Unter diesen Bedingungen konnte er auf seine übliche Zurückhaltung verzichten. Spock schloß die Augen und erinnerte sich an etwas, das er im Bewußtsein des Menschen gesehen hatte — Jims Fähigkeit, selbst unter den ungewöhnlichsten Umständen nie den Humor zu verlieren. »Dann darf ich Ihnen vielleicht den Rat geben, sich die *Enterprise* als eine Gummigans vorzustellen — und die Galaxis als eine etwas größere Wanne.«

Kirk sah auf, musterte den Vulkanier verwirrt und bemerkte schließlich das amüsierte Funkeln in den schwarzen Augen. Er lachte laut. »Gummi*ente*, Spock«, sagte er. »Es heißt Gummi*ente*.«

Der Vulkanier nickte würdevoll. »Wie Sie meinen ... Captain Kirk.«

Als das Glühen der Sonne den ganzen Sichtschirm füllte, wandte sich Thea im Kommandosessel um und sah die beiden Männer an. Während ihr Blick auf dem Menschen ruhte, fragte sie sich einmal mehr, welche besonderen Qualitäten er besaß, warum er einen so großen Einfluß auf Spock hatte, den stursten aller Vulkanier. *Er ist in eine seltsame Aura gehüllt*, dachte sie. *Und deshalb gehört er an Spocks Seite, ganz gleich, in welchem Universum sie sich befinden.*

»Wir verlassen den Hyperraum über der Erde«, sagte die Prätorin in einem sachlich-neutralen Tonfall.

Sarela beobachtete die Anzeigen des Computerterminals, richtete ihre Aufmerksamkeit dann auf Kirk und Spock. »Der temporale Kontratransit erfolgt im Jahr 2097 irdischer Zeitrechnung — etwa sechs Stunden vor dem Beginn der Konferenz, bei der die Vorarbeit für die Gründung der Föderation geleistet wurde. Die wissenschaftlichen Berater der Prätorin haben uns darauf hingewiesen, daß sich die Einsatzagenten zu jenem Zeitpunkt bereits in San Francisco aufhalten.«

Thea verbarg ihr Interesse hinter einer Maske der Gleichgültigkeit, als sie die Reaktionen des Vulkaniers beobachtete. Sobald die Mission auf der Erde begann, würde sie Spock nie wiedersehen. Sie seufzte innerlich, verdrängte den Kummer und versuchte, sich von dem unlogischen Gefühl des Verlustes zu befreien. »Wir setzen Sie in einem Bereich ab, der einige Kilometer vom Einsatzort der Agenten entfernt ist. Wir wissen nicht *genau*, was an jenem Tag geschah, und deshalb liegt es ganz bei Ihnen, einen Plan für die historische Restrukturierung zu entwickeln.« Thea lächelte fast herablassend und wollte es dem Vulkanier nicht leichter machen als unbedingt notwendig. »Wenn Sie Erfolg haben, wird die Erste Geschichte automatisch dominant. Aber wenn Sie versagen ... In dem Fall müssen Sie damit rechnen, von den romulanischen Agenten getötet zu werden. Ganz gleich, was auch geschieht: Sie können nicht in die aktuelle Gegenwart zurück. Selbst wenn Sie nicht sterben: Ich habe keineswegs die Absicht, Ihnen eine Rückkehr in die Zukunft zu ermöglichen. Die *T'Favaron* verläßt den irdischen Orbit unmittelbar nach Ihrem Aufbruch. Mit anderen Worten: Es ist ein Abschied für immer.«

Der Vulkanier hob eine Braue, als er die Bitterkeit in Theas Stimme hörte. »Wenn wir Erfolg haben, führen wir unser Leben in der Ersten Geschichte weiter. Wir brauchen also kein Transportmittel.«

Ein dünnes Lächeln umspielte die Lippen der Prätorin. »Vielleicht ist Ihre Mission nicht annähernd so einfach, wie Sie glauben. Sie versuchen, zwei meiner besten Agenten an der Durchführung eines Auftrages zu hindern, der für sie Vergnügen bedeutet. Sie sind auf Mord programmiert und zu allem entschlossen.« Thea lachte leise. »Mein Vater hielt sie für nahezu unbesiegbar.«

Kirk warf dem Vulkanier einen kurzen Blick zu, bemerkte die Wachsamkeit in Spocks Zügen und gab sich weiterhin selbstsicher.

»Wollen Sie damit andeuten, daß Ihre Agenten keine gewöhnlichen Romulaner sind?« fragte Spock nach einer Weile.

»Ziehen Sie erst jetzt eine solche Möglichkeit in Betracht?« erwiderte Thea. »Oh, Sie enttäuschen mich. Mein Vater mag ein Narr gewesen sein, aber er war auch der Prätor. Er hätte nie den Fehler gemacht, normale Wesen aus Fleisch und Blut mit einer so wichtigen Aufgabe zu betrauen.« Sie starrte in die dunklen Augen des Vulkaniers. »Es handelt sich um Androiden, Captain, um künstliche Geschöpfe, die sich strikt an ihre Anweisungen halten, keine Furcht empfinden.« Wie beiläufig wandte sie sich wieder den Kontrollen zu. »Ihnen bleiben nur noch einige Minuten Bedenkzeit, Spock. Möchten Sie Ihre Entscheidung ändern und zugeben, daß nicht einmal Sie und Ihr menschlicher Freund in der Lage sind, es mit den modernsten technischen Errungenschaften des Reiches aufzunehmen?«

»Ich glaube, da müssen wir Sie enttäuschen«, entgegnete Jim. Für einige Sekunden fühlte er sich wie *Captain* Kirk und spürte jene Art von Aufregung, die zu Beginn eines neuen Abenteuers in einem Raumschiffkommandanten entstand. Er straffte die Schultern, stand auf und wanderte umher. »Ihre Ausführungen lösen sogar einige unserer Probleme«, bluffte er.

Thea kniff mißtrauisch die Augen zusammen. »Wie meinen Sie das?« erkundigte sie sich und aktivierte das vorbereitete Navigationsprogramm. Im freien Fall stürzte die *T'Favaron* der Sonne entgegen.

Kirk zuckte mit den Achseln und bedachte den Vulkanier mit einem wissenden Blick. »Maschinen sind nicht zu selbständigem Denken in der Lage«, behauptete er und ignorierte die Zweifel, die an seiner Sicherheit nagten. Er trachtete danach, möglichst überzeugt zu klingen, als er fortfuhr: »Wenn veränderte Situationsfaktoren den Instruktionsmustern widersprechen, reicht ihre Zuverlässigkeit nicht einmal an die Männer aus ›Fleisch und Blut‹ heran, von denen Sie so wenig halten.« Er lächelte zufrieden. »Und darüber hinaus: Maschinen neigen dazu, bei den unpassendsten Gelegenheiten aufgrund von Defekten und Fehlfunktionen auszufallen ...«

Thea beobachtete das herausfordernde Funkeln in den blauen Augen. »Wirklich schade, daß Sie nicht als Romulaner geboren wurden, Kirk«, erwiderte sie. »Das Reich könnte jemanden wie Sie gut gebrauchen.«

»Das Reich *gebraucht* jeden, Thea«, sagte Jim kühl. »Selbst Sie.«

Die Brauen der Prätorin kletterten in die Höhe. »Ob Sie mir glauben oder nicht, James: Ich *hoffe*, daß Sie Erfolg haben. Wenn es Ihnen gelingt, die Erste Geschichte dominant werden zu lassen, begegnen wir uns im anderen Universum wieder. Dann kann ich Ihnen vielleicht beweisen, daß sich meine Einstellungen kaum mit denen decken, die Sie als romulanische Norm erachten. Und falls wir uns nicht im Frieden gegenübertreten können ... Möglicherweise ist das Schicksal gnädig genug, uns im Krieg zusammenzuführen.« Sie lächelte erneut und drehte sich um, als Sarela sie an der Schulter berührte.

Die andere Romulanerin deutete kurz auf die Kontrollen. »Wir nähern uns dem kritischen Koordinatenpunkt, Herrin. Wenn wir die Mission tatsächlich beginnen wollen, müssen wir die *T'Favaron* in die vorgesehene Katapultellipse steuern. Unsere Entfernung zur Sonne erreicht bald das Sicherheitsminimum. Ohne eine Beschleunigung auf Lichtgeschwindigkeit laufen wir Gefahr, in den solaren Gravitationsstrudel zu geraten.«

»In Ordnung«, bestätigte Thea, musterte Kirk einige Sekunden lang und richtete ihre Aufmerksamkeit dann auf die Konsole. »Unsere Verbündeten scheinen ganz versessen darauf zu sein, sich dem Tod auszuliefern. Erfüllen wir ihnen ihren Wunsch ...«

Die Sichtschirme zeigten einen blaugrünen Planeten, und das Heulen der Triebwerke verklang abrupt. Spock beobachtete die Erde — und ein Teil seines Ichs reagierte mit Erstaunen, als er begriff, daß sie den temporalen Transit überlebt hatten.

»Landeanflug«, sagte Sarela sofort. »Mit unserer Tarnvorrichtung sind wir vor einer Entdeckung durch das primitive Radarsystem geschützt. Die Landung erfolgt etwa drei Kilometer vom Einsatzort der Agenten entfernt.«

Thea nickte bestätigend, aktivierte den Tarnschirm und steuerte das kleine Raumschiff in die Atmosphäre. Sie widerstand der Versuchung, den Vulkanier anzusehen. Dieses Kapitel ihrer Vergangenheit war abgeschlossen.

Kirk musterte Richardson nervös. »Was ist mit deinem Arm?« fragte er, um das Schweigen zu beenden. Sie standen auf einer kleinen Lichtung, die von hohen Bäumen gesäumt wurde. Einige Meter vor ihnen ruhte die *T'Favaron* auf ihren Kufen.

Jerry zuckte mit den Schultern und bewegte den verletzten Arm vorsichtig. Er trug jetzt nicht mehr die improvisierte Schiene, an die er sich bereits gewöhnt hatte. »Tut noch immer ein bißchen weh«, gab er zu. »Aber ansonsten ist alles in Ordnung.« Er lächelte unsicher. »Warum läßt sich Spock soviel Zeit?«

»Keine Ahnung«, brummte Kirk und trat ungeduldig nach einem kleinen Stein.

Thea wandte sich von den Kontrollen ab und richtete ihre Aufmerksamkeit zum letztenmal auf den Vulkanier. In der irdischen Kleidung wirkte er irgendwie hilflos, und die Prätorin spürte, wie sich ein Hauch von Mitgefühl in ihr regte. Sarela überprüfte das Triebwerk im Heck der *T'Favaron;* sie konnten also frei sprechen. »Ich möchte dich nicht verlieren, aber inzwischen weiß ich auch, daß sich niemand einer Illusion hingeben darf.«

Spock bemerkte die stumme Sehnsucht in den Zügen der Romulanerin, einer Frau, in der er eine Gegnerin sehen mußte – und die ihm das Leben gerettet hatte. »Manchmal sind Illusionen weitaus angenehmer und verlockender als die Wirklichkeit«, erwiderte er sanft. »Selbst die Realität ist nur ein Trugbild – soweit es uns beide betrifft.« Er legte eine kurze Pause ein und fragte sich, was ihn bewegte. Dankbarkeit? »Wenn wir tatsächlich frei über unser Schicksal bestimmen könnten ...« Er brach ab.

Thea drehte den Kopf zur Seite und biß sich auf die Lippe. Der Abschied schmerzte weitaus mehr, als ihr lieb war. »Sag es nicht«, murmelte sie. »Das Versprechen einer Illusion muß unerfüllt bleiben.«

Der Vulkanier nickte, blickte durch die geöffnete Luke und beobachtete, wie die Sonne langsam hinter einem dunstigen Herbsthorizont versank. Der letzte Sonnenuntergang, den er sah, begriff er plötzlich und fühlte fast so etwas wie Schwermut. Zum letztenmal in *diesem* Leben bewunderte er die ästhetischen Farbmuster der Erde. *In knapp sechs Stunden bin ich nurmehr eine Erinnerung in den Atomen des Universums,* dachte er.

Abrupt setzte er sich in Bewegung, ging zur Schleuse und trat die Rampe herunter, folgte dem Ruf des Schicksals.

»Spock?« hörte er Theas Stimme.

Er blieb stehen, drehte sich jedoch nicht um.

Eine Hand berührte ihn an der Schulter, und mentale Wärme glitt über die Reste der telepathischen Brücke. »Wenn ich frei wählen könnte ...«, flüsterte die Romulanerin. »Vielleicht würde ich mich für die Illusion entscheiden.«

Sie ließ die Hand sinken, und das psychische Band zerriß.

KAPITEL 23

Spock, Kirk und Richardson wanderten stumm durch den Wald und erreichten kurz darauf den Stadtrand. Es begann zu nieseln, und als sie über graue und naß glänzende Bürgersteige schritten, begegneten sie Radfahrern und anderen Fußgängern. Kirk schauderte plötzlich, sah den Vulkanier an und stellte fest, daß sein Freund die spitzen Ohren unter einer Wollmütze verbarg. Spock war ungewöhnlich still, aber Jim führte das auf die Anspannung zurück, die sie alle erfaßte. Ein schieferfarbener Himmel wölbte sich über ihnen und verschmolz mit den alten Gebäuden der Stadt. Stunden schienen zu vergehen, bis der Vulkanier schließlich stehenblieb und an einem modernen Hotel hochsah, das in einer von Kopfsteinpflastern und Schindeldächern bestimmten Umgebung fehl am Platz wirkte.

»Ich habe mich eingehend mit den romulanischen Computeraufzeichnungen befaßt«, sagte Spock und beendete damit die düstere Stille. »Daraus geht folgendes hervor: Die drei Personen, deren Tod die Zweite Geschichte begründete, treffen sich heute abend in diesem Gebäude zu einer Beratung.« Er zögerte kurz. »Während jener Besprechung *verschwanden* Doktor Palmer und seine beiden Mitarbeiter.«

»Wie kamen sie ums Leben?« fragte Richardson und zupfte an dem dicken Pullover, den er von Thea erhalten hatte. Kühler Wind wehte ihnen entgegen.

»Darüber geben die Daten leider keine Auskunft«, antwortete Spock. »Wir wissen nur, daß sie nach der Konferenz niemand mehr sah. Offenbar haben die romulanischen Agenten sowohl die Leichen als auch alle Spuren beseitigt. Hinzu kommt: Die Mörder gingen außerordentlich geschickt vor, denn sie wurden nie gefaßt.«

Kirk nickte knapp. »Die Liste der Möglichkeiten ist ziemlich lang«, brummte er. »Uns bleiben nur sechs Stunden, um herauszufinden, welche Methode die Attentäter wählten — und um ihnen einen Strich durch die Rechnung zu machen.«

Der Vulkanier musterte seinen menschlichen Begleiter eingehend. Inzwischen regnete es nicht mehr, und der böige Wind trocknete das blonde Haar Kirks. »Irgendwelche Vorschläge?«

Jim zuckte mit den Achseln. »Da der Anschlag *während* der Konferenz erfolgte, haben wir keine andere Wahl, als an der Besprechung teilzunehmen. Die Romulaner treten bestimmt als Menschen verkleidet auf — derzeit unterhält die Erde noch keine Kontakte zu extraterrestrischen Zivilisationen. Aber selbst wenn die Agenten wie gewöhnliche Männer aussehen: Es sollte uns nicht besonders schwer fallen, sie zu erkennen.«

Richardson stöhnte leise. »Ich glaube kaum, daß sie sich durch einen Ölwechsel verraten.«

Kirk lächelte. »Ich habe einen Plan, Spock«, sagte er, ergriff Spock am Arm und näherte sich dem breiten Eingang des Hotels. »Ihre Karriere als Schauspieler hat gerade erst begonnen. In der Rolle des Prätors konnten Sie erste Erfahrungen sammeln, aber jetzt bekommen Sie die große Chance ...«

Die drei Männer aus der Zukunft schlenderten durch die Eingangshalle des Hotels und begannen mit der Suche nach dem Konferenzraum. In teure Maßanzüge gekleidete Geschäftsleute bedachten Kirk und seinen Begleiter mit beiläufigen Blicken, aber ansonsten erregten sie keine Aufmerksamkeit. Jim setzte den Weg durch einen langen Flur fort und entspannte sich allmählich.

Sie fanden ihr Ziel in einem Seitenflügel des großen Gebäudes: Der Korridor endete vor dem Zugang des Starlight-Tanzsaals. Zwei Türen standen offen, und es herrschte ein ständiges Kommen und Gehen. Dutzende von offiziellen Abgesandten verschiedener Behörden und Institutionen betraten den Saal, standen hier und dort in kleinen Gruppen. Kirk warf einen kurzen Blick über die Schulter und winkte Spock in einen Seitengang, der offenbar zur Küche führte. Anschließend trat er zusammen mit Richardson an die erste Tür heran und sah in das große Zimmer. Etwa dreißig Stühle standen an einem langen, mit Blumen geschmückten Tisch, und darüber leuchtete ein holografisches Bild der Erde. Weiße Kerzen brannten in verzierten Haltern und trugen zu einer Atmosphäre bei, die Festlichkeit mit Bedeutung vereinte.

Nach einigen Sekunden bemerkte Kirk Doktor Palmer und seine beiden Mitarbeiter. Sie schienen der Mittelpunkt des allgemeinen Geschehens zu sein, und Jim verzog unangenehm berührt das Gesicht, verglich die drei Männer mit kaum zu verfehlenden Zielscheiben. Elegant gekleidete Männer und Frauen umringten die drei Gestalten, und ihre Stimmen woben ein akustisches Gespinst. Was Palmer betraf ... Auf den ersten Blick wirkte er eher unscheinbar, doch Jim wußte, wie sehr dieser Eindruck täuschte. Die — noch — unausgesprochenen Worte jenes Mannes schufen eine Zukunft, in der *Captain* Kirk das Kommando über ein Raumschiff namens *Enterprise* hatte.

Nach einigen Minuten setzte sich die Gruppe in Bewegung und betrat den Saal, in dem bereits andere Leute warteten. Stühle wurden zurechtgeschoben; Gläser klirrten leise. Kirk hielt vergeblich nach jemandem Ausschau, der auch nur entfernt einem Romulaner ähnelte. Aufmerksam musterte er die einzelnen Gesichter und entdeckte nur menschliche Züge. Befanden sich die Attentäter wirklich unter den dreißig anwesenden Personen? Oder lauerten sie in irgendeinem Versteck, um ganz überraschend zuzuschlagen? Kirk entschied, seinen Ahnungen zu vertrauen. Er drehte den Kopf und sah Richardson — Jerry sprach gerade mit einer stattlichen Dame, die alt genug war, um seine Mutter zu sein. Jim lächelte still vor sich hin und stellte zufrieden fest, daß niemand ihre Präsenz im Flur in

Frage stellte, kaum jemand auf sie achtete. Die Frau lächelte und errötete tugendhaft, als Richardson ihre Hand küßte, betrat dann den Konferenzsaal. Ein Bediensteter eilte herbei und deutete eine Verneigung an, als die letzten Gäste an ihm vorbeischritten.

Er sah Kirk an. »Gehören die Herren zu Doktor Palmers Gruppe?« fragte er höflich.

Jim schüttelte den Kopf, und Richardson gesellte sich an seine Seite. »Wir warten auf jemanden«, erwiderte er wie beiläufig und deutete auf einen nahen Lift.

Der Bedienstete verbeugte sich noch einmal und ging fort.

Kirk nahm auf dem dick gepolsterten Sofa an der einen Wand Platz und atmete tief durch. »Ich glaube, wir können davon ausgehen, daß unsere ›Freunde‹ im Saal sind«, sagte er zu Jerry. »Wir warten noch fünf Minuten – lange genug, bis dort drin Ruhe eingekehrt ist –, und dann geht's los.«

Richardson seufzte. »Bist du ganz sicher, Jim?« fragte er skeptisch.

Kirk schüttelte den Kopf und lächelte schief. »Alles andere als das«, gestand er, beugte sich vor und sah in den Seitengang. Einige Sekunden später trat Spock um die Ecke und wölbte die Brauen.

Kirk griff nach dem Knauf, schloß kurz die Augen, holte tief Luft und öffnete die Tür. Mit energischen Schritten betrat er den Saal, gefolgt von Spock und Richardson.

Doktor Palmer hatte bereits mit seinem Vortrag begonnen, brach jedoch mitten im Satz ab, als er die drei Neuankömmlinge sah. Während er sie musterte, zeigte sein Gesicht eine seltsame Mischung aus Neugier und Ärger. »Meine Herren?« fragte er und wahrte eine würdevolle Haltung. »Haben Sie sich im Zimmer geirrt?«

Kirk lächelte beruhigend, ging zum oberen Ende des Tisches und gesellte sich an Palmers Seite. »Bitte entschuldigen Sie die Störung, meine Damen und Herren«, begann er selbstbewußt und ließ seinen Blick über die Anwesenden schweifen. »Bei dieser Konferenz geht es um die Möglichkeit eines Kontakts zu anderem intelligenten Leben in der Galaxis, und in diesem Zusammenhang möchte ich Ihnen etwas zeigen.«

Er sah den Vulkanier an, der noch immer die Wollmütze trug. Als er Richardson ein Zeichen gab, nahm Spock die Mütze ab, hob den Kopf und präsentierte sich dem erstaunten Publikum in seiner ganzen Fremdartigkeit.

Zuerst herrschte verblüffte Stille, und einige Sekunden später erklang hier und dort ein ungläubiges Lachen. Der allgemeine Schock war fast greifbar. Kirk beobachtete die Männer und Frauen. Alle starrten den Vulkanier aus weit aufgerissenen Augen an – mit zwei bezeichnenden Ausnahmen. Die beiden Betreffenden standen auf, und ihre ausdruckslosen Mienen wirkten steinern und kalt. Einer von ihnen hob die Hand, und zwischen seinen Fingern glänzte ein Gegenstand aus Metall.

Kirk handelte sofort, wirbelte um die eigene Achse und stieß den sprachlosen Doktor Palmer beiseite. Nur ein Sekundenbruchteil später sauste ein tödliches Geschoß heran und verfehlte das Ziel. Spock hatte recht: Die romulanischen Agenten setzten keine gewöhnlichen Waffen ein. Aus den Augenwinkeln beobachtete Jim, wie die Kapsel über den zu Boden gefallenen Palmer hinwegraste, die Wand traf und sich auflöste. Grüne Flüssigkeit tropfte über die Tapete.

Gift – eine toxische Substanz, die sich im Blut nicht nachweisen ließ und für die es auf der Erde kein Gegenmittel gab. Wahrscheinlich hatte der ursprüngliche Plan der beiden Agenten darin bestanden, irgendwann während der Konferenz zuzuschlagen, ohne Verdacht zu erwecken. Schlimmstenfalls wäre die Todesursache auf einen Herzinfarkt oder Gehirnschlag zurückgeführt worden. Die Größe der Waffe ging kaum über die einer kleinen Münze hinaus, und man konnte sie leicht in der Hand verbergen. Eine unauffällige Bewegung genügte, um sie verschwinden zu lassen.

Ein oder zwei Sekunden lang herrschte völlige Stille im Saal — und dann folgte jähes Chaos. Männer und Frauen sprangen auf und eilten zu den Türen. Kirk stellte nur am Rande fest, daß Palmer und seine beiden Mitarbeiter das Zimmer bereits durch einen Nebenausgang verlassen hatten; ihnen drohte also keine unmittelbare Gefahr mehr.

Spock griff sofort einen der beiden Agenten an, rammte ihm die Faust ins Gesicht und schickte ihn auf den Teppich. Kirk grinste — und wurde schlagartig ernst, als er das in Richardsons Augen irrlichternde Entsetzen sah. Er wußte plötzlich, daß Jerry von einer Giftkapsel getroffen worden war, und gleich darauf stellte er sich einer gräßlichen Erkenntnis. Die Reise in die irdische Vergangenheit ... um zu sterben, um einfach zu verschwinden ... Jetzt beschränkten sich die Konsequenzen der historischen Korrektur nicht mehr nur auf theoretische Erwägungen, sondern wurden im wahrsten Sinne des Wortes *real*. Die beiden romulanischen Androiden trugen für alles die Verantwortung: für die Zweite Geschichte, die Realitätsverschiebung, den Wahn — und nun auch für Jerrys Tod. Es lief Kirk kalt über den Rücken, und Grauen ließ das bis dahin so stabile Gefüge seines Ichs erzittern.

Gleich darauf verwandelte sich der Schrecken in heißen, brennenden Zorn. Jim überwand die Starre, lief zum Tisch, stürmte auf den zweiten Agenten zu. Die meisten Konferenzteilnehmer hatten inzwischen die Sicherheit des Flurs erreicht, und die wenigen anderen ergriffen ebenfalls die Flucht. Kirk nahm alles wie durch einen seltsamen Filter wahr, hörte Geräusche und sah Bilder, die ihn nicht direkt zu betreffen schienen. Er vernahm gedämpfte Schreie und beobachtete, wie einige der Fliehenden stolperten, fielen, sich wieder in die Höhe stemmten. Ihre Panik gewann fast Substanz. Einen Atemzug später zischte eine Waffe und katapultierte ein neuerliches Giftgeschoß davon. Spocks Gegner drehte sich im Kreis und feuerte unablässig, hoffte offenbar, daß eine der Kapseln Palmer traf.

Als Kirk gegen den zweiten Androiden prallte, befanden

sich nur noch Spock, Richardson, die beiden Agenten und er selbst im großen Zimmer.

Jim wandte den Blick von Jerry ab, brachte seinen Widersacher zu Fall und ahnte gleichzeitig, daß er im Nahkampf gegen die organische Maschine kaum eine Chance hatte. Verzweifelt zog er einen umgestürzten Stuhl heran, holte damit aus und schmetterte ihn auf den Schädel des Androiden herab. Doch der Attentäter verlor nicht etwa das Bewußtsein, sondern rollte sich zur Seite. Seine Miene blieb völlig ausdruckslos, als er nach Kirk trat und ihm das Gleichgewicht raubte. Jim fiel, und der Stuhl zersplitterte unter ihm.

Wie in Zeitlupe schloß er die Hände um die stählerne Kehle seines Gegners — und sah ein, daß ihm die übliche Kampftaktik in diesem Fall nichts nützte. Er blickte sich um, entdeckte einen vom Tisch gerutschten Kerzenhalter und griff danach, bevor ihn der Androide festhalten konnte. Unmittelbar darauf warf er sich zur Seite, kam wieder auf die Beine und wich langsam zurück, während die Maschine heranstakte und ihn aus elektronischen Linsen beobachtete. Als sie nur noch einen knappen Meter entfernt war und wie triumphierend auf ihn herabstarrte, stieß Kirk mit der improvisierten Waffe zu und trieb die gußeiserne Spitze in ein gläsernes Auge. Es klirrte leise, und der Androide verharrte — um sich eine Sekunde später wieder in Bewegung zu setzen. Das zweite optische Erfassungssystem genügte ihm völlig, um sich zu orientieren. Der Agent hatte die winzige Kapselschleuder irgendwo verloren und verließ sich nun auf die Kraft seiner Servomotoren.

Bestimmt war das Kunstwesen nicht so dumm, den gleichen Fehler zu wiederholen. Kirk wartete, bis es direkt vor ihm aufragte, bis die fast einhundertneunzig Zentimeter hohe Gestalt sein ganzes Blickfeld ausfüllte. Instinkte gellten in ihm, forderten ihn auf, nach dem Gegner zu treten. Doch der Androide hatte überhaupt keine empfindlichen Stellen — nur Sensoren.

Ganz deutlich sah Kirk die leere Augenhöhle; dünne

Drähte ragten daraus hervor. Wenn es ihm gelang, auch die andere Linse zu zerstören, konnte die Maschine die Umgebung nicht mehr optisch wahrnehmen und war somit kaum in der Lage, den Mordauftrag durchzuführen. Vielleicht würde sie umherwanken, bis die Energiereserven zur Neige gingen.

Der Androide hob einen stählernen, in Pseudofleisch gehüllten Arm, und Jim wich nach rechts aus, ließ sich zu Boden fallen. Flink kroch er durch die Lücke zwischen den beiden langen Beinen und stand rasch wieder auf. Er gab ein schmerzerfülltes Stöhnen von sich, als ihn ein Schlag traf, ignorierte das Stechen in seiner Magengrube, griff nach den Resten des auseinandergebrochenen Stuhls und wählte einen langen, dicken und stabil anmutenden Splitter. Immer wieder holte er damit aus, schlug wütend auf den Androiden ein, trieb ihn zum Tisch zurück und beobachtete, wie sich Hautfetzen von den Armen des Attentäters lösten. Jims wuchtige Hiebe schienen den Datenstrom zumindest einiger Sensoren zu unterbrechen, denn die Maschine schwankte, verlor den Halt und stürzte zu Boden. Kirk zögerte nicht, die gute Gelegenheit wahrzunehmen: Er richtete das spitze Ende des dicken Splitters auf den Unterleib des Androiden, lehnte sich mit seinem ganzen Gewicht darauf und spürte, wie der hölzerne Dolch Kunststoffschichten durchdrang.

Das Gesicht des Agenten blieb die ganze Zeit über leer und ausdruckslos, aber er gab ein Geräusch von sich, das fast wie ein menschliches Ächzen klang. Ein Rest von Logik teilte Kirk mit, daß jenes dumpfe Rasseln von den mechanischen Komponenten tief im Körper des Kunstwesens stammte. Er stellte sich winzige Zahnräder vor, die nun zur Ruhe kamen, sich nie wieder drehen würden, dachte an verschmorende elektronische Speicherbänke.

Noch immer stützte er sich auf den langen Holzdorn. Tränen quollen ihm in die Augen: Er hatte den Sieg zu spät errungen, zu spät für Jerry, vielleicht auch zu spät für Spock und sich selbst. Palmer war unverletzt davongekommen und geflohen, doch Kirk fragte sich, wie lange es dauern mochte, bis jemand den Saal betrat und die beiden romulanischen Androiden sah.

Als der Gegner völlig still lag, als auch das letzte Zischen und Knirschen verklang, richtete sich Jim auf und spürte, wie sehr ihm die Knie zitterten. Langsam drehte er den Kopf und richtete seinen Blick auf den Vulkanier. Der zweite Attentäter rührte sich ebenfalls nicht mehr. Spock stand daneben, doch seine Züge brachten keinen Triumph zum Ausdruck. Die Lippen bildeten einen dünnen Strich.

Eisige Kälte umklammerte Kirks Herz, als er auf dem langärmeligen Hemd seines Freundes einen einzelnen grünen Blutfleck sah. Die Schlußfolgerung lag auf der Hand: Auch Spock war von einer Giftkapsel getroffen worden. Jim hielt unwillkürlich den Atem an, und die Zeit schien plötzlich stillzustehen, krümmte sich wie ein gequältes Etwas, dehnte sich dann wieder zu einem breiten, gleichmäßig dahinrinnenden Strom. Einige Sekunden lang glaubte Jim, der Übergang ins andere Universum stehe unmittelbar bevor, doch dann folgte neuerliche Stabilität im Jetzt. Wie betäubt starrte er den Vulkanier an. »Spock?« brachte er mühsam hervor. Seine Beine schienen gelähmt zu sein. »Spock! Nein!«

Der vulkanische Captain schüttelte den Kopf. »Uns bleibt noch ein wenig Zeit, Jim«, erwiderte er mit dünner und gepreßt klingender Stimme. »Aber wir müssen rasch handeln, denn ich weiß nicht, wie lange ich ...« Er brach ab und schwankte.

»Spock!« entfuhr es Kirk, und er trat einen Schritt näher, als die Starre von ihm abfiel. Entsetzen tränkte sein Denken und Empfinden.

Spock hob die Hand und winkte Jim zurück. »Wir müssen ... die Androiden beseitigen«, erklärte er und wußte, daß er sich gerade jetzt keinen emotionalen Ballast leisten konnte. Er griff in eine Tasche des weiten Hemds und holte einen romulanischen Intervaller hervor.

Kirk riß unwillkürlich die Augen auf, als er die Waffe

sah. »Himmel, Spock ... Warum haben Sie nicht gleich zu Anfang Gebrauch von dem Ding gemacht?« Eine andere Art von Zorn brodelte in ihm. Der Einsatz des Strahlers hätte ihnen nicht nur viel Mühe erspart, sondern auch Richardson und Spock selbst vor dem Tod bewahrt. »Warum?«

Der Vulkanier justierte den Intervaller auf einen breiten energetischen Fokus. In seinen Augen zeigte sich ein warmer Glanz, als er Kirk ansah. »Thea hat mir diese Waffe gegeben, um die Androiden zu zerstören, aber ich ... ich konnte mich nicht dazu durchringen, sie zu verwenden ...« Er taumelte erneut und starrte kurz auf Richardson herab, der reglos neben dem Tisch lag. Die Augen des jungen Fähnrichs waren geschlossen, Wangen und Stirn bleich. Er atmete flach und unregelmäßig. *Er stirbt*, dachte Spock. *Und es ist meine Schuld*. Er kämpfte gegen seine widerstreitenden Gefühle an, klammerte sich an der Erkenntnis fest, daß solche Dinge keine Rolle mehr spielten. »Ich sah mich außerstande, Ihnen den Sieg über jene Geschöpfe zu verwehren, die uns zu einem Leben in der Zweiten Geschichte zwangen, Jim«, sagte er leise und dumpf. »Ich ...« Er sprach nicht weiter.

Irgend etwas schnürte Kirk die Kehle zu, und Tränen brannten in seinen Augen. Er betrachtete die Überreste der beiden Androiden, wandte sich dann wieder an den Vulkanier und begriff plötzlich, was ihn zu einem solchen Verhalten veranlaßt hatte. Spock wollte dem aufsässigen und trotzigen Fähnrich namens James Kirk die Möglichkeit geben, wenigstens einen Erfolg zu erringen. Der Vulkanier überließ es *ihm*, das verlorene Universum wiederzuerschaffen. Jim lächelte wehmütig, trat näher, griff nach den zitternden Händen Spocks und nahm die Waffe. Er zögerte nicht länger, drehte sich um, richtete den Intervaller auf das erste Kunstwesen und betätigte den Auslöser.

Ein Energieblitz zuckte, und blaues Leuchten erfüllte das Zimmer. Ein waberndes Glühen umhüllte den Androiden, und zurück blieb nur ein dunkler Fleck auf dem Boden.

Kirk zielte auf die zweite Gestalt, wiederholte den Vorgang – und wußte, daß sie alles überstanden hatten. Er tötete nicht wirklich – Maschinen besaßen kein Eigenleben. Niedergeschlagen fragte er sich, ob eine solche Definition auch auf ihn zutraf. Er dachte und fühlte, ja, aber war er mehr als nur ein Phantom?

Nachdenklich steckte Kirk den Strahler ein und überlegte, ob er die Veränderung spüren, ob er *fühlen* konnte, wie sich die beiden Universen überlagerten und zu einer neuen – beziehungsweise der alten – Struktur verschmolzen. Müde setzte er sich in Bewegung, verharrte neben Jerry und rollte ihn vorsichtig auf die Seite. Das schneeweiße Gesicht war kalt, ohne Leben. *Er hat es bereits hinter sich*, fuhr es Jim durch den Sinn, als er sich wieder aufrichtete und die Leiche des jungen Mannes beobachtete. Ganz langsam verformte sich die bisherige Realität. Richardsons Körper erschimmerte kurz – und verschwand. Kirk schluckte den plötzlichen Schmerz in seiner Kehle herunter und versuchte, nicht um einen Geist zu trauern. Es fiel ihm alles andere als leicht. *Romeo* ... dachte er traurig. Das Gift paßte durchaus ins Bild. Einmal mehr quollen ihm Tränen in die Augen, aber er hielt sie zurück.

»Kommen Sie, Spock«, murmelte er, griff nach dem Arm des Vulkaniers und stützte ihn, als sie zur Tür gingen. »Ich möchte nicht hier sein, wenn die Polizei auftaucht ...«

Der Flur war völlig leer, und erst jetzt wurde Kirk bewußt, daß nur eine knappe Minute verstrichen war, mehr nicht. Wahrscheinlich dauerte es noch eine Weile, bis sich die ersten Neugierigen in die Nähe des Konferenzsaals wagten. Zufrieden dachte Jim daran, daß keine eindeutig zu interpretierenden Spuren zurückgeblieben waren – nur zwei schwarze Brandflecken auf dem Teppich.

Er führte Spock zum nächsten Lift, trat ebenfalls in die Kabine und betätigte die Taste fürs Dachgeschoß. *Von dort aus können wir die Sterne sehen*, dachte er kummervoll.

Die Bucht von San Francisco erstreckte sich schimmernd unter ihnen. Kirk beobachtete das glänzende Wasser und stützte den Vulkanier. »Wie lange, Spock?« fragte er, über den ruhigen, gelassenen Klang seiner Stimme erstaunt. »Wieviel Zeit bleibt uns noch, bis wir ...«

Spock schüttelte den Kopf und schloß die Augen. »Ich weiß es nicht, Jim«, raunte er. Das Gift breitete sich in seinem Körper aus, zersetzte Zellen und nahm ihm die Kraft. Er ließ sich auf den Kies sinken und beobachtete, wie der Mensch neben ihm Platz nahm. Erschöpft senkte er den Kopf und dachte an ihren Erfolg, daran, welche Konsequenzen sich daraus für die unmittelbare Gegenwart ergaben — obwohl solche Dinge eigentlich nicht mehr wichtig waren.

Was Doktor Palmer und seine Mitarbeiter betraf ... Vermutlich würde sie jemand um eine Erklärung bitten. Aber wahrscheinlich wußten sie selbst nicht genau, was geschehen war, und somit blieben die Vorfälle im Konferenzsaal für die Ermittlungsbeamten ein unlösbares Rätsel.

Nach einer Weile befreite sich Spock von diesem Überlegen und richtete seine Aufmerksamkeit statt dessen auf Kirk. Er spürte kurze Benommenheit, doch diesmal handelte es sich dabei nicht um eine Folge des Giftes. Nach dem Tod der romulanischen Agenten und der erfolgreichen Korrektur des historischen Gefüges rang die Erste Geschichte um eine ihr gebührende Dominanz.

Spock gab dem menschlichen Teil seines Wesens nach, lehnte sich an Kirk und stützte den Kopf an die Schulter des Fähnrichs. »Ich ... ich glaube nicht, daß wir mit Schmerzen rechnen müssen, Jim«, sagte er leise.

Kirk lächelte schief, als er diese Worte vernahm. Ihm fiel keine passende Antwort ein, und er schwieg.

Der Vulkanier seufzte tief und sah zu den Sternen hoch. »Bedauern Sie es, daß dieses spezielle Leben zu Ende geht?« fragte er philosophisch.

Kirk schüttelte den Kopf und rückte ein wenig näher an Spock heran, suchte eine Wärme, die aus ihm herauszusikkern schien. »Nein«, erwiderte er nach einigen Sekunden. Es entsprach der Wahrheit. Auch er fühlte den Schwindel, die Desorientierung, das Erzittern einer destabilisierten Realität. »Vor sechs Jahren hätte es mir vielleicht leid getan, aber jetzt ... Ich habe den Eindruck, etwas zu gewinnen ... etwas zu finden, das ich an der Akademie vermißte ...«

Spock nickte. Kälte breitete sich in seinen Beinen aus, erfaßte auch die Arme, löste sie von einem bewußt erfahrbaren Körper. Nur noch wenige Sekunden ... Aber auch das war jetzt nicht mehr wichtig. Er hatte ebenfalls etwas gefunden: Zufriedenheit. »Komm mit mir«, murmelte er so leise, daß ihn Kirk kaum verstand. Er neigte den Kopf in den Nacken, öffnete den Geist für das ätherische Wispern der Sterne.

Jim wußte, was der Vulkanier meinte. Bereitwillig schloß er die Augen, als Spocks Finger nach den Nervenpunkten in seinem Gesicht tasteten und das Band einer Mentalverschmelzung entstand. Er wußte, daß sie starben — um in einem anderen Universum wiedergeboren zu werden, in einer ihm fremden Raum-Zeit. Sonderbarerweise empfand er nun keine Furcht mehr. Ganz im Gegenteil: Die Reste des Unbehagens wichen einem Gefühl sicherer Geborgenheit. *Sie* wartete auf ihn.

»Bring uns nach Hause, Spock«, sagte er verträumt und schloß die Lider.

Unmittelbar darauf kippte die Realität.

Von einer Sekunde zur anderen war das Dach leer, und es blieb nur die Nacht. Ein Meteorit fiel vom Himmel und verglühte, bevor er die veränderte Erde erreichte.

KAPITEL 24

»Nun, Captain ...«, sagte McCoy gedehnt und lehnte sich in dem breiten, schwarzen Sessel zurück. »Heute morgen hatte ich nur Gelegenheit, mit einigen wenigen Leuten zu sprechen, aber es deutet alles darauf hin, daß es keine Traumanomalien mehr gibt.« Er runzelte die Stirn und musterte sein Gegenüber neugierig. »Die einzigen Ausnahmen heißen Kirk, Richardson und Spock«, fügte er herausfordernd hinzu.

Jim zog die Brauen zusammen und dachte an die seltsamen Traumvisionen in der vergangenen Nacht, an das Gefühl, sich selbst zu verlieren und gleichzeitig heimzukehren. »Du hast recht, Pille«, bestätigte er. »Wie dem auch sei: Meine letzten Träume unterschieden sich von allen anderen.« Er schüttelte fast hilflos den Kopf und lächelte schief. »Lieber Himmel, vor zwei Nächten hatte es den Anschein, als litte die halbe Besatzung an paranoiden Alpträumen. Und jetzt ist das ganz plötzlich vorbei? Warum?«

McCoy zuckte mit den Achseln. »Um ganz ehrlich zu sein: Ich habe nicht die geringste Ahnung. Aber ich kann dir einen guten Rat anbieten.«

Der Arzt sah Kirks erwartungsvollen Blick und fuhr fort: »Wenn wir es wirklich überstanden haben ... Vergiß die Sache einfach.« Einige Sekunden lang rieb er sich das Kinn. »Niemand kann genau erklären, was es mit Träumen auf sich hat, Jim. Einige Philosophen behaupten, es seien Fenster zu anderen Dimensionen. Falls das stimmt, will ich lieber kein Risiko eingehen.«

Kirk bedachte McCoy mit einem durchdringenden Blick. »Was meinst du damit, Pille?« fragte er. Irgendwo in seinem Innern vibrierte Unbehagen. Als er an diesem

Morgen erwachte, verspürte er nur den einen Wunsch, sofort aufzustehen, zu duschen und eine sichere Distanz zwischen sich und das Bett zu legen.

»Nun ...« Der Arzt suchte nach den richtigen Worten. »Wenn *meine* Träume in der vergangenen Nacht Ausblick in eine andere Dimension gewähren, so hoffe ich nur, daß mir die freie Wahl bleibt. *Dieses* Universum ist mir in jedem Fall lieber.« Er lächelte hintergründig. »Wenn du gesehen hättest, was ich beobachten mußte, würdest du mir sicher zustimmen — *Fähnrich* Kirk.«

Der Captain schauderte unwillkürlich, obgleich McCoy nur von Dingen sprach, die dem menschlichen Unterbewußtsein entstammten und keinen echten Bezug zur Realität aufwiesen. Eine eigentümliche Kälte breitete sich in ihm aus: Er hatte ebenfalls davon geträumt, ein Fähnrich zu sein, ein Phantom, ein wenig schmeichelhaftes Spiegelbild des Mannes, der er in Wirklichkeit war. Er fröstelte. »Deiner Ansicht nach sollten wir also einfach abwarten — in der Hoffnung, daß sich die Phänomene nicht wiederholen.«

McCoy nickte. »Ich bin sicher, jetzt ist wieder alles im Lot«, sagte er mit wenigstens zum Teil gespielter Zuversicht. »Lenk dich irgendwie ab, Jim. Spiel Schach mit Spock — oder was auch immer. Ja, sicher, vorgestern habe ich die ganze Sache wesentlich ernster genommen, aber jetzt ...« Erneut zuckte er mit den Schultern. »Schwamm drüber, Jim. Denk nicht mehr daran. Oder sprich Spock darauf an, wenn es dich so sehr belastet. Ich glaube, Freund Spitzohr weiß weitaus mehr, als er zugibt. Aber zum Teufel auch: *Mir* vertraut er nichts an. Als ich heute morgen versuchte, ihn zur Rede zu stellen, schlüpfte er mir wie der sprichwörtliche geölte Sehlat durch die Finger. Typisch Spock — unnahbar und stur bis zum Kern seiner vulkanischen Seele.«

Kirk schmunzelte, stand auf und empfing ein Schattenbild seines Traums. »Trifft das nicht auf alle Raumschiffkommandanten zu, Pille?« fragte er und verließ das Zimmer, bevor McCoy eine Antwort geben konnte.

Aus irgendeinem Grund lag Kirk nichts daran, die Brücke aufzusuchen. Bis zum Beginn seiner Schicht dauerte es noch eine halbe Stunde – es blieb ihm also Zeit genug. Er betrat einen kleineren Lift, und während ihn die Transportkapsel in eine abgelegene Sektion der *Enterprise* trug, ließ er seine Gedanken treiben und versuchte, flüchtige Erinnerungssequenzen einzufangen.

Kurz darauf hielt die Kabine an. Kirk wanderte durch einen stillen, leeren Korridor, passierte ein Schott und atmete die feuchte, würzige Luft des botanischen Gartens. Er seufzte und lächelte stumm, als er einen Pfad wählte und sich dem Zentrum der Anlage näherte.

Er spürte die Kühle des ›Morgens‹, und für einige Sekunden gewann er den Eindruck, zu sich selbst auf Distanz zu gehen. Ein starkes Gefühl des Déjà vu gesellte sich hinzu. Er entsann sich kurz an die Berichte und Protokolle, die auf seinem Schreibtisch lagen und Durchsicht verlangten. Zwar war noch immer kein Landurlaub in Sicht – die *Enterprise* setzte die Routinepatrouille an der Neutralen Zone fort –, aber Kirk dachte nicht an Banalitäten wie Versetzungsgesuche und dergleichen. Er seufzte erneut, als ihm die jüngste Nachricht von Starfleet Command einfiel. Komack wies darauf hin, der romulanische Prätor biete Friedensverhandlungen an – er brach damit ein fünfjähriges Schweigen. Neuerliches Unbehagen regte sich in Kirk, als er begriff, warum sein Schiff nicht zu einer Starbase zurückkehren konnte. Die Gründe dafür lagen auf der Hand. Jim hatte bereits einige Kontakte zu hochrangigen Romulanern unterhalten, und wahrscheinlich wollte Admiral Komack bei den bevorstehenden Verhandlungen seine Hilfe in Anspruch nehmen. Nun, wenn ein neues Abkommen geschlossen werden konnte, das beiden Seiten zum Vorteil gereichte ... In dem Fall lohnte es sich durchaus, tage- und wochenlang an der Neutralen Zone zu warten.

Kirk verdrängte die Gedanken an seine Pflichten und entspannte sich. Auf seinem Weg durch den scheinbar endlosen Wald blieb er immer wieder stehen, und die körperlose Stimme eines seltsam vertrauten Empfindens flüsterte in ihm. Er rechnete fast damit, daß irgendwo im Dickicht jemand auf ihn wartete. Das sonderbare Gefühl haftete in ihm und verflüchtigte sich nicht, als er den Baumkreis erreichte und auf einer alten Steinbank Platz nahm.

Dort blieb er eine Zeitlang sitzen, beobachtete den Sand, der unter seinen Stiefeln nachgab, den Tau, der sich langsam auflöste, als die Pseudosonne am illusionären Himmel emporkroch. Er starrte zu Boden, und nach einer Weile bemerkte er ein metallenes Glitzern. Neugierig beugte er sich vor, strich losen Sand beiseite und griff nach dem goldenen Ring, der sich halb unter einem welken Blatt verbarg.

Er hielt ihn in der Hand, betrachtete das gelbe Schimmern und drehte den Ring fast ehrfürchtig hin und her. Er glaubte, das winzige Schmuckstück zu kennen, und irgend etwas in ihm erzitterte, hielt ihn zunächst davon ab, einen Blick auf die Gravur zu werfen. Doch schließlich setzte sich seine charakteristische Neugier durch, und er begann damit, die Schriftzeichen zu entziffern: J. T. K. – DAS GLÜCK SEI MIT DIR.

Es lief ihm kalt über den Rücken, und er spielte mit dem Gedanken, den Ring fortzuwerfen, ihn erneut im Sand verschwinden zu lassen, das Wissen um ihn aus seinem bewußten Ich zu verbannen. Die Botschaft war unmißverständlich, ihr Ursprung eindeutig. Jeder Student der Starfleet-Akademie erhielt einen solchen Ring als Talisman. Für gewöhnlich kaufte ihn ein naher Verwandter oder ein Freund.

Kirk hielt derartige Überlegungen für absurd und versuchte sich einzureden, daß jene Initialen nicht allein ihm gehörten. Vielleicht stammte der Ring von jemand anders. Ja, ganz bestimmt.

Andererseits ...

Ein mentales Wispern teilte ihm mit, daß er dieses besondere Schmuckstück nicht zum erstenmal sah, daß er es schon einmal in der Hand gehalten und am vierten Finger der linken Hand getragen hatte ...

Er starrte weiterhin darauf herab und hielt unwillkürlich den Atem an. Die vagen Traumbilder verdichteten sich und drohten, ihn mit einer unleugbaren Wahrheit zu konfrontieren. Kirk verscheuchte die Erinnerungen aus dem Fokus seines Selbst.

»Captain?«

Jim drehte ruckartig den Kopf und schnappte so erschrocken nach Luft, als sei er bei einem abscheulichen Verbrechen erwischt worden. Dennoch überraschte es ihn nicht sonderlich, seinen Ersten Offizier zu sehen, der einige Meter entfernt stand.

»Ich wollte Sie nicht stören, Captain«, sagte Spock sanft und bemerkte Kirks ungewöhnliche Nervosität. »Bitte entschuldigen Sie.«

Jim lächelte schief und bedeutete dem Vulkanier mit einem Wink, ebenfalls auf der steinernen Bank Platz zu nehmen. Als der Erste Offizier dieser Aufforderung nachkam, zog Kirk den Ring rasch vom Finger und schloß die Hand darum. Doch der goldene Glanz entging Spock nicht.

»Was führt Sie so früh am Morgen hierher?« fragte er und trachtete danach, sein unerklärliches Schuldbewußtsein mit Neugier zu maskieren.

Der Vulkanier musterte ihn voller Mitgefühl. »Ich dachte mir schon, daß ich Sie hier finde, Captain«, entgegnete er. »Doktor McCoy hat mich davon unterrichtet, daß die eigentümlichen Traumanomalien kein Problem mehr darstellen.« Er zögerte kurz. »Allerdings wies er auch darauf hin, daß Sie in der vergangenen Nacht geträumt haben. Wenn ich sein Verhalten richtig interpretierte ... Er schien besorgt zu sein.«

Kirk zuckte mit den Schultern. Wenn jemand anders solche Worte an ihn gerichtet hätte, wäre er vielleicht verärgert gewesen. Aber Spocks Anteilnahme erfüllte ihn mit angenehmer Wärme. »Vermutlich fällt mir nur die Umstellung schwer«, erwiderte er im Plauderton und drehte den Ring, ohne daß es ihm bewußt wurde. »Pille meinte, Sie seien ihm einmal mehr durch die hippokratischen Lappen gegangen. Gibt es dafür einen bestimmten Grund, oder bleiben Sie nur in Übung?«

Der Vulkanier wölbte eine Braue, und für den Bruchteil einer Sekunde zuckte es in seinen Mundwinkeln. Unmittelbar im Anschluß daran besann er sich wieder auf Disziplin und Selbstbeherrschung. »Ich ... wollte die Angelegenheit mit Ihnen besprechen, bevor ich die Neugier unseres Bordarztes befriedige.«

Kirk nickte langsam. »Worum geht's, Spock?«

Der Erste Offizier wandte kurz den Blick ab und holte tief Luft. »Auch ich habe in der vergangenen Nacht geträumt«, gestand er ein. »Ich sah ... uns beide, in einer Mentalverschmelzung vereint ...« Er brach ab und erinnerte sich an die Visionen, die ihm einen Kirk zeigten, der sich auflöste, einfach verschwand. Zwar hatte er ihn bei der Reise ins Nichts begleitet, doch die Vorstellung von Jims Tod erschütterte ihn zutiefst.

Kirk sah, wie sich die dunklen Augen des Vulkaniers trübten. »Sie träumten davon, daß wir während der gedanklichen Einheit starben«, fügte er hinzu, überrascht darüber, daß ihn diese Erinnerung nicht mit Entsetzen erfüllte.

Diesmal kletterten beide Brauen in die Höhe. »In der Tat, Captain«, sagte Spock schließlich.

Kirk lächelte flüchtig. »Machen Sie sich nichts draus, Spock«, beruhigte er seinen Freund. »Unter normalen Umständen hätte ich es nicht erwähnt, aber ... Seit ich heute morgen erwachte, kann ich mich nicht des Eindrucks erwehren, daß irgend etwas ... *geschehen* ist. Der Ausdruck, ›während der Nacht‹ sei etwas passiert, erscheint mir unangemessen.« Er zuckte mit den Achseln. »Es ist schwer zu erklären, Spock, und es mag auch unlogisch klingen ... Ich habe das seltsame Gefühl, als kehrte ich nach einem mindestens dreißigjährigen Schlaf in die Wirklichkeit zurück.« Er lachte, um die plötzlich entstandene Anspannung zu vertreiben. »Wahrscheinlich wäre ein solches Empfinden völlig normal, wenn ich die Nacht in irgendeiner Bar verbracht hätte. Aber ich bin gestern abend früh zu Bett gegangen — und heute morgen mit einem verdammten Brummschädel aufgestanden!«

Der Vulkanier nickte, warf einen geistesabwesenden Blick auf sein Armbandchronometer und sah Kirk an. »Vielleicht sollten wir unser Gespräch heute abend fortsetzen, nach dem Dienst. Wir werden auf der Brücke erwartet ...« Er sprach nicht weiter.

Jim brummte zustimmend, dankbar für das Taktgefühl des Vulkaniers: Spock ließ ihm Zeit, um wieder zu sich selbst zu finden. Einige Sekunden lang überlegte er, warum er eine derartige Unsicherheit spürte. Seine letzte Schicht lag nur zwölf Stunden zurück, und doch glaubte er, inzwischen seien Jahrzehnte oder gar Jahrhunderte vergangen ... Eine Ewigkeit.

Er stand auf, und aus einem Reflex heraus schob er sich das kleine, goldene Schmuckstück auf den Ringfinger.

Kirk ließ sich in den Sessel des Befehlsstands sinken, und seine Gedanken drifteten ziellos dahin. Gelegentlich drehte er den Kopf, beobachtete Spock, der ihm den Rücken zukehrte — und fragte sich, welchem Forschungsprojekt der Vulkanier diesmal nachging. Schon seit Jahren argwöhnte er, daß der Erste Offizier nur deshalb ständig in den abgeschirmten Scanner starrte, um beschäftigt zu wirken und damit über seine Langeweile hinwegzutäuschen. Jim schmunzelte und stellte sich vor, wie Spock *Alice im Wunderland* in Computersprache las oder sich einen uralten *Tom und Jerry*-Zeichentrickfilm ansah.

Eine Zeitlang betrachtete Kirk die starren Sternkonstellationen auf dem großen Wandschirm, und nach einer Weile hörte er ein leises Zischen. Als er sich umwandte, glitt die Doppeltür des Turbolifts auf, und Lieutenant Richardson betrat die Brücke. Einige Sekunden lang wirkte der junge Mann irgendwie *anders*, nicht mehr annähernd so naiv und unschuldig, wie er ihn in Erinnerung hatte.

Doch als Jeremy zur Navigationskonsole ging und mit einem übertriebenen Seufzen im Sessel Platz nahm, sah Kirk wieder jenen Mann, der sich allmählich den Ruf des Bord-Romeos erwarb.

Julia, raunte es in Jim.

»Was ist los, Jerry?« fragte Sulu und zwinkerte verschwörerisch. »Liebeskummer?«

Richardson zuckte mit den Achseln, prüfte die Anzeigen und lehnte sich zurück. »Nein, eigentlich nicht«, brummte er und seufzte erneut. Ihm entging Kirks Aufmerksamkeit, als er sich zu dem Steuermann hinüberbeugte. »Ich habe schon wieder geträumt«, fügte er leise hinzu.

Jim versteifte sich unwillkürlich und spitzte die Ohren.

»Sie werden's überleben«, antwortete Sulu. »In einer Woche kehrt Chekov zurück, und dann können Sie endlich wieder schlafen.« Er lächelte. »Es ist nichts weiter als Langeweile. Soweit ich weiß, sind Sie der einzige, der in der vergangenen Nacht keine Ruhe fand. Himmel, ich beneide Sie fast. Für uns andere beginnt nun wieder das übliche Einerlei.«

»Wäre mir nur recht«, erwiderte Richardson, schnitt eine Grimasse und deutete auf den Wandschirm. »Im Vergleich zu dem, was ich heute nacht sah, erscheint mir das dort geradezu herrlich und wunderbar.« Er starrte auf den Schirm und gab sich interessiert, winkte dann ab. Ein hintergründiges Lächeln umspielte seine Lippen, als er hinzufügte: »In den Alpträumen gibt es nur einen einzigen positiven Aspekt«, flüsterte er. »Die Prätorin hat enorme ...« Er sprach nicht weiter, hob die Hände und wölbte sie um zwei runde, imaginäre Objekte.

Sulu stieß ihn mit dem Ellenbogen an und sah nervös über die Schulter. Kirk wandte den Blick gerade noch rechtzeitig ab, um nicht beim Lauschen ertappt zu werden.

»Falls Sie es noch nicht bemerkt haben sollten ...«, raunte Sulu. »Der Captain ist anwesend! Und außerdem: Ich dachte, diese Woche hätten Sie ein Auge auf S'Parva geworfen.«

Richardson zuckte einmal mehr mit den Achseln und schlüpfte wieder in seine alte Rolle. »Es wäre falsch, nur eine einzige Frau zu beglücken, Sulu«, antwortete er. »Ich muß auch andere an meinen Vorzügen teilhaben lassen, quasi mich der galaktischen Weiblichkeit anbieten. Möglichst viele hübsche Damen sollen die Chance erhalten, sich ihre geheimsten Wünsche zu erfüllen.«

Sulu rollte mit den Augen. »Irgendwann werden Sie von einer jener zahlreichen Frauen festgenagelt, Jerry. Und wahrscheinlich geraten Sie dann ganz schön in Bedrängnis.«

Jeremy stöhnte. »Ich fürchte, da haben Sie recht.«

Kirk betrat Spocks Quartier und ließ sich auf den schmuckvollen Meditationskissen nieder. Sein Blick wanderte durchs matt erhellte Zimmer. An der einen Wand bemerkte er den Hüter, der über die Fünf von Vulkan wachte, und sein dämonisches Erscheinungsbild wirkte seltsam beruhigend. Schwacher Weihrauchduft durchzog die Kabine und schuf so etwas wie aromatische Ruhe. Jim hob den Kopf, als Spock zurückkehrte.

Der Vulkanier nahm wortlos neben Kirk Platz, und langsam löste sich die Maske kühler Zurückhaltung.

»Jim . .«, begann er. »Ich habe eingehend über die Sache nachgedacht. Vielleicht gibt es eine Möglichkeit herauszufinden, was die Träume bedeuten.« Er starrte in die Augen des Hüters, nutzte sie als neutralen Fokus. »Ich weiß nicht genau, ob es funktioniert, ob wir wirklich Aufschluß gewinnen. Es handelt sich um eine Methode, mit der sich das Realitätsmaß der Visionen feststellen lassen müßte.«

Kirk musterte Spock und glaubte, Anzeichen von vulkanischer Nervosität zu erkennen. »Sie kennen mich«, sagte er sanft. »Ich schrecke vor nichts zurück.«

»Vor nichts?« fragte der Erste Offizier skeptisch.

»Nun, vor *fast* nichts«, erwiderte Jim unsicher und räusperte sich. »Nur um ganz sicherzugehen ... Was haben Sie vor?«

Der Vulkanier wandte kurz den Blick ab. »Eine Mentalverschmelzung«, sagte er schließlich. »Um es noch einmal zu betonen: Ich kann Ihnen keine Garantie anbieten. Und wenn Sie auf eine gedankliche Einheit mit mir verzichten wollen ...«

»Nein, Spock«, warf Kirk sofort ein. »Ich *möchte* es versuchen. Selbst wenn sich dabei herausstellt, daß es für die Träume keine reale Basis gibt ... Wenigstens wissen wir dann endlich Bescheid.«

Spock nickte langsam, gab jedoch keine Antwort.

Jim rang sich ein Lächeln ab und spürte einen Anflug von Verlegenheit. »Noch können Sie mich rauswerfen«, sagte er leise.

Der Vulkanier schüttelte den Kopf und traf eine Entscheidung. *Es wird für uns beide Zeit, daß wir uns dem Unvermeidlichen stellen.* Bei diesem seltsamen Gedanken hob er verwirrt die Brauen — und begriff plötzlich, daß ihnen überhaupt keine Wahl blieb. »Ich bin sicher, die Antworten verbergen sich irgendwo in unserem Bewußtsein, Jim«, murmelte er, sah Kirk an, bemerkte das erwartungsvolle Glühen in seinen Augen und tastete nach den Nervenpunkten im Gesicht des Menschen.

Der Captain hatte nicht so schnell damit gerechnet, blieb jedoch ruhig sitzen und versuchte, sich zu entspannen. Er schloß die Augen und holte tief Luft, als ihn die warme Hand berührte.

Für einige Sekunden nahm er nur die typische Euphorie der Mentalverschmelzung wahr, doch dieses Gefühl verflüchtigte sich sofort wieder, als er das innere Lid hob.

Die gewohnte Realität splitterte.

Und in einem anderen, fernen Universum erklangen die Stimmen eines vulkanischen Kommandanten und seines menschlichen Freundes, verlangten nach Aufmerksamkeit.

KAPITEL 25

Nach dem Ende der gedanklichen Einheit starrte Kirk lange zu Boden. Selbst der Hüter ruhte – glühende Kohlen erinnerten an seine heißen Flammen. In der Stille war nur das allgegenwärtige Summen der Triebwerke zu hören. Hinter Jims Stirn herrschte Chaos, und irgend etwas schnürte ihm die Kehle zu. Nach einer Weile zwang er sich zur Rückkehr in die aktuelle Gegenwart, schüttelte benommen den Kopf und blickte in dunkle Augen.

»Ist das alles ... *wirklich* geschehen, Spock?« Er hatte an den Erlebnissen des anderen Kirk teilgenommen, an den Erfahrungen eines Vulkaniers, der die Uniform des Captains trug. Die plastischen, greifbaren Bilder schockierten ihn, hinterließen ein ausgeprägtes Schuldbewußtsein.

Spock musterte Kirk eingehend, hob eine Braue und ließ sich langsam auf die Kissen sinken. »Es gibt keine endgültige Gewißheit, Jim«, erwiderte er. »Die einzigen Beweise beschränken sich auf das, was wir während der Mentalverschmelzung sahen. Und dabei handelt es sich um rein subjektive Indizien.«

Kirk seufzte leise und blickte auf seine gefalteten Hände herab. Als er den goldenen Talisman am vierten Finger der linken Hand bemerkte, riß er plötzlich die Augen auf. »Der Ring!« entfuhr es ihm. Er streifte ihn ab und zeigte das Schmuckstück dem Vulkanier. »Ich ... *Er* hat ihn getragen, als er zur *ShiKahr* kam!« Er rief sich die Eindrücke ins Gedächtnis zurück, die er während der Mentalverschmelzung gewonnen hatte, ein Zeitlupenpanorama, das ihm alle Einzelheiten zeigte. Er beobachtete, wie sich der Talisman vom Ringfinger eines jungen Fähnrichs namens Kirk löste und in den Sand fiel, genau dort liegenblieb, wo ihn *Captain* Kirk später fand. Er schluckte krampfhaft und fragte sich, ob sein anderes Selbst den Ring mit voller Absicht zurückgelassen hatte.

Spock drehte das Schmuckstück mehrmals hin und her, las dann die Inschrift, nickte langsam und starrte ins Leere. »Sind Sie ganz sicher, Jim?« fragte er. »Vielleicht ...« Er brach ab und wußte, daß es unmöglich ein Zufall sein konnte. Der Ring schien wie für Kirk geschaffen.

»Ich *bin* sicher«, bestätigte der Mensch. Erneut besann er sich an die Mentalverschmelzung. Zwar war sie erst seit einer knappen Minute beendet, aber die Sekunden schienen sich zu dehnen, die Qualität von Stunden zu gewinnen. Die Bilder verblaßten, und ihre Konturen zerfransten. *Es gibt ein Energiefeld zwischen den beiden Universen*, flüsterte es irgendwo in seinem Innern. Und er fragte sich, ob die beiden anderen Männer namens Kirk und Spock noch immer existierten, ob sie in phantomhafter, ätherischer Gestalt durch geisterhafte Korridore wanderten, nach einem konkreten Hinweis darauf suchten, daß sie wirklich gelebt, geatmet, gedacht und gefühlt hatten. »Ich weiß nicht, was ihm der Ring bedeutete«, murmelte der Captain. »Ich spüre nur, daß ihm viel daran lag.«

Der Vulkanier beugte sich vor, und sein kantiges Gesicht zeigte Verwunderung und Neugier. »Starfleet würde den Ring kaum als Beweis für eine Veränderung der historisch-kosmischen Struktur akzeptieren, Jim«, sagte er. »Und außerdem ...« Er zögerte. »Vielleicht wäre es besser, keinen Bericht zu erstatten.«

Kirk drehte ruckartig den Kopf und sah Spock an, erinnerte sich dabei an die Nachricht von der nächsten Starbase. Die Erlebnisse während der Mentalverschmelzung ließen jene Mitteilung in einem ganz anderen Licht erscheinen. Wenn Thea wirklich beabsichtigte, einen dauerhaften Frieden zwischen dem romulanischen Reich und der Föderation zu schaffen ... In dem Fall dauerte es sicher nicht lange, bis sie sich mit ihnen in Verbindung setzte. »Warum nicht?« fragte er.

»Unglücklicherweise besteht Starfleet Command aus

Personen, die Sie als ›Schreibtischhengste‹ bezeichnen, Captain«, sagte Spock. »Ohne eindeutige Beweise wäre niemand von ihnen geneigt, uns zu glauben. Und daraus ergäben sich eher unangenehme Konsequenzen für uns. Wir müßten mit umfassenden physisch-psychischen Untersuchungen rechnen, neben denen Doktor McCoys Schamanenkünste vergleichsweise harmlos erscheinen.«

Kirk lächelte und wußte, daß sie sich gegebenenfalls mit solchen Dingen abfinden mußten. Aber bestimmt hegte der Vulkanier auch noch andere Befürchtungen. Der Schalk glänzte in Jims nußbraunen Augen, als er erwiderte: »Vermutlich möchten Sie auch vermeiden, Admiral Komacks Groll auf sich zu lenken. Wenn bekannt wird, daß Ihr alternatives Selbst ein wenig zu intensiv auf die weiblichen Reize der Prätorin reagierte ...« Er grinste. »Seien Sie unbesorgt, Spock. Ich verrate nichts. Ihr kleines Geheimnis ist bei mir sicher aufgehoben.« Er wurde wieder ernst. »Thea entstammt der Ersten Geschichte, und das bedeutet, daß sie sich ebenfalls erinnert – noch deutlicher als wir ...«, fügte er betont düster hinzu.

Spock wartete. Er vernahm die Ironie in der Stimme seines Freundes und fragte sich, worauf er hinauswollte. Es fiel ihm schwer zu glauben, daß irgendeine seiner Selbstentsprechungen der ... Überzeugungskraft des Feindes erlegen war. Eine solche Vorstellung erschütterte die Stabilität im Kern des vulkanischen Ichs.

»Was meinen Sie damit?« fragte er wie beiläufig.

»Nun ...« Kirks Lächeln wuchs in die Breite. »Wenn sich Thea *wirklich* an alles erinnert und wir uns bei den Friedensverhandlungen begegnen ... Es besteht durchaus die Gefahr, daß Sie *ziemlich* lange im Zentrum der allgemeinen Aufmerksamkeit stehen, Mister Spock.«

Der Vulkanier starrte ihn groß an. »Ich verstehe nicht ganz, Captain ...«

Kirk zuckte mit den Achseln. »Sie könnten der erste Mann in der Föderationsgeschichte sein, der vom romulanischen Prätor wegen ausgebliebener Alimentezahlungen verklagt wird.«

Spock hob beide Brauen. »Captain!« erwiderte er indigniert. »Muß ich extra darauf hinweisen, daß ich nicht für das Verhalten meines anderen Selbst verantwortlich bin? Starfleet kann mich wohl kaum zur Rechenschaft ziehen, weil mein alternatives Ich ...«

Kirk lachte und klopfte seinem Ersten Offizier auf die Schulter. »Berufen Sie sich einfach auf vorübergehende Unzurechnungsfähigkeit«, schlug er vor. »Und falls Sie einen guten Anwalt brauchen ... Ich habe mir Sam Cogleys Nummer notiert.«

Spock musterte Kirk ungläubig — und gelangte zu dem Schluß, daß der Mensch mit Humor versuchte, zu seiner alten Selbstsicherheit zurückzufinden. Ein auf der Erde gebräuchliches Sprichwort fiel ihm ein, und er fand Trost in der Erkenntnis, daß Jim lachte, um nicht zu weinen.

»Nun, Captain ...« Der Vulkanier sah demonstrativ auf sein Armbandchronometer. »Mein Dienst beginnt in fünf Stunden. Wenn ich mich recht entsinne, verlangen die Vorschriften eine angemessene Ruheperiode.«

Jim nickte, stand auf und ging in Richtung Schott. Er spürte einen Rest von Wärme, der ihn an die Mentalverschmelzung erinnerte, hielt ihn fest. An der Tür blieb er noch einmal stehen und drehte sich um. »Danke, Spock«, sagte er sanft und dachte an Fähnrich Kirk. »Von uns beiden.«

EPILOG

Spät am Bordabend betrat Kirk den Turbolift und verließ ihn auf einem der unteren Decks. Irgend etwas zog ihn noch einmal in den botanischen Garten der *Enterprise*. *Es gibt ein Energiefeld zwischen den beiden Universen*. Eine Brücke, die sich in beiden Richtungen beschreiten ließ. Bald würde sich das Zeit-Tor für immer schließen, ihn von einem Mann trennen, der ihm sehr ähnelte – und von einem vulkanischen Captain, den er ebenfalls als Freund erachtete.

Als er in den artifiziellen Mondschein trat, glaubte er einige Sekunden lang, eine andere Präsenz zu spüren. Sie erschreckte ihn nicht. Ganz im Gegenteil: Sie vermittelte ihm vertraute Wärme. Kirk stellte fest, aus welcher Richtung die sanften Emanationen kamen, schritt schneller aus und näherte sich dem Baumkreis.

Er strich einige herabhängende Zweige beiseite, wanderte fast ehrfürchtig über die Lichtung und nahm erneut auf der Bank Platz. Glitzernder Tau benetzte den verwitterten Stein. Eine Zeitlang blieb er stumm sitzen und wartete auf etwas, das er nicht genau zu definieren vermochte. Ab und zu kehrte der warme Hauch zurück, als berührte ihn eine unsichtbare Hand an der Schulter. Aber wenn er den Kopf drehte, begegnete er nur gestaltloser Dunkelheit und dem Gefühl eines Verlustes.

Kirk sah auf seine linke Hand herab und überraschte sich dabei, wie er geistesabwesend den Ring drehte. Plötzlich dämmerte es ihm, warum er den kleinen Park aufgesucht hatte. Es galt, ein letztes Band zu zerschneiden, eine letzte Pflicht zu erfüllen.

Er holte tief Luft, schloß die Augen, streifte den Ring vom Finger und betrachtete ihn kurz, bevor er ihn dort zu Boden legte, wo er ihn gefunden hatte. Trauer und Niedergeschlagenheit fluteten ihm entgegen, doch als er einmal mehr die geisterhafte Hand spürte, glaubte er seine Vermutungen bestätigt. Bei dem Ring handelte es sich um ein Geschenk des alternativen Selbst, und nun war der Zeitpunkt gekommen, den Talisman mit der gleichen Großzügigkeit zurückzugeben.

Jim hob die Lider, sah den matten, goldenen Glanz im Sand und spielte mit dem Gedanken, das Schmuckstück aufzuheben. Doch er überlegte es sich anders, widerstand der Versuchung. Es gehörte einem anderen Mann, in einer anderen Realität. Captain Kirk fragte sich, ob er unter ähnlichen Umständen ebenso mutig und tapfer gewesen wäre wie der Fähnrich, der seinen Namen trug. Der Ring schimmerte – und von einem Augenblick zum anderen wußte Jim, daß er bis zum nächsten Morgen verschwunden sein würde. Er empfand eine seltsame Mischung aus Kummer und Freude, als er die friedliche Umgebung beobachtete und in der Dunkelheit nach einem Trugbild Ausschau hielt, nach einem Schatten seines Ichs.

Alles blieb still. Aber das Wissen, nicht allein zu sein, hatte Bestand in Kirks Gedanken.

Für einen Sekundenbruchteil kam er sich wie ein Eindringling vor, doch dieses Gefühl wehte fort wie Rauch im Wind, als etwas in ihm zu vibrieren begann. Er wußte nicht genau, woher die Wärme stammte – von seinem alternativen Selbst oder dem Vulkanier, der mit dem jungen Fähnrich Freundschaft geschlossen hatte. Vielleicht machte es auch keinen Unterschied.

Zögernd erhob er sich, trat auf die Bäume zu und wandte dort noch einmal den Kopf. Der Ring glänzte ...

Und lockte mit einem Versprechen, das nicht mehr ihm gelten konnte. Der Talisman stammte aus einer Zeit, die jemand anders gehörte. Jim mußte nun sein eigenes Leben führen.

»›Das Glück sei mit dir‹«, murmelte er, gab sich einen inneren Ruck, wanderte über den Pfad und näherte sich dem Schott. Wo auch immer sich Captain Spock und Fähnrich Kirk befanden: Sie hatten ihren Frieden gefunden, ihre eigene Realität – und ihm seine Welt zurückgegeben, selbstlos und ohne Klage.

DAVID DVORKIN

DIE ZEITFALLE

Für Daniel:
den rechtzeitigen Titelschmied
den Boten des Phantastischen

Was geschieht, das ist schon längst gewesen, und was sein wird, ist auch schon längst gewesen.

Der Prediger Salomo 3,15

KAPITEL 1

Konnten Raumschiffe hinken, so wie Menschen? James Kirk blickte sich im Kontrollraum der USS *Enterprise* um. Ein unaufmerksamer Beobachter hätte nur einige tüchtige Männer und Frauen gesehen, die ihren verschiedenen Pflichten nachgingen und dabei einen Komplex aus Hardware- und Software-Systemen kontrollierten, durch den die *Enterprise* zu mehr wurde als nur einer Hülle aus Metall und Kunststoff. Der Captain hingegen bemerkte subtile Hinweise.

Wenn ein Raumschiff hinken kann, dann ist das bei diesem der Fall, dachte er.

Die gerade beendete Mission hatte mehr verlangt, als man selbst von einem Schiff wie der *Enterprise* erwarten durfte. Nur die Gestalt des wissenschaftlichen Offiziers, der sich über den Sichtschlitz des Scanners beugte, offenbarte keine Anzeichen von Müdigkeit. Nun, Spock wirkte immer wach und konzentriert. *Obwohl er bei jenem Außenposten größeren Belastungen ausgesetzt gewesen ist als wir.* Kirk schüttelte erstaunt und bewundernd den Kopf.

Dieser Crew unterliefen keine Fehler, wußte er — ganz gleich, wie erschöpft sie war. Und er neigte nicht dazu, seine Leute ohne triftigen Grund anzutreiben. *Zum Glück erreichen wir Starbase Siebzehn in wenigen Stunden,* überlegte Jim. *Dort kann sich die Besatzung von den Anstrengungen erholen.*

Was erwartet mich *dort?* Natürlich neue Befehle. Man würde das Schiff reparieren und neu ausrüsten, und wenn sich die Mannschaft ausgeruht hatte ... Dann begann eine andere Mission. Irgendein schwieriger Auftrag im Dienste der Föderation. Eine Aufgabe, für die kompetente Männer und Frauen notwendig waren. Und ein Kommandant, der oft genug sein Geschick in gefährlichen Situationen bewiesen hatte.

Es handelte sich um eine mühevolle Arbeit, und mit jedem verstreichenden Jahr wurde sie mühevoller für Kirk. Trotzdem konnte er sich keine Alternative vorstellen. Manchmal mußte er sich mit anderen Dingen befassen und Verwaltungsaufgaben wahrnehmen. Doch James Kirk gehörte nicht hinter einen Schreibtisch, sondern auf die Brücke der *Enterprise.*

Dennoch: Irgendwo gab es eine Grenze. Diese Furcht nagte dauernd in ihm. Wann gelangte jemand in der Starfleet-Hierarchie zu dem Schluß, daß Kirk zu alt war für den Dienst im Außeneinsatz, daß er sich nur noch für einen Schreibtischjob eignete — ein alternder Offizier, der nicht einmal mehr lesen konnte, ohne eine altertümliche Brille zu benutzen? Horatio Nelson oder John Paul Jones: Welchem dieser beiden berühmten Admiräle würde er nacheifern? Würde er auf dem Höhepunkt seiner Karriere sterben, während des größten Triumphs, so wie Nelson? Oder wie Jones an Land, von Intrigen und dem wechselnden Wind der Politik in den Ruhestand getrieben? In ein oder zwei Generationen, wenn ein anderes Schiff den ehrenvollen alten Namen *Enterprise* trug — welches Urteil fällte dann die Geschichte über James T. Kirk?

Die eigenen Gedanken erschienen ihm plötzlich lächerlich. *Hör auf, wie ein alter Mann zu denken, der bereits mit einem Bein im Grab steht!* »Mr. Sulu ...«, sagte er laut. »Geschätzte Zeit bis zum Ende unseres gegenwärtigen Warptransfers?«

Sulu lächelte. »Vierzehn Stunden und sechsunddreißig Minuten bis zum Landurlaub in Starbase Siebzehn, Captain.« Kirk beobachtete, wie die Brückenoffiziere munterer wurden, als sie diese Worte hörten — deshalb hatte er Sulu die Frage gestellt. Um die Loyalität der Besatzung zu gewinnen, mußte ein guter Kommandant nicht nur die Sicherheit des Schiffes gewährleisten, sondern auch die geistige Verfassung der Personen an Bord berücksichtigen.

»Ich empfange etwas, Captain«, sagte Uhura, die an der Kommunikationskonsole saß. Sie runzelte die Stirn und hob das Kom-Modul zum Ohr, als könnte sie dadurch den Empfang verbessern. »Ein klingonisches Notsignal, Sir. Von starken Interferenzen überlagert.«

Ginny Crandall wandte sich halb von ihrer Waffenkonsole ab. »Ich orte sie, Sir. Die Entfernung beträgt nur zwei Millionen Kilometer.«

Was machen Klingonen im Raumgebiet der Föderation? fuhr es Kirk durch den Sinn. »Hören wir uns an, was sie zu sagen haben, Uhura. Translator dazwischenschalten.«

»Ja, Sir.«

Das Zischen und Heulen von Subraum-Interferenzen drang aus den Brückenlautsprechern, gefolgt von lautem Knistern. Irgendwo hinter diesem akustischen Vorhang ertönte eine Stimme, aber die von ihr formulierte Botschaft blieb unverständlich. Kurz darauf wurde sie deutlicher, klang wie ein drohendes Knurren — die Stimme eines Klingonen.

»... Kommandant Klanth. Instabilität der Schiffsstruktur nimmt zu. Die Zerstörung der *Keule* steht unmittelbar bevor. Verhalten der Besatzung vorbildlich. Empfehle Belobigungen für die entsprechenden Clane. Mögen uns die Götter ihren Segen schenken. Überleben und Erfolg!«

Die letzten Worte verloren sich im Rauschen neuerlicher Interferenzen. Uhura reduzierte rasch die Lautstärke. »Ich bekomme kein klareres Signal, Sir.«

Kirk nickte. »Spock?«

Der Vulkanier blickte einmal mehr in den Sichtschlitz

des Scanners. »Offenbar befindet sich der klingonische Kreuzer in einem magnetisch-ionischen Sturm, Captain. Das Phänomen weist gewisse Ähnlichkeiten mit dem Sturm auf, in den damals die *Enterprise* geriet. Sie erinnern sich bestimmt daran.«

Kirk schnitt eine Grimasse. Wie hätte er das vergessen können? Stundenlang war er in einer anderen Dimension gefangen gewesen, Opfer von seltsamen Fluktuationen im Gefüge der Raum-Zeit. Er trug einen Raumanzug, und die Luft wurde allmählich knapp. Manchmal kehrte er halb in die vertraute Dimension zurück, und dann versuchte er verzweifelt, einen Kontakt mit seiner Crew herzustellen. Dem Vulkanier Spock gelang es schließlich, Zeit und Ort der nächsten Verbindung zwischen den beiden Existenzebenen zu berechnen, und er rettete Kirk im letzten Augenblick. Für ein anderes Starfleet-Schiff, die *Defiant*, kam jede Hilfe zu spät — es brach während des Sturms auseinander.

Jene Ereignisse hatten in einem Raumbereich stattgefunden, auf den die Tholianer Anspruch erhoben, ein unfreundliches und sehr reserviertes Volk, das die Mitgliedschaft in der Föderation ablehnte, obwohl es auf allen Seiten von ihr umgeben war. Seit den Erfahrungen der *Enterprise* mieden Starfleet-Schiffe den tholianischen Raum. »Mr. Spock, könnten die Tholianer für das verantwortlich sein, was nun mit dem klingonischen Schiff geschieht?«

»Vielleicht, Captain. Wir haben nur wenige Informationen über die Tholianer, aber wir wissen, daß sie in der Lage sind, eine Art Netz im All zu schaffen — damit haben sie die *Enterprise* eingefangen. In diesem Zusammenhang muß jedoch festgestellt werden, daß der Sturm erhebliche Energiemengen erfordert, falls er wirklich künstlicher Natur sein sollte. Wenn die Tholianer das klingonische Schiff neutralisieren wollen, so könnten sie ihr Ziel mit erheblich weniger Aufwand erreichen.«

»Also stecken sie nicht dahinter?«

»Ich bezweifle es, Captain. Außerdem ist uns bekannt, daß in diesem Raumsektor sonderbare Phänomene natürlichen Ursprungs möglich sind.« Spock zögerte kurz. »Der klingonische Kommandant scheint nicht übertrieben zu haben. Die Sensoren registrieren tatsächlich zunehmende Instabilität in der Schiffsstruktur.«

Das gab Antwort auf eine Frage, die bisher niemand laut ausgesprochen hatte: War das Notsignal der Klingonen authentisch oder nur ein Trick? Crandall bestätigte die kritische Lage der *Keule*, indem sie meldete: »Sir, die Schilde des Kreuzers verlieren immer mehr Energie. Ich glaube ...« Sie schwieg und blickte auf die Anzeigen der Konsole. »Ja, auch die Lebenserhaltungssysteme versagen.«

»Bringen Sie uns näher heran, Navigator. Bis auf Sicherheitsdistanz. Mr. Spock übermittelt Ihnen die notwendigen Daten. Deflektoren ein. Alarmstufe Gelb.« Kirk spürte, wie sein Herz schneller klopfte und Adrenalin durch die Adern pumpte. Gleichzeitig fühlte er, wie die Crew in allen Bordsektionen auf seine Stimme reagierte. Sirenen heulten, und Jim betätigte eine Taste in der Armlehne des Kommandosessels. »Transporterraum. Richten Sie den Transferfokus auf die Koordinaten des klingonischen Kreuzers.«

»Planen Sie ein Rettungsunternehmen, Captain?« fragte der Vulkanier. »Die Starfleet-Vorschriften verlangen nicht von uns, in einer derartigen Situation aktiv zu werden.«

»Hier geht es nicht nur um Nächstenliebe, Spock. Ich möchte wissen, was die Klingonen in unseren Raumbereich geführt hat. Visuelle Darstellung der *Keule* auf den Schirm.«

Auf dem großen Wandschirm wuchs der Sturm, darin ein klingonisches Raumschiff, das vergeblich versuchte, sich aus den energetischen Strudeln zu befreien. Es schien zu zappeln, wie die Fliege in einem Spinnennetz. Was den Sturm selbst betraf ... Er erwies sich als eine Kugel aus wogenden und gleißenden Farben. Gelegentlich verschwanden Teile davon, um wenige Sekunden später wieder blendend hell zu erstrahlen. Nur ab und zu wurde die *Keule* sichtbar, als ein Schatten im tödlichen Schimmern. Die schwingenartigen Ausleger des Schiffes zitterten, und Risse bildeten sich darin.

Funken stoben dort, wo sich der Sturm direkt auf die Schilde des Kreuzers auswirkte, aber jenes Glitzern verblaßte nach und nach — die Deflektoren der *Keule* konnten das Wabern nicht mehr lange vom Schiff fernhalten.

»Maximale Überlebenszeit weniger als zehn Minuten, Captain«, sagte Spock ruhig.

»Transporterraum?«

Die Antwort kam aus dem kleinen Kom-Lautsprecher in der Armlehne des Sessels. »Tut mir leid, Sir. Solange die Interferenzen so stark sind, können wir den Transferfokus nicht auf einzelne Personen richten. Wir brauchen die Signalverstärkung des klingonischen Transporters — und selbst dann wären mit dem Beamen große Risiken verbunden.«

Kirk überlegte kurz. »Öffnen Sie die Grußfrequenzen, Uhura.« Er holte tief Luft und sprach mit fester Stimme. »*Keule,* hier ist die USS *Enterprise,* kommandiert von Captain James Kirk. Wir sind bereit, Sie an Bord unseres Schiffes zu holen. Bitte übermitteln Sie uns genaue Transporterkoordinaten.«

Einige Sekunden lang rauschte und knackte es nur. Dann: »Hier ist Klanth, Kommandant der *Keule*«, ertönte die gleiche zornige Stimme wie vorher. »Verschwinden Sie, Kirk! Lassen Sie uns tapfer in den Tod gehen, wie Klingonen.«

»Ob tapfer oder nicht, Captain ...«, erwiderte Jim gelassen. »Ohne unsere Hilfe sterben Sie. Wäre es nicht besser, sich fürs Überleben zu entscheiden — damit Sie auch weiterhin Ihrem Imperator dienen können?«

»Wir wollen uns nicht von *Menschen* helfen lassen!« Das Grollen des Klingonen wich knisternder Subraum-Statik.

»Uhura?«

Sie schüttelte den Kopf. »Es hat keinen Zweck, Sir. Die *Keule* sendet nicht mehr.«

Kirk ballte verärgert die Fäuste. Er brauchte wenigstens *ein* Besatzungsmitglied des Kreuzers an Bord der *Enterprise!* Worin auch immer die Mission der Klingonen bestand — Starfleet mußte mehr darüber erfahren. »Könnte es eins unserer Shuttles durch den Sturm schaffen, Spock?«

»Negativ, Captain. Die Schilde der Raumfähren sind nicht stark genug.«

Das wußte Kirk natürlich, aber er hatte gehofft, daß der Vulkanier ein metaphorisches As aus dem Ärmel zog — das geschähe nicht zum erstenmal. Die Vorstellung amüsierte ihn trotz der ernsten Situation.

Spock enttäuschte ihn nicht. »Nun, wir haben einige der neuen Starfleet-Transponder an Bord: Kom-Geräte, die selbst unter den schlechtesten aller denkbaren Bedingungen einen Subraum-Kontakt ermöglichen sollen. Vielleicht funktionieren die Transponder auch während des Sturms.«

»Und was nützt uns das?«

»Die magnetisch-ionischen Interferenzen hindern uns daran, den Transferfokus auf einzelne Klingonen zu richten, Captain, aber wenn wir einen Transponder in die *Keule* beamen ... Ein Klingone braucht das Gerät nur in der Hand zu halten, um zur *Enterprise* transferiert zu werden.«

Kirk lachte. »Vorausgesetzt, jemand im klingonischen Schiff *möchte* sich von uns retten lassen. In dem Fall wäre alles viel einfacher.« Ihm fiel etwas ein. »Spock ... Wenn jemand den Transponder wie von Ihnen vorgeschlagen in der Hand hält und dabei einen anderen Mann berührt — könnten *beide* hierhergebeamt werden?«

Der Vulkanier dachte nach. »Ich glaube schon. Die Wahrscheinlichkeit beträgt etwa neunundneunzig Komma drei Prozent, doch das ist nur eine grobe Schätzung ...«

»Schon gut, Spock. Sieben Fehlschläge, denen neunhundertdreiundneunzig Erfolge gegenüberstehen — das genügt mir. Sorgen Sie dafür, daß einer der neuen Transponder für den Transfer vorbereitet wird. Sicherheitsabteilung, schicken Sie eine Einsatzgruppe zum Transporterraum. Ich erwarte die Leute dort.« Kirk stand auf. »Mr. Spock, Sie haben das Kommando.« Er ging zum Turbolift und fühlte sich mit jedem Schritt jünger.

Kirk nickte dem Techniker am Kontrollpult zu. »Energie.« Die Konturen des Transporterraums und der nahen Sicherheitswächter verflüchtigten sich. Einen subjektiven Sekundenbruchteil später erschienen die Uniformierten wieder, doch sie standen nun in einer ganz anderen Umgebung.

Jim sah die kleine, finstere Brücke eines klingonischen Kriegsschiffs, zu dunkel und heiß für Menschen. Schreie erklangen, das protestierende Knirschen von berstendem Metall. Kirk und die Sicherheitswächter traten sofort hinter den Kommandosessel; dort saß eine breitschultrige, kräftig gebaute Gestalt: Klanth.

Durch die Ankunft der Föderationsrepräsentanten gab es im Kontrollraum der *Keule* noch weniger Platz, doch die Klingonen begriffen nicht sofort, um wen es sich bei den Neuankömmlingen handelte — sie waren viel zu sehr darauf konzentriert, das Schiff vor der Vernichtung zu bewahren. Ein Klingone betrachtete das Display eines kleinen tragbaren Computers und stieß Kirk ungeduldig zur Seite, als er an ihm vorbeistapfte.

Die Gruppe von der *Enterprise* teilte sich, verharrte dann rechts und links neben dem Befehlsstand. Genau in diesem Augenblick hob einer der Klingonen vor Klanth den Kopf und blinzelte verwirrt, als er die Fremden sah. Es dauerte einige Sekunden, bis ihm klar wurde, was ihm die Augen zeigten, und daraufhin rief er eine Warnung. Klanth drehte sich um, starrte Kirk an und sprang auf.

Die Sicherheitswächter reagierten sofort, umringten den klingonischen Kommandanten und packten ihn an den Armen. Sie hielten sich gegenseitig und auch Kirk fest, bildeten eine Kette, einen undurchdringlichen Kreis mit Klanth in der Mitte. Jim klappte seinen Kommunikator auf — das Gerät war mit dem Transponder am Gürtel verbunden — und stellte eine Verbindung zur *Enterprise* her. »Transporterraum! Leiten Sie den Transfer ein. Sofort!«

Spock saß in Kirks Kommandosessel und hörte die Stimme des Captains, untermalt vom Tosen des energetischen Sturms. Auf dem Wandschirm schlingerte das klingonische Kriegsschiff in schillernden Wogen. Der Vulkanier erwartete die Meldung, daß Kirk, die Sicherheitsgruppe und der klingonische Kommandant an Bord eingetroffen waren.

Es schien ziemlich viel Zeit zu verstreichen, obwohl in Wirklichkeit nur wenige Sekunden vergingen. Wenn es irgendwelche Probleme gab, so versuchten die Transportertechniker sicher alles, um sie zu lösen. Der rationale Teil von Spock hielt es für besser, sie nicht bei ihrer Arbeit zu stören, doch ein anderer Selbstaspekt wollte sie zur Eile drängen oder gar die Brücke verlassen, um den Transporterraum aufzusuchen und dort nach dem Rechten zu sehen. Das hatte natürlich keinen Sinn. Ob Kirk die Rückkehr gelang oder er an Bord der *Keule* von den Klingonen überwältigt wurde: Es geschah, bevor Spock die Transferkammer erreichen konnte. Deshalb blieb er sitzen, äußerlich ruhig und entspannt. Aber hinter der Fassade aus nur scheinbarer Gelassenheit rang die menschliche Ichhälfte mit der vulkanischen.

Und dann verschwand der klingonische Kreuzer.

Hinter Spock gab jemand einen kurzen, erstickten Schrei von sich — Uhura. Er drehte sich um und sah, daß die dunkelhäutige Frau halb über ihrer Konsole lag.

Der Vulkanier betätigte eine Taste. »Brücke an Krankenstation. Wir benötigen medizinische Hilfe — dringend.« Und nach einer kurzen Pause. »Was zeigen die Sensoren?«

»N-nichts, Sir.«

»Danke für die unverzügliche Antwort, Mr. Hilg.« Mit ruhiger Objektivität nahm Spock zur Kenntnis, auf welche Weise der junge Ktorraner seine Pflicht erfüllte. Dies war Hilgs erster Einsatz — eine Feuertaufe.

Der Vulkanier bemerkte das Blinken einer Kontrolllampe in der Armlehne des Kommandosessels und drückte eine weitere Taste. »Hier Spock.«

»Transporterraum.« Die Stimme klang erregt. »Wir haben das Transpondersignal verloren! Es ist unmöglich, den Transferfokus auf Captain Kirk und seine Begleiter zu richten.«

»Was mich kaum überrascht«, kommentierte Spock. »Sie sind nicht mehr da.«

»Der Sturm!« rief Ginny Crandall von der Waffenstation.

Spocks Blick glitt zum Wandschirm, und dort sah er, daß sich der Sturm ausdehnte. *Wie eine lebende Entität,* dachte er. »Volle Energie in die Schilde!« ordnete er an.

»Das Phänomen hält direkt auf uns zu, Sir«, berichtete Hilg.

»Navigation!« sagte Spock scharf. »Ausweichmanöver. Maximaler Warpfaktor.«

Seine Anweisung kam zu spät. Das Wabern des Sturms umhüllte die *Enterprise,* bevor der Steuermann de Broek das Schiff auf einen neuen Kurs bringen und beschleunigen konnte.

Irisierende Farben verbannten die Sterne vom Wandschirm; das Licht der Brückenlampen flackerte und trübte sich. Der seltsame Glanz des magnetisch-ionischen Sturms kroch in den Kontrollraum, tauchte alles in mattes, geisterhaftes Glühen. Starke Vibrationen erfaßten das Schiff. Spock bebte am ganzen Leib, und seine Zähne klapperten. Er preßte die Lippen zusammen und hielt sich am Kommandosessel fest. »Kommunikation ...«, brachte er hervor. »Geben Sie Starbase Siebzehn Bescheid. Koordinaten und Statusbericht.«

»Unsere Schilde verlieren Energie, Sir!« meldete Crandall. »Erste Strukturlücken entstehen in ihnen!«

»Navigation, Ausweichmanöver«, wiederholte Spock. »Maximaler Warpfaktor.«

»Die Kontrollen reagieren nicht, Sir«, erwiderte de Broek. »Wir sind manövrierunfähig.«

Plötzlich bekam ›unten‹ eine neue Bedeutung, als sich das künstliche Schwerkraftfeld an Bord verlagerte. Einige Brückenoffiziere fielen seitlich aus den Sitzen, und Spocks Hände schlossen sich noch fester um die Armlehnen. Mit dem Ellenbogen betätigte er einen Kippschalter. »Maschinenraum!«

»Hier Maschinenraum, Sir!« ertönte eine Stimme, die Spock nicht kannte. »Galaym spricht.«

»Wo ist Mr. Scott?«

»Er wurde verletzt, Sir. Die Erschütterungen und Gravitationsveränderungen haben uns hin und her geschleudert.« Im Hintergrund krachte es. »Etwas überlastet die Bordsysteme. Wir ...« Die Stimme verklang.

»Mr. Galaym? Mr. Galaym!« Spock drückte Tasten, doch es gelang ihm nicht, einen neuen Interkom-Kanal zum Maschinenraum zu öffnen.

Das Licht der Brückenlampen trübte sich noch mehr. »Die Lebenserhaltungssysteme fallen aus, Sir«, sagte jemand. Der Vulkanier achtete nicht darauf und ignorierte auch das schmerzerfüllte Stöhnen einiger Brückenoffiziere. Seine Aufmerksamkeit galt in erster Linie dem Schiff: dem verhaltenen Donnern von Vibrationen, einem dumpfen Knacken und Knistern in der Außenhülle. Er horchte so, wie Kirk gelauscht hätte. Die *Enterprise*, Jim Kirks Schiff, starb.

Und dann kehrte alles zu dem normalen Zustand zurück. Von einer Sekunde zur anderen existierte der Sturm nicht mehr, und der Wandschirm präsentierte das ruhige, gleichmäßige Leuchten zahlloser Sterne.

Zunächst konzentrierte Spock seine vulkanischen Sinne auf die abrupte Stille, auf das Fehlen von unheilverkündenden Geräuschen aus dem Leib der *Enterprise*. Kurz darauf drangen Dutzende von Stimmen gleichzeitig aus den Kom-Lautsprechern: Besatzungsmitglieder, die Schäden meldeten oder Hilfe anforderten. Spock beugte sich vor und sah zum großen Projektionsfeld. Doch ganz gleich, wie sehr er starrte: Nicht nur der Sturm war verschwunden, sondern auch die *Keule*. Und mit ihr James Kirk.

KAPITEL 2

Ein gespenstischer grünblauer Glanz umgab den Apparat.

»Nein«, sagte Elliot. »Tut mir leid. Das gleiche Ergebnis. Ein energetisches Leck. Wir verschwenden nur Energie. Ganz offensichtlich hat es keinen Sinn.« Seine Hand tastete nach dem Aus-Schalter.

»Bitte nicht, Sir!« entfuhr es einer jungen Frau. Sie stand auf der anderen Seite der Vorrichtung. »Ich glaube, diesmal bin ich nahe dran! Geben Sie mir noch einige Stunden, Sir. Oder wenigstens ein paar Minuten. Bitte!«

Elliot zögerte, die Finger über dem Schalter. Schließlich traf er eine Entscheidung. »Es war eine gute Idee, Brashoff. Und das ist sie noch immer. Aber ich halte noch ein ganzes Stück mehr theoretische Arbeit für angebracht.« Er betätigte den Schalter, und das Glühen der entweichenden Energie verblaßte. Ein leises Summen wechselte die Frequenz, und nach einigen Sekunden konnte es auch Brashoff hören — Elliot hatte es die ganze Zeit über vernommen. Es wurde dumpfer und wich Stille.

»Großartig«, murmelte Brashoff. »Wenn Sie mir nicht erlauben, die Anlage zu modifizieren, werde ich früher oder später versetzt. Und dann habe ich nicht einmal mehr Gelegenheit, die Theorie weiterzuentwickeln.«

Elliots Züge verhärteten sich. »Ich habe bereits betont, daß es mir leid tut, und nicht einmal dazu bin ich verpflichtet. Seien Sie froh, daß Sie überhaupt die Möglichkeit hatten, sich so lange mit Ihrer Lieblingsidee zu befassen.«

Brashoff errötete. »Entschuldigung, Sir. Ich erledige jetzt den Papierkram, um diese Sache zu beenden.« Sie grüßte und verließ das Zimmer mit hoch erhobenem Kopf. Elliot sah ihr nach und runzelte die Stirn. Brachte Brashoffs Gebaren Ärger auf ihn oder Verlegenheit über ihre eigene Reaktion zum Ausdruck?

»Ts, ts«, ließ sich die alte Admiral Kim vernehmen. Sie saß einige Meter entfernt. »Die Jugend von heute. Will immer alles.«

Elliot lachte — Kim hatte die Fähigkeit, ihn selbst mit völlig harmlosen Bemerkungen zum Lachen zu bringen. »Es war *wirklich* eine gute Idee«, sagte er.

»Ja.« Kim nickte. »Und wenn sie erfolgreich gewesen wäre, hätten wir eine nützliche Waffe gegen die Klingonen bekommen. Wie dem auch sei: Habe ich eine Ermutigung in Ihren Worten gehört? Wenn die junge Frau ihre Theorie weiterentwickelt hat ...«

Elliot schüttelte den Kopf. Er vergewisserte sich, daß Brashoff das Zimmer tatsächlich verlassen hatte und nicht mehr in Hörweite war, bevor er leise erwiderte: »Ich wollte sie nur nicht zu sehr *ent*mutigen. Brashoff ist sehr vielversprechend. Aber ihre bisherige Arbeit führte zu nichts; sie geriet damit in eine Sackgasse. Ich helfe ihrer Karriere, indem ich sie zwinge, sich mit anderen Dingen zu beschäftigen. Ihre Idee basiert einzig und allein auf Hirngespinsten.«

Admiral Kim seufzte. »Schade. Eine *interessante* Idee ... Aber natürlich kommt es in erster Linie auf Ihr Urteil an. Das ist nicht nur meine Ansicht, sondern die der ganzen wissenschaftlichen Abteilung.«

Elliot wirkte verlegen. »Ich fürchte, man setzt zu großes Vertrauen in mich.«

»Unsinn!« schnaufte Kim und wechselte das Thema, um ihm noch mehr Verlegenheit zu ersparen. »Sollten Sie jetzt nicht aufbrechen? Oder haben Sie es sich anders überlegt? Wenn Sie mir keine Wahl lassen, *befehle* ich Ihnen, Urlaub zu nehmen!«

Elliot schmunzelte. »Nun, in dem Fall mache ich mich jetzt gleich auf den Weg.«

»Und Ihr Ziel?«

»Luisa möchte nach England.« Elliot zuckte hilflos mit den Schultern.

»England? Schon wieder? Ihre Frau scheint von dem Loch regelrecht besessen zu sein.«

»Allerdings! Seit der Katastrophe verabscheue ich den Ort. Ich war natürlich nicht zugegen, und jetzt liegt mir kaum etwas an einer Rückkehr. Alles hat sich ... verändert.«

Kim nickte verständnisvoll. »Ich kann mir vorstellen, wie Sie sich fühlen. Sind Sie nicht in der Lage, Luisa umzustimmen?«

»Das ist völlig unmöglich. England fasziniert sie sehr — insbesondere Devon. Man könnte glauben, sie sei dort geboren. Aber sie wuchs ganz woanders auf, und ich war der erste Engländer, den sie kennenlernte.« Elliot zögerte nachdenklich. »Angeblich liegt meine Vergangenheit im Loch begraben, und Luisa möchte sie dort finden.«

»Klingt unheimlich.«

Elliot lächelte erneut. »Außerdem sind damit erhebliche Kosten verbunden.«

»Vergessen Sie nicht Ihre Medizin.«

»Nein, Mutter.« Damit entlockte er Kim ein Lachen, was recht selten geschah.

Zufrieden verließ er den Raum. Vielleicht verdiente er den Urlaub — für seinen Erfolg mit Brashoff.

»Ich habe schon mehrmals betont, daß wir zur Starbase Siebzehn fliegen, Doktor«, sagte Spock. »Wir erreichen sie in weniger als zwanzig Stunden. Um ganz genau zu sein ...«

»Bitte *verzichten* Sie darauf, ganz genau zu sein,

Spock!« unterbrach McCoy den Vulkanier. »Die dritte Stelle hinterm Komma interessiert mich nicht. Statt dessen möchte ich wissen: Warum dauert es so lange, obgleich jemand anders noch *vor* dem Sturm meinte, wir seien nur *sechzehn* Stunden von der Starbase entfernt?«

»Der Grund lautet: Ich habe Warpfaktor zwei angeordnet, Doktor. Um zu große Belastungen für die Bordsysteme und Schiffsstruktur zu vermeiden.«

»Spock ...!« McCoy ruderte mir den Armen, wandte sich vom Ersten Offizier ab und atmete mehrmals tief durch. »Spock«, begann er erneut und sprach jetzt etwas ruhiger, »aufgrund der Mission beim Außenposten fehlen mir Leute und Material. Während des Sturms wurden eine Krankenschwester und ein Arzt so schwer verletzt, daß der Heilungsprozeß ein künstliches Koma erfordert. Damit noch nicht genug: Hier in der Krankenstation werden zwei Dutzend weitere Patienten behandelt, und einigen von ihnen geht es ziemlich schlecht. Ich brauche zusätzliches Pflegepersonal. Und ich brauche zusätzliche Ausrüstungen: Arzneien und so weiter. Einige Besatzungsmitglieder mit leichten Verletzungen haben wir inzwischen zusammengeflickt und in ihre Quartiere geschickt, weil es uns hier so sehr an Platz mangelt. In zwei Fällen blieb den entsprechenden Personen nichts anderes übrig, als wieder den Dienst anzutreten — weil Sie darauf bestanden«, fügte der Arzt bitter hinzu. »Trotzdem: In meiner Abteilung gibt es noch immer fast dreißig Patienten, deren Zustand mehr oder weniger kritisch ist. Ohne die notwendigen Geräte und Medikamente — und die gibt es in Starbase Siebzehn — kann ich ihr Überleben nicht garantieren.«

»Ich verstehe Ihre Situation durchaus, Doktor«, erwiderte der Vulkanier. Er wußte um den emotionalen Dämon, der in Leonard McCoy lauerte, und Spock wünschte sich, den richtigen Tonfall und die richtigen Worte wählen zu können, um dem Arzt bei seiner schwierigen Aufgabe zu helfen. Doch diese Fähigkeit fehlte ihm leider. Dafür war Empathie nötig, Einblick in die emotionalen Erfahrungen anderer Personen. In diesem Zusammenhang hatte James Kirk mehrmals außerordentliches Geschick bewiesen — eine der Eigenschaften, die ihn zu einem ausgezeichneten Captain machten. Einmal mehr bedauerte Spock, daß es ihm an solchen Talenten mangelte.

»Ich muß einen Kompromiß schließen zwischen den Interessen der einzelnen Abteilungen und der Sicherheit des Schiffes«, fuhr der Erste Offizier fort. Da es keinen Sinn hatte, an die Gefühle des Arztes zu appellieren ... Vielleicht konnte er McCoys Unterstützung gewinnen, indem er kostbare Zeit darauf verwendete, ihm in allen Details den Status der *Enterprise* zu schildern.

»Der Sturm blieb nicht ohne Folgen für unsere Lebenserhaltungssysteme und die Triebwerkskontrollen, Doktor. Wenn jene Anlagen versagen, droht nicht nur Ihren Patienten der Tod, sondern auch allen anderen Besatzungsmitgliedern. Ich darf auf keinen Fall eine noch größere Instabilität der Schiffsstruktur riskieren — leider stehen mir nicht genügend einsatzfähige Techniker für Reparaturen zur Verfügung, falls es zu weiteren Schäden kommt. Nach meinen Berechnungen bleiben wir mit Warp zwei unter der aktuellen Belastungsgrenze, woraus sich ein ausreichender Sicherheitsfaktor ergibt. Die gegenwärtige Geschwindigkeit ermöglicht es uns, zur Starbase zu gelangen, ohne daß eine zu große Wahrscheinlichkeit für den Tod wichtiger Crewmitglieder besteht. Auch in dieser Hinsicht existiert ein ausreichender Sicherheitsfaktor.«

»Mein Gott«, ächzte McCoy leise. »Ich habe mich die ganze Zeit über geirrt. Trotz meiner Scherze über Ihr grünes Blut und eine computerähnliche Denkweise wird mir erst *jetzt* klar, daß Sie völlig ohne Gefühl sind. Das Problem betrifft nicht die Farbe Ihres Bluts, sondern die Temperatur. Sie kaltblütiger, gefühlloser ...«

»Sie wissen genau, daß meine Bluttemperatur höher

ist als Ihre«, sagte Spock ruhig. »Ich erwarte stündliche Berichte über den Status Ihrer Patienten. Es genügen Zusammenfassungen; Sie brauchen dabei nicht auf Individuen einzugehen. Die einzige Ausnahme sind Todesfälle — dann muß ich Beileidsschreiben für die Familien verfassen.«

»Lieber Himmel, ich kann mir die Formulierung solcher Briefe gut vorstellen! Schon gut, Spock. Überlassen Sie es mir, trauernden Hinterbliebenen gegenüber Anteilnahme zum Ausdruck zu bringen. Jim ist verschwunden und Scott bewußtlos, was bedeutet: Derzeit bin ich das ranghöchste Geschöpf mit Gefühl an Bord.«

Spock gab keine Antwort und schritt zur Tür. Bevor er die Krankenstation verlassen konnte, rief ihm McCoy nach: »Jim hätte sich anders verhalten!«

Der Vulkanier zögerte und drehte sich noch einmal zu dem Arzt um. »Ganz im Gegenteil, Doktor. Der Captain hätte genau die gleichen Entscheidungen getroffen. Was auch immer die Grundlage dafür bildet, ob Logik, wie in meinem Fall, oder Intuition wie bei Kirk — am Ergebnis ändert sich nichts.« Er trat in den Korridor und gab McCoy dadurch keine Chance zu einem neuerlichen Kommentar. Der Vulkanier beschloß, während der nächsten Stunden die Kontakte zum Bordarzt auf ein Minimum zu beschränken, um nicht von seiner Emotionalität angesteckt zu werden.

Spock hielt es für unangebracht, McCoy auf folgendes hinzuweisen: Er hatte Starfleet Command um Erlaubnis gebeten, mit der *Enterprise* in der Nähe des Raumbereichs bleiben zu dürfen, in dem die *Keule* verschwunden war — um die Suche nach James Kirk fortzusetzen. Ganz deutlich erinnerte er sich an eine ähnliche Suche vor einigen Jahren, als der Captain fast an der gleichen Stelle in eine andere Dimension geriet. Starfleet Command lehnte Spocks Anliegen mit den Argumenten ab, die der Vulkanier dem Bordarzt vorgetragen hatte, und die Antwort endete mit einem unmißverständlichen Befehl: Bringen Sie das Schiff zur Starbase Siebzehn und erstatten Sie dort Bericht.

Der Erste Offizier erreichte die Brücke und nahm im Kommandosessel Platz. »Mr. Sulu, geschätzte Zeit bis zum Ende unseres gegenwärtigen Warptransfers?«

Sulu hatte ein Déjà-vu-Erlebnis und zuckte zusammen. »Neunzehn Stunden und zehn Minuten, Mr. Spock.«

Dem Vulkanier fiel plötzlich etwas ein: Er war zur Krankenstation gegangen, um sich nach Uhuras Zustand zu erkundigen. Sie hatte geschrien, *bevor* der Sturm auch die *Enterprise* erfaßte — aus welchem Grund? Doch während der unangenehmen Konfrontation mit dem Arzt rückte diese Frage in den Hintergrund. Es beunruhigte Spock, daß McCoy eine derartige Wirkung auf ihn entfaltete; er empfand es als entwürdigend.

Einige Sekunden später wurde ihm bewußt, erneut abgelenkt gewesen zu sein, und ein Hauch von Ärger regte sich in ihm. Gespräche mit Leonard McCoy verstärkten die menschliche Hälfte seines Wesens und schwächten die vulkanische. »Bitte wiederholen Sie das, Crandall.«

»Sir, wie ich hörte, ist Captain Kirk schon einmal an jenem Ort verschwunden.«

Spock musterte die junge Frau. Ihm fehlten James Kirks Empathie und Mitgefühl, aber er konnte die Körpersprache interpretieren und Gefühle aufgrund von subtilen Veränderungen im Tonfall erkennen. In Crandalls Stimme nahm er nun eine Feindseligkeit wahr, die auch einige der übrigen Brückenoffiziere teilten. Das menschliche Verhalten erstaunte Spock immer wieder: Im Gegensatz zu den Vulkaniern beschritten die Terraner nach wie vor einen Pfad, der es ihren Gefühlen gestattete, über die Logik zu triumphieren. »Ich erinnere mich an den Zwischenfall, Crandall. Möchten Sie mir eine Frage stellen, die sich darauf bezieht?«

»Ja, Sir.« In der Stimme der jungen Frau hielten sich Nervosität und Mut die Waage. »Damals haben Sie den entsprechenden Raumsektor nicht verlassen. Sie warteten dort, bis Captain Kirk erschien, um ihn dann zu retten!«

Crandall brauchte dieser Bemerkung nichts hinzuzufügen. Die unausgesprochenen Worte klebten auf den Lippen aller Anwesenden: *Warum versuchen Sie diesmal nicht, James Kirk zurückzuholen?*

»Ich habe nicht nur ›gewartet‹«, antwortete Spock sanft. »Ich konnte vielmehr berechnen, wann eine neue Verbindung zwischen den beiden Dimensionen entstand, und dadurch bekam der Rettungsversuch eine hohe Erfolgswahrscheinlichkeit. Diesmal ist die Situation anders. Darüber hinaus reagieren die Tholianer seit damals sehr empfindlich auf alles, das sie als Verletzung ihrer Souveränität erachten. Deshalb meiden Föderationsschiffe den Raumbereich, den die Tholianer für ihr Hoheitsgebiet halten. Es gibt also kaum etwas dagegen einzuwenden, daß wir von Starfleet Command die Anweisung erhalten haben, zur nächsten Starbase zu fliegen.«

»Aber Sie hätten darauf bestehen können, zu bleiben und nach dem Captain zu suchen, Mr. Spock!«

Ginny Crandall war viel zu emotional; sie schien die Stimme der Vernunft überhaupt nicht hören zu *wollen.* »Eine solche Entscheidung meinerseits wäre alles andere als sinnvoll gewesen«, erwiderte der Vulkanier. »Die Tholianer sind nicht zu unterschätzende Gegner. Uns ist noch immer unbekannt, wie sie das energetische Netz schufen, mit dem die *Enterprise* eingefangen wurde. Eins unserer Schiffe — die *Defiant* — verschwand auf eine ähnliche Weise wie der klingonische Kreuzer *Keule.* Was nützt es, uns ebenfalls der Vernichtung preiszugeben? Hunderte von Personen würden sterben, und ihr Tod bliebe ohne Einfluß auf das Schicksal von Captain Kirk und der ihn begleitenden Sicherheitswächter.«

Daraufhin schwiegen die Brückenoffiziere und kamen nicht noch einmal auf dieses Thema zurück. Doch während der nächsten langen Stunden herrschte eine gedrückte Stimmung im Kontrollraum, als die *Enterprise* zur Starbase Siebzehn zurückkehrte.

KAPITEL 3

Eine Zeitlang träumte James Kirk, noch immer in einen Kampf verwickelt zu sein.

Er sah, wie sich Klanth gegen die lebende Mauer aus Starfleet-Sicherheitswächtern warf und sie fast durchbrach. Dann wurden der Captain, seine Gefährten, Klanth und mehrere Klingonen durch die Brücke geschleudert. Es krachte und donnerte in der *Keule,* und Kirk gelang es irgendwie, sich am Kommandosessel festzuhalten. Körper flogen an ihm vorbei; Klingonen knurrten, und Menschen schrien. Für mehrere Sekunden herrschte Schwerelosigkeit, und Jim verlor den Halt. Kurz darauf zerrte Gravitation an ihm — er stürzte zu Boden und rutschte, als befände sich ›unten‹ plötzlich irgendwo neben ihm.

Übelkeit quoll in Kirk empor, und sie ging nicht nur auf ein sich immer wieder verlagerndes Schwerkraftfeld zurück. Um ihn herum schien sich das Schiff zu dehnen und zu strecken, und die Übelkeit erfaßte den ganzen Leib des Captains, prickelte in Fingern und Zehen, in Kopf, Armen und Beinen. Und sie *verdichtete* sich, wie etwas, das Substanz gewann und zunehmenden Druck ausübte. Sie beanspruchte die ganze Aufmerksamkeit — Jim konnte an nichts anderes mehr denken. Die letzte Kraft wich aus ihm, und seine Finger lösten sich vom Geländer. Eine neue Erschütterung warf ihn durch den halbdunklen Raum, schmetterte ihn an eine geborstene Konsole. Kirk spürte den Aufprall nicht: Er hatte bereits das Bewußtsein verloren.

Er erwachte langsam.

Stille umgab Jim, und die Übelkeit war aus ihm verschwunden. Er lag auf dem Rücken, hob vorsichtig die Lider. Licht flutete ihm entgegen, so hell, daß er die Augen sofort wieder schloß. Stimmen murmelten.

Kirk versuchte, sich aufzusetzen, aber behutsame Hände drückten ihn zurück. Er fühlte sich viel zu schwach, um ihnen Widerstand zu leisten, sank auf ein angenehm weiches Polster.

»So ist es besser, James Kirk.« Eine Frau. Und sie sprach in einem ruhigen, besänftigenden Tonfall. »Sie brauchen noch viel Ruhe, um sich zu erholen.«

Jim hörte einen Akzent, der ihm zunächst seltsam erschien. Doch dann erkannte er ihn und identifizierte die Frau als — Klingonin!

Er öffnete die Augen zum zweiten Mal, und sofort füllten sie sich mit Tränen. Seine Wahrnehmung beschränkte sich auf vage Schemen. Er stieß die Hände beiseite, und sie wichen zurück, gaben Kirk die Möglichkeit, sich in die Höhe zu stemmen. Die Bewegung verursachte einen Schwindelanfall. Kirk würgte, und seine Finger schlossen sich krampfhaft fest um ein Laken.

»Ihr Verhalten ist alles andere als klug, Captain Kirk«, erklang die gleiche klingonische Stimme, die er zuvor gehört hatte.

Allmählich gewöhnten sich Jims Augen ans Licht. Er kniff sie zu, preßte die Tränen fort, hob die Lider einmal mehr — und sah seine Befürchtungen bestätigt. Klingonen umgaben ihn.

Also hatte Klanth gewonnen. Kirk ahnte, was geschehen sein mußte. Vermutlich hatten einige der Sicherheitswächter auf die gleiche Weise das Bewußtsein verloren wie er selbst, und daraufhin gelang es den Klingonen, die anderen zu überwältigen. Anschließend entkam die *Keule* sowohl dem Sturm als auch der *Enterprise.* Jim preßte die Lippen zusammen — trotz seiner

Schwäche hielt er an der Entschlossenheit fest, sich so gut wie möglich zur Wehr zu setzen.

Die erneut in ihm erwachte Übelkeit ließ allmählich nach. Er sah zu den Klingonen: Sie beobachteten ihn nur, und in ihrem Verhalten zeigte sich keine Feindseligkeit. Ganz im Gegenteil — sie wirkten irgendwie nervös. Kirk saß auf einem Bett und trug eine Art knöchellangen weißen Kittel. Er schwang die Beine über den Rand der Liege und bemerkte nahe Apparaturen, die ihn an bestimmte Geräte in Leonard McCoys Krankenstation erinnerten. Sofort wußte er, was es damit auf sich hatte. *Man hat mir Drogen verabreicht und mich verhört.* »Was ...« Die eigene Stimme klang fremd, war kaum mehr als ein Krächzen. Jim räusperte sich. »Was geht hier vor? Sie haben kein Recht, mich gefangenzuhalten. Wo sind meine Leute?«

»Sie sind kein Gefangener, Captain, sondern unser Gast«, erwiderte die Klingonin.

Kirk schnaubte abfällig und stand auf. Er taumelte und wäre sicher gefallen, wenn ihn nicht ein Klingone gestützt hätte. Jim versuchte vergeblich, sich aus dem Griff des Mannes zu befreien. Eine zweite Hand schloß sich um den anderen Arm des Captains. Klingonen waren kräftiger als Menschen, und angesichts seiner derzeitigen Schwäche hatte Kirk nicht die geringste Chance.

»Hören Sie auf damit, bevor Sie sich verletzen!« Eine feste, scharfe Stimme, daran gewöhnt, Befehle zu erteilen. Sie gehörte einem älteren Mann, der nun vortrat.

Jim verharrte erschöpft und wartete, starrte den Neuankömmling an: ebenfalls ein Klingone, hochgewachsen, die Haut bronzefarben, das Gesicht finster, ein Spitzbart am Kinn.

»Ich heiße Morith und leite diese Basis«, stellte sich der Mann vor. »Als ich hörte, daß Sie das Bewußtsein wiedererlangt haben, bin ich sofort hierhergekommen. Bitte entschuldigen Sie, daß ich erst jetzt eintreffe. Kehren Sie ins Bett zurück. Ihre Rekonvaleszenzphase ist keineswegs beendet.«

Kirk setzte sich unsicher. »Ich weiß nicht, worauf Sie aus sind, Morith, aber ich verlange, daß Sie mich und meine Leute sofort freilassen. Ich habe versucht, Klanth zu retten, als ich in Gefangenschaft geriet. Aggressionen irgendeiner Art lagen uns fern.«

»Sie sind kein Gefangener«, entgegnete Morith sanft, und Kirk hörte so etwas wie Kummer in seiner Stimme.

»Oh, natürlich nicht«, sagte er ironisch. »Ich bin Ihr Gast.«

»Ein *Ehren*gast. Sehen Sie sich um, Captain. Halten Sie das hier für eine Arrestzelle?«

Einen derartigen Eindruck erweckte der Raum tatsächlich nicht. Das Zimmer war groß und komfortabel eingerichtet. Hier und dort standen andere Betten — leer. Zwischen den einzelnen Liegen gab es viel Platz, und an ihrem Kopfende befanden sich Diagnose-Schirme. *Eine Krankenstation,* dachte Kirk. *Und zwar eine ziemlich großzügig angelegte.*

Dieser Ort hatte nicht die geringste Ähnlichkeit mit dem engen, dunklen Innern eines imperialen Kreuzers. Jim empfand das Licht noch immer als ein wenig zu hell — für Klingonen mußte es eigentlich unerträglich sein.

Insgesamt sieben von ihnen umringten Kirks Bett: drei Männer, drei Frauen, und Morith, der direkt vor dem Captain stand, etwas abseits von den anderen. Im großen und ganzen boten sie ein vertrautes Erscheinungsbild: dunkelbraune Haut, schwarzes Haar, schwarze Augen, stark vorgewölbte Brauenhöcker, hohe Wangenknochen, markante Züge, kräftige Statur. Doch als Jim genauer hinsah, bemerkte er etwas, an das er nicht gewöhnt war.

Die ihm bekannten Klingonen hatten alle drohend gewirkt, aber bei diesen Gestalten fehlte eine unheilvolle Aura. Ganz offensichtlich gaben sie sich alle Mühe, freundlich zu sein, und ihr bisheriges Gebaren legte dabei sogar Aufrichtigkeit nahe. In diesen klingonischen Gesichtern suchte Kirk vergeblich nach Haß.

Und dann die Kleidung ... Sie lieferte den deutlichsten Hinweis und unterschied sich völlig von den Uniformen, die Klingonen normalerweise trugen. Außerdem gab es individuelle Variationen in Hinsicht auf Farbe und Schnitt. Der Captain sah sowohl Togen als auch weite Umhänge, in einem Fall sogar eine Kombination aus Hemd und kurzer Hose. Das farbliche Spektrum reichte von scharlachroten Tönen bis hin zu schlichtem Weiß. Eine Toga wies bunte diagonale Streifen auf. Diese Abweichung von der Norm verblüffte Kirk und kam fast einem Schock gleich.

»Nun, Captain?« Morith trug einen einfachen beigefarbenen Umhang, dem griechischen Stil nachempfunden. In den unbedeckten Armen, Schultern und Beinen zeichneten sich dicke Muskelstränge ab.

»Ihr Englisch ist ausgezeichnet.«

Morith lächelte — ein seltsamer Anblick. Kirk hatte Klingonen gesehen, die grimmig oder voller Stolz lächelten, aber in Moriths Gesicht manifestierte sich nun ein entspanntes Schmunzeln, wie er es von Menschen her kannte. Dadurch verwandelte sich die düstere klingonische Miene, gewann Wärme und Herzlichkeit. Dieses Lächeln überzeugte Jim davon, daß er tatsächlich kein Gefangener war.

»Gut«, sagte Morith. »Anscheinend sind Sie jetzt wenigstens bereit, mir zuzuhören. Ich muß Ihnen etwas mitteilen, das sowohl erstaunlich als auch beunruhigend ist. Mehr als nur beunruhigend, um ganz ehrlich zu sein. Und vielleicht habe ich bald noch weitere Nachrichten für Sie — wenn Sie sich physisch und psychisch gut genug erholt haben, um alles zu verkraften.«

»Ich bin ganz Ohr.« Kirk war auch nicht an Klingonen gewöhnt, die um etwas herumredeten.

»Später. Zuerst brauchen Sie noch mehr Ruhe.« Morith winkte. Einer der anderen Klingonen trat vor und preßte ein Objekt an den Arm des Captains.

Jim bekam keine Gelegenheit, etwas dagegen zu unternehmen. Praktisch von einem Augenblick zum anderen floß die Kraft aus ihm heraus, und das Bett empfing seinen erschlaffenden Leib. Er spürte noch, wie ihm jemand die Beine aufs Polster legte, bevor er einschlief.

Als Kirk zum zweiten Mal erwachte, war er allein im Zimmer. Er fühlte sich herrlich frisch und energiegeladen. Als er aufstand, blieb der befürchtete Schwindelanfall aus.

Seine Uniform lag ordentlich zusammengefaltet auf einem nahen Stuhl. Jim streifte den Patientenkittel ab, zog Hose und Pulli an. Nur wenige Sekunden später kam Morith herein, und diesmal trug er einen hellblauen Umhang.

»Willkommen in der Wirklichkeit, Captain«, sagte der Klingone und lächelte. Er sah die stumme Frage auf Kirks Lippen und fügte hinzu: »Ja, ich bin jetzt bereit, Ihnen alles zu erklären. Inzwischen müßten Sie eigentlich in der Lage sein, mit einigen Überraschungen fertig zu werden — vorher waren Sie zu schwach.

Begleiten Sie mich bei einem Spaziergang?«

Sie verließen das Zimmer, schritten Seite an Seite durch einen Korridor. »Sie sind jetzt aus der Krankenstation entlassen«, sagte Morith. »Von Förmlichkeiten halten wir hier nicht viel. Die Bürokratie haben wir auf Klinzhai zurückgelassen.«

Kirk versteifte sich unwillkürlich, als er den Namen des klingonischen Heimatplaneten hörte, doch dann seufzte er lautlos und entspannte sich wieder. Er hatte ganz vergessen, wer ihm an diesem Ort Gesellschaft leistete: Morith und die anderen unterschieden sich so von den ihm bekannten Klingonen, daß er keine Gegner mehr in ihnen sah. Mit diesem Gedanken war er eingeschlafen, und während der Ruhephase wurde er zum mentalen Fundament einer neuen inneren Einstellung. Jetzt gelang es ihm nicht mehr, auch weiterhin mißtrauisch und argwöhnisch zu sein. Neben Jim ging kein imperialer Krieger, der die Föderation haßte, sondern ein anderer Mann, der ihm nicht nur sehr intelligent erschien, sondern auch sympathisch.

Eine Zeitlang schlenderten sie schweigend. Unterwegs begegneten sie anderen Klingonen, die ebenfalls zivile Kleidung trugen. Sie lächelten und grüßten auf englisch.

»Beherrschen viele Klingonen in dieser Basis meine Sprache?« fragte Kirk.

»Heutzutage sprechen fast alle Klingonen Englisch«, lautete die Antwort.

Jim musterte ihn verwundert, faßte sich jedoch in Geduld. Was auch immer Morith dem Captain mitteilen wollte — offenbar fiel es ihm schwer, die richtigen Worte dafür zu finden, und Kirk wollte ihn nicht unter Druck setzen.

Schließlich betraten sie ein Zimmer, in dem mehrere Tische und Synthetisierer standen — es hätte sich um den Aufenthaltsraum an Bord eines Starfleet-Schiffes handeln können. *Funktion bestimmt die Form,* dachte Kirk. Er nahm Platz, und Morith ging zu den Geräten an der Wand, kehrte kurz darauf mit zwei dampfenden Tassen zurück. Eine reichte er dem Captain. »Probieren Sie's. Bisher ist uns keine bessere Imitation gelungen.«

Jim trank einen vorsichtigen Schluck. Die Flüssigkeit roch und schmeckte einigermaßen wie Kaffee. »Nicht übel«, lobte er. »Nun, Sie haben die versprochenen Erklärungen lange genug hinausgezögert ...«

Morith nickte langsam. »Ja, das stimmt.« Stimme und Gesicht verrieten Nervosität. »Ich habe Ihnen gesagt, daß Sie kein Gefangener sind — was der Wahrheit entspricht. Allerdings dürfen Sie nicht damit rechnen, jemals Ihre Heimat wiederzusehen.«

Kirks Hand schloß sich fester um die Tasse, aber er blieb stumm.

»Wissen Sie, Captain ... Darf ich Sie Jim nennen?«

Kirk nickte ungeduldig.

»Wissen Sie, Jim ...«, begann Morith erneut. »Jener Sturm, dem die *Keule* fast zum Opfer gefallen wäre — er bestand nicht nur aus magnetisch-ionischen Entladungen. Es kam dabei auch zu temporalen Phänomenen. Der klingonische Kreuzer wurde nicht etwa zerstört, sondern mit allen Personen an Bord durch die Zeit geschleudert.« Er richtete einen ernsten Blick auf Kirk. »Sie befinden sich hundert Jahre in der Zukunft.«

KAPITEL 4

Kirk starrte Morith wortlos an. »Jim …«, sagte der Klingone langsam. »Ich kann mir vorstellen, daß es ein enormer Schock für Sie sein muß, alles zu verlieren, Ihr ganzes Universum.«

Wie wollen Sie sich so etwas vorstellen können? dachte der Captain. Es geschah nicht zum erstenmal, daß er durch die Zeit reiste. Er war schon einmal in einer anderen Epoche verschollen gewesen, aber sie gehörte zur Vergangenheit. Seltsamerweise schien jetzt alles viel schlimmer zu sein: Die Zukunft bot ihm keine vertraute Welt, und er mußte sich an den Gedanken gewöhnen, daß alle seine Freunde längst tot waren.

»Was ist mit meinen Leuten? Mit den Sicherheitswächtern, die mich zur *Keule* begleiteten?«

Morith schüttelte den Kopf. »Sie wurden zu schwer verletzt. Bestimmt erinnern Sie sich an die Heftigkeit des Sturms, oder?«

Kirk nickte. »Die Erschütterungen und Gravitationsverlagerungen schleuderten uns durch den Kontrollraum der *Keule.* Eine Zeitlang konnte ich mich irgendwo festhalten.«

»Was Ihren Männern vermutlich nicht gelang. Und das gilt auch für die Besatzung. Mehrere von der *Enterprise* stammende Sicherheitswächter und auch einige … Klingonen starben schon zu jenem Zeitpunkt. Erinnern Sie sich auch an die physischen Belastungen während des temporalen Transfers?«

»Extreme Übelkeit. Ein Druck, der den Körper zusammenpreßte.«

»Ja. Ein Druck, den nur jemand aushalten konnte, der noch kräftig genug war. Bei den Autopsien stellte sich folgendes heraus: Die überlebenden Sicherheitswächter fanden den Tod, als der Zeitsprung erfolgte.«

»Existiert der Kreuzer noch?« Kirk fragte nur, um Zeit zu gewinnen und sein inneres Gleichgewicht wiederzufinden.

Morith nickte. »Er ist kaum mehr als ein Wrack. Captain Klanth und einige Mitglieder der Crew überlebten. Was sie betrifft ...«

»Ich bin in der Zukunft«, sagte Kirk leise und mehr zu sich selbst. »Ich bin hundert Jahre in der Zukunft ...«

»Auch Sie erlitten ernste Verletzungen«, fuhr Morith hastig fort. »Aber dank unserer fortgeschrittenen Medizin konnten wir Sie heilen. Vielleicht fühlen Sie dann und wann Schwäche, doch die Ärzte meinen, das sei kein großes Problem. Unsere Medo-Experten vertreten die Ansicht ...«

»Ich verstehe nicht, was Sie sind und warum Sie sich so sehr von den mir bekannten Klingonen unterscheiden.« Eine Mischung aus Verzweiflung und Verwirrung vibrierte in Kirks Stimme. Er schien Moriths bisherige Erläuterungen einfach vergessen zu haben, wirkte nun wie ein Mann, dessen konzentrierte Aufmerksamkeit sich als Maske entpuppte, als eine mimische Fassade.

»Während der letzten hundert Jahre ist viel passiert, Jim«, erwiderte Morith und sprach betont ruhig. »Ich glaube, es gibt keine ereignisreichere Ära in der Geschichte von Imperium und Föderation. Aber das soll Ihnen jemand anders erklären.« Er stand auf.

Kirk hielt ihn am Arm fest. »Warten Sie! Wie verfährt man in diesem Jahrhundert mit Kriegsgefangenen?«

Morith seufzte. »Ich habe schon mehrmals darauf hingewiesen, daß Sie ein Gast sind, Jim. Ein Ehrengast. Allem Anschein nach ist es mir noch nicht gelungen, Sie zu überzeugen. Hat man Sie hier so behandelt wie einen Kriegsgefangenen in Ihrer Epoche?«

»In meiner Epoche ...«, murmelte Kirk. »Lieber Himmel, es wird mir sehr schwerfallen, mich an diese Ausdrucksweise zu gewöhnen. Nein, ich bin anders behandelt worden, wie ein ... Freund.«

»In der Tat!« Morith lächelte. »Das richtige Wort. Sie *sind* ein Freund, und ich will Ihnen auch den Grund dafür nennen. Sie haben sicher bemerkt, wie gut ich Ihre Sprache beherrsche, nicht wahr?« Offensichtlicher Stolz leuchtete in seinen Zügen.

Kirk schmunzelte unwillkürlich. »Und ob. Sie könnten es mit Spock aufnehmen.« Sofort fiel ein Schatten auf seine Miene: Er hatte Spock in der Vergangenheit zurückgelassen. Wie die *Enterprise* und alles, das er liebte und schätzte. »Ja, Ihre guten Englischkenntnisse sind mir aufgefallen.«

»Sie kommen nicht von ungefähr«, sagte Morith. »Die Föderation und das Imperium haben Frieden geschlossen. Klingonen arbeiten an Bord von Starfleet-Raumschiffen, und Ihre Wissenschaftler sind in unseren Laboratorien tätig. Die vor langer Zeit von den Organianern prophezeite Freundschaft zwischen unseren Völkern hat sich endlich in Realität verwandelt. Mein Englisch ist deshalb so gut, weil es sich dabei um die offizielle Sprache unseres wichtigsten Verbündeten handelt.«

Kirk schüttelte benommen den Kopf.

Morith lächelte erneut. »Sie haben sicher viele Fragen — typisch für einen Menschen. Vielleicht kann ich dafür sorgen, daß sie alle beantwortet werden. Doch vorher möchte ich ein Anliegen an Sie herantragen.

Sie sind ein lebendes Artefakt aus der turbulentesten Phase sowohl unserer Geschichte als auch der des interstellaren Völkerbunds namens Föderation der Vereinten Planeten. Zweifellos ist es ein schwerer Schlag für Sie, sich plötzlich in der Zukunft wiederzufinden, aber unsere Historiker können es gar nicht abwarten, Sie mit Fragen zu überschütten. Und ich hoffe, Sie sind bereit, wenigstens einige von ihnen zu beantworten. Wissen Sie, es steckt nicht nur Neugier dahinter, sondern auch eine weitaus bedeutsamere Angelegenheit, über die ich jedoch erst später mit Ihnen sprechen möchte.«

»Sie verstehen es gut, meine Neugier zu wecken. Warum legen Sie die Karten nicht sofort auf den Tisch?« Kirk hatte noch immer Mühe, einen klaren Gedanken zu fassen. *Alles Vertraute — für immer fort,* fuhr es ihm durch den Sinn. Die Föderation existierte offenbar noch, aber was war James T. Kirk ohne die *Enterprise* und seine Gefährten? *Wieviel von mir ist in der Vergangenheit geblieben, bei Spock, McCoy, Scotty und den anderen?*

»Die Ärzte sind zwar der Meinung, daß Sie sich gut erholt haben, aber wir sollten trotzdem vermeiden, Sie zu vielen psychischen Schocks auszusetzen«, sagte Morith. »Ich halte es für besser, Schritt für Schritt vorzugehen. Bevor wir Sie mit gewissen Fakten der Vergangenheit konfrontieren, müssen Sie mehr über Ihre jetzige Gegenwart erfahren.« Er winkte jemandem hinter Kirk zu.

Jim drehte sich um und sah eine der Klingoninnen, die beim ersten Erwachen an seinem Bett gestanden hatten. Sie kam jetzt näher.

»Das ist Kalrind«, stellte Morith die Frau vor. »Ich habe sie beauftragt, Ihnen alle notwendigen Informationen zu geben. Ich schätze, es dauert nur einige Tage, bis Sie Bescheid wissen. Länger *darf* es nicht dauern.« Er erhob sich. »Auf mich wartet viel Arbeit, Jim. Und sicher bietet Ihnen Kalrind angenehmere Gesellschaft als ich. In einigen Tagen sehen wir uns wieder.« Morith ging mit langen Schritten fort.

Kalrind setzte sich an den Tisch und musterte den Mann ihr gegenüber. »Das ist also der berühmte Captain James T. Kirk. Für die klingonische Jugend sind Sie ein Idol.«

»Eine solche Vorstellung fällt mir nicht leicht«, erwiderte Jim. Es geschah nur selten, daß er mit Verlegenheit auf die unverhohlene Bewunderung im Gesicht einer jungen Frau reagierte, aber dies war eine *klingonische* Frau. Ein klingonischer Mann hätte sie sicher für sehr attraktiv gehalten, und als sich Kirk einen entsprechenden Blickwinkel zu eigen machte, gelang es ihm sogar, ihre Attraktivität zu erkennen. Gleichzeitig bewahrte er sich die menschliche Perspektive und beobachtete: buschige Brauen, grobe Züge, Kraft und die Aura von Gefahr. »Vielleicht ist Ihnen nicht ganz klar, wie sehr Sie sich von den Klingonen in meiner Zeit unterscheiden.«

»Dessen bin ich mir durchaus bewußt, Captain. Ich weiß es aus drei Quellen. Erstens: unsere eigenen historischen Aufzeichnungen. Zweitens: Es gibt nach wie vor *alte* Klingonen im Imperium. Und drittens: die Überlebenden der *Keule,* Klanth und einige Besatzungsmitglieder.«

»Ah, ja. Klanth.« Sonderbar: Klanth und seine Leute waren hier die einzigen anderen Wesen aus Jims Zeit — vielleicht konnten nur sie voll und ganz verstehen, wie Kirk dachte und was er von Dingen wie Politik hielt.

»Captain ...«

»Bitte nennen Sie mich Jim.«

Kalrind lächelte erfreut, und daraufhin zeigte sich in ihrem Gesicht die gleiche warme Herzlichkeit wie zuvor bei Morith. Wenn Kirk ein derartiges Lächeln sah, hatte er das Gefühl, es nicht mehr mit Klingonen zu tun zu haben. Bei Kalrind kam noch etwas anderes hinzu: Das Lächeln ließ ihre Züge nicht nur freundlich erscheinen, sondern verlieh ihnen menschliche Schönheit.

»Jim. Es klingt gut. Die terranischen Namen gefielen mir immer besser als unsere eigenen. Nun, wie ich eben sagen wollte: Die Veränderung in uns selbst ermöglichte das *Roj tIn,* den Großen Frieden. Einige unserer Historiker haben behauptet, der Wandel in unserem Wesen sei von den Organianern hervorgerufen worden. Angeblich wollten sie nicht länger darauf warten, daß sich ihre Prophezeiung erfüllte, und deshalb beschlossen sie, ein wenig nachzuhelfen. Allerdings sind sie nie bereit gewesen, diese Vermutung zu bestätigen, und somit fehlt ein Beweis. Wie dem auch sei: Nach dem tholianischen Zwischenfall wurden wir das, was wir heute sind: *menschliche* Klingonen.«

»Ihre Vorfahren hätten Sie als verweichlicht und verachtenswert bezeichnet.«

Kalrind lachte. »Mag sein. Wir nennen uns ›Neue Klingonen‹ — *ThlIngan chu.*«

»Ich möchte mir nicht die Zunge verrenken und bleibe bei dem Begriff ›Neue Klingonen‹.«

»Aber bitte nicht mir gegenüber. Nennen Sie mich Kalrind.«

Kirk lachte unsicher und wandte den Blick ab. Es beunruhigte ihn, daß er Kalrind auch physisch reizvoll fand — die klingonischen Aspekte ihres Gesichts schienen immer unwichtiger zu werden. Entschlossen wandte er seine Aufmerksamkeit von Kalrinds körperlicher Präsenz ab und konzentrierte sich statt dessen auf ihre Worte. »Neue Klingonen, tholianischer Zwischenfall«, wiederholte er langsam. »Für Sie sind diese Begriffe selbstverständlich, weil Sie damit aufgewachsen sind, doch ich kenne sie nicht und bin ziemlich durcheinander.«

Die Frau nickte. »Natürlich. Ich sollte Ihnen eins nach dem anderen erklären. Bitte entschuldigen Sie: Es lag nicht in meiner Absicht, Sie mit vagen Hinweisen zu verwirren.«

»Trotzdem: Ich *bin* verwirrt.«

Kalrind lachte. »Früher oder später verstehen Sie. Übrigens: Wie fühlen Sie sich? In körperlicher Hinsicht, meine ich.«

Kirk lehnte sich zurück und fokussierte die Wahrnehmung auf sich selbst. Zunächst bemerkte er die Abwesenheit von Schmerz. »Bemerkenswert gut. Seltsam:

Durch die Erschütterungen und Gravitationsverlagerungen wurde ich durch den Kontrollraum der *Keule* geschleudert und prallte gegen Konsolen. Ich müßte eigentlich in einer wesentlich schlechteren Verfassung sein: gebrochene Knochen, zerfetzte Muskeln, sogar innere Verletzungen. Statt dessen fühle ich mich normal. Nein, sogar besser als normal: Ich spüre eine so starke innere Energie wie schon seit Jahren nicht mehr.«

Kalrind lächelte erneut.

»Das überrascht mich nicht, Jim. Es ist ein Nebenprodukt des Großen Friedens. Seit vielen Jahren tauschen die Wissenschaftler der Föderation und des Imperiums ihre Daten aus, zum großen Nutzen insbesondere der komparativen Biologie. Woraus folgt: Während des vergangenen Jahrhunderts hat die medizinische Technik enorme Fortschritte erzielt. Deshalb konnten unsere Ärzte Sie so schnell und so gründlich heilen.«

Sie beugte sich vor und griff nach Kirks Hand. »Verstehen Sie, Jim?« fragte sie, und diesmal ließ sich in ihrer Stimme ein gewisser Nachdruck vernehmen. »Das ist nur eine von vielen wundervollen Konsequenzen des Großen Friedens. Er hat die Zivilisation meiner Heimat vollkommen verändert und war das wichtigste Ereignis in der imperialen Geschichte. Wir müssen ihn bewahren, um jeden Preis.«

Unbehagen entstand in Kirk, als sich klingonische Finger um seine Hand schlossen. »Soll das heißen, dem Frieden droht Gefahr?«

Kalrind zögerte und lehnte sich wieder zurück. »Später. Dazu kommen wir später.« Sie wirkte jetzt fast niedergeschlagen und kummervoll. »Morith wird es Ihnen erläutern.« Erneut kam es zu einem plötzlichen Stimmungswandel, und die Klingonin sprang auf. »Später, später«, wiederholte sie, jetzt wieder fröhlich. »Zuerst möchte ich Ihnen Ihre neue Welt zeigen. Kommen Sie!« Kalrind griff einmal mehr nach Kirks Hand und zog ihn vom Stuhl.

»Sie sind so ungestüm wie Ihre Vorfahren.«

Die Frau schmunzelte. »Das Universum zerstört den Faulpelz — altes klingonisches Sprichwort. Nicht allen meinen Ahnen mangelte es an Klugheit.«

»Bei uns heißt es: ›Das Rad der Zeit hält niemand auf.‹ Doch die Klingonen sprechen von ›zerstören‹.«

Kalrind nickte. »Ein erbarmungsloses Volk — und deshalb hielten sie auch das Universum für erbarmungslos. Kommen Sie jetzt! Auch ich mag keine Faulpelze.«

Es war eine sehr große Basis, und für Kirk gab es viel zu entdecken. Ihm fielen zwei Unterschiede zwischen dieser klingonischen Station und einer Starbase aus seiner Zeit auf: Der zweite erwies sich als angenehm, der erste hingegen als deprimierend.

In bestimmten Bereichen begegnete er völlig ungewohnten Dingen. Als Kalrind ihm Sektionen zeigte, in denen man mit komplexer Technik arbeitete, fühlte er sich von neuerlicher Verwirrung erfaßt, und die eigene Reaktion bedrückte ihn.

Sie sahen einigen Klingonen zu, die einer für Kirk rätselhaften Aufgabe nachgingen, und anschließend wandte er sich an seine Begleiterin. »Ich habe damit gerechnet, daß alles weiterentwickelt und hundert Jahre moderner ist, und deshalb verstehe ich zumindest den *Grund* für meine Verwunderung. Aber offenbar sind seit meiner Zeit einige ganze neue Technologien entstanden: Ich habe keine Ahnung, womit sich jene Leute befaßten. Kann ich jemals genug lernen, um einen Platz in Ihrer Gegenwart zu finden? Wenn ich zu meinem Volk zurückkehre … Vielleicht bin ich dann gar nicht mehr imstande, ein Raumschiff zu kommandieren. Vielleicht reduziert sich meine Bedeutung auf die einer historischen Kuriosität, einer Informationsquelle für Historiker.«

»Einige Dinge ändern sich nie, Jim«, erwiderte Kalrind. »Zum Beispiel die Verwaltung. Und das gilt auch für Leute.« Sie lachte kurz. »Wenigstens für Menschen. Wir Klingonen *haben* uns verändert. Bestimmt sind Sie nach wie vor von großem Nutzen für Starfleet.«

Kirk verzog das Gesicht. »Ein Schreibtischjob. Nach hundert Jahren erwischt sie mich schließlich doch noch — die Bürokratie.«

Der angenehme Unterschied bezog sich auf ihre Bewegungsfreiheit: Sie durften alle Abteilungen der Basis aufsuchen. Ausnahmen bildeten nur die Krankenstation und jene Bereiche, wo ein unwissender Besucher Schaden anrichten konnte.

»In meiner Zeit war es anders«, staunte Kirk. »Einem Klingonen hätte man sicher nicht gestattet, durch eine Starbase zu wandern, aber auch für mich selbst hätte es Beschränkungen gegeben: Der Aufenthalt in einigen Sektionen wäre sogar für Captain Kirk verboten gewesen.«

»Nun, danken Sie dem Großen Frieden dafür, daß Sie diese ›Wunder der Zukunft‹ sehen«, entgegnete Kalrind. »Und vergessen Sie nicht: Dies ist nur eine eher unwichtige Außenstation! Auf Klinzhai oder den anderen zentralen Welten könnten Sie noch weitaus bessere Anlagen bewundern. Hier draußen erhalten wir nur die Überbleibsel. Wir sind noch immer nicht so reich wie die Föderation, und deshalb müssen wir uns mit dem begnügen, was wir bekommen können. Das Beste bleibt für Klinzhai reserviert. Irgendwann einmal zeige ich Ihnen das Herz des Imperiums — Sie wären bestimmt begeistert.«

»Klinzhai«, murmelte Kirk. Zentrum der feindlichen Nation, Quell des Unheils — ein Name, mit dem man Kinder erschreckte. Manchmal war es sehr schwer, alte Vorstellungen zu überwinden. »Sie sprechen noch immer von ›Imperium‹«, stellte er fest und wechselte damit das Thema.

»Ja. Der alte Autoritarismus existiert nicht mehr, aber wir halten an den ursprünglichen Bezeichnungen fest.

Wir sind jetzt eine parlamentarische Demokratie, eine konstitutionelle Monarchie. Das ist eine ehrenhafte Tradition in der terranischen Geschichte, nicht wahr?« fügte Kalrind mit einem Hauch Besorgnis hinzu.

Kirk lächelte offen. »Ja. Sehr ehrenhaft. Einige meiner Vorfahren ... Nun, lassen wir das.«

»Oh, nein, ich möchte mehr davon erfahren, Jim! Von Ihrer Familie und so weiter. Ich finde alles so faszinierend! Bitte erzählen Sie mir von Ihren Ahnen, Jim.«

Kirks Lächeln verblaßte. »Meine Familie ... Ich hatte einen Bruder, dem ich sehr nahestand.« Er schnitt eine schmerzerfüllte Grimasse, als er sich erinnerte.

Kalrind legte ihm sanft die Hand auf die Schulter. »Ist ihm etwas zugestoßen?«

Einige Sekunden lang starrte Kirk ins Leere. »Ja, vor vielen Jahren.« Er wandte sich halb von der Klingonin ab und mied ihren Blick, doch Kalrinds Hand tastete nach seiner Wange und übte Druck aus, bis ihm nichts anderes übrigblieb, als sie anzusehen.

»Mein Bruder hieß Sam. George Samuel, um ganz genau zu sein, aber alle nannten ihn Sam. Ein guter, anständiger Mann. Und ein ausgezeichneter Wissenschaftler. Er heiratete eine wundervolle Frau namens Aurelan. Beide starben auf einem Kolonialplaneten.«

»Das tut mir sehr leid. Bitte entschuldigen Sie, daß ich danach gefragt habe.«

Kirk atmete tief durch. »Nein, ich *danke* Ihnen dafür.« Er lachte. »Für eine Klingonin verstehen Sie viel von menschlicher Psychologie!«

»Hatten Sam und Aurelan Kinder?« erkundigte sich Kalrind.

Kirk nickte. »Einen Sohn, Peter.« Er schmunzelte, als er an seinen Neffen dachte. »Pete ist ein guter Junge. Er arbeitet jetzt als Biologe in der Forschung und tritt damit in die Fußstapfen seines Vaters. Wie ich hörte, soll er noch besser sein als Sam.« Dann kehrte die Niedergeschlagenheit zurück. »Was sage ich da? Hundert Jahre sind seitdem vergangen! Wahrscheinlich ist Pete längst tot. Ich habe auch ihn verloren, meinen letzten Verwandten.« *Ebenso wie die* Enterprise *und ihre Besatzung, meine Ersatzfamilie.*

»Ich lasse weder Kummer noch Schweigen zu«, verkündete Kalrind in einem energischen Tonfall. »Als ich von parlamentarischer Demokratie sprach, erwähnten Sie einige Ihrer Vorfahren. Ich will mehr über sie hören, Captain. Berichten Sie mir davon!«

Kirk rang sich ein Lächeln ab und begann mit seinen Schilderungen. Er erzählte von Abernathy Kirk, der unter John Pym zum Langen Parlament gehörte, später unter dem großen Cromwell für seinen Glauben und seine republikanischen Überzeugungen kämpfte. Schließlich mußte er in die Kolonien nach Amerika flüchten, als im Jahre 1660 die Stuarts an die Macht zurückkehrten.

Während Kirk sprach, erwachte in ihm die alte Faszination in Hinsicht auf die Geschichte der eigenen Familie. Es dauerte nicht lange, bis die Trauer aus ihm wich, und er hielt den historischen Vortrag mit wachsender Begeisterung. Eine sehr interessierte Kalrind hörte ihm stumm und hingerissen zu.

KAPITEL 5

Nun, Spock, meine Patienten haben überlebt«, sagte McCoy gereizt. Alles in ihm sträubte sich dagegen, dem Vulkanier einen solchen Triumph zu gönnen.

Der Erste Offizier nickte und wandte sich der Tür zu.

»He, warten Sie!« rief McCoy. »Wollen Sie nicht darauf hinweisen, daß Sie von Anfang an recht hatten? Wie wär's mit ein bißchen hämischer Freude?«

Spock wölbte eine Braue. »Das halte ich kaum für sinnvoll, Doktor. So etwas gäbe mir weitaus weniger Befriedigung als einem Menschen, und außerdem würde es Sie nicht daran hindern, in Zukunft noch einmal den gleichen dummen Starrsinn zu offenbaren.« Er verließ das kleine Büro, in dem McCoy arbeitete, seit die *Enterprise* Starbase Siebzehn erreicht hatte.

Der Arzt sah ihm nach und brummte: »Nun, *mir* gäbe es jede Menge Befriedigung, mich hämisch über *Ihre* Fehler zu freuen — wenn ich jemals einen entdecke.«

Unterdessen schritt Spock durch den Korridor, um den vereinbarten Termin mit Commodore Hellenhase wahrzunehmen, dem Kommandanten der Starbase. Stundenlang hatte er über die Entscheidung nachgedacht, nur mit Warp zwei zu fliegen. Als er McCoy an Bord der *Enterprise* die Gründe dafür erklärte, verbarg sich hinter der unerschütterlichen Gelassenheit des Vulkaniers viel mehr, als Leonard ahnte. Die ganze Zeit über war sich Spock der Möglichkeit bewußt, daß einige verletzte Besatzungsmitglieder während des langen Warptransfers sterben mochten, und ihr Tod hätte schwer auf seinem Gewissen gelastet. Immer wieder fragte er sich, ob Kirk mit seiner Intuition in der Lage gewesen wäre, einen besseren Weg zu finden, einen Kompromiß zwischen zwei gräßlichen Alternativen.

Das Überleben der Patienten erleichterte Spock — eine moralische Bürde wich dadurch von seinen Schultern. Außerdem konnte er sich jetzt wieder darauf konzentrieren, zur inneren Ruhe eines Vulkaniers zurückzufinden und erneut zu jenem von kühler Logik bestimmten Mann zu werden, den McCoy in ihm sah.

Hellenhase wartete bereits auf den Ersten Offizier der *Enterprise.* Der Commodore war mittelgroß und schlank, sein Haar so blond, daß es fast weiß wirkte. Normalerweise blieb er immer ernst und zurückhaltend, doch heute entdeckte Spock Anzeichen von Kummer und Nervosität.

Er winkte den Besucher ins Büro. »Kommen Sie herein. Und schließen Sie die Tür. Nun, Spock, ich habe Ihren Bericht mehrmals gelesen, aber ich verstehe noch immer nicht, was geschehen ist. Oh, Ihre Beschreibungen sind deutlich genug«, fuhr er hastig fort und hob die Hand, um Spock daran zu hindern, die nach Kirks Verschwinden gesendete Subraum-Botschaft zu wiederholen. »Aber ihre *Bedeutung* bleibt mir unklar. Was halten Sie von der Sache?«

»Leider stehen mir nicht genug Informationen für eine exakte Situationsbeurteilung zur Verfügung, Commodore. Wir wissen nur eins: Die Tholianer lehnen jede Verantwortung für den Zwischenfall ab, und unsere Sensoren ermittelten völlig andere Daten als während des Zwischenfalls, dem die *Defiant* am gleichen Ort zum Opfer fiel. Ich glaube, wir haben es mit einem neuen Phänomen zu tun.«

»Soll das heißen, es gibt keine Möglichkeit, Kirk zu retten?«

Spock zögerte. »Das scheint derzeit der Fall zu sein. Allerdings möchte ich noch einmal unseren Mangel an

Informationen betonen. Meiner Ansicht nach ist es dringend erforderlich, im betreffenden Raumbereich zusätzliche Daten zu sammeln, und in diesem Zusammenhang bitte ich Sie ...«

»Ja, ja, Spock«, unterbrach Hellenhase den Vulkanier. »Ich weiß. Und ich widerspreche Ihnen nicht, obgleich Starfleet Command eine andere Meinung vertritt. Sie möchten mehrere Schiffe damit beauftragen, Nachforschungen anzustellen. Aber wonach sollen sie Ausschau halten? Wir könnten das Problem lösen, indem wir eine allgemeine Warnung herausgeben und alle Föderationsschiffe auffordern, den entsprechenden Raumsektor zu meiden.«

»In der Tat, Commodore. Was jedoch nichts daran ändert, daß ein Starfleet-Captain und mehrere erstklassige Sicherheitswächter vermißt werden. Vielleicht stecken natürliche Ursachen dahinter. Vielleicht auch nicht. Wir würden unserer Pflicht der Föderation gegenüber kaum gerecht, wenn wir nicht jedes Mittel nutzen, um die Verschwundenen zu finden.«

Hellenhase richtete einen durchdringenden Blick auf Spock. »Hm. Ich verstehe natürlich, worauf Sie hinauswollen. Die Tholianer. Hm. Keine sehr freundlichen Zeitgenossen. Aber wir machen Fortschritte mit ihnen. Und jetzt müssen wir unsere verbesserten Beziehungen auf die Probe stellen — weitaus früher, als es uns und der Föderation lieb ist. Ich schätze, Sie möchten zu einem der Schiffe versetzt werden, um selbst an der Suche teilzunehmen, wie?«

»Ja, Sir. Gleichzeitig halte ich es für erforderlich, bei der *Enterprise* zu bleiben, während sie repariert wird. Und bei der Besatzung, die viel hinter sich hat. Captain Kirk hat mir das Kommando gegeben.«

»Das vulkanische Pflichtbewußtsein. Es ist nicht immer nur logisch, oder?«

Spock schwieg.

Hellenhase wartete einige Sekunden lang auf eine

Antwort. »Na schön, na schön«, sagte er schließlich. »Ich setze mich sofort mit Starfleet Command in Verbindung. Vielleicht kann ich etwas arrangieren.« Er winkte den Ersten Offizier fort, sah Spock nach und dachte erneut ans vulkanische Pflichtbewußtsein. *Wie sollte Starfleet ohne Vulkanier zurechtkommen?* überlegte er.

Der Commodore aktivierte den Tischkommunikator. »Verbinde mich mit Chung«, wies er den Computer an. »In San Francisco.«

Eine Sprachprozessorstimme erklang. »Nach den gegenwärtigen Berechnungen des zu erwartenden Energieverbrauchs sollte das von Ihnen gewünschte Kom-Gespräch in fünf Komma zwei Stunden geführt werden.«

Hellenhase schüttelte den Kopf. Vulkanier und Computer! Mit Argumenten ließ sich nichts gegen sie ausrichten, und deshalb mußte man versuchen, sie einzuschüchtern. »Da ich den Rang eines Commodore bekleide und du nur ein Computer bist, bestimme *ich* den Zeitpunkt für irgendwelche Kom-Gespräche!«

»Ja, Commodore.« In der künstlich modulierten Stimme kam so etwas wie Selbstgefälligkeit zum Ausdruck, als der Computer hinzufügte:

»Allerdings ist es in San Francisco jetzt erst zwei Uhr morgens ...«

Hellenhase seufzte. *Die verdammte Maschine hat natürlich recht. Ich hätte selbst daran denken sollen.* »In Ordnung«, brummte er. »Stell den Kontakt in neun Stunden her.« Der Commodore stöhnte leise. »Und weck mich in meinem Quartier, wenn du Chung erreicht hast.«

Der offizielle Name lautete ›Devonshire-Auskolkung‹. Die Einheimischen sprachen vom ›Devon-Graben‹ oder der ›Devon-Tiefe‹, und damit deuteten sie absichtlich auf etwas Dunkles und Unheilvolles hin, auf ein Tor zur dämonischen Unterwelt. Touristen aus anderen Ländern — es kamen auch Besucher von anderen Planeten — kannten diesen Ort als ›Loch‹. Das genügte. Es waren keine Verwechslungen mit zwei ähnlich beschaffenen Touristenattraktionen möglich, dem Großen Loch von Kimberly oder dem Schwarzen Loch von Kalkutta — beide ebenfalls vom Menschen geschaffen.

Im Gegensatz zu natürlichen Auskolkungen — Grand Canyon, Fish River Canyon oder Mariner Valley — reichten die Seiten des Lochs nicht senkrecht hinab. Zwar gab es jenseits der Beobachtungsplattform einen hohen Zaun, der Touristen daran hindern sollte, ins Loch zu klettern, aber die Wände neigten sich sanft nach unten. Niemand lief dort Gefahr, den Halt zu verlieren und in die Tiefe zu stürzen. Andererseits: Derartige Wanderungen hätten die allgemeine düstere Atmosphäre beeinträchtigt und dem Tourismus geschadet, und deshalb waren sie verboten. Zum großen Bedauern von Luisa Tindall.

»Kein Problem«, sagte sie. »Überhaupt kein Problem. Wir könnten in zwei Stunden unten sein und zurückkehren, bevor's dunkel wird. Erinnerst du dich an unseren Urlaub in den Rockies? Die dortigen Kletterpartien waren weitaus schwieriger und anstrengender. Hinzu kam die große Höhe.«

»Ach, ihr leidenschaftlichen, ungestümen Südländer«, erwiderte Elliot.

Luisa rechtfertigte die Verwendung des ersten Adjektivs, indem sie zornig mit dem Fuß stampfte. »Im *Ernst*, Elliot! Warum mußt du alles ins Lächerliche ziehen? Weil du Engländer bist?«

Elliot dachte über die Frage nach. »Ich schätze, wir Engländer sind nur dann ernst, wenn es um Untermenschen geht. Zum Beispiel um Panamesen.« Luisa holte aus, und er duckte sich rechtzeitig.

»Ich habe gesagt, daß ich es ernst meine!«

»Ich weiß, mein kleiner spanischer Hitzkopf. Entschuldige: meine kleine panamesische *pimienta*.«

Luisa lachte. »Verdammt, Elliot... So redest du immer, wenn es mir um etwas ernst ist.«

»Ich mag keine ernsten Gefühle«, sagte Elliot, und diesmal meinte *er* es ernst. »Sie machen mich nervös.«

»Das habe ich bemerkt.« Luisa war klein und mußte den Hals recken, um zu ihrem Mann aufzusehen. Das dichte schwarze Haar trug sie in einem langen, bis zum verlängerten Rücken reichenden Zopf — um Elliot zu gefallen. Vor zwei Jahren hatten sie geheiratet, und es überraschte Luisa noch immer, daß sie diesem rätselhaften Engländer so intensive Gefühle entgegenbrachte. Sie wollte alles über ihn erfahren, mit Elliots Leben, Interessen und seiner Arbeit vertraut werden.

Doch manchmal verlieren Rätsel im Lauf der Zeit ihren exotischen Reiz: Sie verlangen danach, erforscht und verstanden zu werden. »Sieh nur ins Loch«, drängte Luisa. »Da unten liegt deine Vergangenheit. Verspürst du nicht den Wunsch, dort nach Vertrautem zu suchen?«

»Nein«, entgegnete Elliot, und seine Stimme klang ungewöhnlich scharf. »Dort unten gibt es nichts mehr, Luisa. Alles verdampfte, als die *Golden Hind* abstürzte. Oh, du hast recht, wir könnten ganz einfach und problemlos an den Hängen hinabklettern — wenn es erlaubt wäre. Aber was erhoffst du dir? Glaubst du vielleicht, den Ort zu sehen, in dem ich meine Kindheit verbrachte?« Er schüttelte den Kopf. »Er ist verschwunden. *Nichts* existiert mehr dort unten. Nichts. Schule, Kirche, Rathaus und alles andere — verschwunden, für immer. Nur ein Loch im Boden, die Devon-Tiefe. Das ist alles.«

Luisa akzeptierte widerstrebend die Wahrheit dieser Bemerkungen — zumindest für den Augenblick —, drehte sich um und blickte erneut ins Loch. Sie schmiegte sich an ihren Mann, der daraufhin die Arme um sie schlang. Vor ihnen gähnte Leere.

Nach inzwischen acht Jahren hatten der fruchtbare englische Boden und Regen dafür gesorgt, daß die Hänge grün wurden. *Wenn ich es nicht besser wüßte ...*, dachte Luisa. *Man könnte fast glauben, diese Senke sei natürlichen Ursprungs.* Gras bedeckte die einladend wirkenden Hänge des berühmten Devon-Lochs. Bäume wuchsen dort: Es waren erst Schößlinge, aber Luisa stellte sich vor, wie sie höher aufragten, breite Wipfel entfalteten und die Ursache des Lochs vor den Augen zukünftiger Beobachter verbargen. Tief unten erstreckte sich der nackte, kahle Boden des Lochs. Erneut glaubte Luisa, daß sie dort die Wahrheit finden konnte, den Kern von Elliots Wesen. Wo die Katastrophe das felsige Fundament Englands entblößt hatte ... An jener Stelle kam auch Elliots Seele zum Vorschein. Und Luisa sehnte sich nach der Möglichkeit, jene Seele zu betrachten.

Abrupt wandte sie den Blick ab.

»Sieh dir die Leute an«, flüsterte Luisa ihrem Mann zu und gluckste. Elliot bemerkte ein älteres Ehepaar: Beide trugen bunte Hemden und richteten teure Kameras auf das Loch. »Typische Amerikaner, nicht wahr? Wir sind so anders!«

Elliot lächelte und schwieg.

»Ich habe auch Sie für Amerikaner gehalten«, sagte jemand hinter ihnen.

Luisa drehte sich um und sah sich einem Mann gegenüber, der in Elliots Alter sein mochte. Ein dunkelgrauer Overall umhüllte seine Gestalt, und er lächelte, schien auf eine Reaktion zu warten.

»Wir sind Touristen«, erwiderte Elliot.

»Aber keine Amerikaner?« Der Mann war schlank, hatte bereits schütter werdendes braunes Haar und ein offenes, freundliches Gesicht.

»Ihr erster Eindruck hat Sie nicht getäuscht«, behauptete Elliot und hoffte vermutlich, daß der Fremde fortging.

Statt dessen nickte er. »Ich wohne hier. Besser gesagt: Ich *habe* hier einmal gewohnt.« Er deutete ins Loch. Die Sonne hing dicht über dem Horizont, und in der Tiefe begann bereits die Nacht. »Dort unten. In einem Dorf namens Berton. Ich war gerade erst zwanzig und nicht zu Hause, als es passierte. Meine ganze Familie starb. Meine ganze Familie ... Und alle Freunde und Bekannten. Und natürlich die Besatzung des Schiffes. Ich kehrte sofort hierher zurück, als ich in den Nachrichten davon hörte, aber ...« Erneut deutete er zum Loch. »Mehr fand ich nicht. Nur Qualm und Krankenwagen, für die es keine Arbeit gab.« Er schien die beiden ›Amerikaner‹ vergessen zu haben, starrte ins finstere Loch und dachte an die Vergangenheit.

In Luisa regte sich Mitgefühl, und sie streckte die Hand nach dem Mann aus. Elliot griff rasch nach ihrem Arm und hinderte sie daran, den Namenlosen zu berühren. »Wir müssen nach San Francisco zurückkehren, Schatz. Ich bin schon spät dran.« Er setzte sich in Bewegung, eilte fort und zog Luisa mit sich. Der Mann schenkte ihnen überhaupt keine Beachtung mehr, blickte auch weiterhin in die dunkle Tiefe.

»Dein Verhalten ist mir völlig unverständlich«, sagte Luisa hilflos. »Du hast immer wieder darauf hingewiesen, wie klein der Ort gewesen sei. Vielleicht kennst du jenen Mann aus deiner Kindheit. Es sollte dich freuen, ihm zu begegnen. Außerdem weißt du, daß wir nicht so bald zurückkehren müssen.«

Elliot seufzte und ging langsamer. »Ich kannte ihn tatsächlich. Und ich habe ihn verabscheut, als ich ein Kind war. Schon damals fand ich seine unverschämte Aufdringlichkeit unausstehlich, und offenbar ist er noch unsympathischer geworden. Ich dachte, alle seien tot. Bei einigen habe ich es sogar gehofft. Wie dem auch sei: Jetzt sind wir Fremde. Meine Freunde befinden sich nicht mehr hier, sondern in San Francisco.«

Eine Zeitlang wanderten sie schweigend. »Wie du meinst«, erwiderte Luisa schließlich.

Elliot stöhnte. »Bitte, Schatz. Ich möchte mich nicht mit dir streiten.« Seine Worte klangen besänftigend, doch Luisa fühlte dumpfen Zorn in ihm. »Laß uns zur Pension zurückkehren«, schlug er vor.

An jenem Abend sprachen sie kaum miteinander.

Elliot ging früh zu Bett, und das Licht brannte noch, als Luisa später ins Schlafzimmer kam. Ihr Mann lag angekleidet auf dem Bett, schlief mit offenem Mund und schnarchte leise. Der Computer — Elliot hatte ihn trotz ihrer Einwände mitgenommen — ruhte eingeschaltet auf seiner Brust.

Luisa griff danach und betrachtete gleichgültig das Display. Im kleinen Projektionsfeld zeigte sich ein Artikel mit vielen technischen Fachausdrücken, und der Autor hieß Spock. Sie schnitt eine Grimasse und desaktivierte das Gerät. Dann begann sie damit, Elliot zu entkleiden und ihn unter die Decke zu stopfen. Sie brachte ihn recht häufig auf diese Weise zu Bett, und ihr mütterlicher Instinkt fand durchaus Gefallen daran. Aber ein anderer Teil ihres Ichs ärgerte sich darüber, daß er so schwer war und ihr viel Mühe bereitete.

Nach einer Weile sank sie neben ihm aufs Polster. »Ach, Elliot«, murmelte sie. »Ich schätze, ohne mich wärst du aufgeschmissen.« Zärtlich strich sie ihm das Haar aus der Stirn und ertastete mit den Fingerkuppen jene Narbe, die an eine Verletzung in seiner Jugend erinnerte.

Es war einige Kilometer von dem Ort entfernt geschehen, wo ein abstürzendes Raumschiff ein ganzes Dorf ausgelöscht und alle Bewohner getötet hatte. Jahre vor der Katastrophe, die das Loch schuf, stieß Elliot mit der Stirn an einen Felsen. Das große Unglück erschütterte eine ganze Nation; das kleinere hinterließ nur Narben, die sich heute unter dem Haar eines Mannes verbargen. Doch der kleine Unfall war es, der in Luisa Furcht zittern ließ, als ihre Gedanken die Kluft der Zeit überwanden und in die Vergangenheit glitten: Fast hätte Elliot keine Möglichkeit bekommen, erwachsen zu werden, ihr zu begegnen und sie zu heiraten! Seit einer Weile neigte er zu ausgeprägter Launenhaftigkeit, aber das spielte auch keine Rolle mehr, wenn Luisa an den beinah erlittenen Verlust dachte. Erneut berührte sie die Narbe.

KAPITEL 6

In Funktion und Form unterschied sich die klingonische Basis kaum von einer Starbase. Kirk stellte überrascht fest, daß sie sogar einen Freizeitbereich aufwies, der einen Wald simulierte. So etwas war ihm natürlich nicht völlig neu — in der *Enterprise* gab es einen ähnlich beschaffenen Raum. Aber mit so etwas hatte er nicht in einer klingonischen Raumstation gerechnet, trotz der vielen Überraschungen während der vergangenen Tage.

Kalrind und er lagen nebeneinander im Gras, und hinter den Zweigen über ihnen erstreckte sich ein blauer Himmel mit weißen Wolkenfetzen. »Wirklich nicht übel«, lobte Kirk. »Mit dem Summen von Insekten wäre die Illusion perfekt. Ach, ich könnte die Augen schließen und hier einschlafen — gegen ein Nickerchen hätte ich nichts einzuwenden.«

Kalrind lachte. »Aufgrund der Berichte über Ihre Kämpfe gegen meine Vorfahren habe ich mir einen Mann mit mehr Tatendrang vorgestellt.« Sie stützte sich auf einen Ellenbogen und musterte den Terraner. »Ich dachte immer an eine unnahbare mythologische Gestalt, an einen übermenschlichen Helden.«

»Es erstaunt mich, daß Ihre Ahnen kein anderes und wesentlich negativeres Bild von mir hinterließen.« Kirk schmunzelte.

»Oh, das haben sie, wenn man die Sache aus ihrer Perspektive sieht. In den Aufzeichnungen werden Sie — nach den Maßstäben der Alten Klingonen — so wenig schmeichelhaft wie möglich beschrieben. Man wirft Ihnen einen eklatanten Mangel an Kriegstugend vor, doch das macht Sie in den Augen der Neuen Klingonen nur noch interessanter. Wir haben gelernt, die Vorurteile und falschen Werte unserer Vorfahren zu berücksichtigen, wenn wir uns mit historischen Dokumenten befassen. Um es anders auszudrücken: Wir übersetzen nicht die Worte, sondern die Moral.«

»Sie scheinen Ihre Ahnen gut zu kennen. Zumindest besser als wir Menschen.«

»Die Gründe dafür erkläre ich Ihnen später. Derzeit bin ich viel mehr an Ihnen interessiert.« Sie beugte sich über Jim, blickte stumm auf ihn hinab.

Als Kirk das dunkle und grobknochige klingonische Gesicht so dicht über sich sah, erwachte Panik in ihm, das entsetzliche Gefühl, Beute für ein Raubtier zu sein. Doch dieses Empfinden verflüchtigte sich nach einigen Sekunden, und Kalrind wurde erneut zu Kalrind; daraufhin war sie kein Symbol unmittelbarer Gefahr mehr, sondern einzig und allein sie selbst.

Sie beugte sich noch tiefer und küßte ihn.

»Wie zärtlich du bist!« entfuhr es Kirk. Das förmliche Sie erschien ihm plötzlich unangebracht. »Küssen alle Klingonen so sanft?«

»Gefällt es dir nicht?«

»O doch. Sehr sogar.« Er hob die Hand und strich Kalrinds dunkles Haar zurück. *Während der letzten hundert Jahre haben sich die klingonischen Frisuren kaum verändert,* dachte er.

»In physischer Hinsicht sind wir nach wie vor stärker als Menschen. Allerdings fühlen wir uns nicht mehr verpflichtet, dauernd unsere Kraft zu beweisen. Außerdem bin ich mir nicht sicher, wie gut du dich erholt hast, Jim.«

Kirk lächelte. »Es geht mir großartig«, versicherte er.

Kalrind küßte ihn erneut, mit mehr Leidenschaft als vorher. Diesmal spürte der Captain ihre Kraft — und außerdem auch so etwas wie gebändigte Wildheit. *Ich habe mich tatsächlich noch nicht ganz erholt,* überlegte er. *Sie* ist *viel stärker als ich.* Und diesem Gedanken folgte neuerliche Furcht.

Später, als sie entspannt unter den Bäumen lagen, fürchtete sich Kirk nicht mehr vor Kalrinds Kraft. Stattdessen beunruhigte ihn die Intensität der eigenen Empfindungen. Mit der einen Hand strich er über den Kopf der Klingonin, der mit angenehmem Gewicht an seiner Schulter lehnte. Nach einer Weile streckte sich Kalrind und seufzte.

»Offenbar wagt es niemand, die Neuen Klingonen zu stören, wenn sie mit wichtigen Angelegenheiten beschäftigt sind«, sagte Kirk.

Kalrind kicherte wie ein kleines Mädchen. »Ich habe Anweisungen erteilt. Dieser Bereich steht uns den ganzen Tag zur Verfügung.«

Sie erhob sich ruckartig, wanderte auf und ab. Praktisch von einem Augenblick zum anderen wirkte sie ernst und nachdenklich. »Als ich zur Schule ging, habe ich während des Geschichtsunterrichts von dir gelesen. Damals träumte ich mit offenen Augen vom tapferen und edlen James T. Kirk, aber es wäre mir nie in den Sinn gekommen, mir ... *so etwas* vorzustellen.« Sie richtete den Blick kurz auf Kirk, wandte ihn dann ab. »Ich bin ... verwirrt.«

»Mir ergeht es nicht anders.« Jim stand ebenfalls auf, trat neben die Klingonin und stützte den Kopf an ihre Schulter. *Basieren meine Gefühle Kalrind gegenüber nur auf dem Wunsch nach Trost, nach einem Ausgleich für den Verlust der* Enterprise? dachte er. Und: *Stelle ich mir diese Frage, weil ich eine Klingonin liebe und deshalb Gewissensbisse habe?* Die Verbindungen zwischen ihm und der neuen Realität verfestigten sich nicht etwa, sondern wurden schwächer, obgleich er diese Welt jetzt etwas besser kannte. Er glaubte sich in einem Nebel, der ihm die Orientierung raubte ...

Nach einigen Sekunden merkte er: Nur Kalrind bewahrte ihn davor, zu Boden zu sinken. Seine Beine schienen aus Gummi zu bestehen.

»Jim! Jim!«

»Was? Oh ...« Er wandte sich von der klingonischen Frau ab, taumelte und hielt sich an einem niedrigen Ast fest.

»Du wärst fast zusammengebrochen!« entfuhr es Kalrind besorgt.

Kirk schüttelte benommen den Kopf. »Entschuldige bitte. Ist alles in Ordnung mit dir?«

»Natürlich ist mit *mir* alles in Ordnung!« erwiderte Kalrind scharf. »Aber bei *dir* scheint das nicht der Fall zu sein.«

Das richtige Heilmittel wäre eine Reise in die Vergangenheit, in meine *Gegenwart.* »Ich fühle mich schon wieder besser. Nur ein kurzer Schwächeanfall.«

In Kalrinds Augen blitzte es. »Die Ärzte sollen dich noch einmal untersuchen.«

»Im Ernst: Es geht mir gut.«

»Unsinn! Ich spreche mit Morith darüber.«

»Du hast den Kommandoton gut drauf.«

»Auch mit Scherzen kannst du mich nicht umstimmen, Jim. Ich bringe dich jetzt in dein Quartier zurück, um dir Gelegenheit zu geben, dich auszuruhen.«

Kirk spielte zunächst mit dem Gedanken, ihr zu widersprechen — irgend etwas in ihm ahnte etwas Wichtiges, das eine neue Perspektive versprach, einen veränderten Blickwinkel in bezug auf sich selbst. Doch dann gelangte er zu dem Schluß, daß Kalrind recht hatte: Er brauchte Ruhe.

Kirk öffnete die Augen und fühlte sich herrlich frisch. Mit einem Satz sprang er aus dem breiten Bett und schlug die Decke so energisch zurück, daß sie zu Boden fiel. Er duschte und streifte den schlichten blauen Umhang über, den er auf einem Stuhl fand. Mit enormem Appetit verließ er das Zimmer und eilte zum Speisesaal.

Kalrind saß dort an einem kleinen Tisch und unterhielt sich ernst mit Morith. Kirk trat von hinten an sie heran, um die Klingonin zu überraschen, doch ihr Gesprächspartner sah ihn und sprach einige Worte, die Kalrind veranlaßten, sich umzudrehen. »Jim! Offenbar geht es dir besser.«

»Ja, *viel* besser. Und ich bin halb verhungert.« Er ging zu einem Synthetisierer an der Rückwand des Raums und kehrte mit einem beladenen Tablett zurück.

Morith lächelte. »Übertreiben Sie's nicht, Jim. Ich fürchte, die hiesige Krankenstation hat keine Ersatzmägen für Menschen vorrätig.«

Kirk klopfte sich auf den Bauch. »Hier drin ist eine Menge Platz. Übrigens: Ich möchte die Entdeckungsreise durch Ihre Basis fortsetzen. Auch ein Abstecher zur Sporthalle wäre nicht schlecht. Ich stecke plötzlich so voller Kraft … Irgendwo muß ich sie loswerden.«

»Einige Dinge erfordern meine Aufmerksamkeit«, sagte Morith und erhob sich. »Nun, ich schätze, die Ärzte würden Ihnen derzeit keinen Sport empfehlen, Jim.«

Kirk erinnerte sich an die seltsame Schwäche vor einigen Stunden und nickte. »Ja, Sie haben sicher recht, Morith. Bleiben wir also bei den Entdeckungen. Begleitest du mich, Kalrind?«

»Tut mir leid.« Die Klingonin stand ebenfalls auf. »Morith braucht meine Hilfe. Außerdem: Ich bin müde und möchte früh zu Bett gehen. Sieh dich allein in der Basis um.«

Kirk hatte bereits den Mund voll und winkte zum Abschied. Sein Hunger war überwältigend. Er schluckte einen Bissen nach dem anderen, und trotzdem dauerte es eine Weile, bis sich ein Gefühl der Sättigung einstellte. *Seltsam*, dachte er. *Vielleicht geht der Schwächeanfall auf eine Art physische Anpassungskrise zurück. Nach dem Nicker-*

chen ist mein Körper nun bereit, den Sprung in die Zukunft zu akzeptieren und in dieser neuen Welt aktiv zu werden — dafür braucht er Energie. Ob das einen Sinn ergibt? Ich sollte Pille danach fragen ...

Er rief sich rechtzeitig genug zur Ordnung und verbannte den Kummer sofort. McCoy, Spock, die *Enterprise* und alles andere — ein abgeschlossenes Kapitel in seinem Leben. Es kam darauf an, den Blick nach vorn zu richten. Er durfte keiner unwiederbringlich verlorenen Vergangenheit nachtrauern, sondern mußte sich anpassen. Kirk war immer stolz auf seine besondere Anpassungsfähigkeit gewesen: Mehr als einmal hatte sie ihm selbst und auch anderen Personen das Leben gerettet. *Jetzt geht es nur um meinen eigenen Seelenfrieden — kein allzu großes Problem, oder?*

Die ihm vertraute Realität — mit allem, was dazugehörte — existierte nicht mehr. *Dies* war jetzt die Wirklichkeit, eine neue Welt, ein neues Universum. *Ich kann gar nichts daran ändern, und deshalb werde ich mich anpassen.*

Der erste Schritt bestand darin, einen besseren Eindruck von der klingonischen Basis zu gewinnen.

Kirk leerte den letzten Teller, brachte Geschirr und Besteck zum Recycler und verließ den Speisesaal.

Etwa eine Stunde später wurde Kirks Forschungsdrang belohnt.

Er befand sich in einem langen Korridor mit einigen wenigen Türen und erhoffte sich etwas Interessantes, als ein Schott vor ihm beiseite glitt. Helles Licht flutete ihm entgegen. *Mal sehen, was das Zimmer enthält,* dachte er, schirmte sich die Augen ab und trat langsam näher.

Eine Kugel glühte im Flur. »Ich grüße Sie, James Kirk«, erklang die laute, volltönende Stimme des Wesens. »Willkommen in der Zukunft.«

»Ein Organianer!« entfuhr es Jim.

»Das stimmt, Captain.« Die Kugel schimmerte und

schwebte auf ihn zu. »Ich bin Organianer. Und wir sind uns schon einmal begegnet.«

»Nur ein einziges Mal habe ich Organianer gesehen — auf einem Planeten namens Organia.«

»Ja, James Kirk. Mein Name lautet Ayleborne, und Sie lernten mich als Vorsitzenden des Ältestenrates kennen. Damals sprach ich mit Ihnen und Kor, dem Alten Klingonen. Kor hielt sich für den Gouverneur meiner Welt, die er als neue Kolonie des Imperiums erachtete. Sie und Mr. Spock glaubten, in die Rolle von Freiheitskämpfern schlüpfen zu müssen, um uns dabei zu helfen, das klingonische Joch abzustreifen.« Die Erheiterung in der Stimme des Organianers war unüberhörbar.

Kirk lächelte. »Ich dachte immer, die Organianer seien völlig humorlos, ohne einen Hang zum Sarkastischen.«

»Während des vergangenen Jahrhunderts mußten wir uns ändern, um die Kontakte mit Ihrem Volk und den Klingonen zu erleichtern. Ein kurzer Besuch führte mich hierher; bald setze ich die Reise zur Erde fort, und dort erwarten mich die Repräsentanten des Föderationsrates. Durch den Großen Frieden brauchen wir Organianer keine polizeiartigen Pflichten mehr wahrzunehmen; unsere heutige Aufgabe könnte man mit der Funktion von Verbindungsoffizieren vergleichen. Wissen Sie noch, wie Sie reagierten, als ich den Großen Frieden prophezeite, Captain Kirk?«

»Ja. Ich habe Ihnen nicht geglaubt.«

»In der Tat. Sie waren mindestens ebenso skeptisch wie Kor. Der Klingone und Sie gingen von der Annahme aus, es gäbe kein Ende der Gewalt und des Hasses zwischen Ihren beiden Völkern.«

»Nun ...«, erwiderte Jim verlegen. »Ich hielt den Frieden nicht für völlig unmöglich, nur für sehr unwahrscheinlich.«

»Und jetzt?«

»Ganz offensichtlich habe ich mich geirrt.«

»Es freut mich, ein solches Eingeständnis von Ihnen zu hören, Kirk. Nun, ich muß jetzt aufbrechen. Aber ich kehre zu dieser Basis zurück, und vielleicht bekommen wir dann Gelegenheit, unser Gespräch fortzusetzen.« Die schillernde Kugel flog durch die Tür.

»Warten Sie!« Kirk lief los, doch das Schott glitt zu, bevor er es erreichte. Er klopfte mehrmals, aber der Stahl vor ihm rührte sich nicht von der Stelle.

Über viele Jahre hinweg hatte er auf die Chance gewartet, einem Organianer bestimmte Fragen zu stellen — wie lange mußten sie noch unbeantwortet bleiben? Er erinnerte sich an eine ironische Bemerkung, die von ihm selbst stammte: »Nie ist ein Organianer da, wenn man einen braucht.« Diese neue Situation empfand Kirk als noch frustrierender. Enttäuscht drehte er sich um und ging in Richtung seines Quartiers.

In jener Nacht träumte er von Verfolgung und Gefangennahme, von finsteren Kerkerzellen und Folter. Alte Klingonen umgaben ihn, und einige der Gesichter kannte er: grimmige, haßerfüllte Mienen, die auf ihn herabstarrten, als er auf einem Operationstisch lag und klingonische Messer in seinen Leib schnitten.

Er erwachte schweißgebadet und zitterte. Kalrind drückte ihn an sich. »Jim! Du hast dein Schiff um Hilfe gerufen. Was ist los?«

»Nichts«, murmelte er. »Nur ein Alptraum.« Die Präsenz der Frau an seiner Seite vertrieb zumindest einen Teil des Entsetzens aus ihm, und er sank in einen unruhigen Schlaf.

Am nächsten Morgen fühlte sich Kirk ausgelaugt und leer. Er hatte alles andere als gut geschlafen, doch das allein konnte nicht der Grund für seine Schwäche sein — es mußte eine andere, tiefere Ursache dafür geben. Es fiel ihm schwer, einen Fuß vor den anderen zu setzen; so ähnlich hatte er sich gefühlt, als er nach dem Zeitsprung zum erstenmal erwachte, in der Gesellschaft von Klingonen.

Kalrind gegenüber versuchte er, den gleichen vitalen Eindruck wie am Vortag zu erwecken, aber er konnte sie nicht so leicht täuschen. Am Abend, im Speisesaal, setzte sich Morith zu ihnen an den Tisch. »Wie ich von Kalrind hörte, haben Sie einige physische Probleme«, sagte er.

»Ich? Nein, ganz und gar nicht.« Kirk sah die Klingonin unschuldig an. »Wie kommst du darauf?«

»Derzeit hast du sogar Mühe, deine Gabel zum Mund zu heben und die Augen offenzuhalten.«

»In der vergangenen Nacht habe ich ziemlich schlecht geschlafen«, erwiderte Kirk.

»Die Alpträume geben mir zu denken«, warf Morith ein. »Und das gilt auch für Ihre Schwäche.«

Jim wandte sich erneut an Kalrind. »Erzählst du Morith alles?«

»Nein, nicht *alles.*«

»Herzlichen Dank.«

»Ich schlage vor, Sie suchen noch einmal die Krankenstation auf«, beharrte Morith. »Eine weitere Untersuchung durch unsere Ärzte kann sicher nicht schaden.«

Kirk fehlte die Kraft, Einwände zu erheben.

Eine Stunde nach dem Abendessen begleitete er Morith zur medizinischen Sektion der Basis. Dort führte man ihn in das gleiche Zimmer, in dem er vor einigen Tagen erwacht war, und anschließend forderte man ihn auf, sich zu entkleiden und ins Bett zu legen. Ein vage vertraut wirkender Klingone nickte kurz und hielt ihm ein Objekt an den Arm. *Ein Injektor,* dachte Jim. *Manche Medo-Instrumente hat man in den letzten hundert Jahren nicht weiterentwickelt. Pille wäre sicher amüsiert gewesen ...* Dann wirkte die Arznei, und Kirks Gedanken verloren sich in einem traumlosen Schlaf.

»Die Ärzte haben nichts gefunden«, teilte ihm Morith am nächsten Tag mit. »Was den Körper betrifft, ist mit Ihnen alles in bester Ordnung. Offenbar handelt es sich um ein psychisches Phänomen. Unglücklicherweise gibt es hier keine Experten für die menschliche Psyche, und deshalb sind kaum genaue Analysen möglich. Heute scheint es Ihnen wieder recht gut zu gehen.«

»Bin erneut energiegeladen«, bestätigte Kirk. »Am besten vergessen wir den seltsamen Schwächeanfall einfach — bis er sich wiederholt.«

Morith schmunzelte. »Eine optimistische Einstellung, die Medizinern sehr gefällt.«

Kalrind war besorgter als Jim, obwohl sie danach trachtete, sich nichts anmerken zu lassen. Ihr Mitgefühl rührte Kirk, aber seine Gedanken galten anderen Dingen, zum Beispiel der Möglichkeit, daß die in ihm vibrierende Vitalität nur von kurzer Dauer blieb. Er beschloß, sie zu nutzen, solange er darüber verfügte. Als Jim seine Entscheidung in die Tat umsetzte — er gab sich Mühe, mehr über eine Zukunft herauszufinden, die nun zur Gegenwart geworden war —, kam es zu einem Zwischenfall, der ihn nachdenklich stimmte.

Einige Stunden nach seinem erneuten Aufenthalt in der Krankenstation stand er zusammen mit Kalrind am Fenster der Sporthalle und beobachtete junge Klingonen. Die Frau wollte weitergehen und ihm einen anderen Teil der Basis zeigen, aber Jim blieb stehen und beobachtete das Geschehen fasziniert.

Dutzende von Linien unterteilten den Boden der Sporthalle in zahlreiche bunte Dreiecke. Die Klingonen — sie trugen nur Hosen und schwitzten — wechselten zwischen ihnen und mußten dabei offenbar sehr komplizierte Regeln beachten. Immer wieder kam es zu Auseinandersetzungen, die Kirk an Ringkämpfe erinnerten; manchmal traten und schlugen die Konkurrenten.

»Ein ziemlich aggressives Spiel«, sagte er und deutete

zu einer abseits stehenden Gruppe aus Personen, die entweder ausgeschieden waren oder eine Pause einlegten — er wußte es nicht genau. »Sieht nach *Klin zha* aus.«

Kalrind musterte ihn nervös. »Du kennst das *Klin zha?* Ich dachte, vor hundert Jahren wußten die Menschen nichts davon.«

»Die meisten hatten tatsächlich keine Ahnung«, pflichtete Kirk ihr bei. »Nun, ich habe ein Buch gelesen, in dem das Spiel beschrieben wurde. Es überrascht mich, daß es auch bei den Neuen Klingonen gebräuchlich ist.«

»Ja.« Kalrind nickte. »Ich nehme an, hier wäre kaum jemand bereit, offen darüber zu reden, und ich muß gestehen, daß dieses Thema auch mir Unbehagen bereitet. Allem Anschein nach gibt es einige Dinge aus unserer Vergangenheit, die wir nicht ohne weiteres überwinden können. Jener Teil der klingonischen Natur hat irgendwo tief in uns überlebt. Oh, wir glauben, uns geläutert zu haben — so wie die Vulkanier, die vor Jahrtausenden einen Schlußstrich unter Gewalt und Krieg zogen. Aber vielleicht belügen wir uns dabei ein wenig.«

Kirk lachte. »Das ist auch bei den Vulkaniern der Fall. Obgleich mein Freund Mr. Spock einen Anfall bekäme, wenn er solche Worte von mir hörte.« Er blickte wieder durchs Fenster. »Nun, das *Klin zha* erfüllt ganz offensichtlich seinen Zweck. Es ist schwer, die Besatzungsmitglieder einer Außenstation in Form zu halten, ohne ihnen einen Grund zu geben, täglich Sport zu treiben. Wenn das Spiel eine ausreichende Motivation für diese Klingonen darstellt, so gibt es daran nichts auszusetzen.«

»Natürlich gibt es nichts daran auszusetzen!« fauchte es hinter dem Captain.

Kirk drehte sich um und blickte in das dunkle, zornige Gesicht Klanths. Er trug jetzt nicht mehr die Uniform eines klingonischen Offiziers, sondern einen Umhang, so wie Kalrind, Morith und die anderen Neuen Klingonen. Doch bei ihm wirkte diese Kleidung fehl am Platz. Er strahlte Feindseligkeit und mühsam beherrschten Zorn aus. Klanth hatte sich nicht verändert, war nach wie vor ein Klingone, der alles Terranische haßte. Kalrind schob sich näher an Kirk heran — weil sie sich plötzlich fürchtete? Oder bot sie ihm Schutz an?

»Gefällt Ihnen dieses Jahrhundert nicht, Klanth?« fragte Kirk und bereitete sich innerlich darauf vor, angegriffen zu werden.

Klanth schnaufte leise, stapfte an Kirk und Kalrind vorbei zum Fenster. »Wie könnte ein wahrer Klingone an einer derzeitigen Situation Gefallen finden?« erwiderte er. Seine Stimme klang jetzt ruhiger und nachdenklich. »Sehen Sie nur.« Er deutete in die Sporthalle. »*Das* verdient nicht den ehrenvollen Namen *Klin zha*. Ein Kind aus meiner Zeit hätte solche Gegner leicht besiegen können. Dazu wären selbst Sie imstande, Kirk. Dies sind die Erben des Imperiums? Dafür haben meine Gefährten und ich gekämpft — damit solche Schwächlinge unsere Macht erben?« Er schüttelte den Kopf. »Mit Ihnen habe ich mehr gemeinsam als mit solchen Feiglingen.«

»Verdient es unsere Vergangenheit, daß wir ihr nachtrauern?« fragte Kirk. »Wir waren Krieger, Captain, doch jetzt braucht man uns nicht mehr. Frieden herrscht in der Galaxis. Leute wie wir ...«

»Unsinn!« donnerte Klanth, und seine Miene verfinsterte sich noch mehr. Die Nachdenklichkeit verschwand daraus, und er wurde wieder zum grimmigen Alten Klingonen. »Glauben Sie etwa, ich finde mich damit ab? Man hat meine Crew umgebracht, Kirk!«

Kalrind trat vor Jim. »Die Besatzung Ihres Schiffes kam durch den Sturm und die Folgen des Zeitsprungs ums Leben. Auch Captain Kirks Begleiter starben. Wenigstens haben *einige* Ihrer Kameraden überlebt, Captain Klanth. Sie sollten sich darüber freuen, anstatt zornig zu sein. Wir können Ihnen helfen, um ...«

Klanth brüllte und sprang auf Kalrind zu. Aus einem Reflex heraus stieß Kirk sie beiseite, und dadurch prallte der Klingone gegen ihn. Beide Männer fielen zu Boden, und Jim fand sich unter Klanth wieder.

Eine Sekunde später fühlte er kräftige Hände am Hals. Er versuchte, die Arme zu heben, sich aus dem tödlichen Griff zu befreien, aber jähe Schwäche erfaßte Kirk, und Klanths Gewicht hinderte ihn daran, sich zu bewegen.

Dann erschlaffte der Klingone.

Jemand zog ihn fort, und der zermalmende Druck auf Kirks Brust ließ nach. »Jim!« Dieser Ausruf stammte von Kalrind, und Sorge glänzte in ihren Augen, als sie sich über ihn beugte.

»Ich bin soweit in Ordnung«, behauptete er. »Hilf mir auf ...«

Sie zog ihn behutsam auf die Beine. »Bin nur außer Atem geraten«, sagte Kirk und lächelte beruhigend. Es war eine Lüge, aber er spürte nun, wie die Kraft langsam zurückkehrte.

Er bemerkte zehn oder mehr Klingonen im Korridor, unter ihnen auch Morith, und einige von ihnen hielten Waffen in den Händen, richteten sie auf Klanth und drei andere Gestalten. Als Kirk sie musterte, fielen ihm die typischen Anzeichen der Alten Klingonen auf: blitzende Pupillen, Zorn in den dunklen Gesichtern. Die Unterschiede zwischen den alten und neuen Repräsentanten des Imperiums waren unübersehbar.

»Bewachen Sie diese ... Tiere«, wandte sich Morith an die Bewaffneten. Und zu Kirk: »Es scheint Ihnen nicht sehr gut zu gehen, Jim. Vielleicht sollte ich die Ärzte bitten, Sie noch einmal zu untersuchen.«

Kirk winkte ab und wiederholte die Lüge. »Ich bekam nur keine Luft mehr, als Klanth auf mir lag. Bestimmt habe ich mich in einigen Minuten erholt. Was ist los mit diesen Männern?«

Morith schnitt eine Grimasse. »Die überlebenden Besatzungsmitglieder der *Keule*. Sie sind genau wie Klanth — als sie den Beginn eines Kampfes sahen, wollten sie sofort daran teilnehmen. Tiere.« Seine Züge brachten Abscheu zum Ausdruck. »Wir haben gehofft, daß es ihnen mit unserer Hilfe gelingt, über ihre Primitivität hinauszuwachsen, aber ...« Er zuckte mit den Schultern.

»Ich nehme an, Klanth und seine Leute stellen eine Gefahr für Sie dar, oder?«

Morith nickte ernst. »Sie werden nie einen Platz in unserer neuen Gesellschaft finden. Und wir wissen nicht, was wir mit ihnen anstellen sollen. Auf so etwas hat uns unsere Geschichte nicht vorbereitet.« Er lächelte schief. »Für unsere Vorfahren wären solche Leute kaum ein Problem gewesen. Damit meine ich natürlich nicht Klanth und seine Kameraden, sondern Personen, die Alte Klingonen für gefährlich hielten. Sie hätten kurzen Prozeß mit ihnen gemacht. Unsere höhere Moral zwingt uns zu komplizierteren Lösungen.«

Inzwischen fühlte sich Kirk besser. Er konnte wieder stehen, ohne daß ihn Kalrind stützen mußte. »Was haben Sie mit ihnen vor?«

»Wir schicken Klanth und seine Leute mit dem nächsten Transporter nach Klinzhai. Vielleicht finden die dortigen Medo-Experten eine Möglichkeit, ihnen zu helfen. Wir haben große Fortschritte bei der Drogentherapie erzielt und wenden sie bei Patienten mit Hirnschäden an — in diese Kategorie ordne ich auch Klanth und seine Kameraden ein. Wenn derartige Behandlungen erfolglos bleiben ...« Morith beendete den Satz nicht.

»Komm, Jim.« Kalrind griff nach Kirks Hand. »Kehren wir zu deinem Quartier zurück.«

Nach dem Zwischenfall begegnete Kirk dem klingonischen Captain nicht noch einmal. Ein Teil von ihm war erleichtert, doch ein anderer begann zu grübeln. *Klanth hat Gemeinsamkeiten zwischen uns erwähnt,* dachte er. *Und ich kann ihm nicht widersprechen: Wir sind Krieger und damit einzigartig in dieser Epoche.*

Vor einigen Jahren hatte Kirk persönliche Erlebnisberichte über einen Krieg auf der Erde gelesen, der vor dem Raumfahrt-Zeitalter stattgefunden hatte. Der Verfasser meinte, er und die anderen Soldaten seiner Truppe hätten mit den feindlichen Kämpfern mehr gemeinsam als mit den Zivilisten der eigenen Nation. Nur jene Männer konnten ihn verstehen, die mit ihm marschiert seien — und die Gegner. Allein sie kannten das harte Leben, das er während des Krieges geführt hatte; die Zivilisten auf beiden Seiten ahnten nicht, was es bedeutete, als Soldat ständig mit dem Tod konfrontiert zu sein.

Die Schilderungen beeindruckten Kirk sehr, und er suchte nach weiteren Büchern dieser Art — um festzustellen, ob auch Soldaten aus anderen Ländern ähnliche Erfahrungen gesammelt hatten. Er selbst empfand ebenso, und offenbar teilte Klanth seine Gefühle.

Die Bruderschaft der Krieger, überlegte Kirk. *Nur Soldaten wissen davon. Nur Soldaten verstehen sie.* Vielleicht waren Klanth und seine Gefährten tatsächlich die Tiere, die Morith in ihnen sah. Sie mochten unberechenbar und gefährlich sein, aber Jim hätte gern mit dem Alten Klingonen darüber gesprochen. Klanth — ein Produkt seines eigenen Jahrhunderts, ein stolzer und einsamer Krieger aus einer Epoche, die Jims wahre Heimat blieb.

KAPITEL 7

Spock hatte gewiß nicht gelogen, als er Commodore Hellenhase gegenüber den Wunsch äußerte, in der Starbase Siebzehn zu verweilen, während die *Enterprise* repariert wurde. Kirk hatte ihm tatsächlich das Kommando gegeben, und deshalb fühlte sich der Vulkanier verpflichtet, beim Schiff zu bleiben. Als ranghöchster Offizier hielt er es darüber hinaus für seine Aufgabe, der Besatzung Gesellschaft zu leisten, während ihre psychologischen Wunden angesichts des Verlusts des Captains heilten. In einigen Fällen — zum Beispiel bei Uhura — kamen auch physische Verletzungen hinzu.

Während des Gesprächs mit Hellenhase enthielten Spocks Bemerkungen einzig und allein Wahrheit, doch sein späteres Verhalten verlieh jenen Worten die Bedeutung von Lügen. Als er versuchte, mit der Crew Kontakt zu pflegen, ergaben sich dabei noch größere Schwierigkeiten als sonst. Er begegnete allgemeiner Feindseligkeit und kannte auch den Grund dafür: seine Entscheidung, nach Kirks Verschwinden zur Starbase zu fliegen.

Spock konnte die Gefühle der Besatzung nicht ignorieren und kam zu folgendem Schluß: Unter den gegenwärtigen Bedingungen nützte ihr seine Präsenz nichts. Hinzu kam, daß Ermittlungen und Nachforschungen lockten, jener intellektuelle Eifer, der zu den wenigen auf Vulkan akzeptierten Emotionen gehörte. Spock stellte die sinnlosen Bemühungen ein, seine Beziehungen zur Crew zu verbessern, begab sich statt dessen zum nächsten freien Computerterminal.

Dort fand ihn Chefingenieur Scott.

»Guten Tag, Mr. Spock«, sagte der Schotte fröhlich. »Ich habe überall nach Ihnen gesucht. Meine Triebwerke müssen gründlich überholt werden, und in diesem Zusammenhang brauche ich Ihren Rat.«

»*Ihre* Triebwerke, Mr. Scott?« erwiderte der Vulkanier, ohne den Blick vom Bildschirm abzuwenden.

»Es ist mir völlig gleich, wie Sie die Sache sehen«, brummte der Chefingenieur verärgert. »Ich erachte die Triebwerke als meinen persönlichen Besitz.«

Spock seufzte resigniert und wandte sich von der komplexen Grafik im Projektionsfeld ab. »Wie Sie meinen. Nun, ich stehe Ihnen zur Verfügung. Was möchten Sie mich fragen?«

Der Verdruß verschwand aus Scotts Gesicht und wich neuerlichem Enthusiasmus. »Es geht um folgendes, Mr. Spock. Es sind umfangreiche Instandsetzungsarbeiten in Hinsicht auf den Materie-Antimaterie-Wandler notwendig, und das gibt uns Gelegenheit, einige Innovationen zu berücksichtigen. Wir haben zwei Möglichkeiten: Entweder rekonstruieren wir die alte technische Struktur, oder wir modifizieren sie, um kurzfristig ein höheres energetisches Niveau zu erreichen. Zum Beispiel während der Warpbeschleunigung. Das hätte sicher große Vorteile.«

»Ich nehme an, es gibt auch Nachteile. Andernfalls wären Sie kaum hier, um meinen Rat einzuholen.«

»Aye«, bestätigte Scott kummervoll. »Wissen Sie, die neuen Anlagen verbrauchen mehr Energie, was zu einer Reduzierung der Deflektorenkapazität und der Reserve für die Lebenserhaltungssysteme führt. Einige Schiffe haben auch geringere Impulskraft gemeldet — obgleich die Modifikationen eigentlich ohne Einfluß auf das Impulstriebwerk bleiben sollten.«

»Dann scheint die Entscheidung klar zu sein. Ganz offensichtlich können wir uns derartige Verbesserungen nicht leisten.«

»Aber sie sind wundervoll, Mr. Spock! Man könnte sogar von einem regelrechten Durchbruch sprechen. Ich würde mich sehr freuen, solche Vorrichtungen an Bord zu installieren.«

»Trotzdem halte ich die von Ihnen beschriebenen Innovationen für ausgesprochen unpraktisch. Nach meinen Erfahrungen braucht die *Enterprise* hohe Deflektorkapazität, Impulskraft und Reserveenergie für die Lebenserhaltungssysteme weitaus häufiger als ein größeres Potential für die Warpbeschleunigung.«

»Aye.« Scott nickte niedergeschlagen. »Ich bin der gleichen Ansicht. Aber ich habe gehofft, daß Sie mir dennoch einen guten Grund für den Umbau nennen.«

Der Vulkanier hob eine Braue. »Ich verstehe nicht, warum Menschen manchmal von etwas überzeugt werden möchten, das sie bereits als unvernünftig erkannt haben.«

Scott nickte erneut. »Es überrascht mich kaum, daß es Ihnen schwerfällt, so etwas zu verstehen, Mr. Spock. Wie dem auch sei: Ich bin nicht nur deshalb gekommen. Die Zugangscodes und Paßwörter — zum Teufel damit!«

»Könnten Sie sich etwas deutlicher ausdrücken, Mr. Scott?«

»Ich spreche von den Computern der *Enterprise,* Mr. Spock.«

»Das ist mir klar«, erwiderte der Vulkanier geduldig. »Es bleibt mir allerdings ein Rätsel, wieso Sie es für erforderlich halten, Zugangscodes und Paßwörter zum Teufel zu wünschen.« Unter anderen Umständen hätte er vielleicht gefragt, ob es angebracht war, immaterielle Dinge zu verfluchen. Aber inzwischen kannte Spock die Redewendungen der Menschen und wußte auch, daß es sie verärgerte, wenn man sich nach dem Sinn solcher Bemerkungen erkundigte.

»Ich muß sie alle ändern!« entfuhr es Scott. »Was viele Stunden Arbeit bedeutet. Ich brauche eine Ewigkeit dazu, und es wäre viel besser, die Zeit den Triebwerken und der Schiffsstruktur zu widmen. Sie sind Computerexperte, Mr. Spock. Vielleicht wissen Sie, wie man damit schneller fertig werden kann.«

»Mr. Scott, die aktuelle Änderungsprozedur ist von Starfleet-Fachleuten entwickelt worden und so beschaffen, daß sie möglichst wenig Zeit in Anspruch nimmt. Bitten Sie mich etwa um die Erlaubnis, einige Zugangscodes und Paßwörter einfach zu ignorieren?«

Der Chefingenieur senkte verlegen den Kopf und mied den Blick des Ersten Offiziers. »Dämliche Vorschriften«, kommentierte er halblaut.

»Ganz im Gegenteil, Mr. Scott«, widersprach der Vulkanier, und seine Stimme klang nun etwas schärfer als sonst. »Wenn ein Offizier mit dem Rang und Status von Captain Kirk verschwindet, müssen die Codes in der ganzen Flotte geändert werden. Diese Maßnahme hat durchaus einen Sinn.«

Scott seufzte. »Aye, Mr. Spock. Sie *hat* einen Sinn — wenn der betreffende Offizier in die Gewalt des Feindes geriet. Doch das ist hier nicht der Fall! Wir wissen, was mit dem Captain geschah: Ein energetischer Sturm versetzte ihn in eine andere Dimension, und dort befindet er sich nach wie vor.«

»Ich neige dazu, Ihnen beizupflichten«, sagte Spock. »Aber wir können nicht sicher sein. Solange Beweise fehlen, müssen wir vom Schlimmsten ausgehen und vermuten, daß Captain Kirk von einem Feind — ob bekannt oder unbekannt — gefangengenommen wurde. Vielleicht hat man ihn verhört. Vielleicht hat er unter dem Einfluß von Drogen sein Wissen über Starfleet preisgegeben.«

Scott schüttelte den Kopf. »Der Captain würde bestimmt nichts verraten.«

Spock wechselte abrupt das Thema. »Wie kommen die Reparaturen voran?«

»Dem Zeitplan gemäß — trotz des Unsinns mit den

Zugangscodes und Paßwörtern. In zwei Wochen ist die *Enterprise* wieder wie neu. In mancher Beziehung sogar noch besser.«

»Gut. Und Commander Uhuras Konsole?«

Scott gestikulierte vage und wanderte unruhig durchs kleine Zimmer. Der analytische Blick des Vulkaniers folgte ihm. »Die Sache ist mir schleierhaft, Mr. Spock. Alle Konsolen sind bestens isoliert. Sie leiten nur dann Elektrizität weiter, wenn sie stark beschädigt sind, und beim Kom-Pult ließen sich keine Defekte feststellen.«

»Dr. McCoy hat bei Commander Uhura Bewußtlosigkeit aufgrund eines starken elektrischen Schlags diagnostiziert. Ihre Verletzungen gehen nicht auf die vom Sturm verursachten Erschütterungen zurück.«

Scott verzog das Gesicht, als er sich daran erinnerte. Seine rechte Hand tastete zum Kopf. »Autsch. Wir sind so sehr durchgeschüttelt worden, daß einige von uns Monate brauchen werden, um sich ganz zu erholen. Ach, Schiffe sind viel einfacher in Ordnung zu bringen als Menschen — weil sie logischer konstruiert sind.«

»Es überrascht mich, so etwas von einem Menschen zu hören«, sagte Spock anerkennend. »Bei Commander Uhura blieb der elektrische Schlag ohne negative Folgen, aber wenn so etwas noch einmal geschieht ... Vielleicht hat das nächste Besatzungsmitglied nicht soviel Glück.«

»Ich *weiß,* Mr. Spock! Lieber Himmel, ich kann keine Wunder vollbringen! Die Ursache ist mir *unbekannt!*« Der Chefingenieur atmete mehrmals tief durch und beruhigte sich. »Bei den Tests und Simulationen ergaben sich völlig normale Werte. Auch die von den internen Konsolensensoren aufgezeichneten Daten zeigen nichts Ungewöhnliches.«

»Ich kenne die Aufzeichnungen und stimme Ihnen zu, Mr. Scott. Aber ich habe auch jene Subraum-Signale analysiert, die Commander Uhura zum entsprechenden Zeitpunkt empfing.« Spock deutete auf den Bildschirm.

Scott beugte sich vor und bemerkte dabei einen technischen Starfleet-Bericht neben der Tastatur. Er griff danach. »Elliot Tindall«, las er. »Ich habe von ihm gehört. Soll ein ausgezeichneter Wissenschaftler sein. Leider verstehe ich kaum etwas von seinem Fachgebiet.«

»Im Gegensatz zu mir«, entgegnete Spock. Er nahm den Bericht und legte ihn beiseite. »Wenn Sie Ihre Aufmerksamkeit jetzt auf den Monitor richten würden ...«

Scott starrte zum Projektionsfeld. »Wie soll uns das weiterbringen, Mr. Spock? Die Signale bieten uns keinen Aufschluß über die Fehlfunktion der Kom-Konsole.«

»In der Tat, Mr. Scott. Ich habe nach Anhaltspunkten Ausschau gehalten, die eine andere Ursache betreffen. Und ich glaube, meine Suche hatte Erfolg.«

Der Vulkanier zögerte, und Scott argwöhnte, daß die Pause nur dazu diente, sein Interesse zu stimulieren. Schon nach zwei oder drei Sekunden verlor er die Geduld. »Heraus damit!«

»Es gibt Anzeichen dafür, daß der elektrische Schlag von einem sehr kurzen und starken Signal bewirkt wurde, das sowohl den Absorptionsschaltkreis als auch die Subsysteme überlagerte. Es erreichte das Kom-Pult auf der Frequenz des Transponders, den Captain Kirk mitnahm, als er sich zur *Keule* beamte.«

Der Chefingenieur runzelte die Stirn. »Aye«, murmelte er nachdenklich. »Klingt plausibel. Aber welchen Ursprung hatte das Signal? Es muß mit ziemlich viel Energie gesendet worden sein.«

»Von dieser Annahme gehe ich ebenfalls aus«, sagte Spock. »Doch für Schlußfolgerungen sind mehr Daten notwendig. Und um mehr Daten zu gewinnen, benötige ich als geheim eingestufte Starfleet-Geräte, die mir normalerweise nicht zur Verfügung stehen.«

»Ah! Deshalb sind Sie hier in der Starbase, anstatt im Dock die Reparaturen zu beaufsichtigen.«

»Ja«, bestätigte der Vulkanier. »Hier kann ich größere Computerkapazität verwenden. Meinen Bericht an Starfleet Command habe ich per Subraum-Kommunikation übermittelt.«

»Das hat die Leute im Hauptquartier sicher gefreut.« Der Chefingenieur lachte leise.

»Ganz und gar nicht, Mr. Scott. Sie waren alles andere als glücklich darüber. Allerdings beugten sie sich meiner Logik, als ich darauf hinwies, daß ich hier mit leistungsstarken Computern arbeiten kann und gleichzeitig in der Nähe des Schiffes bin, falls man mich braucht.«

»Eine Entscheidung, für die ich Ihnen sehr dankbar bin«, sagte Scott und lächelte. »Sie haben mir sehr geholfen!«

»Nun, um meine Analysen fortzusetzen, bin ich auf die bereits erwähnten geheimen Geräte angewiesen. Wie ich hörte, befinden sie sich im Starfleet-Hauptquartier.«

»Die Erde!« sagte Scott. »Tja, gegen einen Urlaub in der alten Heimat hätte ich nichts einzuwenden, doch die Vorstellung, dort zu arbeiten ...«

»Ich teile Ihre Bedenken«, verkündete Spock ernst. »Aber mir bleibt keine Wahl. Heute abend verlasse ich Starbase Siebzehn und fliege zur Erde. Ich kehre hierher zurück, bevor Sie die *Enterprise* wieder in einen raumtüchtigen Zustand versetzt haben.«

»Sie ist immer raumtüchtig, Mr. Spock«, betonte der Chefingenieur. »Manchmal mehr und manchmal weniger.«

»Dann lassen Sie es mich folgendermaßen ausdrükken: Ich kehre zurück, bevor die *Enterprise* Ihren hohen technischen Ansprüchen gerecht wird, Mr. Scott.«

Der Schotte strahlte. »Aye, *das* klingt schon besser!« Er verabschiedete sich und pfiff leise vor sich hin, als er nach draußen ging.

Spock sah ihm mit ausdrucksloser Miene nach. *Die Menschen sind eine sonderbare Spezies,* dachte er. Vielleicht verstand er sie nicht einmal dann, wenn er sich viele Jahre lang mit ihnen befaßte. Der Vulkanier seufzte lautlos und wandte sich wieder dem Bildschirm zu.

KAPITEL 8

»Geht es dir besser, Jim? Können wir den Unterricht fortsetzen?«

Kirk sah Kalrind fragend an. Sie befanden sich wieder im Park der Basis — an diesem Ort fiel es ihnen beiden leicht, sich zu entspannen und in aller Ruhe miteinander zu reden. Der Captain hatte sich lang ausgestreckt und kaute auf einem Grashalm. Neben ihm saß die Klingonin im Schneidersitz.

»Hast du dich nie gefragt, welcher Arbeit ich nachgehe?« fragte Kalrind.

»Ich dachte, deine Pflicht besteht nur darin, für mein Wohlbefinden zu sorgen.«

Kalrind schmunzelte. »Habe ich Erfolg damit?«

»Und ob. Ich werde dich für eine offizielle Belobigung vorschlagen. Vielleicht gibt man dir eine Medaille.«

»Ich bin aus einem sehr wichtigen Grund hier.«

»Weißt du, zumindest in einem Punkt unterscheiden sich die Neuen Klingonen kaum von ihren Vorfahren.«

Kalrind versteifte sich unwillkürlich. Falten bildeten sich in ihrer Stirn, und die dichten Brauen formten ein V. Plötzlich spürte Jim wieder die Aura der Gefahr — ein unangenehmes Echo aus der Vergangenheit.

»Tatsächlich?« fragte die Frau. Es klang wie ein Grollen.

Kirk lachte. »Ja. Ihr habt keinen sehr ausgeprägten Sinn für Humor.«

Die Anspannung wich von Kalrind. »Vielleicht hast du recht«, erwiderte sie mit einem Ernst, der den Hinweis des Captains bestätigte. »Eine Schwäche von uns.

Wir sollten versuchen, humorvoller zu sein. Ich glaube, das ist eine sehr wichtige Eigenschaft.«

Kirk schüttelte den Kopf, beschloß jedoch, das Thema zu wechseln. »Du hast einen wichtigen Grund für deine Präsenz in der Basis erwähnt.«

»Ja. Nun, ich befasse mich mit historischen Studien. Als wir herausfanden, wer du bist, kam ich sofort hierher. Zu jenem Zeitpunkt warst du noch bewußtlos.«

»Oh, ich kann verstehen, daß du es sehr eilig hattest, diese Basis zu erreichen«, sagte Kirk. »Klanth und die anderen Überlebenden der *Keule* müssen ein Geschenk des Himmels für dich sein. Bestimmt konntest du es gar nicht abwarten, ihnen Fragen zu stellen.«

»Klanth!« zischte Kalrind verächtlich. »Ebensowenig Sinn hätte es, mit *Qatlh pubs* oder anderen wilden Tieren zu reden. Nein, Jim, die Alten Klingonen sind völlig wertlos für mich. Wahrscheinlich denken sie nicht einmal wie ich. *Du persönlich* bist der Grund für meine Reise hierher. Du hast enorme historische Bedeutung.«

»Bestimmt habt ihr von der Föderation genug Informationen über meine Epoche bekommen. Wozu braucht ihr mich?«

Kalrind lächelte sanft. »Ich bitte dich, Jim. Du weißt genau, worauf ich hinauswill. Wir sind nicht in erster Linie an der Zeit interessiert, aus der du kommst, sondern an dir selbst.«

»Oh, natürlich. Du meinst den tapferen legendären Helden.«

Das erwartete Lachen von Kalrind blieb aus. Statt dessen antwortete sie schlicht: »Das stimmt, Jim.«

Kirk setzte sich auf. »Na schön, ich bin soweit. Die Lektion kann beginnen.«

»Laß uns gehen«, schlug Kalrind vor. »Es macht mich nervös, so lange tatenlos herumzusitzen.«

Sie schritten an Bäumen mit dicken Stämmen vorbei, und die Klingonin begann: »Vor einigen Tagen hast du dich darüber beklagt, immer wieder vom sogenannten tholianischen Zwischenfall zu hören, ohne zu wissen, was es damit auf sich hat. Jetzt erkläre ich dir die Hintergründe.

Vor hundert Jahren kam es zu einer Konfrontation zwischen zwei großen Raumflotten — auf der einen Seite Klingonen, auf der anderen Starfleet. Die Begegnung fand an der Grenze zwischen den beiden Einflußsphären statt, nicht weit entfernt von jenem Ort, wo ein energetischer Sturm den Kreuzer *Keule* in die Zukunft schleuderte. Zu den Ereignissen, von denen ich dir jetzt berichte, kam es nur vier Wochen nach dem Zeitsprung.«

»In der Nähe von Tholia«, murmelte Kirk.

»Genau. Daher der Name ›tholianischer Zwischenfall‹.«

»Und die Tholianer griffen nicht ein?« fragte Jim. »Sie reagierten immer recht empfindlich auf angebliche Verletzungen ihrer Souveränität.«

»Nun, angesichts der Größe der beiden Flotten hielten es die Tholianer vermutlich für besser, auf eine Intervention zu verzichten.«

»Sie verfügten über hochentwickelte Technik«, wandte Kirk ein. »Einmal gelang es ihnen, die *Enterprise* mit einer Art Netz einzufangen.«

»Mag sein«, sagte Kalrind. »Aber denk nur an das Energiepotential der beiden Flotten. Ich bezweifle, daß die Tholianer in der Lage gewesen wären, mit ihrem Netz etwas gegen eine so große Streitmacht auszurichten. Außerdem deutete alles auf eine unmittelbar bevorstehende, Schlacht hin.«

»Dann hätten die Organianer einschreiten müssen. Damals wurden sie häufig aktiv.«

Kalrind verließ den Pfad, nahm Platz und lehnte sich an einen Baumstamm. Kirk folgte ihrem Beispiel. »Offenbar wußten die Organianer genau über die Absichten aller Beteiligten Bescheid. Bestimmt war ihnen klar, daß die Klingonen eine diplomatische Mission begonnen hatten und keinen Angriff planten. Es handelte sich um *Neue* Klingonen.«

»Davon haben wir in meiner Zeit nie etwas gehört«, warf Kirk ein. »Andernfalls hätten wir versucht, uns mit ihnen in Verbindung zu setzen.«

»Imperiale Politik, Jim. Damals waren noch die Alten Klingonen an der Macht, und wenn sie einen meiner Vorfahren entdeckten, so wurde er entweder verhaftet oder sofort erschossen. Die ersten Neuen Klingonen mußten im Untergrund tätig werden. Nun, offenbar gab es trotzdem genug von ihnen in wichtigen Positionen, um eine große Flotte zusammenzustellen und damit aufzubrechen — um Frieden zu schaffen zwischen Imperium und Föderation.«

»Und so kam es zum Großen Frieden?« fragte Kirk.

»Ganz so einfach war es nicht. Starfleet blieb mißtrauisch und glaubte nicht an die Existenz von Neuen Klingonen. Man hielt alles für einen Trick, für ein ausgeklügeltes Täuschungsmanöver.«

»Eine durchaus vernünftige Annahme.«

Kalrind nickte. »Wenn man eure Erfahrungen mit den Alten Klingonen berücksichtigt — ja. Deshalb wurde die Situation immer kritischer. Die Neuen Klingonen versuchten, ihren guten Willen unter Beweis zu stellen, doch Starfleet verharrte in Argwohn — an Bord der Föderationsschiffe wartete man mit wachsender Nervosität auf den Befehl, das Feuer zu eröffnen.« Kalrinds Hand schloß sich fest um Kirks Arm. »Die Klingonen kamen, um Frieden zu bringen, doch es drohte ein interstellarer Krieg!

Selbst die Neuen Klingonen waren bereit, sich zu verteidigen, falls die Starfleet-Schiffe angriffen. Und nach den ersten Salven hätte es für die Diplomatie keine Chance mehr gegeben. Es bestand die Gefahr, daß Dutzende von Welten der Vernichtung anheimfielen. Außerdem hätte der Krieg die Neuen Klingonen im Imperium um ihren Einfluß gebracht.«

»Das klingt nicht nach einer sehr gefestigten Position.«

»Nein«, erwiderte Kalrind. »Meine Vorfahren hofften, durch den Frieden mit der Föderation mehr Macht zu erringen, und genau das geschah: Der Friedensvertrag gab ihnen die Möglichkeit, das ganze Imperium unter ihre Kontrolle zu bringen. Ein Krieg hingegen hätte ihren Untergang bedeutet. Hinzu kam: Nichts deutete auf die Bereitschaft der Organianer hin, etwas zu unternehmen.«

»Das Ergebnis — ein Schachmatt zwischen den beiden Flotten. Wer beendete es?«

»Du!« antwortete Kalrind. »Aus unseren eigenen Aufzeichnungen und denen der Föderation geht hervor: Captain James Kirk befand sich *an Bord eines klingonischen Schiffes*, sprach mit dem Kommandeur der Starfleet-Streitmacht und bestätigte die Friedensabsichten der Klingonen.«

»Das ist unmöglich!« hauchte Kirk. Er starrte Kalrind mit einer Mischung aus Furcht und Hoffnung an.

»Ich zeig's dir. Komm.« Sie stand auf und zog ihn hoch. »Soweit zum Geschichtsunterricht. Jetzt steht ein Film auf dem Programm.«

Kirk zögerte und konnte es noch immer nicht fassen. »Es ist die Wahrheit, Jim!« fügte Kalrind hinzu. »Du kannst dich selbst davon überzeugen. Komm jetzt. Oder bist du nicht neugierig geworden?«

Der Wandschirm vor ihnen glühte rosarot, und dann formte sich ein Bild auf ihm. Kirk schnappte nach Luft, als er von oben in den Kontrollraum eines Föderationsschiffes blickte. Eine Brücke, ebenso vertraut wie die Personen an den Schaltpulten: Spock, Uhura, Sulu, Chekov...

»Alte Aufzeichnungen«, erklärte Kalrind und schien Jims heftige emotionale Reaktion nicht zu bemerken. »Die Föderation hat uns Kopien gegeben, und wir haben sie mit unseren eigenen Daten kombiniert. Jene Offiziere sind von deiner Friedensbotschaft überrascht. Hör nur.«

Spock ließ sich in den Kommandosessel sinken und betätigte eine Taste. »Ihre Meinung, Doktor?«

Leonard McCoy klang verwirrt. »Keine Ahnung. Ich weiß nicht, was ich davon halten soll, aber eine gesunde Portion Mißtrauen erscheint mir angebracht.«

»Und Ihre Schlüsse, Doktor?« fragte Spock. Nur Kirk, der den Vulkanier gut kannte, vernahm die Ungeduld in seiner Stimme.

»Ich bin Arzt und kein Computer«, erwiderte McCoy sarkastisch. »Im Gegensatz zu gewissen Leuten, deren Namen ich jetzt nicht nennen möchte. Deshalb sehe ich mich außerstande, irgendwelche Schlüsse zu ziehen. Was meine *Gefühle* betrifft, insbesondere die Intuition ... Ich glaube kein Wort davon und schlage vor, wir warten ab. Vielleicht hören wir noch mehr, und dadurch bekommen wir zusätzliche Daten.«

Spock nickte. »Ein erstaunlich logischer Hinweis, Doktor.«

Kirk lächelte. Es war keine Stimmanalyse notwendig, um ihn davon zu überzeugen, daß es sich wirklich um seine Freunde handelte. *Armer Spock,* dachte er. *Er sieht sehr besorgt und erschöpft aus.* Jim verspürte den plötzlichen Wunsch, mit seinem Ersten Offizier zu reden, ihm Mut zuzusprechen, doch dann holte ihn die Realität ein. *Das alles geschah vor hundert Jahren!* Bitterkeit erfaßte ihn: Die Personen auf dem Schirm waren längst tot. *Ich habe sie für immer verloren.*

Das Bild wechselte und zeigte die Brücke eines anderen Föderationsschiffes. Dort empfing man gerade eine Nachricht, die McCoys Ansicht schilderte; Spock stimmte der Einschätzung des Arztes zu. Es folgten einige Szenen von imperialen Kreuzern. Klingonische Offiziere fragten sich: Würden die Starfleet-Kommandeure Kirk glauben oder das Feuer eröffnen?

Jim merkte erst, wie erschüttert er war, als das Grau auf den Schirm zurückkehrte.

»Der erste Tag«, sagte Kalrind begeistert. »Jetzt nehmen wir uns die Aufzeichnungen des zweiten Tages vor.«

»Kannst du mir zeigen, wie ich jene Rede halte? Sie interessiert mich sehr.«

Kalrind schüttelte den Kopf. »Tut mir leid, Jim. Die Informationen sind nicht vollständig, weder unsere noch die der Föderation. Ein großer Teil der von den Kreuzern gesammelten Daten ging bei den Unruhen verloren, die im Imperium dem tholianischen Zwischenfall folgten — als die Neuen Klingonen an die Macht drängten. Starfleet weiß nicht, warum in den Föderationsarchiven bestimmte Dinge fehlen. Vielleicht ist Inkompetenz die Ursache.«

»Das ist nicht ganz ausgeschlossen.« Kirk schmunzelte.

»Nun, leider gingen die Aufzeichnungen deiner Ansprache verloren — eine wahre Tragödie für die Historiker. Wir wissen im großen und ganzen, *was* du gesagt hast, aber es gibt keine entsprechenden Bilder.« Kalrind stand an der Konsole des Wandschirms und betätigte mehrere Tasten. »Jetzt der zweite Tag.«

Kirk sah Spock in der Krankenstation. »Doktor«, wandte sich der Vulkanier an Leonard McCoy, »inzwischen haben wir genug Daten. Zwar kenne ich durch die Zusammenarbeit mit Captain Kirk den Wert der menschlichen Intuition, aber jetzt muß ich in erster Linie der Computeranalyse vertrauen. Ich bin entschlossen, die Resultate zu akzeptieren und das auch dem Rest der Flotte zu empfehlen.«

»Verdammt, Spock!« entfuhr es McCoy zornig. »Was würde Jim dazu sagen?«

»Wir wissen es bereits, Doktor. Sie haben ihn selbst gehört.«

Szenenwechsel. Klingonen lächelten erleichtert, als sie von Starfleets Bereitschaft hörten, Captain James

Kirk zu glauben. Es kam zu einem regelrechten Triumphzug, als man die imperiale Flotte zur Erde eskortierte, und dort wurde der Große Frieden gefeiert. Ähnliche Feste fanden später auch auf allen anderen Föderationswelten statt.

Die Bilder auf dem Wandschirm verblaßten. »Du hast es selbst gesehen!« rief Kalrind und strahlte. »Seit damals ist der Große Frieden stabil — seit hundert Jahren hat ihn niemand bedroht!«

Tränen quollen Kirk in die Augen, aber sie gingen nicht auf Kalrinds Worte zurück, sondern auf den Anblick seiner toten Freunde. »Nur wenige von uns haben so etwas zu hoffen gewagt«, sagte er.

»Ich weiß«, fuhr die Klingonin in einem tröstenden Tonfall fort. »Nun, während des vergangenen Jahrhunderts hat das Mißtrauen zwischen unseren Völkern immer mehr nachgelassen und sich in echte Freundschaft verwandelt. Seit dem letzten Grenzzwischenfall sind fünfundsiebzig Jahre vergangen. Eigentlich existiert heute gar keine Grenze mehr. Klingonen und Föderationsbürger reisen frei in beiden stellaren Territorien. Wahrscheinlich dauert es nicht mehr lange bis zu einer echten politischen Einheit, der *jIjmoS*, wie es bei uns heißt. Vielleicht entscheiden irgendwann auch die Romulaner, mit uns Frieden zu schließen. Nein, nicht ›vielleicht‹. Ich bin *sicher,* daß sie sich früher oder später unserem Bündnis anschließen.«

Kirks Gedanken rasten. »Freut mich«, murmelte er geistesabwesend. »Aber was meine Rolle beim tholianischen Zwischenfall betrifft ... Es ist schlicht und einfach unmöglich! Ich kann damals nicht an Bord eines klingonischen Schiffes gewesen sein — weil der Zeitsprung in die Zukunft *vorher* erfolgte!«

Kalrind lächelte. »Damit hast du recht und gleichzeitig unrecht, Jim. Wir glauben zu wissen, was damals geschehen ist. Und ich möchte Morith bitten, es dir zu erklären.«

Sie fanden Morith im Laboratorium. Er saß an einem kleinen Tisch — umgeben von Instrumenten, die Kirk nicht kannte —, arbeitete an einem Terminal und sah mit offensichtlichem Ärger über die Störung auf. Doch seine Miene erhellte sich sofort, als er die beiden Besucher erkannte. »Jim! Freut mich, daß Sie gekommen sind.« Er musterte Kalrind, und einige Sekunden später glitt sein Blick wieder zu Kirk. »Oh, ich verstehe. Bitte haben Sie ein wenig Geduld.«

Seine Finger huschten über die Tastatur und tippten einige letzte Anweisungen. Dann stand er auf und streckte sich. »Was haben Sie erfahren?«

»Er kennt jetzt den tholianischen Zwischenfall und seine Folgen«, sagte die Frau an Jims Seite.

»Kalrind hat mir die Ereignisse in groben Zügen beschrieben«, fügte Kirk hinzu. »Sie scheint jedoch nicht alles zu wissen und meinte, die nächsten Informationen kämen von Ihnen. Nun, ich warte darauf.« Er sprach mit einer Schärfe, die ihn selbst erstaunte. Ärger brodelte in ihm: Er hatte es satt, dauernd dem Geheimnisvollen zu begegnen. Er hatte es satt, unter fremder Kontrolle zu stehen, von einem Klingonen an den nächsten weitergereicht zu werden, immer nur verlockende Häppchen der ganzen Geschichte zu bekommen und dann zu hören, daß ihm jemand anders das nächste Kapitel lieferte.

Morith ignorierte die Feindseligkeit in Kirks Stimme. »Was halten Sie davon, die größte Flotte in der Raumfahrtgeschichte zu sehen?«

Kirk starrte ihn mit wortloser Verblüffung an, und Morith schmunzelte. »Kommen Sie.«

Sie befanden sich jetzt in einem Zimmer, das Kirk noch nicht kannte. Kalrind war fortgegangen, hatte jedoch versprochen, so bald wie möglich zurückzukehren. »Eigentlich sollte ich mit dieser ganzen Angelegenheit überhaupt nichts zu tun haben«, sagte Morith. »Ich bin Spezialist auf dem Gebiet der theoretischen Physik, und es ist mir ein Rätsel, warum man mich mit Verwaltungsaufgaben betraute.«

»Technische Planung«, entgegnete Kirk unaufmerksam und näherte sich dem geradezu riesigen Bildschirm.

»Ja, das stimmt vermutlich.« Morith nickte. »Jemand auf Klinzhai hatte die dumme Idee, mich mit der technischen Planung zu beauftragen, *weil* ich Physiker bin. Meine Güte, manchmal frage ich mich, wie es meinen Vorfahren gelang, ein Imperium zu schaffen.«

»Ich schätze, solche Art von Verwirrung war den Alten Klingonen fremd.« *Aber von dieser Flotte wären sie zweifellos begeistert gewesen,* dachte Kirk.

Eine Wand des Zimmers bestand aus einem Projektionsfeld, das ihn an den Wandschirm auf der *Enterprise*-Brücke erinnerte. Morith hatte ihm erklärt, der Schirm diene in erster Linie wissenschaftlichen Zwekken, aber er sei ein geeignetes Mittel, um Kirk die Flotte zu zeigen; er fungierte nun als elektronisches Fenster, das Ausblick in den Weltraum gewährte. Die Wand erweckte den Eindruck, aus Glas zu bestehen. Weder Fels noch Beton schienen Jim von der Leere des Alls zu trennen — und von der gewaltigen Flotte im Orbit der Basis.

Viele Raumschiffe waren nur winzige Lichter zwischen den Sternen oder kleine, schemenhafte Silhouetten, die ab und zu das Glühen ferner Sonnen verdunkelten. Andere, nähere Kreuzer hingen in den Lichtkegeln starker Scheinwerfer, und Kirk beobachtete sie wie hypnotisiert.

Zahllose klingonische Schiffe. Und schwerbewaffnet, wie der Captain sofort erkannte. »Das sind Kriegsschiffe, Morith«, sagte er. »Aus meiner Zeit.«

Der Klingone wirkte verlegen. »Andere standen nicht zur Verfügung. Es handelt sich um ein Erbe aus unserer Vergangenheit, um ein Überbleibsel. Für diese Mission hätten wir den Umfang unserer Handelsflotte drastisch reduzieren müssen, und das konnten wir uns nicht leisten. Deshalb haben wir uns alle alten Kreuzer besorgt, die sich auftreiben ließen — um sie gründlich zu überholen und erneut in den Dienst zu stellen. Es sind *tatsächlich* Kriegsschiffe aus Ihrer Zeit, Jim. Damals haben Klingonen zum letzten Mal Schiffe für den Kampf gebaut. Sie befanden sich in Museen auf verschiedenen Welten des Imperiums. Dort zeigten wir sie klingonischen Kindern, damit sie Scham empfinden angesichts der langen blutigen Phase unserer Geschichte. Nun, wenigstens *gab* es sie noch. Andernfalls wäre es uns sehr schwer gefallen, diese Flotte zusammenzustellen.«

»Und worum geht es bei der Mission?« erkundigte sich Kirk erneut. Er hatte diese Frage schon mehrmals gestellt, ohne eine Antwort von Morith zu erhalten. Auch diesmal lehnte es der Physiker ab, die Neugier des Captains zu befriedigen. »Warten Sie, bis Kalrind zurückkehrt. Dann erfahren Sie auch den Rest.« Es erstaunte Jim, daß Morith offenbar die moralische Unterstützung der Klingonin benötigte.

Sie warteten schweigend und allein im Beobachtungszimmer, beide in Gedanken versunken. Moriths Aufmerksamkeit schien nach innen gerichtet zu sein, während Kirk auch weiterhin durchs Fenster sah, in die Leere des Weltraums, zu den Schiffen und Sternen.

Nach einer Weile hörte Jim eilige Schritte im Korridor, und Kalrind kam herein. Sofort wandte er sich an Morith. »Bitte halten Sie mich nicht länger hin.«

Morith nickte. Er trat an den Schirm heran, blieb neben Kirk stehen und starrte in die Schwärze. »Jene Kreuzer sollen zur Flotte der Neuen Klingonen werden, die in der Nähe von Tholia den Schiffen der Föderation begegnet. Wir reisen mit Ihnen hundert Jahre in die Vergangenheit, damit Sie Ihre historische Rolle beim tholianischen Zwischenfall spielen können.«

Sie waren wieder in Moriths Laboratorium. Kirk verstand nun, warum der klingonische Physiker gewartet hatte. *Er brauchte Kalrinds moralische Unterstützung nicht,* dachte Jim. *Ganz im Gegensatz zu mir.* Moriths Hinweise auf eine bevorstehende Zeitreise schufen neuerliche Verwirrung in Kirk. Während sie durch die Korridore schritten, gelang es ihm, ruhig zu bleiben, aber nun lagen ihm Dutzende von Fragen auf der Zunge.

Zunächst starrte er seine beiden Begleiter wortlos an. Es hatte ihm erhebliche emotionale Probleme bereitet, sich mit dem Verlust der vertrauten Welt und aller Freunde abzufinden, und jetzt sah er plötzlich eine Möglichkeit, zu ihnen zurückzukehren.

»Wir haben einen Plan, entwickelt von klingonischen Wissenschaftlern und Fachleuten der Föderation«, begann Morith. »Er wurde lange diskutiert, und jetzt sind sich die Experten einig. Wir müssen in die Vergangenheit reisen, um dort sicherzustellen, daß Sie zur richtigen Zeit am richtigen Ort sind. Anders ausgedrückt: Wir müssen gewährleisten, daß der Große Frieden möglich wird.«

Kirk schüttelte wie benommen den Kopf, und Kalrind hielt diese Geste für ein Zeichen der Ablehnung. »Eigentlich ist es ganz einfach, Jim«, sagte sie. »Damals versuchten die Neuen Klingonen, die Alten von der Macht zu verdrängen und das Imperium unter ihre Kontrolle zu bringen. Warum sollten wir das Ergebnis jener Auseinandersetzungen den Launen der Geschichte überlassen? Wir wissen, wie die Konfrontation endete, aber was gab den Ausschlag? Welche Umstände ermöglichten es uns, den Weg des Friedens zu beschreiten?«

»Ist das wichtig?« erwiderte Kirk verwundert. »Es geschah, und nur darauf kommt es an. Ganz gleich, wie kritisch die Situation wurde — ein Krieg blieb aus.«

»Das steht nicht fest.«

»Es steht nicht fest?« wiederholte Jim. »Sie kennen

die Ereignisse. Die Vergangenheit kann sich wohl kaum einfach so ändern.« Dann erinnerte er sich an New York im Jahr 1930, an Edith Keelers Tod. »Doch, sie *kann* sich ändern«, fügte er leise hinzu und schauderte. »Es ist sehr gefährlich, die Zeit zu manipulieren.«

»Wir haben nur die besten Absichten«, betonte Morith.

»Mag sein.« Kirk hatte Edith damals sterben lassen, um die Zukunft vor Unheil zu bewahren, und jene Entscheidung belastete ihn nach wie vor.

»Wir schicken die Kreuzer hundert Jahre in die Vergangenheit«, sagte Kalrind. »Damit der tholianische Zwischenfall stattfindet und zum Großen Frieden führt. Du wirst an Bord des Flaggschiffs sein, und ich ebenfalls. Welcher Historiker würde eine solche Gelegenheit versäumen?«

»Du ahnst nicht, wie gefährlich so etwas sein kann«, entgegnete Kirk.

»Nein, es sind keine Gefahren damit verbunden«, widersprach Morith scharf. »Wir haben alles bis ins letzte Detail vorbereitet.«

»Warum eine Flotte?« fragte Kirk. »Warum nicht ein oder zwei Schiffe?«

»Stellen Sie sich die Reaktion der Alten Klingonen vor, wenn sie ein oder zwei Schiffe orten, die zur Grenze fliegen, Jim. Man würde die beiden Kreuzer daran hindern, ihr Ziel zu erreichen. Aber gegen eine große Flotte unternehmen sie bestimmt nichts. Sie werden glauben, daß die Schiffe im Auftrag des Imperators zur Föderation unterwegs sind. Und wenn sie die Wahrheit herausfinden, ist es bereits zu spät. Dann haben sie keine Möglichkeit mehr, den Großen Frieden zu verhindern.«

Morith zögerte kurz. »Außerdem konnten wir uns diese Schiffe sofort besorgen. Es hätte viel länger gedauert, andere zu beschaffen, und die Zeit ist sehr knapp.«

»Die Zeit ist knapp?« entfuhr es Kirk. »Was soll das heißen? Wir kehren an eine ganz bestimmte Stelle der Vergangenheit zurück. Es ist völlig gleich, ob wir den temporalen Transfer jetzt einleiten oder später.«

Morith verzog das Gesicht. »Ich habe bisher darauf verzichtet, Ihnen Einzelheiten zu nennen, weil mir die Erklärungen zu kompliziert erscheinen. Sie sind schon einmal in die Vergangenheit gereist, mit Hilfe des Gravitationsfelds einer Sonne, nicht wahr?«

»Ja«, bestätigte Kirk verblüfft. »Woher wissen Sie davon? Es handelt sich um streng geheime Informationen!«

Morith lachte. »Es *waren* streng geheime Informationen, Jim! Heute haben wir freien Zugang zu den Föderationsarchiven, und umgekehrt verhält es sich ebenso. Jene Mission war eins der berühmtesten Abenteuer von Captain Kirk. In unseren Schulen berichtet man den Kindern davon!«

Kirk gestikulierte vage. »Ich bin mir nicht sicher, ob ich mich jemals an ... diese neue Perspektive gewöhnen kann.«

»Das brauchen Sie auch gar nicht, wenn die Mission Erfolg hat. Nun, wir wollen eine ähnliche Methode benutzen, um in die Vergangenheit zu gelangen. Vor kurzer Zeit haben unsere Astronomen ein supermassives Objekt entdeckt, nicht sehr weit von der Föderationsgrenze und Tholia entfernt — die eine Hälfte eines Doppelsterns. Die andere ist ein weißer Zwerg. Bei Ihrer Zeitreise verwendeten Sie eine gewöhnliche Sonne, aber der supermassive Himmelskörper gibt uns bessere Kontrolle und ermöglicht es, die ganze Flotte zu transferieren.«

»Von einem solchen Stern höre ich jetzt zum erstenmal.«

»Kein Wunder. Wie ich schon sagte: Er wurde erst vor kurzem entdeckt. Wir nennen ihn *Hov tInqu.*«

»Und das bedeutet?«

Morith lachte. »Die wörtliche Übersetzung lautet: ›sehr schwerer Stern‹. Nun, ich habe eben die Wichtigkeit des Zeitfaktors erwähnt. Wo — beziehungsweise *wann* — wir die Vergangenheit erreichen, hängt nicht nur davon ab, an welcher Stelle wir ins Gravitationsfeld von *Hov tInqu* vorstoßen, sondern auch von Eintrittswinkel und Geschwindigkeit. Hinzu kommt eine Quantelung. Damit meine ich folgendes: Nur gewisse Zielphasen in der Vergangenheit sind uns zugänglich, da nur bestimmte Kombinationen aus Transferzeitpunkt, Eintrittswinkel und Geschwindigkeit funktionieren. Sie haben eben von Gefahren gesprochen, und zumindest in dieser Hinsicht muß ich Ihnen zustimmen. Der Flotte steht eine sehr gefährliche Reise bevor: Die geringsten Abweichungen vom berechneten Kurs führen zur Zerstörung durch das starke Gravitationsfeld. Wenn uns während des Anflugs Fehler unterlaufen, werden die Kreuzer zermalmt, anstatt in die Vergangenheit zu gelangen.«

Kirk nickte. Er kannte die Risiken einer derartigen Zeitreise-Methode.

»Wir haben die Berechnungen mehrmals wiederholt, und immer ergaben sich die gleichen Resultate. *Hov tInqu* gestattet es uns, durch die Zeit zu springen und die Vergangenheit kurz vor dem tholianischen Zwischenfall zu erreichen. Wenigstens dabei ist das Glück auf unserer Seite. Aber es gibt nur eine Kombination aus Zeitpunkt, Eintrittswinkel und Geschwindigkeit, die den Transfer zuläßt. Wenige Tage trennen uns von dieser Chance. Um sie zu nutzen, müssen wir — die Flotte, meine ich —, in spätestens zwanzig Stunden aufbrechen.«

KAPITEL 9

Großadmiral Chung war stolz auf seine Gelassenheit, die er mit der unerschütterlichen Ruhe eines Vulkaniers verglich. Doch an diesem Tag verriet sein Gesicht Ärger und Verwirrung, als Spock das Büro betrat.

Der Erste Offizier salutierte und verharrte vor dem Schreibtisch des Admirals. »Nun, Mr. Spock?« fragte Chung ungeduldig. »Was ist los? Sie baten um die Erlaubnis, Ihren Bericht per Subraum-Kommunikation zu übermitteln, anstatt ihn persönlich zu überbringen, und nach einer langen Diskussion erklärten wir uns damit einverstanden. Aber jetzt sind Sie plötzlich hier in San Francisco! Wir haben Ihnen und Captain Kirk schon des öfteren besondere Freiheiten eingeräumt — andere Starfleet-Offiziere genießen nicht annähernd so viele Privilegien.«

Während Chung den Vortrag fortsetzte, rührte sich Spock nicht von der Stelle, und sein Gesicht blieb völlig ausdruckslos. Damit schürte er das Feuer des Ärgers im Admiral. »Sie haben beide eine spezielle Behandlung verdient«, sagte Chung. »Aufgrund Ihrer hervorragenden Leistungen. Aber diesmal, Spock ...« Er unterbrach sich kurz, um nach Luft zu schnappen. Sein Zorn prallte wirkungslos an dem Vulkanier ab, und Chung spürte, wie er immer mehr die Kontrolle über sich verlor. »Diesmal sind Sie zu weit gegangen, Spock! Der Captain eines Raumschiffs verschwindet, doch ich gestatte Ihnen trotzdem, in Starbase Siebzehn zu bleiben. Und dann erscheinen Sie einfach so in San Francisco! Nun?«

»Nun was, Admiral?« fragte der Erste Offizier.

Chung schlug mit der Faust auf den Schreibtisch. »Ich sollte ...! Versuchen Sie bloß nicht ...! SPOCK!«

»Bitte entschuldigen Sie, Admiral, aber ich verstehe nicht, was Sie von mir erwarten. Wenn Sie so freundlich wären, es mir zu erklären ...«

Es dauert nur noch ein Jahr bis zu meiner Pensionierung, dachte Chung.

»Ich möchte wissen, warum Sie hier sind«, brachte er hervor.

»Oh«, erwiderte Spock. »Jetzt verstehe ich. Danke, Admiral.«

Chung holte tief Luft und schloß die Augen. Nach einigen Sekunden hob er die Lider. »Fahren Sie fort, Mr. Spock«, sagte er resigniert.

»Unter normalen Umständen hätte ich Ihnen eine Mitteilung geschickt, um meinen Besuch sowohl anzukündigen als auch zu erklären, aber ich wollte vermeiden, daß die entsprechende Botschaft irgendwelchen Dritten bekannt wird.«

Der Admiral lehnte sich zurück. »Worauf wollen Sie hinaus, Mr. Spock?«

»Sir, ich brauche Ihre Erlaubnis für Experimente mit einigen Geräten, die sich hier im Hauptquartier befinden. Da Starfleet ihre Existenz bisher geheimgehalten hat — ganz zu schweigen von dem Ort ihrer Installation —, hielt ich es für angebracht, die Anfrage persönlich an Sie zu richten. Außerdem: Wenn Sie mir Ihre Genehmigung geben, muß ich die beabsichtigten Experimente selbst durchführen. Deshalb meine Präsenz in San Francisco.«

»Wenn«, wiederholte Chung. »Nicht ›falls‹, Mr. Spock?« Er schüttelte den Kopf. »Schon gut. Worum geht's? Welche geheimen Geräte meinen Sie?«

Spock erklärte es ihm.

Der Admiral starrte ihn groß an. »Erlaubnis erteilt«, sagte er schließlich. »Einen Augenblick. Sind Sie ganz sicher? Dumme Frage«, fügte er hinzu. »Vulkanier sind immer sicher.«

»Dieser Einschätzung stimme ich voll und ganz zu, Admiral«, sagte Spock ungerührt.

Chung schnitt eine Grimasse. »Sonst noch etwas?«

»Die Hilfe eines Assistenten wäre wünschenswert. Dadurch käme ich schneller voran.«

»Natürlich.« Chung nickte. »Nun, mal sehen. Ich könnte Admiral Kim anrufen ...«

»Ich dachte dabei an Elliot Tindall«, warf Spock ein.

Kein Wunder, dachte Chung. *Tindall ist ein ausgezeichneter Wissenschaftler.* »Welches Datum haben wir heute?« Er blickte zum Kalender. »Ah, ja. Seit heute morgen müßte er wieder zu Hause sein. Ich setze mich mit ihm in Verbindung.« Er streckte die Hand nach dem Tisch-Kommunikator aus.

»Davon rate ich ab«, sagte Spock rasch. »Kom-Gespräche können nie vollkommen abgeschirmt werden. Ich schlage vor, wir besuchen Mr. Tindall.«

»Hm. Glauben Sie im Ernst, jemand hat das Starfleet-Kommunikationsnetz angezapft, Spock?«

»*Jedes* Kom-Netz kann angezapft werden, Admiral«, erwiderte der Vulkanier.

»Na schön. Ich besorge uns einen Fahrer. Das erlauben Sie doch, oder?« Chungs Sarkasmus war unüberhörbar.

Spock dachte kurz nach. »Ja, Admiral. Ich erhebe keine Einwände.«

»Oh, herzlichen Dank, Mr. Spock«, entgegnete Chung, obgleich er wußte, daß sein Gesprächspartner die Ironie gar nicht zur Kenntnis nahm.

Im Haus der Tindalls fanden immer häufiger verbale Gefechte statt. Normalerweise achteten die beiden Kontrahenten darauf, mit gedämpften Stimmen zu streiten, damit die Nachbarn nichts hörten. Aber heute waren Elliot und Luisa lauter als jemals zuvor. Die Nachbarn standen hinter den Gardinen und lauschten hingerissen, während die beiden Männer auf dem Bürgersteig versuchten, den Zank zu ignorieren.

Luisa öffnete die Tür, und Chung bemerkte sofort ihre geröteten Augen. »Oh, Admiral. Kommen Sie herein. Elliot ist in seinem Arbeitszimmer. Ich hole ihn.«

»Tut mir leid, daß ich Sie störe, obwohl Ihr Urlaub noch nicht zu Ende ist, Luisa«, sagte Chung verlegen. »Aber es geht um eine sehr wichtige Angelegenheit.«

Luisa lächelte schief und gab keine Antwort. Sie führte die beiden Besucher durch einen kurzen Flur ins Wohnzimmer. Polstermöbel, Drucke an den Wänden, blasse Farben — alles entsprach dem neuesten Stil der oberen terranischen Mittelklasse.

»Bitte setzen Sie sich.« Luisa deutete zur Couch, bevor sie den Raum verließ und dabei ein Schluchzen unterdrückte.

Spock und Chung nahmen nebeneinander Platz. Der Vulkanier wirkte so ruhig und gelassen wie immer, doch Chung rutschte nervös hin und her. Sie schwiegen, und der Großadmiral vermied es, Spock anzusehen, richtete seine Aufmerksamkeit statt dessen auf die Drucke an den Wänden.

Nach einer Weile hörten sie schwere Schritte im Flur, und Elliot Tindall kam heran. »Admiral Chung ...«, sagte er, und in seinen Augen blitzte Ärger. »Ich muß erst am nächsten Montag ins Büro zurückkehren. Oder irre ich mich?«

»Nein, Elliot, ganz und gar nicht«, erwiderte Chung mit übertriebener Fröhlichkeit. »Sie haben völlig recht. Aber leider hat sich etwas Dringendes ergeben. Ich möchte Ihnen Mr. Spock vorstellen ...«

Elliots Blick wanderte zu dem Vulkanier, der stumm aufstand. »Zwar sind wir uns noch nie zuvor begegnet, aber ich habe schon viel von Ihnen gehört«, sagte Tindall. »Sie scheinen der berühmteste Vulkanier bei Starfleet zu sein.« Sein Lächeln wies darauf hin, daß die Worte scherzhaft gemeint waren.

Spock glaubte offenbar, die Bemerkung sei ernst gemeint. »In dieser Hinsicht habe ich nur wenig Konkurrenz, Mr. Tindall.«

»Was ich sehr bedauere, Sir«, entgegnete Elliot hastig. »Die wissenschaftliche Sektion könnte das technische Talent der Vulkanier gut gebrauchen. Was mich betrifft ... Ich bewundere insbesondere Mengs Schriften.«

Spock nickte. »Einer unserer besten Wissenschaftsphilosophen. Nun, ich habe auch viel von Ihnen gehört, Mr. Tindall. Zum Beispiel kenne ich Ihren Artikel über den T-Sprung-Effekt und das Transporter-Phasenfeld. Ihre Ausführungen sind sowohl präzise als auch bemerkenswert logisch.«

Chung hörte dem Wortwechsel der beiden Männer interessiert zu. Er klang freundlich, und der Admiral spürte, wie die Anspannung aus ihm wich. »Elliot, Mr. Spock ist zur Erde gekommen, um hier wichtige Experimente durchzuführen. Er möchte, daß Sie ihm dabei assistieren.«

»Eine große Ehre für mich!« entfuhr es Tindall. »Und eine wundervolle Gelegenheit!«

»Ja, ich weiß«, fuhr Chung fort. »Aber es bedeutet auch, daß Sie eine Zeitlang nicht an Ihrem gegenwärtigen Projekt weiterarbeiten können.«

»Kein Problem«, sagte Elliot sofort. »Überhaupt kein Problem. Wenn Mr. Spock meine Hilfe braucht, so darf dem nichts im Weg stehen.«

»Vielleicht möchten Sie zunächst wissen, was es mit den geplanten Experimenten auf sich hat«, meinte Spock.

»Wie auch immer sie beschaffen sind — es ist mir eine Ehre, daran teilzunehmen.«

»Noch heute?« fragte Chung. »Jetzt sofort.«

Elliot zuckte mit den Schultern. »Wenn es so dringend ist, Admiral ... Natürlich.«

»Sagen Sie Luisa einfach, es sei meine Schuld«, fügte Chung in einem jovialen Tonfall hinzu. Unmittelbar darauf gab er sich in Gedanken eine Ohrfeige.

Tindall versteifte sich, und das Lächeln verschwand von seinen Lippen. »Mit dem Problem werde ich fertig, Admiral.«

Chung stand auf. »Nun, dann wäre ja alles geregelt. Ich schlage vor, wir brechen sofort auf. Mr. Spock und ich warten draußen, während Sie ... äh ...«

Elliot nickte. »Es dauert nur einige Minuten.«

Chung und der Vulkanier verließen das Haus und kehrten zum geparkten Gleiter zurück. Als sie im schallisolierten Fond saßen, sagte der Admiral: »Ich verstehe das nicht, Mr. Spock. Die Tindalls schienen immer sehr glücklich zu sein. Warum streiten sie sich plötzlich?« Er seufzte. »Was ist los mit den jungen Leuten? In meiner Jugend war alles anders. Heutzutage fehlt es überall an Engagement und Pflichtgefühl. Manchmal fürchte ich um die Zukunft der Menschheit.«

»Mit diesen Worten bringen Sie die Sorge vieler alter Philosophen zum Ausdruck, Admiral«, erwiderte Spock. »Offenbar neigen Menschen dazu, die eigene Zeit für viel schlechter zu halten als vergangene Epochen. Ich glaube, Ihrer Spezies mangelt es an einer objektiven und emotionsfreien Einstellung der Geschichte gegenüber.«

Chung rechnete mit einem langen Vortrag, aber zum Glück kam Elliot schon bald aus dem Haus und setzte sich zu ihnen in den Gleiter.

Tage intensiver Arbeit folgten.

Spock und Elliot verbrachten viele Stunden im Laboratorium und legten nur kurze Pausen ein. Tindall ignorierte das Bedürfnis nach Nahrung und Schlaf fast ebenso mühelos wie der Vulkanier. Zu Anfang halfen ihnen einige Assistenten, deren Ausdauer jedoch Grenzen gesetzt waren. Letztendlich blieb den beiden Männern nichts anderes übrig, als einen großen Teil der Arbeit allein zu erledigen.

Den geheimen Apparaturen lag eine Theorie zugrunde, die besser verstanden und weiterentwickelt werden mußte, bevor Spock mit der Überprüfung seiner Hypothese beginnen konnte. Darüber hinaus waren umfangreiche Modifikationen notwendig. In beiden Fällen erwies sich Elliots Hilfe als ausschlaggebender Faktor für den Erfolg.

Als sie schließlich die Testphase einleiteten, waren nur Spock und Tindall bei den Experimenten zugegen. Die drei Assistenten schliefen und erholten sich von der Schufterei, die zum Abschluß der Vorbereitungen geführt hatte.

Elliot hielt nicht nur deshalb so lange durch, weil ihn die Tätigkeit selbst faszinierte und er sich über die Gelegenheit freute, mit Spock zusammenzuarbeiten. Hinzu kam, daß er während der letzten beiden Tage darauf verzichten konnte, nach Hause zurückzukehren. Die Beziehung mit Luisa hatte einen Punkt erreicht, der ihn dazu veranlaßte, sich selbst zu mißtrauen, wenn er mit ihr allein war. Ihn entsetzte die Vorstellung, sie in einem Anfall von wildem Zorn zu verletzen oder gar zu töten.

Elliot erinnerte sich an das erste Jahr seiner Ehe mit Luisa. Sie war sehr glücklich gewesen — und er noch glücklicher. Der Grund: das Medikament. Jetzt stand er kurz vor der Erfüllung seiner Pflichten und hätte den Gipfel des persönlichen Glücks erreichen sollen, doch plötzlich ließ ihn die Arznei im Stich.

Die nächste Dosis war längst überfällig, aber er hatte Spock zum Laboratorium begleitet, ohne die Pillen mitzunehmen. Wie konnte er sie holen, ohne zu Hause Luisa zu begegnen — ohne ihre Tränen zu sehen, ohne ihre flehentliche Stimme zu hören, die eine weitere Auseinandersetzung zur Folge hätte? Elliot mußte das Medikament täglich einnehmen, wenn er ausgesprochen negative Folgen vermeiden wollte. Schon zwei Dosen hatte er versäumt. Er hoffte inständig, daß die Restwirkung der Arznei lange genug anhielt, um ihn einige Tage lang vor gefährlichen Konsequenzen zu bewahren.

»Mr. Tindall!« sagte Spock scharf. »Ich habe Sie gebeten, das energetische Niveau zu erhöhen.«

Elliot unterbrach seine Grübeleien und wurde sich wieder der Umgebung bewußt. »Oh, ja, natürlich. Bitte entschuldigen Sie, Mr. Spock. Ich habe mit offenen Augen geträumt.« Er betätigte einen Regler, um mehr Energie in die Testvorrichtung zu leiten.

Der Vulkanier wandte sich wieder dem Monitor zu, ohne einen Kommentar in bezug auf die menschliche Neigung zur Träumerei abzugeben — Vulkanier waren imstande, sich ganz und gar auf eine bestimmte Aufgabe zu konzentrieren und alles andere aus ihrer Wahrnehmung zu verbannen. *Verdammter hochnäsiger Vulkanier,* dachte Elliot, obwohl Spock schwieg. *Am liebsten würde ich ...* Verärgert unterdrückte er diesen Gedanken. *Ich sollte mir an der vulkanischen Disziplin ein Beispiel nehmen, zumindest jetzt.*

»Wie sieht's aus, Mr. Spock?« fragte er und zwang sich, seiner Stimme einen fröhlichen Klang zu geben.

Spock drehte den Kopf und warf ihm einen überraschten Blick zu, betrachtete dann wieder die grafische Anzeige. »Bisher entsprechen die Ergebnisse meinen Erwartungen, Mr. Tindall. Erhöhen Sie das energetische Niveau auch weiterhin, den Testparametern gemäß.«

Ich könnte sein Experiment leicht sabotieren, dachte Elliot. *Vielleicht sollte ich diese Möglichkeit nutzen.* Nein, dann schöpfte der Vulkanier sofort Verdacht.

Der Test dauerte zwei Stunden, und als das Ende in Sicht rückte, fühlte Elliot die Last der Erschöpfung. Er war zwei verschiedenen Arten von Streß ausgesetzt: hier die Anstrengung, dauernd konzentriert zu bleiben, und dort das Bemühen, ein immer unruhiger werdendes Temperament unter Kontrolle zu halten.

Schließlich stand Spock auf. »Sie können die Energiezufuhr jetzt unterbrechen, Mr. Tindall«, sagte er nachdenklich. »Ich glaube, es liegen alle notwendigen Daten vor.«

In Elliot vibrierte es, als er sich ebenfalls erhob. Instinktiv spannte er die Muskeln. »Und nun?« fragte er ruhig.

Spock maß den jungen Wissenschaftler mit einem durchdringenden, analytischen Blick. »Die Ergebnisse des Experiments erfordern meine unverzügliche Rückkehr zur Starbase Siebzehn, und ich bitte Sie, mich zu begleiten. Von Ihrer Arbeit bin ich sehr beeindruckt, und ich glaube, Sie könnten mir auch weiterhin beträchtliche Hilfe leisten. Allerdings muß ich Sie auf mögliche Gefahren hinweisen: Im All hätten Sie es mit einer ganz anderen Situation zu tun als bei Ihrer intellektuellen Tätigkeit hier auf der Erde.«

Elliot entspannte sich. Spock bot ihm eine noch viel bessere Chance, als er gehofft hatte! »Es wäre mir nicht nur eine Ehre, sondern auch ein Vergnügen.«

Der Vulkanier nickte, als hätte er keine andere Antwort erwartet. »Gut. Ich spreche sofort mit Großadmiral Chung darüber.«

»Ich nehme an, wir brechen in einigen Tagen auf, nicht wahr?«

»Nein, Mr. Tindall. Wir machen uns unverzüglich auf den Weg — sobald ein Transportmittel zur Verfügung steht. Starfleet hat meiner Mission die absolut höchste Priorität verliehen.«

Elliot preßte die Lippen zusammen und rang sich ein Lächeln ab, als er erneut den aufmerksamen Blick des Vulkaniers spürte. »Einverstanden, Mr. Spock. Bitte gestatten Sie mir vorher noch einen kurzen Abstecher nach Hause. Anschließend bin ich soweit.«

Vielleicht funktioniert es bereits, auf eine magische Weise, dachte Luisa. Eine Sekunde später empfand sie Verlegenheit angesichts eines so abergläubischen Gedankens. Andererseits: Beim Ehemann ihrer Freundin hatte der Austausch Wunder gewirkt — zuerst verwandelte er sich in einen Tyrannen, doch dann wurde er so sanft und zärtlich wie zu Beginn der Ehe. Wie sehr sich Luisa danach sehnte, jene herrliche Harmonie wiederherzustellen!

Als Elliot für einige Minuten nach Hause zurückkehrte, hatte er es zwar sehr eilig, aber er wirkte dabei wieder wie sein früheres Selbst, und dieser Umstand stimmte Luisa zuversichtlich. Sie wußte natürlich, daß die neuen Pillen — das Arzneifläschchen enthielt nun keine Vitamine mehr — erst dann ihre Wirkung entfalten konnten, wenn Elliot sie schluckte. Aber sie klammerte sich an der Hoffnung fest, damit eine Veränderung herbeizuführen. Sie brauchte den alten Elliot für ihr eigenes Überleben.

Zum Glück sahen die neuen Tabletten, die Luisa von ihrer Freundin erhalten hatte, genauso aus wie die alten. Elliot rief vom Starfleet-Hauptquartier an, bevor er heimkehrte, und das gab ihr Zeit genug, den Austausch vorzunehmen. Seine Eile erwies sich ebenfalls als hilfreich: Er übersah die kleinen roten Kapseln im Abfallkorb des Badezimmers — es war Luisa nicht genug Zeit geblieben, die Pillen ganz verschwinden zu lassen. Wenn er sie entdeckt hätte, wäre es sicher zu einer neuerlichen Auseinandersetzung gekommen.

Die junge Frau fühlte sich verzweifelt genug, um zu einer solchen List zu greifen. Es gab nur eine Alternative — die Trennung von Elliot —, und sie erschien ihr viel zu schrecklich, um darüber nachzudenken.

Hör endlich auf damit, dauernd niedergeschlagen und voller Kummer zu sein, ermahnte sich Luisa. *Wenn Elliot zurückkehrt, ist er wieder der Mann, in den du dich damals verliebt hast.*

KAPITEL 10

Während der Reise zum supermassiven Stern störte Kirk die Klingonin Kalrind immer wieder bei der Arbeit. Er achtete nicht darauf, daß sich in ihrem Gesicht gelegentlich Ärger zeigte — er hatte nach wie vor Fragen, die Antworten verlangten.

»Wie können wir sicher sein, daß euer Plan den tatsächlichen historischen Ereignissen gerecht wird?« erkundigte sich Kirk immer wieder. »Es muß Aufzeichnungen geben — entweder im Imperium oder in der Föderation —, aus denen hervorgeht, auf welche Weise es mir gelang, beim tholianischen Zwischenfall zugegen zu sein. Irgend etwas, das uns einen Hinweis darauf gibt, ob wir die richtige Entscheidung getroffen haben.« *Lieber Himmel,* dachte er, *wenn man versucht, auf die Vergangenheit Einfluß zu nehmen, kann man sich keine Fehler leisten.* »Bestimmt hat Starfleet einen Bericht von mir entgegengenommen.«

»Ja, das sollte man eigentlich meinen«, pflichtete ihm Kalrind bei. »Aber in den Föderationsarchiven sind keine Daten enthalten, die darauf hindeuten, daß du Bericht erstattet hast. Nun, es überrascht mich kaum. Stell dir nur vor, wie es damals auf beiden Seiten zuging: Jubel, Feste, Ausgelassenheit und so weiter ... Die Freude war viel zu groß für irgendwelche Formalitäten.«

Die Klingonin lachte. »Eins habe ich ganz vergessen: Nach der Proklamation des Großen Friedens schied Admiral James T. Kirk aus dem aktiven Starfleet-Dienst aus und wurde zum ersten Föderationsbotschafter im Imperium. Man entsprach damit einer Bitte der Flottenkommandeure. Alle am tholianischen Zwischenfall beteiligten Personen waren von deiner Diplomatie beeindruckt, Jim.«

»Botschafter im Imperium?« wiederholte Kirk verblüfft. »Was für eine seltsame Idee!«

Kalrind schmunzelte neckisch. »Als du die Föderation auf Klinzhai vertreten hast ... Vielleicht hattest du ein Verhältnis mit meiner Ururgroßmutter — ihre Tagebücher enthalten subtile Anspielungen. Vielleicht fließt in meinen Adern auch das Blut von James Kirk.«

Diese Vorstellung beunruhigte Jim mehr, als er Kalrind gegenüber zugeben wollte. Sie lachte, als sie seinen Gesichtsausdruck sah. »Keine Sorge. Ich glaube, wir sind nicht miteinander verwandt. Wie dem auch sei: Wahrscheinlich hast du Erfahrungen mit klingonischen Frauen gesammelt. Wir lieben das Exotische, das andere — und Menschen sind so exotisch und anders, wie es nur möglich ist. Ich schätze, in diesem Zusammenhang unterscheiden sich terranische Frauen kaum von Klingoninnen.«

Kirk öffnete den Mund und klappte ihn wieder zu, ohne etwas zu sagen.

»Ich schlage vor, wir wenden uns nun wichtigeren Dingen zu«, fuhr Kalrind fort. »Ich benötige bestimmte Informationen von dir, Jim. Besser gesagt: *Wir* benötigen sie. Um sicher zu sein, daß uns keine Fehler unterlaufen.«

In einem Punkt waren die Neuen Klingonen ganz anders als die Alten, fand Kirk: Die Alten Klingonen nahmen nie ein Blatt vor den Mund, doch die Neuen drückten sich häufig recht vage aus. In dieser Hinsicht zog Jim die imperialen Krieger aus der Vergangenheit vor. Zuerst hatte ihn die Vorstellung begeistert, in seine Zeit zurückzukehren, doch nun befürchtete er plötzlich, Kalrind zu verlieren. Wenn sie die Geschichte veränderten beziehungsweise gewährleisteten, daß sie den richtigen Verlauf nahm ... Vielleicht mußte er Kalrind ebenso aufgeben wie damals Edith Keeler. Wenn er versuchte, das Gespräch in diese Richtung zu lenken und mögliche Gefahren für ihre Beziehung zu erwähnen, wich die Klingonin immer hinter eine Barriere aus Professionalität zurück: Dann wurde sie zur Historikerin, die in ihm ein lebendes Artefakt aus der Vergangenheit sah. Bei solchen Gelegenheiten ignorierte sie das Band der Liebe zwischen ihnen.

Und wenn sich Kirk ganz offen darüber beklagte, antwortete Kalrind: »Bitte, Jim. Hab etwas Geduld. Dies ist eine bizarre Situation — damit meine ich nicht nur die Mission, sondern auch uns beide. Ich brauche deine berühmte Toleranz.«

»Ich bin dafür berühmt, *tolerant* zu sein?« Kirk schüttelte den Kopf. »Das zwingt mich dazu, die Geschichte aus einem ganz neuen Blickwinkel zu sehen und meine Meinung über bestimmte historische Gestalten zu revidieren.« Er hob die Hand und strich Kalrind übers Haar. »Na schön. Ich werde versuchen, mich in Geduld zu fassen.«

»Mir ist gerade etwas eingefallen ... Was war es noch? Oh, ja. Ich kann nicht richtig denken, wenn du mich berührst!« Die Klingonin rückte beiseite. »Na bitte — sofort funktionieren Gehirn und Gedächtnis wieder. Ach, ihr Menschen ... Nun, ich begleite dich in die Vergangenheit, und das bedeutet: Du kannst gar kein Verhältnis mit meiner Ururgroßmutter anfangen! Ich leiste dir Gesellschaft, wenn du zum Föderationsbotschafter im Imperium wirst.«

Er kehrte in seine eigene Zeit zurück, um ein langes, friedliches und erfülltes Leben mit Kalrind zu führen! Kirk staunte über die Intensität der in ihm brennenden Gefühle. Die Klingonin hatte seine Sehnsucht mit einigen schlichten Worten zum Ausdruck gebracht, ihn damit schlagartig von Besorgnis und Furcht befreit.

»Wir erreichen das Ziel genau zum vorgesehenen Zeitpunkt«, sagte Morith zufrieden.

Vor ihnen, auf dem Wandschirm im Kontrollraum der *Allianz,* zeigte sich ein vertrauter Anblick. Kirk stand auf der Brücke eines Raumschiffs, beobachtete vorbeigleitende Sterne und glaubte fast, wieder zu Hause zu sein. Gleichzeitig wußte er, daß er sich erst nach der Rückkehr in seine Zeit und an Bord eines Föderationsschiffes völlig sicher fühlen würde. Wenn Morith und die anderen klingonischen Wissenschafter recht behielten, dauerte es nicht mehr lange, bis dieser Wunsch in Erfüllung ging.

In der Mitte des Projektionsfelds zeichnete sich eine blaue, matt glühende Kugel ab — der supermassive Stern, Tor zur Vergangenheit.

»Man kann sogar verschiedene Bereiche des Gravitationsfelds sehen«, ließ sich Morith vernehmen. »Das Licht stammt von der annihilierten stellaren Materie des Nachbarsterns. Sie wird von dem superschweren Objekt angezogen; bei einigen Partikeln erfolgt ein temporaler Transfer, doch der größte Teil wird in Energie umgewandelt.«

Das könnte auch mit uns geschehen, dachte Kirk.

Kalrind sprach seinen Gedanken laut aus. »Und wir, Morith? Steht uns vielleicht das gleiche Schicksal bevor?«

Morith ging nicht direkt auf die Frage ein und setzte seine Erklärungen fort. »Nun, der Zeitsprung findet nur unter bestimmten Bedingungen statt. Wie Sie inzwischen wissen, Jim, kommt es dabei auf Zeitpunkt, Eintrittswinkel und Geschwindigkeit an. Bei den meisten Partikeln fehlt die richtige Kombination, und deshalb verwandeln sie sich in Energie. Was den Radius der Annihilation betrifft: Auch er hängt von den bereits genannten Faktoren ab. Aus diesem Grund meinte ich vorhin, wir sähen verschiedene Bereiche des Gravitationsfelds.«

Bereiche, wo wir zu Licht und Hitze werden könnten, wenn wir von einem der kritischen Parameter abweichen, fuhr es Kirk durch den Sinn. *Und wenn sich nicht die gewünschte Kombination einstellt, sondern eine ganz andere? Finden wir uns dann vielleicht im Jahr 1930 wieder?*

Kontrollierbare Zeitreisen boten viele Möglichkeiten, die Vergangenheit zu ändern. *Zu* viele. Deshalb verzichteten zivilisierte Völker darauf — oder verboten es sogar —, die vierte Dimension zu manipulieren. *Aber diesmal ... Gibt es ehrenvollere Absichten?*

Kirk drehte sich langsam um die eigene Achse, ignorierte die anwesenden Klingonen und blickte zu den einzelnen Bildschirmen, die das All zeigten. Blinkende Lichter markierten die Position der anderen Kreuzer einer riesigen Flotte. Die *Allianz* war das Flaggschiff.

Sekunden dehnten sich zu Minuten, Minuten zu Stunden. Auf dem Wandschirm wuchs die blaue Kugel: Sie schwoll immer mehr an, und ihr mattes Glühen metamorphierte zu einem hellen Gleißen.

Kirk und Kalrind verließen die Brücke nicht. Sie standen auf dem Kommando-Podium, sahen den Klingonen bei der Arbeit zu. Die Pulte und Konsolen schien sich in den vergangenen hundert Jahren nicht verändert zu haben, aber Kirk ahnte, daß sich die technischen Innovationen hinter den Verkleidungen verbargen, in Form völlig neuer Schaltkreise. Um nicht dauernd an die Gefahren des bevorstehenden Transfers zu denken, beobachtete Kirk die Brückenoffiziere der *Allianz* und verglich sie mit denen eines anderen Schiffes, das er viel besser kannte und das den stolzen Namen *Enterprise* trug.

Allmählich wuchs die Anspannung im Kontrollraum. Kirk war nicht sehr gut mit der klingonischen Körpersprache vertraut, aber trotzdem glaubte er, deutliche Anzeichen von Nervosität zu erkennen. Kalrind schob sich etwas näher an ihn heran, und manchmal schauderte sie. Nur Morith wirkte auch weiterhin ruhig.

»Sind Sie sicher, daß die Navigationsdaten präzise genug sind?« wandte sich Kirk an den Physiker. Er sprach leise, damit ihn die anderen Klingonen nicht hörten.

Morith lächelte. »Keine Sorge, Jim. Die Geschichte teilt uns mit, daß wir beim tholianischen Zwischenfall zugegen waren. Woraus folgt: Es *kann* gar nichts schiefgehen.«

Kalrind schien daran zu zweifeln, trotz ihrer historischen Studien. Sie lehnte sich an Kirk, und ihre Finger schlossen sich schmerzhaft fest um seinen Arm. Er spürte, wie sie zitterte.

Jim drehte den Kopf und musterte die Frau an seiner Seite besorgt. Blauer Glanz glitt über ihr Gesicht — und über alles andere auf der Brücke. Jemand stöhnte, ein leises Ächzen, das Furcht verriet.

Die superschwere Masse auf dem Wandschirm verdeckte die Sterne. Selbst am Rand des rechteckigen Bildschirms verschwanden ferne Sonnen im Strahlen annihilierter stellarer Materie. Ein gleichmäßiges, beständiges Gleißen ging von der schimmernden Sphäre aus: Sie war keine Kerze in der kosmischen Finsternis, sondern eine monströse Anomalie, die das Licht des Nachbarsterns verschlang.

Das Flaggschiff *Allianz* erbebte; Vibrationen knisterten und knackten in der Außenhülle. Kirk fühlte Übelkeit, gefolgt von Desorientierung. Jähe Schwäche erfaßte ihn, und er wäre zu Boden gesunken, wenn ihn nicht Kalrinds starker Arm gestützt hätte.

Dann verflüchtigte sich das Strahlen und wich der schwarzen Schönheit des Alls.

»Wir haben den Transfer erfolgreich hinter uns gebracht«, sagte Morith. Er beugte sich vor, sah zu einem der Offiziere und fragte etwas auf klingonisch. Der Mann gab eine knappe Antwort.

»Auch dem Rest der Flotte ist der Zeitsprung gelungen«, sagte Morith zu Kirk. Dann seufzte er traurig. »Doch ein Kreuzer ging verloren.«

Jim hörte ihn kaum. *Ich bin daheim.*

Die Stimmung an Bord erlebte einen drastischen Wandel. Vor dem Transfer hatten sich die klingonischen Besatzungsmitglieder wie zum Tode Verurteilte verhalten, aber jetzt herrschte überall Freude: Sie waren auf dem Weg, in die Geschichte einzugehen; sie schickten sich an, das *Roj tIn* zu schaffen.

Kirk und Kalrind bekamen wieder Gelegenheit, mehr Zeit miteinander zu verbringen, was ihnen während der vergangenen Tage nicht möglich gewesen war. Die ständige Präsenz anderer Personen störte Jim. In der Basis hatte er sich daran gewöhnt, daß es Kalrind nie an Zeit mangelte und sie sich stundenlang mit ihm unterhalten konnte. Was bedeutete: Meistens führte er einen Monolog, und die Klingonin hörte ihm zu. Doch hier an Bord des Schiffes neigte sogar die sonst immer ruhige und freundliche Kalrind zu Gereiztheit — gelegentlich gab sie schroffe Antworten. Zwar entschuldigte sie sich sofort dafür, aber Kirk hielt es trotzdem für notwendig, so bald wie möglich mit ihr allein zu sein, damit sie zu ihrem früheren Glück zurückfanden, zu der Mischung aus Kameradschaft und Zärtlichkeit, die ihm so sehr gefiel.

Zum Teil ging ihre Situation auf die allgemeinen Umstände zurück: Aufregung und Anspannung bezüglich des bevorstehenden Transfers, dann der Zeitsprung in die Vergangenheit. Und die *Allianz* schuf weitere Probleme. Sie war recht groß für einen klingonischen Kreuzer, bot jedoch weitaus weniger Platz als die Basis. Wohin man sich auch wandte — überall befanden sich Besatzungsmitglieder. Es schien nur wenige Bereiche zu geben, wo man damit rechnen durfte, niemandem zu begegnen.

»Wir finden einen Ort für uns«, sagte Kirk. »Komm, gehen wir auf Entdeckungsreise.«

Kalrind zögerte und wirkte skeptisch. »Ich weiß nicht, ob das eine gute Idee ist.«

»In der Basis haben dir solche Wanderungen gefallen«, fuhr Kirk fort. »Wir können uns hier ohnehin nicht nützlich machen. Du bist Historikerin und ich ein Raumfahrer, der mit primitiver Technik aufwuchs. Wir wären den anderen Leuten nur im Weg. Komm.« Er griff nach Kalrinds Arm.

»Schon gut!« zischte die Klingonin und stieß Jims Hand beiseite. »Faß mich nicht an. Ich ... Derzeit möchte ich nicht von dir berührt werden.«

Kirk zuckte mit den Schultern, ging durch den nächsten Korridor und wandte das Gesicht ab. Die Frau sollte nicht sehen, wie sehr ihn ihre Reaktion verletzt hatte.

Zuerst blieb sie hinter ihm und wahrte eine gewisse Distanz, doch nach einigen Minuten ließ ihr Ärger nach. Sie schloß zu Jim auf und hakte sich bei ihm ein.

»Entschuldige bitte«, sagte Kalrind.

Schließlich erreichten sie eine kleine Passage, in der sich außer ihnen niemand aufhielt.

Sie sahen sich an und lächelten beide. »Wie heißt der Ausdruck, den du ab und zu benutzt?« Fröhlichkeit ersetzte den Unmut der Klingonin. »Bingo?«

Kirk lachte. »Je, genau. Hab ihn von meiner Großmutter.«

Sie schritten um die Ecke am Ende des Korridors.

Weiter vorn befand sich eine massive Stahltür, bewacht von zwei großen, grimmig wirkenden Soldaten. Sie trugen Phaser — Strahler, die sich nicht von den Waffen aus Kirks Zeit unterschieden. Ihren Gesichtern fehlte die Liebenswürdigkeit der Neuen Klingonen — diese beiden Wächter hätten aus Jims Ära stammen können.

Kalrind drückte Kirks Arm, vermutlich ein stummer Hinweis darauf, daß er sich von den beiden Klingonen fernhalten sollte. Trotzdem trat er an sie heran und sagte jovial: »Hallo und guten Tag, meine Herren! Bitte öffnen Sie die Tür für uns.«

Einer der Wächter knurrte. »Verschwinde, *Terraner!*« fauchte er, und in seinem schlechten Englisch ließ sich ein starker Akzent vernehmen. »Dir hier kein Zugang erlaubt!«

Kirk hob beide Hände, als Zeichen seiner friedlichen Absichten. »Ich finde Ihr Verhalten unangemessen, junger Mann«, entgegnete er betont freundlich. »Ich möchte nur wissen, was ...«

Der Wächter trat vor, hob seine Waffe und richtete sie auf den Captain.

»yImev!« Kalrinds Stimme — und darin erklang eine Autorität, die Jim jetzt zum erstenmal hörte. Der Klingone gehorchte und verharrte.

»Kehren Sie zu Ihrem Posten zurück«, fügte Kalrind auf englisch hinzu. »Wir verlassen diesen Ort.« Sie zog Kirk fort.

Sie brachten erneut die Ecke hinter sich und gingen weiter. »Nun, das kam ziemlich unerwartet«, sagte Kirk leise.

»Ja«, erwiderte Kalrind knapp. Eine Zeitlang setzten sie den Weg schweigend fort. »Vielleicht sollten wir keine weiteren Ausflüge unternehmen oder sie auf bestimmte Sektionen des Schiffes beschränken.«

»Hmm. Ich schlage vor, wir gehen zu Morith.«

Sie fanden den Physiker auf der Brücke.

Als Kirk und Kalrind von der Begegnung mit den beiden Wächtern erzählten, senkte Morith verlegen den Blick. »Die Romulaner, Jim.«

»Was ist mit ihnen?«

»Nun, wir sind jetzt Freunde der Föderation, aber leider hatten wir noch keine Chance, mit den Romulanern Frieden zu schließen. Das gilt auch für Ihr Volk. Deshalb müssen wir einen Teil der alten imperialen Kultur bewahren, um auf der Hut zu sein.«

Kirk hob erstaunt die Brauen. »Fürchten Sie etwa, daß Roms Ihre Schiffe infiltrieren?«

»Sie haben es schon einige Male versucht. Als Klingonen verkleidet.«

»Plastische Chirurgie?«

»Und Drogen, die es ihnen ermöglichen, ihr Verhalten anzupassen.«

Dieser Hinweis stimmte Kirk sehr nachdenklich, doch am nächsten Morgen geschah etwas, das ihn mit ganz neuen Sorgen konfrontierte.

Er erwachte früh. Schläfrig drehte er sich zu Kalrind um und rüttelte sie sanft. Sie rührte sich nicht.

Jim setzte sich auf und schaltete das Licht mit einer verbalen Anweisung ein. Die Klingonin neben ihm lag auf dem Rücken: die Augen geschossen, das Gesicht blaß. Sie zitterte; Schweiß perlte auf ihrer dunklen Stirn.

Sie hat einen Alptraum, dachte Kirk. Er streckte die Hand nach ihrer Schulter aus und rüttelte sie erneut, diesmal etwas stärker. Sie reagierte nicht.

»Kalrind!« Verzweiflung vibrierte in seiner Stimme. *»Kalrind!«*

Mehrmals rief er ihren Namen und schüttelte sie immer heftiger, doch die Augen der Frau blieben geschlossen. Schließlich sprang er aus dem Bett und drückte die Alarmtaste neben der Tür — den gleichen Schalter hatte Kalrind betätigt, um Hilfe für ihn zu holen.

Morith begleitete die kurze Zeit später eintreffende Medo-Gruppe. Er sah auf Kalrind hinab, stieß einen klingonischen Fluch aus, winkte den anderen Männern zu und wandte sich an Kirk.

»Seien Sie unbesorgt, Jim. Sie wird sich erholen.«

Der Captain beobachtete hilflos, wie man Kalrind auf eine Bahre legte und forttrug.

KAPITEL 11

Ich versichere Ihnen, daß Kalrind bald wieder wohlauf sein wird, Jim«, betonte Morith noch einmal.

»Ich verstehe das nicht! Was ist passiert? Gestern abend war mit ihr alles in bester Ordnung.«

Morith zögerte. »Haben Sie jemals vom *Qong-Hegh* gehört?« fragte er.

Kirk wiederholte das Wort, und seine Zunge rang mit den klingonischen Konsonanten. »Nein.«

Sie befanden sich in dem kleinen Büro des Physikers, das an den Kontrollraum grenzte. Jim saß vor dem Schreibtisch, Morith dahinter.

»Das überrascht mich kaum. Wir sprechen nicht gern darüber. Weil uns diese Sache noch immer … peinlich ist. Ich schätze, die beste Übersetzung lautet: ›Schlaftod‹. Es handelt sich um eine Erbkrankheit, an der Klingonen schon vor den Anfängen unserer Geschichtsschreibung gelitten haben. Früher führte sie unweigerlich zum Tod.«

Kirk war mit einem Satz auf den Beinen.

Morith hob die Hand, um ihn zu beruhigen. »*Früher*, habe ich gesagt. Heutzutage sind wir imstande, das *Qong-Hegh* mit Arzneien zu behandeln und unter Kontrolle zu halten. Wahrscheinlich ist Ihnen aufgefallen, daß Kalrind jeden Tag Medikamente einnahm, oder?«

Kirk dachte darüber nach. »Ja. Ich habe sie einmal danach gefragt, und sie meinte, es seien Vitamine. Wenn ich mich recht entsinne, erwähnte sie ein ererbtes Stoffwechselproblem.«

Morith lachte. »Nun, da ist Kalrind nicht ganz aufrichtig gewesen. Sie hat kein metabolisches Problem geerbt, sondern eine viel ernstere und gefährlichere Krankheit. Und die Arzneien bestehen nicht aus Vitaminen, sondern aus besonderen Substanzen, die ihr Überleben garantieren.«

»*Warum* hat sie mich angelogen?«

»Wie ich schon sagte: Wir sprechen nicht gern darüber. Weil wir uns schämen. Man hat die Krankheit immer mit den niedrigsten Klassen des Imperiums in Zusammenhang gebracht. Zwar sind wir Neuen Klingonen stolz darauf, die alte soziale Struktur überwunden zu haben, aber viele von uns reagieren noch immer mit Verlegenheit, wenn es Anzeichen dafür gibt, daß unsere Vorfahren zu jenen Schichten gehörten. Das ererbte *Qong-Hegh* gilt als eindeutiger Beweis für eine solche Abstammung.«

Kirk schüttelte den Kopf. »Es ist dumm von Kalrind, sich deshalb zu schämen!«

Ärger glühte in Moriths Pupillen. »Ihnen als Terraner fällt eine solche Bemerkung leicht! Sie sind nicht das Produkt unserer Geschichte, unserer Krieger-Tradition. Sie können unsere Gefühle unmöglich verstehen!«

Kirk musterte den Physiker überrascht.

»Verzeihen Sie, Jim. Der Streß, die Verantwortung für eine so große Flotte zu tragen ... Auf eine derartige Aufgabe bin ich gar nicht vorbereitet.

Nun, wenn damals ein Kind die Symptome des Schlaftodes zeigte, ließ man es einfach sterben. Für gewöhnlich machte sich das *Qong-Hegh* während der Pubertät bemerkbar. Selbst wenn man versucht hätte, den Kranken zu helfen — es gab keine wirkungsvolle Behandlungsmethode. Das änderte sich erst, als wir Neuen Klingonen die Macht im Imperium übernahmen. Wir erzielten große Forschungserfolge in der Chemie und Biologie, was uns in die Lage versetzte, eine Therapie auf medikamentöser Basis zu entwickeln.«

Kirk nickte langsam. »Ich nehme an, zu jenen wissenschaftlichen Erfolgen kam es nur, weil die Neuen Klingonen beschlossen, ihre Forschungen in diese Richtung voranzutreiben.«

»Ja, das stimmt. Wie dem auch sei: Unser gegenwärtiges Problem heißt Kalrind. Die Ärzte teilten mir mit, daß sie normal auf das Medikament reagiert. Sie fürchteten zunächst, daß die Arznei bei ihrer Patientin nicht mehr wirkte — so etwas geschähe zum erstenmal. Glücklicherweise hat sich Kalrinds Zustand bereits normalisiert. Man verabreicht ihr hohe intravenöse Dosen des Präparats, und bei Blutuntersuchungen stellte sich folgendes heraus: Offenbar hat sie seit einigen Tagen versäumt, die Tabletten in regelmäßigen Abständen zu nehmen.« Morith lächelte. »Sie haben Kalrind abgelenkt. Sind Ihnen geringfügige Persönlichkeitsveränderungen aufgefallen?«

»Ja, und sie gewannen eine ziemlich deutliche Ausprägung«, antwortete Kirk. »Kalrind wurde immer gereizter und schroffer.«

»Typische Symptome, wie ich hörte. Nun, Jim, ich möchte, daß Sie von jetzt an die Verantwortung für Kalrinds Gesundheit übernehmen. Wir brauchen die Historikerin.«

»Und ich brauche die Frau namens Kalrind«, sagte Kirk leise. Er spürte eine tiefe Wahrheit in diesen einfachen Worten.

»Ich verstehe«, entgegnete Morith voller Mitgefühl. »Bitte achten Sie darauf, daß sie nie wieder vergißt, die Pillen zu schlucken. Ihr Leben hängt davon ab. Und jetzt ... Wenn Sie möchten, können Sie Kalrind in der Krankenstation besuchen.«

Kirk verließ das Büro des Physikers und begab sich zur medizinischen Sektion der *Allianz*. Er war so sehr in Gedanken versunken, daß er überhaupt nicht auf die Grüße der Klingonen achtete, denen er unterwegs begegnete.

Kalrind saß auf ihrem Bett, und getrockneter Schweiß verklebte ihr dichtes schwarzes Haar. Ihr Gesicht war noch immer sehr blaß. Kirk kannte blasse Klingonen nur als Leichen.

Er ließ sich ganz vorsichtig auf die Bettkante sinken, um Erschütterungen zu vermeiden. »Ich hoffe, man hat dir eine ordentliche Standpauke gehalten.« Hinter seinem scherzhaften Tonfall verbarg sich eine Besorgnis, die alle anderen Gefühle zu lähmen schien.

Kalrind nickte, griff nach Jims Hand und drückte sie. Kirk war daran gewöhnt, die Kraft der Klingonin zu spüren, und ihre Schwäche entsetzte ihn geradezu. »Ich ... ich habe vergessen, die Arznei zu nehmen«, krächzte sie. »Du ... weißt Bescheid?« fragte sie, und Jim hörte so etwas wie Furcht in ihrer heiseren Stimme.

»Ja, Morith hat mir alles erklärt. Die ererbte Krankheit und so weiter. Deshalb brauchst du dich nicht zu schämen.«

Kalrind nickte. »Ich bin froh, daß du die Hintergründe kennst.« Ihre Lider sanken nach unten, bis die Augen nur noch halb geöffnet waren. »Es tut mir leid, Jim. Ich fühle mich so ausgelaugt ...«

Kirk stand ruckartig auf. »Nein, *mir* tut es leid. Ich hätte nicht hierherkommen dürfen und dir statt dessen Ruhe gönnen sollen.« Er beugte sich vor, hauchte der Frau einen Kuß auf die Stirn und verließ das Zimmer. Mit langen, nervösen Schritten eilte er durch den zentralen Korridor dieses Decks. *Wandere im Schiff umher,* riet er sich selbst. *Damit du auf andere Gedanken kommst.* Er durfte nicht grübeln und die Sorge um Kalrind in den Mittelpunkt seiner Aufmerksamkeit rücken.

Kirk traf eine Entscheidung, ließ sich vom nächsten Turbolift zwei Decks nach oben tragen und ging durch jenen Korridor, den er am vergangenen Tag zusammen mit Kalrind besucht hatte. In aller Deutlichkeit erinnerte er sich an die beiden Wächter vor dem Schott.

Er spannte unwillkürlich die Muskeln und rechnete

jeden Augenblick damit, zornige Klingonen zu sehen, die ihn mit Phasern bedrohten. Statt dessen funkelte helles Licht um die Ecke. »Ich wünsche Ihnen einen guten Tag, Captain«, grüßte ihn das Gleißen.

Kirk blieb verblüfft stehen. »Na so was! Noch ein Organianer? Ich dachte, Ihr Volk will so wenig wie möglich mit uns zu tun haben. Und mit ›uns‹ meine ich sowohl das Imperium als auch die Föderation. Als Sie uns und die Klingonen damals zwangen, einen Waffenstillstand zu vereinbaren ... Der Vertrag enthielt auch eine Klausel, die es uns verbot, Ihre Welt zu besuchen. Wenn wir und die Klingonen nicht zu Ihnen kommen dürfen — was veranlaßt Sie dazu, den Kontakt mit uns zu suchen?«

Die schimmernde Lichtkugel verharrte über Jim. »Ich habe es eilig, Captain. Unter anderen Umständen würde ich gern bleiben, um Ihre Fragen zu beantworten.« Die leuchtende Sphäre glitt weiter.

»Warten Sie!« rief Kirk. »Wie heißen Sie?«

»Ich bin Ayleborne. Sie sind mir schon einmal begegnet.«

»Ja. Und bei unserem ersten Treffen haben Sie es ebenfalls abgelehnt, mir Auskunft zu geben.«

»Mir bleibt nur wenig Zeit für dieses Gespräch, Kirk.« Diesmal klang die Stimme des Organianers ungeduldig. »Ich möchte zugegen sein, sobald der sogenannte tholianische Zwischenfall beginnt. Bitte beeilen Sie sich, wenn Sie etwas sagen möchten. Anschließend muß ich fort.«

»Nun ...«, begann Jim. »Vermutlich fiele es Ihnen wesentlich leichter, Frieden zwischen Imperium und Föderation zu stiften, wenn Sie materielle Gestalt annähmen — so wie damals auf Organia. Zu jenem Zeitpunkt hielten wir Sie für Humanoiden. Dadurch wäre die Kommunikation viel einfacher.«

Der Organianer gab keine Antwort. *Vielleicht bin ich auf einem viel zu niedrigen evolutionären Niveau, um die*

Denkweise eines Organianers nachzuvollziehen, fuhr es Kirk verärgert durch den Sinn.

Ayleborne schwebte durch den Korridor und verschwand hinter einer anderen Ecke. Nur einen Sekundenbruchteil später erlosch das helle Licht. Jim eilte dem Organianer nach, doch als er die Ecke ebenfalls hinter sich brachte, war von dem Organianer weit und breit nichts mehr zu sehen. Er schien nie existiert zu haben.

Kirk gab die Wanderung durchs Schiff auf und kehrte zu Moriths Büro zurück.

Der Physiker sah auf, als er hereinkam, und das Gesicht des Klingonen verriet Ärger, den Morith jedoch sofort aus seinen Zügen verbannte. *Er ist beschäftigt und möchte nicht gestört werden,* dachte Jim schuldbewußt. »Ich bin gerade einem Organianer begegnet, den ich auch in der Basis getroffen habe. Kein sehr gesprächiger Typ.«

»Ah, ja, Ayleborne. Er ist eine Art Historiker, soweit ich weiß — obwohl diese Bezeichnung sicher nicht allen Aspekten seiner Tätigkeit gerecht wird. Vielleicht können Klingonen und Menschen die Organianer nie gut genug verstehen, um eine genaue Vorstellung von ihren sozialen Funktionen und Aufgaben zu gewinnen.«

»Was macht er an Bord der *Allianz?*«

»Vielleicht besucht er uns nur. Ich halte es jedoch für wahrscheinlicher, daß er uns beobachtet. Er wies mich darauf hin, daß er Vorbereitungen für die historische Konfrontation zwischen den Flotten der Föderation und des Imperiums trifft. Wir schreiben ein sehr wichtiges Kapitel der Geschichte, Jim! Nun, Ayleborne kam nicht nur als Gelehrter, sondern auch als Repräsentant seines Volkes — um den Beginn des Bündnisses mitzuerleben, das die Organianer damals prophezeiten. Sie erinneren sich daran, nicht wahr?«

Kirk nickte. »So etwas vergißt man nicht. Allerdings scheint er heute von Plauderei noch weniger zu halten als damals.«

»Hm«, murmelte Morith nachdenklich. »Mir gegenüber ist er immer sehr höflich gewesen. Obgleich er mit Informationen nicht gerade sehr großzügig umgeht — in diesem Punkt haben Sie recht. Ich weiß nur eins: Die Organianer baten uns, Ayleborne an Bord zu nehmen. Offenbar kannten sie unsere Pläne bereits, als wir noch darüber diskutierten.«

»Was auf ein erhebliches Sicherheitsproblem hindeutet. Schon aus geringeren Anlässen sind Köpfe gerollt.«

Morith lächelte — doch es war das grimmige Lächeln eines imperialen Kriegers, nicht das sanfte Schmunzeln eines Neuen Klingonen. »Und welchen Kopf würden Sie wählen, Jim?«

Kirk wandte sich ab. »Vielleicht haben sich die Zeiten geändert«, sagte er halblaut, bevor er den Blick wieder auf Morith richtete. »Was ist mit Kalrind?«

»Sie kann bald entlassen werden, meinen die Ärzte. Man hat sie mit dem Medikament vollgepumpt, und inzwischen geht es ihr schon viel besser. Haben Sie ihr keinen Besuch in der Krankenstation abgestattet? Erkundigen Sie sich deshalb nach ihrem Befinden?«

Kirk holte tief Luft und ließ den Atem langsam entweichen. *Für einen theoretischen Physiker ist der Bursche ein ganz schöner Schlawiner.* »Ja, ich war bei ihr. Vor einer Weile. Und nur für ein paar Minuten. Ich wollte nicht zu ihr zurückkehren, bevor ich mehr weiß. Deshalb habe ich ... gewartet.«

»Sie vermeiden es, noch einmal die Krankenstation aufzusuchen, weil Sie sich aufgrund von Kalrinds Krankheit schuldig fühlen, stimmt's?«

»Ich schätze, bei Ihrem Studium der Quantenmechanik bekamen Sie auch Einblick in die menschliche Psyche, nicht wahr?«

Morith lachte. »Beobachtung, Jim. Jeder Wissenschaftler muß lernen, richtig zu beobachten. Gehen Sie jetzt zur Krankenstation und besuchen Sie Ihre ... Freundin.«

Kirk trat durch die Tür und dachte daran, daß sich Morith noch besser als er darauf verstand, zwei Wörter durch eine bedeutungsvolle Pause zu trennen.

Kurz darauf erreichte er die medizinische Sektion und lächelte erfreut, als er Kalrind sah.

Einem Klingonen wäre sie noch immer bleich und schwach erschienen, aber auf Kirk wirkte sie stark und voller Leben. Er glaubte, nun wieder die alte Kalrind zu sehen. »Du hast dich erholt!« entfuhr es ihm glücklich, und er umarmte die Frau.

»Noch nicht ganz«, erwiderte sie. »Aber jetzt gibt es keinen Zweifel mehr daran, daß ich überleben werde. Was für mich bedeutet: Es wird höchste Zeit, die Krankenstation zu verlassen.« Sie aktivierte den Kommunikator neben der Liege. »Ich will den zuständigen Arzt sprechen!« sagte sie, und wieder staunte Kirk über die Kommandoschärfe in ihrer Stimme.

»Hier ist Dr. Cherek, *joh* Kalrind«, tönte es aus dem Lautsprecher. »Wie kann ich Ihnen zu Diensten sein?«

»Entlassen Sie mich aus diesem stinkenden Loch, das Sie als Patientenzimmer bezeichnen!« Die Klingonin zwinkerte Jim zu.

»Selbstverständlich. Sofort. Sie können gehen, wann es Ihnen beliebt.«

Kalrind sah Kirk an. »Manchmal hat der traditionelle klingonische Gehorsam durchaus einen Nutzen.«

Aber es waren nicht die Traditionen der Alten Klingonen, die es Kalrind ermöglichten, während der nächsten beiden Tage vollständig zu genesen. Als sie das Bett verließ, fiel es ihr noch immer schwer, sich auf den Beinen zu halten. Die Medizin sorgte dafür, daß sie sich besser fühlte, und hinzu kamen zwei andere wichtige Faktoren: ihre klingonische Konstitution und Kirks Gesellschaft. *Ich liebe eine Klingonin,* dachte er — eine Erkenntnis, die ihn noch immer verblüffte. *Sie liebt mich ebenfalls, und meine Präsenz hilft ihr, die Krankheit zu überwinden.*

Leonard McCoy fiel ihm ein. *Wie sehr sich Pille über eine Gelegenheit freuen würde, sich eingehend mit den neuen medizinischen Errungenschaften der Klingonen zu befassen! Es ist wirklich erstaunlich, was sie jetzt mit ihrer eigenen Biochemie anstellen können.*

»Willkommen an Bord der *Enterprise,* Mr. Tindall«, sagte der Vulkanier und trat von der Transferplattform.

»Danke, Mr. Spock«, erwiderte Elliot und griff nach seinem Gepäck. An Bord eines Starfleet-Schiffes zu sein ... Das hatte er nicht zu hoffen gewagt. Er nahm sich vor, seine Möglichkeiten voll auszunutzen, ließ den Blick umherschweifen und prägte sich alle Details genau ein.

»Wenn ich um Ihre Aufmerksamkeit bitten darf, Mr. Tindall ...«, erklang erneut Spocks Stimme. Neben ihm nahm eine junge Frau Haltung an. »Das ist Lieutenant Crandall. Sie zeigt Ihnen Ihr Quartier und hilft Ihnen dabei, die Geräte im Laboratorium zu installieren.«

»Es ist mir ein Vergnügen, Mr. Tindall.« Ginny Crandall streckte die Hand aus. Sie war klein und schlank, hatte kurzes blondes Haar und hellblaue Augen. Elliot schätzte sie auf Ende Zwanzig.

»Lieutenant ...« Er griff nach der Hand und schüttelte sie kurz.

»Kann ich Ihnen etwas abnehmen?« Ginny deutete auf das Gepäck.

»Ja, danke.« Elliot reichte ihr eine Reisetasche. »Ich möchte nur kurz meine Kabine aufsuchen, um mich umzuziehen.« *Und um die Medizin zu nehmen,* fügte er in Gedanken hinzu. »Ich schlage vor, anschließend beginnen wir sofort mit der Arbeit.«

Ginny lächelte. »Jetzt ist mir klar, warum Mr. Spock so großen Wert darauf legte, Sie als seinen Assistenten zu bekommen.« Sie führte Tindall aus dem Transporterraum und zum nächsten Turbolift. »Deck sechs«, wies sie den Computer an. Und zu ihrem Begleiter: »Sie scheinen die Arbeit ebenso ernst zu nehmen wie unser Erster Offizier.«

»Oh, ja«, bestätigte Elliot und erwiderte das Lächeln. »Was ist mit Ihrer Arbeit, Lieutenant? Worin bestehen Ihre Pflichten an Bord?«

»Ich bin für die Waffen- und Verteidigungssysteme zuständig.« Die beiden Türhälften der Transportkapsel glitten auseinander. »Als Senior-Technikerin«, fügte Ginny hinzu und trat in den Korridor.

Elliot folgte ihr — und stöhnte, als ihm stechender Schmerz wie ein Messer durch den Kopf schnitt.

»Mr. Tindall?« Ginny drehte sich um. »Stimmt was nicht?«

»Es ... ist alles in Ordnung mit mir. Vermutlich liegt es an der langen Reise. Hat mich mehr erschöpft, als ich dachte.« Er sprach ruhig, doch das Herz pochte ihm bis zum Hals empor. Bevor er zusammen mit Spock an Bord des terranischen Shuttles ging, hatte er die doppelte Dosis der Arznei genommen. Wenn ihre Wirkung so rasch nachließ, dauerte es nicht mehr lange, bis seine Einsatzfähigkeit unter die kritische Schwelle sank.

»Wenn Sie möchten, suchen wir zuerst die Krankenstation auf«, bot sich Ginny an. »Dort kann man Ihnen sicher etwas gegen die Schmerzen geben.«

»Ich habe bereits darauf hingewiesen, daß mit mir alles in Ordnung ist«, beharrte Elliot. Seine Worte klangen schärfer als beabsichtigt, und Ginny zuckte unwillkürlich zusammen.

»Entschuldigen Sie«, sagte der Wissenschaftler. »Es liegt an den ... Kopfschmerzen. Sie kommen und gehen, aber leider werde ich nicht sehr gut damit fertig.«

»Ich verstehe«, entgegnete die junge Frau. »Wenn ich Ihnen irgendwie helfen kann ...«

Elliot rang sich ein Lächeln ab. »Erzählen Sie mir mehr von Ihrer Arbeit, Lieutenant.«

Die Sorge wich aus Crandalls Zügen. »Nennen Sie mich Ginny.«

KAPITEL 12

Kirk und Kalrind begannen mit neuen Entdeckungsausflügen an Bord der *Allianz* und fanden weitere abgesperrte Bereiche. Schilder kennzeichneten sie:

!! ACHTUNG !!
ZUTRITT NUR FÜR
AUTORISIERTE PERSONEN

Der klingonische Hinweis wurde auf englisch wiederholt. Verwundert kehrte Kirk in den Korridor mit der bewachten Tür zurück. Vor dem Schott standen nun keine bewaffneten Klingonen mehr; statt dessen sah Jim dort eins der zweisprachigen Schilder.

»Interessant«, murmelte der Captain. »Es ist seltsam genug, daß einige Sektionen dieses Schiffes Zugangsbeschränkungen unterliegen, wenn man bedenkt, daß seit hundert Jahren der Große Frieden herrscht. Aber warum auch eine Warnung auf englisch? Immerhin sind wir hier an Bord eines klingonischen Kreuzers.«

Kalrind zuckte mit den Schultern. »Keine Ahnung. Frag Morith.«

Sie fanden den Physiker in der technischen Abteilung, und Kirks Frage schien ihm kaum zu gefallen. »Sie sollten nicht mich um Auskunft bitten, sondern einen Angehörigen des Militärs«, erwiderte er verärgert. Dann seufzte er. »Na schön. Wir verwenden zweisprachige Schilder, weil sich oft auch Föderationsbürger an Bord unserer Schiffe aufhalten. Deshalb ist es erforderlich, solche Hinweise nicht nur auf klingonisch zu geben.«

Kirk sah sich um, beobachtete Techniker, die an summenden Aggregaten arbeiteten. »Und Sie möchten die Passagiere aus der Föderation von bestimmten Orten fernhalten.«

Morith verzog das Gesicht. »Hundert Jahre genügen nicht, um das Universum in allen Einzelheiten zu verändern, Jim. Einige Dinge sind heute noch genauso wie damals — ob uns das gefällt oder nicht. Zum Beispiel gibt es nach wie vor Staatsgeheimnisse, von denen gewöhnliche Bürger — ob Klingonen oder Menschen — nichts erfahren dürfen.«

»Aber die Besatzungsmitglieder aller Schiffe in dieser Flotte stammen aus dem Imperium. Ich bin hier der einzige Föderationsrepräsentant, oder?«

Morith nickte. »Ja, Jim. Ich möchte allerdings betonen, daß es uns nicht an Anfragen mangelte. Soldaten, Wissenschaftler, Diplomaten, Historiker — sie alle wollten sich uns anschließen. Immerhin ist unsere Mission von enormer Bedeutung. Aber sie bringt auch Gefahren mit sich. Wenn etwas schiefgeht, könnte es zu Gefechten zwischen unseren Schiffen und denen der Föderation kommen. Womit ich natürlich die Föderation in dieser Zeit — Ihrer Gegenwart — meine. Wir entschieden uns dagegen, das Leben weiterer Personen aufs Spiel zu setzen. Außerdem ...« Morith straffte stolz die Schultern. »Es ist *unser* Kampf. Die Neuen Klingonen gegen die Alten — Frieden gegen Krieg.«

Als Kirk die technische Abteilung verließ, dachte er über Moriths Ausführungen nach. Kalrind hatte ihm bereits erklärt, warum er in der Basis nur Klingonen begegnet war. Es handelte sich um eine abgelegene Außenstation, in der Routinearbeiten stattfanden — sie lockte keine Forscher aus der Föderation an. Nach dem Zeitsprung hatte man seine Verletzungen dort behandelt, weil bereits der Plan entstand, eine Flotte in die

Vergangenheit zu schicken — und die Basis bot einen guten Ausgangspunkt für jene Reise.

Nun, das alles klang einigermaßen plausibel, aber wenn sich einzig und allein Klingonen an Bord der vielen Raumschiffe befanden, wenn er, Jim, die einzige Ausnahme darstellte ... Es bedeutete, daß die zweisprachigen Schilder ihm galten, oder? Sonderbar: Ein verbaler Hinweis durch Morith oder jemand anders hätte vollkommen genügt.

Ich sehe Gespenster, dachte Kirk. *Wahrscheinlich ist die Erklärung dafür ganz einfach.* Er brauchte nicht lange nachzudenken, bis ihm eine einfiel: Wahrscheinlich lagen die zweisprachigen Schilder irgendwo bereit — für den Fall, daß Föderationsbürger an Bord der *Allianz* kamen —, und deshalb hatte man einige von ihnen an bestimmten Türen angebracht.

Doch die Skepsis verharrte im Captain. *Nein. Moriths Erläuterungen sind* zu *einfach. Er verschweigt mir etwas.* Diese Einschätzung basierte nicht auf Logik, sondern auf Intuition. Spock hätte sie mißbilligt, ganz im Gegensatz zu McCoy, der sicher bereit gewesen wäre, ihr laut zu applaudieren. Zwei Extreme — und beide verkehrt. Der Kommandant eines Raumschiffs durfte sich nicht nur auf seinen Intellekt verlassen; er mußte auch dem Flüstern des Unterbewußtseins lauschen, das die ganze Zeit über Daten verarbeitete und dabei manchmal zu überraschenden Ergebnissen gelangte. Es ging darum, Logik und Gefühl miteinander zu verknüpfen, zu sie einer Einheit zu verschmelzen. Kirk achtete das Prinzip, sowohl Rationalität als auch Emotion zu berücksichtigen, wenn es darum ging, Situationen zu beurteilen; aus dem gleichen Grund holte er nicht nur Spocks Rat ein, sondern auch den McCoys. Er sah sich noch immer in der Rolle des Kommandanten, und deswegen hütete er sich vor dem Fehler, die mahnende Stimme der Intuition einfach zu ignorieren.

Außerdem weckten die Schilder seine Neugier. Wenn

sie *wirklich* nur ihm galten, so schien Morith zu glauben, daß er Befehlen immer gehorchte, ganz gleich, was er von ihnen hielt. *Aber da irrt er sich,* dachte Kirk. *Ich werde herausfinden, was er vor mir verbergen will.*

Kalrind schlief, atmete ruhig und gleichmäßig. Kirk beobachtete sie eine Zeitlang, kroch dann aus dem Bett, zog sich an und schlich zur Tür.

Draußen im Korridor ging er wie immer, ohne zu versuchen, Begegnungen mit Klingonen zu vermeiden. Seiner Ansicht nach gab es nur eine Möglichkeit, das Ziel zu erreichen, ohne unterwegs aufgehalten zu werden: Er mußte einen ganz normalen Eindruck erwecken, damit niemand Verdacht schöpfte. *Leichter gesagt als getan.*

Es war ›Nacht‹ an Bord der *Allianz*, und deshalb sah Jim unterwegs nur wenige Besatzungsmitglieder, die viel zu beschäftigt wirkten, um ihm Beachtung zu schenken — hoffte er.

Schließlich gelangte Kirk zu der vorher ausgewählten Sektion. Seine Entscheidung beruhte auf der Anzahl von warnenden Schildern — vielleicht stand sie in einem direkten Zusammenhang mit der Bedeutung des entsprechenden Bereichs. Er schritt durch den Korridor, in dem er einige Tage zuvor dem Organianer begegnet war — dadurch wurde diese Abteilung des Schiffes noch interessanter.

Nach dem letzten Schild sah sich Jim einer Tür gegenüber, vor der ein großer, uniformierter Klingone Wache stand.

Die Uniform erschien ihm sofort vertraut — dieser Aspekt der klingonischen Gesellschaft hatte sich in hundert Jahren nicht verändert. Morith und die übrigen Neuen Klingonen trugen zivile Kleidung, und deshalb bot diese Gestalt einen noch verblüffenderen Anblick.

Eine Sekunde später wurde Kirks Vermutung bestätigt, daß er es mit einem Alten Klingonen zu tun hatte.

»Mensch!« knurrte der Wächter und starrte ihn finster an. »Du von hier verschwinden!« Drohend kam er näher und zog dabei einen Intervaller aus dem Gürtelhalfter.

Kirk lächelte beschwichtigend und hob die Hände, um zu zeigen, daß er unbewaffnet und mit friedlichen Absichten kam. Der Wächter zögerte verwirrt, und daraufhin trat ihm Jim fest zwischen die Beine.

Der Klingone ächzte, krümmte sich zusammen, und Kirk versetzte ihm einen Handkantenschlag an den Hals, schickte seinen Gegner damit zu Boden. Rasch griff er nach dem Intervaller — der Strahler lag neben der zitternden Hand des Mannes —, justierte ihn auf Betäubung und drückte ab. Der Wächter rührte sich nicht mehr.

Jetzt habe ich genug Zeit, um mich in aller Ruhe umzusehen.

Kirk zog den bewußtlosen Klingonen durch die Tür und ins Zimmer dahinter. Als er dort den Kopf hob, wußte er sofort, wo er sich befand: in einer Feuerleitzentrale.

An Bord von Starfleet-Schiffen wurden die Waffensysteme normalerweise von der Brücke aus kontrolliert, doch in klingonischen Kreuzern gab es noch eine separate Gefechtskammer, deren Systeme unabhängig von der Brücke funktionierten — falls der Kontrollraum während einer Raumschlacht stark beschädigt oder gar völlig zerstört wurde. Kirk hatte mehrmals Gelegenheit erhalten, sich gekaperte imperiale Schiffe anzusehen, und daher war ihm das Konstruktionsmuster ebenso vertraut wie anderen hochrangigen Starfleet-Offizieren — vielleicht kannte er es fast so gut wie die klingonischen Kommandeure. An dem Zweck dieses Raums konnte kein Zweifel bestehen.

Morith hat mir erzählt, daß die Flotte aus alten Schiffen besteht — aus Überbleibseln der kriegerischen Vergangenheit. Kein Wunder also, daß es in diesen Kreuzern Feuerleitzentralen gab. Aber warum hielt man es für nötig, den

Raum zu bewachen? Und warum fehlte Staub auf den Konsolen? Warum leuchteten Kontrollampen und Displays? Mit anderen Worten: Warum deutete alles auf die Einsatzbereitschaft der Gefechtskammer hin?

Der Argwohn in Kirk wuchs. Er trat an ein Pult heran, starrte auf die Tasten neben dem Monitor und betätigte eine. Nach mehreren vergeblichen Versuchen fand er eine Schaltkomponente, mit der sich das Projektionsfeld modifizieren ließ. Erschrocken riß er die Augen auf: Der Bildschirm zeigte ihm einen Hangar, gefüllt mit Kampfgleitern — Klingonen verwendeten sie, um rasche Angriffe gegen planetare Ziele zu führen. *Offensive Waffensysteme — an Bord eines Schiffes, das zu einer Friedensflotte gehört?* Diese Frage mußte zunächst ohne Antwort bleiben, und deshalb wandte sich Kirk anderen Dingen zu.

In der gegenüberliegenden Wand bemerkte er eine zweite Tür. *Das ist sehr ungewöhnlich.* Die Feuerleitzentralen von klingonischen Kreuzern bestanden immer nur aus einem Raum. Jims Blick glitt noch einmal über die Anzeigen der verschiedenen Konsolen, bevor er sich der anderen Tür zuwandte und sie öffnete.

Das Zimmer dahinter war wesentlich kleiner und enthielt nur einen Apparat — eine seltsame Vorrichtung, die Kirk nicht zu identifizieren vermochte. Die Konsole davor wies Dutzende von Schaltern auf, mit klingonischen Symbolen markiert. Zwar konnte Jim gesprochenes Klingonisch verstehen, in Hinsicht auf die Schriftsprache verfügte er jedoch nur über geringe Kenntnisse. Eine Bezeichnung wußte er zu deuten: *HoS* für ›Energie‹.

Er zögerte kurz, gab sich dann einen inneren Ruck und drückte die Taste. Sofort erklang ein leises Summen, und die seltsame Apparatur vibrierte. Lichter huschten über die Konsole und blinkten mehrere Sekunden lang, bevor ein gleichmäßiger Glanz von ihnen ausging.

Und jetzt? Versuchsweise betätigte er einen weiteren Schalter.

Plötzlich gleißte es, und als Kirk aufsah ... Ein Organianer schwebte in dem kleinen Raum, direkt hinter der sonderbaren Maschine.

Der Captain spürte eine jähe Mischung aus tiefer Scham und Verlegenheit, kam sich vor wie ein kleiner Junge, den ein Erwachsener bei etwas ertappt hatte. Gleichzeitig war er dankbar dafür, daß sich die Apparatur zwischen ihm und der glühenden Kugel erhob — obgleich sie sicher keinen ausreichenden Schutz gewährte, wenn der Organianer beschloß, ihn zu bestrafen.

Kirk wartete eine Zeitlang, und als abgesehen von dem Summen alles still blieb, räusperte er sich nervös. »Äh, Sie ...«

»Äh, Sie ...«, sagte das Energiewesen. Seine ruhige, kühle und leidenschaftslose Stimme hallte von den Wänden wider.

»... fragen sich wahrscheinlich ...«

»... fragen sich wahrscheinlich ...« Der Organianer wiederholte Jims Worte sofort. Die Verzögerung betrug nur einen Sekundenbruchteil.

»... was ich hier mache«, beendete Kirk den Satz und lauschte dem Echo. »Donnerwetter!« kommentierte er, und der Organianer sagte laut: »Donnerwetter.«

Der Captain betätigte noch einmal die erste Taste, unterbrach damit die Energiezufuhr. Das Summen verklang, das helle Leuchten verblaßte. Das angebliche Energiewesen verschwand.

»Kirk!«

Zuerst glaubte Jim, der zornige Schrei stamme von dem Organianer, doch dann sah er Morith in der Tür. Der Physiker bebte vor Wut, und hinter ihm standen zwei große, uniformierte Klingonen. »Niemand hat Ihnen erlaubt, dieses Zimmer zu betreten!« fauchte Morith.

»Ayleborne, der angeblich um Erlaubnis bat, an Bord kommen zu dürfen, um den tholianischen Zwischenfall zu beobachten — nur ein Trugbild, eine holographische Projektion.« Kirk war mindestens so verärgert wie Morith, und er ließ es sich anmerken. »Warum ein solches Täuschungsmanöver?«

Morith beherrschte sich mühsam und erwiderte mit erzwungener Ruhe: »Hier können wir nicht darüber reden.« Er nickte den beiden Uniformierten zu — sie starrten Kirk an, wandten sich dann um und bückten sich, um ihren betäubten Kameraden hochzuheben. Als sie den Bewußtlosen zum Korridor trugen, warfen sie Kirk noch einen letzten warnenden Blick zu. *Wenigstens haben sie guten Korpsgeist,* dachte Jim.

»Folgen Sie mir«, sagte Morith. Der Physiker wirkte kaum weniger feindselig als die beiden Alten Klingonen. Wortlos führte er Kirk zu seinem Büro neben der Brücke.

Die Tür schloß sich hinter ihnen, und Morith nahm am Schreibtisch Platz, deutete auf einen Stuhl davor. »Bitte entschuldigen Sie meinen Zorn, Jim«, begann der Wissenschaftler. »Der Bereich, in dem Sie sich befanden, ist sehr ... gefährlich. Wir überwachen ihn ständig. Deshalb wußten wir sofort, daß sich dort jemand aufhielt. Der plötzliche Energieverbrauch gab einen weiteren Hinweis.«

Kirk nickte. »Sicher ist eine Menge Energie notwendig, um das überzeugend wirkende Trugbild eines Organianers zu schaffen.« Er schwieg wieder, musterte Morith und wartete auf eine Erklärung.

Der Klingone hatte Anstand genug, verlegen zu sein. »Ein Trick«, sagte er schließlich. »Und vielleicht ein sehr unkluger.« Er mied Kirks Blick und überlegte einige Sekunden lang. »Zwar wissen wir, welchen Verlauf die Geschichte nahm, aber wir fürchten trotzdem, daß uns die Föderation nicht freundlich empfängt. In Ihrer Zeit neigten Menschen und Klingonen dazu, sofort das Feuer auf feindliche Schiffe zu eröffnen — und wir kommen mit einer riesigen Flotte.«

»Ich habe schon mehrmals darauf hingewiesen, daß Föderationsschiffe nicht sofort die Waffen sprechen lassen. Zuerst versuchen sie, einen Kom-Kontakt herzustellen.«

Morith nickte. »Ja, aber können wir ein so enormes Risiko eingehen? Was geschieht, wenn *diesmal* erst geschossen wird, bevor jemand auf den Gedanken kommt, Fragen zu stellen? Dann müssen wir uns verteidigen, nicht wahr? Nun, ich versuche, einer derartigen Situation vorzubeugen. Ein Organianer, der uns begleitet, sich an Bord des Flaggschiffs befindet ... Ich habe gehofft, damit ein tragisches Mißverständnis zu verhindern.«

»Wollen Sie den galaktischen Frieden mit Lügen und Täuschung erreichen?«

Morith breitete die Arme aus. »Es steht zuviel auf dem Spiel, und deshalb müssen die Risiken so gering wie möglich gehalten werden.« Der Physiker wartete auf eine Antwort, und als Kirk auch weiterhin schwieg, fuhr er fort: »Ich möchte mich noch einmal für meinen Ärger entschuldigen, Jim. Stellen Sie sich vor, wie erschrocken ich war, als ich Sie auf dem Monitor sah. Habe ich Ihnen mitgeteilt, daß wir jenen Bereich ständig überwachen, ebenso wie die anderen Sektionen mit Zugangsbeschränkungen?«

»Sie erwähnten es bereits, ja.«

»Dies ist keine geeignete Basis für unsere Zusammenarbeit, Jim. Wir müssen wissen, ob Sie sich an unsere Sicherheitsvorschriften halten und darauf verzichten werden, abgesperrte Bereiche des Schiffes aufzusuchen. Bitte versprechen Sie es mir.«

Kirk versprach es.

»Gut!« sagte Morith erfreut, stand auf und streckte die Hand aus. »Denken Sie daran: Seit hundert Jahren begegnen sich Menschen und Klingonen mit Vertrauen.«

Kirk schüttelte Moriths Hand, lächelte und verließ das Büro. In Wirklichkeit war er weiter als jemals zuvor davon entfernt, dem Physiker volles Vertrauen zu schenken.

»Ich sehe keinen Sinn darin, verdammt«, wandte sich Kirk später an Kalrind. »Nicht den geringsten! Es sei denn ... Vielleicht hat Morith eigene Pläne. Vielleicht heckt er etwas aus.«

»Ach, Jim ...«

»Ich meine es ernst!« sagte er scharf. »Was ist mit den uniformierten Wächtern? Du hast selbst erlebt, wie sie sich verhalten. Entspricht ihr Gebaren etwa dem der Neuen Klingonen?«

»Nein«, entgegnete Kalrind. »Sie ähneln vielmehr den Alten Klingonen, die ich aus Video- und Holo-Aufzeichnungen kenne. Aber es gibt sie nach wie vor. Mein Volk ist erst seit hundert Jahren an der Macht, und die Alten Klingonen sind keineswegs ausgestorben. Vielleicht träumen sie sogar davon, das Imperium wieder unter ihre Kontrolle zu bringen.«

»Möglicherweise steht Morith mit ihnen in Verbindung und hat einige Krieger an Bord gebracht. Obgleich er behauptete, Klanth und die anderen Überlebenden der *Keule* zu verabscheuen.«

Kalrind riß die Augen auf. »Meine Güte, das wäre ... schrecklich. Subversiv!«

»Und dann der falsche Organianer, der dazu dienen sollte, Mißtrauen auszuräumen. Das läßt sich wohl kaum mit dem Idealismus der Neuen Klingonen vereinbaren, oder?«

Kalrind schüttelte den Kopf und wich Kirks Blick aus.

»Morith betont immer wieder, daß wir alle historischen Details des tholianischen Zwischenfalls respektieren müssen, doch der Trick mit dem ›Organianer‹ bildet einen krassen Gegensatz zu solchen Behauptungen. Er wollte ihn verwenden, um die Föderation von seinen guten Absichten zu überzeugen. Zumindest in diesem Zusammenhang scheint ihm die Geschichte völlig gleichgültig gewesen zu sein.«

»Wenn du es so ausdrückst, klingt alles sehr verdächtig«, murmelte Kalrind widerstrebend. »Was hast du jetzt vor?«

Kirk schnitt eine Grimasse. »Keine Ahnung. Ich weiß nicht einmal, ob es sinnvoll ist, irgend etwas zu unternehmen. Aber eins steht fest: Ich werde Morith im Auge behalten. Und ich glaube ihm kein Wort mehr.«

Kalrind berührte ihn sanft am Arm. »Wenigstens gilt dein Argwohn nicht allen Klingonen. Vielleicht heckt Morith tatsächlich etwas aus, wie du eben gesagt hast. Aber wenn das stimmt ... Ich habe nichts damit zu tun.«

Kirk sah sie an und lächelte. »Oh, ich weiß, daß ich dir vertrauen kann. Es käme mir nie in den Sinn, an deiner Aufrichtigkeit zu zweifeln.« *Aber die Flotte empfängt ihre Befehle von Morith.* Er behielt diesen Gedanken für sich, um Kalrind nicht noch mehr zu beunruhigen.

KAPITEL 13

Fast ständig tönten Durchsagen und Anweisungen auf klingonisch aus den Interkom-Lautsprechern der *Allianz,* doch plötzlich erklangen englische Worte. »Captain Kirk zur Brücke!«

Jim hob verblüfft den Kopf, und für einen Sekundenbruchteil glaubte er, wieder an Bord der *Enterprise* zu sein. Dann schüttelte er den Kopf und eilte zum Kontrollraum.

Morith wartete dort auf ihn und saß im Sessel des Befehlsstands. Kalrind stand neben ihm, hatte sich gerade vorgebeugt und sprach leise mit dem Kommandanten der Flotte. Beide sahen auf, als Kirk hereinkam. »Jim ...« Morith deutete zum Wandschirm. »Sehen Sie nur!«

Die Sterne im großen Projektionsfeld bewegten sich nicht, was bedeutete: Die *Allianz* hatte den Warptransfer unterbrochen. Hier und dort blinkten Lichter in der Schwärze, und es wurden immer mehr. Kirk drehte sich zu Morith um und hob fragend die Brauen. Der Gesichtsausdruck des Klingonen verriet Sorge, doch die Falten verschwanden aus seiner Stirn, als er Kirks Blick spürte. »Föderationsschiffe«, sagte er. »Jedes blinkende Licht ist ein Starfleet-Kriegsschiff. Alles geschieht genau so, wie wir es aus der Geschichte kennen: Starfleet schickt Schiffe, um uns aufzuhalten. Allerdings ... Ich muß zugeben, daß ich nicht mit einer so großen Flotte gerechnet habe.«

Kirk beobachtete, wie die Streitmacht der Föderation auch weiterhin anschwoll. Tiefe Zufriedenheit erfüllte ihn, und plötzlich wünschte er sich nichts mehr, als wieder auf der Brücke seines Schiffes zu sein. »Wo sind wir?« fragte er und gab sich Mühe, beiläufig zu klingen. Aufregung zitterte in Jim, und es fiel ihm schwer, sich nichts anmerken zu lassen.

»In der Nähe von Tholia, wie es die historischen Aufzeichnungen von uns verlangen.« Verärgert fügte Morith hinzu: »Die Föderationsraumer nähern sich mit aktivierten Deflektoren, Jim!«

»Natürlich. Eine Flotte aus zahlreichen klingonischen Kreuzern hat die Grenze zum stellaren Territorium der Föderation passiert. Starfleet muß von feindlichen Absichten ausgehen — deshalb die energetischen Schilde.«

»Das ist kein guter Beginn für den Großen Frieden«, brummte Morith. »Nun, selbstverständlich habe ich Anweisung gegeben, daß wir ebenfalls die Schutzschirme einschalten — falls Ihre Freunde das Feuer eröffnen, *ohne* vorher zu versuchen, einen Kom-Kontakt herzustellen.«

»Das ist völlig ausgeschlossen«, erwiderte Kirk fest.

Der Klingone richtete einen durchdringenden Blick auf ihn. »Dies ist ein von Gewalt geprägtes Zeitalter. Ich kann es mir nicht leisten, Risiken einzugehen. Immerhin bin ich für diese Flotte verantwortlich — sie hat einen enormen materiellen Wert. Von den Besatzungen der Kreuzer ganz zu schweigen. Es ist eine schwere Bürde, und sie lastet allein auf meinen Schultern. Das verstehen Sie doch, nicht wahr, Jim?«

Kirk rang sich ein Lächeln ab. »Ja.«

Einer der Brückenoffiziere an den Konsolen meldete etwas auf klingonisch.

»Ah!« entfuhr es Morith. »Jemand setzt sich mit uns in Verbindung!« Er fauchte einen Befehl, und das Bild auf dem Wandschirm wechselte, zeigte Großadmiral De La Jolla im Kommandosessel eines Starfleet-Schiffes.

De La Jolla sprang auf. »Jim Kirk! Die Mistkerle haben Sie also *doch* entführt!« Der Admiral war korpulent und kein junger Mann mehr. Er schnaufte vor Empörung, und sein Mehrfachkinn wackelte.

Kirk hob die Hand. »Nein, nein, Sir. Die Situation ist ganz anders beschaffen.« *Warum hat man ausgerechnet diesen Hitzkopf zum Kommandeur der Föderationsflotte ernannt?*

»Wir befreien Sie!« ereiferte sich De La Jolla. »Selbst wenn wir ...!« Sein Gesicht lief rot an, und er sank in den Kommandosessel. Der Admiral hatte sich nur unterbrochen, weil ihm vor Wut die Luft ausgegangen war.

Kirk fragte sich, wie er seinen temperamentvollen Gesprächspartner beruhigen sollte. Bevor ihm etwas einfiel, erholte sich De La Jolla und keuchte einen Befehl. Dann sah er Kirk an und hob den Zeigefinger. »Hören Sie, junger Mann — ich kenne jemanden, der Sie zur Vernunft bringen wird.«

Junger Mann, dachte Kirk. *Vielleicht mag ich den alten Federico deshalb so sehr. Manchmal kann er unerträglich sein, und ich bin mir nie sicher gewesen, ob er seinen hohen Rang verdient. Aber er hat mich immer ›junger Mann‹ genannt.*

Streifenmuster erschienen auf dem Schirm, und als sie fortwichen ... sah Jim Spock im Kontrollraum der *Enterprise,* neben ihm McCoy, die Hände auf den Rükken gelegt.

»Spock! Pille!« Aus einem Reflex heraus trat Kirk einen Schritt vor — als sei er imstande, durch den Wandschirm der *Allianz* an Bord seines Schiffes zurückzukehren.

McCoy starrte ihn mit offenem Mund an und brachte keinen Ton hervor. Spock wölbte eine Braue. »Captain ... Es freut mich, daß Sie wohlauf sind, obwohl ich nicht leugnen kann, davon überrascht zu sein.«

»Spock, um Himmels willen!« platzte es aus McCoy heraus. »Jim! Ich bin platt! Wie hast du ...«

»Später.« Kirk lachte. »Ihr ahnt gar nicht, wie froh ich

bin, euch beide wiederzusehen. Ich habe eine Menge zu berichten.«

»Wir alle haben uns viel zu sagen«, fügte Morith hinzu, und er musterte die beiden Menschen mit analytischem Interesse. »Darf ich eine Konferenz vorschlagen, die in einer Stunde beginnt — nachdem wir Gelegenheit hatten, die Lage zu erörtern?«

»Wie Sie wünschen«, erwiderte Spock. »Erlauben Sie mir jedoch, Captain Kirk einige Fragen zu stellen. Sie betreffen eine Angelegenheit, die nichts mit den Diskussionen Ihrer und unserer Flottenkommandeure zu tun hat.«

»Später«, sagte Morith. »Wir bleiben hier und warten einfach nur ab. In einer Stunde stellen wir eine neuerliche Kom-Verbindung her, um alles zu besprechen. Dann wird sich Captain Kirk mit einer Botschaft an Sie wenden.« Es folgten einige klingonische Worte — das Bild auf dem Wandschirm wechselte einmal mehr, zeigte wieder das All.

Kirk drehte sich zu Morith um, und in seinen Augen blitzte es. »Warum haben Sie sich eingemischt? Wissen Sie eigentlich, wann ich zum letztenmal Gelegenheit hatte, mit meinen Freunden zu reden? Himmel, ich war davon überzeugt, sie nie wiederzusehen! Warum hielten Sie es für erforderlich, den Kontakt zu unterbrechen?«

»Bitte begleiten Sie mich in mein Büro, Jim.« Morith stand auf und erteilte weitere Anweisungen. Ein anderer Klingone trat aufs Podium und nahm im Kommandosessel Platz. Die beiden Männer flüsterten kurz miteinander, und dann verließ Morith den Kontrollraum.

Mehrere Personen hielten sich im Büro neben der Brücke auf, unter ihnen auch Kalrind — von den anderen kannte Kirk kaum jemanden. Sie hörten stumm zu, während Morith sprach.

»Jim ...«, begann er in einem besänftigenden Tonfall. Seine ruhige Stimme appellierte an Rationalität. »Jim, ich kann Ihren Ärger durchaus verstehen. Aber ich habe

Sie aus gutem Grund daran gehindert, schon jetzt die Fragen Ihrer Freunde zu beantworten und von Ihren Erlebnissen zu berichten. Bitte gestatten Sie mir, Ihnen alles zu erklären.«

Kirk verschluckte eine zornige Bemerkung und forderte Morith mit einer stummen Geste auf, seinen Vortrag fortzusetzen.

»Danke, Jim. Mich bedrückt die Vorstellung, daß wir die Vergangenheit — die aktuelle Gegenwart — verändern und dem tholianischen Zwischenfall einen neuen Verlauf geben. Einerseits können wir von folgender Annahme ausgehen: Ganz gleich, wie wir uns während dieser Konfrontation mit der Föderationsflotte verhalten — alles wird genau so geschehen, wie wir es aus der Geschichte kennen. Weil es von den historischen Aufzeichnungen bestätigt wird. Andererseits gibt es viele unbekannte Einzelheiten, denn die Geschichtsschreibung ist *immer* selektiv. Wenn uns bei einem dieser Details ein Fehler unterläuft... Vielleicht schaffen wir dann ein Paralleluniversum, in dem die Zukunft nicht unter dem Zeichen des Großen Friedens steht.«

»Schon seit vielen Jahren befassen sich Fachleute mit diesem Problem«, entgegnete Kirk. Der Ärger brodelte noch immer in ihm. »Bisher hat niemand eine Lösung gefunden.«

»Ja. Aber die Frage bekommt jetzt mehr als nur eine akademische Bedeutung, oder?«

Die ruhige, beschwichtigende Stimme des Klingonen erzielte nicht die beabsichtigte Wirkung. Ganz im Gegenteil: Sie weckte noch mehr Zorn in Kirk. »Und? Welche Lösung ist *Ihnen* eingefallen?«

Morith schüttelte den Kopf. »Ich habe keine. Aber ich bin fest entschlossen, alles zu verhindern, das die Vergangenheit ändern könnte. Der tholianische Zwischenfall *muß* zu den Ergebnissen führen, die wir aus der Zukunft kennen! Wir sind hier, um sicherzustellen, daß die Ära des galaktischen Friedens beginnt, Jim. Deshalb habe ich Sie unterbrochen. Weil ich fürchtete, Sie könnten etwas Falsches sagen.«

»Verdammt!« entfuhr es Kirk. »Wie soll es überhaupt *möglich* sein, daß ich etwas Falsches sage? Ganz gleich, welche Worte ich wähle — es sind automatisch die richtigen. Und wenn nicht ... Wir erfahren es nie. Mit solchen Überlegungen bewegen wir uns im Kreis.« Jim zögerte kurz und musterte den klingonischen Physiker. »Wollen Sie mir vielleicht ein Manuskript für meine Ansprache in die Hand drücken?«

Morith überhörte den Sarkasmus des Captains. »Das haben wir tatsächlich in Erwägung gezogen. Die historischen Aufzeichnungen geben keine Auskunft über den genauen Wortlaut Ihrer Botschaft an die Föderationsflotte; nur der allgemeine Bedeutungsinhalt ist uns bekannt. Wie dem auch sei: Eine vorbereitete Rede klingt nicht ehrlich genug und stimmt Ihre Freunde vielleicht noch mißtrauischer. Sicher fällt es ihnen schon schwer genug, an die friedliche Mission einer so großen klingonischen Flotte zu glauben. Wir könnten Starfleet wohl kaum von unseren wahren Absichten überzeugen, wenn Sie den Eindruck erwecken, unter der Wirkung von Drogen zu stehen oder Zwang ausgesetzt zu sein.«

»Dann ist ja alles klar. Ich schlage vor, wir kehren jetzt zur Brücke zurück und stellen einen neuerlichen Kom-Kontakt her.«

»Allerdings bin ich auch der Ansicht, daß Sie in groben Zügen über den Inhalt Ihrer Botschaft Bescheid wissen sollten«, fuhr Morith fort. »Damit Sie nicht in Versuchung geraten, Dinge zu erwähnen, die den historischen Aufzeichnungen widersprechen. Sie wiesen darauf hin, daß wir kamen, um die Grundlage für einen dauerhaften Frieden zu schaffen, daß wir im wahrsten Sinne des Wortes *neue* Klingonen sind, die nach der Macht im Imperium streben. Von der Zeitreise berichteten Sie erst auf der Erde, und der Grund dafür ist mir inzwischen klargeworden. Wenn Sie jetzt von einem

Sprung aus der Zukunft in diese Zeit berichten, werden die Starfleet-Kommandeure dort draußen nur noch mißtrauischer.«

Kirk zögerte. »Ja, das könnte sein«, gab er widerstrebend zu. »Es war also richtig, die Kom-Verbindung zu unterbrechen. Nun gut. Sonst noch etwas?«

Morith schüttelte den Kopf. »Was den Rest betrifft, müssen wir uns auf Ihre Fähigkeit verlassen, die richtigen Worte zu wählen. Die Geschichte behauptet, daß es Ihnen gelang.«

Kirk schnaubte leise. »Fangen Sie nicht schon wieder damit an.« Er überlegte. »Sie müssen darüber informiert gewesen sein, daß auch mein Schiff zur Starfleet-Flotte gehören würde. Warum erfahre ich erst jetzt davon?«

Morith breitete die Arme aus — eine Geste, die Hilflosigkeit zeigte. »Das gleiche Problem, Jim. Wir wollten, daß Sie mit normaler Spontaneität reagieren, und zwar auf alles.«

Kirk ließ es dabei bewenden, und die Gruppe verließ das Büro, begab sich wieder in den Kontrollraum. *Weiß Morith sonst noch etwas, das er mir verschweigt?* fragte sich Jim. Verschiedene Ereignisse hatten dafür gesorgt, daß er dem klingonischen Physiker immer weniger vertraute, und sein Argwohn verdichtete sich nun.

Die allgemeine Problematik der Zeitreise ließ sich jedoch nicht leugnen. Im Jahr 1930 beschloß Kirk, Edith Keeler sterben zu lassen — ihr Überleben hätte die Vernichtung der irdischen Zivilisation bedeutet.

Aus diesem Grund konnte er Moriths Befürchtungen gut verstehen.

In der Föderationsflotte fand ebenfalls eine Konferenz statt, und zwar an Bord des Flaggschiffs USS *Nonsuch,* das unter dem Befehl von Großadmiral De La Jolla stand. Mehrere Offiziere hatten sich an Bord gebeamt, um an der Besprechung teilzunehmen, unter ihnen auch

Spock und Scott von der *Enterprise.* Die meisten Anwesenden bekleideten einen viel höheren Rang, aber De La Jolla hatte auch den Chefingenieur und Ersten Offizier eingeladen, weil es bei den zu treffenden Entscheidungen direkt um Captain Kirk ging. Der Vorschlag für die Konferenz stammte von Spock, und De La Jolla erhoffte sich nützliche Diskussionsbeiträge von seinen beiden besonderen Gästen, zum Beispiel Hinweise darauf, welchen Eindruck sie während des Kom-Kontakts von Kirk gewonnen hatten.

Der Umstand, daß sich De La Jolla solchen Hoffnungen hingab, zeigte folgendes: Während seiner langen beruflichen Laufbahn schien es ihm gelungen zu sein, sowohl Vulkanier als auch temperamentvolle Schotten zu meiden.

»Nun, Mr. Spock«, sagte der Großadmiral. »Übt man irgendeine Art von Druck auf Jim aus?«

»Leider habe ich nicht genug Daten, um diese Frage zu beantworten, Sir«, erwiderte Spock mit einer Ruhe, die im impulsiven Admiral sofort das Feuer des Zorns entzündete. Scott hatte die ganze Zeit über ein finsteres Gesicht geschnitten, und jetzt konnte er sich nicht länger beherrschen. »Ob man Druck auf den Captain ausübt?« entfuhr es ihm. »*Natürlich* übt man Druck auf ihn aus! Er wird von den verdammten Klingonen gefangengehalten! Wir sollten hier keine Zeit mit *Analysen* vergeuden, sondern überlegen, wie wir ihn *retten* können!«

De La Jolla starrte ihn verblüfft an. Seit Jahren hatte es niemand mehr gewagt, ihn anzuschreien — immerhin stand er an der Spitze der Starfleet-Hierarchie. Es dauerte eine Weile, bis er sich von der Überraschung erholte. »Was erlauben Sie sich, Mr. Scott?«

Der Chefingenieur holte tief Luft, um hingebungsvoll zu fluchen. Spock kannte die menschlichen Interaktionen gut genug, um zu wissen, was sich nun anbahnte. Nur das rasche Eingreifen des Vulkaniers bewahrte Scott vor einem abrupten Ende seiner Karriere. »Mr.

Scott ist verständlicherweise überreizt, Admiral. Immerhin droht nicht nur Captain Kirk Gefahr, sondern der ganzen Föderation. Als er zusammen mit dem Kreuzer *Keule* verschwand, vermuteten wir, er sei von den Klingonen entführt worden. Diese Annahme scheint sich nun zu bestätigen.«

Scott explodierte erneut. »Sie *scheint* sich zu bestätigen?«

»Sie haben richtig gehört«, entgegnete Spock ungerührt. »Jene Stimme, die wir während des kurzen Kom-Kontakts vernahmen ... Vielleicht wurde sie von einem Computer moduliert; vielleicht war sie eine Simulation. Wir müssen mehr herausfinden, bevor wir Schlüsse ziehen und Maßnahmen ergreifen.«

»Sind Sie der Ansicht, daß wir einfach abwarten und Däumchen drehen sollten, Spock?« fragte De La Jolla mit deutlichem Sarkasmus. »Ich meine, wir sollten *irgend etwas* unternehmen.«

»Aye«, brummte Scott. Es überraschte ihn ganz offensichtlich, daß er Anlaß bekam, dem Admiral beizupflichten.

Spock wölbte eine Braue. »Darf ich Sie daran erinnern, daß wir bereits etwas unternommen *haben?* Die Codes und Paßwörter in der ganzen Flotte wurden geändert, weil wir davon ausgehen mußten, daß der Captain in Gefangenschaft geriet. Darüber hinaus gibt es jetzt noch etwas anderes zu tun: Eine Stunde ist vergangen, und es wird Zeit, daß wir uns mit der imperialen Flotte in Verbindung setzen. In diesem Zusammenhang habe ich einige Ratschläge für Sie, Admiral. Meine Empfehlungen betreffen Ihr Gespräch mit dem klingonischen Kommandeur.«

De La Jolla zögerte und versuchte, sein Temperament unter Kontrolle zu halten. »Sie kennen Captain Kirk besser als sonst jemand von uns, und da Sie genau zu wissen glauben, worauf es jetzt ankommt ... Ich ernenne Sie hiermit zum offiziellen Sprecher unserer Flotte.«

Der Admiral lächelte schief. »Ich werde Sie im Auge behalten, Spock. Bin gespannt, wie *Sie* das Problem lösen.«

Auf dem Weg zum Transporterraum der *Nonsuch* murmelte Scott: »Wie konnte jemand mit so wenig Selbstbeherrschung zum Großadmiral werden?«

Spock warf ihm einen kurzen Blick zu, und seine Züge verrieten Erstaunen. Dann kehrte die steinerne Ausdruckslosigkeit in das vulkanische Gesicht zurück. »In dieser Hinsicht sind viele Theorien möglich, Mr. Scott. Aber mir fehlen zuverlässige Daten, und ich lehne Spekulationen ab.«

Der Chefingenieur schnaufte. »Warum haben Sie überhaupt eine Konferenz vorgeschlagen? Es kam nichts dabei heraus.«

»Ganz im Gegenteil, Mr. Scott. Wir haben einen ebenso konkreten wie wichtigen Erfolg erzielt. Meine Absicht bestand nur darin, eine beruhigende Wirkung zu entfalten, doch jetzt bin ich offizieller Sprecher der Flotte. Wenn Admiral De La Jolla die Verhandlungen mit den Klingonen geführt hätte, wäre es kaum möglich gewesen, den Captain zu retten. Jetzt gibt es noch eine Chance für ihn, aus der klingonischen Gefangenschaft zu entkommen.«

Der Schotte nickte anerkennend. »Also verbergen sich doch Schläue und Raffinesse hinter der Maske aus Gelassenheit, wie?«

Spock dachte darüber nach, als sie schweigend durch den Korridor wanderten und schließlich den Transporterraum erreichten. Stumm traten sie dort auf die Transferplattform. Als der Vulkanier das Prickeln der beginnenden Entmaterialisierung spürte, sagte er: »Danke für das Kompliment, Mr. Scott.«

Nach dem Retransfer zur *Enterprise* eilte Scott zum Maschinenraum, und Spock suchte die Brücke auf.

Der Turbolift trug ihn seinem Ziel entgegen, und das Gesicht des Ersten Offiziers war wieder völlig ausdruckslos. Nichts an ihm deutete auf Furcht hin, die seinem Freund und Vorgesetzten James Kirk galt — eine Besorgnis, die auf Logik basierte und keinen Platz ließ für unbegründeten Optimismus.

Auch Elliot Tindall hatte kaum Anlaß, optimistisch zu sein — er glaubte, in einem Meer aus Hormonen zu ertrinken. Es war keine sorgfältige medizinische Untersuchung notwendig, um ihm die Erkenntnis zu vermitteln, daß die Arznei nicht mehr wirkte. Sein Zustand verschlechterte sich seit dem ersten Tag an Bord der *Enterprise.* Elliot schluckte die Pillen auch weiterhin, doch die Verzweiflung in ihm wuchs: Viel zu deutlich spürte er, daß sie nichts gegen Launenhaftigkeit und Jähzorn ausrichteten.

Leonard McCoy saß in seinem Büro am Schreibtisch und arbeitete sich verdrießlich durch einen Stapel Diagnoseberichte, als der junge Wissenschaftler hereinkam.

»Dr. McCoy?« fragte Elliot heiser.

Der Arzt blickte von dem Monitor auf, der ihm eine elektronische Akte zeigte. »Ich habe Commander Chapel gesagt, daß ich nicht gestört werden möchte«, erwiderte er höflich.

»Ich bin Elliot Tindall«, stellte sich der Besucher vor. »Wir sind uns noch nicht begegnet ...«

»Ich habe schon von Ihnen gehört.« McCoy stand langsam auf und streckte die Hand aus. Er übertrieb nun das Südstaatlergebaren — Anzeichen für seine Verärgerung. Doch Elliot stand ihm jetzt zum erstenmal gegenüber, und daher wußte er diese Hinweise nicht zu deuten.

»Oh, ja.« Tindall ergriff die Hand und schüttelte sie kurz. »Ich bin gekommen, um ... Nun, ich brauche ein Sedativ.«

McCoy bedachte ihn mit einem durchdringenden Blick. »Ein Sedativ?« Überraschung und berufliches Interesse verbannten den Ärger über die Störung aus ihm. »Was für Probleme haben Sie, junger Mann?«

Elliot zögerte. Äußerlich schien er ruhig zu sein, doch dieser Eindruck täuschte: In ihm kochte Zorn. Er verspürte den jähen Wunsch, McCoy umzubringen, die Finger um seinen Hals zu schließen und zuzudrücken, bis das Leben aus ihm wich — um sich anschließend zu nehmen, was er brauchte. Aber es sprachen gleich mehrere Gründe dagegen — zum Beispiel wußte er nicht, wo die benötigten Medikamente lagerten —, und er verstand sie gut genug, um die fast außer Kontrolle geratene Wut zu unterdrücken. »Nervosität. Gereiztheit. Ich bin zum erstenmal an Bord eines Raumschiffs, und wenn ich an die klingonische Flotte dort draußen denke... Ich brauche etwas, um ruhiger zu werden, um mich besser zu beherrschen.«

McCoy schnaubte leise und schien das Interesse zu verlieren. »So geht es nicht nur Ihnen. Zuviel Arbeit und zu wenig Schlaf. Hinzu kommen Mangel an Bewegung und unregelmäßige Mahlzeiten. Ich schätze, Spock verlangt eine Menge von Ihnen, wie? Manchmal vergißt der Vulkanier, daß Menschen nicht dauernd rund um die Uhr schuften können. Ich rede mit ihm und weise darauf hin, daß Sie mehr Freizeit brauchen. Wenn Sie häufiger Gelegenheit zur Entspannung erhalten, bringen sich Körper und Geist selbst in Ordnung.«

Elliot lächelte, nickte — und ballte die Fäuste, was McCoy jedoch nicht sehen konnte. *Von diesem verdammten Idioten bekomme ich nichts,* dachte er.

»Ja, ich verstehe, Doktor«, sagte er, als der Arzt seinen Vortrag beendete. »Sicher haben Sie recht. Ich werde Ihren Rat beherzigen. Herzlichen Dank dafür. Aber sprechen Sie Mr. Spock bitte nicht darauf an — er ist selbst erheblichem Streß ausgesetzt. Ich erörtere diese Angelegenheit mit ihm, wenn ich den Zeitpunkt für geeignet halte.«

»Hoffentlich wird Ihre Geduld nicht auf eine zu harte

Probe gestellt«, brummte McCoy. »Bisher hat sich der zu groß geratene vulkanische Kobold immer hartnäckig geweigert, ganz normale menschliche Schwächen zu berücksichtigen. Doch wenn Sie nicht möchten, daß ich ihm die langen Ohren noch länger ziehe ... In Ordnung, Mr. Tindall, ich respektiere Ihren Wunsch. Gehen Sie jetzt; es wartet noch viel Arbeit auf mich.«

Ganz normale menschliche Schwächen, dachte Elliot bitter und hoffnungslos, als er das Büro des Bordarztes verließ. *Oh, Doktor, Sie haben keine Ahnung, wie fatal solche Schwächen sein können.*

Wie sollte er jetzt zurechtkommen und durchhalten?

Nachdem Elliot gegangen war, rang McCoy mit seinem Gewissen, verlor das mentale Duell und öffnete einen Kom-Kanal zur Brücke.

»Hier Spock.«

Die ruhige Stimme zerrte an McCoys Nerven, gab ihm das sehr unangenehme Gefühl, dem Vulkanier weit unterlegen zu sein. Fast wäre er der Versuchung erlegen, die Verbindung wieder zu unterbrechen. »Hören Sie, Spock, ich weiß nicht, ob es richtig ist, Sie auf diese Sache anzusprechen. Einerseits muß ich dem Vertrauen des Patienten gerecht werden; andererseits bin ich auch seiner Gesundheit verpflichtet.«

»Hallo, Doktor.«

»Äh, ja. Hallo, Spock. Wechseln Sie nicht das Thema.« Mit einigen knappen Worten berichtete McCoy von Elliots Besuch und dem Grund dafür. »Er bat mich, Sie nicht damit zu belästigen, aber ich habe trotzdem beschlossen, mit Ihnen zu reden. Verlangen Sie nicht zuviel von Mr. Tindall, Spock. Er ist kein Vulkanier, nur ein Mensch.«

»Nein, Doktor, ein Vulkanier ist er gewiß nicht«, erwiderte Spock. »Wie beurteilen Sie seine geistige Verfassung?«

»Soll ich eine Diagnose erstellen, auf der Grundlage

langer Beobachtungen sowie sorgfältiger Untersuchungen?« fragte McCoy sarkastisch.

»Ich möchte nur Ihre Meinung hören, Doktor.«

»Nun, er ist sehr nervös«, entgegnete der Arzt widerstrebend. »Es fällt ihm sichtlich schwer, sich zu beherrschen.«

»Warum, Doktor?«

»Keine Ahnung, Spock! Meine ›langen Beobachtungen‹ dauerten nur einige Minuten, und diese Zeit verbrachte er zum größten Teil damit, mir zuzuhören. Ich bin jedoch ziemlich sicher, daß er am Rand eines Nervenzusammenbruchs steht.«

»Was eigentlich Grund genug sein sollte, um ihn krank zu schreiben und mich zu verständigen, nicht wahr, Doktor?«

»Ich *habe* Sie gerade verständigt, verdammt! Nun, mit diesem Fall kann ich mich erst eingehender befassen, wenn die gegenwärtige Krise überwunden ist. Keine Sorge: Ich halte Mr. Tindall nicht für gefährlich. Er scheint mir der typische englische Gentleman zu sein. Wenn er überschnappt, leidet wahrscheinlich nur seine Grammatik.«

»Danke für die Auskunft, Doktor.« Der Vulkanier schloß den Kom-Kanal und runzelte die Stirn.

»Mr. Spock?«

Er drehte sich um und begegnete Ginny Crandalls Blick. Die Züge der jungen Frau offenbarten Besorgnis.

»Ja, Lieutenant?«

»Ist mit Ell ... mit Mr. Tindall etwas nicht in Ordnung?« fragte Ginny.

»Er scheint nur überarbeitet zu sein, Lieutenant«, antwortete Spock. »Sicher geht es ihm bald besser.«

»Das hoffe ich«, meinte Crandall.

Spock musterte sie einige Sekunden lang und deutete dann zum Wandschirm. »Bitte achten Sie nun wieder auf die Anzeigen Ihrer Konsole. Wir befinden uns in einer recht heiklen Situation.«

KAPITEL 14

»Ich grüße die Vereinte Föderation der Planeten sowie Kommandanten und Besatzungen der Starfleet-Schiffe, die ausgeschickt wurden, um uns zu begrüßen. Ich bin *Joh* Morith, Kommandeur dieser Flotte.«

Kirk lauschte Moriths ersten Worten und versuchte, sich De La Jollas Reaktion vorzustellen. Er hoffte inständig, daß sich der Großadmiral von seinem überschäumenden Temperament nicht dazu hinreißen ließ, das Feuer auf die Klingonen zu eröffnen. Der ältere Mann sollte geradezu unberechenbar gewesen sein, als er noch den Rang eines Captains bekleidete ...

Erleichterung durchströmte ihn, als nicht etwa De La Jollas Gesicht auf dem Wandschirm der *Allianz* erschien, sondern die wesentlich vertrauteren Züge eines Vulkaniers.

Morith beendete seinen Vortrag und gab Kirk ein Zeichen.

»Hallo, Spock«, sagte Jim.

Der Erste Offizier neigte kurz den Kopf. »Captain.«

»Spock, was ich Ihnen jetzt sagen werde, klingt mehr als nur phantastisch, aber es ist sehr wichtig, daß Sie mir glauben. Ich habe alles selbst gesehen und gehört. Diese Leute hier unterscheiden sich von den Klingonen, die wir kennen. Sie nennen sich ›Neue Klingonen‹ ...«

Während der Schilderungen blieb das Gesicht des Vulkaniers völlig unbewegt. Als Kirk schließlich schwieg, sagte Spock nur: »Einen Augenblick, Captain.« Das Bild auf dem Schirm verblaßte.

»Jim!« entfuhr es Morith. »Was hat das zu bedeuten? Müssen wir mit einem Angriff rechnen?«

»Nein. Bleiben Sie ganz ruhig.« Doch auch Kirk fühlte sich von Unsicherheit heimgesucht. Was beabsichtigte Spock?

Ein neues Bild entstand auf dem Wandschirm, zeigte diesmal nicht nur den im Kommandosessel sitzenden Vulkanier sondern auch einen zornig wirkenden Leonard McCoy, der neben dem Befehlsstand wartete. »Nun, Captain«, begann Spock, »vielleicht entsprechen Ihre Ausführungen wirklich den Tatsachen. Aber bevor wir eine solche Möglichkeit berücksichtigen können, müssen wir sicher sein, daß Sie nicht zu solchen Behauptungen gezwungen worden sind. Nach der Stimmanalyse zu urteilen, übt man keinen Druck auf Sie aus. Allerdings: Eine derartige Analyse verifiziert nicht die Verwendung von Drogen. Dr. McCoy verlangt medizinische Daten in Hinsicht auf Ihren gegenwärtigen physischen Zustand, bevor er bereit ist, irgendwelche Entscheidungen zu treffen. Die einfachste Lösung des Problems bestünde darin, Sie hierherzubeamen.«

Bei dieser Vorstellung klopfte Kirks Herz schneller. Wieder an Bord der *Enterprise* zu sein, bei seinen Freunden ... Er sah zu Morith — der Klingone schnitt eine finstere Miene und schüttelte den Kopf.

»Mr. Spock, welche Garantie haben wir, daß Ihre Flotte nicht das Feuer auf uns eröffnet?« fragte Morith. »Unsere neuen Beziehungen können nicht auf der Basis von Mißtrauen beginnen. Bitte *glauben* Sie, was Ihnen Captain Kirk mitgeteilt hat.«

»Zunächst einmal müssen wir herausfinden, ob Captain Kirk selbst daran glaubt«, erwiderte Spock. »Ohne eine Bestätigung Ihrer friedlichen Absichten bleibt uns keine andere Wahl, als an Argwohn festzuhalten.«

»Na schön!« Morith zischte einen Befehl auf klingonisch. »Genügt Ihnen das? Ich habe gerade die Anweisung erteilt, unsere Schilde zu senken.«

Kirk sah Überraschung in den Gesichtern seiner Brückencrew. Spock bildete die einzige Ausnahme und wölbte nur eine Braue.

»Sehr eindrucksvoll — bei unseren Diskussionen werden wir diesen Umstand nicht außer acht lassen«, kommentierte der Vulkanier. Er neigte sich zur Seite und hörte McCoy zu, blickte dann wieder zum Schirm. »Dr. McCoy besteht nach wie vor auf einer medizinischen Untersuchung des Captains.«

»Ich habe noch mehr gesagt, Spock!« brummte Leonard.

Der Erste Offizier unterbrach den Arzt, indem er die Hand hob. »Wir sind jederzeit bereit, Captain Kirk an Bord zu beamen.«

»Sie hören bald von mir.« Morith betätigte eine Taste, und flimmerndes Grau verdrängte Spocks Abbild vom Schirm. »Was halten Sie davon, Jim? Ich habe unsere Flotte schutzlos einem Angriff ausgeliefert, und selbst damit geben sich Ihre Kollegen nicht zufrieden!«

»Sie wissen, worum es Spock und McCoy geht«, entgegnete Kirk. »Ich nehme an, sie möchten mir glauben, aber sie brauchen auch etwas, das ihre Zweifel ausräumt. Außerdem müssen sie sich Starfleet Command gegenüber rechtfertigen, wenn sie beschließen, eine klingonische Flotte zur Erde zu eskortieren.« Kirk lächelte. »Geben Sie ihnen etwas, das sowohl Starfleet Command als auch den Föderationsrat überzeugt.«

»Ich verstehe ...« Morith starrte nachdenklich zum leeren Wandschirm. »Ja, Jim, Sie haben recht. Ich hätte gleich daran denken sollen. Das Imperium ist ganz anders als die Föderation — selbst heute noch.« Er überlegte eine Zeitlang. »Trotzdem: Ich weiß nicht, ob ich Ihren Freunden vertrauen kann. Einerseits möchte ich, daß Sie an Bord der *Allianz* bleiben, als Präventivmaßnahme gegen einen Angriff, und andererseits ... Nun, vielleicht läßt sich ein Kompromiß schließen.«

Eine Taste klickte, und der große Bildschirm erhellte

sich wieder, zeigte Spock und McCoy, die leise miteinander sprachen. Der Vulkanier hob den Kopf, als ihm Uhura ein Zeichen gab. »Ja, Lord Morith?«

Der Klingone sprach nun nicht mehr mit der betonten Freundlichkeit wie zu Beginn. »Ich bin bereit, Ihnen alle notwendigen Medo-Daten zur Verfügung zu stellen. Unsere Ärzte nehmen die Untersuchung hier vor, und sie sind sicher ebenso tüchtig wie Ihre medizinischen Spezialisten. Mehr kann ich Ihnen nicht anbieten.«

Diesmal unterbrach Spock die Verbindung, nachdem er darauf hingewiesen hatte, sich bald wieder zu melden. Als sich das Bild der *Enterprise*-Brücke verflüchtigte, sah Kirk noch, wie McCoy verärgert gestikulierte. Die Worte des Arztes hörte er nicht.

Lange Minuten verstrichen, ohne daß etwas geschah, und im Kontrollraum der *Allianz* wuchs die Anspannung. Niemand gab einen Ton von sich. Schließlich registrierte das Kom-System des klingonischen Kreuzers neuerliche Signale der *Enterprise.* Das Projektionsfeld zeigte Spock — von Leonard war nichts mehr zu sehen. »Dr. McCoy ist nur dann bereit, auf Ihren Vorschlag einzugehen, wenn er die Untersuchung selbst vornehmen kann. Er hat den Transporterraum aufgesucht und wartete dort mit einem tragbaren Scanner. Der Transfer kann erfolgen, sobald Sie Ihre Erlaubnis dazu erteilen.«

Morith warf Kirk einen finsteren Blick zu. Jim zuckte mit den Schultern und breitete die Arme aus. »Nun gut«, sagte der Klingone. »Beamen Sie den Arzt an Bord, wann es Ihnen beliebt. Aber er soll seine Instrumente bei Ihnen lassen. Wir geben ihm alle Geräte, die er braucht, um eine Diagnose zu erstellen.«

McCoy trat von der Transporterplattform und sah sich skeptisch um. »*So* sieht also ein Kriegsschiff der Neuen Klingonen von innen aus. Ich bin nicht sehr beeindruckt.«

Kirk schüttelte den Kopf und lächelte. »Was ist nötig, um dich zu beeindrucken, Pille?«

»Zum Beispiel die Feststellung, daß du gesund und in jeder Hinsicht normal bist«, erwiderte McCoy offen. »Wie geht es dir, Jim?«

»Nun, wenn man alles bedenkt... bemerkenswert gut, Doktor.«

»Wenn man alles bedenkt?« McCoy trat näher und musterte Kirk aufmerksam. »Hast du die Brille getragen?«

Jim winkte ungeduldig. »Nein, natürlich nicht. Sie liegt in meiner Kabine an Bord der *Enterprise.* Und spar dir die nächste Frage: Ja, ich habe Kopfschmerzen.«

McCoy schmunzelte. »Gut. Jetzt weiß ich, daß wirklich Jim Kirk vor mir steht und kein getarnter Klingone.«

Der Captain schüttelte erneut den Kopf, und seine Lippen verzogen sich ebenfalls zu einem Lächeln. »Du ahnst gar nicht, wie sehr ich mich freue, dich wiederzusehen, Pille.«

»O doch, ich kann es mir gut vorstellen«, sagte McCoy ernst.

Kirk wandte sich ab, um jene intensiven Gefühle zu verbergen, die Leonards Antwort in ihm geweckt hatte. »Gehen wir jetzt zur Krankenstation. Sie ist kleiner als die Medo-Sektion der *Enterprise,* aber wir müssen uns damit begnügen. Komm, ich zeige dir den Weg.«

McCoy richtete den Scanner auf Kirk und brummte. »Diese Ausrüstung taugt nichts. Primitiv. Läßt keine genaue Diagnose zu. Wie soll man damit feststellen, wie's um einen Patienten steht? Nun, wenigstens gibt es nicht nur klingonische Kennzeichnungen, sondern auch englische. Ein geringer Wert für Elektrolyte — seltsam.« Er schüttelte den Scanner. »Unzuverlässiger Schrott. Diese Anzeigen deuten darauf hin, daß du wieder ein junger Mann bist, Jim. Was ist geschehen? Hast du hier eine Art Jungbrunnen gefunden?«

»Du würdest es mir nicht glauben, Pille«, erwiderte Kirk mit einem Hauch Unbehagen.

»Erzähl's mir trotzdem.«

»Vielleicht später, wenn wir alles hinter uns haben. Nun, zweifelst du noch immer daran, daß ich James Kirk und geistig vollkommen gesund bin?«

»Oh, du *bist* James Kirk«, bestätigte McCoy. »Aber was deine geistige Gesundheit betrifft... Damit stand es nicht immer zum besten. Wie dem auch sei: Ich kann bestätigen, daß du voll und ganz Herr über dich selbst bist.«

»Ausgezeichnet!« Kirk wartete McCoys Erlaubnis nicht ab, sprang von der Diagnoseliege und streifte seinen Pulli über. »Genau darauf kommt es mir an.«

»He, nicht so eilig. Dein klingonischer Freund verbot mir zwar, irgend etwas mitzubringen, aber ich habe trotzdem eine Überraschung für dich.« McCoy hielt plötzlich einen kleinen Injektor in der Hand.

»Was hast du vor?«

»Ich möchte deine Elektrolyte auf Vordermann bringen. Fällt es dir manchmal schwer, einen klaren Gedanken zu fassen?« Leonard bedachte den Captain mit einem durchdringenden Blick. »Leidest du gelegentlich an Konzentrationsschwäche und Benommenheit?«

»Nun, ab und zu. Woher weißt du ...«

»Halt still.« McCoy preßte den Injektor an Kirks Oberarm. Es zischte leise. »Das sollte dir helfen.«

»Es hilft schon«, gestand Jim ein. »Und es tut weht. Was ist mit deinem Behandlungsgeschick passiert, Pille? Wirst du langsam alt?«

»Hmm.« McCoy rieb die Injektionsstelle. »Spürst du was?«

»Brennt wie der Teufel.«

»Ja.« Leonard nickte. »Da fällt mir ein Ausspruch des Landarztes ein, bei dem ich damals in die Lehre ging ...«

»Und der nie existierte«, warf Kirk ein. »Du hast Medizin studiert, wie alle anderen Ärzte. Ich bitte dich, Pille … Wie lange ist es her, seit es auf der Erde Landärzte gab und jemand eine medizinische ›Lehre‹ absolvieren mußte?«

»Viel zu lange«, brummte McCoy. »Na schön. Du bist soweit in Ordnung. So gesund wie das sprichwörtliche Pferd. Obwohl ich einige Pferde kannte, die …«

»Du solltest dir genau überlegen, was du sagst. Ich bin noch immer dein Vorgesetzter.«

»Nein. Du bist ein Kriegsgefangener. Und jetzt?«

»Jetzt kehrst du zur *Enterprise* zurück, um Spock und dem Rest der Föderation folgende Botschaft zu bringen: James Kirk ist gesund und voll bei Verstand.«

Leonard nickte langsam. »Das möchtest du?«

Kirk nickte.

»Wie du willst. Was mein ärztliches Honorar betrifft …«

Kirk ergriff McCoy am Arm und zog ihn mit sanftem Nachdruck zur Tür. »Wie heißt es so schön: Zufriedenheit ist der Arbeit größter Lohn.«

»Du vermutest offenbar, daß ich zufrieden bin …«

Kalrind wählte genau diesen Augenblick, um die Krankenstation der *Allianz* zu betreten, und sie richtete einen besorgten Blick auf McCoy. »Sie sind der terranische Arzt. Wie geht es Jim?«

Leonard kniff die Augen zusammen, musterte erst die Klingonin und dann Kirk. Schließlich wandte er sich erneut an die Frau. »Hm. Wer sind Sie?«

»Ich heiße Kalrind, Doktor. Und ich bin mit Jim … befreundet«, fügte sie rasch hinzu.

»J-a-a-a.« McCoy zog das Worte in die Länge. »Es fällt ihm leicht, neue Freunde zu gewinnen. Nun, ich glaube, er ist soweit in Ordnung. Natürlich kann ich erst dann ganz sicher sein, wenn ich die Medo-Daten an Bord der *Enterprise* analysiert habe.« Er wandte sich an Kirk. »Wie ist es damit, Jim: ›Ein Mann von sechzehn Jahren kann als Sechzigjähriger ein Junge sein.‹«

Kirk stöhnte, schnitt eine Grimasse und dirigierte den Arzt erneut in Richtung Tür. »Ich kehre zurück, sobald ich diese Klette unter meinem Sattel losgeworden bin!« rief er einer verwunderten Kalrind zu, bevor er McCoy in den Korridor führte.

Als sie den Transporterraum erreichten, fragte Jim: »Die Vorurteile deiner Ahnen, Pille?«

McCoy ließ sich nicht provozieren. »Mach dir keine Sorgen über den Splitter in meinem Auge. Wenn du Hilfe brauchst ... Nenn einfach meinen Namen.«

Er trat mit dem Datenmodul auf die Transferplattform und winkte dem klingonischen Techniker an der Konsole zu.

»Der Splitter in meinem Auge, Jim«, wiederholte Leonard und verschwand in einer Säule aus funkelnder Energie.

Kirk runzelte verwirrt die Stirn und verließ den Transporterraum.

»Nun, Doktor?«

McCoy sah auf, als er die ruhige und gelassene Stimme hörte. Er hatte Spock über viele Jahre hinweg verspottet, wußte jedoch noch immer nicht, ob ihm tatsächlich Gefühle fehlten. Eins stand fest: Wenn es in dem Vulkanier doch Emotionen gab, so verstand er es gut, sie zu verbergen. »Hier«, antwortete Leonard und deutete zu den Computerausdrucken auf seinem Schreibtisch.

»Papier, Doktor?«

»Fangen Sie nicht *damit* an, Spock! Sie wissen genau, daß ich Dinge vorziehe, die ich zur Hand nehmen kann. Und die es mir gestatten, sie mit schriftlichen Anmerkungen zu versehen.«

»Eine Möglichkeit, von der Sie in diesem Fall ausgiebig Gebrauch gemacht haben. Wie soll ich mit den Ausdrucken verfahren?«

»Lesen Sie, was darauf geschrieben steht, verdammt!

Nehmen Sie Analysen vor. Ziehen Sie Schlußfolgerungen.«

Der Vulkanier hob eine Braue. »Wenn ich mich nicht sehr täusche, fallen medizinische Analysen in Ihren Zuständigkeitsbereich, Doktor. Der Kommandant eines Raumschiffs muß sich um andere Aufgaben kümmern.«

McCoy holte tief Luft. »Mir scheint, Ihre wichtigste Aufgabe besteht derzeit darin, den Kommandeur der klingonischen Flotte anzustarren und zu hoffen, daß er zuerst blinzelt. Na schön. Ich verrate Ihnen, was Sie finden, wenn Sie sich mit diesen Unterlagen befassen: nichts.«

»Danke, Doktor.« Spock schritt zur Tür.

»Warten Sie! Schon gut, schon gut. Ich habe mich absichtlich unklar ausgedrückt. Sind Sie jetzt zufrieden?«

»Versteckt sich ein tieferer Sinn in Ihren Ausführungen, Doktor? Ganz gleich, welchen Eindruck Sie gewonnen haben: Ich bin *nicht nur* damit beschäftigt, den klingonischen Kommandeur anzustarren.«

»Na schön, Spock, ich will ganz offen sein. Auf den ersten Blick betrachtet ist mit den Scanner-Daten alles in bester Ordnung. Sie scheinen Jims Gesundheit zu bestätigen, sowohl in physischer als auch psychischer Hinsicht. Alles deutete darauf hin, daß man ihn zu nichts zwingt.«

»Höre ich trotzdem Skepsis in Ihrer Stimme, Doktor?« fragte der Vulkanier.

»Ja«, brummte McCoy. »Aber mir liegen keine Beweise vor. Ich habe die Untersuchungsdaten gründlich ausgewertet und dabei keine Anomalien entdeckt — alles ist perfekt. *Zu* perfekt, wenn Sie mich fragen. Meine Intuition hat Alarm geschlagen. Himmel, ja, ich weiß, daß Sie nichts davon halten, aber so ist es nun einmal: Die Sache gefällt mir nicht. Je länger ich darüber nachdenke, desto mehr wächst das Unbehagen in mir. Deshalb habe ich Sie gebeten, zu mir zu kommen.«

Spock erachtete von Instrumenten ermittelte Daten

praktisch als sakrosankt. Wenn die entsprechenden Geräte richtig justiert waren und wie vorgesehen funktionierten, so gebot die Logik, ihnen voll und ganz zu vertrauen. Die menschliche Wahrnehmung, so wußte der Vulkanier aus Erfahrung, war weitaus weniger zuverlässig. Das Mißtrauen eines Mannes, der keinen Hehl daraus machte, moderne Technik im großen und ganzen abzulehnen, hatte für Spock einen weitaus geringeren Stellenwert als von Scannern gelieferte Informationen. »Doktor...«, sagte er langsam, »sind Ihnen irgendwo widersprüchliche Daten aufgefallen? Ihre Intuition genügt mir nicht.«

McCoy sprang auf und bebte vor Zorn. »Hören Sie mir gut zu, Spock. Ich *kenne* Jim Kirk! Ich kenne ihn als Freund und Patienten, seit vielen Jahren. Und daher *weiß* ich, daß ich mich jetzt auf meine Intuition verlassen kann. Irgend etwas geht nicht mit rechten Dingen zu. Sie sind ebenfalls mit Jim befreundet, was bedeutet: Ihre Verantwortung betrifft auch ihn, nicht nur dieses Schiff. Vergessen Sie Ihre Logik und *unternehmen* Sie etwas. Vielleicht ist Jim in großer Gefahr.«

»Das bezweifle ich, Doktor. Die Klingonen hatten Zeit genug, um den Captain zu verletzen oder gar zu töten — wenn das wirklich in ihrer Absicht läge.« Trotzdem dachte Spock über McCoys Hinweise nach. Aufgrund seiner Beobachtungen von James Kirk wußte er, daß die menschliche Intuition keineswegs wertlos war. Außerdem: Trotz ihrer häufigen verbalen Auseinandersetzungen respektierte er McCoys Ansichten und schätzte seine Kompetenz.

Die Resultate der Experimente, die Spock in San Francisco durchgeführt hatte, verliehen McCoys Mißtrauen zusätzliche Signifikanz.

Hinzu kamen Spocks eigene Eindrücke während seiner Gespräche mit Kirk und Morith. Er verabscheute es, auf Intuition angewiesen zu sein, aber diesmal blieb ihm keine Wahl. Seiner Meinung nach ließen die bisherigen Kom-Kontakte sehr zu wünschen übrig. Die Unterredungen mit dem Captain hatten ihn nicht zufriedengestellt, und darüber hinaus glaubte er, daß Morith kein Vertrauen verdiente.

Selbst ohne die Entdeckungen in Starbase Siebzehn und auf der Erde hätte er auf diese Weise empfunden.

McCoy verlagerte das Gewicht nervös vom einen Bein aufs andere. »Ich kann fast hören, wie hinter Ihrer Stirn die Relais klicken, Spock«, sagte er.

»Relais, Doktor?« entgegnete der Vulkanier. »Offenbar haben Sie wieder historische Romane gelesen.« Er erhob sich. »Ich muß den Weg der Logik beschreiten. Beziehungsweise der Vernunft, wenn Ihnen diese Bezeichnung lieber ist. Logik, Vernunft, ›gesunder Menschenverstand‹: Das alles verlangt von mir, Captain Kirk für jemanden zu halten, der körperlich und geistig gesund ist, der eine Situation rational beurteilen kann und von niemandem unter Druck gesetzt wird. Diese Annahme muß ich zur Grundlage meiner Entscheidungen machen. Und nun ... Ich brauche von Ihnen eine offizielle Erklärung, mit der Sie die einwandfreie psychische Verfassung des Captains bestätigen.«

Leonard lächelte und schüttelte wortlos den Kopf.

Spock sah ihn einige Sekunden lang schweigend an. »Na schön, Dr. McCoy. Unter welchen Umständen sind Sie zu einer derartigen Erklärung bereit?«

»Ich wiederhole meine ursprüngliche Bedingung: Geben Sie mir die Möglichkeit, Jim hier zu untersuchen, in meiner Krankenstation, mit meinen Geräten. Ohne daß Klingonen zugegen sind.«

»Damit ist Morith bestimmt nicht einverstanden.«

»Dann lehnen Sie es ab, seine Schiffe passieren zu lassen. Drohen Sie mit Phaserkanonen und Photonentorpedos, falls der klingonische Kommandeur versuchen sollte, weiter ins stellare Territorium der Föderation vorzustoßen.«

Nicht zum erstenmal erstaunte es Spock, wie schnell

Menschen bereit waren, Blut zu vergießen — obgleich sie immer wieder ihren Friedenswillen betonten. Zwar teilte er McCoys Einstellung nicht, aber er sah sich gezwungen, den Forderungen des Arztes nachzugeben. »Ich werde dem klingonischen Kommandeur Ihre Anfrage übermitteln, glaube jedoch kaum, daß er darauf eingeht.«

McCoy lächelte erneut.

»Gibt es sonst noch etwas, Doktor?« fragte Spock.

»Nein. Das heißt ...« Leonard schnippte mit den Fingern. »Tindall. Er hat mich angerufen und noch einmal um ein Sedativ gebeten. Ich dachte, Sie wollten mehr Rücksicht auf ihn nehmen, Spock.«

»In der Tat.« Der Vulkanier schwieg einige Sekunden lang. »Nun, wenn ich nicht sehr irre, hat es überhaupt keinen Sinn, Mr. Tindall mit Sedativen zu behandeln.« Er drehte sich um und verließ die Krankenstation.

McCoy sah ihm nach.

»Meine Güte, was sollte *das* denn bedeuten?«

Elliot lag auf seiner Koje, wälzte sich von einer Seite zur anderen. Inzwischen wußte er, daß ihm die Medikamente des Bordarztes überhaupt nichts genützt hätten. Er erkannte nun das zentrale Problem: Im Lauf der Jahre verlor seine Arznei die Wirkung, und es gab nur einen Ausweg für ihn — er mußte sie durch eine neue und stärkere Version des gleichen Präparats ersetzen. Bestimmt hatte die pharmazeutische Forschung inzwischen erhebliche Fortschritte erzielt. Vielleicht standen inzwischen Mittel zur Verfügung, die Leuten wie ihn endgültig von ihrer inneren Qual befreiten.

Es gab nur einen Ort, wo sich Elliot solche Hilfe erhoffen durfte.

Er holte tief Luft, hielt den Atem an, nahm seine ganze Willenskraft zusammen und versuchte, sich zu beruhigen, mentale Dämme zu errichten vor der Flut aus Wahnsinn und Gewalt, die immer wieder durch ihn gischtete. Schließlich glaubte er, sich gut genug unter Kontrolle zu haben, um aufzubrechen. Elliot verließ die Kabine und ging zum nächsten Turbolift.

Es dauerte sicher nur wenige Minuten, das Ziel zu erreichen, denn immerhin befand es sich im primären Rumpf der *Enterprise.* Es sollte ihm eigentlich möglich sein, sich so lange zu beherrschen.

Die Tür der Transportkapsel öffnete sich, und Ginny Crandall trat in den Korridor.

»Elliot?« fragte sie überrascht. »Ich wollte Sie besuchen, um festzustellen, wie es Ihnen geht ...«

Tindall zuckte zurück, und seine Nerven schienen plötzlich in Flammen zu stehen. Er vernahm ein schrilles Pfeifen, wie von einem Bohrer, dessen Kopf sich mit hoher Geschwindigkeit drehte. Das Bild vor seinen Augen verschwamm, und dadurch verwandelte sich das Gesicht der jungen Frau in einen vagen Schemen.

»Stimmt was nicht?« fragte Ginny besorgt. »Soll ich die Krankenstation verständigen?«

»Das Geräusch ...« Elliot stöhnte. »Wodurch wird es verursacht?«

»Das Geräusch? Oh, mein Kommunikator. Eine Fehlfunktion, zu der es vor einigen Tagen kam. Ich kann das Pfeifen nicht hören — zu hohe Frequenz. Meine Zimmergenossin klagt dauernd darüber, aber sie ist Sezanianerin. Sie sind der erste Mensch, der darauf reagiert.«

Elliot taumelte, und Ginny streckt instinktiv die Hand aus, um ihn zu stützen. Er stieß den Arm beiseite. »Fassen Sie mich nicht an!« schrie er. Die junge Frau wich erschrocken zurück.

Tindall stöhnte, und tief in seinem Innern verfluchte er sich selbst. Erneut verlor er die Kontrolle über sich und sah die Verwirrung in Ginnys Zügen.

Sie trat auf ihn zu. »Elliot ...«, begann sie und zögerte. »Sie brauchen Hilfe.«

»Nein!« heulte er und schob die Frau so abrupt zur

Seite, daß sie das Gleichgewicht verlor und mit dem Kopf an die Wand prallte. Bewußtlos sank sie zu Boden.

Tindall lief los und stürmte durch mehrere Korridore, um dem gräßlichen Pfeifen zu entkommen. Irgendwann verharrte er und keuchte.

Als er wieder zu Atem gekommen war, setzte er den Weg zu seinem Ziel fort.

KAPITEL 15

Kirk befand sich in der Sporthalle des klingonischen Kreuzers *Allianz* und versuchte, sich wieder in Form zu bringen. Kalrind leistete ihm Gesellschaft. Sie umklammerten sich und lachten, als sie miteinander rangen.

»Hören Sie auf mit diesen dummen Spielchen!«

Jim hob den Kopf und sah einen sehr wütenden Morith in der Tür. »Ihre Leute stellen weitere Forderungen, Kirk!«

Morith beruhigte sich genug, um von dem neuen Kom-Kontakt mit der Föderationsflotte zu berichten: Spock bestand darauf, daß Jim an Bord der *Enterprise* gebeamt wurde, wo eine weitere medizinische Untersuchung stattfinden sollte.

»Was kann's schaden?« Kirk bemühte sich, im Tonfall der Vernunft zu sprechen. »Nichts«, beantwortete er seine eigene Frage. »Schon seit einer ganzen Weile warten beide Seiten einfach nur ab. Jemand muß etwas unternehmen, um die gegenwärtige Situation zu verändern. Starfleet erwägt tatsächlich die Möglichkeit, diese große Flotte zur Erde zu eskortieren, zum Herzen der Föderation, aber Sie sollten eine Gegenleistung dafür erbringen. Spock und die anderen wollen nur sicher sein, daß meine Botschaft auch wirklich ernst gemeint war.«

»Und anschließend wird man neue Forderungen stellen!« zischte Morith. »Wann hört das auf, Kirk?« Unbewußt hob er die Hände und ballte sie zu Fäusten. »Wann hört es auf?«

Jim wich zurück und fürchtete plötzlich einen Angriff. Gleichzeitig verblüffte es ihn, ausgerechnet von Morith einen solchen Eindruck zu gewinnen. »Es handelt sich *nicht* um eine Verzögerungstaktik. Da bin ich ganz sicher. Sie bitten uns um Vertrauen, während Sie selbst argwöhnisch bleiben.« Plötzlich fiel ihm etwas ein. »Nun, wenn mich Kalrind zur *Enterprise* begleitet ... Die Begegnung mit einer Neuen Klingonin sollte alle Skeptiker überzeugen, daß Sie es mit dem Frieden ernst meinen! Wir könnten Starfleet zeigen, was es mit den Neuen Klingonen auf sich hat. Vielleicht genügt es, um das Bündnis zwischen Imperium und Föderation schon hier zu besiegeln.«

»Eine gute Idee!« Kalrind strahlte. »Und ich würde mich gern an Bord eines terranischen Raumschiffs umsehen.«

Morith bedachte sie mit einem finsteren Blick. »Kommt nicht in Frage. Ich darf Sie auf keinen Fall einem solchen Risiko aussetzen.«

Kalrind straffte die Gestalt. Von einer Sekunden zur anderen wirkte sie nicht mehr wie eine Gelehrte, sondern wie eine Kriegerin. »Sie haben kein Recht ...«

»Ich bin Ihr Vorgesetzter!« Moriths donnernde Stimme hallte laut von den Wänden wider. »Sie werden meinen Befehlen ebenso gehorchen wie denen des Imperators!«

Kalrind straffte die Gestalt. Von einer Sekunde zur Kopf. Kirk beobachtete die beiden Klingonen. »Sie wissen, daß Kalrind an Bord eines Starfleet-Schiffes nicht in Gefahr wäre«, sagte er.

Morith starrte ihn an und kniff die Augen zusammen. Zorn irrlichterte in seinen dunklen Pupillen. »Die historischen Aufzeichnungen in bezug auf den tholianischen Zwischenfall enthalten keinen Hinweis auf einen solchen Transfer.«

»Interessant. Und unwichtig. Selbst wenn in den Aufzeichnungen nirgends ein Abstecher zur *Enterprise* erwähnt wird ... Es bedeutet wohl kaum, daß er *nicht* stattgefunden hat, oder?«

Morith musterte ihn stumm und mit ausdruckslosem Gesicht. »Die Diskussion ist beendet«, sagte er schließlich, drehte sich um und stapfte fort.

Elliot eilte in den Transporterraum, und der Techniker an den Kontrollen sah verblüfft auf. »Sir?« fragte er unsicher und stellte fest, daß der Neuankömmling keine Uniform trug, sondern zivile Kleidung. »Kann ich Ihnen helfen?«

»Transferieren Sie mich«, knurrte Tindall und spürte irrationalen Haß dem Techniker gegenüber.

»Wohin, Sir?«

»Zum klingonischen Flaggschiff!« fauchte Elliot. »Und zwar sofort!« Er hastete zur Plattform.

»Dazu benötige ich eine Genehmigung von der Brükke, Sir«, erwiderte der junge Mann am Pult. »Sie sind Mr. Spocks neuer Assistent, nicht wahr?«

Elliot nickte wortlos.

»Möchten Sie, daß ich mich mit der Brücke in Verbindung setze und die Erlaubnis für Ihren Transfer einhole, Sir?« fragte der Techniker. Mit der rechten Hand tastete er unter der Konsole und betätigte eine Taste.

Elliot stand jetzt reglos in der Mitte des Raums, direkt vor der Plattform. Er starrte den jungen Mann an, zog die Schultern hoch und näherte sich dem Schaltpult. Ein drohendes Knurren entrang sich seiner Kehle. »Narr! Gehorch mir!«

Zunächst zögerte der Techniker, doch nach einigen Sekunden wirbelte er herum und sprintete zur Tür.

Tindall erreichte sie vor ihm und holte eher unbeholfen zum Schlag aus: die Hand geöffnet, ihre Finger wie Krallen gekrümmt. Sein Gegner wich flink dem Hieb aus.

Elliot bewegte sich langsam und ungelenk. Er versuchte, sich auf den Techniker zu konzentrieren, doch in seinen Gedanken war nur Platz für die Gier nach dem Medikament.

»Bitte zwingen Sie mich nicht, Sie zu verletzen, Sir«, sagte der junge Mann. »Ich gebe der Brücke oder Dr. McCoy Bescheid ...«

Erneut sprang Elliot vor, schneller als beim erstenmal. Der Techniker trat beiseite und schlug zu — seine Faust traf Tindall am Kinn.

Elliot schien kaum etwas davon zu spüren.

Dem jungen Mann gelang es, einem neuerlichen Hieb auszuweichen; er war mit einem Satz hinter Tindall, schlang ihm den Arm um den Hals und blockierte seinen festen Griff, indem er die rechte Hand um den linken Unterarm schloß. Trotzdem gelang es Elliot mit einem jähen Ruck, sich daraus zu befreien, und er sah nun beginnende Furcht in den Augen des Technikers. Der Uniformierte wankte zurück, doch Tindall folgte ihm sofort, packte ihn am Hals und drückte fest zu.

Die Tür des Transporterraums öffnete sich mit einem leisen Zischen, und mehrere Sicherheitswächter kamen herein. Sofort hoben sie ihre schußbereiten Phaser.

»Lassen Sie ihn los, Tindall!« befahl einer von ihnen.

Elliot sah ihn verwirrt an, die Hände noch immer um den Hals des jungen Mannes geschlossen.

»Ich schieße, wenn Sie ihn nicht sofort loslassen!« drohte der Sicherheitswächter.

Elliot kam der Aufforderung nach und ignorierte den Techniker, der besinnungslos zu Boden sank. »Aah«, brachte er heiser hervor und näherte sich den Gestalten vor der Tür.

»Halt! Bleiben Sie stehen, verdammt!«

Elliot ignorierte die Warnung und blieb auch weiterhin in Bewegung. Und dann hechtete er plötzlich nach vorn, ohne sich vorher zu ducken.

Die Sicherheitswächter erhielten gar keine Gelegenheit, auf ihn zu schießen: Tindall war mitten unter ihnen, schlug mit wütender Entschlossenheit um sich. Die

Phaser nützten seinen Gegnern nun nichts mehr, denn sie hätten damit riskiert, sich gegenseitig außer Gefecht zu setzen. Sie trachteten danach, die Hiebe zu meiden und selbst welche auszuteilen; aber selbst wenn sie den Berserker trafen, reagierte dieser überhaupt nicht darauf.

Erneut öffnete sich die Tür, und Spock trat ein. Zwei Sicherheitswächter lagen reglos auf dem Boden, und die anderen beiden hatten ganz offensichtlich keine Chance gegen ihren übergeschnappten Kontrahenten. »Mr. Tindall!« sagte der Vulkanier scharf,

Elliot drehte sich zu ihm um und starrte nur.

»Mr. Tindall!« wiederholte Spock. »Beherrschen Sie sich!«

Elliots Faust sauste dem Gesicht des Ersten Offiziers entgegen. Spocks Kopf kippte zur Seite, und der Schlag verfehlte das Ziel. Einen Sekundenbruchteil später schlossen sich die Finger des Vulkaniers ums Handgelenk des jungen Wissenschaftlers, drückten den Arm nach unten und drehten ihn langsam. Elliot bemühte sich, Widerstand zu leisten, aber gegen die vulkanische Kraft konnte er nichts ausrichten. Als er Spock den Rükken zuwandte, tastete die freie Hand des Ersten Offiziers nach den Nervenpunkten am Nacken.

Tindall verlor sofort das Bewußtsein und erschlaffte. Spock ließ ihn behutsam zu Boden gleiten und sah zu den beiden Sicherheitswächtern. »Bringen Sie diesen Mann in einer Arrestzelle unter. Ich verständige die Krankenstation.«

Nach dem kurzen Kom-Gespräch wanderte sein Blick zu dem Transportertechniker. Der Mann stöhnte leise und hob die Hände zu den blauen Flecken am Hals.

Spock ging neben ihm in die Hocke. »Hören Sie mich?« fragte er ruhig.

»Ja, Sir.« Die Stimme war kaum mehr als ein Flüstern.

»Sprechen Sie sowenig wie möglich«, fuhr Spock fort. »Hilfe ist unterwegs. Ich brauche von Ihnen Antwort auf folgende Frage: Wohin wollte Mr. Tindall gebeamt werden?«

Der Techniker hustete einige Male, räusperte sich und brachte schließlich hervor: »Zum klingonischen Flaggschiff.«

Spock stand wieder auf. Sein Gesicht verharrte in Ausdruckslosigkeit, aber wer ihn so gut kannte wie James Kirk, hätte in den nur scheinbar steinernen Zügen Kummer entdeckt.

Zuerst protestierte McCoy gegen Tindalls Arrest. Er vertrat die Ansicht, daß Elliot als Patient in der Krankenstation behandelt werden sollte, und er suchte Spocks Quartier auf, um ihn davon zu überzeugen. Der Erste Offizier hatte den Fall Tindall eigentlich erst später erörtern wollen, aber nun sah er sich mit der Notwendigkeit konfrontiert, seine Maßnahme zu erläutern.

Zunächst beschrieb er die Szene im Transporterraum.

»Nun ...«, sagte McCoy widerstrebend. »Ein derartiges Verhalten ist tatsächlich verdächtig, zugegeben. Doch inzwischen wissen wir, daß mit dem Mann etwas nicht stimmt, Spock.«

»In der Tat«, erwiderte der Vulkanier. In seiner Stimme erklang leiser Sarkasmus. »Ich möchte Ihnen etwas zeigen, Doktor.« Er wandte sich dem Terminal zu. »Computer.«

»Erwarte Ihre Anweisungen.«

»Öffne die Datei KATASTROPHEN.«

McCoy wölbte wie ein Vulkanier die Brauen, um darauf hinzuweisen, daß Spock einen zu melodramatischen Namen gewählt hatte. Er öffnete den Mund, um einen entsprechenden Kommentar abzugeben — und klappte ihn wieder zu, als die Informationen auf dem Schirm erschienen. Leonard beugte sich verwundert vor, blickte über die Schulter des Ersten Offiziers und las. »Da steht auch Tindalls Name. Und andere, die ich nicht kenne.«

»In der linken Bildschirmhälfte, ja.« Spock nickte. »Und in der rechten?«

»Keine Ahnung, was ... He, das sind Ortsangaben.« McCoy lehnte sich wieder zurück. »Worauf wollen Sie hinaus, Mr. Spock?«

»Fällt Ihnen an den Ortsnamen nichts auf, Doktor?«

Leonard murmelte etwas, so leise, daß seine Bemerkung selbst für die vulkanischen Ohren unhörbar blieb. Anschließend las er erneut. »Devon, Erzengel, New Athens ...« Er blinzelte überrascht. »Größte Katastrophen. Das Devon-Desaster. Die Sache mit dem nuklearen Kraftwerk auf Erzengel. Die Materie-Antimaterie-Explosion auf Centaurus ... Vernichtete Städte, zahllose ausgelöschte Leben. Was auf Centaurus geschah, werde ich mein Leben lang nicht vergessen ...* Na schön. Wie lautet die Erklärung?«

»Ihre Vermutung ist richtig«, begann Spock. »Auf der rechten Seite werden die Namen von Orten verschiedener Föderationswelten genannt, wo schreckliche Katastrophen stattfanden, ob natürlichen Ursprungs oder nicht. Dabei existiert ein gemeinsamer Faktor: die große Anzahl von Opfern. Links sehen Sie die Namen von Personen, die hohe Positionen erreicht haben, entweder in Starfleet oder bei den Föderationsbehörden — sie sind dort geboren, wo es zu den Tragödien kam.«

»Na und?« fragte McCoy verdutzt. »Ein seltsamer Zufall, weiter nichts. Oder die Zerstörung der Heimat verlieh den betreffenden Personen zusätzlichen Ehrgeiz, was sie in die Lage versetzte, auf der Karriereleiter immer höher zu klettern. Aber sonst ...« Der Arzt unterbrach sich kurz. »He, woher haben Sie denn diese Informationen? Persönliche Daten sind doch vertraulich, oder?«

»Während meines Aufenthalts in San Francisco habe

---

* siehe ›Krise auf Centaurus‹ von Brad Ferguson; Heyne-Buch Nr. 06/4776

ich mir Listen aus dem Personalarchiv der Föderation besorgt«, antwortete Spock.

McCoy grinste. »›Besorgt‹, wie? Meinen Sie damit vielleicht ›stibitzt‹? Ganz einfach für einen Computerexperten wie Sie, nicht wahr?«

»Können wir uns nun wieder den Darstellungen auf dem Bildschirm widmen, Doktor? Vielleicht haben diese Korrelationen enorme Bedeutung.«

»Wie meinen Sie das?«

Spock nannte seine Schlußfolgerungen.

McCoy hörte stumm zu, und die Ungläubigkeit des Arztes verwandelte sich schon bald in große Besorgnis. Nach einer Weile hielt er es einfach nicht mehr aus und unterbrach Spock, indem er zornig aufsprang. »Wieso sitzen Sie hier so ruhig und erzählen *mir* davon? Stellen Sie unverzüglich einen Kom-Kontakt mit Starfleet Command her und erstatten Sie ausführlich Bericht!«

»Wir brauchen mehr als nur Indizien, Doktor. Uns liegt kein unbestreitbarer Beweis für die Richtigkeit meiner Vermutungen vor.«

»Und ich schätze, einen solchen Beweis erhoffen Sie sich von Tindall, stimmt's?«

Spock nickte. »Ja.«

McCoy runzelte die Stirn. »Wußten Sie von Anfang an über Tindall Bescheid, oder ...« Er ließ das Ende des Satzes offen.

»Mr. Tindalls starken Veränderungen unterworfene Verhaltensmuster erschienen mir verdächtig«, erwiderte Spock. »Doch dies hier ...« — er nickte in Richtung Computerschirm —, »... waren nur Spekulationen bis zum Zwischenfall im Transporterraum.«

»Ich verstehe«, sagte McCoy langsam. »Nun, ich schlage vor, wir gehen der Sache sofort auf den Grund. Reden wir mit dem Burschen.« Er stand abrupt auf und eilte mit langen Schritten zur Tür.

»Warten Sie, Doktor. Sie sollten sich von einer Sicherheitsgruppe begleiten lassen.«

»Was? Unsinn, Spock! Ich werde auch allein mit ihm fertig.«

Spock schwieg und bestätigte eine Taste. Das Bild auf dem Schirm wechselte: Die Namen und Ortsangaben verschwanden — das Projektionsfeld gewährte nun einen Blick in Tindalls Arrestzelle.

»Lieber Himmel!« entfuhr es McCoy. Einige Sekunden lang starrte er entsetzt auf den Monitor, und dann nickte er ernst. »Sie haben recht, Spock. Ich brauche tatsächlich einige Leute aus der Sicherheitsabteilung.«

KAPITEL 16

Stunden waren vergangen — lange, endlose Stunden. Der triumphale Friedensflug der klingonischen Flotte zur Erde hatte noch immer nicht begonnen. Die Anspannung im Kontrollraum der *Allianz* nahm ständig zu. »Sie haben sich das alles anders vorgestellt, nicht wahr?« fragte Kirk und sah Morith an. »Was sagen Ihre Geschichtsbücher dazu?«

Der Klingone schnitt eine finstere Miene. »Die historischen Aufzeichnungen beschreiben den tholianischen Zwischenfall nicht in allen Einzelheiten.«

»Auf diese Weise kommen wir nicht weiter«, fügte Jim hinzu. »Ständig treffen mehr Föderationsschiffe ein, und nach wie vor warten beide Seiten ab.« Er trat an Moriths Seite. »Vielleicht könnte ich die Situation ändern, wenn ich dort drüben wäre, an Bord der *Enterprise* ...«

Morith warf ihm einen durchdringenden Blick zu und ging zum Befehlsstand. »Setz ihn nicht zu sehr unter Druck, Jim«, sagte Kalrind leise. »Er ist besorgt. Und es geht dabei um etwas, das er dir bisher verschwiegen hat.«

»Davon scheint es eine Menge zu geben«, murmelte Kirk. »Na schön, ich höre.«

»Einige alte Dokumente weisen auf folgendes hin: In deiner Zeit versuchten die Alten Klingonen, den interstellaren Völkerbund zu unterwandern.«

»Einem jener Agenten bin ich begegnet«, sagte Jim nachdenklich. »Er hieß ... Darvin. Wir nahmen an, daß plastische Chirurgie ihm ein menschliches Erscheinungsbild gab. Aber bis heute wissen wir nicht, wie es ihm gelang, sich auch wie ein Mensch zu *verhalten.* Für Klingonen muß das ein erhebliches Problem sein. Wahrscheinlich liegt es an ihrem kulturellen Hintergrund. Sie wachsen mit Krieg und Aggression auf; von Kindesbeinen an lehrt man sie, Feinde in uns zu sehen, eine Gefahr für ihr Überleben. Wenn so konditionierte Klingonen Menschen begegnen, reagieren sie fast instinktiv mit Feindseligkeit.«

»Ich wünschte, du würdest nicht so sprechen, als sei das noch immer der Fall«, entgegnete Kalrind voller Unbehagen.

»Deine Vergangenheit ist jetzt die Gegenwart, oder? Nun, bitte setz die Erklärungen fort.«

»Wir wissen nicht viel von der Infiltration. Die Alten Klingonen legten so großen Wert auf Geheimhaltung, daß sie ihre eigenen Aufzeichnungen zerstörten — als wir das Imperium unter unsere Kontrolle brachten, vermute ich. Morith meinte, er sei nicht sicher, wer den Befehl über die Föderationsflotte hat.«

»Glaubt er etwa, daß die Starfleet-Schiffe dort draußen ihre Anweisungen von Klingonen erhalten?« Kirk lachte. »Das ist doch absurd!«

Kalrind schüttelte den Kopf. »Nein, Jim. Wir glauben, daß die imperialen Agenten hohe Positionen in der Föderationshierarchie erreicht haben. Verstehst du? Sie hätten natürlich enormes Interesse daran, unsere Mission zu sabotieren. Sie wissen nichts vom Großen Frieden, und ihnen fehlt unsere historische Perspektive, aber aus deinen Schilderungen in Hinsicht auf die Neuen Klingonen können sie den Schluß ziehen: Wenn wir Erfolg haben, verschwindet alles, das ihnen vertraut ist. Nachdem wir im Imperium die Macht errangen, gab es dort kaum mehr Platz für sie.«

»Ich halte es nach wie vor für absurd. Mit Spock habe ich per Subraum-Kom gesprochen, und McCoy stand mir an Bord dieses Schiffes gegenüber — daher *weiß* ich, daß es die Männer sind, an die ich mich erinnere.«

»Natürlich sind sie das«, sagte Kalrind rasch. »Ich wollte nicht andeuten, daß jemand anders in die Rolle deiner Freunde geschlüpft ist. Aber was ihre Vorgesetzten betrifft, kannst du unmöglich sicher sein.«

Kirk lachte leise. »De La Jolla hat sich leider nicht verändert.«

»Ich bitte dich nur, an jene Männer zu appellieren, die du gut kennst, Jim. Versuch irgendwie, das gegenwärtige Patt zu überwinden.«

Kirk musterte die Klingonin eine Zeitlang und nickte dann. »Na schön. Reden wir mit Morith.«

Inzwischen war die Szene vertraut: Morith saß im Kommandosessel; Kirk und Kalrind standen zu beiden Seiten des Befehlsstands.

»Hallo, Spock.«

Die große Gestalt auf dem Wandschirm nickte ernst. »Captain ...«

»Es scheint ein Vertrauensproblem zu geben, nicht wahr?« Kirk legte die Hände auf den Rücken und schritt langsam von Morith fort, bis er ein ganzes Stück abseits auf dem Podium stand. Spocks Blick folgte ihm.

»In der Tat«, bestätigte der Vulkanier.

»Wie können wir es lösen?« fragte Kirk rhetorisch. »Ist McCoy bei Ihnen?«

»Ja, Captain.« Das Bild auf dem Schirm wuchs in die Breite und zeigte auch den Bordarzt der *Enterprise*.

»Pille ...« Kirk sah den Arzt an. »Vielleicht kenne ich eine Lösung. Erinnerst du dich an unser letztes Gespräch?«

Die Klingonen im Kontrollraum der *Allianz* hörten Jim aufmerksam zu, und Kalrind lauschte mit besonderem Interesse. Sie verließ ihren Platz neben Moriths Sessel, trat an den Menschen heran und sah mit gerunzelter Stirn zu ihm auf.

Kirk lächelte und legte ihr den Arm um die Schulter. Dann wandte er sich wieder dem Projektionsfeld zu und teilte McCoy mit: »Pille, ich habe *zwei* Splitter im Auge.«

Die Klingonen wechselten verwirrte Blicke, und in Leonards Gesicht zeigte sich Mißbilligung. »Ja, das sehe ich, Jim.«

Spock beugte sich vor und flüsterte eine Anweisung ins Interkom des Kommandosessels. Niemand auf der Brücke des klingonischen Flaggschiffs konnte seine Worte hören.

Kurz darauf erklang ein dumpfes Summen im Kontrollraum der *Allianz*. Morith sah sich verwundert um und hielt nach der Ursache des Geräuschs Ausschau. »Was ist das?«

Einer der Brückenoffiziere an den Konsolen rief plötzlich: »Föderationstransporter!« Er stand ruckartig auf, deutete zu Kirk und Kalrind. Glitzerndes Licht umhüllte sie.

Morith schrie, sprang nach vorn und ... taumelte durch Leere. Er stieß an das Geländer der Kommandoplattform, hielt sich dort fest. Kirk und seine Begleiterin waren bereits entmaterialisiert.

Kalrind blickte sich erschrocken um. »Wo sind wir, Jim?« Sie versteifte sich. »Man hat uns transferiert, nicht wahr?«

Kirk nickte und trat von der Plattform. »Willkommen an Bord meines Lieblingsschiffes.« Er winkte dem Transportertechniker zu, der von einem Ohr bis zum anderen grinste.

»Willkommen zu Hause, Sir«, krächzte der Mann.

»Mit Ihrem Hals scheint etwas nicht in Ordnung zu sein, Lieutenant.«

»Es ist eine lange Geschichte, Sir.«

Kirk nickte erneut. »Und ich möchte Sie von Ihnen hören, wenn wir alles hinter uns haben und Zeit dafür erübrigen können.« Er lächelte und drehte sich zur

Plattform um. Kalrind stand noch immer auf dem Transferfeld, wirkte vollkommen verdutzt und desorientiert. »Jim ...«, begann sie und unterbrach sich sofort wieder.

Die Tür öffnete sich. Spock und McCoy kamen herein, gefolgt von einigen Sicherheitswächtern.

»Captain ...«, sagte Spock ruhig. »Freut mich, Sie wiederzusehen.«

McCoy räusperte sich demonstrativ und schob den Vulkanier beiseite. »Jim!« rief er, und sein Enthusiasmus bildete einen auffallenden Kontrast zum Ernst des Vulkaniers. Er griff nach Kirks Hand und drückte sie.

Der Captain schmunzelte. »*Plus ça change.* Pille, der Splitter oder Balken im Auge ... Es ist alles recht vage. Vielleicht hätte ich es nicht verstanden.«

»Ich kenne dich viel zu gut«, erwiderte McCoy triumphierend. »Meine Güte, du bist eine lebende Zitatensammlung.«

»Captain ...«, warf Spock ein. »Darf ich Ihre Aufmerksamkeit für wichtigere Dinge beanspruchen?«

»Ja, Mr. Spock.« Kirk versuchte, das Lächeln von seinen Lippen zu verbannen und ebenso ernst zu sein wie der Vulkanier.

»Hiermit gebe ich Ihnen das Kommando über die USS *Enterprise* zurück, Sir.«

Daraufhin verschwanden die letzten Reste des Schmunzelns. Kirk seufzte und spürte, wie eine Anspannung von ihm wich, die er bisher nicht bewußt zur Kenntnis genommen hatte. Er ließ seinen Blick durch den Transporterraum schweifen und sah mehr als nur Konsolen und Wände. »Ja«, sagte er. »Ja.« Er schüttelte sich, kehrte ins Hier und Heute zurück. »Ich brauche Informationen, Mr. Spock. Wir treffen uns im Konferenzzimmer. Hier entlang, Kalrind.« Captain James T. Kirk straffte die Schultern und schritt in den Korridor.

Kirk, Spock, McCoy und Kalrind saßen am Tisch des Konferenzzimmers — die drei Starfleet-Offiziere am einen Ende, die Klingonin am anderen. Spock berichtete von den Ereignissen seit dem Verschwinden des Captains. Er schilderte die Umstände, unter denen auch die *Enterprise* in den Sturm geriet, erwähnte die Beschädigungen der Bordsysteme und erzählte von Uhura.

»Commander Uhura wurde durch einen elektrischen Schlag bewußtlos, ausgelöst von einem enorm starken Signal, das Ihr Transponder sendete, Captain — jenes kleine Gerät, das Sie zur *Keule* mitnahmen. Nun, diese Entdeckung weckte Argwohn in mir. Zuerst vermutete ich den Einsatz eines Transporters, was jedoch aus mehreren Gründen nicht in Frage kam. Anschließend ging ich von der Vermutung aus, daß der Transponder in den Wirkungsbereich einer klingonischen Tarnvorrichtung geriet, die auf einem bemerkenswert hohen energetischen Niveau arbeitete.«

»Seltsam«, kommentierte Kirk. »Was unternahmen Sie daraufhin?«

Spock sah kurz zu Kalrind, die auch weiterhin schwieg. »Ich begann mit Experimenten und verwendete dabei die von uns erbeutete romulanische Tarnvorrichtung«, fuhr er fort. »Ich habe mehr Energie in sie geleitet und anschließend einen Transponder ihrem Wirkungsfeld ausgesetzt. Die erwarteten Ergebnisse blieben nicht aus: Das Gerät emittierte ein erstaunlich starkes Signal, das nur den Bruchteil einer Sekunde dauerte, und dann brannte es durch.«

Kirk drehte stumm den Kopf und musterte Kalrind. Nach einer Weile wandte er sich wieder dem Ersten Offizier zu. »Interessant, Mr. Spock. Sogar faszinierend.«

»Und sehr nützlich, Captain. Aufgrund meiner Nachforschungen sind wir nun imstande, die Verwendung einer Tarnvorrichtung aus größerer Entfernung festzustellen. Allerdings nur dann, wenn ihr energetisches Potential wesentlich erhöht wurde.«

Kirk nickte langsam. »Mit anderen Worten: Wenn das Kraftfeld von einem Schiff erzeugt wird, um ein anderes zu tarnen.«

»Ja, Captain. Oder wenn mehrere Schiffe ihre Tarnvorrichtungen zum gleichen Zeitpunkt aktivieren.«

»Hm. Ich verstehe. Bitte fahren Sie fort.«

»Vor einigen Tagen erschien eine riesige Flotte wie aus dem Nichts im Imperium und näherte sich der Föderationsgrenze. Starbase Siebzehn ortete sie — von dort aus werden die nächsten imperialen Sektoren ständig überwacht. Alle Föderationsschiffe in diesem Quadranten erhielten den Befehl, der Flotte entgegenzufliegen und sie abzufangen, bevor sie tiefer in unser stellares Territorium vordringt. Die *Enterprise* befand sich noch immer im Dock der Starbase, wo man die letzten Instandsetzungsarbeiten vornahm. Auch wir erhielten eine Einsatzorder. Und wir entdeckten deutliche Hinweise auf die Verwendung zahlreicher Tarnvorrichtungen, als die klingonischen Kreuzer erschienen.«

Kirk schloß die Augen und seufzte schwer. Nach einigen Sekunden hob er die Lider und richtete einen traurigen Blick auf Kalrind. »Weißt du, ich habe damit gerechnet — und gleichzeitig gehofft, daß ich mich irre. Ich *wollte* glauben, daß Moriths Behauptungen der Wahrheit entsprechen.«

»Er *hat* die Wahrheit gesagt, Jim!« beharrte die Klingonin. »Und ich ebenfalls. Ich verstehe nicht, was die Ausführungen des Vulkaniers bedeuten. Wir haben dich nie belogen!«

Kirk schüttelte den Kopf und stand auf. »Mr. Spock, eine Sicherheitsgruppe soll sofort hierherkommen. Ich möchte, daß Kalrind vorerst unter Arrest gestellt wird.«

»Nein, Jim!« Auch Kalrind erhob sich nun, griff nach Kirks Arm und veranlaßte ihn dazu, ihrem Blick zu begegnen. »Du kannst mich unmöglich für eine Lügnerin halten ...«

»Tut mir leid.« Der Captain löste die Finger von seinem Arm. »Es tut mir wirklich leid.«

Schweigend standen sie sich gegenüber. Dann glitt die Tür auf, und zwei Sicherheitswächter traten ein.

»Meine Herren …« Kirk drehte sich um, kehrte Kalrind den Rücken zu. »Sie haben Ihre Anweisungen bereits erhalten.«

Er wartete, bis die beiden Wächter und Kalrind das Zimmer verlassen hatten, ließ sich dann wieder in den Sessel sinken. »Sie klingt ehrlich und aufrichtig«, kam es kummervoll von seinen Lippen.

Spock und McCoy wechselten einen erstaunten Blick.

KAPITEL 17

Das Klopfen zerrte Jim aus einem tiefen Schlaf, der keine Ruhe brachte und den er sich eigentlich gar nicht leisten konnte. Sowohl die klingonischen Kreuzer als auch die Starfleet-Schiffe hatten nun wieder ihre Deflektoren aktiviert, und Kirk war zum Kommandeur der Föderationsflotte ernannt worden — die Situation erlaubte es nicht, auch nur eine Minute zu vergeuden. Als sich der Captain auf die Koje gelegt hatte, wollte er nur ein wenig entspannen, den dumpfen Schmerz aus Muskeln, Knochen und dem Herzen verbannen. Doch der eigene Körper verriet ihn.

»Herein.«

Kirk stand mühsam auf und wankte benommen zum Schreibtisch. Das Schott glitt mit einem leisen Zischen beiseite, und McCoy trat durch die Tür, lehnte sich an die Wand und beobachtete, wie Jim durchs Zimmer torkelte. »Du siehst aus, als sollte ich dir schleunigst einen Platz in der Intensivstation reservieren.«

»Bist du gekommen, um dafür zu sorgen, daß ich mich noch mieser fühle, Pille?«

McCoy stieß sich von der Wand ab und streckte die Hand aus. »Die Sicherheitsabteilung hat das hier bei deiner Freundin gefunden und beschlagnahmt.«

Kirk sah ein Fläschchen mit roten Pillen.

»Medizin. Darüber weiß ich Bescheid. Kalrind leidet an einer Erbkrankheit und braucht pro Tag eine Dosis der Arznei. Gib sie ihr zurück.«

»Eine Dosis pro Tag, wie?« McCoy betrachtete die

kleine Flasche. »Ja. Paßt ins Bild. Spock hat dir von Elliot Tindall erzählt, nicht wahr?«

Kirk stützte die Ellenbogen auf den Tisch und das Kinn auf die Hände. »Pille ... Wovon redest du eigentlich?«

»Komm, Jim«, erwiderte McCoy sanft. »Begleite mich bei einem kleinen Ausflug.«

»Für so etwas habe ich keine Zeit.«

Leonard schüttelte den Kopf. »Ich meine es ernst, Jim.«

Kirk sah auf, überrascht vom veränderten Klang der Stimme. »Na schön«, entgegnete er nach einigen Sekunden. »Aber zuerst brauche ich eine kalte Dusche, um richtig wach zu werden.«

McCoy lächelte schief. »Das ist nicht nötig. Was ich dir gleich zeigen werde, vertreibt deine Müdigkeit — garantiert.«

Auf dem Weg zur Sicherheitsabteilung berichtete McCoy von Elliot Tindall. Er unterbrach seine Schilderungen, als er bei Tindalls Verhalten im Transporterraum, bei seinem Angriff auf die Sicherheitswächter und Spock angelangt war.

»Aber was hatte er vor?« fragte Kirk. »Wohin wollte er sich transferieren?«

»Wohin? Zum Flaggschiff der klingonischen Flotte. Weil er ein Klingone ist.«

Kirk blieb verblüfft stehen, ging dann langsam weiter. »Es steckt noch mehr dahinter, oder?«

»Es gelang Spock, Dutzende von Klingonen zu identifizieren, die ebenso wie Tindall getarnt waren und Schlüsselstellungen bei Starfleet oder den verschiedenen Föderationsbehörden einnahmen. Angeblich erblickten sie das Licht der Welt an Orten, die später durch Katastrophen zerstört wurden — es gab also niemanden, der sie aus ihrer Kindheit kannte. Natürlich benutzten die Agenten echte Namen, und sie konnten ihre Herkunft mit Kopien von Geburtsurkunden aus zentralen Archiven ›beweisen‹. Aber keiner von ihnen hatte überlebende Verwandte oder Jugendfreunde.«

»Sie hat mich darauf hingewiesen.«

»Wer?«

»Kalrind.«

Diesmal verharrte McCoy, um sich dann wieder in Bewegung zu setzen. »*Tatsächlich?*«

Kirk nickte. »Ja. Sie erwähnte einen Plan der Alten Klingonen, Starfleet zu unterwandern. Einzelheiten kennt sie nicht. Ich habe dir ja gesagt, daß sich diese Klingonen von denen unterscheiden, die uns bisher so viele Probleme bereiteten.«

»Faszinierend«, kommentierte McCoy. »Nun, wir sind da — Tindalls Zelle.«

Nach McCoys Beschreibungen hatte Kirk einen weltmännischen, kultivierten und würdevollen Europäer erwartet. Statt dessen sah er ein ... Geschöpf mit blitzenden Augen und fratzenhaftem Gesicht.

Tindall saß auf dem Boden, den Rücken an die hintere Wand der Arrestzelle gelehnt. Seine Kleidung war halb zerfetzt und schmutzig. Kirk und McCoy standen im Korridor und beobachteten den Gefangenen. Tindalls Blick wanderte unstet durchs Zimmer, und seiner Miene fehlte jedes Anzeichen von Intelligenz. »In der Krankenstation habe ich keine Freiwilligen gefunden, die bereit sind, diesen Raum zu betreten und sich um ihn zu kümmern«, sagte Leonard. »Ich lehne es ab, jemandem einen entsprechenden Befehl zu geben. In der Sicherheitsabteilung gibt es ähnliche Probleme.«

Tindall hörte die Stimme des Arztes und hob langsam den Kopf. Er sah zu den beiden Männern, stand auf und schwankte, stützte sich mit der einen Hand an der Seitenwand ab. Plötzlich stieß er einen heiseren Schrei aus und stürmte zur Tür.

Das Kraftfeld im Zugang glühte, als Elliot dagegenprallte, schleuderte ihn quer durch die Zelle. Tindall fiel zu Boden, rollte sich zusammen, zitterte und stöhnte.

»Lieber Himmel, Pille, was ist los mit ihm?«

»Vitamine.«

»Wie bitte?«

»Hab ein wenig Geduld, Jim. Hast du dich nicht gefragt, auf welche Weise wir Tindall als Klingonen entlarven konnten?«

Kirk vollführte eine unbestimmte Geste. »Blutuntersuchungen. Genanalysen. Und so weiter.«

»Nun, das stimmt im großen und ganzen. Aber die Unterschiede zwischen Klingonen und Menschen sind weitaus subtiler, als viele Leute glauben. Selbst unter normalen Umständen betreffen sie in erster Linie die Biochemie. Ich meine, es gibt keine so auffälligen Merkmale wie das zweite Herz bei Vulkaniern. Die äußerlichen Aspekte — zum Beispiel grobere Gesichtsknochen — lassen sich mit Hilfe plastischer Chirurgie anpassen, und in dieser Hinsicht scheint die imperiale Medizin ein ganzes Stück vorangekommen zu sein. Die Biochemie hingegen verursacht wesentlich komplexere Probleme, aber den Klingonen ist es gelungen, auch in diesem Zusammenhang wichtige Forschungserfolge zu erzielen: Ihnen stehen jetzt Drogen zur Verfügung, die über solche Unterschiede hinwegtäuschen. Außerdem haben sie Präparate entwickelt, die es ihnen erleichtern, ihre Stimmungen zu kontrollieren und sich in menschlicher Gesellschaft unseren Normen gemäß zu verhalten.«

»Aber Tindall hat im Transporterraum Sicherheitswächter und auch Spock angegriffen.« Kirks Blick kehrte zu der Gestalt zurück, die in der Zelle lag und leise wimmerte.

»Auch Lieutenant Crandall erlebte seine wiedererwachte Aggressivität am eigenen Leib«, fügte McCoy hinzu. »Der Grund: Elliot nahm das Medikament nicht regelmäßig, und dadurch ließ die Wirkung nach.«

»Ein sonderbarer Fehler für einen ansonsten außerordentlich erfolgreichen Geheimagenten!«

Für gewöhnlich war McCoy immer zum Scherzen

aufgelegt, aber diesmal blieb er ernst. »Der arme Kerl ist verheiratet. Mit einer Terranerin. Nun, vielleicht sollte ich ›die arme Frau‹ sagen. Sie scheinen sich wirklich geliebt zu haben. Wie dem auch sei: Tindall behauptete, er brauche das Medikament für seine Gesundheit, und die Ehefrau ersetzte den Inhalt des Fläschchens mit Pillen, die genauso aussahen — Vitamine.«

Kirk hatte das Gefühl, als schnüre ihm irgend etwas den Hals zu. »Wie *sahen* die Pillen aus?«

McCoy hob wortlos das von Kalrind stammende Fläschchen.

Jim zwang sich, ruhig zu sprechen. »Tindall mußte eine Zeitlang ohne sein Medikament auskommen — und daraufhin verwandelte er sich in *das* dort?«

McCoy nickte. »Nach einer von Gewalt geprägten Phase, der ein Koma folgte. Als er daraus erwachte, war er kaum mehr als ein Schatten seiner selbst. Aber derartige Konsequenzen müssen sich nicht *unbedingt* einstellen. Elliot arbeitete seit langer Zeit als klingonischer Agent in der Föderation, und das bedeutet: Über Jahre hinweg stand er unter der Wirkung des Medikaments. Das scheint ein wichtiger Faktor zu sein. Klingonen, die das Präparat nur für kurze Zeit nehmen, haben keine nachteiligen Folgen zu befürchten.«

»Analysiere die Substanz.«

»Das ist gar nicht nötig«, entgegnete McCoy. »Ich kann mir denken, was es damit auf sich hat.«

»Ich habe um eine Analyse gebeten, Pille«, sagte Kirk scharf. »Nicht um Spekulationen.«

McCoy nickte erneut und schwieg.

»Ich bin auf der Brücke. Gib mir bitte so schnell wie möglich Bescheid.« Der Captain wandte sich zum Gehen.

»Warte, Jim. Kalrinds Arrestzelle befindet sich ganz in der Nähe. Wahrscheinlich ist die junge Dame ziemlich durcheinander. Ein kurzes Gespräch würde ihr sicher helfen.«

Kirk schüttelte langsam den Kopf. »Nein.«

»Tindall ist nicht der einzige Fall. Mr. Spock hat gründliche Arbeit geleistet — wir stöbern die Burschen überall in Starfleet und den Behörden der Föderation auf: klingonische Agenten, die schon seit Jahren Informationen sammeln und Drogen schlucken, damit sie sich wie wir verhalten können. Du ahnst gar nicht, was auf der Erde und den anderen wichtigen Welten los ist. Überall finden Fahndungen und dergleichen statt. Eine ziemlich aufregende Sache.«

»Sonst noch etwas?«

»Ja. Ich möchte dich in der Krankenstation untersuchen, Jim. Und zwar sofort.« Als er typischen Starrsinn in Kirks Zügen bemerkte, fügte er hinzu: »Wenn du ablehnst, wäre ich gezwungen, mich auf die Befugnisse meines Rangs zu berufen. Als Erster Medo-Offizier des Raumschiffs USS *Enterprise* bin ich autorisiert ...«

»Schon gut!« Es fiel Kirk sehr schwer, sich zu beherrschen. Er wußte, daß McCoy recht hatte — tief in sich spürte er bereits den Beginn eines neuen Schwächeanfalls, der unangenehme Erinnerungen an die klingonische Basis in ihm weckte. »Ich komme später zu dir und ...« Er seufzte. »Nein. Wir bringen es jetzt gleich hinter uns.«

»Kein Zweifel?«

»Kein Zweifel.«

»Du hast ganz bestimmt keine alten Verletzungen gefunden, die mit Hilfe moderner medizinischer Technik behandelt wurden?«

»Jim, in deinem Innern sieht's *wüst* aus. Man braucht keine jahrelange Erfahrung, um das zu erkennen. Die Scanner und Sensoren gaben sofort Alarm, als ich sie auf dich richtete. Um es wissenschaftlich auszudrücken: In dir ist alles verdreht und verknotet. Ich biete dir nicht einmal einen Drink an, um den Schock zu lindern — weil ich befürchte, daß die Flüssigkeit aus Löchern in deiner Brust tropft. Na schön ...« McCoy hob die Hand. »Ich übertreibe ein wenig, ja. Dein derzeitiger Zustand ist durchaus verständlich, wenn man bedenkt, was du an Bord der *Keule* erlebt hast. Irgend jemand hat dich grob zusammengeflickt, vermutlich ein Möchtegernarzt, der seine Instrumente mit den Zehen hielt. Anschließend hat man dich mit Drogen vollgepumpt, damit du keinen Schmerz spürst und dich für fit hältst.«

»Ich verstehe das nicht, Pille. Ich habe mich gut gefühlt. Vollkommen erholt.«

»Die klingonischen Fortschritte auf dem Gebiet der Biochemie, Jim: Wahrscheinlich haben sie die besten schmerzstillenden Mittel und Aufputscher im bekannten Universum. Aber damit heilt man niemanden.«

Leonard blätterte in den Unterlagen auf seinem Schreibtisch: Dutzende von Blättern mit Analyseergebnissen. »Das ist noch nicht alles, Jim. Es gibt Hinweise darauf, daß du mehrmals operiert worden bist, und zwar von ausgesprochen inkompetenten Chirurgen. Vermutlich wurden die neuerlichen Eingriffe notwendig, um die bei den vorherigen Operationen angerichteten Schäden zu reparieren. Ich nehme an, es kam auch zu inneren Blutungen. Nun, einige deiner Wunden sind geheilt — aber nicht gut genug. Außerdem: Die Drogen vermittelten dir den Eindruck, wieder voller Kraft zu stecken, und sie verleiteten dich zu einem entsprechenden Verhalten — was zu einer weiteren Verschlechterung deiner allgemeinen Verfassung führte. Letztendlich hättest du dich selbst umgebracht; vielleicht wärst du gerade lange genug am Leben geblieben, um deinen Zweck für die Klingonen zu erfüllen.

Jemand hat dir sehr wirkungsvolle Substanzen verabreicht, Jim«, fuhr Leonard fort. »Und zwar in einer solchen Menge, daß Blut und Gewebe noch immer einen Rest davon enthalten. Früher oder später kippst du einfach um. Ich halte es für besser, dich jetzt gleich hier in der Krankenstation unterzubringen und mit einer *richti-*

gen Behandlung zu beginnen. Danach brauchst du mindestens eine Woche Ruhe.«

Kirk schwang die Beine über den Rand der Diagnoseliege und stand auf. »Tut mir leid, Pille. Ich werde noch für einige Stunden gebraucht. Die Wirkung der klingonischen Drogen hält sicher lange genug an, um es mir zu erlauben, für eine gewisse Zeit auf den Beinen zu bleiben. Keine Widerrede.«

McCoy wollte trotzdem protestieren, überlegte es sich jedoch anders, als er Kirks grimmigen Gesichtsausdruck bemerkte.

»Ich kehre jetzt zur Brücke zurück«, sagte der Captain. »Bitte analysiere die Pillen so schnell wie möglich. Ich muß wissen, was sie enthalten.«

KAPITEL 18

Die Brückenoffiziere lächelten erfreut, als Kirk den Kontrollraum betrat, doch er achtete nicht darauf. Der Steuermann de Broek nahm wieder an seiner Konsole Platz. Kirk ließ sich in den Kommandosessel sinken, und einige Sekunden lang blickte er wortlos zum Wandschirm, beobachtete ferne, gleichmäßig leuchtende Sterne. Angespannte Stille herrschte; die Anwesenden ahnten, was der Captain empfand.

Uhura beendete das Schweigen. »Captain? Seit Ihrem Transfer hierher hat Morith mehrmals um ein Gespräch mit Ihnen gebeten.«

»Nun ...« Kirk holte tief Luft. »Ganz offensichtlich hat er erraten, wohin wir verschwunden sind.« Er sah Uhura an und rang sich ein Lächeln ab. »Es freut mich, daß Sie gesund und munter sind, Commander.«

Uhura lächelte ebenfalls. »Und *mich* freut es, daß Sie wieder im Kommandosessel der *Enterprise* sitzen, Captain. Möchten Sie, daß ich eine Kom-Verbindung mit Morith herstelle?«

»Nein, er soll ruhig noch etwas schmoren. Zuerst brauche ich eine Auskunft von Dr. McCoy ...« Das Interkom in der Armlehne des Sessels summte, und die Stimme des Bordarztes erklang. »Ich habe die Analyse durchgeführt, Jim.«

»Gute Arbeit, Pille. Worauf wartest du noch?«

Leonard brummte etwas Unverständliches, bevor er antwortete: »Meine ›Spekulationen‹ stimmen mit dem Ergebnis überein. In dem Fläschchen deiner Freundin befand sich das gleiche Präparat, das auch Tindall nahm. Es unterdrückt negative Empfindungen, und wahrscheinlich beeinträchtigt es auch das Erinnerungsvermögen.«

»Gedächtnislücken?«

»Ja. Wer mit dem Mittel behandelt wird, vergißt seine Vergangenheit oder einen Teil davon. Die auf der Erde tätigen Agenten waren mit falschen Erinnerungen ausgestattet. Das wahre klingonische Ich erwacht erst, wenn die Betreffenden über einen längeren Zeitraum hinweg keine Gelegenheit bekamen, ihre ›Arznei‹ zu nehmen — so wie bei Elliot.«

»Sie geben nie auf, nicht wahr?« murmelte Kirk. »Dauernd suchen die Klingonen bei uns nach einem schwachen Punkt.« Er blinzelte mehrmals und fühlte die besorgten Blicke der Brückenoffiziere auf sich ruhen. Er trachtete danach, sie mit einem Lächeln zu beruhigen, doch es fiel ihm alles andere als leicht. »Es ist alles in Ordnung mit mir, meine Damen und Herren. Bitte kümmern Sie sich wieder um Ihre Arbeit.« Die Männer und Frauen wandten sich rasch ihren Pulten zu. Kirk tastete nach einem Kippschalter in der Armlehne, verfehlte ihn. Er versuchte es erneut, und auch diesmal berührte sein Zeigefinger nur leere Luft.

Kirk ließ die Hand langsam aufs Polster neben dem integrierten Kontrollmodul sinken und führte einen stummen Kampf gegen die Unruhe in seinem Innern. Der ganze Arm zitterte. Einige Sekunden lang saß er reglos und wartete, bis er glaubte, sich wieder in der Gewalt zu haben. Zum dritten Mal griff er nach dem Schalter, und es klickte leise. »Pille?«

»Habe mich schon gefragt, was los ist, Jim. Alles in Ordnung?«

»Mehr oder weniger«, erwiderte Kirk. »Vielleicht kann uns Kalrind helfen — ob freiwillig oder gegen ihren Willen. Ich bin entschlossen, die Wahrheit herauszufinden. Es war immer wieder die Rede von Neuen

Klingonen, und Kalrind behauptete, selbst eine zu sein. Die Frage lautet: Stimmt das? Oder geht ihr sanfteres Gebaren auf die Droge zurück?«

»Jim ...«, begann McCoy unsicher. »Brauchst du wirklich eine Antwort?«

Kirk dachte nach und spürte einmal mehr die Aufmerksamkeit der Brückenoffiziere.

»Solange es eine Chance gibt, Doktor ... Ja, ich möchte eine Antwort.«

»Wie du willst«, brummte Leonard. Es klang fast verärgert.

»Morith behauptete, Kalrind müßte ihre Medizin jeden Tag nehmen, um nicht der ›Erbkrankheit‹ zum Opfer zu fallen. Inzwischen ist es schon eine ganze Weile her, seit sie ihre letzte Dosis bekam. Wieviel Zeit blieb den inzwischen gefaßten Spionen, bevor sie das Mittel brauchten?«

»Offenbar hing es davon ab, wie lange sie schon darauf angewiesen waren. Elliot Tindall ... Nun, seinen wahren Namen kenne ich nicht, und deshalb nenne ich ihn auch weiterhin so. Elliot kam einige Tage lang ohne die Substanz aus. Er glaubte zwar, seine Pillen zu nehmen, aber in Wirklichkeit handelte es sich um harmlose Vitamine. Die Droge begleitete ihn schon seit vielen Jahren, und deshalb hatte sich in seinem Körpergewebe genug davon angesammelt.

Auch zwischen den Folgen des Entzugs und der Einnahmedauer scheint ein direkter Zusammenhang zu bestehen. Elliot neigte zu gedankenlosem Jähzorn einerseits und zu tiefen Depressionen andererseits. Wenn das Mittel nur während eines vergleichsweise kurzen Zeitraums seine Wirkung entfaltet ... dann erwachen ganz normale Klingonen, die nur noch zorniger sind als sonst. Gewissermaßen Superklingonen, Jim. Vielleicht lassen diese emotionalen Reaktionen schließlich nach — wir können es nur nach einer längeren Beobachtungsphase feststellen.

Zum Schluß: Die *echte* Droge verlor ihren Effekt auf Elliot, noch bevor er die Erde verließ. Seine Frau teilte uns mit, daß er immer launischer wurde. Er sprach sogar davon, sich von ihr zu trennen. Es brach Luisa — so heißt sie — das Herz. Die Hintergründe sind ihr noch nicht bekannt.«

»Wir beobachten Kalrind und warten ab, was geschieht.«

McCoy schwieg kurz. »Das könnte gefährlich sein, Jim. Bei Elliot kam es stundenlang immer wieder zu Tobsuchtsanfällen, bevor er sich beruhigte. Und du weißt ja, in welchem Zustand er sich jetzt befindet.«

»Meine Entscheidung steht fest. Selbstverständlich bekommt sie von uns alles, was sie braucht — bis auf ihre Medizin. Kirk Ende.«

Er atmete tief durch. »Und nun, Commander Uhura — öffnen Sie einen Kom-Kanal zur *Allianz*.«

»Jim«, sagte Morith in einem besonders freundlichen und betörenden Tonfall. »Ich bedauere sehr, daß Sie es mir gegenüber für notwendig halten, Tricks anzuwenden.«

»Mein Schiff brauchte mich, und umgekehrt verhielt es sich ebenso. Das habe ich Ihnen bereits erklärt, Morith. Wahrscheinlich könnten Sie meine Gefühle besser verstehen, wenn Sie zum Militär gehörten und kein ziviler Wissenschaftler wären.« Die Ironie war noch deutlicher als beabsichtigt.

»Wir hätten bestimmt eine Möglichkeit gefunden, etwas zu arrangieren. Irgendwann.«

Kirk lächelte dünn. »Irgendwann. Ja. Vielleicht in hundert Jahren? Sie hätten damit rechnen müssen, daß ich versuche, zur *Enterprise* zu gelangen. Aber davon stand nichts in Ihren Geschichtsbüchern, oder?«

Ein Schatten fiel auf Moriths Gesicht. »Ich mache mir große Sorgen um die Zukunft, Jim. Wir haben mehrmals darüber gesprochen, erinnern Sie sich? Die gegenwärtige Situation gefährdet den Großen Frieden, und wir müssen uns fragen: Welche Konsequenzen hat unser Verhalten? Die triumphale Reise zur Erde, Jim — ist sie nicht eine herrliche Vorstellung?«

Kirk nickte. »Ja, das ist sie tatsächlich. Eins nach dem anderen, Morith. Zuerst muß ich auf das Ergebnis eines Experiments warten.«

Der Klingone wirkte verwirrt. »Ich fürchte, das verstehe ich nicht. Wir können es uns nicht leisten, noch länger zu warten — wir dürfen keine Zeit mehr verlieren. Diese Mission ist zu wichtig! Wenn Sie bereit sind, Kalrind zurückzubeamen ... Ich spreche mit ihr über die Bedeutung der aktuellen Lage, und anschließend kann sie Ihnen alles erläutern.«

»Tut mir leid. Kalrind nimmt an dem Experiment teil. Vierundzwanzig Stunden sollten genügen, um Aufschluß zu bekommen. Dann hören Sie wieder von mir.«

»Bitte senken Sie die Schilde, Kirk!« Morith sprach nun lauter. »Als eine Geste des guten Willens!«

Jim gab Uhura ein Zeichen, die daraufhin den Kom-Kanal schloß. Das Abbild eines sehr überraschten Morith verblaßte auf dem Wandschirm.

Der Captain stand auf und hielt sich am Sessel fest, als ihn jäher Schwindel erfaßte. »Mr. de Broek, Sie haben das Kommando.«

Am Turbolift drehte sich Kirk noch einmal um und sah zu seiner Brückencrew. »Ich bin stolz auf Sie alle.« Dann betrat er die Transportkapsel, und hinter ihm schloß sich die Tür. »Krankenstation«, sagte er, und seine Phantasie gaukelte ihm McCoys Antwort vor: »Wird auch Zeit!«

Sechs Stunden vergingen in einer sonderbaren Mischung aus Anspannung, Langeweile, Sorge und Erschöpfung. Die Monitore präsentierten ein unverändertes Bild: Kalrind lag noch immer auf dem Boden ihrer Arrestzelle und atmete nur flach. Sie schien zu schlafen, aber dieser Eindruck täuschte, wie die von den Überwachungssensoren ermittelten Daten bewiesen.

McCoy betrachtete die Anzeigen der Lebensindikatoren, und nach vier Stunden sagte er plötzlich: »Sie stirbt, Jim! Ich muß zu ihr!«

»Nein, Pille.«

Leonard sah ihn an, preßte die Lippen zusammen und konzentrierte sich wieder auf die Schirme.

Kurze Zeit später registrierten die Indikatoren stärkere Biosignale, und das Koma ging in Schlaf über. Kalrind erwachte, nachdem sie sechs Stunden lang reglos auf dem Boden gelegen hatte.

Mit einem Satz war sie auf den Beinen, ohne irgendeine Ähnlichkeit mit der schwachen Kalrind, die Kirk nach ihrem ersten Koma in der Krankenstation des Kreuzers *Allianz* besucht hatte. Sie schien eine ganz andere Frau zu sein. Als sie die Augen öffnete, sprang sie gleichzeitig auf und duckte sich — um zur Verteidigung oder für einen Angriff bereit zu sein. Ihr Gesicht offenbarte jenen mühsam unterdrückten Zorn, der typische Klingonen charakterisierte.

Kirk erhob sich. »Ich gehe zu ihr.« Er warf McCoy einen finsteren Blick zu, kam damit dem Protest des Arztes zuvor.

Als der Captain den Raum verlassen hatte, aktivierte Leonard das Interkom. »Brücke! Mr. Spock!«

»Er ist im Maschinenraum, Doktor.«

McCoy fluchte und versuchte es erneut. »Maschinenraum! Ich muß mit Spock reden!«

»Worum geht's, Dr. McCoy?« fragte der Vulkanier. Seine Stimme klang so ruhig und gelassen wie immer.

Leonard erklärte die Situation. »Auf mich hört er nicht, aber *Ihnen* kann er kaum vorwerfen, Rationalität zu vergessen und Gefühle in den Vordergrund zu stellen. Außerdem wird vielleicht Ihre physische Kraft nötig. Meine Güte, Jim ist dem Tode näher als dem Leben!«

»Logische Hinweise, Doktor. Ich bin unterwegs. Spock Ende.«

Diesmal verzichtete McCoy auf einen Kommentar — um den Vulkanier nicht aufzuhalten. Besorgt sah er zum Hauptschirm und fürchtete eine ganz bestimmte Szene: Kirk, der Kalrinds Zelle betrat. Die Klingonin wanderte durchs Zimmer, krümmte und streckte dabei die Finger. Stellte sie sich vor, die Hände um einen menschlichen Hals zu schließen?

Kirk eilte durch einen leeren Korridor, und unter normalen Umständen hätte er die Arrestzelle vor Spock erreicht. Doch die letzte Kraft in ihm verflüchtigte sich, und er taumelte an die Wand, sank zu Boden. Sofort versuchte er, wieder aufzustehen — er wollte vermeiden, daß ihn ein Besatzungsmitglied auf diese Weise sah —, doch es gelang ihm nicht.

Etwa eine Minute lang blieb er einfach liegen und schnappte nach Luft. Schließlich stemmte er sich vorsichtig hoch und verharrte für mehrere Sekunden auf Händen und Knien, bevor er erneut die Muskeln spannte. Schließlich stand er, sah helles Funkeln und dunkle Flecken vor den Augen. *Reine Willenskraft*, fuhr es ihm durch den Sinn, als er durch den Gang wankte.

Spock wartete vor Kalrinds Zelle. »Beabsichtigen Sie, die Gefangene zu verhören, Captain? Eine gute Idee.«

»Nein, ich möchte mit ihr sprechen. Bitte treten Sie beiseite.«

»Sie können das Gespräch auch von hier aus führen, Captain. Das Kraftfeld hält keine Schallwellen zurück.«

»McCoy hat Sie benachrichtigt, nicht wahr, Spock? Inzwischen sollte Ihnen klar sein, daß auch eine Glucke zu Leonards Vorfahren gehört.«

Der Vulkanier hob beide Brauen. »Das halte ich für sehr unwahrscheinlich. Und ich muß gestehen, daß ich seine Besorgnis in diesem besonderen Fall teile. Ihr Aufenthalt in der Zelle würde Sie erheblicher Gefahr aussetzen.«

»Spock!« Kirk sah nach rechts und links, um sich zu vergewissern, daß keine Crewmitglieder in der Nähe waren. »Spock, diese Klingonin und ich ... Wir standen uns sehr nahe. Sie ist keine Kriegerin, sondern eine Gelehrte, von der ich bestimmt nichts zu befürchten habe.«

Der Vulkanier verzichtete auf eine Antwort, wich zur Seite und blickte in die Zelle. Kirk trat vor und blieb neben Spock stehen.

Die Frau marschierte unruhig und mit katzenhafter Eleganz umher. Sie wirkte nicht nur stark, sondern auch sehr wachsam und gefährlich.

»Vielleicht werden die Wissenschaftler im Imperium anders ausgebildet als bei uns«, meinte der Erste Offizier.

Dies war nicht mehr die Frau, die Kirk kannte. Ihre Kraft erinnerte den Captain viel zu deutlich an seinen jüngsten Schwächeanfall, und er begriff, daß Spock recht hatte. Verblüfft beobachtete er die metamorphierte Kalrind. »Sie scheint unsere Präsenz nicht zu bemerken.«

»In der Tat, Captain. Von ihrer Seite ist das Kraftfeld undurchsichtig.«

»Ändern Sie die Justierung.«

Spock zögerte, bevor er eine Taste der nahen Schaltfläche drückte. Kalrind kehrte ihnen den Rücken zu und reagierte erst, als Jim ihren Namen nannte.

Sie wirbelte um die eigene Achse, senkte den Kopf und nahm eine defensive Haltung an. Ein leises Knurren entrang sich ihrer Kehle, als sie sich langsam näherte und die Hände ausstreckte. Vorsichtig berührte sie den energetischen Schild, ignorierte die knisternden Entladungen und suchte nach einer Lücke im Energievorhang.

»Kalrind! Du kannst die Zelle nicht verlassen. Bitte hör auf, bevor du dich verletzt.«

»Ich finde einen Weg nach draußen!« fauchte die Frau mit klingonischer Wildheit. »Und dann bringe ich dich um!«

Kirk sah zu Spock. »Falls Sie mich brauchen ...«, sagte der Vulkanier. »Ich bin am Ende des Korridors.«

Der Captain lächelte. »Danke.« Als der Erste Offizier gegangen war, wandte er sich an Kalrind. »Du hast dich verändert.«

Sie lachte bitter. »Du Narr! Jetzt bin ich wie früher und keine verweichlichte ›Neue Klingonin‹ mehr. Ich habe mich selbst verabscheut.«

»Tatsächlich? Ich hatte den Eindruck, daß du sehr glücklich warst.«

»Die Droge!« zischte Kalrind. »Einem Krieger zu befehlen, sich auf diese Weise zu demütigen ... Wenn ich zur *Allianz* zurückkehre, töte ich auch Morith.«

»Du scheinst ziemlich viel Blut vergießen zu wollen«, erwiderte Kirk sanft. »Wenn man bedenkt, daß du Historikerin bist ...«

»Ich bin Kriegerin!« rief Kalrind. »Man gab mir falsche Erinnerungen und falsche Gefühle. Oh, ich habe mich freiwillig gemeldet, und bestimmt wird Morith versuchen, sich damit herauszureden. Aber niemand wies mich darauf hin, in was für eine Art von Frau ich mich verwandeln würde. Ich bin zu einem sentimentalen Idioten geworden, so wie ihr Menschen.«

»Dein Verhalten ist dir sicher bewußt gewesen, Kalrind. Aber ich habe keinen inneren Widerstand in dir gespürt.«

»Ich hatte keine Kontrolle über mich! Ich war in meinem eigenen Kopf gefangen! Man erfand eine neue Person, die ein ganz anderes Leben führte, und ich saß hinter einer undurchdringlichen Barriere fest. Nur manchmal entdeckte ich ein kleines Loch darin. Doch das alles ist jetzt vorbei. Ich bin wieder ich selbst, und ich werde die Verantwortlichen töten.«

»Auch mich? Ich bin an dem Täuschungsmanöver

nicht beteiligt gewesen. Und du hast mich geliebt. Damit meine ich nicht die künstlich geschaffene *Persona*, sondern die wahre Kalrind, den Kern deines Ichs.«

»Ich soll einen Menschen geliebt haben?« kreischte die Klingonin. »Entsetzlich! Ihr Terraner seid kaum mehr als Tiere. Wir Klingonen sind euch weit überlegen, ebenso wie allen anderen Völkern. Euer Schicksal besteht darin, von uns unterjocht und ausgerottet zu werden.« Kalrinds Stimme wurde immer schriller. »Wir sind die natürlichen Herrscher der Galaxis! Wir besiegen euch — euch alle. Und dann säen wir den Tod auf den Welten der Föderation! Wir bringen euch um! Ich bringe *dich* um!«

Kirk wich bestürzt zurück. Irgend etwas in ihm wollte der schrecklichen Stimme entkommen, vor den gräßlichen Worten fliehen.

Jekyll und Hyde, dachte er. Aber in diesem Fall mußte das Gute um die Vorherrschaft kämpfen, und wenn es den Sieg errang, so fühlte sich das Böse unterdrückt und gefangen.

Plötzlich keuchte Jim und fiel der Länge nach zu Boden. Als die Schwärze der Bewußtlosigkeit heranwogte, hörte er eilige Schritte. *Dies kann unmöglich mit mir geschehen,* dachte er. Und: *Na klar. Es ist alles nur psychosomatisch.* Er lachte kurz, und dann verloren sich seine Gedanken in Finsternis.

KAPITEL 19

McCoy prüfte noch einmal die Anzeigen der Lebensindikatoren. »Manchmal ist erstaunlich viel nötig, um gewisse Leute zu veranlassen, den Arzt aufzusuchen«, sagte er zu seinem Assistenten. »Fertig, Dr. Blankhuis?«

Ein kurzes Nicken. »Ja, Doktor.«

McCoy pfiff leise vor sich hin, als er einen Injektor lud und damit auf den Oberarm des Patienten zielte. Eine Hand zuckte hoch und schloß sich um Leonards Unterarm.

»Was hast du vor, Pille?« Kirk schob die kleine Platte mit den Instrumenten beiseite und setzte sich auf.

McCoy stöhnte. »Es war zu schön, um wahr zu sein. Jim, du bist in der Sicherheitsabteilung zusammengebrochen, und Spock trug dich hierher. Du stirbst. Nun, natürlich kannst du dich für den Tod entscheiden, aber als Arzt und dein Freund wäre mir die Chance lieber, dir das Leben zu retten.«

Kirk strich sich mit der Hand über die Stirn. »Leider fehlt mir die Kraft, dir zu widersprechen. Wieviel Zeit bleibt mir noch?«

»Hältst du mich für einen Vulkanier? Wie viele Stellen hinter dem Komma soll ich dir nennen? Niemand kann eine solche Frage beantworten, Jim! Ich weiß nur eins: Es geht dir verdammt schlecht, und dein Zustand verschlimmert sich. Ich gebe dir höchstens einige Tage. Oder vielleicht nur wenige Stunden.«

»Na schön. Die klingonischen Drogen lassen mich im

Stich, Pille. Ich brauche etwas von dir, das eine ähnliche Wirkung entfaltet.«

»Was?« entfuhr es McCoy fassungslos. »Bist du übergeschnappt? Ich würde nie ...«

»Du weißt, daß jetzt alles von mir abhängt, Pille.«

Leonard schnaufte. »Jim Kirk, der Unentbehrliche!« *Aber er hat recht.* »Dr. Blankhuis, Sie sind Zeuge: Ich gehe nur deshalb auf die Forderungen des Captains ein, weil mich die besonderen Umstände dazu zwingen.«

Der andere Arzt nickte ernst. »Ja, Doktor. Und das gilt auch für mich.«

McCoy warf seinem Assistenten einen finsteren Blick zu, bevor er die Ladekapsel des Injektors wechselte. Kirk wartete, bis ihm Leonard das Gerät an den Arm preßte und er ein leises Zischen vernahm. »Wenn ich sterbe und du vor ein Kriegsgericht gestellt wirst, Pille ... Dann nützt dir Dr. Blankhuis' Aussage nicht viel.«

»Ja, ich weiß. Man wird mich in irgendeine Gefängniszelle stecken und den Schlüssel wegwerfen.«

Kirk sprang von der Liege und lachte. »Gute Arbeit, Pille — wie immer. Ich fühle mich großartig.«

»Ja. Und du fühlst dich auch weiterhin großartig — bis du tot umfällst.«

»Und niemand wird mich vermissen. Wenn ich auf der Brücke bin, versuchen die Offiziere dauernd, nicht in meine Richtung zu sehen — ein ungeschriebenes Gesetz des Alls. Wahrscheinlich fällt ihnen gar nicht auf, daß ich fehle.«

»Jim, diese Angelegenheit ist zu ernst, um Witze darüber zu reißen. Du bringst dich um — im wahrsten Sinne des Wortes.«

»*Salutamus*«, sagte Kirk und verließ die Krankenstation. McCoy sah ihm nach und schüttelte verzweifelt den Kopf.

Auf dem Weg zur Brücke verflüchtigte sich die seltsame Heiterkeit des Captains, doch das Gefühl von neuer Kraft verharrte in ihm. Leonard McCoy hatte natürlich recht — das wußte Kirk. Andererseits: Er sah sich mit einer Aufgabe konfrontiert, die wichtiger war als sein Überleben. Der Kommandant eines Starfleet-Raumschiffs mußte ständig damit rechnen, vor eine solche Wahl gestellt zu werden. Jim hatte diese Erkenntnis akzeptiert, noch bevor er seine Ausbildung an der Akademie beendete.

Ihm blieben sechzehn Stunden, bis Morith eine Nachricht von ihm erwartete. Und je mehr Zeit verstrich ... Bestimmt wurde der klingonische ›Physiker‹ mißtrauisch und dachte daran, was mit Kalrind geschehen mochte.

Im Kontrollraum der *Enterprise* fragte Kirk sofort nach dem Status der Deflektoren. »Volle Energiestärke, Sir«, antwortete Crandall.

Kirk hörte Trauer in ihrer Stimme und musterte die junge Frau. Ja, natürlich — sie hatte versucht, sich mit Tindall anzufreunden. Er ahnte, was sie nun empfand. »Danke, Lieutenant Crandall«, erwiderte er. »Was ist mit den anderen Schiffen unserer Flotte?«

»Die *Mary Rose* hat ihre Schilde gesenkt, Sir«, antwortete Sulu.

»Sie soll die Schutzschirme sofort reaktivieren!« sagte Kirk scharf. »Halt, warten Sie, Mr. Sulu. Uhura, bitte übermitteln Sie dem Captain der *Mary Rose* meine dringende Bitte, das maximale energetische Potential ihrer Deflektoren zu nutzen.«

»Ja, Sir.«

»Mr. Spock ...« Kirk brauchte sich nicht umzudrehen, um festzustellen, ob der Erste Offizier an der wissenschaftlichen Station stand. Er hatte seine Präsenz ebenso gespürt wie die Uhuras, als er aus dem Turbolift kam — ein Instinkt, auf den er sich absolut verlassen konnte. Normalerweise verschwendete Jim keinen Gedanken daran, aber jetzt dachte er erstaunt darüber nach und begriff, wie sehr die Brücke Teil von ihm selbst war — und er Teil von ihr. Einmal hatte er sie verloren und sich mit einem Schreibtischjob begnügen müssen ... *Ungewöhnliche Umstände führten mich hierher zurück, an Bord dieses Schiffes, das ich so sehr liebe.* Die Vorstellung, es noch einmal zu verlieren, erschien ihm unerträglich. Lieber starb er hier und jetzt. Der Tod im Kommandosessel der *Enterprise* war besser als ein langweiliges, monotones Leben in irgendeinem Büro des Starfleet-Hauptquartiers von San Francisco. *Früher oder später bekäme ich dort ein Magengeschwür, und dann brächte mir ein Glas Milch den Tod.*

Kirk sah auf und begegnete dem Blick des Vulkaniers. »Ja, Mr. Spock?«

»Sie haben um meine Aufmerksamkeit gebeten, Captain.«

»Oh, ja. Entschuldigung. Wenn man berücksichtigt, was wir in der Sicherheitsabteilung gesehen haben ... Vielleicht hat unsere Gefangene jetzt eine geringere Kontrolle über ihre Zunge.«

»Eine interessante Spekulation, Captain. Und ein logischer Schluß. Dr. McCoy teilte mir folgendes mit: Die klingonische Droge bewirkt unter anderem eine geringere Aktivität der Regulationssysteme, die bestimmte physische und mentale Aktivitäten steuern. Nun, wir haben gesehen, daß jene Regulatoren für eine gewisse Zeit noch stärker betroffen sind, wenn die Wirkung des Präparats nachläßt.«

»Ich glaube, wir sollten es mit einem Verhör versuchen.«

»Eine gute Idee. Möchten Sie, daß ich der Sicherheitsabteilung eine entsprechende Anweisung gebe?«

Kirk schüttelte den Kopf. »Nein, Spock. Bitte reden *Sie* mit der Gefangenen. Vielleicht sorgt die Fassade der vulkanischen Unerschütterlichkeit dafür, daß Kalrind auch den Rest von Kontrolle über sich verliert.«

»Das wäre möglich, Captain. Ich möchte jedoch darauf hinweisen, daß ich den Ausdruck ›Fassade‹ in diesem Zusammenhang für unangemessen halte.«

Kirk lächelte. »Ich entschuldige mich noch einmal, Spock. Erstatten Sie mir in zwei Stunden oder so Bericht.«

»In hundertzwanzig Standard-Minuten, Sir?«

»Ja, Mr. Spock.« Kirk seufzte. »In exakt hundertzwanzig Minuten — das sind zwei Stunden.« Manchmal verstand er, warum McCoys Geduldsfaden so oft riß, wenn er es mit dem Vulkanier zu tun hatte. *Ich brauche gar nicht nach San Francisco zurückzukehren, um mir ein Magengeschwür zu holen.*

Eine Meldung Uhuras bestätigte diese Vermutung. »Sir, die Kommandantin der *Mary Rose* möchte wissen, Zitat Anfang, ›mit welchem Recht er sich in Dinge einmischt, für die ich zuständig bin‹, Zitat Ende.«

Kirk stöhnte leise. »Beziehen Sie sich auf die Allgemeine Order 30 — sie betrifft den Alarmzustand bei Situationen, die zu einem Gefecht führen könnten. Wenn die Dame nichts davon weiß, hat sie wohl kaum das Kommando über ein Raumschiff verdient. Diese Bemerkung ist ein persönlicher Kommentar, den Sie der Mitteilung bitte *nicht* hinzufügen.«

Jim glaubte bereits zu spüren, wie das Magengeschwür in ihm wuchs.

»Ihre Mutmaßungen in Hinsicht auf den Nutzen eines Verhörs waren durchaus gerechtfertigt, Captain«, sagte Spock.

»Gut. Nun, meine Herren, ich möchte Ihnen etwas erklären.« Kirk ließ den Blick durchs Konferenzzimmer schweifen. Am Tisch saßen Spock, McCoy, Sulu und Scott — die wichtigsten Offiziere der *Enterprise.* Sie fungierten auch als Berater, und Jim konnte sich immer auf ihre Hilfe verlassen. Deshalb hielt er es für angemessen, ihnen von Dingen zu berichten, die er bisher für sich behalten hatte.

Zuerst erwähnte er das Verhör und die Gründe dafür. Nach diesen ersten Schilderungen zögerte er, gab sich einen inneren Ruck und erzählte von seinen Erlebnissen während der vergangenen Wochen, auch von den beiden Zeitsprüngen, erst in die Zukunft und dann in die Vergangenheit.

»Sir...«, sagte Sulu besorgt. »Auch wir sind schon einmal durch die Zeit gereist, aber bisher deutete nichts darauf hin, daß die Klingonen ebenfalls dazu imstande sind. Wenn sie entsprechende Methoden entwickelt haben, könnten wir in große Schwierigkeiten geraten!«

»Ja, Mr. Sulu. Bitte gedulden Sie sich. Ich bin noch nicht ganz fertig. Nun, Widersprüche fielen mir auf: Waffen an Bord von Schiffen, die angeblich dem Frieden dienen sollten; Neue Klingonen, die sich unter bestimmten Umständen genauso verhielten wie Alte Klingonen. Ich habe zwei und zwei zusammengezählt, und das Ergebnis lautete dreieinhalb. Man sagte mir, im Imperium gäbe es nach wie vor Alte Klingonen, die versuchten, wieder an die Macht zu gelangen. Ich vermutete, daß Morith mit ihnen unter einer Decke steckte und einige an Bord des Flaggschiffs gebracht hatte — vielleicht wollten sie den tholianischen Zwischenfall nutzen, um das Imperium erneut unter ihre Kontrolle zu bringen. Um diesen Plan zu vereiteln, kehrte ich zur *Enterprise* zurück, zusammen mit einer Neuen Klingonin, der ich noch immer vertraute.« Ein dünnes Lächeln umspielte Jims Lippen, und er seufzte. »Nun, Spock, ich glaube, jetzt sind Sie an der Reihe.«

»Danke, Sir. Ich habe die Klingonin namens Kalrind verhört — sie befindet sich derzeit in einer Arrestzelle der Sicherheitsabteilung. Captain Kirk ging von der Annahme aus, daß ein Entzug der Droge, die negative Empfindungen unterdrückt und Verhaltensanpassungen ermöglicht, psychologische Barrieren reduziert. Es genügte, der Gefangenen Fragen zu stellen und ihren Zorn zu ignorieren — auf diese Weise bekam ich einige interessante Informationen.«

McCoy lachte leise. »Auf mich haben Sie die gleiche

Wirkung, Spock — auch ohne irgendwelche Drogen.« Er sah Kirks Gesichtsausdruck und fügte hinzu: »Entschuldige, Jim. Bitte fahren Sie fort, Spock.«

»Ich habe die beim Verhör ermittelten Daten sowohl mit den Hinweisen des Captains kombiniert als auch mit den Resultaten meiner Nachforschungen in bezug auf das Verschwinden der *Keule.* Es fand überhaupt keine Zeitreise statt. Der Captain blieb im Jetzt, aber man überzeugte ihn davon, hundert Jahre in der Zukunft zu sein. Klingonische Drogen täuschten ihn über die Symptome der inneren Verletzungen hinweg, die er an Bord des Kreuzers *Keule* erlitt, und vielleicht verabreichte man ihm auch andere Mittel, die Leichtgläubigkeit induzierten und verhinderten, daß Skepsis in ihm erwachte. Immerhin ist Captain Kirk normalerweise alles andere als leichtgläubig.«

Mit der letzten Bemerkung wollte Spock nur eine Tatsache feststellen, und die Reaktion seiner Zuhörer erstaunte ihn: Die Offiziere schmunzelten; Scott hob die Hand und hüstelte. In Kirks Stirn bildeten sich dünne Falten.

»Ich schöpfte Verdacht, als Commander Uhura unmittelbar vor dem Verschwinden der *Keule* bewußtlos wurde«, sagte Spock. »Sie erlitt einen elektrischen Schlag, und dafür gab es zunächst keine erkennbare Ursache. Ich experimentierte mit der romulanischen Tarnvorrichtung im Starfleet-Hauptquartier von San Francisco, und jene Versuche führten zu folgendem Ergebnis: Der elektrische Schlag wurde von einem enorm starken Signal verursacht, das Uhura empfing; es ging von einem Transponder aus, der sich im Wirkungsbereich eines hochenergetischen Tarnfelds befand. Daraufhin stand für mich fest, daß Captain Kirks Verschwinden auf bewußte Absicht zurückging, auf einen Plan.

Was mit der *Keule* geschah, ist kein Zufall. Und der Sturm, in den das Schiff geriet, stellte kein natürliches Phänomen dar. Er wurde von den Klingonen geschaffen. Sie bewiesen ihre Rücksichtslosigkeit selbst dem eigenen Volk gegenüber, indem sie ganz offensichtlich bereit waren, die Besatzung eines Schlachtkreuzers zu opfern.«

»Ein weiterer Punkt, der mich mit Sorge erfüllt«, warf Sulu ein. »Wenn die Klingonen in der Lage sind, einen solchen Sturm zu erzeugen und damit auf Raumschiffe zu ›zielen‹ — es wäre eine ziemlich gefährliche Waffe.«

»Ich bezweifle, ob wir in dieser Hinsicht etwas zu befürchten haben, Mr. Sulu«, erwiderte Spock. »Der Energieaufwand muß außerordentlich hoch sein. Kalrind sprach von einem besonderen Schiff, das praktisch nur aus einem gewaltigen Materie-Antimaterie-Wandler besteht — um genug Energie für den Sturm zu erzeugen. Zwar hätte ich großes Interesse an der Theorie, die dem Sturmgenerator zugrunde liegt, aber ich bezweifle, ob es für die Klingonen vorteilhaft wäre, mehrere Schiffe dieser Art zu konstruieren. Wie dem auch sei: Ihre Sorge ist berechtigt, Mr. Sulu. Wir sollten Starfleet Command einen ausführlichen Bericht schicken, damit sich technische Experten mit dieser Sache befassen.

Übrigens haben die Klingonen den Sturm während des Zwischenfalls mit der *Keule* nicht als Waffe verwendet. Der Angriff auf die *Enterprise* war nur ein Ablenkungsmanöver und sollte uns davon überzeugen, daß wir es tatsächlich mit einem natürlichen Phänomen zu tun hatten. In Wirklichkeit ging es von Anfang an um die Entführung eines hochrangigen Starfleet-Offiziers, und die speziellen Umstände sollten gewährleisten, daß später ein Zeitsprung plausibel erschien. Die Klingonen rechneten nicht mit dem besonderen Transponder, der es uns ermöglichte, trotz starker Interferenzen den Transporter zu benutzen. Vermutlich sah der ursprüngliche Plan vor, den Sturm ›abzuschalten‹, nachdem er die *Keule* in ein Wrack verwandelt hatte — um anschließend auf ein Föderationsschiff und das Eintreffen einer Rettungsgruppe zu warten. Dann sollte der Sturm ›reaktiviert‹ werden, zusammen mit der Tarnvorrichtung — um den Anschein zu erwecken, daß die *Keule* einfach verschwand.«

Spock legte eine kurze Pause ein. »Bestimmt haben die Klingonen nicht erwartet, daß ihre Falle bei einem so wichtigen Starfleet-Offizier wie Captain Kirk zuschnappte. Immerhin geschieht es nur sehr selten, daß sich der Kommandant eines Raumschiffs solchen Gefahren aussetzt.«

»Tadel zur Kenntnis genommen, Mr. Spock«, sagte Kirk mit einem Anflug von Ärger. »Bitte nennen Sie uns die übrigen relevanten Fakten.«

»Der Captain hat vom Flug durch das Gravitationsfeld des sogenannten ›supermassiven Objekts‹ erzählt. Allerdings hatte er keine Gelegenheit, den betreffenden Stern direkt zu beobachten oder einen Blick auf die Sensoranzeigen zu werfen. Er sah nur das, was ihm der Wandschirm im Kontrollraum der *Allianz* zeigte. Sicher handelte es sich dabei um eine Computergrafik — die Elaborationskapazität der klingonischen Rechner genügt, um eine überzeugende Darstellung zu schaffen. Was die Komplexität des dafür notwendigen Programms betrifft: Ein fünfjähriges vulkanisches Kind könnte die Anweisungen innerhalb einer halben Stunde programmieren.«

McCoy schnaufte und flüsterte dem Chefingenieur Scott etwas zu, der daraufhin kicherte. Spock ignorierte die beiden Männer.

»Als der ›Zeitsprung‹ erfolgte, spürte der Captain die gleiche Übelkeit wie beim Verschwinden der *Keule,* und für uns hatte es den Eindruck, daß die Flotte von einem Augenblick zum anderen erschien. Dafür gibt es eine einfache Erklärung: Zahlreiche hochenergetische Tarnvorrichtungen wurden gleichzeitig desaktiviert.«

Kirk war fast enttäuscht, als er diese Worte vernahm, als der Vulkanier den Schleier des Rätselhaften von seinen Erlebnissen riß. »Die Klingonen haben mir Aufzeichnungen von Geschehnissen auf der *Enterprise*-Brücke gezeigt — wie erklären Sie sich *das*, Spock? Ich habe gesehen und gehört, wie Sie mit McCoy sprachen. In der Krankenstation. Sie erörterten jene Botschaft, mit der ich mich von der *Allianz* aus an die Föderationsflotte wandte. Die Diskussion betraf insbesondere meinen geistigen Zustand. Morith behauptete, die Szenen stammten aus den Föderationsarchiven.«

»Wir haben tatsächlich über deine geistige Verfassung gesprochen, Jim«, entgegnete McCoy. »Aber nicht in der Krankenstation.«

»Dr. McCoy hat recht, Captain. Allein dieser Umstand legt die Vermutung nahe, daß Sie keine authentischen Aufzeichnungen aus der angeblichen Vergangenheit sahen. Fielen Ihnen irgendwelche Einzelheiten auf, die jeden Zweifel am Kontext ausräumen?«

Kirk überlegte. »Ich bin mir nicht sicher«, sagte er.

»Anspielungen und behutsame Suggestion können das Bewußtsein veranlassen, Informationslücken mit bestimmten Daten zu füllen. Man könnte diese Methode auch als eine Art ›sanfte Gehirnwäsche‹ bezeichnen.«

McCoy beugte sich vor. »Um ein Beispiel zu nennen, Jim: Zauberkünstler lenken das Publikum mit überflüssigen Bewegungen von ihren Tricks ab — und dadurch sieht der Zuschauer nur das, was er sehen soll. Du hast es Spocks Argwohn zu verdanken, daß ich dir an Bord des klingonischen Flaggschiffs einen winzigen Transponder injizierte.«

»Tat verdammt weh. Genausogut hättest du ihn mir in die Hand drücken können.«

Leonard schüttelte den Kopf. »Nein. Spock befürchtete, daß dir die Klingonen jenen Transponder abgenommen hatten, der dich zur *Keule* begleitete. Wir mußten also davon ausgehen, daß sie über diese neuen Geräte Bescheid wußten. Um jedes Risiko zu meiden, konstruierte Scotty eine miniaturisierte Version.«

»Das ist auch der Grund, warum wir überhaupt beschlossen, einen Transponder zu benutzen«, fuhr Spock fort. »Wir wußten, daß Sie sich an Bord des Flaggschiffs aufhielten, Captain, und es wäre uns durchaus möglich gewesen, Sie mit einer Sensorsondierung zu lokalisieren. Doch die Klingonen hätten unsere Absichten sofort erahnt und vielleicht beschlossen, Sie zu töten — um nicht zuzulassen, daß Sie hierher zurückkehren und uns wichtige Informationen zur Verfügung stellen. Nun, Ihr Tod hätte uns natürlich noch mißtrauischer gestimmt, aber allein mit den Sensordaten wäre es nicht möglich gewesen, irgend etwas zu beweisen.«

McCoy lächelte boshaft. »Außerdem wußte ich, daß die Injektion des Mini-Transponders schmerzhaft sein würde. Deshalb habe ich sie befürwortet.«

Kirk schüttelte den Kopf. »Irgendwann zahle ich es dir heim, Pille«, drohte er scherzhaft. »Was ist mit den Aufzeichnungen, die mir Bilder aus der *Enterprise* zeigten, Spock?«

»Wahrscheinlich stammen sie von Elliot Tindall oder einem anderen klingonischen Agenten, der einen so hohen Rang einnahm, daß er zum zentralen Starfleet-Archiv in San Francisco Zugang hatte.«

»Ist Ihnen eigentlich klar, was das bedeutet? Die Klingonen müssen eine riesige Bibliothek angelegt haben. Sie konnten nicht im voraus wissen, welches Föderationsschiff das Wrack der *Keule* untersuchen und welcher Starfleet-Offizier in ihre Gefangenschaft geraten würde.«

»Ja«, bestätigte Spock. »Ganz offensichtlich erforderte die Durchführung des Plans sehr gründliche und sorgfältige Vorbereitungen, die einen großen Teil des militärischen und geheimdienstlichen Potentials der Klingonen beansprucht haben. Darüber hinaus muß den Verantwortlichen bekannt gewesen sein, daß wir nach dem Verschwinden eines hochrangigen Offiziers alle Codes modifizieren. Anders ausgedrückt: Der Zwischenfall mit dem Kreuzer *Keule* stellte ein großes Opfer dar. Die unter großen Mühen in Erfahrung gebrachten Paßwörter und so weiter wurden dadurch praktisch wertlos. Die Aktion Zeitfalle kommt einer gewaltigen Fehlinvestition des Imperiums gleich.«

»Ein ungeheurer Aufwand«, pflichtete Scott dem Vulkanier bei. »Und was erhofften sich die Klingonen davon?«

Kirk wandte sich dem Chefingenieur zu. »Denken Sie daran, Scotty: Die Flotte sollte zur Erde fliegen — so verlangte es die ›historische Mission‹. Ich vermute, dort hätte ein Angriff begonnen, mit dem Ziel, den Sitz der Föderationsregierung und das Starfleet-Hauptquartier zu zerstören — ich habe Kampfgleiter in einem Hangar der *Allianz* gesehen. Vielleicht war auch ein Landeunternehmen geplant, um den Föderationspräsidenten und andere wichtige Personen gefangenzunehmen.«

Scott schüttelte den Kopf. »Das ergibt keinen Sinn, Captain. Unsere Schiffe hätten sofort das Feuer eröffnet. Einige der klingonischen Schlachtkreuzer wären vielleicht entkommen, aber nicht sehr viele. Und die auf der Erde angerichteten Verheerungen ... Was nützen sie dem Imperium?«

»Ich fürchte, die Verwüstungen auf der Erde hätten ein weitaus größeres Ausmaß angenommen, als Sie glauben, Scotty«, erwiderte Kirk nachdenklich. »Stellen Sie sich einige Schiffe vor, deren Besatzungen mit Kamikaze-Einsätzen beauftragt sind und über die richtige Ausrüstung verfügen — sie könnten ganze Kontinente in Schutt und Asche legen, bevor die irdischen Verteidigungssysteme reagieren. Wir sind einfach nicht darauf vorbereitet, eine riesige Flotte abzuwehren, die bis zu einer unserer Zentralwelten vorstößt. Bei den defensiven Szenarios geht Starfleet davon aus, daß ein Feind aufgehalten wird, *bevor* er die Nervenzentren der Föderation erreicht.«

»In der Tat«, sagte Spock. »Und die Erde ist die wichtigste der wichtigen Welten. Dort tagt der Föderationsrat; dort befindet sich das Hauptquartier der Flotte. Vielleicht glauben die Klingonen, mit einem erfolgreichen Angriff auf Terra das Ende des interstellaren Völkerbunds einzuleiten.«

»Dann haben sie keine Ahnung von unserer Denkweise«, brummte McCoy. »Möglicherweise wäre so etwas beim Imperium der Fall. Die Vernichtung von Klinzhai könnte das Ende der imperialen Macht bedeuten. Vielleicht glaubten sie deshalb, uns auf diese Weise einen fatalen Schlag versetzen zu können.«

»Ich fürchte, die Klingonen verstehen *nie,* wie jemand denkt, der in Freiheit aufgewachsen ist, Pille«, meinte Kirk. »Seltsam. Ihre Spione lebten jahrelang in unserer Mitte, und mit Hilfe von Drogen gelang es ihnen, sich wie Menschen zu verhalten. Trotzdem fehlt ihnen jedes Verständnis für unser *Wesen.* Mit ihrem heimtückischen Plan hätten sie bestimmt nicht die beabsichtigte Wirkung erzielt, aber … Nun, eine globale Katastrophe auf der Erde kann nicht ohne negative Folgen für die Föderation bleiben. Der interstellare Völkerbund wäre zumindest geschwächt gewesen.«

Kirk sah die Anwesenden der Reihe nach an. »Ich glaube, damit können wir diese Besprechung beenden, meine Herren. Jetzt ist nur noch ein letztes Gespräch mit Morith nötig.«

»Und anschließend eine Operation«, sagte McCoy mit Nachdruck.

KAPITEL 20

»Sie sind früh dran, Jim!« freute sich Morith. Sein Gesicht füllte den ganzen Wandschirm. »Das bedeutet sicher, daß alle Probleme gelöst sind und der Flug zur Erde beginnen kann.«

Kirk hielt sich nicht mit falscher Jovialität auf. »Ziehen Sie sich mit Ihrer Flotte sofort über die Grenze ins stellare Territorium des Imperiums zurück. Andernfalls eröffnen wir das Feuer auf Sie.«

»Jim! Ich bin schockiert! Sie verhalten sich so, als hätte sich überhaupt nichts verändert. Der Große Frieden beginnt. Wir sind Neue Klingonen und ...«

»Morith!« sagte Kirk scharf. »Wir wissen, wer den Sturm im All geschaffen hat. Wir wissen von Ihren Agenten in der Föderation und den Drogen, die es ihnen erlauben, sich wie Menschen zu verhalten. Wir wissen auch, daß kein Zeitsprung stattgefunden hat und die Neuen Klingonen nur in Ihren Lügen existieren.«

In Moriths Gesicht arbeitete es einige Sekunden lang. Das Lächeln wich von seinen Lippen, und die Freundlichkeit in den Zügen verflüchtigte sich. Etwas Finsteres und Zorniges ersetzte sie. Schließlich gab der ›Physiker‹ den inneren Kampf auf und entspannte sich. »Es gibt *tatsächlich* Neue Klingonen, Jim. Komisch, nicht wahr? Aber es waren nie sehr viele, und wir jagen sie erbarmungslos. Bald haben wir auch die letzten von ihnen gefunden und eliminiert. Dann trifft die Bezeichnung ›Neue Klingonen‹ nur noch auf jene von uns zu, die das Präparat nehmen, um die Verhaltensweise von Menschen nachzuahmen!« Er lachte und schüttelte den

Kopf. »Noch weiß ich diese Ironie zu schätzen, aber morgen oder spätestens übermorgen denke ich bestimmt anders darüber.«

Kirk beugte sich vor. »Morith! Nehmen Sie das Mittel auch weiterhin! Sie können an der neuen Identität festhalten!«

»Es existiert gar keine neue Identität in dem Sinne, Jim. Meine Persönlichkeit wurde nicht so stark und umfassend verändert wie die Kalrinds. Man gab mir nur einige Aspekte eines Neuen Klingonen, so daß ich meine Rolle überzeugend spielen konnte.«

»Ich *war* von Ihrer Aufrichtigkeit überzeugt. Das bedeutet doch etwas, oder? Es bedeutet, daß ein Teil von Ihnen imstande ist, mit Menschen Freundschaft zu schließen. Vielleicht kommt es doch noch zum Großen Frieden.«

Morith lächelte. »Und dann basiert er auf Ihren Bedingungen und nicht unseren, oder? Wie dem auch sei: Haben Sie mir eben nicht zugehört? Die letzten wahren Neuen Klingonen werden gejagt und getötet. Warum sollte ich mich auf die Seite der Verlierer stellen?« Er lachte erneut. »Sie haben uns eine Menge gekostet, James Kirk. Und damit meine ich auch mich. Ich mußte meine Karriere aufgeben. Das werde ich nicht vergessen.«

»Mein Ultimatum gilt auch weiterhin.«

Morith hob die Hand. »Schon gut. Ich gebe die notwendigen Befehle — Ihre Flotte ist jetzt größer als unsere. Aber ich ziehe mich erst über die Grenze zurück, wenn Sie Captain Kalrind freigelassen haben.«

»Einverstanden. Weisen Sie Ihren Transporterraum an, Vorbereitungen für den Transfer zu treffen. Uhura, schließen Sie den Kom-Kanal.« Kirk betätigte eine Taste. »Transporterraum. Richten Sie den Transferfokus auf die *Allianz*. In einigen Minuten wird eine Person zum Flaggschiff der Klingonen gebeamt.« Ein anderer Schalter. »Sicherheitsabteilung, hier spricht Kirk. Bringen Sie die Gefangene zum Transporterraum. Bewachen Sie die Klingonin dort, bis ich eintreffe.«

›Captain‹ Kalrind, wie? Soviel zur sanften Gelehrten. Nur besonders rücksichtslosen und kaltblütigen Klingoninnen gelang es, in den Rang eines Raumschiff-Kommandanten aufzusteigen. Wer im Imperium den Befehl über einen Schlachtkreuzer bekam, hatte bewiesen, daß er Gegner das Fürchten lehren konnte.

»Ja, Sir. Und Mr. Tindall, Sir? Er ist ebenfalls Klingone, nicht wahr?«

»Mr. Tindall fliegt mit uns zur Erde. Kirk Ende.« *Nach Hause,* dachte er. Das war Spocks Idee. Im Imperium hatte Tindall keinen Nutzen mehr und mußte damit rechnen, einfach umgebracht zu werden. Vielleicht konnten ihm Psychologen auf der Erde helfen. Vielleicht bekam Luisa ihren Ehemann zurück.

Kirk stand auf. »Sie haben das Kommando, Mr. Spock.«

Kirk und Kalrind sahen sich an. Nach einigen Sekunden wandte sich der Captain an den Transportertechniker. »Ich bediene die Kontrollen selbst. Sie können gehen.«

Der Mann verließ das Zimmer, und daraufhin sagte Kirk zum Leiter der Sicherheitsgruppe: »Danke, Corporal. Ich brauche Sie nicht mehr.« Er deutete zur Tür.

»Die Gefangene hat zwei meiner besten Leute außer Gefecht gesetzt, Captain!« protestierte der hünenhafte Mann. »Ich darf Sie nicht mit ihr allein lassen!«

Kirk lächelte. »Zur Kenntnis genommen, Corporal. Die Gefangene ist ein klingonischer Captain. Sie werden vor ihr salutieren und dann zur Sicherheitsabteilung zurückkehren.«

Der Mann preßte die Lippen zusammen, nahm vor Kalrind Haltung an, nickte Kirk zu und schritt zur Tür. Die beiden anderen Uniformierten folgten ihm hastig.

Wenige Sekunden später waren Kirk und die Frau allein.

»Kalrind ...«, begann Jim. »Eine Zeitlang bist du *tatsächlich* eine Neue Klingonin gewesen. Was wir beide erlebten, beweist folgendes: Zwischen unseren Völkern ist nicht nur Freundschaft möglich, sondern noch mehr. Leute wie wir — hochrangige Offiziere — können dafür sorgen, daß sich die organianische Prophezeiung erfüllt.«

»Kein wahrer Klingone möchte so sein wie die *Persona,* die eine Zeitlang mein Denken und Empfinden dominierte. Sie verstehen uns nicht, Kirk. Schwäche widert uns an. Wir sind in erster Linie Krieger, die das Schwache auslöschen. Sie sind schwach, Kirk. Sie erfüllen mich mit Abscheu.«

Jim stellte fest, daß Kalrind ihn nun wieder siezte. Und sie sprach nicht mehr mit der schrillen, von Hysterie geprägten Stimme wie in der Arrestzelle. Die jähzornige Phase nach dem Entzug der Droge war vorbei, und die Klingonin erweckte den Eindruck, sich vollkommen unter Kontrolle zu haben. Das machte alles nur noch schlimmer für Kirk: Sie offenbarte ihm nun ihre wahren Empfindungen.

Trotzdem versuchte er es noch einmal. »Wir könnten eine Galaxis ohne Krieg schaffen. Frieden, Wohlstand, Zusammenarbeit — du hast dich darüber gefreut.«

»Nicht *ich* habe mich darüber gefreut, sondern die falsche Persönlichkeit in mir.« Kalrind trat auf die Transferplattform. »Beamen Sie mich zur *Allianz.* Jetzt sofort!«

Kirk ging zur Konsole, starrte auf die Kontrollen hinab und sah nur verschwommene Konturen. Er schüttelte den Kopf, runzelte die Stirn und schloß die Augen, versuchte auf diese Weise, sich von der Benommenheit zu befreien. »Meine Gefühle für dich haben sich nicht geändert. Ich sehe in dir noch immer die gleiche Frau wie vorher.«

Kalrind stand reglos auf der Plattform, ihr Gesicht steinern und ausdruckslos. Stumm wartete sie darauf, daß der Captain den Transfer einleitete.

»Na schön.« Kirk streckte die Hand nach den beiden Schaltern aus, die den Transporter aktivierten.

Erneut wogte Nebel heran und verzerrte die Umrisse der Umgebung. Die beiden Schieberegler zitterten, und der Rest des Pults verwandelte sich in eine wirre Masse aus hin und her schwirrenden Punkten. Kirk schwankte, verlor das Gleichgewicht und fiel.

»Jim!« Kalrind sprang von der Plattform, eilte zum Interkom an der Wand und schaltete es ein. »Krankenstation! Notfall im Transporterraum!«

Dann lief sie zu Kirk, der bewegungslos auf dem Boden lag und kaum mehr atmete. Sein Gesicht war kalkweiß. Eine Zeitlang starrte die Klingonin hilflos auf ihn hinab. Schließlich kniete sie neben dem Bewußtlosen, schob die Arme unter seine Schultern, hob ihn vorsichtig an und stützte den Kopf.

Als Kalrind das Geräusch eiliger Schritte hörte, ließ sie Kirk langsam aufs Deck sinken. Dann lief sie zur Konsole, betätigte die beiden Schieberegler und sprang auf die Transferplattform.

Es summte, und die Klingonin trat noch einmal einen Schritt vor, als wollte sie zu Jim zurückkehren. Aber nach einem kurzen Zögern wich sie wieder zurück und hielt dabei den Blick auf Kirk gerichtet. Als die Tür aufglitt und McCoy hereinstürmte, dichtauf gefolgt von seinem Assistenten Blankhuis, verschwand die Klingonin in einer Säule aus schimmernder Energie.

»Diesmal war die Sache wirklich knapp, Jim. Ohne mein chirurgisches Genie hätte Starfleet einen Captain weniger, und die allgemeine Routine an Bord müßte für eine Trauerfeier unterbrochen werden.«

»Ich bin immer wieder erstaunt von Ihrem psychologischen Geschick im Umgang mit den Patienten, Doktor.«

Kirk lächelte, als er den Wortwechsel zwischen McCoy und Spock hörte, die rechts und links neben seinem Bett in der Krankenstation standen. »Wenn ihr mich aufmuntern wollt ...«, flüsterte er. »Es gelingt euch fast.«

»Nun, vielleicht hilft dies«, begann Leonard. »Als du im Transporterraum umgekippt bist ... Soweit ich das feststellen konnte, löste Kalrind den Alarm aus. Und das ist noch nicht alles. Als sie sich in ihrer Zelle befand, hysterisch schrie und dir den Tod in Aussicht stellte ... Die Anzeigen der Biosensoren deuteten darauf hin, daß sie log. Oh, sie *war* fuchsteufelswild, aber ihr Zorn wuchs aus dem Entsetzen den eigenen Gefühlen gegenüber. Sie fühlte sich zu dir hingezogen, und diese Emotionen jagten ihr einen gehörigen Schrecken ein.«

»Danke, Pille«, brachte Kirk hervor. *In der klingonischen Basis und an Bord des Flaggschiffs* Allianz *hat sie mich geliebt. Da bin ich ganz sicher. Vielleicht gingen ihre Empfindungen zunächst auf die Wirkung der Droge zurück, aber später waren sie echt.*

Meine Alpträume ... Erinnerungen an Operationsmesser und Injektionen, die mir Kraft gaben, Genesung vortäuschten und meine Skepsis betäubten. Aber Kalrind ... Sie bat mich um ›historische Daten‹, bei denen es sich in Wirklichkeit um aktuelle Informationen handelte. Man hätte mich mit Drogen zwingen können, Auskunft zu geben. Daraus läßt sich der Schluß ziehen, daß Kalrind nicht wußte, was mit mir geschah. Sie war ebenso eine Marionette wie ich.

Kirk tröstete sich mit diesem Gedanken, schloß die Augen und schlief ein.

Elliot Tindall ruhte auf der Diagnoseliege neben Kirks Bett. Er lag wieder im Koma, aber diesmal ging es nicht auf Entzugserscheinungen zurück. Der junge Wissenschaftler hatte diesen Zustand selbst herbeigeführt, um der Realität zu entkommen.

Tindalls Selbst war nur noch ein blasser Funken, ein winziges Licht in einem Mahlstrom aus Haß und Wut. Spock blickte auf die zusammengerollte Gestalt hinab,

QUELLENNACHWEIS

Della van Hise
ZEIT ZU TÖTEN / Killing Time

Aus dem Amerikanischen von Andreas Brandhorst
(Der Titel erschien bereits in der Reihe
»Heyne Science Fiction & Fantasy«
mit der Band-Nr. 06/4698.)

David Dvorkin
DIE ZEITFALLE / Timetrap

Aus dem Amerikanischen von Andreas Brandhorst
(Der Titel erschien bereits in der Reihe
»Heyne Science Fiction & Fantasy«
mit der Band-Nr. 06/4996.)

HEYNE BÜCHER

Das Schwarze Auge

Die Romane zum gleichnamigen Fantasy-Rollenspiel – Aventurien noch unmittelbarer und plastischer erleben.

06/6022

Eine Auswahl:

Ina Kramer
Im Farindelwald
06/6016

Ina Kramer
Die Suche
06/6017

Ulrich Kiesow
Die Gabe der Amazonen
06/6018

Hans Joachim Alpers
Flucht aus Ghurenia
06/6019

Karl-Heinz Witzko
Spuren im Schnee
06/6020

Lena Falkenhagen
Schlange und Schwert
06/6021

Christian Jentzsch
Der Spieler
06/6022

Hans Joachim Alpers
Das letzte Duell
06/6023

Bernhard Hennen
Das Gesicht am Fenster
06/6024

Ina Kramer (Hrsg.)
Steppenwind
06/6025

Heyne-Taschenbücher